石橋忍月全集

第一巻

八木書店

『露子姫』初版口絵

一、本全集は石橋忍月の文学上の著作を全四巻に収めたものである。

一、第一巻に小説、第二巻に小説・史伝・風俗誌・紀行・比喩談・訳詩俳句他、第三巻に評論を、第四巻にはそれ以外のものを雑纂として収める。

一、本文校訂の方針は各巻解題の冒頭に掲げる。

一、本全集を編むにあたって貴重な資料となった「石橋家資料」の概要は第二巻に、年譜・著作目録および筆名についての考察は第四巻に掲げる。

石橋忍月全集第一巻　目次

目次

一喜一憂捨小舟

捨小舟序

忍月石橋君一日余か草廬に訪なひて一小冊をいだし余に謂て云くこは近きころ吾作れる小説なり巻の端に一言を叙してよと余是を繙きみるに其結構敷置いかにも新奇にして尋常の小説とは迥かに趣きを異にせり余一読覚えず按を拍て曰く吁此書なにとて斯くまでに独逸の小説に似たるやと顧ふに君独逸の文を修むるのひさしき識らず知らず茲に至れるものかさらば君の為めに独逸小説の変遷を述ふるも強ちに贅弁にもあらざるべし幸、余は近き頃より独逸小説沿革史をかき始めたれば其中につき一二節を抄録して聊か序言の責を塞くと云ふ

独逸小説の沿革は独国文芸の進歩と極めて密接の関係あるをもて悉く之を明かにせんことは固より一小冊の能くすへき所にあらずと云へとも其大体の変遷を略述するは亦敢て難き業にもあらざるべし茲に聊か其大略を挙けんに抑々今の所謂る小説は其初め古来の伝説及ひ英雄豪傑の偉蹟等に基き作り設たるものに濫觴したるは世の人のよく知る所なり古への小説は皆韻文をもて綴りたりしが十四世紀及ひ十五世紀の頃より何人にも解し易からしめんため散文もて綴ること大に世に行はれ「トリスタン。ウンド。イゾルデ」(Tristan und Isolde) の伝説のごときも散文にて物したるものありき一千五百八十五年の頃「フランクフホルト」地の書賈に「フォイエルアーベンド」といふ者あり其頃。人々の愛読したる小説及び法朗西より輸入したる人情小説を編纂してこれに題して「ロマン」(Roman) といえりこれ小説を「ロマン」と称するの権輿とは知られたり抑々「ロマン」といふ語の淵源を尋ぬるに学士社会の説く所区々にして于今尚一定せず其一説にこの語の起原は中古日耳曼の蛮民西羅馬の版図を侵略したるときにありて全く羅馬語の「ローマ」といふ語の転訛したるものなりと這は信を置くに足るの説ならんと思はる又この語を小説てふ意義に用ひたる由来につきても学士の説く所一ならず或は亜剌比亜人が西班牙に移住したるときにありともいひ或は法朗西の「ブリタニー」地に始るともいひ或は諸耳曼人に始れりともいひて孰か真なるや今日まで其定説を耳にせずといへども兎に角此語は耶蘇教伝播の後に用らるゝに至りたるの事実は紛ふべくもあらず因にいふ此語の沿革は英国の学士ダンロップ氏 (Dunlop) の物したる小説史に詳なり

又此頃伊多利国に一種の小説体出てゝ世に行はれたり此体は巷説街談其他日常の瑣事を種子となし当時の人情を描写するを旨とせるものにて「ノヴエルレ」と称するは即ち此体なりとす此体の小説にて世に名たゝるは伊国「ボツカチオ」氏の筆になれるものにいと多しと聞けり。氏の著作は十五六世紀のころ専ら欧洲におこなはれ諸国の学者競ふて其著作を翻訳し独逸にては間もあらずして訳書の種類二十有余に及びしといふ

十八世紀の頃より政治小説（Der politische Roman）といふものの頗る流行したりこの小説は法朗西王路易第十四世の御宇に始まりしものにて外交内政等すべて政事上に関することを種子として作れるものなりしが一千七百二十年の頃よりこの体漸く衰へ「ロービン、ゾナーデ」（Robinsonade）といふ一体出てゝ盛に行れたり此体は「ロービンゾー。クルゾー」と題する小説を以て濫觴とす此小説は英国の学士「ダニール。デ。フオー」（Daniel de Foe）の物したる一種異体のものなるが当時大に世人の愛読する所となり一千七百二十年の頃には独逸におひても或はこれを翻訳し或はこれに倣ふて小説を著作するもの極めて多く一千七百二十二年より同五十五年の頃となりては「ロービンソン」と題する書四十余種に及ひしと云ふ此小説体の流行したるは独逸のみにはあらで欧洲諸国におこなはれたるものと見え独逸朗賓孫を始とし伊多利朗賓孫。索孫朗賓孫。法朗西朗賓孫其他宗教朗賓孫。道義朗賓孫。医学朗賓孫。政学朗賓孫等数ふるに遑あらざる程なりき爾後十八世紀の末。十九世紀の初にいたりてはこの小説体も漸く衰へ人情小説（Der empfindsame Roman）と称するもの始めて世に流行るゝにいたれりこの体には種々の別ありて詳かに其区別をなすこと難しといへとも独逸の文章家「ゴッチヤール」氏の説によれば大別して二となすを得べし即チ（Historischer Roman）即ち歴史上の事蹟に基きて演義するもの（Der Leitroman）即ち現時の風俗人情を直写するものこれなり其歴史上の事蹟に基く小説は英の「スコット」氏独逸の「ローヘンスタイン」氏の著作の如きものにて我国曲亭翁が弓張月。俠客伝これに類す又現時の人情風俗を基としたるものには其種類いと多くして一々例を挙るは煩はしければ茲に其重なるものを示さんに三種あり其一は（Salonroman）即ち我国の柳亭種彦が田舎源氏の類これに似たり其二は（Volksroman）即ち我国の式亭三馬が浮世風呂。浮世床の類これに近し其三は（Burgerlicher Familien-roman）即ち式亭小三馬が女房気質。大晦日曙草紙の類これに近しといふ此体は当今独逸国に於て盛に流行するものなり

上に述べたるは独逸小説の沿革一斑に過ざるも亦聊か彼の国小説の変遷を知るに足りぬべし尚其詳かなるを知らんと思ふ人は独逸大家の小説沿革史を繙かば思半に過きん

明治廿一年二月　　久松定弘

捨小舟のはしがき

予が此書を著すは客年春夏の際に在り然れとも思ふ所ありて今まで世に公にせざりしも今亦た書肆の請ひにより終に発兌製本することゝなれり故に今年の眼より之を見るときは少しく時候遅れの憾みなき能はず例之は書中舞踏会の事を記するが如き男女交際を論するが如き客年に在ツては人々喋々熱心其可否得失を口にせしも今日に至ツては雲消霧散復た之を心頭に懸くる者なし然れども今更其廉々を刪正せんには多数の時間と労力とを費し随ツて原稿の意匠をも改めざる可からざるに至る故に其儘印刷に附することに決せり請ふ読者其時俗に的中せざるを咎むる勿れ

一友人此著を難して曰く捨小舟の記する所は余り野鄙猥褻に非すやと予答へて曰く然り捨小舟の或る部分は野鄙猥褻の嫌なきにあらず然れども其脚色の野鄙猥褻なるを以て小説其ものを非難するは不可なり何となれば小説は社会全体若くは一部分の風俗人情を直写して毫も曲庇装飾するものに非ればなり若し曲庇装飾するが如きことあらば何を以ツて後世をして当時を推想せしむるを得んや又何を以ツて風俗人情の真を穿つを得んや而して小説の主眼は人物に在り其人物の意想《アイデア》。性質《キヤラクテル》と及び其意想。性質の発現は地位境遇によりて変化することを穿ち得ば小説の妙は之に至ツて尽く夫れ然り社会の人物尽く廉正謹直の君子のみに非れば其意想の変化を記し性質の発現を写すに於て或は野鄙なる事もある可し或は猥褻なる事もある可し社会は猶劇場の如し小説は猶院本の如し其脚色の如何によりて院本中に現はるゝ人物にも亦た忠臣あり姦人あり武家あり町人あり盗賊あり乞兮あり遊蕩無気力の艶治郎あり媚を献し恥を知らざる芸娼妓あり水の出花の若い同士が手に手を取ツて遁走《かけおち》するあり。けふに迫ツた百両の才覚に困しみ橋欄より投水するあり此等万般の境遇を写して初めて巧妙の劇技を演することも得可く亦た観客の目を喜はしむるを得可し若し其院本中に艶治郎あり芸娼妓あるの故を以て野鄙猥褻なりとて之を擯斥せば演劇は独り忠臣貞女の幕を以てぶッ通さゞるを得ず果して此の如くせば演劇の妙味何辺に在る美術の本旨何処に存す大入客留めの扎を掛くる能はざるは勿論如何なる芝居好きの婦人をも終に欠伸を催して手と共に其幕の長きを恨み芝居はお薩《さつ》に如かずとの歎を発す可し社会の出来事を財料として編作する小説も亦た此の如し其野鄙猥褻の故を以ツて捨小舟を非難するは捨小舟の心を知らざるものなり否小説の本旨を知らざるものなりと友人冷笑して退く即ち書して序辞に代ゆ

明治廿一年二月

忍月居士識

附て云ふ捨小舟は予が常に畏愛する法学士山田龔南先生よ

り序文の贈与を辱ふせり故に久松子爵の序文と共に巻首に載する積りのところ書肆の疎漏により之を紛失し百方探索すれども得る能はず然るに上梓の時機迫りたると先生の多忙なるとにより終に再び請ふて之を載する能はず依て玆に一言を附して先生の厚意を空ふするを謝すると云爾

一喜一憂 捨小舟

第壱回　不忍池《しのばずち》畔《はん》の小宴《こざかもり》

花の都も来て見れば塵の都の砂烟《すなけむり》Hauptstadt《ハウプースタツト》 ist《イスト》 Staubstadt《スタウブスタツト》と碧眼児《せいやうじん》の非評したるも宜なるかな続く日和《ひより》の埃風《ほこりかぜ》には店頭《みせさき》の品物光沢《つや》を失ひ新築《つくりたて》の板屏亦た色を変ず丁稚《でツち》の面為《かほた》めに白く粉屋に三年奉公しましたとの状《さま》を呈しお婆アさんの目為めに眩み仏前ならざるに亦た涙を流す是《これ》では啻《たゞ》に往来人《おうらいじん》の面目のみならず大《おほい》に首府の面目に係はる訳と其局《そのすぢ》に当らせらるゝ御方〳〵お気が着かれて此の程より撒水器械をもて町々の埃を清めさせ玉へば統計学者を気取る衛生家は呼吸器《レスピラート》や色附きの眼鏡《めがね》を掛たる病人が三割三分は減少せんとて大喜び居酒屋の樽に腰掛て立食の宴を張る人力車夫は晴天猶雨后の如く骨が折れて足場悪く草鞋《わらぢ》が一月に二足半余計にいると愚痴こぼす実《げ》に一得一失は浮世の常彼方《あちら》立つれば此方《こちら》が立たず両方立つれば中が数寄屋町《すきやまち》の西に当る不忍池《しのばずいけ》の畔《ほとり》に至れば車声馬塵頓《とん》に絶え半蒿《はんかう》の春水鷗穂《しゆんすいおうほ》に眠り一碧《いつぺき》の江天鳶《かうてんゑん》高きに舞ふ右に上野の山を控え左に弥生が岡を負ふ月雪花《つきゆきばな》の三景も争《いか》で墨田高輪《たかなわ》に劣る可き殊に黄昏の散策は別けて心目を喜ばしむ月見橋の彼方《かなた》に当りて妙なる調の月琴は何《いづ》れの人の別宅にや空閨守る令室こそ心にくさの限りなれ竜門橋の此方《こなた》松源《まつげん》楼上紅燈微かなる処に釵影《さゑい》の障子に揺《うご》くを見るは定めて意味ある低唱浅酌なる可し之を要するに総て此地の風光は陰気ならねど陽気に過ず物静かにして雅致深かり実《げ》に心地好き場所にぞある

斯る風景に富みたる池の東岸に某《それがし》家《いへ》の二階を借切る一学生あり表の入口に旅人宿《りよじんやど》御下宿《おんげしく》仕《つかまつり》候《そろ》との看板なきを以て推《お》せば素人家《しらうとや》か乃至は知己《しるべ》の内ならん其部屋の摸様を見るに奇麗と云ふに非ざるも秩序ありて清潔に尋常の疎暴磊落なる書生の住居《すまゐ》と異なりたり部屋の広さは六畳にして一畳の床間《とこのま》あり東湖の一軸の下に紅白の柳を挿《さしはさ》み当然《あたりまへ》なら其柳花の衣壳《さやがら》落ちてある可き筈なるに其事なきはこれもまた茲処《こゝ》の主人の注意なり茶の道具珈琲道具洋酒の空《あ》き瓶等は規則を守りて整然と茶棚の上に列坐なし一方の壁にはナポレヲンの油絵の額を掲げ他方の壁には大《おほ》版《ばん》の写真額を釣したり是れ蓋し先年外国教師某《それがし》氏が任満ち国に帰るの時多年教導の労を謝し併せて后来《のち》の紀念《かたみ》にせばやと同級生一同相謀りて写影《うつしとら》せしものと見られたり椅子の前に卓子《テーブル》ありて其上に英独の法律書、経済書等是れ亦順序乱れず并び居れり椅子の左傍《ひだりがわ》に日本机あり蓋し椅坐の両便を謀る為か右傍《みぎがわ》に書籍《しよもつ》箱《ばこ》あり其上に和洋の小説二三冊ありズボンは手拭《てぬぐひ》と共に竹竿に下がり外套は帽子と同じく柱釘《はしらくぎ》に懸る火鉢の側に今朝来ましたとの顔附したる日々新聞あり一室自然に光沢《つや》あり物少くして善く完斉《とゝなう》せり彼のシルレル翁は婦人を称じて細やかなる心をもて家財に光沢を添ゆ (Mit《ミツト》 ordentlichen《ヲルデントリツヘン》 Sinn《ジン》 füget《フユゲツト》 zum《ツウム》 Guten《グウテン》 den《デン》 Glanz《グランツ》 und《ウント》 den《デン》 Schimmer.《シムメル》) と言われたり今此室《へや》の主人は婦人の気質《かたぎ》をも併せ有するの人と思はる其床の間に二三の法律雑誌あると書物箱の蓋に羅甸語《ラテンご》を以て Lex《レツキス》 prospicit《プロスピチイト》 non《ノン》 respicit《レスピチイト》 (法は其前を見て後《うしろ》を見ず) との確言を記しあるとを以て推せば何れ法律学校の学生ならんか

今翻りて主人の相貌《かたち》を伺ふに年歯《としのころ》二十三四色浅黒く目涼しくして威《するど》く同時に数物《すぶつ》を併せ見ると云ふ機能《はたらき》あり鼻は細くして隆く歯列《はなみ》揃ふて唇薄く背《せい》は中高《ちうだか》にして体は痩せたる方なり髪のぢやんばらに乱れて左右の分け目最《い》と不確実《ふたしか》なるは其奇麗好きの性質に例外なりと知らる二子《ふたこ》の綿入に棉名仙の羽織を引ツかけ肌には本フランネルの胴着《シヤツ》を穿ち足には靴足袋《くつたび》を用ひ少し踵の綻び破れたるは時日《つきひ》の経過したる思ひやらる、けふは日曜の事なれば主人は朝より内に居り椅子に寄りて書物を読みゐたりしが、やがて倦みしと見え読みさしたる所に鉛筆を挟み静かに立ツて障子を開き例の威き眼《まなこ》を放ち

　ヤア降ツた〳〵此塩梅ぢやア今夜は大分積むに違ひない上野の森は時ならぬ花だ馬見所抔《なぞ》は玉楼銀台と進化した何処《どこ》見てもマツ白だ尺緑分翠を見ずとは此事だらう流石《さすが》の雁《がん》も日頃の嘴《くちばし》に似ずけふは池の魚《さかな》を困めないな、夫れに反して犬の勇気には恐れ入るア、アンナ事をして頭をイヤ体までもあの中につき込んで嬉しがつて居る松源ぢやない宝莱屋か、宝莱屋ニヤア今日は客があるな如何に日曜だツて昼の間から絃歌の声ア、気楽な奴もあツたものだ

と四方《よも》八方の出来事を一時に見尽しモウ見る物は無いかと不足顔の折柄無縁坂の方より長靴を穿《うが》ち身体《からだ》の半《なかば》を蝙蝠傘にかくし頭《かしら》を下げ腰をかゞめ吹雪を冒して此方《こなた》に向ひ小走《こばしり》に走り来る者あり主人は敏《と》くも之を見着け

　アノ小走と言ひ腰の様子は確かに覚えが有る顔は見えないがハテナ

と考へ又目を注ぎ

　マテヨ、傘の骨が十本で一本折れて、分ツた、アノ持主は箱田だヲイ〳〵箱田引

小走したる男忽ち立ち止《とゞ》まり腰を延し頭を揚げ

箱、ホイ河井か相変らず目を八方に配ツて先《せん》を取るな、だが君が声掛けてくれなけりや行き過ぎるのだツた、お軽もどきで鏡に写して通行人を見てゐやアしないか

河、馬鹿言ひ玉へ此降りに何向《どちら》へ行くのか

箱、何向へたア恐れ入ツた君の弊屋に玉足を労し玉ふのだヲ、寒い

河、早く上り玉へ

やがて箱田は二階に上り濡れたる外套帽子等を取り柱に懸け主人が与へたる坐布蒲《ざぶとん》の上に坐る

河、此降りに善く出て来たな、サア火を起すから暖り玉へソノ炭取りをチョット君の後《うしろ》に、僕も雪の為めに外出を止《とゞめ》られ折角の日曜を捧に振ツて実ハ無聊に苦んでゐた所だ

箱、僕も折角の休を寄宿舎籠城で暮しつぶすも残念だからこんな時には君を訪ふに如かずと思ひやツてきたのサ、ソノ君の無聊を慰めやうと吹雪を冒し泥路《でいろ》を凌ぎ毫《すこし》も艱難を厭わない親切心（と言ひつゝ笑ふ河井も微笑す）だが何時見ても不忍池の眺望《ながめ》ばかしは飽きないネ、尤も競馬場《レンバアン》が出来てから以来余ツ程風景の雅趣《をもむき》を損じたかと思ふよ、こう言ふと何ンだか仙人風を慕ふ様だが天然《てんぜん》の美趣を備へた所には成る丈け人工《クユンスーリヒ》の細工は加えないが宜《い》いて丁度一個《ひとり》の美人がこて〳〵と白粉《おしろい》を塗りべた〳〵と紅《べに》を含んだ様で却て野鄙《げひん》に陥《おち》ると思ふよドーダ The《ゼー》 rouged《ルーズト》 beauty《ビユチイ》 cannot《キャンノツト》 come《カム》 up《アツプ》 to《テウ》 the《ゼー》 bloom《ブルーム》 of《ヲブ》 youth《ユーツ》.（紅粉を施したる佳人は当初に如かず）との諺はそれ是を言ふかだ

河、ノウ〳〵一体此地の佳なる所以《ゆへ》は斯様《こん》な人工物があるからだ此池だツて失ツ張り人工物の一つで天然に出来たのぢやない雅の処に俗に雑《ママまじ》え陽気にして喧鬧ならずとは此の地の一種抜群なる所以《ゆゑん》だ君の様に一も二も雅々と言ツて其極端終《つひ》に大古穴居の時代を称讃すると一般だ向島も可なり高輪も可なり然れども地偏避に在ツて都会の片隅に位するお陰で漸く佳景を備へるのだから少しく世間の事業に手を出してゐる者には何れの方角に行にも不便でチョット買物に出るのにも銀坐に訴へざるを得ずとは憫然な土地だ斯る不便なくして斯る明媚の風景を有するのは東台山下《とうだいさんか》の小西湖《しようせいこ》即ち不忍池より外にはない

箱、ヘンイヤアーに長たらしい附会説《こじつけせつ》をひねくツて妙に我田に水引くネ、どうでも宜《い》い誠に貴君《あなた》様のお住居《すまゐ》になツてゐる所は結構無類眺望絶佳極々上々々吉の場所で御坐います

河、ウム当り前よ

箱、ヘン、人がお世辞に賞めてやりやアイ、気になツて自惚《うぬぼれ》てゐらアお世辞の報酬《むくひ》として青陽楼に此雪あり此朋あり酒肴なくんば此日曜を……何ぞ甘《うま》い者を命ず可し命ず可し

河、至極賛成僕も今日は消化器の働きが強い様だ迅速《さツそく》やらかそう（手を拍つ）

ハイと応《いら》へて階子《はしご》をトン〳〵〳〵襖《ふすま》を明けお呼びなさいましたかと言ふは十二位の小娘にして束髪に浅紅薔薇《しやうび》の花釵《はなかんざし》を挿《さしはさ》み片手に俳優《やくしや》の細工絵附きたる羽子板を持ち片手に羽子《はね》をいちツてゐる

箱、菊チャン羽子つこうか

菊、ダツテ雪が降ツていけないもの、内でつくと母《おツか》さんに叱

れるから
箱、ホイ雪の降ツてることを忘れてゐた大失策《おほしくじり》だ夫《そ》れぢやネ菊チヤン歌加留多を取りましやうネ
菊、アノ晩にネ駿河台ノ姉さんが来るから一処にネそれまでゐらツしやいよ帰ツちやアいやアヨ、河井さんナニ何か買ツてくるの
河、アヽチヨツトお待ちよヲイ君何にしやうネ
箱、ソーサ先づ「ビーフスキス」に「ヲムレツ」、シチウ位なもんでよからうビールは独逸《どいつ》のラーゲルが宜い
河、君はシチウがお馴染だネ夫れぢや言ツたツて分るまいから書いてやらう
菊、ナニ知ツてますよアノービステキとシチウとヲムレツがお二人前にアノ独乙ビールが二本でせう
河、ウム左様《さう》だ〳〵源七どんにそう言ツてネ青陽楼に早く持ツてこいツて
菊、ハイ〳〵、ヲムレツ（と口の中《うち》にて復習しつゝ下《くだ》り行く）
箱、どうも当節の子供は賢いネ
河、都会に育ツた子供はどうしても発育が早い
箱、賢いと言やア彼《あ》の奇行磊落家の隊長なる江沢はどうしたんだらう此節はちツとも学校に出て来ないぜ
河、ウム江沢か、どうも吾輩にや江沢の心は広大無辺にして分らない常々《ふだん》はぶらり〳〵と遊んで暮してゐる様だが試験の時飄然やツて来て好成績を得て僕色々考へて見ると外面《うわべ》は飄化《ひやうげ》てゐるが精神は中々あきれる程確だ放蕩家とはあれの志を知らぬ者の言ふことで僕なんぞよりかズツト抜群《すぐれ》た勉強家だなんでも来年に学ぶ科程は今年の中からチヤアンと独修して置て今年の学科は既に去年から飲込でゐると云ふ次第だから試験前だらうが何だらうが胸中淖々として余裕がある人がばた〳〵騒いで勉強する時でも自分は一向平気なものさ江沢はどんな難問でも答弁の出来なかつた事は恐くあるまい外国教師でも下手に胡摩《ゴツト》をするとやりこめられる実にアリヤア人間の及ばぬ神の性質を持ツてゐるとしか思はれない書生間ぢや一見して交際世事の道に慣れない様だが中々以て左様《さう》ぢやない彼奴《あいつ》の国元から親類や県会議員が出京した時其応対の摸様なぞは実に老成実着で僕も二度吃驚《びつくり》した兎角当節の学生は新奇な説や高尚な事を覚えるもんだから只鼻とお気持ばかし高くなして地方有志の人物なぞを見りやウム彼奴《あいつ》か彼奴ア文盲だ新聞学者だなんぞと軽蔑して高慢と生意気とで組み立てられた学生が多いが江沢は実に感心だ下々《しもじも》に対して高慢な所為なぞは露程も外面《うはべ》に顕さない彼奴の学校に出て来ないのは蓋し特待生を止《や》められたに源因するだらう
箱、フムそりやどうした訳で一体なぜ特待生を中止されたのだ

河、ソレ君も知ツてる通り客冬中に教育有志者が欧洲文明沿革論の懸賞問題を出したらう処が江沢が例の博識と健筆とを以て二三十枚の文章を投じたところ無論最優等で一攫百円にあり附き一半《なかば》を以て書籍を購《あがな》ひ一半を以て直《すぐ》にヱ、あの北方《きたのかた》の動物園とやらに飛び込み暫くそこに寄留同様毎朝《まいてう》車で学校に通勤したと…

箱、驚いたネ寄宿舎は無届外泊か但しはハンニバリイレンか

河、どうして永い日数だもの、そんなことが出来るものか「私儀病気に附き向ふ二週間下宿保養仕度云々」の届書《とゞけしよ》を出して……

箱、ヘヱへーとんでもない下宿屋で保養するネ

河、処が余り動物園見物が永いもんだから警察署に拘引されて宿所姓名職業年齢等を警部先生から例の通り尋問されると江沢は一々其問に対して答へ終り何故に拙者を拘引せられしやと問ふ、身分不相当の金使ひの故と警部先生の御意、江沢は冷笑《あざわら》ひこれん計《ばか》しの遊びは拙者に取ツては身分不足な遊びで身分不相当ニヤ違いないが消極《ネガチーフ》の方に不相当だ、貴官憚り乍ら拙者の財産幾万円あるか御存じあるまいと大言を吐いたといふよ

箱、ハハア大笑ひだ素寒貧の書生のくせに、江沢の積りぢや胸中無尽蔵の学識が財産の積りだらう

河、大方そんな事だらうよ、そうして屯所《たむろ》を《で》帰る時犯人逮捕の事やJustizmord《ユースチツツモルド》（罪なくして罪に陥ること）の講議を例の雄弁でやツて聞かせたと云ふことサ、だから此事舎監先生の耳に入り直に綜理《デレグトール》に上申それから終に評議の上学生に有るまじき不品行なりとの廉《かど》で自今特待生を止《や》むと云ふ事で

箱、なんぼ平気な江沢でも少しは驚いたらう

河、ナニ矢ツ張リ平気の平左衛門で自后《そのゝち》四昼夜計りは相変らずソノ動物園に寄留さ、就中《なかで》奇行とも言ふ可きは彼《やつ》が帰る時遊覧料のことはボンヤリとして知らざるものゝ如く階子《はしご》段《だん》迄下《くだ》りかゝる、番頭再三請求する、黙笑してゐる下足出さない茲《こゝ》に及び整然として大声《たいせい》を発して「身共は金の様なうるさい者は手にした事はない馬を牽けツ」と言ツたとサ
ハハア……

箱、ハハア此りや可笑《をかし》いどう考へても神変不可思議な人物だ江沢の胸中測り知り難しだそしてなぜ学校へ出ないのだらう

河、江沢が曰ふには「僕等が如きものが特待生になるのは実に不本意だから今度止められたのは却て学校の為め喜ぶ所だ又学校で品行上に附て干渉するのも社会の品位を高くし卑風を矯正するのだから実に賛成する所なるが彼の服製を一定し是非此の服此の帽を着《ちゃく》せざれば昇校を許さぬ抔は一見した外観は奇麗かも知らないが是れは秩序《ヲルドヌング》の意味を濫

用して自由《フライハイト》の発達を支え心の奥が見えて僕等は不愉快だ又学校は平均教育を施して同力の人物を沢山製造する所だから俊秀の力を伸ばす所でない、そして日本は大学でも智識を研《みが》く計しで所謂智識の使用法《アンウエンツング》なるものを教えない丸で器械《メハニック》的で組み立てられてゐるから大学《ウニウエルジテート》と云わんより製造場《ファブリック》と言ふ方が適当だ、だから此機会に退学しやうかとも思ツたが国元の親が心配するだらうしかた〴〵本年七月は卒業期に附き夫れまでは先づ学生の名簿だけ借用して置《おか》う」ナンナカンと言ツたから此口振りぢや今年半年は欠席して試験の時飄然出現する積りだらうよ、ア、口がくたびれた湯を一杯酌《つ》いで呉れ玉へ

箱、お客様だぜ僕は、エ、仕方がないソラこぼれるよ、ダガ、ナンダネ江沢の秀才と博識とは感心だが品行だけは、モ、少し謹んで貰ひ度い放蕩家の名称《な》が世間に広がツても何とも思わない所の大胆は採る所ろがあるかも知らんが其名誉と品位とを損ずるのを顧みないのは決して感服する能はずだ是のことは啻《たゞ》に江沢ばかしでなく我国一般殊に爵位附きの高貴人に望む所だ朝宮に出入する伯爵夫人や外国公使と交際する奥様方が成田不動や天満宮の御利益《ごりやく》を請願するとは如何に無教育だと言ツてもあんまりだ是れに附ておかしい話がある近頃阿諛《をべつか》の上手な某《それがし》紳商は向島《むかふじま》の別荘で当路の貴顕《れき〴〵》を夫人同伴で饗応した其時顕れ出でたのは新橋柳橋葭町《よしちやう》等より一粒撰《ひとつぶえり》に容貌《きりやう》と技芸《げい》の優れたのを撰んだる数十名の芸者サ、すると大変なんだ此夫人方は此に居る歌妓《げいしや》等《ら》がマダ半玉《はんだま》で、一本にならぬ内屢々花月とか柏木なぞで一坐して姉サン〳〵と呼ばれた御方々《おんかた〴〵》が沢山あツたと思ひ玉へ、マサカ其席では言ふまいが浄水《てうづ》にでも行かれた時歌妓等は「美代チヤン今晩は」とか「姉さんしばらく」「お前何ぞお奢りよ」とか廊下で密話《さゝやい》てゐるのを庖丁《コック》が聞いたとか聞かぬとか実にあきれるぢやないか此頃改良会は沢山あるがナゼこんなに必要な品行矯正会を主張しないのだらう彼のゴヱテー先生も「品行は人の姿を写し出《いだ》す鏡なり」と言われた位故僕が言ふ迄もなくイヤサ僕は確信して大切なものと思ふ斯ふいふ人気《じんき》の空合《そらあひ》ぢや日本の矯風もまだ余ツ
程待ち遠いネ

と口に任せて夢中に多弁《しやべ》ツてゐる折から出しぬけに以前のお菊は可愛き声にて

菊、ヘイお待ち遠さま

箱、ヱ、吃驚《びつくり》した

河、ハ、、あんまり人の事を悪く言ツたので罰が当ツた

菊、箱田さんあなた、わたいの事を悪く言ツて

箱、ナニ菊チヤンの事はモー〳〵大層賞めてゐたの、悪く言ツたのは河井さんのことをサ

菊、それぢや好《いゝ》がネわたいの事悪く言ふとこのビール上げま

せんよ、アノ跡は今源七どんが持ツてきますよ

斯くてお誂へも席上に排列しければサア喰べ玉へ飲み玉へと隔てぬ友の両人が雪を眺めて酌み交すビールの味は玉堂華屋に住《すま》居《ゐ》し玉ふ方々が一瓶数弗《すどる》を費し玉ひたるシャンパンボルドー等にも一層優《ひときわまさ》る味《あぢは》ひある可し互に酒気を帯びたれば話しもいとゞ興を添え

河、ヲイ君、ソンナニ喰《くら》ふこと計し専門にしなくツても且つ話し且つ飲む可しそう云ふ風ぢや男女交際の宴会なぞニヤア所詮……其大口を開けて喰《たべ》てる様は丸で大蛇《おろち》の様で実にあきれ蛙も胆を潰して遁げて行かアどうしたヱ品行論の続きは、ヱ

箱、ナニ喰《くら》ふ事計りが専門だと君の皿は已に二枚は尽てゐるぢやないか自分のことは棚に上げ人の悪口も推しが強い

河、此の間学校の運動場《うんだうば》で推し合ひツこしたりや君が勝ツたぜ

箱、揚げ足を取る可からず僕等は全体生れ附きがしなやかで上品だからどうしても喰《く》ふ事が遅い一杯飲むからこれにお酌をし玉へ

と言ふうち何か河井の眼には光線の感じか違ツたと見え俄に首を延して往来を見れば二人挽の膝黒車《くるま》スル〳〵〳〵（車の雪にきしる音）パサ〳〵〳〵（車夫の足音）ゴトン

河、ヤア君大変な者が舞ひ込んだ

箱、ドレ〳〵何だハヽア洋装の美人だネ実ニ素敵滅法午前の怪物だ一体これは何処《どこ》から出現ましましたのだ

河、これが即ちお菊の所謂駿河台の姉《あね》さんなるものサ

第二回　奇言と多弁

乗客、ヲイ茲《こゝ》でよろしい下《おろ》して呉《く》んな

車夫、ヘイ拝承《かしこまり》ましたへ……旦那骨折ツて参《めへ》りましたからどうかへ……

乗客、なんだ笑ひ様《ざま》はまづい笑ひ様《やう》する奴《やつ》だ幾何《いくら》やるんだ

車夫、へ……十五銭ですが急いで参りましたから丁度にしてやつて

乗客、なんだ二十銭小さい請《ねだ》り様をする奴だもツと万事大げさにやらかせサア三十銭やる持ツていけ

一種毛色の変りたる客人に出向《であ》ひ車夫は物も言ひ得ず腰を屈《かゞ》めて只

車夫、旦那すみません有り難ふ御坐いますへイ誠に有り難ふ

時しも八月中旬頃《なかばごろ》浅艸行に新橋行馬車の集《つど》ふる上野山下町に車を下《おり》る一箇の客人后《あと》も見ずして無極亭に這入《はい》る

下女の声、イラツシヤイ

折から上野の鐘声《かねのこゑ》ボン〳〵と午前九時を報じける表と裏は雲泥表裏物静にして新築の座敷いと清かなりまだ朝の事なれば合客も少《すくな》し以前の客は坐敷の一隅《ひとすみ》に坐を占め独り酒飲

河井箱田の両友池畔の雪景を酌む

んでゐる今其容貌を見るに頭《かしら》大く髪黒々として光沢《つや》あり鼻秀で丶歯は春葱の如く白し顔色は白き方にはあらざれども亦た黒き方でもなし満面常に快喜の色を帯び口元頗るニコヤカなり其眼の美《うるは》しくして身体《からだ》の豊かに肥え音声のいと軽快にして動止《ふるまい》の活潑なるを以て推せば先づ多血質《ザングインシ》の人物ならんか年は廿四五にして衣服は上等の白薩摩《しろさつま》に白縮緬《はまちり》の帯をグル〳〵と巻き着け本場三紋の絽の羽織を着流し頭には山形の鼠色の帽子を頂いて手に洋書《ブック》を一冊携へたるは学校帰りとも思はれず誰《た》が目で見ても一箇の書生たるは瞭然たり一ツ不審なるは帯に挿んだる金時計なり鎖とも総金にして其光沢《つや》の摸様より見れば十五ガラートは請合なり酒も相手なければ飲めぬとみえ、まだ二本の銚子をも換へぬ内に顔の色は早薄もみぢとなりぬ話し合手のなきにいとゞ無聊と見え飲み干したる盃を幾度《いくたび》か右手に持ち又左手に移ししばしの間うち守り「なぜに盃物言わぬ」と言ひさうな睨め方なりかゝる折柄又上り来る客人あり其風俗書生の様にもあれど善く〳〵分析して見れば汗取繻絆の白い襟数寄屋《すきや》羽《ば》折《をり》の着こなし口のきゝ様帯の占め方、商人の分子が多く年歯《としのころ》廿才前后なる可し以前の客は声を掛け

甲、君は北野さんぢやありませんか

乙、ヲヤ江沢さん実《まこと》に奇遇ですネ

江、君と此前知己《しるべ》になツたのは花時向島で……一ィ二ゥ三ィ殆んど四《し》ケ月になりますけふ又茲所《こゝ》で計らず遭《あふ》と云ふのは

余程縁が有ると見えますネ、僕は合手がないンで殆んど当惑酒の味もしなかツた所で……其徒然《つれぐ》を天帝憐み玉ひ君と言ふ好敵手を下し玉ふとは……ハ……サア是所《こゝ》に坐り玉へ君一ツ

北、ヘイモー一杯ですヲイ姉さん口取と刺身をソシテお酒も

江、君は今も矢ツ張り元の社にゐますか

北、イヱ私《わたくし》は只今京橋日吉町《ひよしちやう》小川洋服裁縫店に雇《やとは》れてい《ママ》ます

江、左様《さう》、当節は衣服改良が盛大で洋服の勢が滅法に強いので嘸《さぞ》かし店は忙しゆありませう

北、さやうです、此節天運独り私等《わたくしら》の方に集まり御客万来陸続山を成し店頭《みせさき》は実にヱ、、なんだツケ、リ、リ、立錐の余地なしと云ふ様で実にソノ利潤《もうけ》が有り過ぎて困る位です、殊に婦人の訊《あつら》へ向きが多いので府下の貴嬢令閨等の臀《どん》の細大まで計れり尽せりです

江、ハ、、夫りや利益外の利益と云ふ者です、そんな甘《うま》い事が有るなら僕も洋服屋に転業せうか知らん

北、成る程御無理御尤も何んですて、ヱー洋服の便利にして外観善きは既に貴君《あなた》の知る所なりです、だから貴君方もおこしらえなさい書生さんは国家の宝文明開化の基《もとひ》ですから私の店ではなんですアノーあなたが御頼《おたのみ》になれば二十円のものは大まけにまけて二円位で、イ、ヱほんとうです成るたけソノ勉強して其代りユー、ヱ何んだツけウムそふ〳〵有髯社会に高く売り附けて其むめ合せを致します

江、ハ、、飛んでもない所に飛汁《とばしる》が跳ますネ有髯社会こそ大迷惑だ

北、ナアニ構ひやアしましせん午前九時の出頭で烟草や茶を飲んでそして居眠をやらかし夢のさめた時分に御帰館になり権君《ごんくん》とイチヤツイてそして年俸数千円ですもの少しは吸ひ取ツても構やアしませんどうも洋服屋は大したものですネ、常々大臣や華族方の内に出入して体を自由にひねくり廻し殊に奥様やお嬢様抔《なぞ》は少しでも奇麗に恰好よく拵へて貰うと云ふ弱みがあるので、寸方取る時私が彼方《あちら》お向きなさい此方《こちら》お向きなさい脊《せエ》をお延しなさいと云やア自由になツて

江、女の体を自由にすると云やア大層な申分だが君の所謂自由にするのはポイントが違ツてゐるネ

北、まだ可笑事《をかしいこと》がありますま私が洋服かナンゾを着こんで高帽子でズツトすまアし込んで華族の内にでも這入ると皆んなが何誰様《どなたさま》がお出でだらうツて驚きますのサ取次の者抔はヘヱヘーツて玄関に頭《かしら》を附け恭《うやく》しく敬礼します、だが何誰様と聞かれた時洋服屋で御坐いますと云ふと直《すぐ》に今迄下げた頭をグツト揚げ暫くソコへ扣《ひか》えて居れツと叱り附けられるのには閉口々々

江沢は最前より相替らず面白き人物かな宜き合手《あひて》を得たりと思

ひ日頃江沢の能弁も之に圧せられ只北野が夢中になツて話すを
笑ひつゝ聞きゐたりしが

江、其閉口したかわりに口開《くちあけ》の熱い所を一杯サア

北、ハイコレはどうも

江、書生さんには八割も九割も下直《げちよく》で拵えて呉れるなら僕は二三十枚頼みませうソシテ他に売り附けりやいゝ商法にならア

北、ヤアコリヤ亦閉口々々だがなんです私《わたくし》の内は茅茨《ぼうし》小屋《しやうをく》だけどチトお節《つい》での時はお立寄りを

江、なにボーシセウヲク……帽子……セウ……帽子商屋、君は洋服屋ぢやありませんか

北、ハ、、貴君も学者に似合ない察しが悪るいやソレ弊宅と云ふのを少し色附けたので此漢語は花房公より習ツたので

江、これは恐れ入ツたイヤアに六箇しい漢語を、然し屹度《きつと》近《きん》日中《じつうち》に高価《たかい》洋服を安くこさえて貰ひに参《まへ》りませう

北、ぜツぴどうか、だが無極で再会して知己《しるべ》になツたと言ツちや外聞が悪るいから総理大臣の座敷か乃至は某《それがし》伯爵の邸内で知り辺《べ》になツた位法螺吹いて下さい、ヲイヲイ姉さんチヨツ返事しやがらぬ姉はん〳〵

下婢、ヘイーお呼びなさいましたか

北、ヘンさツきから声の涸れる程呼んだのだ、だれかの事ばかし考へてサ、いゝまア頃は半ン七さん

ポンと背中を打つ

下婢、あら存じませんよ

と無理に容易に造り出した笑顔《わらひがほ》心の中《うち》では妙な奴だ

北、エ、コーツト玉子焼を持ツてきて、そしてお銚子の換りを後押しに綱ツ引で早く

下婢、ハイ拝承《かしこまり》ました

江、ハ、、玉子焼かなんぞを喰込《くひこ》ンで精分を附け腎の疲れを補はせるとは君も中々去る者だネ昨晩は何楼《どちら》で

北、楼は角海老楼《かどえびらう》にしてソモ私の合方と云ふは名は深雪卿《みゆきぎみ》と云ツて吉原廓中は勿論五大洲中に二人とない絶世の佳人サ

江、ヘエヘヱー（としばらく考へ）それぢや失礼な話だが君は昨晩ソノ動物の顔を三日月と一般チラリと拝見した計りで空しく一夜を床の番で

北、ヤアコリヤ驚いた貴君の天眼通には恐れ入ツた実《じつ》の所を白状すりや全く左様でゴザイどうして貴君が夫れを御承知で

江、サア其訳を話さうなら永いこと僕と彼《あ》れとは一方ならぬ深い中

北、ソレヂヤ貴君は彼の深雪とは

江、あの動物とは互ひに思ひつ思はれつしかも去年の桜時嬉しい縁の肌合せ濡れて色増す海棠の花も実もある僕様に
「初会にフツト恋風の身に染々《しみ〴〵》となづかしく人目の関も」

ハヽ、夜着《よぎ》の内からどうしても出ないので昨夜《さくばん》は君に床の番をイヤサどうも君にはお気の毒さま

北、どうつツころばかしまして

下婢、お待ち遠さま

北、玉子焼かェ、いま〳〵しい畜生め

江、これはしたり慍《いきどほり》を他人に移す可からずソコデ彼《か》の楼《うち》を出る時僕が吾物の造り換の極々の上作を一首残して来ました

北、コリヤ面白い学者の俗歌はまた格別だらうどうか御名作をお聞かせなすツて

江沢は節を附けずに極々小さな声にて棒読《ぼうよみ》する

唄「我物と思へばかあいLiebe《リイベ》（愛女）の顔今宵見たさの目的で急いで行けど夏の夜の暁早く烏啼き別れもつらき床の中《うち》実にやるせがないわいな」アヽ苦しい

北、甘《うま》い〳〵成る程上作だどうもソノなんです論理学上で出来てゐる唄だから妙味《うまみ》が有る私《わたくし》もそんな百々一《どゞいつ》をくねり出しました

江、なんと、伺い度い、どうせ振られたのに宜《い》いのはないて

北、所が、さうでないからをかしい、先づ其題が名代部屋《みやうだいべや》にあツて空しく一夜《ひとよ》を明しければ「ゾツコン惚れたと思ふてゐたに「親兄弟に見はなされあかの他人の傾城《けいせい》に可愛がられう筈はない」して見りやお金のあるうちか」とはどうですと中声で歌ふ

江、フム文句入だな、君も下手ぢやないネ、声と云ひ節と云ひ芸人徒足《はだし》でと云ふ迄はいかんが足袋《たび》位の価値《ねうち》は、しかしあの深雪は動物に似合《にやわ》ず性質温和にして品格あり決して尋常の動物と同一視す可からずだから結句の「して見りやお金のあるうちか」とは少々不適当だ此事は僕誓ツて弁護する

北、ヘン自分のだと思ツていやに賞める奴サ

互に酒に酔廻《ゑひまわ》り口も軽《かろ》けりや気も軽き二人連れ酌みつ交しつ談笑の佳境に入りて何時《いつ》果つ可くもあらざりし折から又もや鐘の報告《しらせ》

時は金、金は時、去ツて戻らず矢の如し、一年の謀《はかりごと》は一月《いちげつ》に在り一日《いちじつ》の謀は早朝に在り、府民よ府民勉めよ励め、時を利用するものには褒美上《あげ》ます濫用する奴ア馬鹿で厶《ござ》る

江沢は急に時計を見て

江、ヤアモウ十時だ北野さんお陰げでお面白う御座いました茲《こゝ》で一泊するでもなからうから、どうです一先づ切り上げちや酔醒《ゑひざま》し兼運動に上野の樹陰《こかげ》をブラ〳〵は

北、ヒヤ〳〵どうせ私《わたくし》は今日は休暇《やすみ》ですから内に帰ツて主人の渋顔《しぶがほ》を見るよりも同じことなら暫くでも貴君の側に居ツて御様子のいゝお顔を見て気を散《はら》した方が

江、ヒヤカシちやいけませんぜ、どうも裏腹から言われると真綿で首を占められる様で一入《ひとしほ》心持が面白くなるテ

北、ナアニヒヤカシぢやありません決して虚言《うそ》でない証拠には昨晩《ゆふべ》の深雪が

江、ヲツト其事はもう言ふ可からず（と言ひつゝ首をチョツト右に傾け書物《ブック》を手に握る口の内にて）どう考えても分らないのは ihr《イール》 Herz《ヘルツ》（彼の女《をんな》の心）

北、エ、なんですと

江、ナアニ外《ほか》の事さ、そろ〳〵御腰《みこし》を持ち上げませうか

北、宜ろしう御坐いますオイ姉さん両方とも大急ぎで勘定だ

第三回　東台山の笑話

上野山王台の茶亭《ちやや》に腰うち掛け緑樹の陰に涼《すゞみ》を納れ居たる一箇《いつこ》の若き紳士あり身には奇麗なる洋服を着けリチモンドの巻烟艸《まきたばこ》を薫《くゆ》らし片手にハンカチーフを持ち汗を拭き乍ら四方《よも》の景色を眺めるうち不忍池の向岸を見乍ら

どうも実に果敢《はか》ないものだ、おれが彼処《かしこ》に居つた時たしか今年の一月に共に雪を見てウムさう〳〵ビールを飲み乍ら議論なぞをして、茲《こゝ》へもよく一所に来たツけア、往事夢の如しだ、才子多病天年《とし》を仮さず

とそゞろに懐旧の念を起しけるが今男阪を登り来る以前の二人を早くも見附け

ヲイ〳〵江沢ぢやないか

江沢は突然声掛けられ傍《あたり》を一二度見廻す

ヲイ江沢茲だよ茲だ

江、ヤア河井か勉強家に似合ず朝の中から散策《さんぽ》か珍しいな

河、試験后に誰が勉強する奴があるものかマア茲に掛け玉へ昨日《きのふ》卒業試験の成績が漸く分ツたが相変らず君は優等だ箱田も中々の好成績を取ツてゐるが試験后幾何《いくばく》もなく死ンで此成績を見るを得すとは実に地下に瞑せずだらう僕は此事を思ひ出すと実にかわいそうで堪らない実はけさも天王寺に行ツて彼の墓を追弔して来た帰りサ所で誰れだか新しい花をいけ墓前を掃除してあツたが大方君だらう

江、僕も実は昨日弔《きのふとむら》ふて来たのサどうして君がそれを知ツてゐるのだ又足跡かなんぞてかぎ出したのだらう

河、ナアニさうぢやないが君より外に墓参する様な者はないから実に君は、をどけた様でも友愛の情を忘れないのは感心だよ

江、ハ……仰せの通り啻《たゞ》に友愛の情のみならず愛恋の情にも随分深いのサ（と后《うしろ》を顧み）北野さん茲に掛けなさいこの人は矢ツ張僕の信友で河井金蔵《かわゐきんざう》と云ふ色男御心置《おんこゝろおき》は御坐いません（と又河井の方に向ひ）是のお方は北野道次郎《きたのみちじらう》君と言ツて僕の生れぬ前からの知己《しりべ》サ当時大臣方の邸《やしき》に出入して顧問の重役を帯び中々博学にして世事に長し弁舌爽かにして善く法螺を吹き他日国会開設の刻《きざみ》はさしづめ議員になる人サ、だが多分は六ケ敷からうて

北、江沢さん戯言《じやうだん》言ツちやいけませんほんとうに困るネ
江、ヱー凡そ此世にあるとあらゆる物事は心得て居ないものはない就中《なかんづく》衣服の裁縫や又美人の臀《しり》の豊腴《ほうさう》細大の測量抔は最も其鼻を天狗にする所で且つヱー……
河、どうも独りでのべつにしやべるネ、君の言ツてる事はさつぱり分らないや
江、さうだらう僕にも分らないものを
河、チヨツ、そしてなんだ生れぬ前からの知己があるものか
江、イヤお気にふれたら御免下さい
と江沢が気軽な取りなしでやがて紹介も済み各々《おの〳〵》床《とこ》に腰を据え大島田の曲者《くせもの》が愛敬《あいきやう》と共に斟《く》んで出す桜湯は酔後の口には又格別と共に喉《のんど》を湿《うるほ》しつゝ
江、ヲイ姉さんモー一杯ついでにお前の笑靨《えくぼ》も半杯ばかし(と言ひつゝ河井の方に向ひ) どうも人は見掛によらぬものだネ常々方正謹直石部《いしべ》金吉《きんきち》に鉄の兜《かぶと》と大理石製の鞋《わらじ》を着けさせた様な人が僕等よりズツト上の金泊附きの不品行家たア意想外だ
河、ヘン世界中に恐く君の上に越す不品行家は鉄の艸鞋《わらじ》を穿《は》いて尋ねてもありやアしまい
江、ナニ沢山あるよ現在今茲に在ツて実直を粧《よそ》ツてゐる人なぞは其一例サ
河、北野さんか
江、ナニ君サ
河、是リア失敬極まる是の地に伏し天を仰でも決して恥ることのなき廉正のお方を指して不品行抔とは
江、ソレ、そんなに陰密《かく》すだけが罪が深い、だから僕等より五六等の上位を占むる不品行家と言《いふ》んだ僕等は常に四方を飛び歩くから如何に陰密しても直《ぢき》に聞き出すのサ天知る地知る人知る我知ると詠んだる支那の揚震は真《まこと》の武士で有りけるよナア
河、こりや覚もない濡衣《ぬれぎぬ》だ己れの心に比して人も……だが君等に向ツて弁駁を試みるは大人気なしだからマアうなるだけうならせて置くのサ馬鹿〳〵しい
江、ヲツト言ふまい〳〵(音羽屋の仮声《こはいろ》にて) コー金蔵しよンなロ青え言訳《せりふ》は素人に向ツて言ひなせへおれに言ツちや釈迦に説法人は知るめへと思ふが、てめへは角海老楼の深雪《みゆき》とは深《ふけ》へ中で有らうがのーア、仮声は六かしい
河井は目をしかめ口を結んで少し憤《おこ》ツた顔附暫くして
河、君でも僕でも今に社会《よのなか》に出ると言ふ身分ぢやないか場所も択《えら》ばず汚《けがらわ》しい事は少したしなみ玉へそして第一深雪とか黒雪とか馬の骨見た様な者は憚り乍ら知らない
江、ナニ黒雪見たら驚くだらうネ、北野さん僕もさう言はれりや意地だ其訳一通り話すから驚き玉ふな
河、マア宜《いゝ》と言ふ事よ、もう沢山だ聞かなくツても

虚言でふい話を虚言と疑ぐる河井と江澤

北、江沢さん深雪の話しするなかんて惚気《のろけ》を配分するンぢゃありませんか

江、イ、ヱ惚気に非ず恥を洒《さら》すなりヱヽ（とチョツト近辺《あたり》を見渡し少し以前より小さな声にて）昨晩浅艸迄用達しに行くと村上に出合《でや》ツてチョツトと言ツて八百松で飲ンで表へ出ると村上の事故《こと》是から内に帰るのはつまらんなアが発端で相変らず磁石の針で北《ノルデン》へ計《ば》ツかり向きたがツてナニ僕は発案者ぢやない僕は余ツ程原案廃棄を主張したが採用せぬから已むを得ず致し方なく拠《よんどころ》なく是非なく不勝〳〵に車を雇ツて（と言ひ乍ら呑掛の茶碗をひツくり返し北野の羽織を少し濡す）是は失敬御免なさいト一飛サそして村上の御意《ぎよい》に任せて角海老楼にこぎ附け僕は初回で所謂深雪なるものを聘《へい》したのサやがて座敷がひけて而《しか》うして後床《のち》となり床納ツて而して後ち相方来《あひかたきた》る僕是時此本を見てゐたのを中止して熟々《つら〳〵》玉面を拝見すると実に瓜実《ウリザネ》と円豊《マルポチヤ》を程善く調合したる断腸的にして明眸柳眉楚々人を動かす先づ挙止《たちゐ》は静《しと》粛《やか》にして品格あり何辺《どこ》となく雅趣《おもむき》あツて深窓貴嬢の風あり其白い細い手でアイと言つゝ出す吸附烟艸《すゐつけたばこ》の摸様よりして推す時はまだ廓《くるわ》に来てから一月位にしかならないと見え万事泥中《でいちう》の濁水《にごりみづ》に染《そ》んでゐないのサ先生ボンヤリと恥かしさうに悲しさうに枕辺《まくらべ》に坐ツておいでなすツたが僕の洋書《ブツク》の中に挟ンであツた端書《はがき》を見て不審さうに「もしあんた此お

手紙わたいにお呉んなはれ」と言ふから僕よく〳〵其手紙を見ると気附《きづか》んでゐたがそれいつぞや君が試験后箱田の病気を知らして横《ママ》した端書で表に江沢良助様K《ケ》. kawai《カワイ》より と羅馬字《らうまじ》で書いてあるのサ僕はあれに向ひ「そんな鐚《びた》一文にもならぬ端書を貰ツて何するのだ」と聞くと「ぜひ入ることがありますさかいに、そして此お手紙をお出しなはツたお方は河井と言ひなはるな」と言ふからはて女郎に似合ず羅馬字を知ツてゐるが少しは教育でもあるのか知らんと思ひ「ア、河井と言ふんだ」「アノお名は金蔵はんと申しはしまへんか」「ムウ左様《さう》だ〳〵よく知ツてゐますネお馴染かへ」「いゝエ、そしてあの此のお方は貴郎《あなた》のお友達だすか」「ア、親類より親しい友達だ」と聞いて無言《だま》ツて塞いてゐるから僕はハテナ何んだらうハテナと千思百考河井は登楼なぞをする人物とは思はなかツたがそれじや色は思案の外と言ふGrundsatz《グルンドザッツ》（確言）に違《たが》はず内々は繁々《しげ〳〵》通ひつめ深雪と深い中で末はどうしてかうしてと互ひの……

河、ヲイ〳〵どうも君はよくそんな造り話が出来るネ初めの中《うち》は僕に関係のない話だから僕が兎や角嘴《くちばし》を入れる訳はないが其の様に僕の名誉上に関する話は僕は断然停止させます人、誰れが女郎なんぞを……

江、然り〳〵だから僕も考へたのサ君が無論女郎をどうし様のかうし様のと云ふ存念はないに違いないと然し乍らネ君が夜《よひ》の口説にそんな気休めを言ツて未通女《をぼこ》も同然なあの妓《こ》を嬉しがらせて、そして近頃一度も顔見せないから気に病んで深雪めが塞いでゐる此様に考へたので僕はズツト粋《すゐ》をきかせ、あの子がどうするか眠ツた風で見てゐると床にも入らずさめ〴〵泣てゐる塩梅は雨に悩める海棠風を恨む青柳の姿も古いかネ僕が「なぜ泣くのだ」と聞いても無言ツてゐる「私は本を読むから外《ほか》に客があるなら構はずに」と迄漕ぎ附けたが猶泣き出した仕方がないから熟考の上ナアル程さうかと暁《さと》ツたので前文を取り消して更に「河井さんとさう云ふ訳ならお前も私に出るのは辛からうから決していやらしい事はしないからマア茲におやすみと出直すと「どうもすみまへん御免なはツて」と言つゝ床の隅に小いさくなツて打伏すヲイ〳〵河井聞てゐなくツちや困るぢやないか是からがHaupt punkt《ハウプト プンクト》（要点）の話しになるンだものをエ、小さくなツて床の隅にねる、それで僕もズツト片隅の方に寄り二人の中に三四尺も明地《あきち》が出来る二人とも眠ツた様で眠らないそれかと言ツて話しもしない夜中にKammerfrau《カムメルフラウ》（新造《しんぞ》）が呼びにくる塩梅が悪いツてだゝをこぼし出て行かず（と北野の方を顧み）北野さん無極ぢやない総理大臣の邸内《やしき》でソレネ話した事は皆うそだよ君の方に行かなかツたのは其理《そのわけ》蓋し茲に存す僕に惚れたる故に非ず今迄君の心を焼かせたのは実お気の毒にぞんず

北、ハ……すツかりかつがれましたナ何ンだか面白い意味ありさうなお話しで
江、僕はこんな工合でとう〳〵硝子窓を隔てゝ花を抱き一夜を明したのサ翌朝《よくあさ》帰る時深雪は思ひ切ツた様子で「もしあんたどうぞ河井はんとやらにお逢なはツた時は一度でも宜しいさかい来てお呉ンなはれと言ツて」と五六度頼んだよイヤ僕は随分あツちこツちで珍奇な事に出ツくわせたがこんなことに出合ふた事は古今未曾有だ間夫《まぶ》の伝言を頼まれに行くとは余り感心しない話ぢやないかヲイどうだ河井の色男これでも君は白状伏罪しないのか
河、ア、ア（と欠伸《あくび》したふりをなし）長い話しほんとうに聞きくたびれた僕はそんな女は動物は畜生は
江、知らないと言ふのか中々強情だネこりや大岡越前守でも連れて来なくツちや納まらない
河、君にも似合ず疑り深いよどうも君は僕を信ずることが薄い
江、それも一理ナル程、ナール然し僕の話しも理なきに非ずハテナそれぢや分らないハテナ世の中に河井金蔵と云ふ人が二人あるのか知らん論理学《ロジック》上より推定する時は二人なくてはならぬわけ然しどうも危《あや》しい言葉が大阪で河井も大阪生れで……
北野はてんてこ舞して
北、コリヤ面白くなツて来たハテなんだらう
江、ハテナ
河井の心もしや彼嬢《あれ》では……
折から阪下《さかした》に何事か起りしと見え人の騒動甚だしく
喧嘩だア〳〵ヲイ助けろ〳〵
江、僕はチョツト検分に行ツてくるよ君方まツて居玉へ
河、相変らずNeugierig《ノイギイリヒ》（新しいもの見たがる）な人物だよせばいゝのにホイもう行ツてしまツた

第四回　小女《せうじよ》の真心

今回の物語は首回《はじめ》に現れし箱田三郎幷《ならび》に河井
○金蔵が卒業前二年前夏中《しよちう》休暇の節郷里大阪に
帰省中の出来事と知る可し

箱田三郎は妹《いもと》お光《みつ》と諸共に長堀《ながぼり》の知己《しるべ》を訪ひ網島《あみじま》の宅に帰らんと今しも高麗橋《かうらいばし》通りをこなたに打ち連れ歩く途《みち》半丁程前に行く人ありお光は早くも是を見附け
光、兄さんあのお方は金蔵さんの様ですネ
三、ア、そふ〳〵ソーダ〳〵お前は金蔵さんと言ふとぢツき目ツけるネ
光、アレ兄さんいやですよ誰れだツて目の前に歩いてゐる人

は分りまさアネ

三、だツてお前お前は最前土佐堀で学校の先生に逢ツた時は知らなかツたぢやないか

光、だツてあの時は外《ほか》の物を見てゐたものをアレ〳〵金蔵さんが見えなくなるよ

三、金蔵サアンツて呼べばい丶やどんなに嬉しがるかしれやしないお前に逢ひ度がツて居たからソシテお前のことをどんなにか賞めてゐたぜ

光、アラ嘘ばツかしヒヤカシちやいやですよ兄さん呼ンて呉れるとい丶ネ

三、逢ひたいのだな自分が合ひ度けりや人を頼まずに自分で呼ぶがい丶や依頼心があツては物事は出来ない知らぬ〳〵私はモー毎日金蔵さんの顔は見飽いてゐるからチツトモ逢ひ度カアない

と故意《わざ》とふざけ半分からかへば

光、妾《わた》しだツてそんなに逢ひ度くはないけれども

三、けれども矢ツ張り逢ひ度《たい》の、おさんがそう言ツた「お嬢様は此節河井の金蔵さんの事ばかし大層宜《い》いお方だツて賞《ほめ》てそして近頃はちツとも遊びにゐらツしやらないツていツそふさいでお出でなさるツて

光、アレ兄さん嘘ですよイヤアナおさんだよ

と言ふ中《うち》にも金蔵の後影《うしろかげ》を見失はぬ様少し早足で歩く已に十四五間《けん》計り隔りたる時分に三郎は声高く「ヲイ河井君引」と呼ぶ声聞き附けて金蔵は後《うしろ》を顧向《ふりむ》く其途端に何者とも知れず横合より金蔵を突然押倒す金蔵は何かは以てたまる可き軒下の天水桶に足引ツかけ仰向《あをむ》きに倒る丶お光は思はず声を揚げ

光、アレー兄さん大変ですよー

件《くだ》ンの悪漢《わるもの》は金蔵の懐に手を入れ何か取り出し一目散に三郎兄妹《きやうだい》の方に走り来れば三郎は

三、掏盗《すり》だ〳〵お光チヤンお前、キ、金蔵さんを介抱おし、は、早く早くわたしは……

と言ひ了らずに掏盗の後を追ツ掛け行く

お光は急き金蔵の側に行けば金蔵はいたく足を負傷《けが》し鮮血淋漓白地の単衣《ひとえ》時ならぬ唐紅《からくれない》を染出し又胸部を打ちしと見え立ちも得ず声も揚げ得ず只苦しげに微動するのみ

光、金蔵さん妾しですよお気を慥《たし》かにこりや大変なお怪我だヲヤどうせう

手早く半紙を取り出し傷口に当てがひ血を拭ひ帯の下に占めてゐたる縮緬《ちりめん》のすごきを解きぐる〳〵と巻き附け

光、ア丶どうせうヲヤ余ツ程ひどく胸をおうちなすツた御様子金蔵さん苦しうございますか水を上げませうアナタ誠に申兼ねますが御請《ごせう》ですから水を一杯お貰ひなすツて下さいナ

と四方《あたり》にどや〳〵集ひゐたる人に頼めば店先きに何事の起りし

やとぼんやり立ツて見てゐたる此家《このや》の番頭コツプに水を酌みお光に渡せば

光、金蔵さん〳〵サア水を一口お飲みなすツて

金蔵は苦しき眼を開け

金、アー苦しいお……お光さんどうもすみ……済みません

光、サア早くおあがんなさい

番頭、あなた往来ぢやなんですから私の内に担《かゝ》へ込みなすツちや如何《いかゞ》です

光、誠に有り難う此様子ぢや車では送られませんから内の人を呼びにやるまで誠にすみませんがお内をしばらくの間お貸しなすツて（と言ひ乍ら側《かたはら》の車屋を呼び）アノーチョイト車屋さん賃銭はいくらでも上げますから網島町《あみじまちやう》の十五番地河井と云ふ内迄大急きでかう〳〵言ふ訳と知らせて来て下さい

車屋は「アノ河井《かはゐ》実《みのる》様のお内なら存じてゐます」と走り行くお光は番頭に向ひ

光、それぢやお手をお貸しなすツて担《かゝ》へ込みますからアノ茲《こゝ》の近所にお医者様は御坐いませんか

番頭、ツイ半丁程先きに開業して西成館《さいせいくわん》と言ふ病院をお建てなすツた評判の名医が御坐います

光、それぢや誠に済みませんが内の小僧さんでもどうかお使におやんなすツてお呼び申していたゞく訳には急場の事ですからお助けなすツて

年に似合ず利発のお光急劇に処して狼狽せず何から何まで気を配り看護に抜目なかりけりやがて半時も過ぎし頃河井の母お蔦《つた》は此変報を聞き驚くこと一方ならず下男某《それがし》を連れ車を飛し茲に来りし頃は既に医師《ゐしや》も来合せ傷口の繃帯助急の投薬も大方《あらかた》は済みし后《のち》なりしとぞ

河井金蔵の父は実《みのる》と称し大阪網島町に住居《すまゐ》し同府庁の御用掛を勤め月給五拾円余《あまり》を頂戴する結構の身の上学才あるに非《あらざ》るも実直にして実務に長し長官の御受《おんう》けめで度《たく》当時会計局の主任を担当したりしとぞ其隣家に箱田左衛門なる人あり其相応の財産家たるは家屋の構にて知られたり或る銀行の重役を勤め頗《すこぶ》る人望ありしとかに聞く是れ三郎及びお光の父親なり此兄妹《このけいまい》幼き時より金蔵と往来し同じ小学校へ相伴ふて昇降し殊に金蔵は三郎を深く慕ひ同級の事なれば質疑問答等をなし一日顔見ざれば若しや病気にてはなきや抔《など》と幼な心に考へて互に聞き信《おと》づれしこともありしとぞ斯くて同じく小学校を卒業し二年計りは共に某《それがし》塾《じゆく》に入《い》ツて洋学漢学等を修めゐたりしが両人とも終に志を立て父の許しを受けて遊学の為め東京に登る

お光も程なく小学の科程を卒へければ母は「余り女子に学問ばかしさせても却ツテ生意気になり行儀作法荒々しく物の言ひ様《やう》女らしからぬ様になりますから是から遊芸や裁縫なぞを専一に教ゑたがよろしゆ御坐いますとの発言なる程それが宜しいと父

親の同意兄三郎独り動議を起して曰く今の時世に学問をして却ツてわるいと云ふ様な平仄《ひようそく》の合わぬことはお父ツさんありやしません世の中の人が女の学問は兎角温雅の美徳を損すると言ふのは学問したからでなく学問の仕方が悪いからだ女は温良貞淑の性質ばかりあれば教育はなくツても宜しいと云ふのは大きな誤りで温良貞淑の性質は教育があツてから光沢《つや》が見えるもので又女子の美徳を飾る必要品です教育がなけりや結婚して家事を司る時に当ツて取捨《よしあし》の両岐《りやうみち》に疑ひが出来て飛んでもない害が生ずる夫を扶助して其片腕となり世間に交際して夫を恥かしめず家政を整治して児女を教撫するも又愛情の外別《ほか》に優美の快楽を夫に与ふるも皆な教育の力です今日《こんにち》教育を智育ばかしと思ふから生意気とか何とかの誹《そしり》を受けるのですだから徳育を以て其弊を拒《ふせ》がなくてはいけない総体女と云ふ者は発育が早いから十七八歳迄の中《うち》に一通り飲み込んで置《おか》なけりや跡で少し身分のある処へ嫁に行ツて色々恥かく様なことが出来て後悔することがあるから家庭教育家事経済家内衛生修身学等の婦人に須要なる学科を修めて置なくてはいかんとの長たらしき抗論は惜《をしい》かな同意を得ずして消滅となりぬ尤もＡＢＣの文字及び綴り方位は兄三郎の教ゑに由り知りゐたりしとぞ彼の金蔵が掏盗《すり》に逢ふて負傷せしを介抱せし時はお光の芳紀《よわひ》正に十六にして花の蕾漸《やう》〱に綻び浅き色香微《かす》かに萌《きざ》せし時にして彼のシルレル翁の所謂「人世の弥生《レーベンスマイ》」(Lebensmai) と云へる初途《かどで》なりけり

此逢難の一件より河井箱田の両家は非常に親密になり河井夫婦は箱田兄妹の恩義と親愛とに感ずること一方ならず殊に金蔵はお光が日頃の温和なるに似合しからず彼の急場の処置老成人も及ばぬ英才と風采とを愛し又其介抱の恩義に感じ其感ずるの情と愛するの心は遂に恋慕と変じたり入院中も毎日の様にお光の見舞を受《うけ》るをば父母《ちゝはゝ》より訪問さるゝより幾層嬉しく思ひしとは叉手《さて》〱恋慕は強勢《がうせい》な者かな斯くて西成病院長の好術と諸人《もろびと》の厚き看護に由り二周間余を過ぎし頃愈〱《いよ〱》全快に趣き明朝《あす》は退院の時と定まりし位故心持も平常《ふだん》と異なることなく園中の運動も医師《ゐしや》より許されてあるものをベツトの上に打伏して看病婦の伽も却ツて物憂き心地あり鬱々として浮立ざるは何故ぞ見ぬも憂し見れば思の弥増《いやまさ》る河井金蔵の脳中に苦む所は恋慕と云へる曲《くせ》者《もの》の処置如何《いかん》に在り仮りに写真鏡を以て其意中を写せば

金、ア、思ふまい断然と忘れてしまはうヨシ〱プツリ忘れてしまツたモウ決して思はない大丈夫たる者がこんな人にも話せない様な事をいくら思ツたツてだめだ思ふ程愚痴だ屹度《きつと》忘れてしまはう忘れなけりや学業の妨げになる来月は早々再び出京してモー二年間さう〱左様《さう》すると顔を見ることが出来ない若しや其内に外《よそ》へ縁附くと大失望だ残念だヱ、亦こんなことモー忘れてしまツた以上は縦令《たとひ》人の妻にならうがなるまいが平気だ無関係だ、だが命を扶けて貰ツた恩人だから生涯忘れては済《すま》ないあの時縮緬の帯を惜気

お光金藏の病を訪ふ

もなく引裂てぐる〳〵と巻いて血を拭ツて水を飲ませて医者を呼んで内に報知《しら》してどうも温和な様で活潑で機用で良智があるおれも七年間東京にゐたがあんな美しい気立のよい女は見たことがない眼に嫺雅《かんが》の媚と多少の威望とを備えた様子はア丶あんな佳人は滅多にないヱ丶イツソ兄の三郎まで内々うち開《あけ》て頼《たのも》うかイヤ〳〵そんなこと言ツて笑はれると……まだ卒業もしない内からまして彼女《あの》の心の内もどうだか知れやしない丶だが何ンだか満更でもなさうに思はれる毎日の様に深切に見舞ツて呉れて此間扇子を忘れて置てゐツた……ア丶これだこれだどうも婦人の持ツた物は品やかで何となく……「飛鳥川淵は瀬になる世ありとも思ひ染めてし人は忘れじ」この歌はたしか古今集にある歌だ思ひ染めてし人……思ひ染め……思ひ……誰れだらう彼女はまだUnschuld《ウンシュルド》（罪なき）の処女だから思ひ染めた人は外《ほか》にありやしまい若しやおれ歟《か》……ア丶やツぱりこれが自《うぬ》惚《ぼれ》と言ふものイツソのこと直接に意中《こゝろのうち》を明かしてしまはうかだがまてよ学問した人間に似合ないツて跳ね附られると生涯の恥だあ丶云ふ見識のある女だから男の性質を撰み分けることも望む所の摹範《いがた》も拵《こしら》ゑてゐるに違いないこんなことを言ツて思ツたより見下げた精神と思はれるだらう然しこツちでばかし思ツて居ても先方に通しる訳もなしア丶どうしたら宜からう心で心が分らない今迄は恋《ラブ》と言ふものは

面白からうと計り思ツてゐたがツマリ経験《エルファルング》のないからだ「世に恋ほど憂きものはあらじ」古人の言《こと》も初めて真味が分ツた此事を忘れてしまウ薬はないか知らん

折から病室入口の扉を半《なかば》開け半身を顕はし小さな声にて

光、お舛《ます》さん今日は

看病婦のお舛、ヲヤお嬢さん、よくゐらツしやツたネ、ほんとにあなた旦那は困りもんですよ、モウ明朝《あす》は御退院ですのに兎角お鬱《ふさ》ぎなすツて貴女《あなた》がお出《いで》になりますとほんとにお父《と》ツさんやお母《つか》アさんがお出でになすツたより余ツ程お気分が浮き立ますよハ……

光、ヲヤいやなお舛さんですよ妾《わた》しやそんなにお茶ツピイですかネ

升、ハ、、さうぢやありませんが……

金、ヲイ〳〵お升さん何ぞ御馳走がしたいネ是で何ぞ珍味《うまゐ》ものを買ツて来て下さい珍らしいお方がお出だから

光、毎日参りますのに余ンまり珍しい人でもありません今日はいつもの所の稽古の帰りに鳥渡《ちよつと》伺ツたのですからそんなことはおよしなすツて

と三柏《みつかしわ》の紋を染ぬいたる風呂敷に包みし本をベツトの側に置き椅子に腰かける

升、鳥渡とおツしやらずと長く緩《ゆ》ツくりと御話しなさいまし、さもなけりや旦那がお淋しくツて……そんならチヨツト買ツて参ります（と出でヽ行く）

光、金蔵さんモーあすは愈々御退院でお目出たう存じます

金、ハイお陰けで思ひの外早く、もしも貴女が彼《あ》の時御介抱なすツて下さらなけりやひよツとすると命に、そして其上掏《す》られた為替金《かわせきん》も悉皆《みんな》兄さんのお陰で

光、まうそんな事はおよしなさいアノ兄が今日いづれ晩方に伺ひますツてそして母も宜しく申して呉れろツてことづけ致しました何《いつ》れあすはお迎《むかひ》に参りますとサ

金、イヤ有り難ふ御坐いますまうどうかそんな御心配はお止しなすツて下さいと仰《おつしや》ツて、アノー貴女は此の間何かお忘れ物はありませんか

お光はハツト何物か心に感ぜしと見え紅潮《べにさ》す頬を双の袖《たもと》にかくしつヽ

光、イヽヱなにも忘れは……

金、もし有ツたら貰ツて置いても宜ろしいのですか

光、なにも忘れは致しませんよしや忘れました所が貴郎《あなた》の……

金、それぢや屹度《きつと》貰ツても宜《よう》ございますネ

光、だツて妾《わたし》にも何か下さらなけりや

金、こりやをかしい私《わたくし》は何も貴女の所に忘れは致しませんよ

光、ナアにお忘れにはなりませんが妾《わたくし》が盗ンだのアノ盗みましたのサお断りなしに

金、なんですか一向考え出しません
光、それぢや申しますから後で返せと仰《おつしや》ツちや不可《いけ》ませんよソラ東京からお着きになツて四五日後《のち》兄が貴郎から小説の本を拝借致しました時本の中《うち》に貴郎のお写真が一枚挟んでありました夫れをお貰ひ申したいの
金、さうでしたか私はチツトモ気が附きませんでした、だがあんなものでも宜しければ……（と少し力を入るゝ）
光、それぢやお貰ひ申しましたよモウなんと仰ツても返しませんよ
金、だツてもあまり悪く写《うつ》ツてゐますから元来悪い顔附が一層悪く見えてそして台紙に色々乱書《らんがき》してありますから何《いつ》れ写し直した上で
光、イヽヱあれで沢山ですよ貴郎は悪いとお思召《ぼしめし》ても妾《わたく》しは（と少し小さな声）
金、エ、なんですと
光、イヽヱサモウ直《すぐ》に又御上京になりますから写し直したのをやらうと仰るのは嘘ですよ
金、外の人には兎も角も貴女に向ツて決して嘘なんぞは申しません
光、イヽヱ妾しいや／＼そして嘘も方便とやら申しますからそんな気休め仰ツてとり返さうと思ツて
金、ナニ方便、方便は他人に向ツて計《ばか》し用ふるもので決して……
光、それぢや貴郎は妾しを他人と思しめさないの
金、勿論命の親だト……
お外、ヘイお待ち遠さまサア／＼お二人がをとなしく中よくお遊びになり升からお茶を入れて上げませうネ、ハヽヽ

第五回　梅田《むめだ》の悲泣《かなしみ》

栄枯盛衰の定めなき昨日の淵はけふの瀬けふの王侯亦た明日《みやうにち》の乞丐《こつじき》たるを保せす嗚呼《あゝ》果敢なき浮世かな嗚呼味気なき人生かな彼の神は大慈大仁なりとか聞く然らば何故に忽《たちま》ち人を喜ばせ忽ち人を悲ましむとは不信神論者の言ひ艸なれども是れ神の心を知らずして直ちに其所為を非評する軽躁説なり凡そ物の興亡冷熱は必ず因果あるものにして決して偶然に起るものに非ず此人は早世す此人は富貴となるとは既に産声《うぶごゑ》を発せし時より造物者の脳裡には分り居るものならんかし去れは難船に逢ふて海底の藻《もくず》となるも悪病に罹《かゝ》りて避病院の亡者となるも皆是れ因果にして造化より預　定《フホルベスチンメン》したる時期到来したるなり故に人若し造物者に咫尺《しせき》して我々の言《ことば》を採ることを得せしめ「わたくしは何時死ます楽に暮せませうか苦しみませうか」なぞと問ふを得ば先方にはチヤンと確答の出来る様分ツてゐるに相違なし只人智に裁《ママ》限あツて之を知るを得ず知るを得ざる所以《ゆゑん》は実に造化の妙配《みやうはい》剤《ぶん》と云はんのみ全世界の文明も極盛に達して均衡《バランス》なるものを失

へば再び野蛮の時代に陥るとか聞くまして人生に於てをや因果の禍福に逢遇する怪むに足らず彼《か》の箱田家の一族の如きは最も不幸の因果を受けしものと覚ゆ看官《みるひと》続く行《くだり》の悲酸を見て之を知れ

茲は浪華《なには》の片ほとり名のみ花さく梅田《むめだ》の里きのふは網島の邸宅《やしき》に栄華の月日を送りしもけふはいぶせき裏店《うらだな》の伏屋《ふせや》に辛《から》き日を送る箱田左衛門がなれの果て留守にはお光只独り昔しの美装に引かへてつゞれの衣身に纏ひ可惜《あたら》盛りを野辺に咲く花に過《すぐ》して香《かん》ばしき匂ひせぬこそ不憫なれ」《ママ》ついにかり寐の夢にだに絶《たえ》ぬ姿も伏柴《ふししば》の凝りつゝ独りつく〳〵と思案に暮れる黄昏《たそがれ》の一際《ひときわ》増さる侘しさに其まゝ柱に身をもたれ鳩尾《みぞおち》を押す腕《たゝむき》に癪《しやく》といふもの知り初《そ》めて苦を求めてはなか〳〵に忍ぶる恋も色に出で二ツには又今の身の不幸を思ふと諸共に積り重なる心根《こゝろね》を誰れに明さん様《やう》ぞなき

光、此方《こっち》で計りこんなに思ツてゐても河井さんはモウキツト忘れてしまツて、まだこんなに零落《おちぶれ》ない前なら兎も角もア、思へば〳〵若しやこれが不縁の本《もと》となりはしないか双方の御両親も内々は承知して約束もする筈であツた……河井さんのお父ツさんも一昨年滋賀県とやらに御転職ゆへ親子が今の身分に零落た事は夢にも御存じなさるまいたとひ御存じになツたツて心さへ清ければア、云ふ御深切な河井さんだから屹度《きっと》可愛がツて下さるに違ひないけれど……兄さんは先月お手紙を下すツて後になツて若し身分のある人に縁附様《えんづくやう》なことがあると其身分の恥にならぬ丈けの見識や教育がなくツてはいけないから随分耐忍して裏店のいやしい気風に染むなトだん〳〵の御意見妾《わた》しや仮令《たとひ》こんな所に居たツて隣りのお松さんやお竹さんみた様ないやらしい事はしない積りだけれど

思ひつゞけて此日頃手函の中《うち》にしまひ置き二重《ふたえ》も三重《みえ》も紙をもて包みし写真を取り出《いだ》し恋しき人の賜物と思へばいとゞなつかしく

光、ほんとにコレはよく写ツてゐる目元といひ口元の様子洋服が余ツ程お似合《にやひ》なさるもし今にもヒヨツト茲《こゝ》へお出でなすツて妾《わた》しの此汚賤《このみすぼら》しい姿を御覧なすツたら嘸《さぞ》かしお否《いや》にお成ンなさるだらうイヤ〳〵河井さんはそんな浮薄《うはき》なお人ぢやない屹度心さへうつくしくしてゐたなら「お光チヤンお前大層痩《やつ》れたネ」さういはれたらなんと云はう「ハイ是れも矢ツ張り貴郎《あなた》がもとで」「私の事それ程に思ツてお呉れなら……」自分で思ふやうにそんなやさしいお言葉をかけて下さるならほんとに嬉しくツて何だけれども…ア、早く御目にかゝりたいもし逢ツてさうでもない「お光チヤンお前は何でも留守の中に浮気をしたに違ひない私が東京にゐる時に変な夢を幾度《いくたび》も見たもの」と仰《おつしや》ツた時は残念《くやしい》ネ「イ、エ那《あ》ンな事ばツかり仰るよ夫《そ》ンな郎君《あなた》……夫ンな水

臭い了管《りやうけん》だと……

末はあゝしてかうしてと千種万種の架空の想像を胸裡《むね》に画《ゑが》きつゝ些少《さゝやか》な事まで気を配る乙女心ぞあはれなる繰り返し〳〵詠《なが》め見て納めんとして亦気に附く写真の裏

明誓ハ同クレ月ト有テレ時欠ケ　芳容ハ似テレ花ニ幾日カ妍ナル
誰カ言ハン断袖ノ非ストニ良意ニ一　或ハ恐ル分桃ノ是レ悪縁ナルヲ

光、兄さんに伺ツたらコレはある先生が小説を読むとやら云ふ題で男女の情愛の事を詠んだ詩だツて支那《から》の故事《おはなし》やなにかを講釈して下すツたが何だか縁起の悪い……もしやこれが悪縁の基となりはしないか知ら、ほんとに何ンだか気がもめるア、ぢれツたい

折から汽笛の声ピユウツピユ――ツ

光、ヲヤもう六時過ぎだよ京の汽車が着いたモウお父ツさんがお帰りになる時分だ此暑いのに新聞の配達とまで零落《おちぶれ》てほんとにどうしてこんなに不幸が続いたのだらう網島の宅《うち》は洪水で流されてそれからまもなくおツ母さんの病死ア、おツ母さんがお出でなら話し合手があツて気持も浮々するけれど、すると直《すぐ》に銀行の閉店負債の為めに瓦解して株金《かぶきん》は皆ンな水の泡其上常々余りの実直から人の負債までお父ツさんに引ツかぶされ今ではこんな貧乏住居《ずまゐ》女子《をんな》の甲斐なさ始終お父さんをお楽にさせる日もなく早く兄いさんが学校を卒業なされば此苦しみもなくなりお父ツ様もお楽にさう〳〵今頃は御卒業の時刻此の間のお手紙にも今暫くの事だから随分兄に代りお父ツ様に孝養を頼むツてア、早く卒業の信《たより》がそして河井さんのお信りも

折から表にハイ電信と言ふにお光はハイと応《いら》へて直に受取を差出し上書《うはがき》を見るに「ハコダサエモンサマ、カワヰキンゾウヨリ」とあり

光、ヲヤ何だらう河井さんから……アノ河井さんから電信でくる位だから屹度よく〳〵急な御用に違ひない、いツそ朝日新聞社迄持ツて行かうか、だが留守がなくツてはモウ追ツ附けお帰りになる時刻、何ンだらう読ンで見やうかイヤ〳〵縦令《たとひ》親子の間でも人の名宛の手紙を断りなしに披いてはもしや御卒業の報知《しらせ》ではないか知ら、それならなぜ兄いさんのお名前でなく河井さんから河井さんから……もしや万一縁談の……ア、お父ツさんが早く帰ればいゝ

昔しの富貴に引換へて今は新聞の配達夫股引《もゝひき》絆天の下郎姿肩に函を担ぎつゝ霄時《しばし》の間も悴《せがれ》の事忘るゝことも泣き涕《なみだ》濡るゝ袖《たもと》も一片の望みの為めにぞかわきける今日は卒業の報知やこん明朝《あす》は楽しき信りや見んと途中乍らも考へツ、貧の辛さも夏の熱さもうち忘れ、しほれ勇ンで立帰る、待ち兼たる娘お光

お父ツさんお早うございます今日はなんだかいつもよりお帰りがお遅い様な心持が致しました

父、ハ、、お早ふと言ツて遅いと云ふ奴がある者かアノ留守

の中にもしや三郎の手紙はこなんだか

光、ハイアノ河井さんから電報が

父、ナニ河井さんから電報ハテナなんだらうアイ〳〵よし〳〵足はおれが洗ふそこにある手拭《てぬぐひ》を取ツて呉ンなフムなんじや「箱田左衛門様河井金蔵ヨリ」ハテナ何か至急な用事が出来たのか知らんチヨイトそこにある眼鏡をウムよし〳〵ヱ、ナニ

御子息《ゴシソク》　三郎《サブロウ》　只今《タヾイマ》　病院《ビヨイン》ニテ　死去《シンダ》　委細《イサ》ハ手紙――

と七分程口の中にて読む面色急に青ざめワツト一声出《いだ》したるのみ跡は声をも出さねばコハ何事とお光は驚き

光、お父ツさま〳〵どふなさいましたヱ、どう……と片方《かたへ》に落ちゐる電信を採るより早く読み下し是れも吃驚《びつくり》仰天し

光、ア丶どうせう……お父ツさま〳〵サアお口を……水を……

左衛門は漸く目を開き

父、ア丶コレお光……サ、三郎はな、なくなツたおりやモウおりやモウ……

第六回　美人の薄命

憐む可きかな箱田左衛門は実直にして彼《か》の権才に乏しき為に終に新聞の配達と迄零落《おちぶ》れ細き烟で漸くに其日〳〵を送りしも其苦しみは只我子の卒業を見る嬉しさの多望に制せられ一年余りと言ふものは会社に勤めゐたる時恩義を施しやりたる谷口某《なにがし》が今は高利貸を渡世となしをる故其者に頼み込み悴の学資金は不自由なく送りしがまう卒業と言ふ其日になり病死の報に接せしかば其失望落胆如何《いか》ならん一時気絶せしも理《ことは》りなり凡そ人如何なる貧苦に陥るも何か一ツの楽みあれば其苦みも忍び堪へ得可きものぞかし然るに今左衛門は斯る貧苦に落ち乍ら剰《あまつさ》へ十余年の其間《そのあひだ》心を籠め金を費し一方ならぬ心を配り其大成の機《をり》を生涯の楽《たのしみ》と思ひ込ンだる悴さへ今は隣り合壁《きんじよ》の人々が「まだお若いのに惜しいことでしたネ」との吊慰《くやみ》のお世辞を最上最后の栄誉として空しき母の跡を慕ひ行《ゆき》しぞ不憫なる、まいて高利貸の借金は悴が卒業したる後に月賦にて返すと言ひし約束も差当り是れと云ふ目度もなく絶体絶命必死の苦みとは斯る場合を言ふならん余所《よそ》は旱魃《ひでり》を愁ふれど此処《こゝ》のみ雨の繁くして袂の干《かわ》く遑《ひま》ぞなき

実《げ》に人心の様々なる哀と慾との内外表裏高利貸の谷口某は早くも三郎の死去を聞き出し失望せしこと一方ならず其失望は此富春有為の士を失ひし為に非ずして其貸したる金の返らぬことを憂ひてなり百円貸附て二三百円取らんとしたる当込《あてこみ》がはづれたれば夫れより日《ひ》日《にち》毎日左衛門宅に立寄りしが到底返る見積《みこみ》なく裁判沙汰になればとてトヾのつまりは身代限《しんだいかぎり》家財道具を取ツたとて十分一にも成りつかずはてどうしたらよからうかと渋き

慾張顔を斜めに傾け熊鷹の爪ある双手《もろて》を×形《クロイツがた》に組み箱田一家の愁嘆なぞは塵ほども憫《あわ》れと思はぬこといと悪《にく》らしき人物とは云へ是れまた慾と手管の中に在る娑婆の通情あながち谷口のみを咎む可からずけふは如何に思ひけん日頃の口振りに似ずいと穏かに柔かく訴ふるが如く深切なるが如く

谷、イヤサ元〳〵只お前さんのお人柄を信用して御困難の折り見るに堪へ兼ネ亦た折角の三郎さんも学資の続かぬ為めにあれだけ仕上げなすツた学問を中途でお止めになる様では嘸かしお前さんの心が苦《くるし》からう悲《かなし》からうとわたしの心に引き比べお貸し申した訳で……

左、ハイ〳〵左様で御坐ゐますが……仰せに露程も御無理はありませんが悴はあゝいふ訳でなくなりますし今差当ツてこれと云ふ目途もなく（と泪ぐむ）

谷、サアお前さんがお金の出来ないのは知らぬでもないがわたしも実は去年から急に不運が打続き外《よそ》から這入ツてくる金も皆返らず此前の洪水やコレラ騒ぎて借主は遁亡したり病死したり実に私しも外から借りて暮してゐる位で内幕は火の車それに先方から厳しく催促されますので拠《よんどころ》なくお前さんに否《いや》な口もきかなくちやならぬ次第ほんとに世の中も辛気な者サさもなけりやお前さんナアにお前さんの事ですもの二三年やそこらはどんな不自由をしても以前の御恩もありますからお前さんを責めます様な無慈悲な事ハイ致しません余所《よそ》の金貸人は随分手荒い事もして裁判沙汰もよくある奴サだが私し抔《なぞ》はそんな事は忍びませんて

左、ハイ〳〵左様で御坐ゐますから毎日〳〵娘と二人して色々と相談して其事に心配してゐますが何を言ふにも今の身分二百円と云ふ大金は愚か二拾円も六ツかしく……

谷、イヤさう出来ない〳〵と言はツしやるな脊に腹はかへられぬと言ふこともありますから随分御決心の仕様ではお前さんに二百円でも三百円でも出来ないことはありませんのサ

左、イヽヱだう致しまして中々以てわたくしの力では若しも私が二年前の身分なら兎も角も

谷、ナア、今でも決心の一ツではマアあのお光ツさんを……

お光は此方《こなた》の障子越しに在ツテ衣物《きもの》のつゞれを縫ひ合せつゝ父の辛苦を気に案じとやせん角やせんと乙女心に打ち案じくやしき涙に呉れゐしが今我が身の事を話す声すれば急に耳を欹《そばだ》て二人の問答を聞きゐたり父は又もや振ひ声

左、イヽヱお光をたとひ奉公に出しました処が十円以内の金ならとも角も所詮二百円と云ふ大金は

谷、イヤサ奉公とかなんとかそんなつまらぬ事じやないもツと楽な仕事で、幸《さいはひ》東京吉原から子供の買ひ出しに来てゐるからコヽん所を思ひ切ツてナアニ私にも其主人を知ツてゐますからどうです、さうしてはサ、彼《あ》の器量では先方も請《うけ》

合《や》ツて二百円三百円位迄は屹度エ丶コレ左衛門さん

左衛門及び盗み聞きせしお光はビツクリ

左、そ丶そんな事は死ンでもこんな我儘申しては済みませんがあのお光には……どうも如何におちぶれても娼妓にしては済まぬ事が

お光の心、妾しを女郎にしろツて……なんぼ貧乏になツたとて牛馬の仲間に此身をばあの恐しい苦界《くがい》に……ヲ丶いや〱イヤーな事もしもそんな事でも有ツた日には第一アノ河井……

谷、さう否《いや》がりなさるは御尤だがなにも女郎になると言ツて吉原の女郎ばかりはそんなに思ツた様な苦しい事はありません身を売るとか苦界とか申すと大変な様だが今ぢや出稼人で言はゞ自分の自由自在客を取らなくツてもイヤサ自分の否やと思ふ事はしなくツても誰れも咎むる人はなし吉原は上方近辺とはソリヤモウ大違ひ極々気楽な所で第一主人の取り使《あつか》ひが丁寧で肉身の子供よりもソリヤ決して子供の為めにならぬ様な事はしない外出《そとで》も勝手次第いやな客は振り附てもよしそしてなんですアノ一体東京の人気は奇麗でさツぱりで侠気《をとこぎ》がある遊びにくる人は皆豪家の息子とか華族様計りで勤めるにも苦しい事はチツトもないチヨツト顔見せたばツかりで一日に廿円やそこらは手に入るし中々素人では言ひ尽せぬ様な極楽世界だから半年も立つか立たぬ内に二三百円位の前借金はすツかり払ツてしまいます都合がい丶と一月か二月位でアノわたしの知ツてゐるおしやうさんとかおたけさんは此前《このまへ》内に手紙をよこして前借なんぞはモウなくなツて追ツつけ帰ると云ツてよこしたさうです

お光の心、ア丶ラあの人嘘ばツかり言ツてゐるよなんでも話で聞くと吉原とやらは一番せつない所でお父ツさんの正直なのをつけ込ンで甘《うま》い事ばかし言ツて直に前借が払へると、よしや払へるとした所が其お金は……ア丶どうか助かる工夫はないか知らん……

左、それでもだうも彼《あ》のお光には既に……ハイ何ですからあれも心掛けて常々貧苦の中にも本なぞを読ンで楽しみに待ツてゐますからどうも女郎には

谷、そりやお前さん余り我儘と云ふもので人が貸した金も返さずまた娘を離す事もいやと言ツちやあんまり子供みた様な言ひ艸でお前さんも人はどうでも自分ばかしよけりやと思ツてくれちや私が可愛さうだわたしだツて深切づくで貸した金だからお前さんだツても少しは私の難儀を察して呉れなけりや少しは気に染まぬ事も忍んでくれなけりや人情が欠けませうぜ、わたしだツてもなにもお前さんの不為《ふため》になること言ひはしませんお光ツさんが吉原へ行くなら無論今の様な苦しいハイイ丶エサ新聞の配達なンぞはしなくツても楽にくらせますエ丶決心なさいましたお光ツさんだツて

薄命の児女神戸を出帆して吾妻路に上る

親の為めだから孝行の為めだから否やはありますまい
傍聴《かたへぎゝ》するお光の胸には悲き事やくやしき只《ママ》一杯に満ち溢れ雨の泪のふりかゝる袂を口にかみしめて覚えずそこに泣き伏したり
谷口猶ほも語《ことば》を続け

谷、左衛門さんさう泣いてゐなすツちや事が分らんそれがいやなら外に調金して今日にも返して、イヤサこんな無理な事言ふて情を知らぬ奴と悪まるゝのが否やで態々と気を附けてこんないゝ口を探してお勧め申すのサコレサ左衛門さん泣かずと何とか返事を最前も言ふ通り中々以て苦しいどころぢやない場所がよくツて家か大きくツて部屋が奇麗で衣服夜具は見たこともない様な……うそぢやない先づ華族のお嬢様みた様な生活《くらし》で下女は使ふし客はよし主人が第一苦しい様な事ハコレ泣かずにコレサ、コレ左衛門さんウンと承知してコレサ泣かずに

左、ソ、そんならアノお光をだうでも吉原に女郎にヱ、悲しい苦しいコ、コレお光チヨチヨイト茲へ……

アイの返事も湿り声目元を赤く泣きはらしまたもやそこに泣き伏して起き兼ねたるぞいたわしき折から入り来る女郎屋の手管《てだい》

谷、ヤお前さんは貸坐敷の手管さん

これより又更に談判となり遂にお光は吾妻へと伴はれしぞ是非もなき

第七回　長者町の奇遇

高い山から谷底見れば瓜や茄子《なすび》実の花盛りと俚間の歌も実《げ》に意味あるものかな人若し高きに在れば随ツて眼界広き故花盛の美《うる》わしきは目に触るゝも当然なりさり乍ら是れ只表面《おもてむき》の観のみにして決して裏面《うらむき》の状態《ありさま》は高きより見えるものに非ず高き所にお在《わ》すおん方〴〵は瓜や茄子実の花盛のみには目を留めらるゝも其之を培養せし農夫の苦労心配は御存じなかる可し花盛りは末《すゑ》なり虚なり農夫の培養は本《もと》なり実《じつ》なり其末にして虚なるものは常に表面《おもて》に顕れて人目に感触し易きも其本にして実なるものは所謂内幕潜伏の事情なれば中々分り難きものぞがし世の中の政治てふものを高きに在ツて一度《ひとたび》も低き所の内幕を観ざる人にのみうち任さば飛ンでもなき間違起らん必ずや社会の本となり実となる所の情態《ありさま》を裏面より察せし人ならでは叶ふまじ彼の北条氏の 政《まつりごと》 は末を見ずして本を見虚を捨てゝ実を取り重もに裏面の点に観察を費せしが故に社会一般其施政の適宜を喜べり世間若し刈り取ツたまゝの生麦《なまむぎ》の穂を見て「何ぞ炊《かしい》で喰《くら》はざる」と云ふ様な勝頼者流の政治家あらば吾々人民の迷惑幾何《いくばく》ぞ成る程勝頼殿は八重垣姫をして「廻向せうとてお姿を」なんかんと殆ンど焦死《こがれじに》さする様な色男ゆへお芋の煮《にえ》たも御存じなき華族育ちの若殿様たりしに相違なしそんな話にならぬボンヤリ者は当時繁劇周雑の世の中には売れ口の悪《あし》き人物として擯斥し更に甘いも辛いも噛み分けたる経験ある有益の実務家を求めざる可からず若し前者を人品大様にして気《け》尚《だか》いと賞むる人は銭を見て悪虫《わるむし》と思ひ胆を潰したるおいらんとかを持ち込ンで船宿や待合の大黒柱に据ゑ置うと思ふと左程違ひはあらざる可しされば裏店《うらだな》社会中に出現する内幕の事情辛酸を観察し知る所の物多く遇ふ所の境《さかひ》広く能く世故《せいこ》に渡り人事を嫺《なら》へるには彼の経　験《エルファルング》なるものを求めざる可からず留学五年で書物と首ツ切り法律《ユリスト》や経済《ヱコノミー》の原則を暗記しても経験なるものなければ決して有用の人とはなり難し Erfahrung《ヱルファルング》 macht《マハト》 alles《アルレス》 leicht《ライヒト》（経験は何事も容易《たやす》くなす）と洋人の 諺《ことわざ》 実に偽りに非ず如何にラチヨナアル派の哲学家でも経験の力を仮らずしては井戸端の喃々や又中酌《なかぐみ》に舌うち鳴す車夫《くるまや》の有様なぞは所詮御存じなかる可し彼の洋行帰りの学者方が只彼の国の外観ばかりを見聞し交際場裡や市街家屋の華《はで》美《やか》なるに気を奪はれ心を浮かし直に風俗人情の異なる我国に応用せんとするは浅慮笑止の至なり勝頼どのと似合ふたる御人物と申すも過言には非る可し若し是れより洋行せんとする人々は彼国《かのくに》の上等社会の有様に目を眩せずしてホテルの代りに洗濯婆さまの宅に寄留しレスタウラント（料理屋）の代りに居酒屋に這入り貴紳豪商と交らずして馬丁《べつたう》靴磨奴《くつみがきや》と交り大通りを歩かずして極々の貧乏町の裏店を歩く可し瓜や茄子実の花盛りを注目せずして其培養の苦労を注目す可しとは著者《さくしや》の寐言なり酔狂なり真面目に受くるはお若い〳〵

既に前にもお馴染なる江沢良助は今は最優等の成績を以ツて卒業し法学士の肩書さへある身の上となれり思ふ所あツて今迄の奇行を断然止め真正実着の君士となりたり其才器凡庸ならねば勧める人あツて官途に奉職せよと云ふも一向に耳に入れず「吾れ未だ経験に乏し社会の真情を嘗め尽す能はず若し官途に入ツて身分あるものとなれば身体は世間と人目の羈《ほだし》に束《つか》ねられ中々今日の様に下等社会の内幕を探る能はす諸方を目撃して暁《さと》り得たる経験の智識は学校に在ツて修めたるものよりも実際の執務上に大効あり何となれば其裏面《そのうらべ》に立ち入ツて観察と試験とを費す時は理論上の推測と大に反することあればなり今暫くは一箇の書生にて世を送《わた》り外来物即ちPassivische Gegenstand《パッシイウヰッシュ、ゲーゲンスタンド》の助けを以て理会《インテレクテウス》なるものと応用《シンテーゼ》なるものゝ資本《もとで》を求めんと言ひ放ちて之を辞すれば勧める人は其説の高妙深遠にして能くも分らず分らざれば弁駁の辞《ことば》も出でず其なすに任せたりしとぞ茲《こゝ》は下谷の裏街に長者の町名《まちな》に似もやらず九尺二間の店続《たなつゞ》き彼所《かしこ》に喃々と野別にしやべる声の聞うるは山の神等《ら》が洗濯の傍ら井戸端会議を開くなり茲所の物干竿にいと古びたる重さうな煎餅布蒲《せんべいぶとん》の中央《まんなか》に瓢箪形《ひやうたんなり》の染斑《しみ》あるは小供《がき》がゆんべ寝小便したるを干《かはか》すなり時は已に十月の初旬《はじめ》にて凛寒を覚ふる霜枯時なるに白いと云ふは名ばかりで実は薄醬油色に変化したる単衣物《ひとへもの》を着《つけ》たるは未だ冬着のやりくり附かぬものと思はる途中にて頻《しき》りに頭《かしら》を下ぐるは店子《たなこ》が大屋さんに行き逢ふて屋賃の言訳をなすと覚えたり其他《そのほか》手にひゞの切れたる小娘が前垂れの下に水漉《みそこし》を かくし豆腐屋より帰るあり鼻垂れたる腕拍小僧は文久一文を握ツて焼芋屋にかけ附く見る所聞く所千差万別下等生活の有様に無量を感じつゝ江沢良助は歩きけるが心の中で思ふ様

江、どうも案外にひどい所だ是れでも楽《たのしみ》其の中に在りとすまし込ンで安ンじてゐるから妙だあの雪隠《せつちん》と台所と密接してゐる様子なんぞは風俗の改良も社会の改良も此塩梅ではだめだ内地雑居にでもなツた日にやこんなきたない町まで外人に見破られとんでもない日本の恥だこれでも帝国の首府花の都とは……伯林《べるりん》や倫敦《ろんどん》はたとひ極貧乏の極点な所でもまさかこんなにひどくはあるまいしかし此も憶想でまだ洋行した事はないから分らんどうかして一度は実見して見たいものだしかし支那の汚穢町《をくわいまち》に比ぶりやまだ増しかも知れんて「上見れば及ばぬことの多かりき下見て通れ長者の町」か、だが、さう安じちやアいつ迄も進歩する訳はない矢ツ張り上見て上を羨まなくては国威を輝《かゞやか》して欧洲中原の出来事に手を出すことは所詮六かしい然らば衣食住も改良して出来るだけ奇麗にした方が、だが今流行の改良会は美術と言ふ本意を知らずにやらかすから困るて、どうか改良すると共に希臘《ぎりしや》古代の美術をも混同してやツたら立派なもんだ今の欧洲の美術は少し不賛成な所があるて夫れにや第一貧乏と云ふ邪魔物を追払はなくちやいかん所が此奴《こやつ》中々

淫乱のお多福みた様に身に伴《まと》ふて離れぬ奴サ品行の矯正も風俗の改良も上等社会の一部分計りぢや下さらないて其大数を占むる裏店や地方の農民がこんな日和《ひより》では、……何事も身に不自由が在ツちや所詮行れない近い例しが自己《おれ》が昨年車代もなく衣服《きもの》もなくなるし穢《きたな》い古単衣一枚着てゐる時原稿を本屋に売ふと思つても自身出駕する訳にも行かず自分が行きや平凡書生と思ひやがツて買ンし身装《みなり》で書いた物の意匡まで悪るいと思はれるハ……こりや別物だ、だがほんとに社会の事は身に不自由があツては何事も貧の為めに制されて村上の様になる村上の父も教育法を知らない人だ親の義務を尽さない人だなんでも苦しまなくツちや上達しない、だから学資を送らずに十分辛い目に逢せるツてこんな親爺が多いから困ツちまうよ天然《てんぜん》（気候地味等を云ふ）の苦みは仕方がないが人為の苦みはマア受ない方が衣食足《いしよくたつ》而知二礼節一《てれいせつをしる》かハ……唐《から》のお叔父《ぢい》さん之を四千年前に言ツた御尤も千万〱

と浮世の事を考へつゝ腕交叉《かひなこまぬい》て歩きけるがふと九尺二間のあばら屋にていと荒々しき男の声

甲、ヘンそんなに毎日〱言訳は聞き度ネヱ八月から今迄三月分の店賃《たなちん》を貰ひませうサモ無けりやけふにも立退てナンダそれでは私しが困りますヘンそりやこツちで言ふ事だお前《めへ》が屋賃も払はずにゐて呉れちやほんとに私しが困りますだそして第一外の店子が見習ひをすらア

乙、御存じの通り先々月上野の山下で怪俄致しましてから車も挽かず僅か娘の仕送りで……

甲、イヽヤけふはそんな泣き事聞きに来たのぢやネヱ是非立退いて其代り人力や鍋釜の一式は其代《そのしろ》に

江沢の心、こりや屋主が店子を責めるのだけふにも立退《たちのけ》ツて実に残酷な奴だ

乙、ソレデはけふにも娘の所に行ツていくらか貰ツて参りますからどうかお慈悲にあした迄（とうるみ声）

甲、あした〱とお前《めへ》のあしたは当にやアならネヱモウこんな店子を置くも余《ママ》計な心配をしなくちやならネヱ

江沢の心、店子は老人の様だ可愛さうだたしかあの声は聞た様な声だマテよ上野の山下で怪俄……先々月……車、ウム分ツた〱

甲、どうか迅速《さつそく》立退て貰いテヱナンダイヤイヤと言ツてもおれの勝手だサア否応《いやおう》は言はせネヱゾ

乙、アイタツタ御免下さいどうぞ許して……

と云ふ声聞いて江沢は最早忍び兼ね戸を開いてズツト内に入り老人の襟首を取りゐたる年の頃四十七八の男を捕え

江、何ンだか知らないがそりやお前病人を合手に余ンまり残酷と云ふもンだ

大、ダ、ツ誰れだ己れを突き飛ばしあがツてべら棒め承知し

ネヱぞ

老人は江沢を見て不思議さうに

老、あなたは慥《たし》か上野の山下でわたくしをお助なすツて

江、ア、ソンナ事は後で緩ツくり宜《い》いやな全体けふはどうしたのだ

大屋はよく〳〵江沢の身拵えを見るに高帽子に柔かな衣服を重ね南部の羽織に本博多の帯をしめ且つ金時計の鎖さへ燦然たるを見たりしかば面《おもて》の色をかへたちまちかはる猫撫声

大、ヘヱ、旦那様あのなんですソノ屋賃がハイ少々ばかり滞りましたので此左衛門さんと相談をハイ其事に附きまして少々ヘヱ、

江、なんだ貴様は老体の上に病気な人を捕へて今日直に立退ツて余ンまり人情を知らない奴だ貴様の様な奴が世の中にあるからみんなが難渋をするンだあしたまで待ツて呉れろと言ふのを聞かずに引きずり出すたア失敬《しゅつけい》な奴だ

大、ナニ決してさうでは御坐ゐません実は私しも

江沢は冷笑《あざわらひ》ながら老人に向ひ

江、左衛門さんとやらお前はたしか表の名札を見ると大阪府士族箱田と書いてあるがお前のことだらうネ

左、ハイ左様で御坐ゐます七月の末に茲地《こっち》へ参りました

江、ウムよし〳〵そして屋賃は幾許《いくら》だい早く払ツてこんな鬼の様な人間のゐる所を立退た方がさもなけりや此后《このの ち》とても苦労が絶へないわたしが万事引受けるからヲイ大屋さん屋賃はいくらだい

大、イヱナニモー少々ばかりでナニけふぢやなくツても宜う御坐ゐますアノ一月に一円ですから八月九月分が二円で当月分が六拾銭合せて……

江、僅か二円六拾銭位の事に声荒らげて老人を責め立てる奴があるものかサア三円やるわ貴様の様な奴に一文でも余計にやるンぢやないがマア今迄仮りにも世話になツたから三円ともやるコレ左衛門さん人力や鍋釜の諸道具は持ツて行かなくツて私しが宜い様にして進ぜるから隣り近所の者にやツてしまいませうぢやないか

左、ハイ〳〵有り難ふ御恩は死ンでも……お陰様で助かりました

江、そんな事はどうでも宜ひそれじや仕度をそして長屋内の人々に其事を一言言ツて来なさい

やがて左衛門は長屋内にも口誼を終り要用なる書類抔を小風呂敷に包み江沢に促され長者町の伏屋《ふせや》を立ち出で江沢が寓所に伴はれ行く道すがら

左、旦那様見ず知ずのお方に一度ならず二度までもこんな御恩を蒙りましてわたくしは何だか夢の様に存じます

江、ナニ満更見ず知らずでもないのサ少々心当りがあるから若しやお前さんは三郎さんの父親では

左、エ、どうして貴君《あなた》がそれを御承《ごぞん》じでわたくしが三郎の親左衛門で御坐ゐます色々去年から不幸が打ち続きまして今の零落恥う存じます
江、なんの人は天に勝《かた》れない不運も難渋も天命で、わたくしは三郎さんとは学校で同級生で親しい友達、あなたが三郎さんのお親父《とつ》さんと言ふ事を上野の喧嘩の時知ツてゐたならこんな辛苦はさせぬものを実はけふ門の名札で気が附て(としばらく考へ又老人の顔をジツト見て)三郎さんは思ひ出せば七月の初旬《はじめ》急病で死去なさるし嘸かしあなたはお力落し……
左衛門は忘れんとしたる悴の事思ひ出し若し息才《ママ》であツたなら(と江沢を打守り)こんな立派な男になツてゐるだらうに又二ツには娘の事を苦に病みてせき来る涙止め兼ね胸も迫りて病后の足ヨロ〳〵〳〵江沢は悪い事を言ひ出して生じい老人の悲みを惹き起したりしと心で後悔手で扶け
江、ドツコイ〳〵危ぶない〳〵ヲイ〳〵車屋ア本郷の竜岡町《たつをかちやう》までやツてお呉れ
車夫、お乗合ですか
江、ウム
車夫、ハイどうか十銭
江、ウムよし〳〵持ツてこい
左、旦那わたくしは歩いて参りますそしてこんなに穢いなりをしてゐますから
江、ナアニ構ひやしませんサアお乗ンなさいドツコイ危ない
車夫、お危なう御坐ゐますぜ、ハイ御免よ〳〵○ガラ〳〵

第八回　遊里の朝景色

遊廓《いろまち》は女徳を破り禽獣道《きんじゆうみち》を歩く女子の集合したる魔界なり善《グウト》と美《シヨエン》と両つながら欠けたるの苦境なり故に金力の下に屈して唯々諾々客如何なる無理を言ふも御尤も様と柳に受けて角立せず嘘で堅めてお世辞で丸め手練手管《しゆれんてくだ》の専売場色と阿諛《をべつか》との大港人間を馬鹿にしお客を愚弄するの別天地なり故に足を遊廓に入るゝ者は元より馬鹿にされ愚弄さるゝの心得にて行かざる可からず然るに往々《まゝ》世間の事情《ことわけ》を弁へたるの人にして真面目に説をなして曰く金を散して彼等に愚弄され馬鹿にさるゝ豈に間抜の隊長に非ずやと嗚呼《あゝ》何ぞ夫れ誤れるの甚しきや娼楼《ちよろや》に入《い》ツて利巧ぶらんとするも誰か其利巧を真賢《かしこし》となさんやよしや娼楼の者人間の本道《ほんみち》を行ひ正直を以て客に接すれば先きの唯々諾々たるものは変じてピンとなりツンとなり御尤も様と柳に受けしも肱鉄砲のはち合せとなり喧嘩となり罵詈とならん斯《か》の如くにして何の面白きことかあらん若し露程も誠と慈悲心とあれば終に客娼共に一生を迷津《まよひのふち》に漂《たゞよは》して真正の福境に入るの船路を失ふ可し又楼主とても娼の苦辛を察しサゾ苦しからうと証文を巻いて放ちやらば何によツて娼門を張るを得んや是を以て何事も見て

みぬ振り知らぬ振り客も浮気で通へば娼も浮気で侍《もてな》すこと真の両便なるものにして情の虚は商ひの実実あるは虚あるの結果にして虚あるは実あるの源因なり嗚呼此里計りは理論外の世界にして想像外の天地なり故に茲に入るものは十分馬鹿にされ愚弄さるゝの心得にて通ふこそ真の粋士とか言ふ可けれ若しそれを不本意に思はゞ寧ろ足を入れざるこそ真男子中の真男子なれ然りと雖も聞く所に由れば遊廓は不幸薄命児の漂泊所なり其辛苦と残忍との多くして且つ甚しき亦た言ふに忍びざるものあり殊に彼の関西《くわんせい》の女児は言語《ことば》柔かにして情好厚く客をして一見旧《ふるき》知《しるべ》たらしむるの妙ありとて東京の遊廓《ゆふかく》の如きは十中の八九は皆な京坂《かみがた》の女児を以て充たす其茲に来《きた》るや欺かれて来り名は一箇の商売人なるも実は束縛孤囚の人なり負債年一年に増加して長く風塵を出づる能はずして其華年を誤り紛落ち紅脱するに及んで上に頼む可きの家なく下に依る可きの子なし終に窮途に落魄して饑寒に哭泣《こつきう》するの人となり可レ憐無定河辺骨《あわれむべしむていかへんのほね》、元是紅閨夢《もとこれかうけいむ》裡人《りのひと》、との歎《たん》を起さしむるもの比々是なり」《ママ》と江沢良助曾て人に向ツて楽郷は是れ苦郷なりとの長篇の狂詩を送りしよし江沢は真に社会の裏面の情《こと》に注意する人なるかな

明け烏の声阿房〳〵と告げ渡り雨を喜ぶ素洞夫《すどうふ》あれば晴を待つ朝帰りあり客を送ツて座敷に戻る上艸履《うはぞふり》の音漸く止み廊下に至れば杯盤狼籍紙屑は松の内の湯屋の参方《さんぼう》の如く重なり鴇母《やりて》部屋《べや》の火鉢は蛍火程に消え残る階子《はしご》の下に文を並べ門口には塩を盛る豆妓《まめどん》の鬢指《びんざし》さかしき《ママ》に翻りおいらんの赤熊《しやぐ》髷《ま》ぢやんばらに乱れ昨夜《ゆふべ》の西施も今朝《けさ》の南瓜鼻のうす痘《いも》蒼首の疵《きず》はへぎわの薄きも明かに見え渡り起き出たる客の顔は金盥に移ツて青く風呂番の触れ声は廊下中に響きて高し紅粉《べに》の附たる爪楊枝に踵《かゝと》を突たる鴇母《やりて》の小言は新造の耳に当こすり周章《あわたゞ》しく駈込む若い者は埃《ほこり》はたきの無心に来る見かへり柳の目を糸にしていと眠《ね》よたげなる吾妻妓は地烈《ぢれ》ツたささうな顔色をヤケニ胸高に結ンだ博多帯に現はしつゝ階子を降《くだ》り逢初桜《あいぞめざくら》の色香深くしてコツテリとニコヤカなる上方女郎は屹度だすよの愛敬に裏約束を固めて二階に登る実《げ》に青楼の朝景色は夜の華麗とウツテンバツテン不快の観ぞいと多き

一箇の少年年の頃廿三四と覚ゆ広袖縦縞の寝夜《ねまき》に赤ちりの細き帯を占め脊高くして頬骨《ほゝこつ》少しく出て身体の総別に痩せたると眉毛の厚《こ》くして顰《ひそ》みたるとに其苦労性の性質を現はし顔色の油気《つや》なきは其貧血性たるに原《もとづ》く二重眼瞼《まぶち》の目静まりかへりたるは沈着の質《たち》と覚えたり今しも角海老楼《かどえびらう》の三階より二階へトン〳〵バタ〳〵と小走りに下り行く折から廊下にてあかぬけのしたる眼の威《するど》いすごみのある新造《しんぞ》に出合ふ

新、ヲヤ村上さんどこへお出でなさるのお小便《てうづ》

村、インニヤア中村さんの坐敷に行くのだあのうおいらんぢやない内のにさう言ツて呉れモウ色男がお帰ンなさるから早く出て来ないと泣たツてもだめだト

新、ヲヤ〳〵御自分で色男とお名宜《なのり》なさるにやア及びませんよ皆ンなが知ツてますよだからおいらんが気を揉《もむ》のサ

村、ハイ〳〵だが、まだ知らない人があるだらうと思ツて一寸公告をしたばかりだ……わしイと言ふものないイならばハ……おいらんが焦死《こがれじに》か

新、ハ……マアさう言ツた様なものでせうよそしてなんですネヱ今ツから帰るなんてお流しなさい……帰すものか

村、ハイ〳〵兎も角も懐中《ポツポ》と相談かな

村、ホイこりや行過ぎた中村さんは此部屋《このうち》かいヲイ中村さん中村君中村の隊長コリヤ呼べど叫べど一言《ひとこと》の返事もなしのつぶてだ（障子を開け又屛風を開け）おいらん御免ヲヤ〳〵御両人とも御熟睡だ

と笑ひ乍ら行く

此時玉綾《たまあや》と云ふ娼妓は目をさまし急に起き出で

玉、ヲヤ〳〵村上さんマーどうしたら宜からうスツカリねへツてしまツて……お早ふ

村、お早ふぢやないモウ追ツつけ八時だ其寝坊を起して下さい（玉綾煙艸を吸附けて出す村上は右手を延し受取り乍ら）ハイ有り難ふ

玉、それぢや起しませう中村さん〳〵（と言ひつゝわきの下をくすぐる中村はビツクリ夢驚き）

中、ヱヽしどいことする奴だアーねむい（と目をこする）

玉、あなたもう目をさましても宜うござんすわ昨夜《ゆふべ》わたい独りてマジ〳〵して番をしてゐたのに御自分はグウ〳〵……

中、なアンかんていやに恩に着せるネ、時に村上さん何時だい

村、何時だぢやない僕は君を起すのにどんなに骨折ツたか知れやしない

中、そりやお気の毒さま天子《てんし》呼来不レ上レ船《よびきたれどもふねにのぼらず》自称《みづからせうす》吾是淫《われはこれゐん》中仙《ちうのせん》ト

村、とんだ寝坊な李白だヲイ時にけふの講義《フホルレズング》は誰れ〳〵だ

中、コーツとたしかドクトル高尾の病理《フヒロロギー》にゼーマンの眼科《アウゲンクンデ》だツた

村、ソリヤ困ツたみんな大切だ君早く帰る可しだ遅くなると宿屋亭主《ウヰルツ》を誤摩かすのに都合が悪いぜ

と言ふ折りしも以前の新造村上の相方《あいかた》花鳥と茶屋の女を伴ひ茲《こゝ》に入《い》り来る

花、玉綾はんお早ふお邪魔さま

玉、花鳥はんお早ふ茲へお坐りなさいな

新造、村上さんけふはまだよふござんせう座敷のお客もモウ帰してしまツたからネヱ中村さんあなたいらツしやいな……それぢやおつるさんけふはお直しになりますよ

鶴、ハイかしこまりました

村、ヲイおつウちやん昨夜《ゆふべ》の河井さんはなぜ早く帰したのだ

形而下の快樂

い

鶴、だツてあなたあのお方はゆふべおツしやるには「おれはほんとに宴会の崩れに思はず来たのだから座敷ばかしで帰して呉れろツて頭を下げてお頼みになりますから内々深雪さんのお春さんにわたくしがよく頼ンで置きましたの

村、それぢや深雪さんとは話しもせずに返ツたのだらう

鶴、ハイ座敷がしけてから直にお帰りになりました

中、中々感心な男だ

村、あんな天が下に二人とない美しいのを見捨てゝ帰るとは

花、ヲヤ村上さん……あなたは気が多いよ

村、コリやおかしいなぜ気が多いわたしや生れてから女と言ふ者はおいらんより外には知らない位だ

花、うそをつきなさい薬屋のお嬢さんがある上に深雪はんにも惚れて……

村、ヘ……コリヤおかしい

花、ナニちつともおかしくないわ

村、只深雪さんが別嬪だツて賞めたのがお気に触れたのだネ、ヲ、怖い兎角口は災の元慎む可し

中、ヲツト夫婦喧嘩は中止々々時にお鶴どん深雪さんは何とかいツてるかい

鶴、ナアニ今ね深雪さんのお坐敷に行ツてみますとさん〴〵お春どんに愚痴をこぼしてハアなんでもあのお方は深雪さ

んの素人の時からのお馴染に違ひないト思ひますよデスガ引附《ひきつけ》の時やお帰の時は帽子を深くしてお出でなすツたから深雪さんはチツトモ気が附かなかツたンでせうそれからお返ンなすツた後でお坐敷に扇が置き忘れてありましたとやらで

花、ヲヤ〳〵こんなに涼しいのに扇をお客さまが持ツて来たとは余ツぽどトボケてゐるネヱ

鶴、ナアニね其の扇に曰く因縁がありますのサむかしおいらんがあのお方にお上げ申したのですとサだからそのお方はいつも肌身を離さず持ツてゐらゆ《ママ》しやツたのと見えますすそれからおいらんが其扇を見てビツクリして今のお客は思ふお方に違ひないツて悔ンだり悲ンだりそりやモウお春さんも取りなしに困ツた程でしたとサ道理であのお方は引附の時何度でも不思議さうに首をかしげておいらんの方を見つめていらツしやいましたツけが

村、そりやお前当《あた》り然《まへ》だあの河井さんの目は評判なものでどんなに姿が変ツてゐてもチラリと見りや十年だらうが二十年だらうが忘れることはないまして日頃恋ひ慕ツてた女なら足音を聞いた計りで直《すぐ》に知れるのサ

新造、深雪さんのおいらんはお客に顔をみせるのを恥しがツていつも〳〵よく御覧なさらないからいけない私しなら構はず真正面《まむき》に向いて引附の時ヲヤ貴郎《あなた》はマア位ネヱ

皆々、ハ……

花、それならなぜあのお方は積る話しを聞いたり聞かせたりしなさらないンだらうほんとに男の心はたのもしくないものだネヱ

玉、男の気強いのはこんなものでこツちで思ふ四《し》半分《はんぶん》一《いつ》も思ツて呉れないよ（とヂロリト中村の方を見る）

中、ソー〳〵ほんとに四半分一所ぢやない万分《まんぶ》一《いつ》も思ツて呉れないのサ此人は（と玉綾の膝のあたりをチヨツトつく）

玉、いやですよしりません

新造、たんと撲ツてお上げなさい口が悪くなツて仕様がありやしない

花、玉、ほんとだよ

中村、うそだヨー

折から大時計ノ鐘ボウン〳〵

第九回　心裡の迷霧

如何に酔后とは言へ朋友の交際とは言へ吾が平生の持説を破り一度にても花柳の巷に足を入れたるは吾れながら其執意の固からざるを恥づるなりとは河井金蔵が前回村上、中村に伴はれ角海老楼に登りし後の述懐なり然れども其聘妓《そのあいかた》をして他人ならしめは其後悔或は勢力を得て毫《すこし》も再訪の念《こゝろ》を起さゞる可きも其相見しと云ふ妓《をんな》は即ち恋《ラブ》の先導者たるお光がなれの果にして日頃

須臾《しばらく》も忘れざりし女なり豈に心頭《こゝろ》に掛けざらんと欲するも得んや而《しか》して河井をして最も無量の感動を起さしめしはお光が坐敷の床の間に我が写真の裏に記し置きたる明誓同月云々《めいせいつきにおなじかく》の詩句を写さしめし掛物なり「モウ一度裏回《うら》に行ツてこやうか、イヤ〳〵モウ行くまいか」とは爾后河井の心中《そのうち》に再訪論と非再訪論と相対審するの要点なり消極方は弁駁して曰く汝の主義持論は兼てより世間に公布しあるに非ずや嬌俗会は果して何人の主唱せし所なるぞや宗教上の教は果して此《かく》の如き事を許すや之を未だ言ざるの前に行ふて既に之を行ふの後に言ふは道徳の教なりと雖も汝は既に行ふの前に之を言ふたり豈に言ふの後に行ふて可ならんや汝既に一度足を穢地《くわいち》に入れし事の非《わろき》を知るに非ずや既に非を知ツて其 誤《そのあやまち》を再びす真男子の所為に非ざるなりと其論の根基《こんきよ》中々堅く重忠の如き柔和なお役人現はれ出で玉ふとも之を保庇《かくまひ》弁護の事は六ツかしくぞ見えにける然るに有り難いかな（悲いかな）積極方の弁護人も中々のさるものにて消極方を反撃して曰く吾が彼妓《かのぎ》を再訪せんと言ふは自ら好ンで汚地に入るに非ず蓋し已むを得ざればなり吾の彼を訪ふは旧義旧恩を思へばなり彼の薄命不幸を憐めばなり彼等父子の境遇変動を知らんが為めなり花柳の地に入ツて禽獣と一般なる肉慾を漏さんと欲する或ひは不可なる可しと雖も苟《いやしく》も清潔の心を以て其恩人の薄命を慰むる何ぞ不可ならんや嬌俗会の主義何ぞ旧義を忘却して可なりと言はん宗教の旨亦た何ぞ他人の不幸は憫まずして可なりと言はんやと斯様に思ふて下谷池《したやいけ》の端《はた》までブラ〳〵と思はず来る緻密の思想、アヽ彼の二階の窓は曾て故友箱田と談笑せし家に非ずや、アヽ彼の時計台は曾て故友箱田と同じく教授を受けし学舎に非ずや、アヽ彼の公園は曾て故友箱田と手を携へて逍遥せし森に非ずや、而《しか》して彼処《かしこ》の樹陰に隠見する病院は曾て故友箱田が最后の際《きわ》に遺言せし所に非ずや箱田其時苦しさうに頭《かしら》を擡《もた》げ吾に言ツて曰く親と妹《いもと》とを見捨てずに君の扶助を呉れ〴〵頼むと涙を流した、そりや承知した心配し玉ふなと返答したら嬉しさうに又感涙を流しそれを此世の思ひ出に……遺言猶ほ耳に在り誓約亦た猶ほ胸に存す友誼上よりするも彼嬢《かれ》は訪ふて可なり否な訪はざる可からざるなりと思案しつゝ上野広小路に出る車夫「旦那如何ですどうせ帰りですから、お安く仲までお供をヱ、旦那どうせお安ウく、仲までお供、旦那、どうせ河「ヱ、決定した積極の方に車夫「ヱ参りませうどうせ河「仲までいけ車夫「へイ拝承《かしこまりま》した

深雪坐敷の場

河、アヽつまらない事をした廃止《よせ》ばよかツた今迄の良心を破ツてこんな汚地へ親爺《おやぢ》や朋友《ともだち》の前を色々と心配して……飛んできて喜ぶだらうと思ひやとんだ風変《かざかわ》り矢ツ張り自惚れの罰が当ツてウムこんな所にたとひ三月でも四月でも来てをれば自然浮薄になるは当り前それを知りつゝアヽよせばよかツたモウ十二時過ぎ追ツつけ一時だしかしあの淡窓の

詩はたしかあれにやツた写真の裏にそれをア丶して掛物に写させて床の間に満更忘れてしまツた様子でもなさそうに思はれる……が二時間の余置《あまり》てきぼうりはひどひヱ丶畜生め顔見せて貰はなくツても丁度い丶やいツそ帰ツてやらう茶屋を呼ンで貰ツてだがあンまり若い、田舎者、甚助と思はれちや、でも構ひやしないがつまり自分の恥を明るみへ出す訳マア朝まで心捧して早く眠入ませう〳〵小便《てうづ》に行ツてきて

と床の中を起き出で丶襖をグワラリ

日頃片時も忘れざる恋人と逢ふては顔出しも中々に恥しさと嬉しさに制せられ兎や言はん角や言はんと心神興起乱緒《らんちよ》を治むるに遑《いとま》なく這入らんとして這入り得ず開かんとして開き得ず一歩進ンで二歩退き襖をあけてズツト側に寄ツて何ンと云ンだらうア丶恥しいネ、だが逢わなけりやいつ迄も……」と思案して襖の側に打伏してウジ〳〵してゐる、却て向ふの方より襖がグワラリ

河、ヱ丶危ない、モ少しの事で頭を踏《ふむ》んだツた

と言ひつ丶足早に行き過ンとす

深、アナタどちらへお出でなさるの

河井笑ひ乍ら

河、モウ時間が来たから、用が出来たので帰ります

深雪は是を本気に受け急に袖にすがりうるみ声

深、アナタそりやあんまり、あんまりな……アナタ

河、それでも用があるからさう緩ツくりとは、又今度参《まへ》りませうヱ丶静に、袖がちぎれる

深、イ丶ヱちぎれても……ち、ちぎれても放しません妾《わたし》が一々悪うございましたからマ下にゐて下さいな下にヱ、貴郎《あなた》

河、それぢや私《わた》しの事をスツカリ忘れてしまツたト言ふ訳ではいやになツて外《ほか》に気が移ツた……

深、ソ、ソンナ貴郎ソンナ水臭い事誰れが勿体ない……

折から廊下バタ〳〵新造《しんぞ》のお春次きの間に於て斯る風波の起りしことは夢にも知らず障子を開け

新、ヲヤおいらんまだおやすみなさらないの、モウ一時ですよサ旦那おいらんも

舞台廻ツて河井金蔵書斎の場

金、ア丶可愛さうだ可愛さうだイツソ世間を顧みず貰ツてしまはうか実に可愛そうだ話しを聞けば女郎になツたも無理はない訳此夏上野で江沢話したのも……なんだか江沢に対してもあれ程広言を吐いたから面目ないと言ツてあれ程自己《おれ》のことを深く思ツて慕ツて呉れるし若しも今更見捨てたならガツカリ力落して生きてる甲斐はあるまい嘸《さぞ》かし薄情ものと思ふだらう情ない男と恨むだらう娼妓になる位だから言ふに言はれぬ難儀はあツたに違ひない左もなけりや

ア、言ふ六かしい親だから、廉恥を知ツてる人だから大概な事ぢや身を沈める様なことはしないそれをも顧みず見棄たら栄枯貧富で志を変ずる奴、利に迷ふ奴、恩義を知らぬ奴と思ふだらう然しさう思はれてもおれ独りが思はれるのだから敢て世間に対して恥しい事はない内心が潔《きよ》けりや道徳の罪人とはなるまい決して後暗い事はない又あの子がさう思はなけりや其上の幸《さいはひ》だウムよし〳〵此一点は宜しいそれで第二点はもしおれが彼嬢《あれ》を見離せばどうなるだらう今深くおれを慕ツて呉れるのはおれもあれを慕ふからだらう所謂双方の意気が投合して愛と変化したのだ、たとひおれが思はなくツても独りで矢ツ張り思ツて呉れるのか知らん否な〳〵昔しから「あなたに連れ添われぬなら生きては」と直《すぐ》に剃刀《かみそり》を出すのは分けの解らぬ話し野蛮女のすることだ男が思はぬのに無理に思ツて呉れろツて言へるものぢやない彼嬢は十分の教育とてはないが先づ今日開明の空気は、一通りの事理《ことわけ》は分ツてゐる故におれが愛情を向けなけりやあツちだツておれに向ける愛を断ツて他《ほか》に向ける道理は知ツてゐるあれが思ふのはおれが思ふからおれが思ふのも矢ツ張りあれが思ツて呉れるからどツちか一方が思はなくなれば一方も思はなくなる尤も其間に思はなくなる難易の階級はあらうけれどして見りや此第二点は是でよし其次ぎはサアおれが心は彼嬢を見棄るだけの勇気に富ンでゐるか二年間一時《ひととき》も忘れずにどうか夫婦《めうと》になりたいさうしたらどんなに快楽だらう幸福だらうと行末の想像は幾度したか知れやしない第一容貌《きりやう》は美《よ》し命を助けて貰ツた恩人だし中々断念することは出来ぬ滅多にない淑女だあれを人に取られたら失望するあンな女にならあツちから左程に思はなくツてもこツちから深く思ひ焦れる位だましてあツちからあれ程におれを愛して呉れるア、どうしても此一点は……「愛情は名誉の為めに棄てねばならぬ」「名誉は愛情に敵し難し」此二ツはどツちが真理だらうナポレヲンは功名の為めに最も愛し最も信じたる妻のヨーゼフヒンを離婚して道徳上の罪人となツた法律上宗教上の罪人となツた然らば愛情の方が重い、おれもいツそあのお光嬢を貰ツてしまはうイヤ〳〵苟も社会中等以上に位する身分で学者とも言はれる者が女徳を破ツた娼妓を妻としたと言はれちや生涯の不名誉だ他日出世の障害《さはり》だナポレヲンだツてもヨーゼフヒン夫人が徳操を損じたから離縁したと言ふ訳なら決して罪人と誹《そし》られる訳はあるまい日本ぢやまだそんなに喧《やかま》しくは言はぬが西洋ならば斯様な者を妻にしたら社会中から擯斥されてとても終身人間並みの交際《つきあひ》は出来なからう英国の某は平生極々品行善く人望ありしにも拘らず姦通したとかの嫌疑で遂に信用名誉共になくなり国会議員も止《や》められ汚名を東洋まで流したア、社会道徳上の覊絆はうるさい物だどうしたら宜からう生じい平生《ふだん》風俗矯正のことを主張したり品行論を演説したりしたのが今では却ツて悔しい彼嬢が絶世の佳人な上に温良で才智があるのが実に惜い箱田の遺言もあるし友誼上からしても是非貰はねば……ア、なんだか分らなくなツてきたエ、なぜ娼妓みた様な者になつたのか、ならぬ内にしつたなら又如何《どう》とも仕様はあるものを、あんな愛す可き淑女に女徳を破らせはせぬものをまたおれもこんな苦しい思ひはせぬものを

折から奥にて母お蔦《つた》の声

母、金蔵〱

と我を呼ぶ声聞うればハイと応えて身を起し母の居間に坐る母はつく〲顔うち眺め

母、お前は大層顔色が悪いが、どうかしたのかェ

金、イヽエどうもしません

母、アノウお前お喜びなさいよお光ツさんの在り家が分つたよ

金、ヘヽエ、どうして

母、アノネ最前お前が役所から返らぬ内江沢さんが入らツしやツてネ被仰《おつしや》るには（と江沢が長者町《ちやうじやまち》にて左衛門を助け自宅に連れ帰りしこと又お光が娼妓になりし訳、左衛門が大阪にて貧苦に陥りし事をあらまし話し）だからネお父ツさんは大層驚いて「そんな事と知ツていたなら初めから助力するのに正直な左衛門さんだから恥に思ツて知らせてくれぬ却ツて恨《うらみ》だお光ツさんを直《すぐ》に受出さなくちゃ義利が済まぬと言ツてネお金を用意して江沢さんと一所に竜岡町まで駈けておいでなすツたよ、そして左衛門さんと相談してけふにも身受けする一刻も猶予が出来ぬと言ツてサだがほんとにお光ツさんは可愛さうだネあんなに美しくツて気立のいゝほんとに、お前よりわたしが方が惚れた位だよ

金、ヘエーそんならアノ江沢が父親を……実はナニわたくしも不幸が続いて娼妓になツてゐる事は薄々

母、ホ……若い者は早いネエ中々油断がならないホ……

金、おツ母さんわたくしは断《だん》然と決心しましたよ

母、なんだよお前はだしぬけにそんなことを言ツて何を決心したのだエ、何を、エ、

金、ハイナニあの愛情を捨てゝ名誉を取ることに

母、ナンダヨ私しにやさツぱり分らない、それでもマア在家《ありか》が分ツて安心した

第十回　花屋敷の睨合《にらみあ》ひ

甲、ヲイ弥次イ久しく旅をしてけへツて見るとイヤハヤ滅法な違ひやうだ先づ第一浅艸の奥山が取払《とりのけ》になツてかういふ閑静な公園にならう抔《など》とはおらア夢にも知らなかツたぜ

乙、ウムほんによ夫《それ》に目に着くのは女の身拵へが一体に変ツ

たのだ頭が牛の糞《くそ》で着物が洋服たアなんのことだありより
か島田の方がズツト愛敬が有ツて品がいゝや
甲、馬鹿言ひネエナ、おらアあのどうも洗髪をグル〳〵と束《つか》ねて薄桃色かなんぞの花釵《はなかんざし》をさしてゐるのを見るとこたえられネヱ束髪の方が蛙のへいつくばツた島田なんぞよりアいくらいゝか知れやしネヱ
乙、ヘンチョビるない〳〵だから貴様と旅をするとしよツちうイロンが合はネヱンだ
甲、クスツなんだイロンたア貴様の様な文盲で頑固で旧弊で間抜で縫多《ぬうた》でをまけに根生が悪くねじくれてイヤアニヒン曲ツた奴アありアしネヱぜ長々一所に歩るいてゐるからおれ様の御慈悲で交合《つきあ》ツてやるンだ交合ふのにどんなに骨が折れるか知れやしネヱ
乙、ヘン貴様はどうだ生意気で開化チョビで其上慾張りげす張りときてしよつちう失敗《しくじり》ばかりやらかしてからモウ話せた人間ぢやありやアしネヱぜ第一洋服を着てゐる奴を賞めるといふ気が知れネヱや
甲、だから貴様はいけネエツてンだどうも〳〵洋服を見ちやモウ和服の女は見られやアしネヱ風にパツ〳〵と両股を出して重さうな下駄を平気ですまし込ンで引ずツて歩くのは不恰好だそして宜《い》い気になツて頭を大風呂敷みた様なもので包ンでゐるから顔を見やうと思つても見ることが出来ネヱ矢ツ張り洋服に改良するが必要だな
乙、おいらア洋服にカイホウするなアいやだ第一チョツト女と転寝《ころびね》するのにも不都合だ
甲、どこまでげす張ツてゐやアがるか知れやアしネエ
乙、ヘン貴様はどうだ顔が見えねいからカイホウすると言つたじやネヱか貴様の方が余ツぽどげす張つてゐらア
甲、なんとでも言ひネヱ〳〵おいらアさツそく内の阿婦《あまア》に洋服をきせてでこ〳〵髷をよして束髪にさせらア
乙、クスツこりやア妙だらうあの大きな臼もあきれて飛出すといふ臀《しり》で顔が目茶々々に斑毀《ぶちこわ》れてゐて鼻が幸に真中にあるから目口の見当《みあて》がヤツト附くといふあんなお多福に束髪洋服の粧姿《いでたち》コイツア見者《みもの》だ丸で万歳の変怪《へんげ》に辷《しんにう》かけた様で百面想から税が取れらア
甲、ヘン人の細君ばかりわるく言つて、てめヱの山の神はどうだ立板へかぢり附いても差支なく月世界が嗅いと言ひさうな鼻附に其上音声が丸で熊か虎だおまけにそつ歯でわき香で淫乱でおでこで洒突《しやアつく》で多弁《おたふく》でけちン棒で首無《くびなし》で……
乙、オイ〳〵相変らず減らず口を叩く奴だ、てヱげいでよせヨ人が気狂と思つて立止ツて見らア外聞《げエぶん》のわりい貴様と一所に歩くと又恥かくかと思つていつでも冷汗が出らアモウ以来はセツポウするからさう思へ
甲、絶交の事か、てめヱの方が余ツ程厄介者だ、だがどうして

も洋服の方が宜いオイ〳〵チョツト見い、あすこから来る素敵な品物をあの洋服の裾がパツト広がツて胸の乳のあたりが小高くふくれてゐる様子抔は丸で生弁天だどうも〳〵

乙、ドヽドレ〳〵なる程アノ小さな娘の手を引いて来る奴か

甲、てめへはこれでも洋服はいけネエと云ふか

浅草公園の池の傍《ほと》りを蓮歩を速めて来る洋装の美人

春、チョイト河井さん引お待ちなさいよ河井さアン引

と鶯音《うぐひすね》を発したるは年の頃十八九ばかり仏手甘色《ぶしゆかんいろ》に薔薇《せうび》色《いろ》の線《すぢ》あるボンネツトを戴き卵形《たまごなり》の顔いと白うして少し赤味に乏しきも青と黄とより成れる淡緑色の紋緞子《もんどんす》の服を着けたれば顔に少しの淡紅を写して却ツて見栄《みばえ》あり後《うしろ》より見るときはスラリと痩《やせ》方《がた》な姿で襟脚長く細き首がスーツト直立したるはいかさま殆ンど生弁天の如し口元無限の愛を含みて其笑ふ時屢々歯ぐきを現すは蓋し其金の入歯あるが為めならん眉は半月形生髪《はへぎは》は富士額にて申分なきも少し残念なるは眼の大に過ぎたる割合に清《きよら》かならざることとなり兎に角花顔窈窕、一見遊冶郎《ゆうやらう》の心腸を悩殺せしむるに足る代物なりかゝる佳人にチョイトと声をかけられたる男はそも〳〵如何なるあやかり者かと言ふに年の頃廿五六にして身に縞綾《しまあや》の洋服に紺無地のヲーフルコートを着け山形の帽子を戴き涼しき目元に威を含み口と頬とに自然の愛ある優男《やさおとこ》は言はでも既に看官《みるひと》の眼《まなこ》に熟せし河井金蔵なり今後より吾名を呼ばれ後を顧向《ふりむ》き吸ひ掛けたるシガレツトを急に捨て

河、ヲヤ春子さんお菊チヤンも駿河台の姉ヱさんと御一所にいゝネヱ、誠にお久しぶり

春、アラわたくしは昨日お目にかゝりましたよ貴郎《あなた》も余ツ程忘れぽいこと、

河、ヲヤさうでしたかどちらでチツトも私《わたくし》は存じませんでした

春、ナニあの矯俗会の演説堂で……貴郎の演説は余ツ程面白う御坐ゐました皆ンなが賞めて……

河、ウソ被仰《おつしや》い然し演説はマヅクてもマー精神はあの通りです貴嬢《あなた》のお出《いで》のは少しも知りませんでしたそれは誠に失敬致しました

春、妾《わたくし》は貴郎の御演説なさる時は何時《いつ》でも一度も欠した事はありませんよ、ですが貴郎のお目でもお気が附かなかつたのは御尤ですよ西の方の花子さんや久代さんの方ばかしに貴郎は……

河、これはけしからん濡衣《ぬれぎぬ》どうして矯俗会でそんな浮いた心で演説ができますものかまして貴女方の前では

春、ホ……なんだか分りません

河、ハ……それはどうでも思召次第サ他人の推測まで立入る権はありませんからネヱ……今日は大分よい日曜で御坐ゐますネ菊チヤンどこへ……

菊、今アノウ学士かい員の演説をネ姉さんが聞きに行くとお

いひだから上野の博物かんへまゐるとネホ……をかしかツたワモウ言ふまい

春、ヲヤなんだよ此子はをかしくもないのに笑ツてサ

河、さう学士会員の講演を聞きにお出なすツたのまだ早いやうですにもう済みましたか

菊、イヽヱだからネ、ほんとにをかしいのよ姉さんがネ

春、菊チヤンおまへはほんとにお多弁《しやべり》だネ、そんなこと言ふとけふ帰りに池の端に寄ツて阿母《おつか》さんに言ひつけますよ

菊、言ひ附けてもいゝよ、そしてネ河井さん中へ這入ツてからネ姉さんがネ何遍も〳〵あツちこツちを見廻してネ河井さんはゐらツしやらないネヱとわたいに尋ねるの、それで見えませんと言ふとネ、アノをかしいの、モウなんだか厭やになツたからアノウ浅艸の花屋敷にでも行かうツてそれからアノウ直《ぢき》に出てしまツたの

と無心の子供のお菊嬢に心の底を言ひ当てられハツト紅潮《べにさ》すもみぢ葉の色も恥らう豊頬をいかに隠さんよすがもなく手持無沙汰をハンケチに押かくしつゝ

春、マアイヤナ菊チヤンですよ悪口ばかし覚えて仕様がない、自分が先きへ帰らうと言ひ出したくせに

河井も何ンとなく気の毒になりお菊の顔を正面に見て斜に春子嬢の顔をソツト見る春子嬢は頭《かしら》を垂れて白き襟首を惜気もなく現はして眼波《がんば》は窃かに上に働く三人共にしばらく黙言《だんまり》、流石《さすが》は男は男だけに河井は思ふやう交際の巧拙はこんな呼吸に際して分るものだ此《かく》の如き場合を甘《うま》く取り繕ふて興を添え話の糸口を断たしめざるこそ真の才子なれと妙な処に理窟を附け漸く話次《はなし》を開くは「サア菊チヤンも一所に茲に腰掛けて休みませう」が勢一杯真面目に済まし込ンだ風体《ふうてい》も自分の心では平気の積りで

河、たしか今日の演題には日本文字の改良と言ふ論もありましたネ

春、ハイ妾《わたく》しらが参つた時丁度中田先生が其事を説いてゞございました

河、さうでしたか此頃は羅馬《らうま》字会《じくわい》とか仮名の会とか其上近頃出来た改良会と言つて日本の文字を横行《わうぎやう》右向《うかう》にする抔色々の会がありますが皆其尽す所は文字の改良で私の考へでは夫《そ》れよりモツト肝要なのは日本文章の改良だらうと思ひます夫れに附《つけ》て尤も必要なる手段《てだて》は完全なる日本文典を編成すること、言文の懸隔を接近せしむること男女の文を同一にすること又漢字の五万言は其異形同意のもの多き故其内より普通用なる所の字を四五千字位選定し其他の字は用ひない様にすること抔は其大眼目だらうと思ひますどうも今日の如く国語も漢学も洋学も一通り学ばざれば普通教育を受けた人物と云ふこと出来ず只々語学の為めに多数の月日を費して実地の学問は修むる暇《いとま》がござゐません其上言《ことば》と文とは丸で別物として修めねばならぬ故西洋人抔より五六層

河井金蔵春子江澤良朴お光等浅草ヌ遇會す

陪の知識がなくては叶ひません亦た五六層陪の困難を負担《しよ》ツてゐます、ヲヤ〱菊チヤンは見えないアレ、あンな先きへ行ツてサ

春、ホ……飛ンだお長い御講釈を承りました貴君《あなた》のやうに被《おつ》仰《しや》ツたらアノ文章の美といふものが無くなりませう

河、ナアニ夫れには又説ありですがけふは日曜ですから後日《ごにち》に順延致しませう

お菊嬢は遥か向ふの写真屋の看版《かんばん》を見やり

菊、姉さん早くゐらツしやいよー

蓋し俳優《やくしや》の写真が排列してあるが故なる可し

春、アノ今いくよ先きへお出でな

と言ひ乍ら黙考の体暫くして何か思ひ切ツた様子にて

春、アノ河井さん

河、ハイなんです

春、アノ貴郎の御両親は茲地方《こつち》にお引ツ越しなすツたさうですがほんとですか

河、ハイ只今は麹町《かうぢまち》の方に一所に住《すま》ツてゐます

春、貴郎は御兄弟は……アノお妹御さんがゐらツしやるんですか

河、イヽヱ親二人と下女と車夫と四人で他《ほか》には誰れも居りません

春、それでも江沢さんが河井さんには宜《い》い妹御がお一人おあ

ンなさるとおツ仰いましたよ

河、ハ……江沢の言ふことはどうせ当にはなりませぬ

と言ひかけて何心なく打見やれば海棠色なる唇はいと小くして愛敬づき匂《にほや》かなる芙容の顔紅《あか》うなしてさしうつむくお菊は再び

姉さんサア早く花屋敷を見て来ませうよ

と言はれて両人が振り向く時花屋敷より出で来る一連《ひとむれ》は江沢良助後《うしろ》に続いてお光及び父の左衛門けふは鬱散がてら良助に伴はられしと覚ぼしく殊にお光は、きのふとは、うツて変ツた身の装姿《いでたち》お大鼓に結ンだ帯、たとひ束髪は流行でもとズット遠慮した島田髷の塩梅いと可憐にぞ見えにける二重眼ぶちの目大ならず小ならず玉の如く玲瓏に秋水の如く清涼なり紅二《かうに》白八《はくはち》の寒梅色なる顔、瓜実《うりざね》顔にあらざるもさりとて又豊円《まるぼちや》にあらず双頬程善く豊かに程善くしまり可愛ゆさ《ママ》口をへの字に結ンだ時は多少の威風があるかと思へば双の笑靨《ゑくぼ》将に渦《うづま》かんとし、口を動かすと同時に本家の口より先きに支店《でみせ》の頬がニコ〳〵ツと笑ふ眉の厚薄及び其撓《そのたゆ》み方の塩梅余り程善く出来過ぎてゐる故もしや「作リ」ではと朦朧でない酔顔でない目玉を丁寧に拭ふて丁寧に点検して見るとさうぢやない矢つ張り天然《てんぜん》に備ツた其儘でハテ天帝は愛憎はないと謂つても此眉、此眼、此顔を見るときは「イ、エ有ります屹度《きつと》天帝は依怙贔負《えこひゐき》が」との憾《うらみ》は起らざらんと欲するも得んや今其服装《いでたち》を見るに髪は文金の高島田前挿《まへざし》は古《こ》渡《わた》り珊瑚の五分玉に金足《きんあし》其玉の少し桃色を帯びたるは感心と云ふの外なし後挿《あとざし》は白鼈甲《しろべつかう》に菊花《きくのはな》の大摸様あり櫛は梨球形《りきうがた》白鼈甲純金の根がけ着物は下着は白の壁羽二重上着は薄藤色の縮緬《ちりめん》に三分四分相中《あひなか》の三ツ紋附七草を極淡純《あつさり》と裾摸様したるは少し時節後れ同しことなら菊の花の裾摸様にしたらとは不用ぬ岡目の憎まれ口疵探《あらさが》しはそねむの結果なるぞや冗言《むだごと》はさてをき緋の紋縮緬の長襦袢に白綸子《しろりんず》の襟（とは思ひがけない）帯は西陣織鼠色地近江八景を金にて織り出す鹿の子絞りの帯上げに金モールの帯留め下駄は黒塗丸柾《まるまさ》に水色の鼻緒にして何となく「レヂイ」の風采備りたるは奇と云ふ可し此の突然なる遇会に河井はハツト后《うしろ》を見せ又チヨツト顧みて再び顔を隠くし心の中で「ハテ変れば変るものだ其装粧《そのみごしらへ》と云ひ廓《あツち》に居つた時よりズット光彩《つや》を増して」との感触春子はそんな事は平気で又何故に河井が後を向けしやの探索をもなさず「ヲヤ江沢さアん」との呼び声江沢はチヨツトお光の袖を引き微笑して河井の方を指し「あの人を知つてるか」お光は見ぬ様で見る只後姿の地烈体と云ふ顔附き今一つ最も非常なる感触を起さしめしは河井の傍《かたはら》にゐる洋装の女、即ち春子嬢の姿なり其姿眼に入るや否《いな》脳に伝はり終に心の裁判を煩す「ハテなんだらう」「あれが」「成る程奇麗だ」しばらく眺めゐたりしが果ては伏《うつ》むき男子輩の思ひも及ばぬ取り越し苦労胸の裡《うち》は邪推七分に妄想《ぼうさう》三分

江沢は平気な顔で「お光チヤンナニをボンヤリしてゐるのだ左衛門さん貴君はお光チヤントしばらくアノ茶屋で御休息なさい

私もぢきに参りますから」左衛門は「ハイ左様ならさう致しませうサアお光行きませう」江沢は二人を見送り小走して河井春子等《ら》の前に来《きた》り

江、春子さん今日はヨイお天気でお菊チヤンけふはお休みかネ塑《こて》像細工の人形を見てきましたか

菊、イ、ヱまだ是から花屋敷へ行くの、チヨイト江沢さん何処へ行ツて、ヨ、チヨイト

と言ひつヽ江沢の手にぶら下る

春、菊チヤンお前はなぜそんなにお転婆だらうネヱ江沢さんチツト叱ツてやツて下さいな

江、そんなに母《おつか》さん染みたこと言ふもんぢやありませんネヱ菊チヤン

菊、ア、もうネ母さんになるんだから今ツからお稽古をして置くんですツサ

江、ハ……

春、ホ……

河井は黙然《もくぜん》言葉なし江沢は河井に目礼する河井もチヨツト顎を動かす此等の仲間同士は何処へ行ツてもこれが対面の最上なる礼式

江、ヲイ河井なにを鬱いでゐるンだ（お光等の休息してゐる茶屋の方を指《ゆびさ》し）チヨイト君あの嬢《こ》……（と半言《なかば》ひさしてフト春子のことに心附き心の中にてイヤ此女に分ツては面白くない英語では矢ツ張り分る独乙語《どいつご》でも怪しいハテ、ウムよし〳〵羅甸語《らてんご》で是なら大丈夫分る気遣ひはない）チヨイト君、河井ヲイ Illam《イルラム》 Puellam《プエルラム》 illic《イリック》 vides《ウイデス》, quae《クウエ》 amanda《アマンダ》 est.《エスト》 Quomodo《クヲモド》 se《ゼ》 facies《ファチエス》?（チヨイト君彼の愛す可き娘を見玉へ、君はあれを如何する積りだ）

河井此語を聞いて nochmal《ノホマール》（モウ一度）と言ふ江沢再び前言をくり返す河井此語を解し終ツて静かに彼方《かなた》をうち眺めホツト息をつく

第十一回　淡泊なる面白き主人

心の裡《うち》はとも角も其外面計りは一喜一憂中常に喜《よろこび》の地位を占むる故却て喜の価値を知らざる淡泊なる面白き主人は今朝《けさ》己《おの》が書斎に在り手に新聞をとり広げ

江沢、エ、けふの論説はなんだ「男女交際論」の続稿かア、大概論旨は分つてゐる大方「近来交際会舞踏会盛に行はれ誠に嘉す可しと雖も一利一害は数《かず》の免れざる所にして交際の美風も或は○○の媒介とならん」位なもんだらう此節は彼《あ》の一件から無暗《むやみ》に新聞屋がやかましく言ふ奴サエ、なんだ（前略）其少壮ノ時少婦処女若クハ歌妓ノ輩ヲ見テ果シテ能ク肉交ノ感一点モ其内ニ動クコト無リシカ但彼ノ家婦ノ如キハ則チ人法ノ禁スル所ロ之ヲ所為ニ発スルヲ得スト雖モ然レドモ其念苟モ彼ノ婦ハ美ナリ我亦美彼ノ婦ノ如キ者

ヲ得ント謂フニ在ラハ則チ是レ一談一笑皆ナ当世ノ所謂情交ナル者ニ非ス唯肉接セサルノミ男ニ在ツテハ則チ是レ肉ヲ以テ交ルノミ而シテ其婦幸ニ道徳ヲ重ンジ宗教ヲ尊ビ気品高尚洒然相与ラズンバ則チ誠ニ好シ若シ一念可ナル哉此郎良人ノ眇ニシテ跛ナルニ似ズ能ク標乎此郎ノ如キモノヲ得テ以テ百年ノ苦楽ヲ托セバ則チ婦女ノ洪福ナリト謂フ有ラバ則チ是レ一嚬一盻皆ナ当世ノ所謂情交ナル者ニ非ス唯肉接セサルノミ其婦亦タ肉ヲ以テ交ハルノミ我国ノ男女果シテ能ク西洋人ノ如ク劣情ヲ抑ユルノ耐忍ニ富ムカ又ロ高尚優美ノ談ヲナスモ身軽躁淫冶ノ行ヒナキカ道徳ヲ重ンジ宗教ヲ尊ヒ名誉ノ毀損ヲ咎ムル果シテ能ク西洋人ノ如キカ予輩ハ一モ我ノ彼ニ及バサルヲ信スルナリ是ニ由ツテ之ヲ見レバ当世ノ所謂情交ノ為メニ設ケタル交際ノ諸集会ハ其主意誠ニ好シト雖モ彼此人情習慣ノ異ナルヲ見テ未ダ曾テ嗚呼危カナノ嘆ヲ発セズンバアラズ（下略）

フンつまらぬ事を論ずる奴だいくら痛論したツて是れで風俗が好くなるものぢやない記者抔《なぞ》は末ばかりを見て其根本を探して之を矯正するの方策を講じないからいけない今少し人民が宗教を信仰しなけりや道徳を破る破廉恥の人民は増々殖える計りだ第二には一夫数女を蓄ふることを法律で厳禁しなけりやいかん公然と妾《せう》を蓄えてチトモ恥と思はない野蛮人が、然し此野蛮人が日本では士君子で人も亦た士君子と高仰《あが》むるとは……第三には名誉の価値《ねうち》を知らせなけりやいかん不名誉不徳義な事をして依然人の上流《かみ》に位する事が出来他方《ほか》より毫《すこし》も攻撃をも受けず擯斥をも受けないから其人衆《そのてやい》はどんなことしても顧みない

折から下女襖を開け

　旦那郵便が参りました

と一通の手紙を置て行く江沢は受取りチョツト上封《うはふう》を見て封を切り口の内にて黙読

　　乱文御推読被レ下候

拝啓陳《のぶれ》は彼《か》の一件昨晩も申上置候通り其性質よりするも器能よりするも善良とも優秀とも賞し且つ愛す可き人物其上故友箱田の依頼もあり同郷熟知の旧誼もあり又小生が父母《ちゝはゝ》の気にも叶ひたることなれば御勧めに随ひ可レ申筈に御坐候得共何分にも前途の障害大業をなす者の身に取つては最も忍ぶ可きことと存候貴兄の考へにては嘸かし浅薄残忍の仕打との思召もあらんが茲《こゝ》が所謂愛情と功業とは両立せぬ場合情を汲まんか業成り難し業を望まんか情捨てざる可からず予は断然此場合にては奮進鋭意情を捨てゝ業を取らんと欲す誠に其情を推せば憫む可しと雖も其憫む可きの情を救ふには他に方法なきに非ず即ち前夜申上し条々なり予も彼を愛妹とも思ひ誓つて之を保庇する心得なり最も愚父も昨夜帰宅后色々と説き勧め候間一端は両岐に迷ひ乱緒の中

に彷徨《さまよひ》候得共熟考する時は矢張り先入の決心宜敷候故最早此事に就ては変心せぬ積りなり彼嬢《かのをんな》は予の遭難《なんぎ》を救助せし恩人なり然るに此事よりして万一双方気を悪《まづ》くし交らぬ様に相成候ては生涯の心掛り故其段は尊兄より程善く御取り謀ひ被下度何《いつ》れ愚父も此事に就ては左衛門どのに面会協議得心可レ為《いたすべく》レ致候先《まづ》は御依頼かた〲如《かくのごとし》レ斯委細は不日面語の上早々

月　日　　　河井金蔵

江沢学兄

と読み終る其早きこと一瞬に五六行宛《づゝ》並読すシイザル其人も斯くやあらんと思はるゝ計りなりクル〱と巻き修め江、相変らす色《いろ》々ンな事を苦に病む男だ情《ぜう》を汲めば業《げう》望む可からず愛情と功業とは併立し難し、クスツ余ンまり事を大きく思ふから話がツイをツくうになる夫れも自分で厭やなら兎も角も随分惚れてゐたくせに又あの女の心情《こゝろ》も実に憫然だ然し河井の身に取ツテは生涯の苦楽の分るゝ所大礼中の最大礼深く考へるのも無理はないましてア、言ふ緻密な男だから河井も苦労性だけに女には果報があるてあの男もチョツト取廻しが甘《うま》いのと眼元の玲瓏なので自己《おれ》なんぞよりどうしても女の引力は強い此頃《このごろ》はたしかに田村の春子に、春子嬢もたしかに河井にそれも無理はない池の端にゐる時分から、去年の春墨田川で競漕会の時なんぞもお春嬢が深意を籠めし、自製の毛糸の……そして最終《さいご》に河井の一組が「チャンピヲンフラツグ」を得た時の喜び塩梅なんだか変だと思ツたてお春は遠から気が有る人は知るまいと思はうが、そこは甘いも粋いも嘗め分けた経験に富み人情に通じてゐるおれにやア一見して分る此の間も河井のことをそれとなく賞めそやしてやるに眼の色がどことなく変るから不思議だ、あの眼の中の光線が忽ち光沢《つや》を増す呼吸の測量は常人《しろうと》には分るまい殊におれが「アノ河井さんは堅格な様で温柔で風流でしかも浮気でなく其上学識も十分」と云ツた時は眼の色ばかりでなく顔の色も変り嬉しさうな口元と共にピカリと金歯を現した然し其時おれの心持では非常に河井を賞めたのではない積り堅格な様で温柔なのは賞するに足らず温和な様で堅格でなくちや又学識が十分と云ツたのも実は……学識の十分はたのむに足らない之に添ふるに才能がなくツちや総じて女性は邪推と憶断とには富んでゐると云ふことを聞いてゐたがお春嬢はおれの形容詞で誤摩化した賞辞《ほめことば》を裏面《うらがわ》から考へなかつたのは哲学の、心理学の一問題だらうして見りやお春嬢計りは例外か知らん、いや〱あれも女性《ぢよせい》に漏れない性質は備へてゐる矢ツ張り感情の動物だから邪推はあるに違ひない只其之《そのこれ》を起すは心裡に幾分の危疑、不信、迷想等の悪魔が有るか乃至は虚心平気の時だ然しおれが賞辞を吐いた時は彼嬢《あのじやう》の心中には此の如き悪魔は無論なくして却て十分其人となりを信用し且ツ其風姿をも敬愛してゐる際におれが賞めそやしたのだから疑《うたがひ》を其間《そのあひだ》に容れる暇《いとま》なくグット飲み込ンでしまツた其結果は眼《め》色《いろ》と顔色に波動して、して見りや女は浅慮《あさはか》と云ふことは免れない只有形の苦楽を覚《さと》るには鋭敏なるも無形の、将来の因果を洞見するの働きはないて外物の刺戟なくして事物を判定するは女には六箇しいと見えるして見りや女には Rativ《ラチイフ》（能力）なるものは少ないと思はれる

いろ〳〵の想像浮み出で彼此《あれこれ》と思案中にいつしか太陽の光線は時知り顔「コレ〳〵穀潰しの学者殿《がくしやどん》もう幾時だと思ひます地球は既に四分通りはおれの廻りを周ツたよ」と言ひさうな照り方で障子の中仕切りに挿《は》めてある硝子より伺《のぞ》き込み机の上の硯箱に御腰《みこし》を据る

江、ア、馬鹿な事を考えて余ツ程日脚が縮ツたモウ十時だ飛ンだ哲学の横道に這入り罪もない人を材料《だし》に遣ツて斯く論じ来《きた》ると間接に主人公なる河井の直段《ねだん》が下ると読者が心配するだらうが決して河井は尋常の男ぢやない矢ツ張り秀才だ事物の観察力には富ンでゐる其上自然の徳望が備ツて人好がする政治家には妙だ然しマアダ何処かにおぼうさん育ちの余臭があるから今少し実地の活演劇に望んで処世《よのなか》の舞台を踏まなけりや経緯の功業は六ケしい学識以て理論を堅め経験以て事業を団《まろ》めるは豈に必須の事ならずやだ……田村のお春嬢はおれはどうしても気に向かぬ人物だ成る程日本女子の中《うち》では学問があると言ツてもいゝかしらんがまだ〳〵どうして実地の益《やく》に立《たゝ》せることは六かしい矢ツ張り男子の助力で生活する一人だ、だが自分では十分高慢が来てゐる「妾しは一ツ橋の女学校はとうくに卒業しましたよ」と言ふ心は有るがそれを生意気と言はれるといけないと無理に抑へ附けてゐるのは一目して分る尤も多少の品格はあるが淑女とはチト受取にくい無理に優美の体《てい》を粧ふてゐるのだから其仮面を除けば卑劣否な我儘な行為《おこなひ》が何時《いつ》しか現れてくる流石《さすが》の河井も茲《こゝ》には観察が、活眼が届かぬものと見えるして見りや人と云ふ者は岡目より見るときはどこか抜目《ぬかり》が有る筈のものか知らんおれの目では彼《あ》の憫む可き露下の芙蓉の方が却て見栄えがある性質が温厚で悪気がない仇気《あどけ》ない少しも花柳の卑風に染んで居ないのは妙だこゝが彼《あ》の女の長所だらうハテ人の嗜好は様々だなア……ソー〳〵河井の依頼もある此一件で双方気を悪《まづ》くする様ではいかん、こゝは一番おれが片こし抜いで弁口を以てイヤサ実意を以て甘《うま》く彼等父子を得心させ河井の本意を通ぜしめやう、しかし力落しをしなければいゝが何と云ツて話の端緒《はしぐち》を開かうか……第一に実殿《みのるどの》（河井の父）の実情河井の深慮……次に……彼等《あれら》父子の境遇……後来の注意と段々と歩を進めて悲まぬやう怨まぬやう愚痴こぼさぬやう落胆せぬや

う希望と奮進の気を起さしめるやう説き附けませう是所《こゝ》が一番美辞法《レトーリツク》の試めし所だ是れも処世の学問だウムヨシ〳〵ヲイ〳〵お時〳〵（下女の名）チョイと左衛門さんに来て下さいとそしてお光サンはまだ居るか

下女、イヽヱもうお稽古にお出でなさいました（是れはお光が西洋編物の稽古に行きしと思ふ可し）

江、ウムさうかそれなら猶更いゝ左衛門さんお出でなさるやうに

下女、ハイかしこまりました

第十二回　待つ内が花

駿河台《するがだい》の某町《それがしまち》に江戸川を真下《まつした》に見下《みおろ》し聖堂の森を斜に見せたる構ありこゝはそも何人の住居《すまゐ》なるぞ築造は宏大とは言ふ可からざるも野卑ならざる二階造り光沢《つや》ある欄干は障子の玻璃と旭日《あさひ》に輝き垂簾影裡にかき鳴らす妙なる調べの妻琴《つまこと》は浮世の憂《うき》を晴すらむ門より玄関までの中程に常磐木《ときはぎ》の一株美しう丸く広がりたるは外より玄関を伺《のぞ》きこむべからずといひさうな繁りかた喧閙なる眼鏡橋《めがねばし》を去ること五分時ならざるにかく紅塵に隔りたる風流の邸《やしき》あらんとは中々思ひ及ばざることにこそ表門に従五位《じゆごゐ》田村清弼《たむらきよのり》との名札あるを以て推せば世を厭ひ時をすねたる五柳先生の類《たぐひ》にてはよもあらじ況《いは》んや門内の右傍《みぎべ》に車夫の控所《ともまち》ありて腕車《くるま》三四輛は引き入るべき備へあるに於てをや」《ママ》表玄関をズツト通り抜れば応接所其先きは内宴所其又先きは庭園にして「築山あり泉水あり苔を纏《まとは》せたる古石《ふるいし》水に浮べる金魚飼《ふ》をつツつく緋鯉垣を手寄《たよ》りの牽牛花《あさがほ》は名残貌《なごりがほ》に葉を凋《しぼ》め棚の上より家《や》根瓦《ねがはら》に乗り移らんとする葡萄蔓《ぶどうかづら》は時を得顔に半透明の弾丸を連ね後れ咲きの薔薇花《せうびくわ》は笑の唇を開き露を含む萩は時の至らぬを憂ふ蜩《ひぐらし》の枯骸《がい》は落葉の上に重なりて生者必滅の理《ことはり》を現はし無数《あまた》の蟻は糧食を穴に運んで冬籠の準備《したく》をなす」斯の如く小説家の目には面倒なる庭園の右方《みぎ》は奥座敷にして此奥座敷を通り抜くれば中の間其又先きは台所此台所と玄関の中間に一間あり即ち内玄関《ないげんかん》と称して后来有為の士然し乍ら只今は零落したる人之を短く言へば食客殿下の宿らせ玉ふ室《しつ》にぞある秀才も時至らねばと仮りに内玄関に忍ばせ玉ふ其御面体を窺ふに三杯目にはソツトの階級は既に卒業し気に喰はぬことあれば穏当なる深慮の手段《てだて》を以て下女をいぢめると云ふ風体其内玄関の家根を遠方より望めば五色の彩雲靉靆《たなび》いて后来の祥兆《めでたきしるし》を示すよしあな恐る可し尊ぶ可し

A、ヲイ君けふは湯代がないが之を調達する妙計はないか

B、ソーサネ已に絞り尽せりだ然し之を救ふの術豈なからんや……ウムアル〳〵時は最早秋冷に赴けりあの古単衣《ふるひとへ》は暇《いとま》をつかわしてもいゝ時分だ屑屋が来たなら売り払ふ可し、どうだ妙計だらう

A、フム又候屑屋の御厄介かヱヽ仕方がない又屑屋に対して

厘銭の差を争ふは大人君子の恥づる所だが急迫を救ふの権謀枉《ま》げて君の意に随はう

B、ヘン枉げて僕の意に随ふて喜んで之を使ふか、直に牛店行は真平だぜ……僕の意に随ふと云ひやア、ヲイ昨日の議論はどうしても君の主義が悪いもう降伏し玉へ

A、あの日本風俗論か君がいくら威張ツたツてだめだ僕の論は真に文明の進歩に伴ふてゐる君のは所謂退守主義だつまる所古代の縄墨時代《じやうぼくじだい》を慕ふと一般だ

B、ダマレ〳〵無縁の衆生は度し難しと雖も今一応僕の主義を説明せん君は一体日本の風土人情習慣の欧米《せいえう》と異なることを知らず彼れに利なるもの必ずしも我に利ならずとの原則を知らず採長補短の真味を知らず美術なるものゝ本意を知らず

A、ノウ〳〵吾れ之れを知ること君に優る

B、マア黙ツて結局を聞き玉へ舞踏会のことに就て論ぜん君は之れを以て交際上鬱散上健康上の必要物と云ふ然れども僕を以て之れを見れば敗俗壊風の製造所勧淫誘冶の媒介場と言はんと欲す堂々たる有為の士豈に此の如《か》く児戯を以て交際の親密を求むる得んや仮りに一歩を譲りて求め得るとするも仮面の交際にして真情の交際に非ず仮面の交際は外観を粧《よそ》ふことを得るも何の実益か有らんたかで知れたる室内の運動焉《いづく》んぞ健康を助けんや健康を得んと欲せば区々たる舞踏の力を仮らんより公園に行ツて新鮮の空気を吸ひ郊外に散策して濶然の眺望を見る却ツて好し独り怪む舞踏賛成者が斯く健康を重んずるくせに却ツて健康に不利益なる洋装の衣服を用ふることを日本の衣服は寛緩なり西洋の服は窮屈なり身体の自由を束《つか》ねて才智の発育を妨ぐコルセツトも害なり靴も害なり然るに之を慕ひ之を用ふるは何故ぞ只是れも西洋の流行物なり是れも文明人の用器なりと無暗《むやみ》に西洋人の真似をしたがる盲目者流の所為なるのみ是を以て之を推せば舞踏も健康に利なるが故に之を慕ふに非ずして只西洋に流行するの故を以て之を慕ふのみ浮薄の少年お転婆の婦女此の会を以て結婚の見合所となし相共に手を携へ臂《ひぢ》を交へ以て鬱散となし快楽と称ず終に名を結婚の自由に托して風俗を壊《やぶ》り道徳を侵す何ぞ夫れ卑風なるや次に束髪洋服のことに就て美術上より之を論破し以て君が迷想を覚さむと欲す夫れ……

A、ヲイ〳〵独りで野別に多弁《しやべ》らずと僕にも少し弁駁の余地を与へ玉へ、ヱヘン凡そ人眼《ひとめ》に青色の目鏡《めがね》を掛けて物を見る時は物青ならざるも亦た青く見ゆ紫色の目鏡を用ふる時は物紫ならざるも亦た紫と見ゆ其己《おの》れの何色の目鏡を掛けたるを顧みずして物の色を青と云ひ紫と云ふて直《たゞち》に其判断を下すは豈に笑ふ可きの甚しきに非ずや君も亦たお気の毒ながら此の笑ふ可きの仲間にして浅慮のテツペン野暮の行

お嬢様本町の呉服屋が参りました

き極《づま》りと評せざるを得ず

B、馬鹿言へイヤアに長い前口上だ

A、否な僕馬鹿を言ふに非ず馬鹿を言ふものは君なり抑《そも》〳〵君が舞踏会を以て勧淫誘冶と言ふは君の心底既に野卑にして助平根性を以て充ちおるを以て君の眼中にのみ、しか見ゆるなり而《しか》して君が交際に利な……

折柄呼鈴《すゞ》の音チンチン〳〵

B、ヲヤ奥で呼ンでるぜ君行ツて来玉へ

A、君行つてこい

B、エ、仕方がない

と忙《あはたゞ》しく立ち上りチョツト胸を繕ひ爪先の破れたる足袋を以て被《おう》はれたる両足の中《うち》の左足を以て傍《かたへ》のマツチ箱を蹴とばし右足を以て烟管《きせる》を踏み急ぎ奥へと立つてゆくしばらくして帰ツて来る

A、用はなんだ〳〵郵便入れて来いか

B、ウム、此宛名は此の間来た結婚の媒介人ぢやないか内の嬢の婿は誰れだらう矢ツ張りあの麹町《かうぢまち》の華族か

A、イ、ヤ屹度《きつと》さうぢやないよお春嬢は内のコレ（と親指を出し）に向ツて不服を鳴らしたさうだ《だゞ》、それが何故《なぜ》だと言ふとソレ交際会とか矯俗会とかで思ひ染めた人が遠《とう》から有るさうだ

B、驚いたね、そりや誰れだ一体何を職業にしてゐる奴だ

A、たしか学士で今は奏任四等の官員だと当五郎（車夫の名）が言ツた

B、ソレ茲《こゝ》が交際とか情交とかの弊害だ僕の議論益々確実なりだらう

舞台廻ツて奥二階の場

向正面硝子窓を隔てゝ遥かに本郷台を見渡し油絵の額壁に掛り狩野流の一軸床の間につるし京焼の花瓶《はなびん》に黄白の菊を挿《さしはさ》む机は毛糸を以て編みたる隠しを被はせ洋綴りの小説五六冊と紅表紙《べにひやうし》の女学雑誌が載せてある柱には琴がもたれ掛り其より少し隔ツて大きな粧鏡《そうきやうつき》附の筺台《きようだい》がある其上に香水香油の瓶が三四本並ンでゐる総て春子嬢座敷の体《てい》

よくもあらぬかたちを、ふかき心もしらであだ心つきなは後くやしき事もあるへきをと思ふはかりなり、よのかしこき人なりとも深き心さしをしらではあひがたしとなむおもふといふ、翁いはくおもひのことくものたまふかな、そも〳〵いかやうなる心さしあらむ人にあはむとおほす、かはかり心さしおろかならぬ人々にこそあめれ、かくや姫のいはくなにはかりのふかきをか見んといはむ、いさゝかのことなり、人の心さしひとしかなり、いかてかなかにおとりまさりはしらむ五人のひとの中にゆかしきもの見せ給へらむに御心さしまさりたりとてつかふまつらむと其おはすらむ人々にまうし給へ

春、ア、なんだかほんとに読みにくい矢ツ張り当時の小説が面白いだが一度はこんなものも見て置かなければ人中で……昔しの赫映姫《かくやひめ》でさへ男は撰む其人の心意気を見なけりや身を任せない、当世で自由結婚は当り前だ親が干渉するのは無理に違ひないお父ツさんも、お父ツさんだ麹町《かうぢまち》の武《たけ》杉家《すぎけ》に行くのはいやだと言つたあんなに憤怒《おこ》らなくても……人の心も知らないで、そして彼郎《あのひと》のことを打ち明すとあんな貧乏書生よりも華族の武杉がいくらいゝか知れないツて、だれがあんないやアな男にいやなこと、そして働きのない学問のない矢つ張り自分の心に合つた人でなければ生涯の快楽はなからうと思ふわ、ア、彼郎の方は才識はあるし嫌味はなし風流で品行はよし耶蘇の信仰者だから浮薄ぢやあるまいそしてアノ容貌《きりやう》は千歳《ちとせ》……あれに似てゐるよ妾《わた》しの思ふ人ハマア彼郎より外にはないよ矢ツ張り是れもあの交際の開けたお陰げで見出すことが、して見れば世の中には交際は大切だそれでお父ツさん交際なんぞを、したからそんな我儘な野卑《いたづら》なことをツて二人の中ををかしく推《かん》考《ぐっ》てツマリ天保生れでアノ西洋の情交と言ふことを御存知ないからだ、なにも男を撰ンで之を定むるのに彼れ是れとやかましく言ふには（と思ふうちフト何か考へ出し一種無量の感覚を惹き起し頭を垂れて深思熟考）ア、早く結婚したい、一所になツて互に扶け合ふておツ母さんも渡辺《わたなべ》さん

の取りなしで既にお父ツさんも公然とお許しなさるしそして渡辺さんが媒介《なかうど》になツて既に先方の御両親も異議なく……ア、早くいそいで運びを附けて呉れゝばいゝ、ナニをグヅ〳〵してゐるンだらう、渡辺さんは何れ来月の廿日頃と被仰《おつしや》ツたが、一ィ二ゥ三ィ四ー五ッ六ゥまだ廿六日間《あひだ》があるしかし其間《そのうち》に婚礼の服を拵へて貰ツてキリストの会堂で誓ひをするのだらう其時はほんとにどんなだらうをかしいネ、ナニ構うことはない真面目な顔でスマアして握手の礼の時思ひ入れ力を込めて握ツてやらう其時あツちで嬉しい顔をするか知ら、若ししどひ残酷な女だと思はれるといけないネ、謹厳なお方だから余ンまりふざけ過ると卑下される、しかし謹厳な質《たち》だから品行が正しい芸者買ひとかなンとかの醜聞がない実にたのもしい一体に日本の男は上流な人に限ツて妻を持ち乍ら汚穢《をかい》の地に立ち入りて獣情の慾を漏らし一向に恥としない妻たるものも之を黙許して責めない夫は悪いに違ひないが妻も其罪は免れない、なぜなれば自分の権利を放棄《うつちや》ツて何とも思はず安んじてゐる夫と争ふて矯正の策をしない、なぜ日本の女はこんなだらうねなぜ日本の男はこんなに妻を尊愛しないのか知らん独りの女を守る耐忍の出来る人は僅かだわ芸妓排斥会なんぞは先づ首唱者が女だけマア女の仕事には感心だわ、妾しも夫れは賛成しかし此会はお茶ツピイと焼餅との二原素から成立してゐる抔《なぞ》と悪口する人があるし此会員はつまり自分の卑劣心と夫の恥辱とを公衆に広告するのも同然だなぞと非評されるからそれが残念だから加入しない……が縦令《たとへ》表面《おもてむき》ばかり擯斥しても男達が内々之に戯れて妓流仲間の繁昌を助けるなら矢ツ張りだめだわ、芸妓が何千人有ツたツて之にうて合ふ者が無けりや自然と自滅する訳して見りや矯俗会の方がたのもしいあのお方は矯俗会の首唱者だから屹度妾《わた》しを可愛がツて下さるに違ひない、どうしても宗教を信ずる人が深切でたのもしい……婚礼が済んだら直にどこかへ伊香保辺に連れて行つて下さるといゝネ、二人連れで遊ンだなら嘸かし娯《たの》しからう始めしばらくは内にゐると何ンだかきまりが悪くツて可笑しいだらう服はどんなのを誂へやうお父ツさん少しははづんで下されば宜《い》い渡辺さんにさう頼んで置かう来月の廿日、一ィ二ゥ三ィ四ー五ッ六ゥア丶待ち遠い

折からトン〳〵と階子を上《あが》り来る下女

お嬢さま本町《ほんちやう》の白木屋《しろきや》が参りましたからおツ母さまが見にお出で遊ばせツて

第十三回　孤燈の余影

時しも十一月の下澣《しもつき》午后四時頃二人の書生見ぐるしからぬ洋服に何《いづ》れの学校か知らねとも徽章の附たる帽子を戴き巻烟草《まきたばこ》をふ

かし乍ら一ツ橋の方より歩み来たる
中村、ヲイ村上けふの通俗講談会は存外傍聴人が多かツた殊にドクトル森尾氏が「未来を観察するの法」は流石《さすが》は博識家だけに実に感服せしめたネ初めに希臘国のペロポンニスの戦争《クリイグ》の原因《ウルザツヘ》と性質《カラクテル》と亜典《アテイン》の成果《なりゆき》とを説き次ぎに純粋の文明《クルトウル》に関係ある大事績を挙げ終に史学なるもの丶人間に就中《なかんづく》政治家《スターツマン》に必用なることを論及し且つ史学は既往の学問に非ず現世の学問に非ず未来を観察するの方針なりと言ひし時は満堂大喝采だツたネ、そして日本のことに移つて我国三百年以前の事績の性質を監《かんが》み文明史中三千年間に発現せし興亡盛衰の元素とを対照すれば我日本の未来は瞭然として分明なり然らば日本の未来は喜ぶ可きの世界か将た悲む可きの境遇か曰く喜ぶ可きの未来にあらず悲む可きの未来なり即ち我日本は一時名声を揚ぐるを得るも今より数百年の後は〇〇を失はんと論ぜし時は千有の聴衆沈思整粛一語を発する者もなかツたは余程感動を起さしめたと見える最后に「人間の此世に在るの目的は一大難問にして諸学者も一定の説を為さずと雖も要するにNaturgabe《ナテウルガーベ》(天授の能)を発するに在り兎角日本人は支那の学問を輸入して信仰した国であるから時に合はぬとか世に知られぬとか又は不足の取り扱を受くる時は彼の高踏自晦退隠風月を楽む等のことを為し其地位に安んじて天与の能《ナテウルガーベ》を働かせ社会を利するの義務を知らず今より諸君と共に此義務を尽すを以て人間の此世に生れた目的と心得たなら日本も亦た喜ぶ可きの未来とならんと論じて局を結ンだのは頗る痛快なる講談だツたネ
村上、ウムあれは職業の異《かは》ツた我々にまで実に利益を与へた只理論が高尚に過ぎて通俗の名に背き恐く婦女子には分らなかツたらう二席目の医学士岸国氏の講談の方が通俗で滑稽で其上幻燈で実地を見せたから婦女子には十分分ツたらうと思ふよ
中村、ソリヤ君、君でも僕でも医学生だから十分分ると推測するのも尤さあれでもNerven《ネルフエン》(神経)の生理的作用なんぞは矢ツ張り婦女子には分りにくかツたらうよ
村、婦女子と云やアけふ別席に傍聴してゐたのは頗る美しい《シユーン》的だがあれは一体何処《どこ》の娘だい
中、あれはたしか足村《たりむら》子爵の令嬢だ、ソレ新聞で評判のあツた貴族学校は意に合はないツテ退《ひ》いた一件サ随分美《シユーン》だ、アレなら嫁に貰ツてもそんなに不足は言はないネ
村、アクショイ君は不足を言はなくツてもあツちで大不足《おほふそく》だ、だがネ君美と言ふと何時《いつ》でも思ひ出すが角海老《かどえび》の深雪は廃業してからどうしたらう実にあれは可憐的だツたが
中、僕も確《しか》とは其行衛を知らずサなんでも親元廃業だと言ふ話しだが実は河井が少しは関係してゐるとサ

書生の話しは始め高尚後は猥褻上《かみ》より段々下掛りとなる原則に漏れず二人は且つ話し且つ歩き思はず神保町《じんぼうちやう》を通り過きんとする所に店の構立派にして玻璃窓《がらすまど》の中には帽子襟巻胴衣《シヤツ》其他西洋の筆墨紙等《ふですみかみとう》類々簇々排列したる唐物店《とうぶつみせ》あり

中村、ヲイ村上チョツト待て呉れ茲《こゝ》で靴足袋《くつたび》を買ツてゆくから

二人はズツト店の中に這入る

小僧、番頭、いらツしやい

中村、ヲイ靴足袋見せてくれそして洋紙の中版を

やがて買ひ終り帰らんとする時何心なく家の内を見やれば店より二三間奥の方に十八九の女あり一心に毛糸の編物をしてゐる村上は不審な顔色「ハテナどうして茲に」と心の内ソツト中村の袖を引き小声にて

村上、Sehen《ゼーヘン》 Sie《ジイ》 einmal《アインマール》 dort《ドルト》. ist《イスト》 sie《ジイ》 nicht《ニーヒト》 Miyuki《ミユキ》 im《イム》 Hause《ハウゼ》 Rothbart《ロートバルト》? (君、彼所《かしこ》をチョイト見玉へあの女は紅髯楼《かどえびらう》の深雪ぢやないか)

中村、Ja《ヤア》, Ja《ヤア》, wirklich《ウヰルクリヒ》 so《ソー》 Sie《ジー》 hier《ヒイル》 zu《ツウ》 sehen《ゼーヘン》, ist《イスト》 mir《ミイル》 unvermutet《ウルフエルムーテツト》. (ウム左様《さう》だ〳〵実にさうだあの女を茲で見るとは実に意外だ)

小僧はなんだか分らず

ハイ其シャツ、そりや本フラです一ツお召しなすつて

二人相顧みて黙笑して去る

村、実に奇遇だねどうして茲に居るだらう嫁入りしたのぢやあるまいネ、実は……あれはおれの女房《ウアイフ》にならないか知らん

中、君は女房《ウアイフ》を二人持つ積りか、今のはどうするンだ学資出して貰ツてゐる恩があるのを苟《か》り初《そ》めにも忘却してそんな浮薄な心はならないぞ

村、ヘンお爺様《ぢゝさま》の御意見誠に心肝に徹し恐縮にござりまする、ハ……だがネ生れが薬種屋だから教育はない筈だけれどあゝなに文盲ぢや実に愛憎《あいそ》が尽ツちまうよ傍訓《ふりがな》附《つき》の新聞がやツと読める位で人に手紙を出すことも出来ず本字と言ツたら御自分の名の清と言ふ字と大字天の字位、そして僕の姓名の字をプラクチツシユに覚へている位が極の頂上だ言葉でも少し高尚に話すと意味は通せずそれかと言ツて平易な通俗語では意が尽せずほんとに時々遺憾様《はがいゝやう》なことがあるよ為ることなすこと野卑に見えて清韻の品格が少しもない芸能と言ツたら三味線と役者の話より外にはなく到底《つまり》真《まこと》の愉味《くわいみ》は望む可からずア、一生の損をした誤ツたどうしても女は教育が無くちや品格がなく品格がなくちや優秀の行《おこなひ》淑良の節《せつ》がない今の中等以上で無教育の女を妻となし僕と感を同ふする人幾人かあるア、

中、可愛さうに罪も科《とが》もない細君を一文もない様に悪く言ふぢやないか、そりや罪は君に在るンだ君は結婚を余んまり

君チヨイト見玉へアレ〳〵前海老の深雪ぢやふへう

軽視した、一時の貧苦を耐忍しなかツた、苟安《こふあん》を求めた
村、そりや僕の罪に非ず親爺の罪だ僕をして結婚を軽んぜしめたる原因は親爺が子を養ふの義務を知らざるに在り、然し今からくやんでも仕方がない因果とあきらめやうお転婆でないのと口数を听《き》かないのと温順《すなほ》なのがあれの取り所だせめてそれを心遣りには……ばからしいしかし深雪だツて一旦淤泥《おでい》に陥ツてなる程容貌《きりやう》はあれよりい丶が今の教育の点に至ツては五十歩百歩だらう……ウムさうだ〳〵矢ツ張り世人は容貌に第一目附るネ

浮世の変幻雑多なるかな人間の境遇万般なるかな一憂一喜交代しきのふの吉も今日の凶思はぬに苦労し亦た思はぬに喜ぶ造化何ぞ人を玩弄するの甚しきや然れども人世無事にして胸裡の感触に変動なく波瀾なくんば人事沈滞停息せん沈滞停息の極は終に退歩腐陳《ふはい》の時代とならん然らば造化の人を玩弄するは恨みずして却て謝せざる可からざるなりあな貴《かし》こき造化かなあなあり難き御心配《おこゝろづか》ひ」《ママ》深室人定まりて夜静かに聞ふるものは雁がねと軒に滴《したゝ》る雨の音孤焼《ことふ》光暗ふしてわが影にさへ分れんとす寝床に入りて未た眠りえず独りつく〴〵物案じ

お光、ほんとに思ひ廻せばいつそ悲しくなるよ妾《わた》しの心の中《うち》の悲しさを知ツてゐる人は独りもなくたとひお父ツさんでも、ア丶どうしたらい丶か分らない廓《あつち》を出たのも河井さんのお陰だから恨みには更々思はぬが……ア丶やツぱり妾し

が悪い、あの時売られて大阪を出たのが一生の誤り聞けば河井さんは昨日御祝儀がなんでも駿河台の烈気《れつき》としたお嬢様たしか浅艸で見かけたあの洋服の、ア、羨ましい、いツそ男と云ふものは深切な様でも情は剛《こわ》いほんとに今迄のことを思ひ出すと夢の様だわ……こんな奇麗な店を出したのも江沢さんのお陰だけれどそれには又あの河井さんの方も御助《おたすけ》なすツたさうだそれに河井さんでも河井さんのお父ツさんでも下から出て大層にお詫をなさるし却ツてお気の毒になり何も言ふことは出来ない兼々お父ツさんの被仰《おつしや》るには一生涯河井さんと江沢さんの御恩は忘れては済まない河井さんのことなぞを露程も怨みに思ふと罰が当るぞ、イヽエそんなことは決してそんなことは……ほんとに兄《あに》さんがお在《い》でだとこんなこと……ア彼里《あつち》にも行かなくて、ほんとに人の行末はどうなるか一寸先きは見えない、江沢さんの所のお時どんがいつぞや河井さんの方があゝ云ふ話になり妾しは悲しくツて、悔しくツて死ンでしまをふかと思ツた位で独りで鬱《ふさい》でゐる時「貴女方《あなたがた》は能才《はたらき》はお有ンなさるし御器量はよし何処《どこ》へでも貰ひ手は」と言ツたが其時は笑ツてヂツト堪忍《おさへ》てゐたがほんとにくやしかつたわどうせそりや人様の御厄介になツてゐるのだから能才はなしなんぼ河井さん所のお話があゝなツたと言ツてそんなに貰ひ手は沢山なぞと嘲弄しなくつても、運の悪るい時はあんな者にまでも侮られる、河井さんは今頃は……思ひ出《いだ》せば出す程……(涕《なみだ》思はず目を湿《うるほ》す)それに附けても江沢さんはチョツト見た所は柔しい御深切なお方ではない様だ、が能く〳〵考えるとそりやア河井さんより余ツ程心掛は宜い御方、第一お父ツさんの難儀をお助下すツて一度ならず二度三度下谷《したや》の長者町から初めて逢つた者を自分の内に引き取ツてアンな事はたとひ親類中《なか》でも、そして廓から出た時着物でもすツかり拵《こさ》えて下すツて一向恩をきせた顔もなさらずア、滅多にありはしない御宅《おうち》に父子《おやこ》お世話になつてゐてもいやな顔も見せず其上稽古にまで出してお貰ひ申して今の店もあのお方の御尽力初めの中《うち》は左程にも思はなかつたが十日半月と一所にゐると御気質の美しいのが見えて応容な様で行届き心の中が清々してゐるよ人情に厚いだけ亦た悟る所は悟が開いてゐらツしやるから縦令《たとひ》遊びに行らツしやツても誰れにかうのと云ふ目的《めあて》はなし心の中が透明《すきとふつて》ゐるそれかと言ツて冷淡《さみ》しいお方でもなし至つて賑かでそして学問も大層お出来なさるさうだしほんとにあのお方は長くお交合《つきあひ》申せば申す程価値《ねうち》が出ていつ迄も飽きることのないお方……ほんとに江沢さんは……ヲヤもう三時の鐘が……ほんとに江沢さんは……

折から一際烈しく降り出す雨椽側の手拭掛雨戸に当つてコトン、コトン〳〵

第十四回　様々の人心《ひとごゝろ》

思ふに離れ思はぬに会ふは浮世の常なるに互ひに思ひつ思はれつ目出度き婚姻を遂げし河井金蔵田村春子、新夫新婦の心の裡《うち》其喜びは如何ならんまして結婚后幾干《いくばく》もなく手を携え車を同《おなじ》ふして旅行《たびだち》し或は日光の奇観を見或は伊香保の浴泉に遊ぶ何ぞ必ずしも両蛺蝶《りやうきやうてふ》を羨まん双鴛鴦《さうゑんをふ》を恨まんきのふと暮れけふと過ぎ翌年《よくとし》の弥生の頃春子令閨は既に祝纏帯《いわたをび》を要するの時となりぬ

春子、金蔵さんも妾《わた》しを可愛がツて呉れるが依然《やつぱり》日本人の性質は免《のが》れない西洋人程大切に取り扱ツては……昨夜《ゆふべ》は帰りが遅かツたが一時二時、二時過ぎに帰ツて来たよ、尤も宗教は信じてゐるからよもや、だが日本の男は口先き計り大層品の宜《い》いこと言ツて実際の行《おこなひ》は……ほんとうに由断はならない、金蔵さんが一夫一婦の誓を守ツて今迄の内に外《ほか》の女を愛したことはないか知らん、見たことがないからどうも夫れが判然《はつきり》と分らないのは残念だ成る程金蔵さんの性質は堅い様だが併し男は多情なもので結婚前に随分旅寐の伽を呼ンだり又結婚してからでも芸者なんぞにツイ訝《をつ》な気を出したがるから……だが優しい事は優しい人だ立派ではぁるし察し心はあるし働きもある口数も听《き》かず交際も上手だからマア夫《そん》なにどこへ行ツても恥かしい事はない……が余ンまり実着《じつちやく》で深切だから何処《どこ》の女にもかうぢやあるまいかと思ツてイツソ……芸者なんぞが色目をつかツても応じないのか知ら、此間も伊香保から帰る時も汽車の中で落合ツた芸者はとうから金蔵さんを知ツてゐるんだよア屹度《きつと》馴染なンだよ、ヲヤ河井さんどちらへお出でなすツたのお羨しゆうございますツて言ツたきりて時々妙な目附で、そりや妾しがゐるから遠慮して何にも言はなかツたがもしも妾しがゐなかツたなら屹度一所に何楼《どこか》へ上《あが》るンだョ然し其時金蔵さんは平気な顔で話しも平常《ふだん》の通りて別に意《こゝろ》の有る様子でもなかツた、して見りやあれは芸者だから稼業柄で愛《あい》敬《きやう》の捨言葉か知らん、伊香保の宿屋でお貞（是れは元春子の同学生にして只今其宿屋に縁附したるものと知る可し）さんと三人でトランプを闘《たゝか》はしてゐるときもお貞さんにばツかり贔負《ひゐき》してお貞さんが勝つと金蔵さんが妾しを「ヤア春は弱虫」ツて嘲弄して金蔵さんが勝つとお貞さんも一所になツて喜ンでサ、アノ江沢さんの手紙は何だらうお光、お光嬢を貴兄は如何処置するやなんぞと書いてあツたが若しやこれが結婚前の……手紙をみると色々な事が書いてある御朋友から来た手紙に怪しいことが、なンだか分らない様な事ばかしなんでも有りの儘打ち明してあの晩はかう云ふ訳で遅くなツた、江沢の云ふことはかうした訳と言つて下さるとい丶のに、口数を听かないだけ何にも言はす、是れも妾しを信用しないから……夫婦は二体同心、心に隔りが

ある様では疑心暗鬼だわ、ほんとに地烈体ネまさか根堀り葉堀り聞き正す訳には行かず、あんまり心が狭いと思はれるといけないからツイ黙ツているが姑《しうと》の前もあるし、姑と云ふ者はなんだか気の揉める者だわ夫れも些《ちつ》とは世の中の事が分ツてゐると宜《い》いけれど旧弊だから仕様がない「金蔵が留守の時はあんまり外に出ない様にしろ」ツて妾しゃ留守だから出るのだわ内にゐる時は彼是旦那の御用もあるからと言ひたい所をヂツト堪へてこツちも従順《すなほ》に出たからあつちも気の毒な顔をしただけはマア感心サ、だがけふは誰れの命日とか何とか云つて精進なんぞをしたり又た旧暦の何日だらうなんぞと尋ねたり、人、今時旧暦なんぞを覚えてゐる者はありやしない精進だツても心の内に思ツてゐればそれでいゝわわざ〳〵外形に現はして玉子も食べず肴もたべず、ぜんまいとか西京《さいきやう》ゆばなんぞで御飯が食べられるものかほんとに日本人の生活は下等だよ、そして牛肉が嫌い香《にほひ》をかぐのでも、いやだツてほんとうに気に会はないネ、どうかして別居したい金蔵さんは親孝行だから、妻と親とはどツちが大切だらう最愛の妻、最信の妻と云ふから矢ツ張り妻の方が可愛に違いないそんならもツと妾しの肩持ツて呉れてもよささうなものを……赤ン坊が出来たらなんだか恥かしいネ……どんなにして育てやう西洋の教育法で妾し独りで立派にそだてゝ見せるわ小児養育法の本は何処に在るだらう精《くわ》しく覚えて置かう

折から門内車の音「お帰りイ」と車夫の高声お春はにツこり

春、でも此節は何時でも早く帰るよ、けふは宴会が花月楼で有る筈なのに断ツたのか知ら……善く〳〵考えると頼母しいお方だよ、今迄妾しに怒ツた顔見せたじやなし……

と立ツて玄関へ出て行く

○河井金蔵は或る日我書斎に在ツて一思案

成る程日本の婦人には中庸を得たものは少ない学問をするは高尚優美の光を添ゆる為めだのに却ツて学問すると此の敬愛すべき品格が消える様だお春だツても生意気と云ふのぢやないが余ンまり自分の見識を濫用するから……ア、悋《りん》気《き》深くツては困まる人が少し帰りが遅いか又何処《どこ》へか用が有ツて夜分に出でもすると訝《お》かしく気を廻して膨《ふく》れる、是れも己《お》れを愛するからと言やア左程腹も立たないが少しは察して……男と女とは用向が違ふと言ふだけは推測して貰わなくちゃ彼の鐘《グロツケ》の歌の中にもDer《デル》 Mann《マン》 muss《ムス》 hinaus《ヒナウス》 ins《インス》 feindliche《ファイントリッヘ》 Leben《レーベン》, muss《ムス》 wirken《ウヰルケン》 und《ウント》 streben《ストレベン》 und《ウント》 drinnen《ドリンネン》 waltet《ワルテツト》 die《ヂイ》 züchtige《チユフチイゲ》 Hausfrau《ハウスフラウ》, die《ヂイ》 Mutter《ムツテル》 der《デル》 Kinder《キンデル》 und《ウント》 herrschet《ヘルシユツト》 weise《ワイゼ》 im《イム》 häuslichen《ホイスリツヘン》 Kreise《クライゼ》……(夫は外に在ツて勤め妻は内に在ツて家政を司るの意) と言ツテあるがお春だツても此位な事は知ツてゐるのに……是れも今少し年がいツて世間の味を嚙ンだなら直るだらう

二人間《ふたりかん》の愛情は十分あるからまだたのもしい併し一生涯真正の楽《たのしみ》を得るには今少し家風を改めなくちや、あれが一度位苦しんだ人間だと宜《い》いけれど、もしもお光みた様な性質だと余程事が円滑に運ぶけれど、

第十五回　洋行

江沢、北野さんか、サア茲方《こちら》へお這入り
北野、誠に浮気な時候になりましてヘイ其后《そのゝち》はしばらく
江、此節はどうだな店の方は
北、ヘイ有りがたふ忙がしいの忙がしくないのなんぞの話しじやありやしませんソリヤもう私と云ふ様子のいゝイヱサほんとうに番頭が有るので商売繁昌利潤沢山追ツつけ小川裁縫店は銀行の三ツ四ツは建てる積り……
江、もう今日は忙しいから大概でよしてをいて
北、それに貴君様《あなたさま》のお陰げで御紹介で田村様や河井様其外《そのほかたり》足村様《むらさま》立花様なぞのお屋敷にお出入致しまして御用を勤めますので猶更お得意がふゑまして、ヘイ是れも全く貴君様のお陰げでございますから七八割乃至十二三割はおまけ申して……
江、ハ……もう分ツた、だが見本は持ツて来たか
北、ハイ沢山持ツて参りました倫敦巴理《ろんどんばり》の流行品は申すに及ばず伯林《べるりん》、維納《うゐんな》、マドリイド、メキシコ、ブラジル、エジプトの時好品……
江、うるさい、マアなんでも宜《い》い早くお見せ、今ぢや欧洲《あつち》ではどんな品柄がこの方はヲーフルに適当だ、そしてソーサネ此綾羅紗《このあやらしや》で上下《うへした》とも拵《こさ》えませう
北、それが宜しうござゐます、この品柄は当時、ヱー貴君は独乙《どいつ》でしたね、それなら当時伯林の流行で
江、印度洋からアラビヤ海峡なんぞは随分熱いに違ひない夏服も一揃携へて行きませう、それぢやあした夏服の見本を持つて来ておくれ
北、ハイかしこまりました
江、だがね急いで拵えて貰はなくちや一二三《ヒーフーミー》もう今月はたツた三日しかない四月の中旬迄《なかばまで》には出立するから
北、大丈夫来月の五日迄には持参致しますアノなんですか彼国《あつち》で長らく御滞在ですか
江、マア二年間の心組都合によつては三年間
北、それぢや彼国の都々の花柳の取調婦人の探究には十分の余日がありますなハヽヽ、だが貴君あのお光様はどうなさいます、可愛さうぢやありませんか此間神保町に一寸《ちよつと》寄りましたがソノ当人も親も、ナニ、ほんとうです田村様や立花様もおれが媒介人《なかうど》になるから貴様から内々江沢さんの心を聞いて置いて呉れろツて御頼みになりました御洋行前に結納ばかりでもイヤサ御約束だけでも万事私が……貴君だツ

てもどうせ一度ハ……

と何やら頻りに熱心になつて話し掛くる江沢は冷淡なる平気な顔で只冷笑と苦笑と調合したる一種の口附《くちつき》を現はしたるのみ別段の返答なし

時に下女二三通の郵便を持ツて来る蓋し送別会とか離宴とかの招状《まねきぜう》なる可し○門前に馬車人力車の響がする○下女又入来り

「旦那アノ足村様と河井さんが」と取り次ぐ

北、お客様それではお暇致しませう

江、それぢや又あした来てお呉れけふは取り込ンでゐるから

以上両人の話しは記者が説明する迄もなく素早き看官は先刻了解致し玉ふならん彼の本篇主人公の一人なる江沢良助は元来《もとより》洋行の、就中《なかんづく》独逸に留学せんとの志望あり兼て心裡に謂《おも》へらく独逸学問の深味は如何《いかん》、カント派の鴻儒《こうじゆ》が残したる利益と国民との影響は如何、文学、哲学の隆盛は果して如何なる程度に達しをるや、封建の余習及び普魯士《ぶろしあ》と二十六聯邦との関係は如何ビスマーク公の政略及び国会の組織党派の分裂は如何町村の組立裁判の構成は如何、国民の気象大学の有様は如何帝室と人民及び諸侯伯との関係は如何殊に独乙人が最も不快を感ずる「戦争の中心」と云へる語《ことば》は幾何《いくばく》の価値《かちよく》あるや「ロイテン」「トルガウ」(共に七年戦争の場所)の古跡「アウステルリッツ」(三帝戦争の場)「ライプチヒ」(ナポレヲンとブルュヘルとの戦場)及び「キヱニヒグレッツ」(普、墺、大戦の場)等の地形は如何是《かく》の如きの問題我が実地に研究せんと欲するものなりと其洋行の念《こゝろ》常に絶へざりしが華族足村子爵は江沢が抜群の才学を愛し且つ同藩人の因縁あるを以て洋行留学の資金を与ふることを承諾されたり是に於て江沢は多年の志願此時に達したりとて平生は

喜《よろこび》と云ふ価値を左程に感せさりし人物も此時ばかりは真底真面目になツて喜びしとぞ

茲所《こゝ》の送別彼所《かしこ》の告別と発足前は大概閑暇の余日なく遂に出立の前日と迄迫りけり「春眠暁を覚えず」ソリヤ余所《よそ》のこと江沢の一家《いつけ》は朝早《まだき》より起きて出でゝ荷物の準備《したく》彼れ是れと差図し来客の応対手紙の往復、明日《あした》のお立ちは何時で御座ゐますと下女の使者《つかい》が聞きにくるハイ九時四十五分の四番汽車ですと下女の挨拶ソレやコレやの繁忙で「ドーン」やがて午后となり黄昏となり太陽は「いづれ亦た明日」と残りをしげに地平線下に入り玉ふ今宵はいつになく村雲浮びて空の景色曇りがちなり嫦娥《じやうが》の君は誰れにすね玉ひしか最前チラリと顔見せたツきり腰元の星供を引き連れ奥の宮殿に籠り再び来り玉はず四辺《あたり》何となう暗淡朦朧麟祥院の森、影暗ふして医科大学の時計台僅かに其形を見定む可し東京の名物なる空ツ風森に触れてゴー〳〵と戦《そよ》ぐ音を見返り〳〵竜岡町《たつをかちやう》へ走り来るものあり夜目にはしるすがには認《したゝ》め難きも乱れたる髪の双のこめかみに振りかゝりたる衣服の裾の風に広がりたる足元襟首のいと白ふして白妙の雪の肌と見えたる身体の動く割合に歩みの遅々たる塩梅より推せば無論女にして

蛟龍雨を得ば終に池中のものに非ず法學士江澤良助の洋行

年の頃は十八九ならんか」行《ママ》きつ戻りつ門前に躊躇し内を伺ふて入らんとして入り得ず其儘板塀に身を寄せかけ頭を垂れてホツト一思案又頭を上げて四下《あたり》に気を配るは心に弱みあることと知られたり「イヅレ明日《みやうにち》新橋で」「お下駄《はきもの》はお分りになりますか」とランプの光が門外に漏るゝ件《くだん》の女は周章《あはてゝ》向ふの空地に身を隠くす

明れば明治〇〇年四月某日の朝となる昨夕《さくせき》別れたる太陽は約束を違へず東の天より現はれ玉ふ新橋の停車場《ステーション》には既に午前九時過となれば腕車《くるま》を飛ばせて陸続集ゐくる中《うち》には馬車数輛をも見受けたり是れなん江沢良助が洋行を見送る為めに来会せし親族知己なりやがて発車を報ずる鈴の声チリン〳〵〳〵

足村子爵、然らば旅中随分自愛して

河井金蔵、業成ツて恙《つゝが》なく帰朝の日を待つ

某雑誌記者、時々珍聞新説の寄贈を仰ぐ

短袴の一書生、君が政治学の奥意を究めて吾国を裨益せんことを切望す

其外の皆々、御機嫌よう

中《うち》に或る西洋人は流石《さすが》は文明国の人だけあツて其希望するの辞《ことば》もズツト意表に出づると云ふ風体《ふうてい》にて握手の礼を行ひLeben《レーベン》 Sie《ジー》 wohl《ウヲル》, meinewegen《マイネツトウヱゲン》 und《ウント》 der《デル》 Wissenschaft《ウヰシセンシヤフト》 wegen《ウヱゲン》.（我々の為め幷に学問社会の為め君が健康に消光せられんことを望む）

江沢は右顧左面一々返礼を終り匆々車に上る箱田左衛門は小荷物を手に携え後《うしろ》に続いて車に入る蓋し横浜まで同行するものと覚えたり一同帽を上げて之を目送す汽車はピューの笛声《てきせい》と同時にゴツトン〱と烟を残して去る

一佳人あり顔の色いとやつれ鬢髪乱れたるも天然《てんぜん》の美貌は争ふ可からず是れ又江沢を見送る一人にして停車場《ステーシヨン》に在り終始一語なく心中無限の愁ひあるが如し江沢が切符の検査を受けて構内に入らんとする時僅かに微音を開き「モウお出でなさるの」汽車を悲しげに見送り車響漸く遠く汽烟《きえん》目を謝するに及んで停車場を去る

第十六回　浮世は憂世

「霞か雲か将た雪かとばかり匂ふ其花盛り百鳥《もゝとり》さへも歌ふなり」「袷衣《こうい》の時節清新を愛す偏に恐る重来《ちようらい》是れ春ならざるを」今が咏《なが》めの桜時花見る人に人見る人絡駅繽紛《らくえきひんぷん》参々伍々嬌歩婀娜《あな》落英風裡に娥眉を顰す蘇小紅払何ぞ多恨なる酔顔朦朧紅白を評し濃淡を品す劉郎蕭郎《りうらうせつらう》何ぞ多情なる貴介の公子は軽車を東台に飛ばして青柳楼辺名酒を傾け風流の才子は画舫《ぐわばう》を墨江に浮べて白蘋洲外管絃を弄す実にのどけき弥生かな実《げ》に面白き桜花都門の士女花の為めに出で花の為めに浮かれ亦た陋室閉居の痴愚をなすものなし然れども世間喜憂の観総て其心裡より生ず物思ふ身には此《かく》の如き天与の美景も却ツて傷心断腸の種となる彼のお光は世間のかくにぎわしきに似もやらず鬱々として常に自《お》己《の》が居間に引き籠り風に散ずる庭前の落花を恨み香を尋ぬる叢裡の両蛱蝶を羨む心裡果して何の思ふ所か有る

折から劇しき日まけせず許我《こが》へ帰りて名をも揚げ家を興して冬籠り北山颪吹《きたやまおろしふ》く頃は風の信りに知らせてたべ筑波の山の此方《こなた》には恙もなくて君ますと思ふのみにてはべりてん今より弱る玉の緒の絶えなば是れを此世の別れ願ふはまだ見ぬ暗路《よみぢ》のみ二世の契りは必ずよお心かわらせ玉ふなよ

と読みさしてホツト息をつく暫くして目に涕《なみだ》ぐむ

お光「ア、其時の浜路の心が思ひやられる、よくは、アノ読めないけれども、もう読むまいこんな所を読むとなんだか心《こゝろ》小《ぼそ》く悲しくなツてくるから……四千里もあるさうだがほんとうにどんなに遠いだらう独逸《どいつ》とやらは……モウ横浜を出帆なすツてから五日まだ長崎あたり是れから先きが波が荒い、お怪俄でもなければいゝが……早く……三年の間……

何を見ても心の憂さに圧せられ果ては涕の種となる読みさしたる八犬伝を閉ぢ手筐《てばこ》の裡に入れんとす

お光「ヲヤ大層中が乱れて散らかツてゐる

と言ひつゝ秒序よく排置せんとすれば三年前《ぜん》よりしばらくも身を離さゞりし河井の写真以前なれば二重《ふたえ》三重《みえ》大切に包み置く可きに今は寵愛薄らぎしと見え裸体《はだか》の儘這入ツてゐる、直《すぐ》に目に注《と》まる、お光は文庫の蓋持ツたまゝ又もやホツト息をつく

お光、ほんとに妾《わた》しほど因果な者は……若しや江沢さんも河井さんの様にアノ妾しを……

折柄微風吹き来ツて庭中の桜の花数片《すへん》チラ〱鶯の声ホ……ホケキヨホ……ホケキヨ若し是れが芝居なれば名代役者両人花道へ行こなし是を見て無情を感じる台詞《せりふ》（甲）実《げ》に百花の王と称《よ》ぶ桜花さへ時来れば風に散鋪《ちりしく》那《あの》風情《ふぜい》（乙）経よみ鳥も死を急ぐ法《のり》の教と聞く時は共に此世の別れ霜ト云ふ見得《みえ》

作者白《も》うすお光の意中の人たる江沢良助は独乙国のライプチヒ及び伯林《べるりん》等の大《ウニウエルジテート》　学の講義を聞き二年有余にしてドクトル、デル、フヒロソヒーの学位を得猶ほ一年間余在留して帰朝後或る紳士の媒介にて足村《たりむら》子爵の令嬢と目出度結婚せしよしお光の失望如何ならむ思ひやるだに涙の種

お八重

「お八重」のはしがき

嗚呼生意気と謂はん歟、盲蛇と謂はん歟、まだ肩あげある赤襟の作者であり乍ら、此穴探し流行の剣呑なる文学界に、――よせばいゝのに、わざ〳〵恥晒しに、――此拙作を売り出したるは。如何なる鉄面皮ぞや、我ながら其大胆に驚かずんばあらず、然しこれとても作者が一生懸命有りだけの脳味噌を絞り出して染めあげた小説。一行書いては午砲《ドーン》が鳴り、二行書ては入相の鐘。三枚四枚に一週日、一回二回に一月を費し、或る時は頬杖に麻痺《しびれ》をきらし、或る時は廻らぬ筆に愚痴をこぼし。生命《いのち》知らずの虫は飛んで洋燈《ランプ》にたかるの時候より稿を起し。物思ひなるすゝき尾花のうつむく顔を見るの朝。露を慕ふて松虫の千艸に遊ぶしほらしさを聞くの夕も。いつしかにうち過ぎて、姫と云ふ糊、障子のサンに縁附《えんづ》くの時節に至り、やう〳〵仕上げたるは花も実もなき此「お八重」。更に振り返ツて後《うしろ》よりながむれば、作者の自惚眼《まなこ》にさへ、如何にもまづいと見ゆる廉少なからず、況《ま》して具眼の読者が読み玉はば、情致の点はもとより、文章趣向の点に於て、不完不熟の瑕瑾多かるべし。伏して請ふ江湖幾多の仁恕なる具眼者よ、まづい〳〵と一口にけなし玉はずして、茲所が悪い彼所が不出来と、教示を下し玉ふのも、一ツの御功徳かと存候。

明治廿一年十二月　　忍月居士識

附て曰ふ予が敬愛す久松子爵は「代ニ阿八重一述レ懐」とて左の一詩を恵贈せられたり茲に附記して以ツて其好意を謝すると云爾。

妾身一意思阿郎。　阿郎何事二三徳。
満胸感慨無人訴。　附与山光兼水色。

Ach ! Des Lebens schoenste Feier
Endigt auch den Lebensmai,
Mit dem Guertel, mit dem Schleier
Reisst der schoenste Wahn entzwei.
(Schiller)

去来江口守空船、遶船明月江水寒、
夜深忽夢少年事、夢啼妝涙紅欄干、
（白居易）

かきくらす心のやみにまとひにき
夢うつゝとは世人さだめよ
（業平朝臣）

お八重

第一回、あれやこれ。

春の風ぬるみし空に猫の毛雨、降ツて樹葉《このは》を湿《うるほ》せど、軒《のき》滴を垂るゝに至らず、路《みち》足駄を穿つに及ばず、清明の風光を賞づるの余り、重来の春ならざらんことを惜むの客《かく》は、清遊を汚《けが》す塵埃を払ふの最好道具とて、却ツて是れを喜ぶめり、雨に命の洗濯させて、花に心の憂晴しと、墨陀《すみだ》桜雲の間に棹《さほさ》すの風流人もある可し、晴好の景吾れ既に之を訪ふ、雨奇の景吾れ未だ之を見ずと、小金井に遠乗するの紳士連も有る可し、海棠は軽雨を含んで、溢《こぼ》るゝ色香を掬ひての少なきをすね、黄鸝《うぐひす》は自己《おの》が晴衣《はれぎ》の濡るゝも厭はず、褒められたさが一杯に嬌音《きやういん》を弄《もてあそ》ぶ、人の心を浮き立たせ、人の足をそびき出すと云ふ好時節、どこもかしこも花の噂とり〳〵の、中に挟まる上野花園町《はなぞのちやう》の一構へ、一月の屋賃が七円と聞けば、其結構の壮大ならずも亦裏店《うらだな》の伏屋にも非ざることを知るべし、入口に園井波之助と書き現はした小イさな名札、格子戸、上り口とも、雑巾能く行届き、隣家《となり》の埃に哂されて、艶気なきと比ぶ可くもあらず。

下婢《げぢよ》に非ず、お嬢様とも見受け兼る一人の乙女、「此内にはせつなげに咲た杜若《かきつばた》、よい床に生《いけ》たいのウ」、「ハイどなたも左様に被仰《おつしや》います、自慢で作ツて置ましたれど、近頃は手入が悪さに、いかウ田地が荒ました」と、伊賀越《いがごへ》の平作がゐたならば申しさうな風体なり、乙女は奥の間より台所、庭の洒掃《さうぢ》ランプの洒掃までなし終り、それで休息するかと思へば左にあらず、某《それがし》学校の講義録とも覚ぼしき、本をくりひろげ、一心不乱になツて黙読す読んで央《なかば》に至り、フト感ぜしことありと見え、頭《かしら》を挙げて静思瞑目、暫くして立ち上り、編み掛けた毛糸の靴足袋を取り出し、又も一心に編んでゐる、折しも奥の柱時計が時を告ぐると同時に、森を隔てゝ停車場《ステーシヨン》の汽笛の響き。

「ヲヤ、モウ十二時だワ、なんでも此を早く編んで旦那を驚かして上げやう、色の取合せがよく出来たツて褒められるやうに、モウ追ツつけお帰りになる時分。

奥の間の火鉢に桜炭を挿《い》け新聞を奇麗に畳んで机の上に載する暫くして鉄瓶の音は蟬となり、松風となり遠波《えんば》となり虎尾《とらのを》となる、サアいつでもお帰り遊ばせと誰れ言はせねども人待顔。

「モウ雨も晴れたやうだ、さう〳〵お隣りの叔母さんが、花をやらうと被抑ツた今の中《うち》に貰ツて挿けやう。

不忍池《しのばずいけ》の畦道より、廿四五の年配なる紳士、右に二三冊の洋書《ボックス》

を携え、帰りくる途すがら。

「アツ、しまツたなア、けふの卒業試験の三番目の問題、しくじツた、考へ違ひした、流通資本と固定資本――、産業社会――、ア、誤解した、しかし今更悔んでも追ふ可からずか。

と何か独りつぶやきつゝ、フイト池の方を眺め、フヽツと笑ひ出した口を中途で打ち消して、春の野面《のおも》に群《むれ》る蝶、道の伽する芳草《くさばな》を、踏み分けて来る格子前、花の折枝持そへて、見合す顔、(看官曰く沼津の段そッくりだぜ)乙女は急いで上り口、丁寧に両手《もろて》をつき、頭を下げ。

女「お帰んなさいまし。

男「奇麗な花だネ、隣りから貰ツたの。

と言ひ乍ら、主人は自己が居間に座を占め、新聞を見乍ら、四辺《あたり》を見廻し。

「おれが一昨年《おとゝし》下宿《げしく》してゐる時分は、座敷でも机の上でも、丸で埃だらけで、五六日も洒掃なしで、こんなに秩序よくなツてる日は、半時もなかツたが、女性《じよせう》は真《しん》に家の光沢だ。

との感触既に昼食《ちうじき》も済み、徒然慰む言葉敵《ことばがたき》。

波「お八重さんお前には誠に気の毒だネ。

八「何故《なぜ》で厶います。

波「何故ツてお前、阿母《おつか》さんは国元にお帰んなさるし、それから間もなく、婆アやがあんなに病気で、里に帰ツてゐるから、お前一人で此節大変に用が増ゑて、勉強することも出来なからうと思ふからサ、今迄が清原家の様な大家《たいけ》に仕へてゐて、私の内に居ツたら、嘸かし辛からうと思ツて。

八「なんの郎君《あなた》、勿体ないこと、お内にお世話になりましてから、皆様の御親切で……、此位な御用を勤めますのは微塵も厭ひは……、そりやア清原の御邸《おやしき》にも、妾《わたくし》は色々とお世話になりましたけれど、ツイお嬢様に出過ぎた、アノ生意気な口听《き》きましたので、御暇《おいとま》になり、それからアノ難儀の場を、郎君がお助け下すツて、郎君は妾の為めに左のお手をお怪我と、（少しうるみ声になる）其御恩を、其御不自由をお察し申せば、縦令《たとひ》火水に這入ツても……、妾は郎君のお手を見る度に、一生不具の御方に、おなし申したと思へば……。

と思はずポロリと涙一雫、凡そ人世《じんせい》あるとあらゆる涙の中に就て、最も清潔なる、最も深切なる真心を含み、生命の棄殞《きそん》をも、猶ほ許す程の価値《あたへ》ある涙は、如何なる涙なりやと問はゞ、作者は此憐む可き一滴、しかも明かなる眼波《がんば》の間より離れ来ツて、白き頬を、たどり行く一滴なりと答ふるも、敢て過言に非ざる可し。

波「又、そんなこと言ひ出してつまらない、それは、さうと昨日《きのふ》ネ余所へ行ツて話しを聞くと、清原の令嬢は、なんだか離縁になりさうだツて、なぜだらうネ。

八「ヲヤ、左様《さう》でムいますか、妾はチツトモ。

松「そりやア君、婚姻に必要なる条件を充さずして、結婚したからだ。

八「オヤ、

波「オヤ、と両人がふり向くとたんに、突然椽側の障子を開けて、案内もなく入り来るは、波之助より二ツ三ツ上の年恰好の朋友、松葉新一と呼ぶ某法律学校の卒業生、色浅黒く体肥え太り、否味《いやみ》のないアツサリとした男、何処《どこ》へ行ツても遠慮辞退と云ふことを知らず、気楽八分に苦労二分で世を渡る将来の紳士。

波「ヤア、松葉君か、君は何時《いつ》の間に来てゐたのだ。

八「マア吃驚《びつくり》致しましたワ、ほんとに——お出でなさいまし。

と丁寧に辞儀を述べ、「お敷なすツて」と坐蒲団を進める、松葉は膝を移し乍ら。

松「それでも聞いて悪いことでなかツたから、先づ安心だらう、ヲツト、これはしたり、茶をこぼした、イヽエ、茲《こゝ》にハンケチが、是れはお八重さん憚りさま、ドウ致しまして、ハヽヽヽ、僕は君、表へ廻ると路が遠い、随ツてそれ丈時間を浪費す、だから裏道を抜けて、庭から這入ツて来たのサ、ヱ、なんだツけ、さう〳〵清原の離婚、そりやア君、成る程満子嬢だツて、結婚者相互ひの承諾はあるし、且つエー結婚者は近親なる可からず、結婚者は適齢に達せざる可からず、結婚者は定《さだま》ツたる儀式を行はざる可からずと云ふ、法律上の規則には合ふてゐるから、非難はないやうなもの丶、然しネ君、結婚は一男一女たらざる可からず、結婚は生涯の結合を目的とせざる可からず——。

波「又お株が初ツた、モウ講義は大概にして置き玉へ、如何に職業柄とは言ひ乍ら余んまりだ、そして日本にはポリガミー（一夫多妻、一婦数夫）の弊風はないから、君の御心配は無効サ。

松「無効、ナニ無効なもんか、君は表を知ツて裏を知らずと云ふものだ、アノ満子嬢の聟の綾瀬だツても成る程表面上は一男一女に違ひはないサ、違ひないが、しかし紳士に似合ない所為がある、洋行帰りで才識はあるし、日の出の勢は有るが、兎角浮薄だ、陰然一夫数婦《ポリアンドリィ》の傾きが……。

波「モウ、人の毀誉に関する話は止《よ》し玉へ、それより誰れからも恨まれない様な、世間話が宜《いゝ》や。

松「兎角、君は人の話をけなすネ、エヽお八重さん何んぞ面白い話はないかネ、御主人公が、いつでも沈黙主義だから困る、沈黙でそして人の話をけなすから、所謂一件に毛なしサ、ハツハヽヽヽ。

波之助は苦笑《にがわらひ》して「馬鹿な」、お八重は、ホヽヽヽと顔を背けて「アラ否《いや》な」、松葉は真面目な顔で。

松「ヱ、お八重さん、何ぞ面白い話しは有りませんか。

八「妾なんぞがなんの面白いお話が有るものですか、けふは上野にお花見にお出でなすツて。此の間あなたは向島《むかふじま》にいらツしやツて、長命寺のお茶屋で面白い事が有ツたさうぢや厶いませんか、オホヽヽヽ。

松「ヤア、驚いた、失策話《しくじりばなし》の広まるのは早いものだ、実にアノ為に懐中を掏《す》られたのは残念だツた。

お八重は此「残念」の一語を聞いて、又も鋭敏なる感覚の御厄介。

八「モシあなた、妾《わたくし》はあなたにお聞き申したいことがあるの、妙なことですが、アノウあなたは世の中に何が一番残念な事と思召すの。

松「これは又変ツたお尋、さうサネ、酔《ゑ》ひ醒めて渇甚《かはきはなはだ》しと云ふ時、後《あと》にも前《さき》にもたツた一杯の茶椀を転覆《ひつくりかへ》す、実に残念。

八「ホヽヽヽ、そんな事では。

松「ないと御意遊ばすのですか、それではネ、途中で年は二八の後や先き、まだ内證は白歯の娘、丁度お八重さんの様な佳人に逢ツたと思召せ、其佳人が顔を洋傘《かはほり》の中《うち》にかくして見せしめず是れも残念だ。

八「ホヽヽヽ、またあんなことを。

波「ハヽヽヽ、相変らず野別に出るネ、世人は君のやうに助平——ぢやない美術心のある者は少ないからネ。

松「それでもお気に召さなけりや、孝行をしたい時には親は無し、まさか石塔に蒲団は着せられず、これも随分残念だらう。

聞いてお八重は頭《かしら》を垂れて思ひ入れ、松葉も是《こゝ》に至ツてチョツト話の道を失ふたり、稍暫くして又口を開き。

松「ヲイ君、園井、人にばかし物言《いは》せずと、君も少しは意見が有るだらう。

波之助は、極真面目なる顔附にて。

波「問題が君、世の中に一番残念な事は何と云ふのだらう、一番残念な事が三ツも四ツも有る訳はない、必ず唯《ゐ》一《いつ》でなくちやならぬ、若し残念な事が沢山あるなら、それは一番残念な事ぢやない。

松「そんな説教は、君に聞かなくツても知ツてゐる。

波「そこで僕が一番残念だと思ふ事は、結婚の撰定其宜しきを誤る程、残念な事はなからうと思ふ。

松葉は此語を聞て、お八重の方を打守り。

松「成アル程、柿の初契りは用心す可しか。

と冷笑す、お八重は頭を擡《もた》げて不審顔、若し仮りに心中を洞見する写言機《フホノグラフ》あらば、「イヽヱさうではありません、まだ外に」と言はんか、将《は》た「さうです当りました」と言はん歟《か》。

時しもガラ〳〵と車の響、門口に停まりて、「婆アや茲だよ、茲だよ」と可愛《かはゆ》き声、カラコロカラコロと可愛き足音、取次に出たるお八重の口上。

八「アノお国から、お米《よね》様とやらが見えました。

波「ナニお米が――、妹《いもと》が来たツて突然だネ。

松「アノけうとい顔。

第二回、他生の縁。

冬の夜の月は老女の粧《けわ》ひてふ、譬へも凄き阿武隈川、白粉《おしろい》ならぬ置霜《おくしも》の色は、汀の岩に打寄する浪と共にきらめく可し、春待ちわびて眉毛作れる入江の柳は、膚《はだへ》もはぐべき寒風《さむかぜ》の手櫛《たぐし》にすきかへさるゝなるべし、年の頃は十七八、媚容《みめかたち》人に勝《すぐ》れ、屋敷育ちの高髷も、いとかき乱れ糸織の上着に葡萄色縮緬《ぶどういろちりめん》の羽織きたるが、袖も裾《もすそ》も泥に塗《まみ》れ、顔青ざめ、唇色を失ひ、愁の目元に前後を見返り〳〵素足のまゝ、息急き逃げ来る一人の乙女、漸く人道《ひとみち》にたどりつき、ホツト一吐息。見渡せば人目も草も枯れ果て、残るは淋しき岸の蘆《あし》、風に戦いでゴー〳〵と、流に響く恐怖の景状《ありさま》、聞ゆるもの、触るゝもの、総て乙女の心胆を寒からしめざるはなし、跡よりうろ〳〵二人の荒暴男《あらくれをとこ》、「ヤア茲処《こゝ》に去居《うせを》ツた」と近寄る姿見るよりも、乙女は吃驚《びつくり》、又一散に馳《かけ》出《いだ》すを、ひツ捕へ。

男「ヲイお嬢さん、乗逃《のりにげ》するたア太エ人だ、福島から此の寒い夜中に挽いて来て、今更無賃《ふい》にされてたまるものか、ステン所《しよ》で見込んだ鳥、モウ斯うなツちや蛇に蛙、動きが出来ねエと諦めて、提カバンの中の金悉皆《そつくり》早く渡してしまいなせエ、ヲイ勘太、手前《てめ》エ少し手伝《てつだは》ねエか、ナニ可愛さうだ、可愛、嬉しは跡の事だ、先づ此カバンから。

女「アレー泥棒、アレー。

と泣き叫ぶにも頓着せず、とう〳〵手提カバンを奪ひ取り。

男「サア勘太、是から手前エにも七十五日生延びさせる、アノ柳樹《やなぎのき》の下に負担《しよつ》ていけ。

女「お金は差上げますから、何卒《どうぞ》御慈悲に、モウ免《ゆる》して、助けて、アレー、助けて——。

寒夜の川風を侵し、福島の街を指して走りくる一輛の人力車、高帽子に襟毛の附いたヲーフルを身に纏ひたる立派の紳士、只事ならぬ女の泣声聞つけて、車の上より。

紳「オイ車屋、アレ何んだらう、オイ震えちやいけない、車が転覆《ひつくりかへ》る。

車「たしかに盗《どろ》、盗賊《どろばう》でせう、此近辺を徘徊《うろつく》と聞た、でツ、太《で》刀組《ばぐみ》とかの悪漢《わるもの》で……せう。

折から又も彼方にて、一層烈しき叫び声。

女「アレー、助けて、アレー、アツ——。

紳「ヲイ車屋、貴様も手伝ツてやれ、ナニ怖い、憶病な奴だ、そんなら貴様には頼まない、自己《おれ》一人で。

とステツキを携え柳の下に走り寄り、突然後《うしろ》より大声《たいせい》を発し。

紳「兼て警察で探偵した、太刀組の盗賊、ソコ動くなツ。

とステツキを以ツて乙女に寄り添ふたる、悪漢の胴腹を力限りに撃つ、其手を取ツて返して又勘太の腕を打つ、打たれて持ちたるカバンを落した、紳士はすかさずそれを拾ツた、二人は「警察」、「太刀組」の二語に仰天したり、周章したり、逃げんとせしが敵手《あいて》の只一人なるを侮り、又も取ツて返し二人一同カバンを目掛けて挑み争ふ、遂に紳士はステツキを奪はれたり、悪漢は後に廻りたり、力を極めて紳士の左手を劇打したり、其いたさに堪《こら》へ兼ね、カバンを取り落す。と同時に、勘太が蹴る足先に、カバンはコロ〳〵と三四間向ふに飛んで行く、紳士は既に押倒され、殆んど危き時又も声を揚げ。

紳「ヤレ、忍びの巡査皆々立合なされ。

の言葉に応じて幸《さひはひ》なるかな、有りがたや、サツト吹きくる川風に、蘆の音ザワ〳〵〳〵、悪漢二人は此物音を聞き、又路上の人力と車夫とを認《したゝ》め、其敵手の多きを誤察し、取り戻されたカバンに目も掛けず、下流《かはしも》指して雲霞《くもかすみ》……。

紳士は急ぎカバンを拾ひ取り、最前より驚怖《げいふ》と悲哀に挟まれて、気も魄《たましひ》も消え入りたる乙女の側に立寄ツて、熟々《つら〳〵》見れば此片田舎には、見慣れぬ都風、花の姿も仇嵐《あだあらし》、吹き荒されし山桜匂ひせぬこそいたはしけれ。

紳「モシ、お前さんモウ盗賊は逃げてしまひました、サア、モウ何《なん》にも怖いことはない。

乙女は合掌拝伏一語なく、只泣きはらしたる目元より、ハラ〳〵〳〵と数点《すてん》の雫は、蓋《けだ》し悲涙感涙喜涙の混合なるべし。

紳「着物も何も泥だらけだお可愛さうに一体お前さんはドウして此難儀に。

と抱《いだ》き起して着物の塵を払ふてやる。

女「誠にお、お礼の申様は、……どなた様かは存じませんが、——お蔭様で命を、……左もなくばわ、妾《わたくし》は一生……。

と又も涙にかき曇る。

紳「そんな事は兎も角も、お前さんは是から何処《どこ》へお出《いで》なさる、旅人ですか但しは此土地のお方ですか、お連はどこにか待ツてお出でなさるのですか。

女「イヽヱ妾はけふ東京から、独りで出て参りまして、夕刻に福島に着き和名田《わなだ》まで行くので厶《ござ》います。がモウ今夜はどちらへも行かれません、何卒《どうぞ》御慈悲に。——此上のお願ひには、余り不躾なことで厶いますが、何卒人里のある所まで……。

あと差俯《さしうつ》むいて言葉なし。

紳「ドウして〳〵、和名田迄は三里余り、所詮今夜は——、私は今夜福島まで行くのだが、かうしてお難儀を助けたのも何かの因縁、お前さんさへ否《いや》でなけりや、私の宿屋迄お連れ申しませう、そして和名田へ行くのは明日《あした》になさるが宜《い》い、幸《さいはひ》車は二人乗り、ヲイ車屋〳〵。

車「へ、ヘイ旦那誠に怖《こわ》う厶いました、モウ来はしますまいネ。

紳「馬鹿言へ、弱い野郎だ、是から二人乗るんだ、酒代やるから急いで挽けモウ僅か半里《はんみち》足らずだ。

車「ヘイ拝承《かしこまり》ました、サア貴女《あなた》もお乗んなすツて。

* * *

蛇の目にあらで蝙蝠《かはほり》の、絹の肌《はだへ》や溝骨《みぞほね》も、凍るばかりの寒空に、開いてつぼめて相合傘の袖と袖、雨や雪霜降らば、ふれ〳〵濡しはせじと一筋に、恩義を思ふ乙女の真心。

女「イヽヱ、其お荷物は妾が持ちます。

と車を降りて、福島停車場《ステーシヨン》の上中等待合室に這入る。

女「モシ、郎君《あなた》お手はひどく痛みは致しませんか、けふは寒さが強ふ厶いますから——、アノウ昨日《きのふ》お医者様が風に触れては悪いと被仰《おつしや》いましたから、何んなら、是を。

と自分の持ツたる毛糸のショールを、紳士の左手にソツト纏はせて。

女「嘸、郎君は御不自由で、……イヽヱ切符は妾が買ツて参ります、郎君は此処に御休息なすツて。

と椅子に毛氈《ケツト》を敷き、暖炉《ストーフ》の前に直し、帯の合目《あはひ》より巻烟艸《まきたばこ》を出し渡し、蠟附木《ろうマツチ》を摩り附けて。

女「ハイお火を。

と言ひつヽ火を渡し、切符を買ひに行く、跡見送りて紳士は「有難ぞや何にも言はぬ」と言ひさうな気の毒顔、心の中では「世間知らずの年葉もいかぬ生娘に、よくもそんな婉《やさ》しい、健気な所置ぶりが、……ハテ吾儘で、やんちゃ娘に育ツたのと、気兼苦労の裡に人となつたのとは大層な懸隔《へだたり》だ」との感歎、乙女は暫くして戻り来り。

女「ハイ是れは、けふの時事新報、今お読みなさいますか、汽車の中でが宜う厶いませうネ。

紳「モウお八重さん、何んにも構ツて、お呉んなさんな、アレ御覧、皆んな男が、カバンでも傘でも持ツて婦人を扶けて護ツてゐる、それに私は却ツてお前さんに。

えらい〳〵、流石《さすが》は明治紳士、文明の紳士、此人にして此言あり読者請ふ怪むを休《や》めよ。

女「ホヽヽヽ、人様はどうでも宜《い》いぢや厶いませんか、妾はアノウ、何ですけれども、女子《おんな》の癖に殿方を勿体ない、妾はそんな、そんな生意気な……。

日本の女即ち妾等の姉妹は、どうも卑屈で、自尊の気がないからいけないのヨ、どうかして、モ少し心を高めなけりや、地位を高めることも六ツかしいと思ひますワと、女学校淑女方のお言葉が、作者の耳朶に達するやうで、実にハヤ恐縮々々。

紳「さうぢやないけれどもネ、女は外に出れば手寄《たよ》りに思ふは男計り、それに却ツてお前さんは、此厄介人を負携《しょ》ツて迷惑だらうと気の毒に思ツてサ。

女「ハイ、嘸かし御厄介で、――御迷惑で、妾もお気の毒な事は万々知ツては、……と言ツて何処へも行先が、――何卒御迷惑でも……。

と意外なる波之助の予想せざる言葉は曇り声、擡《もた》げた頭を又指《さし》俯《うつむ》き、湿《うる》みし目元をソツト襦袢の袖にて拭ふ。

女「暖炉がけぶいこと。

縦令《たとひ》偕老の契は結ばずとも、縦令見初めし月日は浅くとも、妾《わらわ》が為めには十稔昔時《とゝせむかし》の旧知にも優るぞや、生みの親の其次に、大恩あるは此君ぞや、実《み》あり色あり情有り、義ある君との交情《まじはり》は阿武隈川の流よりも長かれよ、福島県の道路《みち》よりも平かなれよと、祈る心の清潔を、知るや知らずや岡目の品評。

今朝《けさ》宿屋を発足時《たつとき》、寒さ凌ぎにビール五六本浴びて、旭旗《ひのまるのはた》宜しくと言ひさうな顔色の町人体の一群れ。

甲「ヲイ、定《さだ》さん焼るぢやねエか、あの若夫婦は、『うウしや桜の顔隠す、霞を払ふウ春風を仇とは誰が言ひ初めて、草の、はつかに解く紐の、結ぼれ合ひし朝寝髪、しんきらしいイも命かや』と、言ツた位なもんだ、どうだ彼女《あれ》は只者ぢやねエぜ、ネエ定さん『何とかの癪《しやく》は誠の置所、世界の客へ虚言《そらごと》もひとりに尽す真実の』、ヱヘン恋の中だぜ。

乙「それにしちや年が若エぢやねエか、男の方は手を怪我してゐるんだ、宜い気味だと、おれは思ツてゐるが、彼女はどんなにか可愛さうに思ツてゐるだらう、「チョイト郎君、お手は痛みは致しませんか」、ヘン、畜生め人を馬鹿にしてゐるぜ、おれ様だツて東京の空では、『留守は猶更女気の、独りくよ〳〵』ヘン案じてゐる者が、怪我のないやうに祈ツてゐる者が二三人は有るぞ。

甲「其証拠にはおれは怪我してゐないと言ふのか、馬鹿らしい。

折から発車を報ずる鈴の声、構内の衆客ドット一時に立ち上ツて車上に登る、以前の男女も群集中に紛れて其形を失ふ。今迄仮りに紳士乙女と名のらせたるは、読者既に先刻よりお察しの通り、第一回に於てお馴染なる園井波之助とお八重（姓は小名浜《おなはま》）なり、此処にて鳥渡《ちよつと》両人《ふたり》の容貌を説明せん。波之助は顔稍々長くして色白く、鼻尋常なり、二重眼瞼《ふたへまぶち》の眼清らかにして眉毛濃く、丈け余り高からず、歯並には申分あるも其口元に頗る愛敬あると言語《ことば》の円滑温和なるとを以て、之れを補ふに足る、先づ総体より論ずる時は上品なる人柄なり、序《ついで》に謂ふ、波之助は京都府の平民にして、当時東京上野花園町に寄留し、某高等学校に於て経済学を研究し、今頃は既に卒業して月々莫大の修入あるとのことなれど、是れは同人の母の話ゆゑ、当てにするとせざるとは聞く者の勝手、波之助は此冬（即ち第一回の出来事より四ケ月前）二週間の休暇《やすみ》を得たれば歳末年頭の面倒を避けんとて水戸街道より笠間棚倉近傍を漫遊し、桃李《もゝすもゝ》一ツにさくら三春《みはる》をも、淋しく通り過ぎて、福島に入らんと寒夜を侵して車を走らす途中、彼のお八重の難を救ひしなり、そは今回汽車にて帰京せしより、三日前の事とか。

お八重は背は小柄の方にして、身体程善くしまり、豊円《まるぼちや》の顔玲《つゝ》瓏《まやか》なること珠の如く、涼しげなる眼《まなこ》に大ならず小ならずして黒《くろ》点《み》多く、其微笑する時に当ツては、眼波一転の間に忽ち光彩《つや》を増し、恰も草露一滴旭日《あさひ》に輝くが如し、口元にこやかにして眉毛の撓み塩梅生《は》えぶりも又濃きに過ぎず薄きに陥らず、殊に作者がお八重の亡母《なきはゝ》に代ツて、人々に吹聴せざるを得ざるは、両頰に堪《たゝ》へたる、生殺与奪の権を有する笑靨《えくぼ》と、生髪《はえぎは》の富士額を画《えが》けるとの二点にぞある、之を総評して雨中の海棠と言はんか、出水の芙蓉と言はんか、将た迎風の柳と言はんか、只物足らぬ心地するは、（此節小説家のお定《きま》り文句だョ）品格の高尚を欠くと、音声の低きとなり、然し之れをしも意《こゝろ》あるの眼より見たらんには、却ツて可憐楚々の趣ありと言はん。

第三回、親なればこそ。

波之助がお八重を我寓家に伴ひ帰りし翌日、母のお咲《さき》は平生至ツて、物柔かな慈悲深い質《たち》にも似ず、最《い》と不興顔に。

咲「波さん、アノ娘は一体如何《どう》した者だヱ、斯様《かやう》な事は前以ツて阿母《おつか》さんに断ツた上で――、一応相談してお呉れでなけりやア、困るぢやないかエ、夫れにお前には……。

波「そんな事は、阿母さん誰だツて知ツてゐます、が誠に不憫な身の上ですから、ツイ阿母さんに伺はずに

と是よりお八重の来歴を語り出《いだ》す、終始を略記せんに

お八重の父は、元関西某藩の士族にして、維新の後東京に移籍し、公債証書の余潤にて、人並みに生活せしが、明治五年母親お何との間に一女を挙ぐ、是れ即ち作者の筆先に掛ツたる、読者のお目を煩すお八重嬢にぞ有る、母は産後の悩みにて間もなく此世を去り、不足ながらも父親一ツの手で相当の保育を受け居《ゐ》しが、それとても暫くの間で、兄の放蕩の為め貯蓄の金銭財具、大方は遣ひ荒され、剰《あまつさ》へ父が時めきし頃よりぞ秘蔵したる数多の古金銀をさへ、盗み出《いだ》して逃亡したると同時に、此処《こゝ》の料理屋、彼所《かしこ》の茶屋より、息子の勘定催促、アレやコレやの災難を苦にして、父は大病、長煩ひの上句《あげく》、終に冥途の旅人となりしが、ひとり憐むべきは残されたお八重なり未だ十一二の世間見ず、垣の手寄《たより》を失ひし牽牛花《あさがほ》同様、つれなき日影に照らされて、露のひぬ間に凋《しほ》れ掛りしも、叔父 某《なにがし》の信情《なさけ》に頼《よ》り、現時某省の要職を勤めらる丶清原家の、小間使に雇れて、兎に角安堵の身の上となれり。

均しく是れ恨むなり、然れども男子は「糞ツ他日を見よ」と臂を張り、女性は「悔しいイ」と思ひつめて直《すぐ》に復讎を謀る、実《げ》に嶮しき世途《よみち》かな、実に様々の人心、茲に清原家の満子《ミツコ》嬢と呼べる妙齢の貴女《レディ》あり、毎日華族女学校に通ひ玉ふ時もまた英学教師ウヰンター氏の宅に通ひ玉ふ時も、お八重をお附添として召《めし》具し玉ふ、お八重の心掛善きにや、将た天才あるにや、本尊様の満子嬢の方より、お八重の方物覚えよく、時々の復習《さらひ》にはお八重が補教することもあるとかや、されば清原殿には、令嬢をお叱り遊ばす時は、いつでも「アノ八重を見よ」との枕詞が附く、令嬢は是より何故にやお八重を見ること、以前の如く親密ならず、其一斑は車夫が「内の嬢《レコ》がお八重ぼうに口听《きい》た事見たことがない、邸《うち》の玄関から四ツ谷門の学校まで、廿丁余りも合乗しながら、膨れ返ツた顔色で、いつでもだんまりだ」、との話しにても推測し得可し、令嬢は阿母様《おつかさま》に向ひ、お八重の為めには利益なる事か、将た不利益な事か知らねども、何か時々泣て申し上げ玉ふ、令閨も遉《さす》がは賢女、今の殿様に見初められし以前、待合や船宿にはチツトもお出入遊ばしたことはない令夫人ゆゑ「さうかヱ今少し辛棒おし、阿母さんも量見があるから」と被仰《おつしや》ツた。

清原殿とは親交《ちかづき》あると見え、折々出入する綾瀬某と云へるは、清原殿と同省の某局に重役を勤め、当時洋行帰りの達《だて》役者、大臣や次官方が、「ノウ綾瀬、ジヤスチニアンの法典ちふのは、何時頃のこツぢやらうか、独逸《どいつ》のマグナカルタ抔《など》よツか、余ツ程、以前のこツぢやらうノウ」、とか何んとか御下問の有るときは、直に「ハイ余り前でもありませんが、ツイ二千前《ママ》位、前のことで厶います」と返答が出来ると言ふ必要の人物、台所にては下女と下女口かしましきは端女《はしため》の習ひ、チヨツと寄ツても「綾瀬さんはアノ広い御役所中で、モウ一人とない器量よし、あんな旦那を夫に持ち、奥様となる人は、仕合《しやわせ》ものぢやないかいな」と、御殿の腰元女中めきたる男の噂を、立聞玉ひし満子嬢は、いつしか妙な感情を惹起し、物や思ふと人々に問はるゝやうになり玉ふ、されば綾瀬氏が訪れし時は、直に走り出でゝ好意を表し玉ふ可きはづなるに、左はなくして直に化粧部屋に入り、短く共三十分間位は費し玉ふよし、今日《けふ》はしも正月の三日、旭旗の色は酔顔に映じて紅《くれない》に、名刺の配達稍閑《やゝひま》を覚ふるの時、清原の御家中に歌留多会のお催しあり、奥坐敷は笑ひどよめく男女の声、中《うち》に令夫人の声として。

夫「逢ふことの絶ゑてしなくばなか〳〵に。

綾瀬「人をも身をも、どこへ行ツたらう、ソラお八重さん鼻毛抜ぐよ。

八「アヽラ、真実《ほんと》かと思ひました、妾《わたし》の所をお取遊ばすと承知しませんよ。

満子「ハイ、有りました。

八「アラ、お嬢様おづるいこと、それは人目も草もですよ、人をも身をもは茲《こゝ》に厶いましたよ。

満「さうかヱ、只間違ツたのだワ何にもづるいのぢやない、人、ほんとに八重は misery だよ。

蓋し満子嬢は miserly のお積りで、——お八重は気の毒さうな顔をして、「一々妾が悪う厶いました」と謝罪する、綾瀬氏は何かフト考へ出し、フヽツと吹きだして、満子嬢とお八重の顔を見る。

「内場なら兎も角、人様の——、綾瀬さんの前で、主人を嘲弄して、罵詈して失敬な」と、満子嬢は大層に御立腹、「八重がついて行くのなら、モウ妾は学校は退《ひき》ます」と、被仰る、嗚呼《あゝ》人を使ふのも六かしきものなれど人に使はるゝ身の気兼苦労も容易の事にあらず。

或日清原令閨は、満子嬢を具して里方にお出で遊ばすと、生憎《あやにく》大雪が降ツて、此宵《こよひ》は一泊するとの報知《しらせ》が来た、清原殿は晩方酔を帯びて帰館なし玉ひければ、お八重は火鉢に火をつぎ、茶瓶に茶を拵へて奥の間に持ツて行く。

「アレ、お止し遊ばせ奥様に叱られます」との、お八重の声を、忠義なる内膳部長、一名台所の総裁お鍋女が聞き附け、傍《そば》にお多弁《しやべり》してゐた別当に向ツて「シイツ」と中止を命じ、仔細らしく耳を欹《そばだ》てた、暫くして逃るが如くに走り出て来た、お八重の様子をジロリと見守《みつめ》た、翌日令閨は殿のお留守中に御帰宅になるや否、例の忠義なる部長は、令閨がまだお召換にもならぬ内に、何かヒソ〳〵と告口《つげくち》した。

鍋「——で厶いますから、奥様、妾《わたし》は屹度さうだらうと思ひます、ハ、ハイ、いゝヱまだ十二時前ですとも。

奥「小供でも段々増長するからネヱ、ほんとうに——。

アヽラ不思議なるかな、迅速なるかな、中一日を隔てゝ後令閨はお八重を呼び、「モウ満《ミツ》も学校を退なくツてはならず、かた

〲内も今の様に人が多くツては」との、詞《ことば》を冒頭《はじめ》に置て、色々長々と親切に申し渡され、段々と歩を進めて、「気の毒だがお前にも暫時一先《ひとまづ》、暇《いとま》を取ツて貰はなけりや……、長々と忠実《まめ》に勤めて呉て何んだけれど……、これは僅少《わづか》だが、ホンの叔父さんの所へ行く路用の印迄に……」と、半紙に畳んだ物を賜ツた、嗚呼其果決驚く可し、驚く可し。

思ふこと儘ならぬこそ浮世とは、誰古《たがいにしへ》の詑言《かこちごと》、今は我身の上にふる涙の袂絞りつゝ哀れや、お八重は其叔父を尋ね行く途中にて、図らざる災難に逢ひしも、波之助の情にて一旦福島の旅亭《やどや》に助け行かれ、翌朝和名田《ワナダ》を尋ねしに、杖柱とも頼みてし、叔父は客冬身亡《みまか》りて、其住家さへ今ははや、人手に渡りしとは、重ね〲の不幸の数、お八重の悲哀、お八重の失望、思ひやるだに憐れなり。

波「今話す通り、誠に憫然だから、連れて来ました、私は人一人助けたので、阿母さんに褒められはするも、お叱《しかり》は受けぬ積りで……。

母「さうかヱ、さうした訳なら何んだけれど、妾《わたし》は又、……だが女と云ふものは我儘なものだから、余り慣《な》れ〲しくしてはいけないよ。

サア分らない、此母の言葉が分らない、お咲《サキ》とても是れ女性の一人《いちにん》、男女源平に分れて戦をすると云ふ場合が、万一何れの世にか有ると仮定せば、女は皆な其味方に相違なし、然るに――然るに、「女と云ふものは我儘――」と、女子全体を非難するのは、ハテ心得ぬ――。

女性の感情は鋭敏なり、緻密なり、女性の眼《まなこ》は濃厚なり、顕微なり、されば母のお咲がお八重の動作に注意するは、波之助に優る数十等、お八重が些事に配慮することも、亦波之助の眼は之を受け入るゝ能はざるべし、「器量と言ひ、言葉と言ひ、行儀作法まで誠に上品で」と、お八重を敬ひ信ずるの先入心、母の脳裡を支配せしより、爾後お八重がすることなすこと、愛《め》で度《た》くも見え、貴《かしこ》うも見え、又有り難くも感ずるやうに至る、雨の朝《あした》や雪の夕《ゆふべ》に、「アノおふくろ様お淋う厶いませう、昨日《きのふ》の新聞の続きを読みませうか、炬燵《あんか》のお火はありますか」などゝ、気兼気褄を取るいぢらしさ、まめ〲しさを見るにつけ、母は不憫さ弥増《いやまさ》り、「アノ子も自分で双親《ふたおや》がないと思へばこそ、他人の妾にハイ〲と――、ほんに若いに似合ず、余計な苦労を重ねるなア」と、心の中には無限の感動。

初めの不興顔は不憫と変じ、此不憫は終に一種不可言の心配と変じたり、其心配の種は何なるや、母の外之れを知るに由なしと雖も、孰れにせよ容易ならぬことと覚ぼしく母は召使の老婆に、何事か諄々《くど〲》と丁寧に言ひ置して、「墓参かた〲鳥渡帰ツてきます」とて、突然仕度して西京《さいきやう》の本家に帰る。

第四回、君ゆゑに。

筆鋒《ふでさき》転じて、海路《うみぢ》二百里を隔りたる、京都三条富小路《とみのかうぢ》園井の本家、お米嬢の坐敷に向ふ。

暮れ行く月日も、一イ二ウ三イ、三年《みとせ》隔てし其以前吾妻の都に旅立玉ひし我君は、今は如何《いかゞ》してお在《わ》すらん、風につけ又雨につけ思ひ出《いだ》すは吾妻の空、月にも花にも楽みは未来の夫《つま》が業就《な》り名遂げ玉ふの日、「別れにし其日ばかりはめぐり来て、又も返らぬ人ぞ恋しき」とは、上東門院の女房、伊勢大輔《いせのたゆう》が果敢なき浮世をかこつ歌、それとこれとは事変れど、思ふ心の切なるは、争《いか》でか中に深き浅きは知らん、君が門出を送りにし、吉野の山は再びむかしの春を粧《よそふ》ひ、君が帰りを迎ふるに、嬉しき逢瀬は何どてかく迄遅きぞや、ゆかしき音信《たより》は何どて恵み玉はぬぞ、故郷《ふるさと》の春はなづかしく思召さずや、吾妻の春は何どて君が足を繋ぐことの永きや。

志を立てゝ郷関を出るの日、「米《よね》もまめで暮せよ」と、姕《やさ》しく残した波之助の一言を、先祖代々より伝ツたるお家の重宝の如く珍重し、丁寧に胸に畳み、丁寧に保存して、時々出しては分析し、蔵めては保合し或は団《まる》めて無形の春塘を作り、或は重ねて気中の楼閣を築き、或は砕《くだ》いて想像の花園《くわえん》を色どる、思ひつゞけて此日頃、深窓籠居蛾眉を顰《ひそむ》ること有りと雖も、自づから名状すべからざる喜怡の色、面上に潮《しほさ》すは、全く絶望の境遇《さかひ》に沈みしにはあらざる可し、さりとて又愉快の春野に逍遥するの身の上とも受取り難し、頭《かうべ》を回《めぐら》して前栽を望めば、其美《うるは》しき弥生の景色は、主人の心と丸で反対、若き光は松の繁みより瞬き、無数の太陽は真珠の露の中《うち》に震えてゐる、十分に紅《くれない》の色を染め出し掛《かゝ》ツた薔薇《ばら》の花は、時々浮気の風めに襲はれて縦令《たとひ》かぶりは振るにもせよ、口説《くどき》上手な蜂にツイのせられて、自己《おの》が唇を吸はせてゐる、露にそぼ濡れた蝶々は、何処《いづこ》の園に身を宿せしにゃ、自己が羽がひに香を止めて心憎くも又此処にチラ〳〵……、アレにしやうか、コレにしやうか、桃は野鄙だ、桜は華麗《はで》過ぎる、海棠はしつツこひ、いツそ地位は下等でも――と、色々贅沢を幷べつゝ終に椽先の菫菜《すみれ》の花に、しかも此間《このま》の主人がきのふ婆やと嫁菜摘に行ツて、あらゆる草花の中から撰りぬいて、持ツて帰ツた其菫菜の花に、身を宿したり。

＊「アヽ、ほんとうに――。

此不意の嘆息には、無限無数の意味あるべし、業平の読者諸君は、胸に手を当てゝ考へ玉ふべし。

＊「此写真は阿母さんが、此の間東京《あツち》から持ツて来て下すツた、兄イさんも此地《こツち》にお在《いで》の時分は、大層痩せてお出《いで》なすツた、がこれで見ると余ツ程肉が附て血色も美しうお成んなすツて――、時々は妾《わたし》のことも思ツて下さるのか知ら、阿母さんがお帰りになるのに、お手紙の一ツ位は、……妾は今年になツて、モウ二度差上げたけれど、一度も兄イさ

んの方からは、……さう〳〵けふ阿母様が、「波さんに安着の報知《しらせ》を出すから、お前も同封でお出し」と、被仰《おつしや》ツたから書くことは書いたけれど、上封《うはふうじ》がこれでは——。

どうも非常に困ツた様子、幾度となく書直した雁皮の紙片《かみきれ》を、一ツに丸めて机の下の紙屑籠に入れ、机の抽出より、状袋三四枚取り出《いだ》し、「おん兄さま参る、米ゟ」、「兄上様御許へ、よねゟ」など書列《かきなら》べ、色々見比べて其内上出来の分二枚を撰み、筆を持ツた儘、頬杖をつき暫く考へてゐたが、フト決心したやうに、「兄上様云々」の肩書に「恋しき」の三字を小イさく記し、再び見守《みつ》めてゐたが、気に叶はぬと見え、「恋しき」の三字を黒々と塗抹し、加之《おまけ》に憐むべし此無辜なる状袋は寸断と云ふ斬罪に処せられて、終に机の下なる例の墓地に葬られたり、世人若し「仇気《あどけ》ない」と云へる語《ことば》は、如何に解釈す可きやと問ふ者あらば、作者は之に簡明なる定 義《デフィニション》を下し能はざる代り、此お米嬢の挙動風姿意想を其儘そツくり示し、是ぞ即ち「仇気ない」の適例なると答へんと欲す。

台所の方より、何かヒソ〳〵と小走りに、但し足音のせぬやうに、来る四十五六の年増、入口に立止まりソツト坐敷を指覗《さしのぞ》き、「ほんとに世話の焼けるお嫁さんだよ」と口の中《うち》。

常「お嬢様、まだ出来ませんか、お手紙は。

との高声を聞て吃驚《びつくり》、膝の上の写真を急に袂に隠し。

米「マア、いやな婆アやだよ、人が一心に、——アノウ裁縫《ぬひもの》の事を考へてゐるのに、断りなしに呼ぶやうな、不躾な不遠慮な——。

常「ハ、、、お断りなしにお嬢様とお呼び申したのが不躾、こりや常が（自分の名）誠に悪う厶いました今から用が有ツて、アノウ、お呼び申しますときは、サアお嬢様今呼びますよと、先に断りませうネ、ハ、、、。

米「だツて物を考へてゐる時は、誰れだツて吃驚《びつくり》するワ、又からそんなことすると承知しないから宜《い》い。

常「そんなことツて、どんなこと、エ、お嬢様。

づるい〳〵、至当の譴責を、尤もと思ひ乍ら、故意《わざ》としらツぱくれた反問は、づるい〳〵。

米「しらないよ。

と顔を背けた。が、しかし真実に怒ツたのではないと見え、お常は気に掛けぬ様子。

常「モウ、何もくよ〳〵お考へ遊ばすには及びませんよ、常がお附添ひ申して、お嬢様と御一所に二三日の中に東京にお兄《あに》イ様の所に行くのですツサ、阿母様がほんとうに、さう被仰ました、それで阿母様がネ、其事を東京《あツち》に知らせてやるから、お嬢様のお手紙を早く貰ツて来いツて被仰いました、お嬢様嬉いでせう。

米「あたし、そんなこと知らないよ、嘘ばツかし。

さながらお米嬢の耳は、お常の話しを信じないやうな素振、心の中では「ほんとか知ら」。

常「アラ、ほんとうですョ、こればツかしは、ほんとうウー。

米「嘘だよ、知ツてゐるワ、人、それなら阿母さんが、あたしに先へ被仰る筈だもの、婆アや、そんなこと言ツて、さん〴〵からかツて、跡で笑はうと思ツて、誰れがだまされるものか。

常「それぢや宜う厶います、お嬢様が東京に行くのがお否《いや》なら、常独りで行けと、阿母様が被仰いましたから、それぢや常ひとりで行きますよ。

米「婆アや、真実《ほんとう》かヱ。

出た、出た、そろ〳〵本心の問が出た、貶《へん》して言へば耐忍持久の気に乏し、褒めて言へば可愛イ順良《すなほ》な心根、

常「真実ですとも、なに嘘を申すものですか、ネヱ、嬉しいでせう。

と笑ひ乍ら首をかしげて、お米嬢の顔を下から覗く。

米「ナニ嬉しくはないけれど、――いつウツから一遍、東京を見物したいと思ツてゐたから、――だがマア七八日、間があるといゝことネ、二三日の中《うち》ツて、そんなに早くは……。

常「なぜです、一日でもお早い方がいゝぢや厶いませんか。

米「イヽヱ、否《いけ》ないよ、アノウ歯のお医者様に行ツて前歯に金を入れて貰はなけりや。

どうしても駄目、如何に隠くさうと思ツても、心の中を暁《さと》られないやうに誤摩化しても、直《すぐ》に尻ツポが現はれるから、――不粋の作者試みにお米嬢に問はん、「東京見物が目的ならば、眼科医に行く理なきに非ず、然るを歯科医に行くとは、果して何の為ぞ」、シイツ、だまれ野暮作者。

常「ハイ〳〵、さやうで厶いますか、それにアノ染物のお仕立も、まだ大丸から持ツて参りませんからネ、それはさうとネ、お嬢様、貴女《あなた》東京《あつち》へお出で遊ばしたら、今迄のやうぢやいけませんよ、東京には気のきいた女が大勢ゐますから、今迄のやうにおぼこでは、いつまでも埒が明かず、其内に何だといけませんからネ、ちよびくさ咄《はな》しもしかけたり、人のゐない間《うち》にお傍《そば》へ寄ツてつめツても見たり、……祝言をせぬ内に内祝言を済まさねば、姫御前《ひめごぜ》の身は立つものぢやないとか申すぢや厶いませんか。

前栽の景色を一心に見守《みつ》め乍ら、耳のみは勉強なる注意深き生徒が、信用したる教師の講義を聞く如くに、謹聴してゐたるお米嬢は、フツト指俯《さしうつむ》いて罪もない手先を、さも悪い事でもしたやうに酷《いぢ》め乍ら。

米「お止《よ》よ、そんなこと、子供ぢやあるまいし、ほんとうに婆アやはお多弁《しゃべり》だよ。

＊　＊　＊

筆と云へる一種の活動物は、縦令《たとひ》翼なきも、縦令脚なきも、一

瞬千里の速力を以ツて、空中飛行の自在力を備ふるなり、今迄西京の事実を探偵せしも、再び帰ツて又東京に御腰《みこし》を据ゑ、そして話柄も三四ケ月後《のち》の事と知るべし、抔《など》とイヤに長たらしく断ツて説き出《いだ》すは。

「恋なくば人の心はなかるべし」、「物の哀れも恋よりぞ知る」、嗚呼《あゝ》恋、汝《おんみ》も亦た貴《かしこ》きものかな、恋は心の奥底より流れ出《いづ》る泉なるがゆゑに、激すれば地をも裂くべし、岩をも動かすべし、然れども其神聖絶美なる、彼の総ての利慾より来《きた》る事物の不潔なると比ぶべくもあらず、其神聖にして絶美なる心の泉なるが故に、人を悩まし人を苦ましむることも亦た大なり、物や思ふと人毎に後指をさゝるゝの苦労あり、汐干に見えぬ沖の石のかなしみあり、或は無理な酒によごす涙の白粉《おしろい》の、その顔かくすこともあるべし、或は更け行く鐘に寐つ起つ、まん丸に月見ぬ人の心を喞《かこ》つこともあるべし、此等はまだ苦労の優にして浅きものなれども、静姫《しづかひめ》がしづやしづの曲を唱へ項羽が虞《ぐ》兮《や》々々の嘆を発し、深雪《みゆき》、が逢坂の関に於て盲目となる、清姫が日高川に於て蛇《じゃ》となるが如き、恋の勢力亦た甚しきを知るべし、殊に眄々《めん〳〵》が鷰子楼《えんしろう》の秋風に於る、高雄が三叉江《さんさかう》の晩潮に於るが如きに至ツては、永く万人の腸《はらわた》を断ち、遠く恨を千歳の下《もと》に惹く、嗚呼何時《いつ》の世、如何なる人が斯《かく》の如き厄介物を作りて、苦労の種を後の世に蒔きしぞや、「それ程苦労になるものならお止《よし》なさい」、「イヽエこればツかりはどうしても」と、あらゆる栄誉自由を擲《なげう》ツても世人は此苦労の種を求めんとす、嗚呼人——有情の動物と云へる人——も亦た厄介なるかな、嗚呼恋——心の花と称ふる恋——も亦た不可思議なるものかな。

夏の夜の椽側に安息椅子に身をもたせ、黄昏に主人の納涼を待ツてゐましたと、恩きせ顔なる涼風の饗応《もてなし》を受け乍ら、眠るでもなく休むでもなく、さりとて朧月にたれを松虫の声に、聞とれてゐると云ふでもなく、只何処《どこ》となく憂《うれひ》に沈んでゐる若者あり、是れはこれ、強ひて苦労の種を求めて、あらゆる感情を一身に纏はせんとする厄介者、之を褒めて優美に言へば心の花、誠の実より充満《みた》されて、うきみに身をやつしたる多情多恨の蕭郎、若しも翠帳紅閨に育ち玉ひたる姫御前なれば、芙蓉の半顔に団扇《うちは》をかざして、月の盈虧《えいき》を喞ち玉ふ見えなれど、此処は男ゆゑに只「垂陽伺レ水《あほばやなぎ》」縞の浴衣《ひとへ》に、白チリの帯をしどけなく結んで、其儘ホット一吐息と云ふ見え、右七左三に掻き分けたる緑の髪は、湯上りと覚ぼしくまだ香水の香失せやらぬやうに覚ゆ、顔のいと白うして目元に微紅を帯びたるは、是点《こゝ》だけ女に譲りたきものなり。

若「アヽ、どうしても、——困ツたなア。

是れは余程窮した言葉、然し真に心の奥底より流れ出たる歎息。

若「お米もあんなだし、お八重も真《まこと》に、……お八重に退去、そんな残酷なこと、どうして、……しかし相当の助力を与へて、遠《とう》ざけて近づく方が……。

色々と思考最中、勝手の方より珈琲《かひい》をたてゝ持ツて来たのはお八重、やさしい足音を聞きつけて、顧向《ふりかへ》ツた若者は波之助。

波「お米は。

八「まだ、お帰りになりません。

双方暫くは無言だが各自の眼《まなこ》は色々に働いてゐる、波之助の目はお八重の島田髷の顫動《せんどう》する辺《あたり》に向ひお八重の目は只自身の膝の上。

八「ヲヤ蚊が。

と傍《かた》への団扇を取りつゝ煽ぎ初めたり、但し過半の風は波之助の身体《からだ》に触るゝやうに――。

第五回、中原の鹿。

今園井の一家《いつけ》には、妙齢にして仇気《あどけ》なき、莟《つぼみ》の花に微香を添えたるお米嬢と、忠義にして少しも関心《へだてごゝろ》なき、乳母お常とが加はりしかば、常理よりして之れを見るときは、枯木に華《はなさ》きたる後《のち》の如く、愁嘆場の跡に華美《はで》な所作事の幕を挿入せし如く、いと賑々しく時々は笑ひどよめく声が外に漏るゝこともあらんと思ふ人もあらん、然れどもソハ只想像のみにして、実際は大反対《おゝはんたい》、各《おの〳〵》幾分の邪推と危懼心とが、対話の間、会食の際に現はれて、陽に和熟し陰に隔離し表は仮笑を粧ふも、裏は慊悪の情あり、故に淡泊の言葉も何辺《どこ》となく角立ツて聞え、お米嬢と乳母との密々話《ひそ〳〵ばなし》を、お八重がヂロリと見ぬやうで見るときは、「もしや妾《わたし》を……」抔と、常人の想像に及ばぬやうな思案を廻らす、お八重嬢が人影なきときに、既往将来を思ひ出して、深く憂ひに沈んでゐる姿を、波之助が見るときは「可愛さうに……」の感情が直に胸裡《むね》に浮んで来る、今波之助の心中に立入りて見れば。

波「お米は元義理ある親類の娘、八年以前彼女《あれ》の一家没落、寄る辺なき孤子《みなしご》となツた時、自己《おれ》の宅《うち》に引き取ツてある、戸籍面はいざ知らず、云はゞ自己とは兄妹《きやうだい》同士――、必ず余所に縁組させるだらう、いや是非とも縁附かせなくちやならぬ、縦令《たとへ》阿母《おつか》さんの心は内々は自己と……、阿母さんの心はどの様にあらうとも、決ツして自己は……、だから成るべく兄妹の間柄を以ツて彼女に応接《つきあひ》して、苟《かりそめ》にもやさしい言葉を使ツては、――もしそんなこと言ツて、彼女が本気に受けて一図に思ひ込んでは大閉口、しかし阿母さんの手紙の文句は、どうも合点が行かぬ、「お米は容姿《きりよう》もよく心栄えもよく、又身元も歴気としたる士族の生れ其上女の心得べき道は、一通り教へ込んであることゆゑ、何不足なき者と考へ居り候、申す迄もなきこと乍ら、そなたも身元の分らざる莫連抔《など》に――」と、阿母さんは斯様《こん》なこと言ツてよこした。が、ヘン、私だツて丁年《ていねん》以上の人間です、物の是非善悪は、――縦令経験はなきにもせよ、之を取捨するの智慧は、……まして生涯の伴侶、永久苦楽の分界、それぱかりは私《わたくし》に任せて下さらなくちや、……阿母さんだツてもお八重の気質は、十分知ツてゐるだらうに、莫連なぞツて――。

斯様《かやう》に考へてゐる、又乳母お常の心は割合に単純で、旦那がお嬢様に対して挙動の冷淡き《(あは〳〵し)》は、コレは若いもの〻常にて、却ツて内心には双方相愛し、相慕ふてゐる。が、只人目を恥ぢて、仮りに冷淡を粧《よそ》ふのだと考えてゐる、故に此事には左程に心配せず、只一ツ自分が尽さねばならぬことは、勢力薄き競争者お八重に、可愛さうだが退去を命ずるの一手段にありと、其事のみに配慮するなるべし。

波之助並《ならび》にお常の考えは此通りで、別に錯雑《さくざつ》したる事にあらず、然れども茲に最も読者の注意を要し、又著者も最も筆力を要するは、お八重とお米嬢と双方より相対する心情は如何なるかの一事なり、先づお八重の方より説き明さん。

お八重「お嬢様はなんだらう、――お米さんは、あれが旦那の許嫁《いひなづけ》では……。

初めお米嬢が突然上京せし当時は、矢張り右同様の感じを起したが、此感じは中頃消失せて、「お米さんは旦那の真実《ほんとう》の妹《いもと》に相違なし」と云ふ方に決定したり、然れども怪む可し只今では「い〻や、さうぢやない、矢ツ張りお嬢様は旦那のお嫁様で、旦那はお嬢様のお聟様だ」との感じに傾いて来た、ハテ人の身分も、自分の感じも、暫時の間に三変するとはよくよくの事と云ふべし、是れも何故、苦労の種と云へる肩書のある「恋」故歟《ゆゑか》。

八「アヽ、如何して宜いやらほんとうに分らなくなツてきた、旦那の御用を妾《わたし》が済《た》さうとすれば、お嬢さんか「妾がするからい〻ヨ、お八重さんは休んでゐらツしやい」と、此間もさうですワ、旦那の召物を畳まうと思ツたら、「妾が畳みますからうツちやツて置て下さい」、うツちやツて置けツて、――そんなら、どうしたら宜いんだらう、かうやツて此処の宅《うち》にお世話になツてゐて、なんにもせずに遊んでゐては、なんにもさせられずには、……なんだか心が咎めて居《をり》にく〻ツて仕様がない、いつぞやも旦那の召物を妾でよけりやア、アノ仕立ませうかとお常さんに伺ツたら、「それはお嬢様がお仕立遊ばすさうですから、お八重さん、あなたは御苦労ながら、お嬢様の浴衣を縫ツて、下さいなナ」、「ハイ妾はどちらでも、よう厶いますが、……よう厶いますが、お気に召すやうに縫へますか知ら」、其時はいツそ、口惜《くやし》くツて恨みを、なんの勿体ない、恨みなんぞは更々ないけれども……。

不思議なもので、自分が口惜いイと思ツたのは、口惜いイと思ふ正当の理由がないと、良心から抑制されたと見へ、再び自分で弁護抗論している、ア、不思議。

八「思ひ廻せば、清原のお邸宅《やしき》をお暇《いとま》になツたのも、お嬢様のお気に入らない様なことを申したから、今度はどうか内のお嬢様に、つれなくされないやうにしたいものだ。――

が、又ひょんなことで悲しい目に逢ひはせぬかと、そればツかりが……。

次にお米嬢の方は如何《いかゞ》、お米嬢も只今はお八重と同じく。

米「お八重さんは何んだらう、もしや兄《に》イさんの……。

と思ふ心は十分ある、然しそれとても初めの中は、さう言ふ邪推は少しもなく、只此無心なる、仇気《あどけ》ない乙女は、お八重を目して尋常一般の召使と心得ゐた、故に女性は女性同士睦みやすく、且つ年配も差して違《たが》はず、自然と話しも親しくなり、いつとなく二人の中は姉妹《きやうだい》の如く、何事によらずうち明けるやうになれり、お米嬢はお八重の才学の高きを敬し、又其経歴の憐れなるを憫みたり、お八重はお米嬢が心の清くして、品格体度あるを愛せり、到来の折詰も、お八重と共に之を開いてつれ〴〵の永き日を消し、衣服流行の品評も、お八重と共に語り出《いだ》して互ひの喜びを分つ、お八重が「お嬢様誠に有り難う厶いました」と、紅表紙《べにへうし》の女学雑誌を返しにくる時もあればお米嬢は「アノお八重さん講義録の次ぎを貸して下さい」と請ふ時もあるべし、若し此時お八重が何所ぞへ旅行《たびだち》でもすると聞いたなら、お米嬢は非常に悲んで別れを惜むことならん、然れども林の中の高い木は風が枝を折り、花の中なる花の桜には毛虫がたかる世の習ひ――。

乳母のお常は、素と敢て人の美を猜《そね》み、二人の中を離間しやうと言ふ悪意はなきも、此二人の睦じきを見るにつけ、お米嬢の挙動に対して何となく、物足らぬ所がある何点《どこ》と云ツて確と指し示すことは出来ぬまでも、只ぢれツたい、なぜあんなだらう、ほんとうに世話の焼けると、独りでもどかしがツて、独りで靴の外から痒《かゆき》を掻いている《ママ》、或る日のこと主人波之助は某会社の開業式に招かれて留守、お八重は前栽に在ツて昨夜お米嬢と摩《ま》梨朱天《りしてん》の縁日で買ツて来た、植木に水をやツてゐる、お常は四辺人無きを伺ひ。

常「お嬢様。

突然で、そして少し声に力が籠ツてゐた故、お米嬢は。

米「ヱ、……。

常「貴女《あなた》は何処にお出で遊ばすの。

米「お庭に行ツて、泉水の金魚に餌をやツてこなくちや、饑《かつ》えてゐるだらうと思ツて、モウ十一時過ぎだもの……。

乳母は其言葉の余りあどけなさに、笑ふにも笑はれず、怒《をこ》るのにも怒られず、さもぢれツたいと云ふ顔色。

常「なぜさうなんだらう、ほんとうに困るネ、マアお話し申したい事があるから茲にいらツしやいョ。

縦令《たとへ》主従の差はありとも、お常は是れ譜代の忠婢にして、母上の命を受けたる傅女《ふぢよ》、三代将軍の大久保彦左衛門に於る如く、お常の言にはいやでも従はねばならぬお米嬢、仕方なしに其処《そこ》に坐を占めて。

米「婆アや何《なア》に、何か言ふことがあるの。

常「マア、そんなに急《せ》かなくツてもいゝぢや厶いませんか、お八重さんの側にばツかり行きたがツて、貴嬢《あなた》はお八重さんをどんな人と思召すの。

米「どんな人ツて、誠に親切な宜《い》い人だワ。

常「なぜ〳〵。

米「なぜツて――。

其理由を聞かれて鳥渡《ちよつと》返答に差支た、其親切なる点を明解するのに少しく躊躇する様子。

常「なぜです、ヱ、お嬢様。

再び問ひ返されて、先づ其一斑を陳ぶ、

米「なぜツてお前、妾《あたし》の植木鉢に毎日水をやツてくれるのも、妾を大切に思へばこそ、妾の植木までも大切にして呉れるのだと思ふワ、それに書物なんども自分で知ツてゐることは、丁寧に教へて呉る、だから誠に親切な宜い人と云ふのョ。

常「そんならネ、お嬢様、お八重さんとお聟さんはどちらが大切ですか。

米「アラいやな、兄《に》イさんのことをお聟なんぞツて。

常「ホヽヽ、それはどうでも宜う厶います、そんなら京都府平民園井波之助様とお八重さんはどちらが大切ですウ。

お米嬢は小イさな声にて。

米「平民ツてそんなに、――此節は士族より平民の方が価値《ねうち》があるんだワ。

此声は口の中で言ツたのも同然ゆゑ、お常の耳には達せず、ア、兎に角、男子は女子意中の人となるべし、嬌婉の援軍は些細の事までも、内場《うちば》の間柄に於てさへも、弁護加勢の労を取ツて呉れる、そしてさう言ふお米嬢は士族の種、自身を貶しても愛する郎《おとこ》の価値を昂《あげ》んとす、是を波之助が聞いたなら……、お米嬢は又声を出《いだ》して。

米「どちらが大切ツて、――そんなことお前聞いてどうするの。

常「是非聞かなくちやならぬ訳があるのです。

米「だツて妾には、どちらツて、そんなことは言へないワ。

窮した、余程窮した、兄イさんの方が大切、無論大切と言ひたい、――が然し人に公然と、縦令お常は極々心安い、気軽な乳母だと思ツてゐても、まさかさう言ふことは恥しくツて出来ない、それかと言ツて、お八重の方が大切だとは言ひ度《たく》なし、義理に於て言ふに忍びない。

米「そんなこと聞かなくツても、分ツてゐるぢやないかヱ。

常「イヽヱ、妾《わたくし》には薩張分りません、もし貴女がお兄《あに》ィさんが大切だと思召のなら、少し申し上げたいことがありますが、然しお八重さんの方が大切なら、モウ常は何んにも申し上げません。

米「そんな無理な事、それぢやマアネ、アノウ。

常「ハイ。

米「アラ真面目になツちやいやだよ、アノウ、兄さんの方が大切だと思ツてゐるなら、婆アやどうするの。

常「其大切に思召すお兄イさんを、もし外《ほか》に猶ほ一層大切にする人が出来たら、貴女どうなさいます、又お兄イさんもそのやうに大切にして呉れる人を心からソノウ可愛がツて、有り難く思ツてゐらツしやるときは、どうなさいます、貴女が余り内気で、遠慮して、お心の温従《おとなしい》のにつけこんで、大切な御方に水でもさしたら、後《あと》で悔しがツても追附ませんよ。

著者には何の事だか分らず、読者にも恐らく解《げ》せざるべし、然しお米嬢には此意味ある言葉が、多少刺劇を与へしと見え、低頭謹聴。

米「だツて妾《あたし》にはどうしていゝんだか、分らないもの。

余程妙、此返答が何処より懐胎せしか、何の理由あツて起りしか、理解するに苦む。

常「分らないツて貴女、ソレ東京に参ります五六日前、貴女のお座敷でお咄《はな》し申したことを、御存じでせう、ソレ貴女が「婆ァやは断りなしに呼ぶから不躾だ」ツてお叱り遊ばした時ネ、ソレ、御存じでせう――。

折から椽側に聞ゆるお八重の足音、お常は一層大きな声にて。

常「ネヱ、お嬢様此間寄席で聞きました、紙屋治平の浄瑠璃、ほんとうに越路太夫《こしぢだいふ》は上手ですことネ。

是日より段々と、お米嬢がお八重に対する挙動変れり、きのふ迄互ひに心《しん》から笑ひしことも、今日は顔にのみ無理に絞り出したやうな笑ひ方、腹の中で憤《おこ》ツてゐるやうな事なきにしもあらず、暇《いとま》さへあればお八重を話相手としたりしお米嬢が、今では三度に二度は必ずお常の側に行くやうになれり、「召物は妾が畳みます、うツちやツて置て下さい」とお八重に向ツて言ひしも、蓋《けだ》し此頃の出来事ならん。

常「ヲヤ奥でお手が、ハアイ、チヨイとお嬢様。

八「烟草のお火、妾《わたくし》が持ツて行きませう。

米「いゝヨ、お八重さん妾が致しますから、婆アやその桜をよウくこれに挿《い》けてお呉れ。

嗚呼中原の鹿知らず果して誰《たれ》の手にか落る。

第六回、きぬ〴〵

昔は風流人の占有所、今は雅俗混合僑居の地、為永時世の赤本には勘当受けたる道楽息子が、母の慈愛と左褄の夫《そ》れ者《しゃ》の仕送りとに頼《よ》り、苦を楽に送りし佗住居に、艶名の歴史を残したる根岸の里、名さへゆかしき鶯渓《うぐひすだに》の片ほとりに、一構への茅屋は、そも如何なる主人を蔵するぞ、出入の薪屋が、元此家は、植木屋で有ツたと申したさうだが、成る程左もあらん、家の割合には庭広く、しかも勾配よく植附たる諸々の樹木は、時を得顔に新緑を染め出し、柴垣の隙間よりは、源氏の君が思ひを寄せし夕顔の花、ほのかなる俤《おもかげ》を現はし、風吹かば此所にとゞかん糸柳の積翠は、陰を垂れ、環堵蕭然、竹扉《ちくひ》人の開くに任す、万緑叢中紅一点、脳《ママ》レ人春色不レ須レ多と蓮前桜后《れんぜんあうご》にハナを高めたる柘榴花《じゃくろか》は、モウ、子持になツては仕様がありませんよと、言ひたさうな風体で、グツト奥庭の墻頭《かきね》に、数多《あまた》の実を育てゝゐる、表門の方には、柴垣を隔てゝ所謂見越の松が往来にかざして、四時変らぬ常磐木《ときわぎ》は、さはある樹木の其中で、わたし独りでありますヨと、往来人《ゆきかふひと》の憐みを乞ふの色あり、之を要するに、此構へは栄華をてらふ富豪紳士の別荘にはあらず、さりとて無論田夫野漢の所有ではない、其證拠には格子戸の靴ぬぎに、小意気な女下駄がある、其左手の簾子窓《れんじまど》には自づと光沢《つや》がある、其光沢ある紗窓翠簾の内より、筑紫琴の調べに連れて鈴虫のやうなる唱歌の声。

唄「遥かにみゆるを筑波《つくばね》の。二つの峰に神ぞます。一つの峰は男神なり。一つの峰は女神なり。女神男神と谷へだて。雲霧遥かにたちこむる。かくこそつれなく誰《た》がせしか。かくこそつらけくへだてしか。神だもいかにか恋ふるらん。われらもかくこそへだゝれど。心ばかりはへだゝらず。

熟知の人と見え、遠慮もなくズツト門内に這入ツた、一個の若き人柄のよき紳士、肌《はだえ》涼しき越後縮《ちゞみ》の白単衣《しろひとへ》に、白縮緬《しろちりめん》の帯を占め、片手に源氏の蛍の巻を画《えが》いた団扇《うちは》を持ち乍ら、這入ツたのは、慥《たし》かに近きあたりに住むものならん、浴後蕉衫《せうさん》晩歩の帰途、阿嬌《あきやう》が家を訪ふ実《げ》に羨むべし。

格子戸を開かんとして開かず、駒下駄の音せぬやう櫺子《れんじ》の外に停立して、小首を傾けたるは、いと微妙なる琴の音に耳を欹《そばだ》てたるなるべし、今此若紳士の心中を推量《をしはか》るに、「今吾れ内に這入りなば、折角の曲も中絶せん、阿卿果して如何なる情を遣るか、誰に向ツて如何なる情思を述ぶるか、其曲、其声、吾れ之を聞かん、吾れ焉《いづく》んぞ阿卿を驚かすに忍びんや」との意なるべし。

何処《いづこ》より嗅《か》ぎ出《いだ》しけん、一散にこなたに逃《かけ》て来たる手飼の犬、紳士の辺《ほと》りを尻ツ尾を振り乍ら二三度経廻りて、仔細顔に跪坐したり、無情の犬も猶ほ意《こゝろ》ありて見ときは、恰も吾が来るを喜び「貴客何んぞ早く堂に上らざる、吾主人、貴客を待つこと久し」と歓迎するもの丶如し、紳士は犬の頭《かしら》を団扇にて煽ぎ。

紳「ベロ（犬の名）。

犬「ワン

と叫んで立ち上り紳士の手に持ツてゐた帽子を咬《くわ》へて奥庭に廻り、椽先の踏石より延び上り、首玉を鳴らし乍ら、主人に何か請求するもの丶如し、主人は急に曲を止めて。

八「ヲヤ園井さんが——。

と立上ツて、ベロの帽子を受取りつ丶、格子戸の方に迎に出《いで》て行く。

八「オヤ、園井様、よくお出なさいましたことネ、なぜ外にお立ちなすツてゐらしやるの。

例の秋水の如き明眸《めいばう》に、一条の光艶を漏らして、嫣然《えんぜん》微笑を呈したり、語《ことば》を換へて之を言へば双頬に、自家特有の笑靨《えくぼ》を作ツて、波之助を格子の内に吸ひ込んだり、此の語を聞き此の愛嬌を受けたる波之助の返答は。

波「足の麻痺《しび》れるのも知らず、お八重さんの琴に聞取れてゐたのサ。

八「ホ、、、、大変に上手で厶いますから。

波「だが、門口に聞取れてゐる御人物が、御人物だから、——源氏の君か又は牛若御曹子ででもあツたなら、話の種になるだらうか、私みたやうな不意気な男ぢや、チト写りが悪いなア。

波之助の言葉は、少し（読者曰く大に）色気を含んでゐる、此の如きの言葉は彼の嬌を呈し、諛《こび》を献じ悲まざるに泣き、喜ばざるに笑ふ泥中の女子に取ツては、左程価値《かちよく》もなかるべし、然れども身は常に厳粛の中に人となり、耳曾ツて嬌婀娜《きやうあな》の言を聞かず、又艶情綺思の言を聞かざる乙女の心に取ツては、非常に有り難く、覚えず冷汗が流れ出る、然し其汗も怖いからではなく、嬉しさと羞しさとが押し出したので、お八重もチョット返答に、——どう返答して宜いのやら、少し困却した様子、もしお米嬢をして此処に居らしめば、只下を俯向《うつむい》たツきり、一言も発し得ざるべし、即ち是点《こゝ》がお八重と少し異なる所。

八「ホヽヽヽ、でも中にゐらツしやる姫御前《ひめごぜ》が、お亀かお化けの様では猶ほ仕様がありませんことネ。

其中《そのうち》にお八重は、波之助を一間の風当りよき処に請じて、しきりに饗応してゐるが、其饗応は山海の珍味にあらずして尊敬と愛嬌なり。

八「山里で、——なんにも有りませず、誠に淋くツて仕様が厶いません。

波「しかし山里でも、酒屋へ三里、豆腐屋へ五里でないから宜《い》い、おまけに此の山里には、赫映姫《かくやひめ》が隠れ居給ふと思へば、都よりもなづかしい、だから五人の君達は愚かなこと、沢山の若紳士が鶯渓《うぐひすだに》に車を枉《ま》げると……。

八「オヤ、御冗談ばかし、たんとお冷かしなさい。

波「此間新聞に載ツてゐた、「東台の奥に一佳人あり、芳齢華年十分の春を占め、之に一分の白きを増せば甚だ白く、之に一分の紅《くれなゐ》を増せば甚だ紅に、一笑をなせば国を傾く可く、未だ半語ならざるに亦た断腸す、妖にして冶ならず、艶にして且つ嬌を含む、故に鶯渓の辺りに日々ゼントルマンの市が立つ、良《まこと》に理なきに非ざるなりと、桃李の花下には自ら蹊《こみち》か出来て名香叢裡には蝶蜂群《てふほうぐん》を為すとか云ふが、——ほんとうですネ。

八「宜う厶《ござ》い升よ、山家《やまが》に隠居してゐる寡婦《ごけ》さんを、そんなにお酷《いぢ》めなさるものぢやありませんよ。

波「ヲヤ、さう、私はチツとも知らなかツたが、お前には御亭主が有ツたの、——何時《いつ》お死去《なくな》んなすツて。

波之助は寡婦と言ひし言葉尻を取ツておさへ、故意《わざ》と少し驚いたような調子で、しかも真面目な顔附でお八重に問ふたので、お八重は「飛んだこと言ツた」と後悔し、どう考へたか、しばし下を俯視《うつむい》て無言、其癖右の手先を以て、深草団扇《うちわ》の柄《え》を捻ツたり、つめツてたり、頻りに酷めてゐる、波之助がお八重を酷めた反動は、移ツて無心の団扇に及ぶ、ア、団扇果して何の罪かある、団扇若し情《こゝろ》あらば必ず言はん、「若い男と若い女と差対ひの座敷には、真平御免を蒙りたい、痴話狂ひに類似してゐる話を側で聞いてゐる計りでも、随分骨が折れてつらゐのに、其上酷める人は酷めずに、恩も義理もない此身が身代りに立つとは余ツ程割の悪イ役目サ」と。

波「オヤお八重さん、どうかしたの、先《せん》の御亭主のことを思ひ出して、ふさいでゐるの、ヱ、お八重さん。

八「アラ、園井様およし遊ばせよ、誰れが御亭主なんぞ有るものですか、可愛さうに……。

波「それでは、なぜ寡婦さんと……。

八「アラ、さうではありません妾《わたし》が寡婦さんと申したのは、——貴郎《あなた》もほんとに理窟ばツかし——。

波「それでも、理窟を言はなくちやならぬ理由があるのですから、いやがられるのを知りつゝ、ツイ……。

八「妾が寡婦さんと申したのは、――ほんとうに仕様がないことネ、妾は到底世間に捨られてゐます身分ですから、……何処へ行ツても何んですから、誠に味気なくツていツそ悲しくなり、其上二親には死別れ、兄イさんには生別れ、到底人並みの娯楽《たのしみ》は出来ないと、あきらめてゐます、――それで心ばかりは寡婦のつもりで……。

話しは余程理に落ちたり、余程悲哀に傾いたり、自分で寡婦と覚えず知らず言た、其理由を明解するに、言ひ廻すに、非常に苦んだり、実はお八重の本心は、――「及ばぬことゝは知り乍、花の晨《あした》や月の夕《ゆふべ》に、郎の玉ひし優しきお言葉を、とやあらんかくやあらんと嚙《かみ》くだき、女心の浅慮《あさはか》にも、孤衾の夢には箕箒《きさう》を取り、寒燈の幻には鴛鴦《えんわう》を歓び、味気なき世に味気ある生活の機《をり》もあれかしと、祈りしことは空希望《そらだのめ》――夫《それ》で寡婦《やもめ》になりたいと思ツてゐる郎の芳園には既定の花、郎の塒《ねぐら》を作ツてゐる、妾《しやう》は是れ踏返された野辺の花、ゆかしき香《かほり》もなければ尋ぬる蝶もあらじ、恵の露もなければ萎れ果つ可し――夫で心ばかりは寡婦だと思つてゐる、「此意味にて波之助に述べたかツたが、ツイ心が咎めて彼様《あのやう》に言ひ廻した、其の苦しさ、ホツト一息して波之助を見上れば、波之助は悪ひ事を聞正して、不幸の処女に悲哀の懐《おもひ》を起さしめ、悲哀の語《ことば》を吐かしめたと、いと気の毒さうな顔、之れを見やりしお八重は飛んだ浅慮なこと、双親や兄上のこと迄も言ひ出して、波之助に不快を感ぜしめたと心配顔。此心配顔と彼の気の毒顔と、徐々に斜面より上に向ひ、身体《からだ》と共に鉛直線となツて、相互ひに正面に向ふ、此方《こなた》から、さす眼光と、彼方《かなた》から射る眼光と、鼻と鼻との距離の中央に於てバツタリ鉢合ツて、ピカリと電光を感じたり、お八重は思はず横を振向いて。

八「ホ、、、あんなこと申しましたのは嘘で厶いますから、どうぞお気にお止め遊ばさないやうに、――折角の御機嫌を損じまして、どうかお許しなさツて……。

波「ナアに、そうぢやないが、私こそ気の毒なことを言ツたと思ツて……。

八「それはさうと、お嬢さんも、お常さんも、妾《わたくし》が茲家《こゝ》に貴郎のお世話様になツていることは、まだ御存じないでせうか、もし御存じだと変に思はれはしないかと毎日心配してゐます、それに妾も少しばかりの財産も（蓋《けだ》し親の残せし公債證書、親の死後に家屋を売却せし代金、及び清原家奉仕以后の給金等を言ふものなるべし、）残ツてゐますから、それで……。

波「ナアに、そんな心配はいらない、其上お米でも、婆アやでもお前は田舎へ行ツているとしか思ツてゐやアしない。

折から次ぎの間より老婢が取繕ツた、肴《さかな》と口《くち》開けた葡萄酒を運び来る。

波「ヤア、是れは素敵だ、迅速《さつそく》一杯頂かう。

八「妾が何で、——アノウ、お相ひ《ママ》が出来ませんから、——それにお口に合ふやうな下物《おさかな》が厶いませんので、何んでせうけれど、アノ松にかゝツてゐますお月様をお肴に、ヲホヽヽ、誰かのお側で誰かのお酌と思召して。

波「エヘン、だから私は誰やらの側を、最前から何時迄も離れたくないのだ、其上に此葡萄酒には誰やらの愛嬌が這入ツてゐる、此肴には誰やらの情が籠ツてゐると、思ツているので、其味は又一入《ひとしほ》サ。

八「そんなこと被仰《おつしや》ツて、直《ぢき》に逃げ出さうと思ツて入らツしやる癖に。

波「誰が。

八「貴郎が。

波「何時《いつ》。

八「今。

波「イヽエ、お八重さんは、アノ月をいゝ眺めだと思ツてゐるだらう、又私だツても平常《ふだん》は愛翫してゐるが、——今宵《こんや》ばかりは黒雲を頼んで、おツかぶせて貰ひたいものだ。

八「オヤ、何故《なぜ》で厶います。

波「何故ツて、それで大雨を降らして貰ツて、雷鳴でもしたなら、帰れと言はれても、イヽヱ、今宵は帰られませんから——と云ふ口実が出来ます。

お八重は暫く畳を見守め。

八「嘘ばツかし、(コレだけは口の中にて言ふ)怖いこと雷なんぞ、避雷針《らいよけ》が厶いませんから。

波「でも、いくら不意気な雷だツて、お前さんを見たら急にソツト避《よ》けて向ふの方に、落ちるだらうと安心してゐるから、——仮令《よしや》情のない盲目《めくら》の雷だツた所が、かうやツて一所にゐれば、私独りぢやない、誰やらと一同に殺されるだらうと思へば、チツトも怖くはない、しかし根岸に蹊《こみち》を作ツたゼントルマン達には、お気の毒だネ。

余程流暢に陳べ去ツたり、波之助にしては近来大出来の綺語、目元に微醺を萌せし時には、存外に思ひ切ツた言葉がスラ〳〵と出る人が有るとか、波之助も其類《そのたぐひ》か、然し、妙なもので、斯く言ひ終ツて後「余りいき過ぎた」と悔る心、多少なきにしもあらず、「こんなことを言ツたが、あちらでは悪く感じはしないか」とヂツトお八重を見守《みつ》める、お八重は此立派なる、温厚なる、しかも威あツて且つ学才ある若紳士に、極めて優しき。極めて辱《かたじけ》なき言葉を掛けられて、身を削《そが》るゝ程嬉しき思ひ、胸の中《うち》はどき〳〵と淡波《つなみ》が打ツて来て、思ふことの万分一をも言ふこと能はず、只目元よりポロりと熱滴を流したり、僅か一立方ミリメートルに足らざる此熱滴を、色情哲学者をして精細に分析せしめば、随分霊妙不可思議の分子あらん、千万無量の情緒あらん、此熱滴を流したる後、お八重は口の中にて。

八「モウ、寡婦《やもめ》になるのはいやで厶います。

無論咫尺《しせき》の間《あひだ》の波之助にさへ聞ゆる能はず、只紅唇の顫動《せんどう》したるを以ツて何事か吐露せしならんと波之助は推せしのみ若しこれが西洋の小説なれば、二人手と手を、しツかり、極めてしツかり握りつめ、接吻したと言ふ可き所。

男女相愛の情の切なるはきぬ〴〵の別れの時に於て最も甚しとかや、是れ蓋したまさかに相見るときの嬉しさは、朝夕相見るの嬉しさより嬉しきを言ひしものなるべし「忘れで思へや」と古人の言ひしも、此理に原《もと》づくもの歟《か》、今波之助とお八重は同住にあらずして離居の身の上なり、逢へは必ず別れざる可からざる身の上なり、故に一家同住の時に比すれば愛情の濃《こまや》かなること怪むに足らず。

＊　＊　＊

入谷の蕣《あさがほ》を見に行きしものか将た不忍の蓮を見に行くものか今漸く明たばかりの曙《あけぼの》、まだ西天には暁月が残ツてゐる、新清にして冷涼なる空気に吹かれ乍ら上野の山内をたどり来る若き男女は。

女「だツて、妾《わたし》は侍従の歌が尤だと思ひますは、どうしても待つ宵に更け行く鐘の声が……。

男「そりやア、不賛成だ、帰る朝《あした》の鳥《とり》の音の方がつらいに違ひない、物かはの実定卿の方が正理です、なぜなれば、待つ方は逢ふと云ふ希望があつても、帰る方には其希望がないもの。

女「それでも、——妾《わたくし》だツて……。

男「それでも、私だツて。

女「だツて、思ひの切なる方が悲しさも深いさうですから、矢ツ張り妾の方がつらう厶います。

男「それは五分五分だから水掛論です。

何の問答だか作者にも解らないが、兎に角、手を相携へ袖相接して、いつしか権現の石段迄歩みを進めたり。

女「オヤモウ、此所まで……、平常《いつも》は遠く思ツた道が今朝は何んだか余り近過ぎて、——どうか後生ですから、モウ一度、跡に引返して下さいな。

男「馬鹿なこと、遅くなツて……アレモウ、東の方が……。

女「ハイ〳〵早くお帰んなさい、お米様がお待ち……、アーウ、そんなことなすツちや息が出なくなツて——、切なう厶います。

是より別れて、男は石段を下り、女は元の道に行き掛ツて又石段の下り口に引き戻す、今やう〳〵石段を数へ尽して、花園町通ひの池の端《はた》の往来に出たる男は、後《あと》を顧みて上を見上げた、見下してゐた女は嫣然黙礼を施したり。

第七回、赤きこゝろ。

乳母お常が、お米嬢の表面のみを見て、もどかしく思ふのは、未《いま》だ以ツてお米嬢の心の奥底を見ぬいたものとは言ふ可からず、

お米嬢とても既に物の哀れは十分に知り初《そ》めて、人知れず雨窓孤燈の下に隣楼爪弾きの声を聞いては心を傷め腸《はらわた》を断つこともある、単閨残月の宵に更け行く鐘に虫の音を聞いては輾転反側千々に思ひをくだくこともある、中々以ツてお常の思ふやうなおぼこにはあらず、初めは好《よ》き友、好き師と喜び、後には由断のならざる敵手たることに心附いた、競争者のお八重は、如何なる訳にや、何人の謀ひにや、今は田舎へ身を退けたとのこと故、苦労の重荷を下したやうなもの丶、まだ何んとなく穏かならぬ心地して、将来の物の哀れと云ふ魔物には一層乱雑を増したる懐ひあるべし。

ソウツト這入ツて来たお米嬢は、偸足《ぬすみあし》で極々静かに波之助の居間に這入ツて伺へば、波之助はけふは日曜にて出勤せず、（波之助は卒業後某《それがし》鉄道会社の重役を勤めゐるよし）今読みかけたとも思ぼしき物の本を枕に、しどけなく寝入ツてゐる、五ツ六ツの蒼蠅《さうえう》は無遠慮にも無何郷に遊んでゐる主人に、しかも其顔の面《おもて》にとまりて安眠を妨げてゐる、主人の意志《ウヰル》なき手先はさもうるさゝうに時々之を払ツてゐる、之を見るお米嬢の心中は如何《いかゞ》、「コレ〳〵汝蠅供ヨ、勿体なくも妾《しやう》の大切なる主人に、何の恨み有ツて、さるいたづらの真似をなすぞ、意中の人の蝶夢を驚かしたら汝はなんとする、断袖の故事は、物の情を知る人の所置とは言へ、如何に無情の蠅なればとて、さりとは余り無礼な奴」、まさか是程にも思ふまいが、然ししばしの閑《ひま》を偸みて昼寝し玉ふ兄上の側に、飛び去り飛び来ツて邪魔をするのが気に入らぬ、スャ〳〵と寝入り花の鼻先や、耳垂れをつツつくのが、おいたわしいと思ツて、団扇《うちわ》を以てソツト煽いでやる、次ぎの間より枕を出してソツト書物と交代し、波之助の頭《かしら》を乗せしめたり、又ソツト枕辺に坐を占めて、蠅払ひ兼納涼の為めに団扇を運動させてゐる、シイツ何等の艶福ぞ、うと〳〵とまどろみつゝあるときに、美人に、しかも二八の美人に、波之助より外に男はなしと一図に思ひ込んでゐる其美人に、看護されて、情の風と情の配慮を受くるとは……、若し之れをして多情多恨の男子に見せしめば、再度の劉郎を学びて旧遊曽歓交々《こもごも》胸に浮ぶ可し、もし之れをして渡頭空船を守るの寡婦《くわふ》をして見せしめば、亦た必ず夢に啼いて双涙紅欄干の時を想ひ起す可し、又若し之れをして空しく漠々座隅の塵に投ずる秋扇をして見せしめば曽ツて団々天上の月に比せしの時を追慕すべし。

波之助は熟睡したる者なるや、否な〳〵うたゝ寝の常として半眠半醒の間に徨彷し、脳の運動一半《なかば》は明界、一半は幽界、確実なるが如く、朦朧なるが如く、時々細やかなる眼《まなこ》より微かなる光線の漏るゝを見るは、猶ほ幾分の知覚神経活動するを證するに足る、静かに障子を開いて静かなる足音が此方《こなた》に近づくと云ふことは感じたり、其後は奇体々々、今迄時々細やかにあいてゐた眼は、全く閉ぢて最早光線を送らず、柔かな手先が首筋に触れ、柔かな風が面に当り、柔かな袖先が肩先にさはり、柔かな香りが何処《いづこ》よりか漏るゝと云ふことは知ツてゐる、覚えてゐる、五感の中《うち》の三ツは慥《たし》かに其用を弁じてゐる、今一歩、只一歩を進めて明星《めいせい》を蔵したる戸蓋《こがい》を除き去れば、柔かなる手先は誰やらの白魚の指頭《ゆびさき》なりしことを知らん、柔かなる風は誰やらの白玉の肘《かひな》より起りしことを知らん、柔かなる香りは誰やらの袖の微動する処より来ることを知らん、而して枕頭《まくらもと》には一個の活人画、加茂川の水に晒せし雪の肌《はだえ》が京かたびらを透《とふ》して見えると云ふ活人画が、どこやら恨み顔に、頭《かうべ》を垂れて端坐してゐるのを見ることならん、嗚呼《あゝ》目よ汝は之れを見ることを悦ばざるか、痩我慢か、将た思はせぶりか、シツツ畜生、徒らに無辜《むこ》の少孃をして気を捫《もま》しむるを休《や》めよ。

※「オヤお目覚め、お顔お洗ひなさいな、今冷たい水を汲ませてきますから。

清らかな、冷かな、情の籠ツてゐる水は椽側に来《きた》れり、口嗽《うがひ》茶碗と金盥《かなだらひ》とは椽側に列びたり。

※「兄イさん、サアお顔を……。

嗚呼冷かなる水、汝もし心あらば郎が頭脳《とうのう》を洗ふて、仇し人を思ふの熱情を冷《さま》せ、妾《しやう》が挙動の無味にして冷かなるはまだ世間見ずのなま若い故と思召すやうに、これとても郎が一片の熱を与へ玉はらば、暖かくなることもあらん、郎が半点の恵露を分ち玉はらば、味つくこともあらん、嗚呼清らかなる水、汝もし霊あらば、汝の鏡面を以ツて妾が切なる心根《こゝろね》を写せよ、今郎汝が鏡面に対す、対して汝を見守め玉ふ、――ア丶うたての水、情なの水。

米「ハイ、お手拭《てぬぐひ》。

波之助は黙して之れを受け、黙して拭ひ、黙して座に帰る。

米「お八重さんでなくツて、――お気の毒さま。

微声、微声、極々の微声、之れを言ひ終りて、思はず振へて冷汗を流したり、然し既に言ひ終ツたことゆゑ、今更取り消すことは六かしい、お米嬢自分ながら其勇気に驚いた、其出すぎたに畏れたり。

波「何がツ……。

と問ひ返されて、お米嬢の頬はパット時ならぬ立田の紅葉《もみぢ》、「女《じよ》性《しやう》の頬はあらゆる感情の徴候《しるし》」、ハテ西洋人よく言ツた、その紅《べに》潮《さ》したる愛らしき顔は、下を向いたツきり頭《かしら》を擡《もた》ぐること能はず、只綻びてもゐない単衣《ひとへ》の片袖を、さも綻びてでもゐるやうに、指先を以て縫ひ合せてゐる、此時若し袖なくば、お米嬢は如何に苦しかりしならん、（袖ないお方とはこれより言ふとか）白い細い、襟首を惜気もなくさらけだして、髱《たぼ》のほつれ毛一二本風に動かされているのを、好色男子が見たならば……、想ひ見る此時お米嬢の胸の動気、もしも下手な医者をして診察せしめば、心臓病では――などと思ふ程もあらん歟、サア何を言ツてい丶のやら、何をしてい丶のやら、お米嬢は殆んど分らない、只此瞬間だけ坐をはづして、ホツト一息ついて、こたへ〳〵し汗を一度に拭ひ度い、胸の鼓動を納めたい、さりとてあちらへ行きたいかと問へば、さうぢやない、何時迄も此坐敷に坐ツてをりたい、ハテ妙なもの、乙女心の真味を知らぬ人、嘸や笑ひ玉はん。

「郎の睡眠を守るの人、郎に水を捧ぐるの人、思ふお八重嬢其人にあらずして、思はざる妾《しやう》之れをなす、其事がお気の毒さま」と返答したい、さう言ひたいは山々なれど、「何がツ」の反問が少し鋭く何辺《どこ》となく怒気を含んでゐた故に、此予期の返答は全く水泡となツて、喉下《のどもと》よりグツト一時に沈みけり、更に温柔《おとな》しく出直した音色《ねいろ》は、例の微かな顫へた声。

米「イ丶エ、あの兄イさん、お八重さんがゐらツしやらなくなツてから、アノウ淋しくなりましたことネ。

「お八重さんがゐらツしやらなくなツてから、貴郎《あなた》は、貴郎は嘸かしお淋しう厶いませう」と、刻み出したかツた所を変に遠《とほ》路《みち》を迂回して、当らず、さはらず、本心でないことを申したは、なぜ。なぜなれば、波之助に自分の本心を看破さる丶のがいやだから、しかし成るべくなら、あれだけの言葉で自分の思ツてゐることを看破して貰ひたい。が、波之助はそんな深いこと迄は悟ツてゐない様子故、幾分か残り惜しいお米嬢の顔色、突然頭を斜に擡げて、波之助の顔をソツト伺《のぞ》き乍ら。

米「兄イさん。

波「ムウ。

と言ひ乍ら、是も亦お米嬢を見て、其仇気《あどけ》ない顔に兎や角と心配らしい相が現はれてゐるのが、不憫になれり、今迄つれなくツン〳〵と愛想のない返事をしてゐたのが、非常に気の毒になツて来た。

波「お米、何だエ、何アに。

米「妾《わたくし》は来月から学校に——アノ淑女学校に入校致したうムいますが入ツても……。

波「悪いとは言はないが、お前はなぜ急にそんなことを思ひ立ツたのか。

米「なぜツて……、せめてアノ、——お八重さん位に、出来るやうにと思ツて……。

波「なんだ、お前は涙ツ……、泣いてゐるぢやないか、一体どうしたのだエ。

米「イヽエ、——どツ——どうも致しません、けれど……。

波之助は頻りに「なぜ泣くのだ」と聞いてゐる。が、実は心にピンと来たことがある、其泣く所以《ゆゑん》は大方は推《すゐ》してゐる、「せめてお八重さん位に出来るやうに……」、此一言《いちごん》には非常に驚いた、いつぞやお八重に暇《いとま》をやツて、根岸に住はする時、どうした話の序《ついで》にや、お八重に向ひ、「お米はお前のやうに教育がないから——」と言ツたやうな覚えが有る、其時は聞く人なしと思ひの外、乳母のお常が知らせたのか、将た耳ある壁が伝へたのか、不思儀不思儀、女性《ぢよせう》の慧眼は兼てより心得てゐたりしが、耳もまた左程に鋭敏ならんとは、——アヽ思はざりき、それでお米は学校に入学しやうと迄奮発したのか、おれの憐みを買ふ為めに、——其心根を思ひやれば不憫々々、おれの口からお八重に劣ると言はれたのが、恥かしさに、(口惜しさにと言はれぬのは酌量減刑)それで涙を、——アヽ思へば極めていぢらしい涙、アヽ思へば極めて辱《かたじけ》ない涙。

かやうに考へつヽ、暫時は双方無言、此両人の周囲には一種不可言の真情の空気が充満してゐる、其真情の空気を呼吸する波之助は、お米嬢の挿頭《かざし》の薔薇《しやうび》が時々微動するを認るのみ。やヽ暫くして波之助は。

波「そんならネ、お米。

米「ハイ。

波「来月から直《すぐ》に入校するやうに極めるがいヽや。

米「ハイ。

波「それに淑女学校よりは、明治女学校の方がいヽヨ、明治女学校は教則も完備して、風儀もいヽと云ふ評判だから、ナアに英学なんぞは思ツたより存外容易《やさ》しい、少し勉強すれば直《ぢき》だ、おれも暇の時は教へてやるから。

米「ハイ、どうか……。

と言ツてハンケチにて目を拭ひ、やう〳〵顔を挙げて波之助の方に向ひたり、波之助は笑ひ乍ら。

波「馬鹿な、子供みたやうに。

米「だツて、そんなこと、被仰《おつしや》ツても……。

後は微笑、ア、久しぶりの微笑を見たり、或る好事家は、落涙後の微笑は雨后の山月の如しと品評したりとかや、実《げ》にも……。

波「やツと御機嫌が直ツた、けふは王子に納涼《すゞみ》に一所に行くから、早く婆アやにさう言ツて仕度してお出で。

米「真実《ほんとう》で厶いますか。

波「真実サ、だがまた此間のやうに、お化粧《つくり》で、一時間も二時間も待たせられては閉口だよ。

米「それでは鳥渡《ちよツと》。

さも嬉しさうに座敷を出でゝ行く、小供は泣いて阿母《おツか》さんに菓子を貰ひ、お米嬢は泣いて波之助より王子の納涼を買ひ得たり、人情の傾向は実に様々。

第八回、露けき袖。

(上略)――かやうの訳に御坐候ゆゑ、何卒《なにとぞ》一生のお願には波之助をおん思ひ諦め以来は夢にもやさしきお言葉おん掛け玉はざるやう、幾重にもおんねがひ申上ら〳〵、又波之助が縦令《たとひ》参り候ともすげなうおんもてなし、決しておん寄せつけ下されまじきやうねんじ上ら〳〵、かやうに申上候はゞ嘸かし情を知らぬ奴、無理な奴と思召も候はんかと蔭ながら推《すゐ》しら〳〵へども、お米とても元義理ある養ひ娘にてお米の亡父母にはわもじの連合《つれあひ》は一方ならぬ恩義を蒙り、只今園井の一家《いつけ》、人並に暮し申すも実はお米の父母のお蔭にて、父母の死際《しにぎわ》にお米のことを呉れ〴〵頼まれ波之助にめあはするやう約束致し置候事ゆゑ今更約束たがへ候ては、位牌に対して申わけ無レ之《これなく》、其上お米とても一図に波之助を慕ひ居り候ゆゑ、もしもの事有《あり》レ之《これ》候ては第一あの子の生涯をくち果てさするやも計りがたく、誠に不憫に御坐候ゆゑ、わもじ親子の心根《こゝろね》を御推量下されわもじの切なる願、おん聞わけ下され候やう神かけねんじ上ら〳〵――(下略)。

此郵便を出したるは西京の園井《そのゐ》お咲《さき》(波之助の母)なり、此を受取ツて読む其人は根岸に隠棲するお八重なり、お八重の此処に住居《すまゐ》すること如何にして分りしならん、作者も疑ひ読者も訝り玉ふならん、察するに乳母お常の慧眼は、早くも之れを探知して西京に報じ、其処分を仰ぎしものならん歟《か》。最前より危懼と悲哀の間に挟まれて、唇色を失ひ、手顫へ乍ら、くり返しくり返し黙読したるお八重は、いたく心を取り乱したる様子にて、最后に「昔は男は妻の外に妾《めかけ》を持つと云ふことも有《あり》レ之《これ》候得共当世は徳義とやら名誉とやらを重んずる上流の人々は世の中に対して左様のこともなす訳に参らずわもじの術なき心より昔の悪しき習はせをも却ツて慕はれ候若し昔の我儘を今日に行ひ得可きものならばお米は妾になりとも――云々」の文句を読むに及びお八重は。

八「ア、ツ。

と嗟歎したる儘、畳にドツと身を俯せ、交叉《こまぬき》たる両手《もろて》の上に頭《かしら》をのせて一語もなく、死せるが如く、固着せしが如く、只時々嘘唏の声を聞くのみ、やゝあツて頭を擡げ、双《さう》の袂をもて赤く泣きあらしたる目元を拭ふたり、此間に決心したる、——無理に已むを得ず決心したる一伍一什《いちぶしじふ》を説明せんに、

八「アヽ、妾《せう》は今より総て恋慕より生ずる所の歓《よろこび》と楽《たのしみ》とを棄てゝ、其境外に妾が身を置かざる可からず、恋慕とは遠く距りたる浄土の彼岸に——、是空の彼岸に身を入れざる可からず、妾が前途の生涯は零枯、寂寞、冷淡等を以て、無常の幸福と思惟せざる可からず、心は雲の去来《ゆきき》に任せ、想ひは月の盈虧《えいこ》に委ね、煩悩の表、色相の外に、此富春なる生涯を永久寡婦《やもめ》にて送らざる可からず、アヽ之れを思へば誠に短き夢、果敢なき夢、「栄枯は人生の常、開落は浮世の習ひ」とは、兼て知りたることながら、かくまで速かに我が身にかゝるとは露だにおもひやらざりき、さて浮世は夢とかや、「嗚呼昨日の歓《くわん》なくんば今日此涙あらんや」、アヽ思ひ出《いだ》す、——君が肩に寄ツて君が新緑の髪を捻りし時。軟語耳に接して妾が炎熱の唇は、君が豊なる頬に接したる時。君が有情の肘《かひな》は妾が胸の鼓動を計りし時。妾が銘酒を捧げて君が琥珀の盞《さかづき》に注ぎし時。君が危難を冒して妾が生命を救ひし時。晨《あした》の花、夕《ゆふべ》の月に君と袂を連ねし時。——思はざらんと欲するも思ひ出す。——此絹手巾《ハンケチ》、君が咏歌を手づから書《しる》し玉ひし此絹手巾、遺物《かたみ》こそ今は仇なれこれなくば、——さり乍ら「迷ひ」、アツ、君が親愛明亮ある幾声《いくこえ》、君が威あツて且つ涼しき一眄《いちめん》、猶ほ耳に残り眼《まなこ》に印《いん》して離るゝこと能はず、逢ひ見ての後の心に比ぶれば、昔しは——君が妾を愛せざるの昔は——物を思はざりけり、——シツツ「迷ひ」去べしく、今日の妾は昨日の妾にあらず、汝《なんぢ》来ツて再び妾を悩ましむる勿れ、妾は此瞬間より艶累の「迷ひ」を脱して、清潔なる「悟り」に入るべし、紅塵万丈の都を出でゝ幽趣なる田舎の寡婦となるべし、

アヽ思へば果敢なき縁、アヽ思へば仇なる夢。

と雄々しく決心し、力なき手に慵《ものう》き筆を取り、破脳乱緒の裡より綴り出したる一文は、

一筆《ひとふで》申し残し参らせ候当初一縷の赤縄《せきじやう》は川帯《せんたい》の尽きざるが如く山砥《さんと》の磨せざるが如く、永久渝《かは》ることなからんことを期しまゐらせ候世の中に義理人情とやらん申すものありて素願を妨げんとは夢にも存じ申さず候今よりおん前様の愛情は何卒お米様におん向け下され候はゞ此上《こよ》なき妾《せう》の喜びに御座候前魚の棄てられて秋扇に恨みを題する故事《ふるごと》も有《これ》レ之《あり》候それと比べ候へは妾の身はまだ幸福のうちと存じまゐらせ候妾は初めより人並みの娯楽《たのしみ》は受け得べき身の上にあらずと常々覚悟致し居り候よしや之れありとするも例外の僥倖とのみ思ひ居り候故、仮令《たとひ》死す程悲しきことあるもこれは死す程嬉しきこと

のありし反動と諦め自ら相慰め居り候今より妾は此処を去りて身を色相の外《ほか》に移し亦たおん前様の清障を増さしむることなきやう相つとむ可く候只妾が去所を告げざるは妾、情痴に心弱く若し万一おん前様のお尋ねに逢ことあらば無理に断絶抑制したる愛情も直《たゞち》に耐忍の囲みより免《のが》れでんことを恐るゝ故に御坐候、妾の切なる真心が御尊母様に貫徹すれば妾の望み満足いたし候おん前様も亦た妾を以て殊勝の者よと思召し下されあとにて只一言《ひとこと》の御賞辞を下し玉はらば妾は百歳《もゝとせ》の寿命よりも嬉しう思ひ参せ候、永の月日一方ならぬ大恩に預り其上妾を危急の場合より救ひ出《いだ》し下されおん前様にはお怪我遊され此恩海山《うみやま》に易《か》へがたく未来永々相忘れまじく候せめてはお側に奉仕して箕箒《きさう》の労を取り幾分の御恩がへしも致し度《たく》と存じ上参せ候へども妾おん前様のお側にあり候ては御家内風波の元と相成り候故其儀も叶はず空しく大恩を負ふて深山《みやま》に朽ち果てんことのみ心残りに御坐候今よりおん前様と訣別永くうれしきおん目に掛るの機《おり》なかる可し、おん前様には健康万歳楽しき春秋《はるあき》を御送迎遊ばさるゝやう蔭ながら祈り〳〵微塵も妾の事に御遠慮など有《これ》レ之《あり》候てはお米様、御尊母様にも申訳之れなくまた折角妾の決心も水の泡となることゆゑ必ず〳〵妾の事は夢の中《うち》の出来事とおん思ひ諦め下され候鏡花水月観じ去れば本来是れ空、意馬心猿悟り了れば即ち菩提とやらん申すことも有レ之候故妾もふつゝか乍ら此道を悟らんものと一図に思ひたち候まゝ生命のみは天命にて終ることゝ存じ候、春の風に花の開くる晨《あした》、秋の雨に木の葉のおつる夕《ゆうべ》、此あたりに御散歩の砌《みぎ》りは妾が味気なき生活をなすことを思ひやり玉ひ又妾が茲に此書《ふみ》を残したる主旨を思ひ出《いだ》し下されお米様を一層大切にお慈み玉はらば此上《こよ》なき賜物に御坐候申し残し度事山々おはし候へども筆渋り墨滞り思ふことの万が一をも尽しがたく候ゆゑよろしくおんはんじ下さるべく候あら〳〵めでたくかしこ

けふ　　　　八重

ゟ

園井さま

尚々一度おん目にかゝりたちのき度とぞんじ候へども色々はかなきことをあんじすぐし強ひて此事は思ひとまり申し候

又おん母上様、お米様にもよろしくおんつたへ下され候やう憚り乍ら願上〳〵

右の手紙を凡そ三時間を経て認《したゝ》め終り封筒に入れ静かに老婢を呼びて何か惇々《くど〳〵》と命令と依頼を下したり、但し波之助と交情のことは一言も言はず、是れ蓋し波之助の名誉を損することを恐るゝゆゑなるべし、聞き終つて老婢は吃驚《びつくり》茫然、言ひ終つてお八重は万斛《ばんと》の苦痛を顔面《おもて》に現はしたり。

＊　＊　＊

数日を経て波之助は思はず知らず、ぶら〳〵と上野山の権現阪

を登り動物園の前通りまで来《きた》れり、如何にして波之助の足此方《こなた》に向ひしか、波之助自らも知ること能はず、只知る波之助は小形美装の洋書《ブック》を手にして、我家の庭園に徘徊しつゝありしを、其庭口のひらきを出でゝ、不忍の池畔に出でたることは確かに知る、然れども何の目的あつて坂を越へ森を通して、此公園に出でしか自分ながら不思議なり。

波「馬鹿なツ。

と傍らに人もなきに、誰れに向つて言ひしか、不分明なり、恐らく自身に向つて言ひしものならん。

波「恋しゆかしに堪へ兼ねて、逢瀬の数の積りなば、君はもとより妾《わらわ》まで、後《のち》の笑ひを残しやせん、逢はぬを花と諸共に、恋を忍びて行末は、君が手折《たをり》に――」、しいつぞや此のやうに言つてよこしたから、けうとても尋ねる訳には……然し我は今憂鬱快々の境《さかひ》にあり、彼女《かれ》一笑の眼波は、よく我の不快を慰め、彼女の一渦の靨《えくぼ》は、よく我の失望を回復せしめ、彼女の軟かなる手、彼女の信切なる手はよく我をして進取に導かしめ、快活に引立てしむることを得《う》、彼女の顔を見る時は、頬上に登る喜びの血液は、よく万斛の鬱屈を流し去る、どうしやう、行かうか行くまいか――。

思案に迷ふ岐路《ふたまたみち》、西すれば悟りの路《みち》、東すれは迷ひの路、と行司の作者は悟ツても、御当人は迷ひがち、暫時躊躇の足を停めて傍への木椅子《ベンチ》に腰をする、手持無沙汰に何心なく開く小形の洋書、見れば目に附くシルレルの詩集、しかもグロッケの一首。

詩訳「いづこにても、此の厳と彼の軟と。
此の強と彼の柔と平行したる。
其の処には、美妙の声を呈すべし。
故に生涯の結合を、謀るものは。
先づ心と心の投合を、試めし見よ。
痴情は短し、後悔は永し。

波「アヽツ、痴情は短し、後悔は永し、シルレル翁甘《うま》いなア、しかしおれのは痴情ぢやない、真正の情交だ、――（読者曰く、どうだか）おれは既に心と心の投合を試めし見た、一時の血気に乗じ、只色香《いろか》に迷ひたる恋慕は、即ち痴情だ、痴情は色衰へ香失《う》する時に直に破るゝ、人の讒《ざん》で直に動きやすい、よしやそれ程でなくとも、どうかした拍子に互ひに厭飽《あき》が生じてくる、――が、おれと彼女《あれ》との中は、ほんとうに潔白なる愛情、互ひに固く信用してゐるから、決ツして後悔の永いことはない。

詩訳「若しも明亮なる、寺鐘の声が。
人々を新婚式に招く時は。
新嫁《にいよめ》の雲鬢《うんびん》には愛らしく。
処女束花《ユングフロイリッヘクランツ》の輝くを見る。

波「アヽ。

と恨むが如く憂ふるが如く、ヒタと本を閉ぢて。

波「去年は只面白いとのみ思ツた此の歌も、けふは却ツて心を裂く、おれも恋てふものを知り染めて、始めて此の歌の真味が……一入《ひとしほ》身にしみて……兎も角もモウ一度尋ねて見やう、「逢はぬを花」と思へと言ツたにしろ、それは無理、「貴郎《あなた》あれ程申して置きましたに、なせ被入《いらつしや》いました」と言ツたときは何と返答しやう、「私は逢はなければ病気になります、逢はせて貰はなければ焦れ死にます」、「ほんとう」、「アーほんとう」、まさか憎くは思ふまい。

かやうに考へつゝ立ち上ツて、東に向ひ徐々に歩を進め乍ら。

波「然し、おれは痴情の奴隷ぢやないぞ、愛情の呼吸者、剛柔の調合者、温良と雄壮の分配者だぞ。

駁撃者もなきに、自ら弁護しながら、根岸を指して歩みを早めたり、

嗚呼《あゝ》憐む可し波之助、汝焉《いづく》んぞ知らん十分時の後に、一大驚と一大失望を博せんとは、四顧寂寞竹扉空しく閉し、飼犬空しく守る冷屋の中に、悲惨腸《はらわた》を断ち、痛悼恨《うらみ》を惹くの遺書を見んとは、尋ねんと思ひ込んだる其人は遠く去ツて既に影なく、徒らに色なき老婢のくりごとを聞かんとは、応さに松風烟雨颯《さつ》として来《きた》り、緑葉深き処に、新鵑《しんけん》一声不如帰《ふによき》を呼ぶへし、之れを見、之れを聞き、之れに感じ、之れに驚き、之れに哀《かなし》み、之れに恨みたる波之助の心中は、――嗚呼果して如何。

第九回、計らざりき。

雨しよぼを舞せて、半玉の雪の肉肌を見んことを所望する、悪意なきの客はあるも、楼婢《じよちう》に二二《にんに》を握らせて、手を鳴らしたときに抔と、目に物言はせる気取屋は、一切這入ツたことのない、野暮に堅いと清潔で、評判取ツた会席料理、上野広小路鳥《とり》八十楼《やそろう》の奥二階に、差向ひの二客《にかく》は、園井波之助と松葉新一なり、此松葉と云へるは第一回に於て読者にお目に掛ツた後、久しく御無沙汰致したる人物、今では小名浜《おなはま》新一と呼ぶ、「其訳は、「今に分る徐々に下条《かぢやう》を読み玉へや。

新「ヲイ、園井君、話すことがあるなら早く聞きませう、僕に相談があるなら、会社で話してしまへばいゝのに、退出の帰り途とは言へ、わざ〱茲楼《こゝ》まで連れ込んで、一体どういふ重要な御相談だ、ヱ、沈思黙考で猫も呼ばす楼婢も退ける、チト吾党の酒宴には不似合だネ、ヱ、君、早く話さなけりや僕はお安、(楼婢の名なるべし)を呼んで酒を初めるよ折角三四杯飲んだ所で、中止などは随分こたへるからネ、やう〱喉《のんど》が潤ひ掛ツた所でお預け、――グルリと三遍廻りますから早く飲せて頂戴ヨウ。

波「ヱヽ、うるさい、いつでも君は気楽なことを言ツてるネ。

新「そりや其筈サ、僕等は君達のやうに、女累と云ふ苦労の種がないから気楽サ、どれ僕は初めやう。

波「ヲイ〳〵、まだ酒飲んぢやいけないヨ、君が酔ツてしまツちや僕の相談が纏まらないから、今日は冗談ぢやない、一生の浮沈に関する相談だから、誰れにも話すことは出来ないことだが、――君に限ツて、君の気性を見込んで相談するのだから、極真面目で聞いて呉れなくちや困るヨ、

新「ハイ〳〵不束なる私《わたくし》の気性を見込んで下さるのは、誠に有り難う厶いますが、前以ツてお断り申して置きますのは、私のやうな不意気な者には、所詮男女交際会に加入して、レヂースの気嫌を取れとか、又は嬌芸会に加盟して演劇台帳を作れとかは、出来ませんから……。

波「ヱ、、そんな気楽なことぢやない、ほんとうに真面目な重要な話だからサ――。

新「だから僕も最前から酒も中止して、真面目でゐるぢやないか。

波「それではネヱ、――アノウ。

新「ムウ、成る程、それから。

「貴君《あなた》は義太夫がお上手ださうですから、みなさん揃ツてゐらツしやる前で、一ツお聞せなすツて頂戴な、「ムウさう〳〵、君一段かたり玉へ、「サア後生ですから、「君所望ぢや、所望ぢやと、四方より催促さるゝ時は、平生浄溜璃通を以ツて自任し、ツヤは越路に限りヤス。が、生駒もしツかりして、ようゲスネ抔《など》と、喉自慢で一段聞かせたいと思ツてゐる人も、頭をかいて容易に発しない、其癖だまツてうツちやツて置けば、そろそろ「まァたァも都ゥを迷《まァよ》ひ出で――」と聞きてなしの大全誦読《しやうどく》を初めるのに――ハテ人情の傾く所は乙なもの、それとこれとは事変れど、波之助も同傾向の思ひなきにしもあらず、相談があるので、わざ〳〵新一を連れて無理に茲楼に登《あが》ツてゐるのに、新一から、サア話し玉へと促されては、容易に相談の糸口を捻り出す事が出来ない、それを無理に「憶病な奴、不決断な奴」と自分で自分を叱り附けて、話し出《いだ》すは。

波「昨日も聞かうと思ツてゐたが、君がツイ此の間松葉を改姓して小名浜となツたのは、どうした訳だ、先づそれを聞かして呉れ玉へ。

と間接に問を起して、直接の必要相談は、まだ奥に控えてゐる、波之助も流石《さすが》は政略家、余程話次の順序を考へたと見える、これに答ふる新一の返答は。

新「さう〳〵、僕もいづれ其訳君に話さうと思ツてゐたが、――実は改姓ぢやない復姓だ。

波「ヱ、君はそれぢや、元は小名浜と……。

新「元の姓は小名浜だツたが、僕が若い時に――、丁度廿の年に、（コレでも老成人の積りだらうか）ア、、今更思へば実に馬鹿気きツた話だが、迷ひと云ふ熱に浮されて、前後《あとさき》のことも考へず、〇〇町の小露《こつゆ》を（名を聞いた計りで身分は分る）連れて道行と出掛たのサ、――親も妹もふり捨

て丶──東京を立退いて、わたしの姿が目にたゞばと互ひに、心配されたり心配したりして、やう〳〵小露の郷里《ふるさと》名古屋にたどり着たのは、──丁度七年前、これでも一度は女に惚れられたことがあるからネ、安くないだらう。

波「フム、それから。

平生は斯る不潔なる話は、余り好まない波之助が、頻りに膝を進めて先を聞きたがツてゐる、それも其筈、波之助は跡で新一に、受けて貰はなくちやならぬ請求があるから。

新「それから名古屋で、小イさな家を借りて、恋女房と水入ずの所帯を持ツたが、どうした因果か一月も経《たゝ》ぬ内に、小露は大病に罹ツて、──「貴郎《あなた》もどうぞ厳父様《おとッさま》のお宅《うち》にお帰んなすツて、心を入れかへて立派なお方になツて下さいまし、さうすれば妾《わたし》も草場の蔭で喜んでゐます、それが此世のお願ひです」と、死ぬるいまはに言ひ残して終に、

──

「ア、思へば卿《おんみ》も曾ツて錦衣玉食して、奴婢《どひ》に侍せられし良家《りやうか》の娘児《らうじ》、──時運変遷、……維新の際に孤《みなしご》となり、──終に浮花浪蕋《らうずい》の伍に入《い》るも、誠に今日より見るときは貞操とも、忠節とも……」、是れだけは新一の心の中《うち》。

新「それから、僕も其遺言《いごん》の為めに非常に感激する所あツて、今迄とは丸で別人のやうな心になり、「男子世に在る寧ろ優游ならんや、奮起須らく国家経緯の事を謀る可し」と、りきみ出して、非常な高尚な志を立てたが、兎に角、親の事が気に掛るから急いで東京に帰つて見れば、実に失望落胆、父は死んだと云ふ噂、妹は何処へ行ツたか四方に聞いても分らず、一旦は力の及ぶ限り尋ねやうと思ツたが、又よく〳〵考へて見れば、縦令《たとひ》尋ねあてゝも今と言ツては自《じ》力《りき》で養ふ資力もなし、かた〴〵自分の就学の妨害《さまたげ》ともなるから、不本意ながらそれなりに、……いづれ成業の后《のち》に探し出《いだ》すも未た遅しとせずと、決心して終に○○法学校の講師、松葉学士の宅に食客《さんばいめ》となつた、サアそれから勉強した、勉強した、一心不乱になつて外事は更に顧みない、意気な爪弾《つめびき》の水調子も、花見車の頬ツぺたおツつけも、団子坂の菊の噂も、向島の桜の信《たより》も更に耳に入れない、目につけない、──況んや夜桜、俄《にわか》舞に於てをや──只恩師松葉学士の為めに労働することと、学課を脩むることの外何にも心掛なかツた。が、然し雁《かり》の声又虫の音《ね》を聞くの夕《ゆふべ》、寒燈影暗うして雨の音窓をうつの暁には、親には不孝をした、妹《いもと》は今頃はどこにどうして、──小露は実に憐む可き貴《たつと》む可き薄命な女であツたと、此三ツの考へは胸中に浮んで来ることもあツた、然しそれも机の前の壁に張ツてある学課表を見れば、直に消失してホルランドとなり、メインとなり、エーリングとなる、──(共に明法家の名)ア丶余り話が理に落ちて悲しくなツてきた、一杯酌《つい》で呉れないか。

波「一杯なら許さう、それ、いゝか、——それからどうした。

新「それから松葉氏が僕の気質を洞見《みぬい》て、非常に信用してきた、終に松葉の内に継子《しし》がないから養子になれとの相談、此相談は実は僕に取ツては命令と一般、恩人のことゆゑ断る訳にも行かず、「ハイ何分よろしう」との返答で、相談一決して僕は松葉新一と改姓し、間もなく学校を卒業し、次で代言人の資格も得、やう〳〵世の中にでるやうになツて、今は君と同会社に御出勤の身の上、即ちこれが今の小名浜新一と名称《なのら》せ玉ふ紳士サ。

波「まだ重要《かんじん》な事がある、何故小名浜と復姓したのだ。

新「ウムさう〳〵、それはかう云ふ訳サ、アノ松葉氏は僕が家名を起したいと云ふ素願で、養子になツたのを不本意に思ツてゐることを早くも見破ツて、気の毒に思ツてをられた、其の所に松葉夫人が男子を分娩したゆゑに互ひの相談が和熟して、僕に「復姓して家名を起せよ」と、有り難き恩命が下ツたのは、ツイ四五日前のことだ。

波「それで、すツかり分ツた、随分君は小説的《ロマンてき》の履歴を持ツてゐるネ、所がそれはそれとして、君の妹の名は何といふんだ。

新「お八重、ソレいつぞや迄、君の内にゐたお八重ぼうと同じ名サ、

波「エ、、ほんとうか、そんなら彼女《あれ》は君の妹だ、彼女の姓も小名浜と……。

新「エ、。

驚いた、非常に驚いた、平生大概な事には動せぬ新一も、波之助の「彼女の姓も小名浜」の一言《ごん》には、胸に動気を打たせたり、思はず知らず膝を進めて。

新「ほんとうか、彼女が妹、ほんとうに小名浜、屹度《きつと》それに違ひなしか、さう思へば、どこやら幼な顔に見覚へがある、エ、、今迄互ひに知らずに、悔しいイことを……。

波「僕が相談と言ふのも、つまり其君の妹のことで……。

新「何処《どこ》に……、妹は、今何処にゐるんだ、早く教へて呉れ玉へ、居所を、教へて……。

新一が勇み立ツたるにも似合ず、波之助は萎れ返ツて頭《かしら》を垂れ、返答なし。

新「君、妹は今何処にゐるんだ、今年の夏から君の内にはゐないぢやないか、今、何処にゐるんだ、僕は今日《けふ》直《すぐ》に尋ねに行くから。

波「どうも、君には申訳が……。

新「エ、、ナニ。

波「申訳がないが、実は僕にも何処にゐるのか分らない。

新「エ、、ほんとう。

嗚呼けふは如何なる日ぞや、何どて新一はかく驚きの間投詞を吐くことの屢々なるや。

新「なぜ、君分らない、なぜ、僕に知せて呉れなかツた。

日頃淡泊なる新一も、驚きと失望に取り巻かれて、少しは愚痴の口気も出る、兄妹《けいまい》の情愛左もあるべきこと。

波「実に僕も、君とお八重さんと兄妹《きやうだい》と云ふことは夢にも知らなかツた、やう〳〵君が一昨日《おとゝひ》だツたか、「僕は小名浜と改姓した」と云ツたから、ハテナ他にない稀な姓だから、もしやと思ツて君に聞かうと思ツたのだ、それに此節僕も進退谷《きわま》ツてどうしても、僕一人では裁決に苦む事件が起ツたから、旁《かたく》君に相談もし、又君の智恵をも借らうと思ツて、けふ茲《こゝ》楼に一所に登《あが》ツた訳。

と是よりお八重が孤子《みなしご》となツて清原家に奉仕したる事、又同家を暇《いとま》になツた次第より、福島の災難を助けて連れ帰ツた顚末、それからお八重を根岸に別離させた一条を説き終りて、耻かしさうに、気の毒さうに、思ひきツたやうに、お八重の前回に於て残したる手紙を差出して、新一に渡す、新一は急ぎ、ひツたくるやうに受取ツて、読み下すときは、モウ新一は最前より幾度も〳〵驚いて、一二年分の驚きを一二分間に出し尽して、驚きの神経も驚きに慣れて、驚くべき手紙を読んでも左程に驚かない、只「可愛さうに——吾が妹ながらこれだけ文章《ふみ》を綴るなら、感心に教育もあるのに」など、思ひつゝ黙読す、其側《そのそば》に坐ツてゐる波之助は、苦みと気の毒とを混合したる、一種異様の感動身体《からだ》を刺劇して、どうしても坐に着てゐられない、「僕はチヨツト小便《てうづ》に……」と、言ツて坐をはづす、それにも気附かず一心に読んで、今やう〳〵読み終りたる新一は、「それぢやネヱ、君、」と云ひ乍ら、頭《かしら》を挙げた時に初めて波之助の居らざるを知る、視神息《やす》めば聴神鋭くなる、階子《はしご》の下にて「オヤ旦那、お小便に……これでお拭き遊ばせ」と、楼婢《じよちう》の声が聞ゆる、トン〳〵と階子を登り戻てきたは波之助。

新「それぢや君、どうしても行衛は分らないネ。

と波之助に対して恨は少しもなきが如し、それも其筈波之助はお八重の再生の恩人、功罪相償《つくの》ふに足《たる》んだもの。

波「どうも、——僕は新聞になりとも、広告して見やうと思ツてゐるが——。

新「さうサネヱ。

波「お八重さんの行衛は僕が誓ツて尋ね出すから、君容《ゆる》して呉れ玉へ、それで君に相談すると言ふのは実は——僕の親類の者が母の依頼を受けて上京しゐ《ママ》るんだ、そして僕とお米と結婚、……ソノ結婚させやうと、独りで承知して、昨今其用意最中で、僕も否《いや》とは言はれず、それかと言ツて一旦お八重さんと……。

新「ナアニ、そんなことは構はんサ。

嗚呼《あゝ》新一はかゝる重大なる事件を、何の思慮もなく、「そんなことは——」の一言の下に説き去ツて、深く思はざるが如し、これを近時の淑女方が読み玉はゞ、野蛮の忍月居士坑《あな》にすべし、野蛮の小説焚《や》き尽すべしと、のたまはん、然しこれは著者の言葉ではない、新一の言ツたことゆゑ、著者其責《せめ》に任ぜず。

新「そんなことを君、心配してゐては、君の方の家内が治まらない、そして第一、妹《いもと》の書置の願ひにも背く訳だから、それはモウ相談する迄もない、急速《さつそく》お米さんと結婚することに決定し玉へ、悪い事は言はん、ナアニ考へるには及ばんぢやないか、モウ相談はそれツきりだらう。

波「それでも、どうも、お八重さんに対して、人倫に顧みて……。

新「君の精神は僕が承知してゐる、今更人倫を云ふのは既に遅しだ、ナアニ君、お八重だツてあんな手紙を残す位だもの、君の結婚を聞いたら、喜ぶとも恨みはしまい、――僕も序《ついで》に君に知らせておくことがある、此間松葉先生の媒介で清原の令嬢ネ、ソレ綾瀬と離縁した満子《みつこ》嬢をネ、嫁に貰へツて進められたんだ、此節は満子嬢も余程人物も善くなツて、心栄と言ひ行ひと云ひ、以前よりズツト数層《すそふ》敬慕す可き人柄となツたさうだ、僕も実はナポレヲンの真似ぢやないが、生煮のレデイより後家さんを妻にしたらばと、常々思ツてゐた所だから、概略《あらまし》相談も整ツて、先方でも余り身分は高くなくツてもいゝと言ツて、既に承知してゐるんだ、――が、僕がお八重の兄といふことを聞いたなら少しは驚くだらう、然し結婚の談判には、少しも影響は及ばぬ積りだが、モウ相談はやめにして、サア是から機嫌直しに一杯飲まう。

手を鳴らす、楼婢《じよちう》来《きた》る、酒を命ず、酒来る、楼婢侍《はんべ》る、猪牙《ちよき》動く、新一の滑稽は能く楼婢をして腹をかゝへしめ、能く波之助をして鬱を散ぜしむるなるべし、――其後《そのあと》は言はぬが花。

第十回、野あそび。

春の雪跡や烟の麦畑の雅趣は、既にきのふのことと成ぬ、雪と雲五分〳〵に見る山桜の風景は、まだ一二月の後なるべし、小川は長閑《のどか》なる空気に漣《さゞなみ》を起し、うらゝかなる日光にきらめきて、田野の間をしどけなく流れてゐる、淋しげに水畔に孤立したる青柳は、水鏡に粧《けは》ひを凝して糸の延たるを楽むが如し、案山子《とりおどし》の倒れたるを起しつゝ、彼方《かなた》の畦道より仔細気に首《かうべ》をかしげて睨めつゝ、独木橋《どくぼくきやう》を渡り行く老農あれば、腹の時計がモウ十二時に驚かされ、向ふの樹《こ》の間《ま》に隠見する藁葺屋根を指して、馬を急がす村童あり、後は山、前は小河を隔てゝ空田渺茫、山の麓、小河の岸に沿ふて百有余軒の一村落あり、其村落の郊外に、漫歩逍遥する四人の男女は、都の淑女に都の紳士。

新一「どうも爽快だ、郊外漫歩も此位遠い処まで来れば実に別世界に入ツたやうな心持ちだ、ヲイ園井君、何か一首出来ないか、僕も出来れば直に苦吟《くねり》出すが、平生は「詩歌は閑人の玩弄物学ぶに足らず」と、痩我慢兼負惜の説を唱へ

てゐたが、けふ計りは降服だ、天然《てんぜん》の美妙に心が感動しても、之れを言葉に現はせないぢや、実に残念だ、どうも田舎は何辺《どこ》となく、言ふに言はれぬ風味がある。

波之助「実にさうだ、俗塵世界から田舎に来ると心遣ひがなくツて、二三年も生延びたやうな心持ちだ、どうだアノ茅舎の竹の籬《まがき》から、梅の一枝が莟《つぼみ》を出だして、笑ツてゐるのは、実にいゝぢやないか、「東閣官梅動二詩興一」と、老杜は言ツたが、なんだネ、老杜は真実《ほんとう》の梅の風趣は知らないと見える、官梅とは頗る俗ぢやないか、それに比べて見ると東坡はえらいヨ、「竹外一枝斜更好」と、実に穿《うが》ツてゐるネ、満子さん如何です三十一《みそひと》文字は、ヱ、かう言ふ時に御亭主に尊女《あなた》のお手並を見せて置なくちや、又例の変則美術論を持出して、勝を取りますから。

満子「どうして歌なんぞが出来ますものか、只誠にいイ景色だとは思ツてゐますが、――かういふ時に文藻がないと口《くち》惜《をし》う厶い升ことネ、ヲヤお米さん、貴女のお足下《あしもと》に蝶々が……。

流石《さすが》は満子夫人も交際家、話が少し高尚に亘ツたゆゑ、お米は淋しさうに黙ツて聞いてゐる、(幾分か教育の度が低いから)それを悟ツて満子は、「足下に蝶々が」と、――何も蝶々は蛇か毛虫ぢやあるまいし、別に注意を促す必要もあるまいに、それにまだ生娘の気、失せやらぬ花嫁のお米は夫人。

お米「アレほんとに、小名浜さアん。

と呼び乍ら袖をふり上げて、捕へやうとする。

波「フム、馬鹿な、そんなことして、辷ツて転んだらどうする。

満「女房が辷ツて転んだら助けて起すのは御亭主の役ですワ、ネエお米さん。

新「ノウ〳〵、人が助けるからいゝツて、無《む》暗《やみ》に転ばれてたまるものか。

何だか寓意諷誡がありさうな言葉、然し誰れもそんなことに気の附く暇《いとま》はない。

米「でもだれもまだ転ばないから、宜《い》いぢやムいませんか、辷ツて転んだツて独りで起ますワ。

新「ヘン、辷ツて転んで、而《さう》して起たら、暗撃《やみうち》新聞の記者に叱られますツ、ワハヽヽヽ。

満「オツホヽヽヽ。

米「ホヽヽ。

波之助には何の訳だか分らない、分らないから折角の新一の洒落も、チツトもおかしくない、まさか人が笑ふからツて、自分も虚笑する訳にもゆかず。

波「なぜ〳〵、なぜ暗撃新聞に叱られる。

新「ヲヤ、君はまだ知らないのか、僕はチヤンと汽車の中で読んで置たのだ、ソレ是れを読んで見玉へ、此項《このくだり》だ。

とけふ発兌《はつだ》の新聞を出して渡す、波之助はポチ〳〵と拾ひ読み。

『向島の七艸に懐《おもひ》を寄せて、小督《こごう》の調《しらべ》を慕ひ、上野山の雪に簾《すだれ》をかゝげて、清少納言の昔を学び、千束《ちづか》の里の雁《かり》が音《ね》に無心諾否の音信《たより》を待つ、色慾兼備の遊君、今の世にも少なからず、客《まれ》人《びと》に送ると、はせ文の御序《おんつひで》を以ツて、名吟名文章を寄せらるゝこと幾たびなるを知らず、此頃又唐茄子楼《たうなすらう》の砂糖太夫《さとうだゆう》より、記者に宛て一封を寄せられたれば、恭《うや〳〵》しく之を抜き見るに、一丈猶ほ二銭で届く経済紙に美しく蚯蚓《みゝづ》の跡を止められたり、我々は斯る折ならずして、いかでか優しき君達の玉章《たまづさ》に接せん、押戴きて読下せば、「牛の総花《さうばな》に手を鳴らさずして、空しく素見《ひやかし》に手をもむの夕《ゆうべ》、馬の客人《まれびと》に引かれずして客人力なく馬に引かるゝの晨《あした》、これを見、これを聞けば誰れかばからしいと思ふ心なからずやは、妾《せう》の如き孝行と沢菴を一所にして、身は嘘と阿《おべ》諛《ツか》に根胆を凝すのいけすかない境界には、一入《ひとしほ》蚤蚊に血をしぼらるゝの思ひにぞんぜられ候云々」と、始めに書れたり、あはれにも、いみじく書れたるものかな、辷ツた転んだ而して起た抔《など》と、埒もなき字を並べて言文一致体といふものなりと、飛んだ新発明顔の騙出《かけだし》小説家、もし世にあらば、君がまわしの閑《ひま》を偸みて文藻を養ふのことを学ぶべし――』、なアんだつまらない、小新聞《せうしんぶん》の王と呼ばれる暗撃新聞には、チト不似合な、不都合千万な材料だネ。

新「ウム、さうだ、全体こんな種は、大和新聞の管轄なんだが。

波「それはさうと、なぜ著者はこんな無関係なことを、此「お八重」に写すのだらうネ。

新「そりやア君、「お八重」の意匠は男女地位心情の相関相違を写すに在るんださうだから、こんなこともチョツトつまんで掲げるのも亦た必要サ。

波「所が「お八重」と云やア、君の妹の行衛はまだ手がゝりなしか、尤も僕も十分探してはゐるが、何分いまだに……。

新「僕も区役所警察署には通知を依頼して、所々方々を心掛てはゐるが、まだ分らない、もし二三ケ月の内に分らなけりや、新聞に広告することに決しやうョ。

波「さうだネヱ、どうか分ればいゝが、――ヲヤ皆《みん》な何処《どこ》へ行ツたんだ、二人してあんな先の方に行ツて、百姓と何か話してゐるぢやないか、満子さアん（但し高声）。

新「お米さアん（是も高声）。

両人とも自分の細君の名は呼ばないで、各《おの〳〵》言ひ合せたやうに他人の夫人を呼ぶ、如何なる訳にや妙と言ふ可し、是れも東洋流の人情歟、是れが若し碧眼緑髪の人ならば、「私の愛する妻よ、しばらく待ちやれ」位はネヱ、言ふのだらうに、之を評して欧洲旨義の人は、夫妻親密の度欧米に如かざる證拠だと貶し、国粋保存旨義の論者は、たしなみある奥ゆかしき所為と賞す、いづれにしても理窟は立つ。

新「両人とも不届千万な、人を置去りにして、モウ是から、「足がいとう厶いますから、モット静かに歩いて」なんぞと言ツても、構はないから――。

満「マア、そんなこと被仰《おつしやら》ずとチョツト早く茲《こゝ》に。

米「お出《いで》なさいよ、アノ分りましたよ、知れましたよ。

お米満子の両人は、何か非常に嬉しさうな、勇ましい音色《ねいろ》で両人を呼ぶ、呼ばれて此方《こなた》の両人は急ぎ足。

新「何が、知れましたツて、何が知れたのです、何か遺失《おとし》たのですか。

波「ウム、ナアに、チツトも動かない百姓が立ツてゐると思ツたら、案山子《とりおどし》だツたと云ふことが、知れたのだらう。

新「ばからしい、仰山さうに人を呼び立てゝ、そんなことなら先刻御承知だ。

満「アラ、あんなこと被仰ツて、お八重さんの住家《すみか》が知れましたョ。

米「ほんとうですよ、アレ彼方《あすこ》に見える家がさうですとさ。

新「ナニ言ツてゐるんだ、嘘ばかり、そんな浅慮《あさはか》な策略に載られるお方とは、人が違ひます。

米「アレ、ほんとうですネヱ、満子さん。

満「ハイ、ほんとうですよ、ソレ向ふに見える家が厶いませう、あの家から今大勢の女が出て行きましたから、最前《さツき》の百姓にあれはどうした家だと聞きましたら、女学校だと申しました、此片田舎に女学校のあるのは珍らしいことと思ツて、先生は誰だツて尋ねましたら、先生は女で小名浜先生と申します、誠にいゝ先生で東京にもあんな先生は滅多にないさうだツて申しました、だから妾はお八重さんに違ひないと思ひます。

昔はお八重と呼び捨てにした小間使ひ、今は夫の真の妹《いもと》、だから満子が発する「八重」の言葉には、「さん」の字が附く。

米「妾《わたくし》も屹度《きつと》さうだらうと思ひます、尋ねて見やうではムいませんか。

昔は両女につれなく思はれたお八重、今は両女になつかしく思はるゝお八重、境遇と時日《じじつ》の変動に依ツて、愛憎好悪の分ちあり、怪むに足らず訝るに及ばず、波之助は空を眺めて聞かぬ顔、左もあらん現在吾が妻の前で、お八重のことを話されては――。波之助は今頻りに、尋ねて見やうと請求するお米に向ひ。

波「馬鹿な、当《あて》にもならぬことを……。

新「お米さん、ほんとうですか。

米「アラ、ほんとうですとも、兎に角僅かの道程《みちのり》ですから、行ツて見れば分りますよ。

新「それぢや其先生の名は何と言ふか、何故《なぜ》聞かなかツたの。

満「イヽエ、それも最前の百姓に聞きましたらネ、先生々々と皆なが言ツてゐるから、お名は存じませんツて申しました。

米「そして年頃も聞きましたら、まだお若い、十八九だらうと思ひますが、チョツト見かけた所では二ツ位はふけてお見えなさるツて申しました。

と熱心に真面目に話す、どうしても作り話とも思はれざれば、新一も「もしや万一さうではないか」と心の中《うち》。

新「ヲイ君、兎も角もだまされたと思ツて、尋ねて見やうぢやないか。

と言はれても、波之助はどこやらに進まぬ顔。

波「僕はそこ近辺をぶらついてゐるから、君達ばかり行ツて来玉へ。

新「なぜ、宜《い》いぢやないか、サア行かう。

進める人はもしや、同胞邂逅の喜《よろこび》をや見んかと勇みたち、いなむ人は内に顧みて、歉然《けんぜん》の思ひなき能はず、お米と満子は昔はかなき心より、すげなくもてなせしを、今更に後悔し、一刻も早く尋ねて罪を謝し、併せて今の詫しさをも慰めんと思ふなるべし、四人の内三人は行くと言ひ、止《よさ》うと言ふ者は只一人、終に多数決に勝を取られて致方《いたしかた》なく。

波「それでは行ツて見やう。

第十一回、七年《なゝとせ》の思ひ。

此処は相州某駅より、程遠からぬ一村落の出はづれに、閑雅幽静の一軒立、井戸の釣柄《つるべ》は斜めに竹垣にもたれかゝりて、其竹垣には真黒なる手習草紙幾十巻となく、乾してある、数羽の雛《ひよ》児《つこ》を導き乍ら、掃溜をほじくツて、餌《ゑ》を求むる牝雞《ひんけい》は、子鳥の満腹を喜び、枝寒しげなる柿の木に屯集《たむろ》する雀は、喜《うれ》しさうに長閑《のどか》なる日和《ひより》に囀る、見る所、聞く所、総て質樸なる、心遣ひなき田舎の風景。

昼過ぎの二時頃とも覚しき頃、どや〳〵と一隊の女伴《じよはん》数十人、此家の門より出で丶各《おの〳〵》家路を指して帰り行く、「ヲヤなんだらう」と、フイと表の株木門《かむきもん》を見上れば、「小名浜女学校」の札が掲げてある、「ハ、ア分ツた茲家《こゝ》は女学校だ、今出て行ツたのは生徒だ」、抑《そも〳〵》此家《このや》は、曾ツて東京根岸を立退《たちのい》て行衛知れざる、小名浜お八重の隠遁所、去年の夏以来お八重は、数人の志ある村内《むらうち》の児女の求めに応して、手習裁縫読書等を教授せしところ、其教へ方の丁寧懇到にして、二三の児女しばらくの間に、片田舎には珍らしく見上る計りに教化されしと、かた〴〵近時風潮の然《しか》らしむる所にや、一般に都鄙の分ちなく女子教育を重んずる折柄ゆゑ、戸長伍助氏の愛嬢美イちゃんも、豪農甚兵衛殿の一人娘菊ちゃんも、吾れも〳〵と、皆なお八重の門に来りて、教を請ふやうになりしゆゑ、遂に村内の勧めに任せ、微小ながらも小名浜女学校と命名して、日々教導の務に当ツてゐるものと知られたり、深山木《みやまぎ》の其梢とも見えざりし、お八重の桜は花に現はれて、終に村内の尊敬と愛顧を受くるに至れり、お八重は毎日《まいじつ》、半日の間は飾りなき、罪なき児女に取りまかれて、味気なき浮世を賑しく暮し、又中に信切なる家よりは、娘子供をよこして寄留させ、朝夕の用向をも世話させるゆゑ、此奥底なき人々の誠は、お八重に取ツては無量の良薬、わびしき境界も思ひの外、楽しげに思はる丶なるべし、凡そ人の心として、磨かねば瓦となり果つべき、数多《あまた》の子女を教導して、玉となし、其人々より尊愛さる丶の光栄と愉快とは、彼の勇将が強敵《がうてき》を挫《くじ》いて、国家を安じたる時の心持ちと、縦令《たとひ》大小の差《ちがひ》はあるも、其道に当りたる人の心に取りては少しも深浅なかるべし。

うき世ぞと、かつは知りつ丶、はかなくも、鏡の影の曇りなきをのみたのみて、人の心の濁れるを知らざりし王昭君、一生つひに空しき床をのみ守りて、花の容貌《かたち》いたづらに萎《しぼ》れて、ぬば玉の黒髪白くなりし上陽人の故事《ふるごと》と、比べ見るときは、お八重とても自ら慰むる由《よし》あるべし、然れども満胸の憂鬱をいかでか終始忘る丶ことを得んや、事に触れをりふしにつけ、いかでか愁への涙なからんや、「いとどしく、慰めがたき秋の夜に、窓うつ雨の音ぞわりなき」こともあるべし、嵐にたぐふ紅葉《もみぢ》の錦、百《もゝ》さへづりの鶯の声も、いと情なき心地せらる丶こともあるべし、生徒去りて語伴《ごはん》なく、四壁寂然として渓川《たにがは》の水音、猶ほよく耳に通じ、樵夫《せうふ》遠山に伐木するの響、猶ほよく窓に達す、時しもすぎこし方を考ふれば、万感交々《こう〳〵》胸裡《むね》に集る、思はざらんとするも思ひ出られ、忘れんとするも忘られがたきは、兄の身の上、波之助の恩愛、又二つには我身の将来。

八「兄イさんは、此世にながらへてお出なさるだらうか、恙なくてお出でなさるなら、どうか同胞めぐり合ひ、互ひに力になり、力になられ、楽しく暮したら、ほんとうに今の様に淋《さみ》しくツて、世の中がいやになる事もあるまいに、新聞に広告して、妾《わたし》の在家《ありか》を知らせたなら、万一知れないこともあるまい――。が、さうすれば園井さんに――、園井さんもア丶云ふ御気質のお方だから、若し妾が出した広告を御覧なすツたなら、黙ツて打ツちやツてもお置なさるまい、さうすれば重ね〴〵御恩を受けるやうで誠に――、お袋様（波之助の母お咲を指す）に対しても申訳なく――、お米さんにも、……お米さんはモウ御結婚なすツたらうか、誠に我身ながらも浅ましいことを――、ア丶モウ思ふまい〳〵、どうせ世の中に出ることは出来ぬ身の上、いツそ深《み》山《やま》にくち果て丶も、村の子供達を育つれば、自然と此世に生れた甲斐もある訳、（クリスチアンならば、神の御心に……と云ふべき所）それを一生の楽みに――、もえ出《いつ》るも枯る丶も同じ野辺の草、いづれか秋に――ア丶逢はではつべき、妓王の歌は誠に此身に取ツては善き教、ア丶モウ思ふまい〳〵。

思ふまい〳〵と思ふ傍《かたはら》から直に矢ツぱり思ひ出す、なぜなれば、思ふまいと思へば「何を」と云ふ問が出て来る、其「何を」の問に対して、兄、波之助、お米、お咲と云ふ連感が胸に浮んでくる。

八「ヱ丶、モウほんとうに、……屹度《きつと》思ふまい。

と出直して、無理に慵《ものう》く、物の本を取り開げて、読み出《いだ》すは唐《から》物語《ものがたり》、しかも白楽天琵琶行の一篇。

『――松風《まつかぜ》波の音をきくに、うれへの涙いとおさへがたし、かくて小夜更行《ふけゆ》くほどに、空すみわたり、月かげ波にしたがへるを見るにつけても、わが身ひとつは沈まざりけりと思ひみだれつ丶、人もなぎさをこ丶ろぼそくて歩み行くに、浪のうへ遥かに琵琶の調さま〴〵に聞えて、かきあはせなどのありさま世に比《たぐ》ひなき程なり、これを聞にあやしき心押へがだし、あま人もの丶ふより外に誰《たれ》かは又なさけあるべきと覚えければ、声を知るべにて誰の人にかと尋ねとふに、われは是れあき人の女《め》なり、昔よはひ十三にて琵琶を習ひえたること世にすぐれたりき、帝《みかど》の御まへにて一たび調しに、百《もゝ》の引出物を賜ひき、又みめかたち有りがたく珍らしき程なりしかば、見る人、聞く人、さながら思ひをかけ心を尽せりき、然れども春過ぎ秋暮れて、みめかたち有しにもあらずおとろへにしかば、世にふるちからうせはて丶詮方なくなりにしより、あき人に契を結びて此国のたみとなれりき、あき人情けなければ我ををしむことといと浅し、我をねんごろにせねば出てゐぬるのち立かへるほど久し、かへることおそければおのづから待《また》ずしもあらず、か丶るま丶には、たゞ空しき船を守りつ丶、

秋の月の白きをのみ見るといへり、——いにしへにありへしことを尽さすば、袖に涙のかゝらまじやは——』。

八「ヱ、、こんな悲しいイ哀れなことを、今日に限ツて、……

それを思へば此八重は——。

といたく心を取りみだして、書中女子の薄命を、我身の上のごとく歎くなるべし、折から表に訪問《ともな》ふ人あり、学びの児女は今時来る筈はなきに誰れにやあらん、月の光と鳥の影の外吾を訪《と》ふものなき此の詫住居《わびずまゐ》にと考へつゝ、何心なく表口に出で見合す顔は、——熟知の人々。

八「オヤ……どゝどうしてお嬢様、（お米）お嬢様（満子）も御一所に……。茫然為す所を知らざるお八重は、今やう〳〵門口を這入ツてくる新一と波之助の姿を見て、又々吃驚《びつくり》。

八「オヤ、アッツ。

との叫びを投げ出して、恰も犯罪人が巡査に見つけられし時の如く、周章奥に逃《に》げ入らんとす、お米はあわてゝ袂を押へ。

米「モシ、お八重さん、どうぞ後生ですから。

満「妾等《わたしら》に、ゆツくり合ふて下さいな。

波「お八重さん、よく無事でゐて下すツた、此山里に只独《ひとり》で……。

が勢一杯、お八重は身をうちふせたまゝ、先立ものは涙なり、新一は坐に着いて。

新「コレお八重、妹、松葉新一と言ツたのは今は復姓して小名浜新一だ、七年以前に別れたお前の兄の新一だ。

八「ヱ、。

新「顔見せてくれ、……顔みてくれ……、顔を上げて対面して、……ヱ、、モウ泣くには及ばん、――ア、お前も久しく苦労したネヱ。

八「そんなら貴郎《あなた》が兄イさん……アノ兄イさんで、ヱ、、おなつかしう、ムい……ま……した。

と思はず頭《かしら》は兄の膝の上。

○著者白《ま》うす、「お八重」の一篇茲に至ツて全く尽く、只一二言《げん》書添ふべきは。

一お八重は終に兄に伴はれて東京に帰れり、学校は満子の知《しり》辺《べ》の女教師某《それがし》を頼んで、矢張り以前の儘、継続させたとの風聞。

一帰京后お八重と満子の間は、羨ましき程中よく、以前のことは跡方もなく、姉妹のやうにして暮しゐるとの噂。

一お米は時々訪問《おとづ》れて、是れ亦お八重の無二の親友となりたるよし。

一波之助も時々新一宅に来訪して、お八重と相逢ふことあるも、必ず側《そば》に人の連《つらな》ツてゐる坐敷でなければ、面談したることなきよし。

一お八重には其后二三ケ所より縁談の口ありたれども、当人は断りたるよし、尤も兄の新一はお八重には内密で「おれが立派な所を探してやる」とて、頻りに奮発して好《よ》き縁辺に注目してゐるとのこと、然しお八重が附縁を承知するや否や著者にはおぼろ。

露子姫

露子姫

自序。

揺籃から墓場までの荊棘の路、杖を持ツても持たいでも誰しも一度は歩き尽すもの、只其歩きぐあひの良否に由ツて人に賢愚の差別もあるものぞ。見よや笑をもて爵位を受くる人も、涙をもて欠椀を押し戴く人も、瑠璃の燈火錦の窓帳に輝く処に妙楽を聞きながらシャンパンを汲む雲上人、縄垂簾の裡に冷たき樽を安息椅子に擬らへて白馬に舌うち鳴らす下賤夫、さまぐ〜の浮世に嬉しいは馬車の上にハヴアナを燻らして両側に見張る巡査を見おろす美髯公、悲しいは軒下の石に鬼殺をはたいて人知れず五色の吐息をつく屑屋、其他夜会に宝石を輝かす貴婦人、寒更に声を凍らすかどづけ、皆帰する所は均しく是れ黄土の下、只上手に歩いたものは誉を残し下手に歩いたものは名もなく朽る。吾れつらく〜既往を顧みれば、阿母の膝に甘えず碧海の中にあらざれば鯨魚は馨せられぬ譬、平凡の脳より出るは矢張平凡の思想、アヽ吾れ此儘にして此後を経過さば何と言ッて最終の石塔に申訳すべき。又見よや世に月日ほど浮

宇宙と思ひしは早二十三年前のむかし、其間の日月短しと云ふべからず、而して今猶ほ一ツの誉となるべき書だに著さず、今度こそはと奮然となり、此露子姫を作ツて見れば、実にや蘭苔の上にあらざれば翡翠は見いつに変らぬ拙劣さよ、悲しや又も

気なものはなきものぞ、顔に硝烟のくすぶりを留め服に塵を残す戦士、凱歌を挙げて勇ましく帰ツてくる其瞬間は、士女となく老若となく檞葉を投じ花鬘を蒔いて歓迎せらるゝ世の中に立ツて仮令三日たりとも世人に膾炙愛翫されんとせば、余程の名文でなくては叶はず、況して吾が此拙作の名、だ其花其葉の萎まぬ先に戦士の功は早忘れらるゝ世の中、かく寄せくる月日は半日をも覚へてゐぬであらう、思ふて是に至りばあな心細し情なし。曾ツて之を半禅の僧に聞く、娑婆を下手に歩いて一つの功名だになきは彼世にても閻魔の呵責を受け、終始頭あがるの期なしと、見ぬ世の苦難、亡き後の薄待、目に見るやうに思はれて出版の気力さへ消え失ぬ。アヽ此書は冥途の判官——閻魔殿には内證の著作、読者も其心得にて窃かに読むべし、閻魔殿に見参の土産は改めていづれ其内——線香の烟卒塔婆の辺を迷ふまでのうちに!

時に明治廿二年十月
わびしき枯野にも狂花チラホラ

忍月居士識

出版の次第やら申訳やら。

如彼《あゝ》でもない如斯《かう》でもないと思案なぐれの合の手に、ヤレ西鶴は渋いから嬉しいの、ヤレ其磧は気障《きざ》でないから渋いのと、此頃二三の作者がチヨツと洒落に唱へ出すと面白や、批評家も亦た協力《ぐる》になり、束髪の女主人公と器械沢山の言文一致体でないだけが、実に感服だなぞと、小説が聞いてあきれるやうなものまでも賞めそやすので、哀れや多数の新参者は其煽賞《おだて》を本気で受け、益々小説の根基を忘れて独り文体の渋いのを以ツて其神妙なる者と心得るやうになツた、此空相《そらあひ》で続いたら、渋柿時を得てタル売れず、ハテ文明とは渋いものかと八百屋の親爺が眉を顰《ひそ》める時節も追ツつけくるであらう、本家本元の団十郎、渋水の卸売《おろしうり》を初めると、白粉下《おしろひした》にするとて薔薇水の店頭《みせさき》を通りぬけてくる令嬢、日《ひゞ》に十万と言ふやうなことも亦た不日あるであらう、一体小説とは人間界の実生活を推摸し、其発達、運動、性質等を自然に戻らぬやう詩学的のヂスポジションの上に反照せしむるものだと心得てゐたに、当世の小説は文体の玩弄《スピーレライ》を以ツて其本旨となすと見える、是が輿論とか言ふもの歟、ハテ世間は乙なものだ。

と、或る人或る所で嘆息してゐたのを作者聞かぢり、窃《ひそ》かに謂《おもへ》らく、実は束髪と言文一致は条例でも出て禁止さるゝことかと思ツて遠慮してゐたに、かく嘆息する人が一人《ひとり》でもあるからは、夫れを華客《とくゐ》に出板《だ》して見たい、尤も渋くないから五十部だの百部だの、ソンな余計に売れるきづかひはなからうがト、極々小イさな慾望を起し、七八月以前に出来てゐた露子姫、否《いや》がるのを無理に服粧《みじまゐ》させ、サテこそ茲に人中《ひとなか》に押出すことゝなツた。

素と此露子姫は西のみやこの雨風に四十七日間うち荒され、とう／＼東山あたりの桜と共に、いろもにほはずちりた花、それが此頃小春の陽気にだまされて、再び東都《あづま》に帰り咲き。 花に多情な人は彼の狂花《かへりばな》にでも「恰似可憐貧女子、晩時初着嫁衣裳」と謂ツて不憫を加へてやるとか聞く、況して弱きを助ける気俠《きおひ》の江戸ツ子は、屹度必ず凛烈の霜除《しもよけ》となツて下さること疑ひあるべからず、万一そでない其時は凋《しぼ》むぞ／＼。

月　日

忍月居士再識

EIN Leben ohne Liebe
Ist wie Reben ohne Triebe;
Ein Leben ohne Glauben
Ist wie Reben ohne Trauben;
Drum, ob dir sonst nichts bliebe,
Lass Beides dir nicht rauben!
(F. BODENSTEDT.)

露子姫

第一回　色は匂へど

春の野に出て若菜摘む、何《なに》が何《なん》と云つても弥生の野遊びほど快よき遊びはあるまい、うらゝかに柔かに輝やく太陽、暖炉室《だんろしつ》で暖ためたやうな風――きのふ迄は厳く肌に徹ツた凜風《りんふう》、うつてかはツてけふは軟《やはら》かに心地よく面《かほ》を撫《なづ》る、おまけに樹々の花の間《ま》を経過《すご》して来《きた》と見《みえ》て空気は総て香《か》にしみてゐる造化配慮の細《こまや》かさ、出来る事なら此空気を壜詰《びんづめ》にして霜風凜烈《りんれつ》の霜枯時に売出したなら、夏の氷水より遥か利潤があるだらうとは飛だ機商の目算、鳥も浮《うか》れだしておのが塒《ねぐら》を忘れさうなり、踏み返されるのも厭《いと》はず芽を出す土筆《つくし》の愛らしさ、続く日和《ひより》にさそはれて早咲する菫菜《すみれ》の仇気《あどけ》なさ、見渡せば遥か土堤《どて》の梢《こずゑ》には花も大分咲き初《そ》めたと見えて浅き霞を靉靆《たなび》かせてゐる。其処《そこ》は何処《どこ》？　向島《むかふじま》に程遠からぬ小村井《をむらゐ》！　かゝる楽しき境《さかひ》に若菜を摘みつゝ逍遥してゐるのは女連《をんなつれ》の一隊、しかも十七八の淑女、振袖の姫《ひめ》御前《ごぜ》、未婚者か？　無論！　美人か？　無論！　かゝる長空《のどか》なる空気の裡《うち》にかゝる綺麗な活動の愛嬌が包まれてゐる其美しさ、如何なる画家も如何なる詩人もとても其実状を写し出すことは出来まい、某《それ》と言《いへ》る好事家《こうぢか》は慈母愛児を懐《いだ》く所を以ツて人間界の最も優美なる者だと鹿爪らしく謂ツたとか、それは妻子《つまこ》を持ツてゐる経験家の眼より見たところ、妻もなく子もなき水の出花の若殿達に言はしむれば、弥生の野辺に処女《きむすめ》の遊べる所を以つて最も優美なるものと謂《いは》ん歟《か》、中に就《つい》て一際衆人の目に立つ淑女は、先づ後《あと》より見るときはスラリと痩方《やせがた》な姿で襟脚《ゑりあし》長く、雪を欺く程白き細きしなやかな首がスーツと直立したる塩梅、最早それのみで美貌の程思やられる、前に廻れば即ち卵形《たまごなり》の顔、純白《まつしろ》八分と微紅《うすあか》二分を調合した寒梅色《かんばいいろ》、小イさな可愛ゆき口元を結んだ所に満身の品格が集つてゐる、然し其笑ふ時にも亦《また》此口元の辺に満身の愛嬌が現はれてゐる、なぜ？　なぜツてアの花恥かしき朱唇《くちびる》の内に瓢実《ひさごのみ》を並べたやうな歯が隠見するんだもの、アノ程よく豊なる双頬《ふたつのほう》に鳴門《なると》を蓄へてゐるんだもの、生髪《はへぎは》は富士額、眉は柳葉《やなぎのは》、目は？　言ふにや及ぶ是れこそは造化が最も意匠を凝らして仕上げたもの、試みに他物《たぶつ》を仮り来《きた》つて譬《たとへ》んに、恰《あだか》も濁りにそまぬ蓮の浮葉の露の玉に清き月影の宿れるが如し！　年頃の乙女子此淑女に逢ひ此目此口此眉此顔を見るときは思はず見とれて思はず振返る、況《ま》して男子に於ては――又況して未結婚の男子に於ては――

次に其身の装姿《いでたち》を見るにお太鼓に結んだ帯に、例のお定《さだ》まりのマガレートとか言へる束髪、だから重くろしい道具は戴いてゐない、桃色を含んだ古渡《こわた》りもなければ白鼈甲《しろべつかふ》の梨球形《りきうがた》もない又たピカ〳〵する根掛《ねがけ》もない、しかし此単純な所に亦た雅趣《おもむき》がある、優秀！　上品！　壁羽《かべは》二重《ぶたえ》の下着、薄藤色のお召縮緬《めしちりめん》に「春風春水」の裾摸様《すそもやう》した上着、緋の紋縮緬《もんちりめん》の長襦袢《ながじゆばん》に襟が白綸子《しろりんず》、帯《おび》は西陣織の鼠色地《ねづみいろぢ》に「唐崎《からさき》の夜雨《よるのあめ》」を金にて織だす、帯上《あげ》は鹿《か》の子絞《こしぼり》でパチンは純金《むく》に「月に時鳥《ほとゝぎす》」を楕円形に細工してある、チョツと洒落てゐるのサ、下駄は黒塗丸柾《くろぬりまるまさ》に水色の鼻緒、足袋《たび》は無論絹足袋、凡《およ》そレヂイに必要なる条件《くだり》は一サイ合サイ備へてゐる、むべなり府中の下町より山の手にかけて学者社員議員記者などの紳士仲間は一人として此淑女を知らざる者なきや、又知ツて而《そ》して其好意を買はんと欲せざる者なきや、其淑女は誰れ？　現時某省《それせう》の重職を帯び給ふ男爵柳川宗礼《やながはそうれい》氏の愛嬢、名は露子姫、ヲー恵みの滴《しづく》、瑠璃の粒、さても奇麗の名！　姫は手に菜籠《なかご》を提げて面白さうに若菜を摘み給ふ、彼の白魚《しらうを》を五ツ並べたやうな小指を以つて、何等《なんら》の艶福者ぞ此の若菜、吾もなりたや、アノ若菜！　けふは如何なる吉日《きちにち》にや平常《ふだん》はむくつけき農夫の土足に踏附《ふみつけ》らるゝ野路《のぢ》の草も、翠帳紅閨《すゐちやうこうけい》に養はれ給ふ姫御前の軽羅《けいら》に触る、待てば甘露の日和《ひより》とかや、今よりは草ぢや草ぢやとあんまり卑視《みさげ》て貰ふまいよ、嗚呼《あゝ》野路の草枯るゝも復《また》遺憾なし。姫に従ふ二人の腰元お梅お松——お松は後《おく》れて来るので茲処《こゝ》にはゐない——姫は後《あと》をふり返りて、

「梅ヤー」と例のしとやかな嬌音《きやうゐん》

「ハアイ」と慣れ〳〵しい返事、

「アノウ、菫菜《すみれ》があッたら教へてお呉れよ、あたし菫菜が一番好サ、持ツて帰ツて鉢に移植《うゑ》るんだから」

「ぢや、お嬢様、根本《ねもと》までソーツともぐので厶《ござ》いますの」

「アヽ、ソーツと根の離れないやうに——」

菫菜、此奴《こやつ》も亦た淑女意中の者、「持て帰ツて鉢植《はちうゑ》に——、あたし菫菜が一番好き」、嗚呼吾亦《また》もなりたや、アノ菫菜！

「松は何してゐるんだらうネ」

「アノお松さんは最前《さつき》、お茶屋の前で番内様《ばんないさま》にお逢申しましたらう」

「オヤ番内様たア、誰れ」問はれて気の附くお梅

「オホヽヽまだ御存じないの、あの気取様《きどりさま》のことですよ、アノ気取遊《ママ》之丞様」

「オヤ気取さんのことを番内ツて何故《なぜ》」

「でも、アノお方のお笑ひなさる顔附が此間新富座《このあひだしんとみざ》でした荒次《あらじ》郎《らう》の番内によく似てゐますもの」

「そんな口の悪い——」と姫は言ひ掛けて思はず漏《もら》す微笑、

「ホヽヽ、さう言へばほんとに似てゐるのネ、そして気取さんに逢ふて松がどうしたの」

「ほんに私としたことがかんじんのお話を忘れてサ、アノ気取

様にお逢ひ申した時に、ソノ気取様がお松さんに少し頼みたいことが有るとか被仰《おつしや》ツて、何かしばらく立停《たちど》まツてお松さんと話をして被入《いらつしや》いました、モウ直《ぢき》に参るんでせう——ソラ御覧遊ばせ彼処《あそこ》からお松さんが駈けて来ますよ」

やがて走り附く腰元のお松

「お嬢様ほんとに憎らしいこと、私を置き去りにして、サッサと先きに——ア、せつない」と言ひ乍ら撫《な》でおろす胸、すかさず咎めるお梅、

「ヘン自分で気取様とふざけてゐて勝手で遅くなツた癖に、お嬢様を恨むなんて、コノ不忠ものメ、コノ不義ものメ」と恐ろしく威張ツて睨めると云ふ空見得《そらみえ》、

「ヘン、不義はお家《いへ》の御禁止《ごはつと》、仮苟《かりそめ》にも此松は」と空見得を受けたお松の気転、姫は思はず、

「ホヽヽ、大変な御殿女中だこと、梅が口を結んでゐる所は鏡《かゞみ》山《やま》のお初そツくりだヨ」

「オヤお嬢様誰のお初に、新駒のお初に、嬉しいことネ、何か奢りませうか」

松「イヽヱ、さうぢやないの、春木座《はるきざ》の鶴——ネお嬢様」

梅「又してもいらざる松の差出口《さしでぐち》、すざりめさらう」

「ホヽ、怖《こわ》いお初！　松やお前の手に持てゐるものはナアニ、お見せな」

「オーさう〳〵、これですか、これはオホヽヽ、アノウ番内様

の」

「気取さんに頂いたの、奇麗なハンケチに包んであるのネ」

「ハイ、アノ気取様に頼まれました、これをお嬢様に上げて呉れろツて、呉々も頼むツて」

「さう」と姫は余り気のなささうな返事、

「なんだらう開《あ》けて御覧」

「でも、気取様がさう被仰《おつしや》いました、そウツとお嬢様にお手渡して、そして人の居ない所で開けて下さいト」

エーツ、頼み甲斐のないお松かな、ひそかに言ひ含めたことを公けに披露しては、最早そツと手渡しすべき用もなし、気取の苦心も今は水の泡、

「アラいやアな松だネ、人の居ない所なんツて構はないョ、開けて御覧、開けて御覧ツてば」

「ぢや開けて見ませう」内々《ないく》は松も見たき心、
白絹のハンケチを解けば中には華美な写真帖に、紅薔薇《かうしやうび》の花と青葉の縫摸様、此に添へたるは一通の艶書表面《えんしよおもて》に走らす武骨の筆跡生意気にも手慣れぬ女文字をまぜたる草書にて「親愛なる露子様まゐる、沖の石より」、気取にしては中々イキ過ぎた文句、それも其筈有りだけの智慧を絞りてくねり出したんだもの、

「オヤ誠に綺麗ですネ此写真帖は」

「お嬢様、まア其お文《ふみ》を披《ひら》いて御覧遊ばせな」

二人の腰元、年ははや十八九、全身総て恋、満心総て色、秋の庭に木の葉の落つる朝《あした》、夏の台《うてな》に団扇《うちは》をかざす夕《ゆふべ》も、男の噂さへあれば談話《はなし》がもてると云ふ年頃、気取の贈れるふみを見て、既にをかしな想像を築いてゐる、兼て人の話や又物の本にて(寧ろ挿画《さしゑ》にてと言ふ方が的当《てきたう》)つけぶみと言ふことは、聞覚え見覚えをれど、いまだ人よりふみを貰ふたと云ふ有難き境遇に逢ふたことのない仲間、実地実物のふみを見たのは——たとひ人の物にせよ——臍《へそ》の緒をきツてけふが初めて、ふみとはどんなものだらう後学《こうがく》の為め一見いたしたしと、新しいもの見たがるはなべての人情、まして若き女は、

「エ? お嬢様披いて御覧遊ばせよ」

「いやだよそんなもの、其写真帖とも、そツくり其儘お前返還《かへ》しておいでな」

情なき其お言葉、姫もはや二八の芳齢、物の哀れも十分に知り染め給ふに、男のふみ、しかも気取が真情《まごゝろ》を籠《こ》めしふみ、見たき心はなきや、なべて乙女の常としてかゝる境《さかひ》に望むときは耳《みゝ》朶《たぶ》より頬にかけ花恥かしき茜色《あかねいろ》の潮《さ》すべきに、姫は冷淡無心、猫が隣家《となり》の肴《さかな》を盗んだ程も気に掛け給はぬ様子、これも不思議、仮令《たとひ》思ふ人にもせよ思はぬ人にもせよ、かりそめにも物を贈ると云ふ所為の裡には、多少吾身を愛し慕ふと云ふ元素は加はツてゐる、それを思へばよしや其人を憎むにせよ其所為のみはゆかしく思ふべきに、「いやだよそんなもの」との一言《ごん》に跳《はね》つけ給ふとは——

「それでも貴嬢《あなた》、折角下すツたものを」と松は念を押した、
「でも頂く訳がないものを」と相変らず姫の冷淡、
「でもモウ気取様は帰ツておしまひなすツたから、お返還《かへし》申すことは出来ません」
「エ、しつこい、何時《いつ》でもいゝから今度お逢ひ申したときに――」
と逆鱗《げきりん》の御様子、梅も松も強ひ兼て、
「ぢや此儘《このまゝ》私がお預り申しておきませう」
此方《こなた》をさしてたどり来る洋服美装の二《に》人《にん》の令嬢、これは露子姫の学校朋輩、名は春山嬢に秋野嬢
春「柳川さん先き程は失礼」
柳「イ、エ私こそ――あちらの土堤の方が賑かですのに、どうして茲処《こちら》に」
秋「今土堤の入口で貴嬢のお宅《うち》の馬車を見ましたから、妾等《わたしら》も尋ねて来たのヨ、萌え出《いづ》る野路の若草踏み分けて入りにし人の跡を慕ふてサ、ホ、、」と段々と言葉もくづれかゝる、
柳「ホ、、ほんとに秋山《ママ》さんは詩家の思想があるのよ、どうしてもポエト（詩人）に親友があるお方は――」
春「そりやア翠烟情史《すゐえんじやうし》と云ふ詩人がついてゐるんだもの、どうしても違つてよ」
秋「オヤ貴嬢方は妾《わたくし》を」と笑ながら睨めたのは怒《おこつ》たではない、暗に謝意を表したもの、
「ちよいと〳〵柳川さん」と秋山嬢は言葉を続けた、蓋《けだ》し何か思ひ出して話を他道《わきみち》に転ずる計略、
柳「ハイ」
秋「貴嬢はけふ気取さんにお逢なすツて」
柳「ハイ最前《さつき》鳥渡《ちよつと》」
秋「妾等も最前植半《うゑはん》で逢ツてよ、おかしかツたワ、お酒に酔ツて、ネー、春山さん」
春「そして妾等に、自分の座敷に被入《いらつしや》いツて呼ぶンだもの、誰れがあんな――早々遁げて出て来たワ」
秋「でもアノ植半の出口で逢ふた紳士は余ツ程いゝ男だツたのネ、愛らしい二重瞼《にぢゆうまぶち》に怜悧さうなまなざしで、温厚なやうで、厳格で」
春「ホ、、大層褒《ほ》めるのネ、でもポヱトの風ぢやなかツたワ」
秋「でも政治家のやうでもなかつツたワ」
春「オヤ復讐？　現金ですネ」
秋「あんな口の悪いこと被仰ると、いつでも如斯《かう》よ」是等の問答当人同士には分ツても他人には分らず、まして淑優なる露子姫には――しかし、「いゝ男」――話の跡が聞きたくなる、
柳「其紳士はどんな人、ヱ、秋山さん」
秋「さうですネ、先づ品格のある新駒に俊秀の才学を加へた

やうなのヨ」

柳「オヤ、鳥渡見た計《ばか》りで才学のあることまで分ツて？」

秋「ホヽヽヽ、でもさう見えますもの」

柳「名はなんと言ふのでせう」謹み深き淑女も精《くは》しく其人を識りたくなる、これが処女《むすめ》の情《じやう》、あながちに浮気と譏《そし》るは所謂野暮の口からイキ過ぎとや謂《いは》ん、

春「妾《わたし》知ツてゐるのよ——岸村」

秋「オヤ春山さん、貴嬢はアノ紳士をとうから御存じなの」さも敵にでも襲はれたやうに驚いて問かけた、

春「ハア、知ツてゐますとも、とうから」と言ひ乍ら笑ツてゐる、

秋「うそ〳〵、いゝ加減なことを——」と安心した様子、

春「実はアノ紳士の連れの人が「岸村君」ツて呼びましたから知ツてゐるのョ、御心配なさらないでもいゝの」

柳「オヤ耳の敏《さと》いこと」

秋「其癖学校の先生に問はれるときは聞えぬふり——」

春「貴嬢ぢやあるまいし」

お人柄に相応《ふさは》しからぬ問答、さても当世娘の賢しこさよ、さても当世娘の才発よ、聞く昔の姫御前は思ふことの十分一をも言葉に出《いだ》し給はずとか、其十分一を出すにも袖は口を蔽ふて微《かす》かに漏らし給ふとか、嗚呼今は嵐に狂ふ仇桜、嗚呼昔は雨に湿《うる》ほふ紅海棠《かうかいどう》、

秋「モウ四時過ぎですよ、彼所《あちら》の畦路《あぜみち》を廻りて帰りませう」

柳「そんなら妾《わたし》も御一所に、梅やこれを——」と菜籠を腰元に渡し一同に動かす蓮歩《れんぽ》、後に残るは匂ふ風ばかり、

＊　＊　＊

東台山《うへの》の鐘ははや七ツを打ツた——無論捨鐘《すてがね》は取のけて——夕《せき》陽《やう》花を謝し花人を謝した黄昏時《たそがれとき》、池ノ端仲町《はたなかちやう》通りの裏路《うらみち》、薄暗うして僅かに人面《ひとかほ》を弁ずるばかり、かゝる処に走り来る一輛の馬車、向ふより威勢よくかけ来る四五輛の人力、時正に左側《さそく》の某校舎に劇《はげ》しく挙《あぐ》る拍手喝采の声（演説でも有つたと思はる）此方《こなた》の馬は急に驚いて狂ひ廻る、馬丁《べつたう》は飛び下りて之を制止《とめ》やうとする、馬は益々荒れ廻る、車中の令嬢——露子姫——は驚《けい》駭《がく》周章腰を上ぐる途端に又もや馬の奔跳

「アレーツ」と悲しき声、無残、姫は堀の中、

「アレーお嬢様が」とお梅お松が一同投げだした叫び声、恰《あたか》もよし向ふ岸に晩歩《ばんぽ》せる若年の紳士、かくと見るよりいきなり飛び込んで姫を助け上ぐる其中《そのうち》に馬丁も馬を静めた、身体《からだ》も服も泥水に濡れた紳士は、

「令嬢にお怪我がなくツて不幸中の幸、そんなら慥《たしか》に令嬢をお渡し申します、左様なら」

「アレ、貴郎《あなた》どうぞ、暫く——」と呼び留めるお梅お松、紳士は聞かぬふりして走り去ツた、一同は茫然として跡を見送る、馬丁は追ひかけたれど、最早及ばず、しかし紳士が落した銀縁

魯西亜《ろしや》軟革製《なめしかはせい》の巻烟艸入《まきたばこいれ》を拾ひて腰元に渡す、腰元は取ついで姫に、姫は恐れ顫動《わなゝ》く手に受取て見玉へば中には名刺二三葉石版の印刷明かに「岸村錦蔵」とあるのみで県名も住所も記《しるし》てない故、姫は残り惜い顔色。

第二回　散りぬるを

思の泉、苦労の種、これは無論恋！　恋は嬉しき楽しきものと聞けど、得て憂ひの元悲みの元恨みの元となりやすし、まして纔見《わづかにみる》恋にして思不言《おもふていはざる》恋なれば、胸のもどかしさ辛《つら》さ想ふ可《べ》し、知らざる人を垣間見て恋ひわづらひを起し、又ちよツと見てちよツと惚《ほ》れすることは浮気なる無教育の浅見人《せんけんじん》に限ツたもの、金閨雞障《きんけい〱しやう》の裡《うち》に人となり玉ひし、しかも紅梅女学校の首席を占め給ふ柳川の露子姫に、などてさることのあるべきぞ、とは表面の理窟なれど、然しそれが有情動物の果敢なさ、只一瞥見の裡に既に意中の人を得て、闇夜にも猶ほ分明《わけ》て見る意中の人の面影、夢路にも猶ほ覚めて聞く意中の人の音容、池ノ端にて我が身を救ひ上げし人は、元より何処《どこ》の誰やら知らぬ人、只名刺によりて岸村錦蔵の名を知るのみ、其の恋人の容貌も心だても風采も急時の場、殊に薄暗き黄昏の時ゆゑ、たしかに見覚へはあらず、しかし、野遊びの時春山秋野の両嬢の話頭《はなし》に上《あが》ツた人も岸村、「もしやそれでは——品格ある新駒に才学を加へたやうな紳士、もしや同じ人では、同じ人であればいゝ、イヽエ屹度《きつと》同じ人に違ひはない、自《おの》れを顧りみずして、いきなり堀に飛び込ンで人の難を救ふて呉れる人、そして名を告げずして過ぎ去る人、最早其の所為のみで其人の心意気の程も、其人の平生の身持の程も全斑《すつかり》想ひやられる、モウ一度お逢ひ申して御礼が申したい」、と姫はかやうに思ひつめてゐる、かほどに思ひつめるも素と其人を愛慕するからのこと、愛慕は即ち恋の源因、アヽ思ふて言はざる恋のせつなさ！　心に愁ひを抱《いだ》きては花に坐すとも慰めがたく、心に恨みを含みては月に対《むか》ふも快よからず、人間万事思ふにまかせず因て浮世の名あるとかや、焦《こが》れて黄泉《よみじ》の人となるも今の思ひは遣り難く、生存《いきながら》へて此世にあるも今の思ひはいたづらに弥増《いやま》すのみ、見ず知らずの人、住家は何《ど》処《こ》で職業《みがら》は何、それさへさツぱり手掛りなし、手掛りなき程胸の鬱霧《もや》は積るのみ、鳴呼《あゝ》彼の君の慕はしさ、ゆかしさ、夢にも幻《うつゝ》にも——

「オヤ貴郎《あなた》はもしや岸村様では——アノ岸村錦蔵様とは貴郎のことで、どうしてまア、妾《わたくし》の宅《うち》にお出で下すツたの、ほんに嬉しいこと婆アや、アノ此間妾《わたし》を介抱して下すツたお方が

——此間は誠に——御恩は死ン——」

アヽかうしたことと知ツたなら髪も結ひ直して置く可きに、化粧も——着物も——胸の裡はさながら洪浪《つなみ》が打つやうで、到底《つまり》逢ひ見ることはなきものと、あきらめても猶ほあきらめ兼てゐた恋人に、突然めぐりあふた驚きは、嬉しさは、恥かしさは一

度に胸の内に、かち合ツて腋《わき》の下からは、いつしか熱き汗、姫は此の汗、此の驚き、此嬉しさ、此恥かしさに打ち消され思ひの万分一《まんぶいち》をも言葉に現はすことは出来ない――兼て思ひ設けし事も――兼ては「若しも万一《ひよつと》かの君に逢ふたなら――さうだ、妾から此間のお礼をよウく述べて、どうぞ是からは一生お見知りを願ひますと言ツて、それから生国《しやうこく》を尋ねて、関東のお方なら関東は気俠《きおい》な風俗だと言ひ九州の人だツた時は九州の人は勇ましい淡泊なお方ばかりと言ひ、京阪のお方の時は上方は温厚優美の風習だと褒めて、そして年齢《としごろ》を尋ねて妾が土性《つちしやう》だからあのお方が水性《みづしやう》なら合性《あいしやう》で大極善《だいごくよ》し、夫婦になつても繁昌するだらう、そしてからお好なものとお嫌ひなものを尋ねて法律家は好きと被仰《おつしや》ツたら妾も法律は好きと言ひ、小説家は嫌ひと被仰ツたら妾も小説は嫌ひと言はう、」などと色々に思ひ設けたことも、残念！ けふは乱緒の脳に渦《うづま》かれて一句も出ない、姫は只上気した顔を下に向けたツきりもじ〳〵して膝もよくおちつかず、姫の眼、造化が意匠をこめて造ツた姫の眼、いたづらに思はざる俗人に見せんより君が意中の人に見せたなら、郎の思ひを惹くことといと安かる可きに、けふは面《めん》と正直に郎の顔に向ふことは出来ない、只下を向ひて畳の目を数へてゐるばかり、両手もワナヽクのみで用をなさず何もない膝の上をさも何にかありさうに撫でたり、さすツたり、乙女心はかうしたもの歟《か》、ハテ初心《しよしん》な――

「私も其後御病気伺ひに参るので厶《ござ》いましたが、今迄国に帰ツてそして京都近傍を漫遊してゐましたので――」と岸村はやうやく話しかけた、其話しかけた声の美《うるは》しさ、明かさ、朱《しゆ》唇《しん》の中《うち》より象牙《しやうが》のやうな歯の漏るゝ塩梅、惚れた慾目か慾耳か姫には一際優《すぐ》れて見聞《けんもん》される、広い世界に数ある紳士の中で此君に――此岸村様に見まさる人は恐らくは――額にかゝる緑の髪！ 威なり愛あるアノまなざし！ 美しい頬のアノ薄桃色！

「オヤ京都に御漫遊で――でもよくまア妾の宅に――」と姫は浮々〳〵としてさも嬉しさうな御言葉、きのふまでは思ひに沈んだ姫なるに――、露のひぬ間は凋《しほ》れかゝりし朝顔を生々させたのは果して誰れ、言はずと知れた此人サ！ チョツ脊中でも叩《たゝ》いてやりたい位、

けふは如何なる風の吹き廻はしか、此美しき紳士を妾の宅に――思へば無心の風さへ可愛ゆくなツてくる、風何ぞ紳士を動さん只姫、恋に動くのみ、折から入りくる老婆お喜代《きよ》、

「オヤまアお珍らしいお客様、貴郎此間《このあひだ》はお嬢様をお助け下すツたさうで、お嬢様もどんなにか有りがたく思召《おぼしめ》してネエお嬢様、オヤなんですネ大切なお客様を――サア何卒《どうぞ》貴郎此れをお布《し》き遊ばして――」と云ひ乍《なが》ら天鵞氈《びらうど》の座布団を進めて古銅の手炙《てあぶ》りを差出す、

「サア、お嬢様、貴嬢《あなた》けふは外《ほか》の日とは違ひますョ、そんなに黙ツてゐらツしやツちやお客様は怒ツてお帰り遊ばします

」と姫の客あしらひに不満を抱いて独りてもどかしがツてゐる、

「いやだョウ、お帰し申しちや、婆アやア」

「ぢや貴嬢、お茶でも献《た》てゝお上げ遊ばせナ」

「アイヨ」オヤよかツた、平常《ふだん》は老婆の命令抔《など》をお聞き遊ばすやうなこともないのに、けふは臣下の命令を「アイヨ」の一言に受け給ふ其おとなしさ、其すなほさ、はづかしさうに差出し給ふ茶碗、忝《かた》じけなく受取る紳士、老婆が袋戸棚より取り出す干菓子、之を取りついで「一ツおつまみ遊ばせ」と進むる姫、

「モウどうぞ構ツて下さいますな」と紳士は言ひ掛けて姫の顔をのぞき、「貴嬢のお手づから献てゝ下すツたお茶――私《わたくし》も久しく京都にをりましたが――京都はしかも宇治は近し、茶所だと申しますが、どうして所詮――」

「妾《わたくし》のお茶はまづくて飲めないと被仰るの、どうせそりやア――ネエ婆アや、」

「ハイ〳〵聞けば京阪《かみがた》は祇園とやら島の内とやら美くしいイいゝ茶が――」

「アラ婆アや、殿方にそんな失礼なことを言ツて、殿方はそんな――アノ賤しい所に――そんな失礼なこと言ふんぢやないよ、どうぞ貴郎」と言ひかけて少し小声になり、「おゆるし遊ばして――」始めは脱兎《だつと》後《のち》は処女の言、

「イヽエ、貴嬢さへさう思ツて下さるれば私は何も、とやかう弁ずることはありません、実にさう見て下さる人は――世の中に――」と紳士も亦《ま》た始め流暢後は渋滞の言《こと》、「嗚呼百年の知己」と心の中《うち》、

「エヽツ、なんで厶いますと」と姫はそれと悟ツても悟らないふり、「ヨー何と被仰ツたの、教へて下さいよ」段々慣れてきた室《むろ》の梅、

「イヽエ、何《な》にも申しは致しません」

「うそ〳〵教へて下さいよ貴郎《あなた》、教へて下さらなけりやア、――こうですョ」と可愛い手をあげる真似愈々《いよ〳〵》益々慣れてきた室の梅、サツと吹きくる風、フト見廻せば今迄ゐた老婆は、何時《いつ》の間にやら、ゐなくなり、跡は八畳の坐敷に只二人《にん》差向ひ、若き紳士と若き姫、俄かに途ぎるゝ話、俄かに静まる座敷、前栽《せんさい》の泉水には金魚餌《ふ》を争ふ緋鯉の跳ねる音?!　時を得顔に半透明の珊瑚玉《さんごだま》を聯ねる葡萄蔓《ぶだうつる》に虻《あぶ》の唸《うな》る声?!　は敏《さと》くも耳に入ツてきこゆ、両人ダンマリ、一室シンメリ、やゝしばらくして紳士は、

「露子さん」と震へた鈍い声、

「ハイ」とかすかな、軟かな、綿を撫でるやうな心持ちのする返答、

「私は貴嬢《あなた》に一生のお願ひが厶いますが聞届けて下さいますか」

「なんで厶いますか、被仰ツてから」

「どうもそれぢや不安心です、聞届けると被仰ツてから申ます、折角言ひ出して、そんなことはいやだと被仰ると一生の恥辱ですから」

「イヽヱ、妾は決して貴郎の恥辱になるやうなことは致しませんから大丈夫で厶います」

「そんな曖昧《あいまい》な御返事では困ります、「ハイ」とか「イヤ」とか二ツの内一ツをはツきりと被仰ツて下さい」

「そんな――そんな無理――」

「ハイとかイヤとか二ツの内を――」

「そんなら、ハイ、これでいゝでせう」

「イヽヱ、まだいけませんそんならと云ふ添へ言葉が厶いましては強迫の契約とやらで無効にするの遁辞《とんじ》に余地があります」

「ほんとに貴郎も厳重ですネ」

「でも厳重にせずにゐられぬ理由がありますもの、ですからハイとかイヤとか――」

「ハイ、誓ツて」と姫は言ひ放ツた、

「そんなら屹度ですか、私のお願ひ申しますことを」

「ハイ、屹度、如何様《いかやう》なことでも――身に叶はぬ時は一命を捨てる――ばかりで厶います」

「ほんとに、ぢや申しますが、アノウ、向島の七艸は盛りださうで厶いますネ―」

余程言ひだし難き願ひと見えて自分で自分の話を横道に曲てゐる、曲てそして徐々に説き出す下心、

「だから一遍散歩しやうと思ひますが、然し独りで淋しう厶いますから、それで――アノウ私と一所にお出でなさいな、お否《い》や、ヱ、お否やですか」

「妾《わたし》も貴郎と御一所なら参りたう厶います――が」

「が、お否やですか、お否やなのを無理にとは申しませんが、しかし冥路《よみぢ》まで迷ひの種です」

「ヱ、ツ、ほんとうモウ、わ―わたくしは――」と感動のむせびを投出して思はず姫の頭《かしら》は男の膝の上に倒れる、かゝる時の振袖は得て感喜の涙を分《わか》つもの、

＊　＊　＊

百花園を出でゝ向島の土堤《どて》を若き男女《なんによ》二人手を携へて、さもうれしさうに、睦まじさうに逍遥してゐるのは露子姫と岸村、二人とも此処《ここ》まで来る心は空、足の地上につきしや否や、それさへも殆んど知らぬばかり、

「オヤ、どうして妾は茲所《こゝ》まで出てきたのでせう、こんな平常《ふだん》着《ぎ》の洋服の儘で、阿父《おとつ》さんのお許しも受けずに、まアほんとうに」

「イヽヱ、それで沢山で厶いますヨ、それでさへアレあんなに人が立留ツて見とれてゐますもの、もし其上お化粧でもなさらうものなら、恋わづらひを惹起《ひきおこ》して焦死《こがれじに》するゼントルマン

が幾人《いくたり》あるか知れやしません」

「アレ又あんなお口の悪いことばかり、そんなに煽《をだ》て遊ばすと、だん〳〵高慢になツて仕様がありませんよ、ホヽヽヽ」

「イヽヱ、うそじや厶いません、ですから縦令《たとへ》御自身でお手を下さないにせよ人を焦死《こがれじに》さするのは間接に刑法の罪人ですよだからあまりおめかしなすツて御遊歩《おある》きなさるのはおよしなさいよ」

「ヨウござんすよ、馬鹿で厶いますからたんとお冷かし遊ばせ」

かく語らう中《うち》に今まで晴れし秋の空?! 俄かに抓《か》き曇り吐嗟《あつ》と思ふ隙《ま》にゴロ〳〵と鳴り出す雷?! 「オヤ怖い」といきなり紳士によりそふ姫、雷と聞えたは気車の走る響、「オヤ茲処《こゝ》は王子で厶いますのネヱ、アラ烟《けぶ》が――アラ舟が」 折からチラ〳〵と降出す雪?! 今迄見えた人影消え失せて見れども跡なく、とある休息亭《あづまや》、内に床机《しやうぎ》一脚――遊客の足止め――両人はいつしか此処に腰かけて、やゝしばらくは空を眺むるばかり、

「貴嬢ソコは雪がふり込みますヨ、モウ少し此方《こちら》へお寄んなさい」

「ハイ」 と言ひ乍ら少しすりより、そして彼方《かなた》を向いて少し笑ひながら、

「チョイと〳〵貴郎大変ですヨ、あちらの方から阿父様《おとゝさま》が」

「エヽツ」 と驚きながら 「どゞ、何処に」

「ホラ、あちらの畦道《あぜみち》の方から、ヲツホヽヽ」

「うそばツかり、誰も見えませんぢや厶いませんか」

「はい、誰も見えませんでせう」 と思はせぶりに下を向いて、紳士の帽子をかくすと云ふ見得、

「貴嬢は人を」 と紳士は近寄ツて右手《めて》に持ツたステツキを挙げながら、力を籠めて撲《ぶ》つ真似、

「あらアおよし遊ばせよ、髪がこわれます」 聞ゆるは浦山しい音色《ねいろ》、

「アレーツ」 と再び露子姫の叫び声、聞いて見上ぐる岸村、見る間に、サア大変、今度は本当の父、之に従ふ二人の従僕バラ〳〵と一同に奔《はし》りより、いきなり岸村をグル〳〵と捕縛《いまし》めて引ずり行く、

「それはあんまり阿父様、罪は妾《わたくし》にあります、それに岸村様を」 と叫ひながら跡を追ふて行く其早さ、駒込《こまごめ》――谷中《やなか》――根津《ねづ》――いつの間にやら通り過ぎて上野の池の端! 父と従僕とは遠慮なく引きたてゝ岸村を縛ツた儘、池の中にザブン、「アレー、アレー、水に岸村ツ」 ――後は水烟《みづけむり》、

「モシ、モシ、お嬢様大層おうなされ遊ばして」 と枕元に薬を持ツてきた腰元お松に呼び起されて、姫は室内を見廻し、

「オヤ茲所は――そんなら今のは――」

と茫然自失、「松や、あたし何か言《いつ》たかへ」

「イヽヱなにも被仰りはしませんが、只おそろしく悲しい声で

アレーと被仰いました」

「ア、、ほんとに怖《こわ》かツたワ、あたし怖い夢を見た、アノ当蔵とネ久五郎（馬丁《べつたう》の名なるべし）と二人して、池の中に擲《な》げ込ンで——」

「オヤ何誰《どなた》を、お嬢様を？」と問はれてハット気の附く姫、「ア、、イ、ヱ」と何だか分らぬ曖昧の返答で其場を濁《にご》した、が澄まぬは只胸の思ひ、

覚めて跡なし病床の一夢、露子姫は先日池の端に於て馬車より落ち玉ひし後《のち》、彼の若年紳士に救はれて恙《つゝが》なく家邸《やしき》に帰り玉ひしも、其時より驚怖の為めに、いたく神経をいため玉ひしと見え、服薬を要するの人となり玉ふ、然し素《もと》より軽病のことゆゑ園中のそゞろ歩きも許され神思は追々健全に趣いたるが、忘れかねるは彼の紳士、露子姫の脳裡にははや十年の知己の如くに思ひそめてゐる、其場に残ツてゐた数葉《すえう》の名刺《なふだ》を恩人の名と思ひつめ、巻烟艸入《まきたばこいれ》と共に丁寧に手筐《てばこ》の裡にしまひおき、時々出して接吻《キッス》を与へ、「岸村錦蔵」の四字は終始目先にちらついていたづら書きにも思はず岸村と書くことが屢々ある、まして物の本を読むときなどは「岸」の字があれば直《すぐ》に目につく、嗚呼姫も亦た可憐の処女なるかな。

第三回　我がよたれぞ

令嬢の災難、柳川男爵の愛嬢露子姫は昨日《さくじつ》郊外に出遊せられ黄

昏に到り帰途につかれ、馬車の池の端通りをきしる時分は四辺何となう暗淡朦朧東台山《とうえいざん》の森、影暗うして松源《まつげん》楼上微かに爪弾《つめび》きの断続を送る、か丶る所に何者の悪戯漢にやバラ〳〵と出で来りて令嬢の馬車を狂驚せしめし故令嬢は為めに落車され堀の中《うち》にはまられたり、尤《もつと》も別段の怪我もなかりしやに聞く其時堀に飛び入りて令嬢を救ひ上げし若き美紳士は未だ何人なるや知れざるよし猶ほ後報《こうほう》を俟《ま》ツて詳記すべし、

府下にてマダム新聞と評判ある錦城新聞は右の如く事実三分に臆測七分の記事を其雑報欄内に掲げた其上圏点をさへ施して意味あり気に述べ立てしゆゑ一時府下の話柄《わへい》となるに至る、サア大変かくと聞くより例の姫の好意を得んと苦心狂奔する紳士連は直《たゞち》に馬を駆り車を飛ばして落車御見舞、病気御伺ひ等の事を設けて伺問《しもん》するもの数《かず》を知らず、中には見舞状の文句に、「自今《じこん》御他出の折は小子をして御者の栄職を任ぜしめ玉はゞ誓て令姫《れいき》に斯《かく》の如き変事なきを保《ほ》す」などゝ認《したゝ》めて暗に親切の裏に非望を企つる輩《はい》もあツたとか、兎にかく此数日以来は右の親切なる訪問の来客多き為め応対煩忙、食客の書生は窃《ひそ》かにきのふの試験不出来は蓋《けだ》し予修の寸暇なきに原因すと口実を設け、腰元のお梅お松は朝飯《あさはん》の午砲《ドン》と一所になるをかこつこともあツた、又此両人は思はず老婆お喜代に向ツて「御親切なお方は若い殿御に限ツたものと見えますネ」と言ツたよし、是れは姫の災難を見舞に来る人が、皆な二十以上三十以下の紳士連ばかりで、老人は勿論有妻の人又は学校の女朋友《ぢよはうゆう》などはトント来なかツたから、若紳士連《じやくしんしれん》の外《ほか》は皆な不親切なお方ばかりと思ツたので

——

中にも彼の気取半之丞は錦城新聞の雑報を見て非常に残念に思ツた、非常に気に掛ることが出来た、其気に掛ることと言ふは姫の身に恙なかりしや否やと言ふに非ずして、姫を救ひ上げた若き美紳士のことを気に掛けてゐる、其残念に思ふのも矢張り同様で、落車の場合に自分が通りか丶ツて自分が助け上げてやりたかツた、が自分は其機会に出逢はなかツた、それで残念に思ツてゐる、こんな心で真面目にすまし込んで病気見舞、ハテ世の中には親切な人もあツたものだ、

姫の一小事変をかほどに心配する親切なる気取は此機失ふべからず機を失ふものは敗るとチヤンと兵法に書いてあると飛んだ所に気を附けて翌朝直《よくてうすぐ》に仕度して番町の柳川家を指して綱ツ引、先んずる者は人を制すと言ふ確言がうそでなければ気取は蓋しラブの競争場に於て凱歌を掲《あ》ぐる人であらう、気取は門外に車を止め車夫に風月堂の菓子折を持たせて玄関先に来り、

「ヲホン、頼む、頼む」と言ツても返事がない、誰も取次に出てこない、

「エー、チヨツト頼む、ヲホン頼む」と再びくり返しても返事なし傍《かたへ》に見てゐた車夫は気の毒に思ツて、

「旦那此れをお押しなさらなけれやア——」と言ひつゝ案内

線を指で鳥渡《ちよつと》押した、しばらくしてパタ〳〵とかけてくる足音、戸を開けて顔を出したのは腰元のお松、
「オヤ気取様お出《い》で遊ばせ」と辞儀を述べてきまりの悪さうな顔色、ジロリ〳〵と気取の風体を眺めて思ひ出した、きのふ野遊の節気取に依頼された一件を、
「誠に昨日は失礼、どうぞ此方《こちら》へ」と車夫が渡した菓子折を受取ツてお松は気取を応接室に導いた、
「どうぞ是にお掛なすツて――どうも奇麗なものを、そんなら奥へ鳥渡さう申して参ります」と出で行くお松を引き留て気取は、
「チョイと〳〵お松ツさん、其前におまへさんに――」
「ホヽヽ、何で厶いますか、あとで承りませう」
「イヽエ今でなけりや、アノ昨日《きのふ》頼んだものは慥《たしか》にお嬢さんに渡して呉れたの」姫の災難を見舞に来ながら災難の摸様も聞かず、病気の容体も知らぬ先きに自分勝手の恋の相談、ほんに親切な御客様、お松は少々返答に困ツた様子、まさかお嬢様が「そんなものは入用《いら》ない早くお返し申せ」と被仰《おつしや》ツたとも面と向ツては言ひ難く、だと申して虚言《うそ》を申すも何となく心が咎めて――
「エ、お松ツさん、たしかに手渡してくれたの」と再び気取はきづかはしさうに念を押したお松は遂に決心して、
「ハイ、たしかにお渡し申ました、お嬢様も大層アノウお喜び遊ばして――おふみの御返事は別にいたしませんが私《わたくし》に又お逢ひ申した時ヨウクお礼を申せと被仰いました」
「ほんとう」と気取は膝を進ませて、あきらめてゐたものが吾が手に入ツたと言ふ口振り、「然しお松ツさんも恨みですネ、アノお嬢さんにさう申してお呉れな、私《わたし》が御返事を是非頂きたいと申してゐたと」
「だツて只今御病気ですもの」とお松は其場をはづして応接を出て行ツた後に、気取の耳にはお松が台所の方で笑ひ倒れるやうな声が聞えた、お松は気取来訪の旨を姫に通じたので姫は老婆をして面会せしめ其親切を謝せしめた、
気取は応接所に於て暫時老婆と対話し、数多《あまた》の希望と喜びを身と共に車に乗せて辞し帰ツた、見送ツて出たお松お梅の両人は老婆を後になして一同言ひ合せたやうに笑ひ出して仲の間に倒れる、
「シイツお梅さん、あんまりお笑でない、叱られるヨ、ヲホヽヽ」
「自分が笑ツてゐるくせに、ヲホヽヽ、わたし、アノ人の容姿《みなり》を見るとほんとうにをかしいヨ、此暖いのに頸巻《ゑりまき》、しかも白チリの頸巻をグル〳〵と巻きつけて、相撲取よろしくと言ふ駒下駄を穿いて、羽織が縮緬《ちりめん》だらう、そして時計の鎖をダラリと胸に掛て丁度田舎の三百――ホヽ、あれぢやおまへ、拙者の金時計は茲処《こゝ》に御坐候《ござさうろう》と言《いは》ぬばかり、おまけに延ンでも

ゐない鼻下《はなした》の髯《ひげ》を撫でゝサ、ヲツホヽヽ、厭味だネ、にやけてゐて、あたしあの人を見るとほんとうにをかしくツて、ヲツホヽヽヽ」

「お梅さんおまへもほんとに口が悪いョ、罪だからモウおよしョ、それはさうとわたしもアノ番内をだましてやツたョ、ヲホヽヽほんとに真面目になツてサ」

「なんだツて」

「マアお聞きよ、こうなんだョ、昨日ソレ写真挿《しやしんばさみ》と手紙を依頼《たのま》れたらう、それでわたしが今日《けふ》アノ人にこう言ツたのサ、アノウ昨日《きのふ》の物はたしかにお嬢様にお手渡し致しましたら、お嬢様も大層お喜び遊ばして、シミジミお礼を申せと被仰ツたツてわたしがすまアして言ツたのサ、すると番内メ」と言ひかけて首を縮めて小声になり、「こうさ、そうほんとにツて膝を進ませて手紙のお返事を頂きたいと言ふだらうぢやないか、

ヲツホヽヽヽ」

嗚呼口姦《あゝくちかしまし》きは端女《はしため》の習ひおのれに百の欠点あるを棚に上げ人の品評もすさまじい、是等はつまり恋の出来ない連中と知るべし、

梅「ヲツホヽヽさう? お松さんおまへも随分人が悪いョ罪だからモウおよしョ、復讐《かへし》したョ」

「慥に受取ツたョ」

「ヲツホヽヽヽ、アノネお松ツさん」

「ポカーン、いけませんョ」

「アラ、さうぢやないョ邪推深い人、アノウきのふの手紙を見やうぢやないかヱ」

「さうネ、だがお嬢様に叱られるワ」

「だツて仕方がないョ、モウお嬢様もお受取り遊ばさず、それかと言ツて気取さんに返すことも出来ないぢやないかヱ」

「さうネ、それぢや窃《そつ》と、言ひツことなしよ、誰れか来やしないか」

傍《かた》への手篋《てばこ》の裡より手紙を取り出した、両人とも別に悪気はないがツイ一時の出来心より恐る〳〵叛罪を企てはじめた、洋諺《えうげん》に曰く「危怖《きふ》は数千の眼《まなこ》を持つ」と然り〳〵両人の眼の光線の過半は紙面に向はずして寧ろ他の四方《あたり》に漏れてゐる、

「オヤ〳〵大変に長い手紙なのネ」

「マア大きな声をお出《だ》しでないョ」とお松はお梅を制して手紙を読む、お梅も頭をつき合せて見ながら聞いてゐる、

『いまだおんふみとはあまり〳〵なれ〳〵しくおぼしめしのほども、はづかしく候へども切なる思ひにたえかね一筆《ひとふで》しめし上げ参候《まいらせ》』

松「オヤ〳〵参候で女文《おんなぶみ》だネ」

梅「さうネ、書きだしは中々上手《うまい》ぢやないか」

『かぞふれば暮れ行く月日も二《ふた》とせあまり一昨年《おとゝし》の演芸会のをり鹿鳴館にて花も香もあるお姿を見初《みそ》めしより』

梅「二年も前からアノ人は思てゐるんだョ」

松「感心に心棒強い人ネヱ、それから其次ぎを読むョ」

『帰りて後《のち》もあてやかなるおんかんばせ目先にちらつき忘れんとすれど忘られずわれ乍ら愚痴の至りとひとり思ひをはげまし、とても及ばぬ梢《こずゑ》の花われらふぜいには手折がたしとあきらめて幾度《いくたび》か思ひきらんと自《みづか》らいましめをり候《そうら》へども如何なる心の迷ひにや二年《ふたとせ》あまりの其間《そのあひだ》雨につけ又風につけ花の夕《ゆうべ》や雪の朝《あした》おん君のこと片時《へんじ》も忘るゝひまもなう案じ暮して――』

折から此方《こなた》に来《きた》る老婆の足音、お松は急に手紙を袖にかくして大きな声、

「お梅さん〳〵其お薬をお嬢様の御座敷に持ツていツて下さいな」

＊　＊　＊

上野の山は丁度桜の花盛り、花を見るやら人を見るやら見てうらやむ人に見られて喜ぶ人、絡繹繽紛《らくえきひんぷん》参々伍々、茶亭《ちやてい》に腰かけ恥しさうに小イさな口をつぼめて桜餅をたべる赤襟の束髪《そくはつ》島田、花底《くわてい》に酒筵《さかもり》を開き勇ましさうに瓢箪《へうたん》を提げて跳ね廻る散髪、五分刈、其他花を折りて巡査に叱らるゝ書生、鬼子ツこして晴着をよごす小僧、嬌歩婀娜たる多恨の淑女、酔顔朦朧たる多情の紳士、丸で世界の華麗と云ふ華麗は此地に集めたかと思はるゝばかり、かゝる賑かなる華花《はで》やかなる場所を後《あと》にして博物館の裏手なる小亭《あづまや》に腰かけて花も見ず又人も見ず深く思ひに沈んでゐるのは例の気取半之丞、後より突然《いきなり》にポンと脊中を叩《たゝ》かれて急に驚き乍ら気取は顔を上げ、

「ヤア浮木《うわき》君ですか、吃驚《びつくり》しました」

「気取君、今日は、風塵の雑沓を厭《いと》ふて閑静の地に逃かるゝなか《ママ》んて、君も余程《よつぽど》老ひ込みましたネ」

と気取の顔を眺めて暗に冷笑したのは、浮木《うはき》浅二《あさじ》郎《らう》と言ツて、二十七八の好男子、服装《みなり》も風流に洒落て言語も鄙《ひ》ならず、官員と思へば官員にあらず、華族と思へば華族にあらず、善く衛生会やら商工演説会やら又政談演説会で見かくる人、たまには音曲改良会でも見かけたこともある、又カバンを提げて裁判所に出入するを見たこともある、されば本職は代言人であらう、ハテ博学の法律家、しかし学者社会ではあまり評判のない人、尤《もつと》も或る一種の社会では粋人とか才子とか呼ばれて非常に名高い人のよし、そして御当人もそれ等社会に持囃《もてはや》さるゝのを栄誉と思ツてゐるとのこと、広い世界の中には色々な人もあるものサ、

「オイ気取君何をふさいでゐるの、憂身に身をおやつしですか、君は罪だョ、あんまり方々の女を生殺《なまごろし》にして気を揉《もま》せるから、モウ大概で止《よ》し玉へ、君が止さなけりやア僕は殺人罪の告訴を起すョ」

「浮木君、モウからかうのは止して呉れ玉へ、君は何時《いつ》でも僕

の顔さへ見りや、造り話で煽《をだ》てるから、うツかりと乗るとあとで笑はれる――」

「これは又けしからんことを宣ふな、それはそうと君此間は朝早く何処《どこ》へ行ツた、相変らずミス、ヂュの御病気見舞ですか」

「馬鹿言ひ玉へ、僕がそんな所に行くものか」

「しらばツくれても駄目ですよ、風月堂の菓子折なんぞは嘸《さぞ》かしヂュが喜んだろうヨ、其贈物美なるに非《あ》らず其贈りたる人美なればなりサ」

「オイ君、冷かしちや困るよ、誰がそんな虚《うそ》を言ツて聞かせたのです」

「かくし玉ふな、『数ふれば暮れ行く月日も二とせあまり一昨年《おとゝし》の演芸会の折り』などの文句は余程ヂュの心を悩乱せしめましたぜ」

「エ、誰れがそんなことを――どうして君がそれを」

「知てゐるかと宣ふか、ヘン野暮言ツちや困るよ、東京婦人社会のことなら憚りながら、何時《いつ》誰夫人が夜会を開いて、誰令嬢が音楽会を催して、何月何日《なんげつなんにち》に某令嬢《それれいじやう》は何処に花見に行ツて、誰れを見染め、何月には結婚が幾程《いくつ》あツて離婚が幾程《いくつ》あツて、未亡人《びぼうじん》が何人出来て、女生徒が何人卒業したと言ふこと迄、チヤンと御存じの僕ダヨ、其位なことを知らずにサ、ほんとに君は浦山しい恋博士《こひはかせ》だよ、才色《さいしき》兼備のヂュ姫までも悩ませるなんて、どうだ君、今日は精養軒でも奢り玉へ」

「マアサ、そんなことを言はずと贈物《おくりもの》や手紙のこと誰が言ツた、誰から聞いた」 心配さうに不審さうに気取は問ひかけた、

「マアよしませう、それは言ふまい」 と妙に人ぢらしの返答はモウ少しなぶる野心《したごゝろ》、

「そんなこと言はずと教へ玉へ、誰がそんなことを言ふんだらうな」 と心に問ふても分らぬものは矢ツぱり分らず、浮木が如何程敏《さと》き天眼通あるともまさか斯《かく》の如きことまでは知ツてゐまいと思ひの外《ほか》――

「エ？ 君、誰が言ツた、」

「誰れツて君、滅多な人がそんなこと知ツてゐる道理がない、ミス、ヂュ夫れ自ら直接に僕に言ツたのサ、」

「エヽ、君はいつの間にヂュと知己に――」 としばしあきれて言葉なし、

けふは如何にして気取はかく驚くことの屢々なるや、一たび不意に脊中を叩かれて驚き、再び贈物のことに驚き、三たび手紙の文句に驚き、四たび露子姫と浮木との知己なるに驚き、今迄露子姫は毫《ちつと》も浮木を知らざることと思ひの外、浮木の談《はなし》を以ツて推せばもしや浮木は露子姫意中の人か、イヤ〳〵姫は淑徳の令嬢、何を苦んで浮木の如き軽薄なる偽紳士《ぎしんし》と交《まじはり》を結はん――しかし此道ばかりは思案の外と言ふ俗諺《ことわざ》もある、が、まさか――と気取の心の中《うち》はどうしても落着かれぬやうに乱れてきた、

「ぢや浮木君、君は柳川家には旧来《もと》から往来してゐるの、露子

嬢とも懇意なの」
「ナアに僕は旧来からは知らないヨ、ツイ此間ヒョンなことで懇意になツたのさ」
「でも君、令嬢は此頃は病気て面会を謝絶してゐるんだもの、懇意にならう訳がないぢやないか」
「人は謝絶さるゝか知らないが、僕には彼方《あつち》から却ツて看病にきてくれとか貴郎《あなた》が病床に居《お》ツて下さらなけりや、お嬢様の御病気が直《なほ》りませんツて、マアサア、君そんなに睨め玉ふな、そりや、お世辞サ、お世辞には違ひないが彼所の腰元のお梅がさう言ツて迎ひに来るのサ」と言ひ乍ら浮木は後を向き胸中のをかしさを窃《ひそ》かに巻烟艸の烟に散らしてゐる、嘘《うそ》の談《はなし》を真面目に受る気取はいまだに胸の疑ひが晴れない、益々間ひの進行を早めて益々嘲弄の答を受けてゐる、
「そして君は、どうしてそんなに、熟懇の交《まじはり》を受くるやうになツたのだ」
「其訳は僕も知らないのサ」とあぢにからんだ棄言葉《すてことば》、しかし其軽い言葉の中《うち》に又深重の意味を帯ばせてゐる、
「僕は其訳は知らないが、お梅は僕をお嬢様の大恩人と言ツてゐる、令嬢自らも僕を指して命の親、御恩ハ死んでも――と言ツてゐるよ」
「ほんとうか、なぜ〳〵、ぢや君此間池の端で令嬢を救ひ上げた若き紳士と云ふのは誰のことか、君は知ツてゐるでせう」
「ウム、まんざら知らんでもなしサ」
「ヱヽ、誰れだか知ツてゐるの」と又も急《せ》き込《こ》ンだ驚き、
「驚き玉ふな、新聞で若紳士と言ふのは大方僕を指したのでせう、丁度其時僕は池の端をぶらついてゐて、ヂュ姫が堀の中に落ちたのを見るや否、いきなり飛び込んで助け上げたのサ」
度々《たび〳〵》の意外に気取は既に「ヱヽ」の驚きも種ぎれとなり口には出ない、只頭《つむり》を垂れて自分の財産地位と浮木の財産地位と暗に比較を取ツてゐる――そして自他の容貌も、嗚呼恋の奴隷、外《ほか》から見られたものでなし、
「それで君は深い知己になツたのか」始めの急き込んだ問ひに反対して今度は悲しさうな力のぬけた問ひやう、
「ウムそれから懇意になツたのサ、勿論僕だツて其時は名も所も告げずに逃げ去ツたのだが車夫か馬丁《べつとう》が跡をつけて僕の内を突き留めたことと見えて翌日姫親《みづか》ら御《ご》染筆《せんぴつ》の礼状を腰元のお梅が持ツてきた、其玉章《そのたまづさ》の文句の中に『君が情けある御介抱身にしみじみと有難く、なつかしく存じまゐらせ候』などゝ書いてあツたそしてふみの末に一首の和歌が有ツて『石流れ木《き》の葉《は》は沈む世ありとも君が情けは争《いか》で忘れん』と詠んであツた」
と出駄らめの造り話しを、なぶらるゝとは露知らず、気取は本気にうけて、残念、遺憾、怨恨、嫉妬、総て是等の不吉なる感

情は気取の胸中に充満してゐる、が、まだ希望は失望と交代せぬ様子、

気「君のやうに令嬢に思はれちや、新橋の小品《こしな》が恨みはしないか」

浮「ヘン、僕はまだヂュに附ぶみはしませんよ、君こそ数寄《すき》屋《や》町《てう》の福《ふ》の字に角《つの》を出させないやうにし玉へ」

後はなんだか著者には意味の通ぜぬ話ばかり。

作者曰く気取が露子姫に贈物《ぞうもつ》をなし又手紙を贈りしを如何にして浮木が知りしや読者は憮かし訝《いぶ》かしく思召《おぼし》めさん、作者も亦《ま》た精《くは》しくは其所以《そのわけ》を知らず、只腰元お梅の里は浮木の隣家にして二三日前チョット暇《いとま》を貰ツてお梅は宿に帰ツたことがある、作者の知ツてゐるのはそればかり。

第四回　常ならむ

弥生は樹々に火を点けたり、谷《たに》の戸を出た伶人《れいじん》は楽しさうに音楽を調べてゐる、此処《こゝ》の花園彼処《かしこ》の公園、丸で天然の宮殿に天然の祭礼があるやうに疑はれ、剰《あまつさ》へ憲法も既に先々月発布せられて国にも花が咲いてゐる、有為の人々にも希望といへる実が結びかゝツてゐるので今年《こんねん》の春は格別賑かに楽しき浮きたツた春、全国到るところ歓喜の情は花の香と共に満ち溢れてゐる、かく浮き立ツた賑かな陽春の時節に只独《たツた》り無限無量の憂愁に沈んで、絶望の身を露けき袖に包んでゐる人が一人ある、それは誰れ？　露子姫！　姫は高貴の家に人となり給ひ、着物《べゝ》着たまゝの京人形が欲しいと御意《ぎよゐ》あれば直《すぐ》に床の間に可愛イのが並び、ダイヤモンドの指環が買いたいと被仰《おツしや》れば、いつの間にやら家扶はピカ〱するものを持ツてきて姫の指にはめてやり、其他洋服が着たいと被仰れば白木屋《しろきや》の手代は既に見本を揃へて門内に伺候し、芝居が見たいとの命令あれば早くも座附の茶屋は桟敷《さじき》に毛氈《もうせん》を敷きて御入来《ごじゆらい》を俟ツてゐるト言ツたやうな境遇、かゝる多幸多福の境遇に生長し乍ら何不足《なにふそく》ありて胸を傷め玉ふや、何の悲みありて涙は袖を湿《うるほ》すや、姫は是れ今を春べと咲き匂ふ桜花《さくらばな》に譬《たと》ふ、しかるに其心の中に立ち入りて熟察すれば一輪の花をだにつけで冬の晨《あした》に孤立する枯木《かれぎ》の如し、是れ何故ぞ、いぶかし〱、尤も姫は思ふて言はざる恋にあこがれて先《さい》つ頃より鬱々の境《さかひ》に在り給ふことは人も之を知れり、又恋ひしき人をうたゝ寝に見て夢を頼みそめ玉ふことも人又た推《すゐ》せり、しかれどもいまだ今日《こんにち》の如く哭動《こくどう》し玉ひしことはなし、けふに限りて如何なる凶事悪報ありて姫の心を刺激せしぞ、今ぞ知る姫の涙は机前の新聞に源因することを、けふもいつもの如く腰元のお松は新聞を姫の座敷に運び、之を受取り玉ひし時は未だ姫に涙なし、お松は一二言のやさしきお言葉を頂戴した、新聞の一欄を読み二欄を読み玉ふ時も猶ほ未だ姫に涙なし、姫は音楽会の記事を見て開会の期日《きにち》を数へなどしつゝ、第三欄中「学生の変死」と題する雑報を読み玉ひ、読んで央《なかば》に至らざるに姫は驚《けい》

愕《がく》周章、見る間に色青ざめて手ワナヽき、思はず新聞を擲《なげう》ツて、ヨヽと一声《ひとこゑ》哭動の悲声を出して身をうつぶせ、後は涙に沈み玉ふ、学生の変死、何が故に姫に取りて凶報なるや、姫に如何なる関係あるや、姫は今新紙を手にするに慵《ものう》し、請ふ作者は姫に代りて此雑報を読まん、

○学生の変死、駒込蓬莱町《ほうらいちやう》の裏手は皆人の知る如く至ツて淋しき通りなるが昨日の午後一時頃駒込分署巡査某氏は此辺を巡行せらるゝ時フト傍《かたは》らの藪中《やぶなか》に黒き者の隠見するを認め、不審に思ひ近《ちかづ》きて藪中を検査せられしに、驚く可し一人《いちにん》の死体を発見せり、氏は何ぞ躊躇すべき、直《たゞち》に其筋に通報して警部医師等と共に臨検せられし処死者の年齢《としごろ》は二十三四にして身に東洋大学の制服を着《ちやく》せり医師の言《ことば》によれば、何者にか強く首を縊《し》められ息死したる者にて、死後大凡《およそ》二昼夜の時日《じじつ》を経過したるよしなり、面部手足に多少の負傷あるは凶者に物を奪はれじと争ひしものなん《ママ》、制服のポツケツトの中に「東洋大学々生岸村錦三」と記《しる》せし名刺ありしを以て直に東洋大学に照会ありし処果して同学三年生岸村錦三氏なること分明なりしと言ふ、

あはれ驚かれぬるも道理《ことはり》、又次項に左《さ》の如き雑報を読まれたり、

○岸村逢難の始末、岸村錦三は三重県の平民にして県内屈指の富豪家 某《それがし》 の長男なり同人は品行端正胸宇清潔容貌美にして頗《すこぶ》る温厚篤実なり、故に未だ曾て同窓生より憎まるゝやうのことなし、逢難前二日同人《どうにん》国元の親より鉄道会社に払ふべき株金千余円を依頼されしとかにて其事を駒込の伯父《おぢ》何某《なにがし》に頼まんとて、学舎を出でしより翌日になるも翌々日になるも帰舎せず、皆々不思議に思ひ之を幹事に通じ心当りを尋ねし所俄然駒込分署の報に接し、親族知己一同其場にかけつけしに、無残なるかな凶漢の為めに縊殺《いさつ》せられ兼て所持の数百円《すひやくえん》の価値《かちよく》ある金時計並に伯父に渡すべき千余円の金子《きんす》は悉皆《しつかい》強奪《うだつ》されしと見え、何処を探すも見出さず、是を以て之れを視れば恨みあるものゝ為めに殺されたるに非ずして、全く強盗の所為ならん、死体は明後日駒込の伯父宅より出棺谷中天王寺に葬るよし、

嗚呼岸村の変死に涙を流せし者は父母兄妹親族朋友等数多《あまた》ありしなるべし、しかし其親族にあらず朋友にあらざる人一人、柳川家の奥座敷の裡に在りて最も深く哀《かな》しみ最も切に悼《いた》み、紅涙を流して羅紋《らりやう》の袖を絞ることあらんとは、誰しも心づかざるべし、

涙能《ク》化《ルモ》レ花《ニ》竟《ニ》凋萎。　涙能《ク》染《ムモ》レ竹《ニ》有二枯《ルヽ》時一。
妾《ガ》涙《ハ》好《シ》作《ツテ》二満天《ノ》雨《ト》一。　長《ク》灑《ガン》富士山《ノ》下祠。

此詩は是れ仏山翁《ぶつさんおう》の涙雨行《るゐうかう》にして大磯の於菟《とら》が十郎の跡を慕ふの情を写せしもの、それとこれとは事変れど彼の岸村の変死の凶報に接せし以来、露子姫の悲しさは於菟に比して争《いか》でか優り劣りは知らん、作者は多言するを要せず只結句を長《ながク》灑《そゝガン》天王寺《てんわうじ》畔《はんノ》祠《し》となせば姫の悲哀の幾分を写したるものになるであらう、

ア、姫の意中の人ははかなくも白露《しらつゆ》と化した、姫の生活を導く希望は岸村と共に消え失せた、如何にして此苦痛を慰むべき、如何にして此の絶望を繋《つな》ぐべき、仮令《たとひ》如何なる富貴あるも姫の心は助けがたし、仮令如何なる利達あるも姫の心は慰めがたし、ア、姫は今親切なる愛と同情を求むるの道を失ふた、父母に陪《ばい》従《じう》せし花下《かゝ》の宴楽、親友と合奏せし月前《げつぜん》の清興想ひ廻せば誠に一場の夢、望《のぞみ》は絶えてもまだ恋しきは返らぬ人の跡、思ひつゞけて取り出《いだ》す岸村の名刺、かたみこそ今は仇なれこれなくば忘るゝこともあらうのに、今更之を見るにつけ触るゝにつけ、胸の思ひは弥増《いやま》して名刺の上にはいつしか数点の涙痕――、ア、きのふまではキユツスに暖かき露を分ちし名刺、けふは弔悼《てうたう》に冷かなる涙に湿《うるを》ふ名刺、人生栄枯の結果亦《ま》た無情の名刺に及ぶ、ア、味気《あぢき》なきは誠に浮世かな、ア、浮世は真に夢なるかな、思へば姫も可憐多情の処女、仇と思ふかたみの名刺を手筐《てばこ》の中に置くことさへ勿体ないやうに思はれて、今は肌身に着けて暖めてゐる、ア、これを地下の岸村が聞いたなら――何ぞ復《ま》た黄泉の流の悠々たるを憂へん、何ぞ復た炷香《ちうかう》の烟の寥々たるを悲《かなし》まん、――指をり数ふれば誠にけふは四月の下旬、彼《か》の恋人を見染めしも丁度去月の今日、姫は筆を取りてフト素白の短冊に、

逢ひ初めし其日ばかりはめぐりきて

そでの涙と見るぞ悲しき

と追弔《ついてう》の歌を認《したゝ》めて名刺の下に并《なら》べ又も悲涙に咽《むせ》び玉ふ、ア、余所は歓喜の満つれども、茲処《ここ》のみ涙の繁くして竹もまだらに染むいたわしさ、

折から入《いり》くる主思《しゆう》ひの腰元お松、姫の底意をはかり兼平常《つね》のなれなれしき、心安だてもけふは殊更遠慮して足音静かに、言葉も又低く

「お嬢さま」と言へど返答なし、

「お嬢様」再び呼べど姫は畳に身をうつぶせて無言、常々は優しき姫なるにけふは返答するさへ慵《ものう》く思はれお松の話し声さへ殆んど耳に入れ玉はぬ位、『主《しゆ》となりては怒り、悲みなど召使の者に移さぬものなり』と兼て紅梅女学校の家政学の講義に心得ゐ玉ふにさりとは又――

「モシお嬢様、どうか遊ばしたのですか、私が不調法致しましたのなら、どうぞお許しあそばして――」

と恐る〳〵お松はもしや我身に誤ちにても作《な》せしことかと心配して問ひかけた姫は漸く頭《かうべ》を擡《もた》げ、

「松やかんにんしてお呉れよ、お前が悪いのではないから、あたしが悪いのだから、あ――あたしは――」

「オヤどう遊ばしたの、涙――チト気を浮々遊ばせな、オヤ〳〵お火鉢のお火が消えさうですネ、モツト桜炭でもつぎませう、そしてお茶でも献《た》てゝアノ此間の艸紙の続きを松に聴かせて下さいましナ、ほんとに面白くツて――今にお梅さんも呼んで参りますから」

「あたしそんなことは話したくありません」

とすげない姫の返答にお松は猶もやさしく逆はず障子を開けて前栽《ぜんさい》を眺めながら、

「お嬢さまチヨツト御覧遊ばせナ、マア八重が奇麗に咲きましたこと、お嬢様のお気に入りの蝶々があんなに花に浮かれてゐますよヲホヽヽ」

蝴蝶花に戯《たはむ》る――これさへ姫には物思ひの種、何とて之を見る気があらうぞ、折角のお松の微笑《ほゝえみ》も無効、姫を鬱々より救ひ出すの媒介《なかだち》とはならなかツた、

「オツ！、ほんとにお嬢様、奥様がお許《ゆるし》になりましたから、けふは松を連れて上野か、どこかへお花見にお出で遊ばせな、上野の共進会には大層人が出ますツて」

「あたしはよしませう、そうしてこんな風をしてゐるから」

と言はれてお松はフト姫の頭を見て驚いた、

「オヤお嬢様、あなたはどう遊ばしたの、釵《かんざし》もお挿し遊ばさず其上、マア延喜の悪ひ毛巻《けまき》――毛で結びますのは毛巻島田とか何とか言ツて不幸の時に限ツたものですのに」

松の驚きも道理《ことわり》！　姫の毛巻も道理！　アヽ誰れによそへて藤衣きん、姫！

第五回　有ゐのおく山

春と言《いふ》もきのふけふ、まだか〳〵と待ツてゐた桜も既にうつろひて跡に残るは葉桜ばかり、其葉桜が「意気な姿の洗ひ髪」と言ふ見得《みえ》で只二三達眼濃厚の士を相手にして三度に一度の憐みを求めてゐる根岸の里の片ほとりに、風流に立構《たてかま》へたる邸宅は、洗ひ出しの杉をもて広く折廻し、節無《ふしなし》の檜《ひのき》の門清らかにして塵の影を留めず、門を這入れば其右方と左方には永く糸を垂れて翠《みどり》を含む青柳、二月《にげつ》の花よりも紅《くれなゐ》なりと賞めらるゝ時節を屈指する楓《かへで》一ツ二ツ、其下には常盤木《ときはぎ》の小松丸く美しう広がりて植木師《うゑきや》の手入れの程さこそと思ひやられ、今を盛りと早咲する薔薇《ばら》は既に蝴蝶の足を惹く、茲所《ここ》を見切《みきつ》たるは建仁寺《けんにんじ》の籬《まがき》にして洒落た枝折戸《しをりど》を隔てゝ内は物数寄なる庭園、狂風妬《と》雨の花を散らせしはツイ此頃のことなるに地上に一点の残紅だに委《ゐ》せざるは下僕《しもべ》忠勤の結果か、佳樹の勾配異石の撰み築山《つきやま》のかゝり小亭《あつまや》の建ぶり、其他流清き泉水に架したる反起橋《そりはし》、古く苔附たる石燈籠など総て天然の美と人工の粋と取捨中庸を得て不可言《いふべからざる》の雅趣がある、蜂のうなる声は微かに笑ましげなる躑躅《つゝじ》の叢裡《そうり》に聞え、飛石《とびいし》の上に八の字形《じなり》に脱ぎ棄てられたる庭下駄は暗に椽先の植木鉢の殊遇を羨む、奥深く漏れくる名香の薫り、静に渡る管絃の調べ――シイツ此《かく》の如き逸境、此の如き仙地果して誰人の住居《すまゐ》なるぞ、果して何等の多福者を蔵するぞ、語れ！　吾れ之を聞《きか》ん。此家《このや》の主人は多福者にも有らず又羨望すべき境遇の人にもあらず、まこと此所《こゝ》は柳川家の別邸にして今は露子姫の保養所、姫は一たび岸村の変死を聞いてより其後は鬱々とし

て楽しみ玉はず、面容《かたち》の日に〳〵痩せ衰ふるにより姫の父君母君はいたく之を心配し遂にお気に入りのお梅お松の腰元を附添へて此別邸に保養の為め別居せしめた次第、姫の父君は万事につけ干渉を嫌ふの御方にて結婚の如きも、相当の教育ある者の結婚は聟嫁の撰択各自の自由に放任し何人《なんびと》と雖も之に干渉すべからずとの持論なりと聞くされば、父君は姫を別邸にやる前に姫を呼びよせ「そなたも既に華年《としごろ》なればそなたの気質に投合したる聟あらば何時《なんどき》にても我に告げよ、馬鹿なことに気鬱して親を歎かしむるな」と宣ふた、是れ父君が姫の胸中を察知して之を励まし又軽挙のなきやうに注意せられたもの、父君の言葉は、いと有難し姫は大《おほい》に喜び玉ふべき筈なるに此言葉を聞くさへ却ツて物思ひの種を増し玉ふは何故ぞ、姫は岸村錦三の死を聞いて最早夫を撰ぶに意《こゝろ》なきか、結婚するを慵《ものう》しと思召すか、さりとは又——

姫は此別邸に移り玉ひしより自から此家を望夫菴と号《なづ》け玉ひ埋《うも》木《れぎ》の扁額に此の三字を刻《ほら》せ玉ひしよし、是れ漢土の故事《ふるごと》望夫石に傚ひ玉ひしもの歟、此別邸は谷中天王寺とは路程僅かに十分時に過ぎざれば姫は日ごと〳〵に運動を口実として岸村の墓に参り或は新花《あたらしきはな》を供へ或は炷香《せんこう》を捧げ恋しき人の幽魂を慰め玉ふこと終始怠り玉はず、嗚呼地下の錦三は何等の仕合者《しあはせもの》ぞ辱くもかゝる優淑の姫御前《ひめごぜ》が手づから供へ玉ふ花の香の裡《うち》に眠り又炷香の烟の間に休むとは地下の眠何ぞ必ずしも冷かなりと謂はん、地下の休み何ぞ必ずしも淋しと謂はん、平常《いつも》ならば姫は今日も墓参《はかまゐり》し玉ふべきに今日は少しく気分悪しゝとて宅《うち》に在り、腰元共は用事ありて外出、広き座敷に残るは露子姫と籠に囀《さへづ》る鳥ばかり、姫は椽側に立出でゝカナリヤに飼《ゑ》を与へそして籠の戸を開《あ》け玉ふ、カナリヤも其意を得て籠を飛び出で庭の高い木に停まり此方《こなた》を向いてうれしさうに感謝の囀りを送ツてゐる、しかし遠くへは飛び去らず、姫は楽しさうに之をうち見やり、稍々《やゝ》しばらくして籠を手に提《ひつさ》げ庭下駄を穿《はき》て木の下に到り玉ひ「モー、いゝから早くお帰り！」さも人間に物言ふやうな命令に、カナリヤも逆らはず再び籠に飛び入ツた、姫は思はずほゝ笑て「ほんとにお前は温良《おとなしい》ことネ」とカナリヤに賞辞を賜はりて且つ久しぶりの笑顔、姫の笑顔——此頃はうち絶えて見ることを得ざりし笑顔、——恰《あだか》も雲がくれせし秋の月がチラリト嬋《せん》妍《けん》の姿を示したやうな。昔もろこしの賈《か》氏の妻は雉《き》子《じ》の為めに三年ぶりに物語り又三年ぶりにうち笑みたることありしとか、して見れば鳥は美人の笑《わらひ》を買ふことには余程慣れてゐるものと見える、

姫は今茲処《こゝ》の椽側を立去て其居間と定まりたる二階の閑室に入り玉ふ、其居室《ゐま》の結構を見るに座敷の広さは八畳にして床は赤松の柱に檜の鴨居をうち塗框《ぬりがまち》に錦縁《にしきべり》の敷込《しきごみ》、西京焼の花瓶に何流とかに挿《い》けたる水仙花「妓王、妓女の薄命」を写し出《いだ》せし応挙風の一軸にはいとゞ哀れを催して座敷の華麗なる眺望も何と

なく消えせるやう、香炉に燻《くゆ》らす香《かう》の匂ひ、一室自《おの》づから幽静を増して下階のカナリヤの音《ね》も最早聞えず、

姫はしとやかに机の前に座を占め玉ひしばらくは頬杖をつきて思ひに沈み玉ふの体《てい》——フト頭《かうべ》を挙げて床の間を見玉へば憎や目に入る美人薄命の一軸、是れぞ目の毒、涙の種、見ぬこそ善けれと急に彼方《かなた》をふり顧みて書棚《ふみだな》より取り出《いだ》し玉ふは春塘鶯囀《しゆんとうわうてん》の表紙ある雑誌、中に「甘泉殿の反魂香を奇巧《いみじ》く物したるは何等の多情多恨の人ぞ、姫は思はず読み終りて覚えず「アー」の嘆息を発し玉ひ、胸の裡は徒らに亡き人を追慕するために非常に取り乱されてゐる、

「ア丶出来ることなら——ほんに岸村様も——」

心のうさを晴さんとて手に取りし物の本も今は却ツて物思ひの種を蒔くの媒介《なかだち》となツた、ア丶味気《あじき》なきは実に姫の身の上かな、

姫は床柱にもたせかけたる琴を引よせて腰元共の帰る間、しばしの鬱霧《きや》を消さんと爪調《つましら》べして考一考、

琴唄「人こそはうさもつらさもしらざらめ
　　忘れぬものは君がおもかげ

仝「こ丶ろなき木々にも花は咲くものを
　　芽もなくかれん身こそつらけれ

と自作の述懐を三四たびくり返し〱弾《かな》で玉ふ、姫は幼少より琴を嗜好《たしなみ》て修業の上に修業を重ね其奥妙《そのおうめう》を極め玉ふことなれば其音玲瓏《そのおんれいろう》其曲喨々《れう〱》、無意の風もしづまり無情の鳥もとゞまる。

時正に彼方の金杉村《かなすぎむら》の方《かた》より白き馬に鞭を加へて駈け来《きた》る一個《ひとり》の紳士、二階より漏れくる妙なる琴の調べを聞き——其人自からも余程音楽に淫なる気質と見え——急に馬の足を停めて門外より耳を傾けて聞きとれてゐる、紳士ははや吾身が如何なる所に在るかを忘れたるが如く茫然として全身の精神、全身の心耳は既に二階に移り行き、殆んど帰るを知らざるやうな風体《ふうてい》、忠義なる馬も主人の意を悟りて静かに留まりて身動きも致さず、しばらくして二階の琴は中絶した、が紳士はまだ容易には立去らうとせず却ツて湘簾《しようれん》を鎖《とざ》したる高台《たかどの》——琴の音《ね》の起る所に——目を注いでゐる、が琴を奏づる人の姿が見えないので痴雲月を鎖すの憾《うらみ》があるやうな面体《めんてい》、既に紳士は胸の中に其人を色々と推測してゐます、「琴を奏づる人、必ず美人であらう必ず一見人を悩殺する程の美人で、そして妙齢の未婚者だらう、か丶る風雅なる瓊園《けいゑん》、か丶る余韻ある閑室に起臥し翠深く雲白き処に音楽を弄ぶ——ア丶アノ人は必ず花も羞ぢ月も閉《と》づる佳人であらう、心清き行ひ高き閨秀であらう、小督《こごう》の亜流か、将《は》た清少納言の類ひか、オヤ又琴が初まツた、アノ声の美《うるは》しさ！アノ曲の滑かさ！　たしか此度《こんど》の曲は想夫恋、心憎くし、誰れを想ふて奏づる曲ぞ、誰れに向ツて述ぶる情思ぞ、其恋人は関門の春に落花を詠《えい》ずる英才か、狐川《きつねがは》の暁に師門を叩く吉士《きつし》なるか」とかやうに考えて一心に聞きとれてゐる、しばらくして琴はやんだ、二階の障子は開いた紳士想像中の美人は——うれし

や二階の欄干に現はれた、視上る紳士の目に入るは果して絶世の美人、洗ひ髪を結び上げもせず長く肩に垂れかけ身に繻珍緞《しゆちんどん》子《す》の被布《ひふ》を着けたる高品の姫御前《ひめごぜ》——天女の姿、視おろす姫の目に入るは馬上の美紳士——不思議や束の間も心頭を離れぬ恋人の姿！ 曾ツて夢中に逢ひし恩人——死せりと思ひつめし岸村の姿！ 姫は思はず

「岸村様！」と投げ出し玉ふ一声、ア、姫は平生謹み深き気質《たち》なるに——

露子姫は平生のたしなみをも打忘れ思はず岸村様と呼び玉ひ、猶ほも下階《した》に降り恋人を呼び迎へんとて障子の内に入り玉ひ階子段を二ツ三ツ——ハツト気に浮ぶことありと見え、しばらくは躊躇思案の体、又遂に一ツ二ツ三ツと先きに下りた丈けの階段を昇り玉ふ今姫の意中に立入ツて観察を下せば、

「岸村様は慥《たしか》に死亡せしお方、何とて茲に姿を現はし玉ふ可き、我恋人は此世になしと思へばこそ毎日墓参りもするものを——女御の身であられもない、不躾な、縁も由縁《ゆかり》もない人に——岸村様でもない人に、岸村様と声をかけ——思へば良心に対しても面目ない」とさも大悪事でもしたやうに後悔し玉ふ、然し何《なに》となくまだ安心されません、多少胸に落着かぬ所があります、座敷の中に立ツたり座《すわ》ツたり、心は二ツ身は一ツ、とつおいつ岐路に迷ひ玉ふ、

「イヤ〳〵、どう考えてもアノお方は思ふお方に違ひない、如

何にうろたへたればとて、如何に血迷ふたればとて、恋し、いとしの其お方を、見違《みまが》うてなるものか、みぢん違《たが》はぬアノお姿、キツト、岸村様に違ひない、しかし岸村様は死せし人、縦令《たとひ》武帝は亡き李夫人を見給ひしにもせよ、アレは好事の構《つく》造談《りばなし》、何で此世に左様の実事があるべきぞ、しかしどう考えてもアノお方は――」と今度は怖《こは》い物でも見るやうに震え乍らドキ〳〵する胸を鎮めてソツト障子の隙間《すきま》より下を偸見給《かひまみたま》ふに、不思議やアラ不思議、最前慥《たし》かに見たりし馬上の紳士は姿も影も見えず、姫は又々吃驚《びつくり》、周章《あはて》て全身を椽側に現はして、あちらこちらを観廻し玉へども、紳士の姿は最早なし、姫はフイと頭《かうべ》を挙げて上野の新坂の方《かた》を見玉へば、白馬《しろむま》の鞍の上に跨《またが》り乍ら品よく拍子を取ツて、阪を登ツて行く紳士の後姿が見えた、姫は欄干より延び上り名残惜しさうに残念さうに見送り玉ふ、姿が森の木蔭にかくるゝまで、

「オヤお嬢様、何をそんなに御覧遊ばすの」と今迄後《うしろ》にしよんぼり立ツて不思議さうに姫の様子を見守《みつ》めてゐたお松は、問かけた、姫は顧みて、

「松や、あ――あたしは、どツ、どうしやう」と其儘椽側に倒れて、泣き沈み玉ふ、

「オヤ、お嬢様、なぜお泣き遊ばすの、エ、お嬢様、モウ明日《あした》からはお嬢様をお独り宅《うち》に残して外に出るのは止しませう、お独りツきりだとお嬢様がお淋しくツて直《ぢき》に色々なことをお考え遊ばして、アノ何ですから――」

「松や、あ――あたしは今、き――岸村様に逢て――」

お松の耳は之を信じないと言ふ風で

「お嬢様、何を被仰《おつしや》りますネ、岸村様はお死亡《なくな》ンなすツたから、アノ毎日墓参《ぼさん》もなさるのぢや厶《ござ》いませんか」

「そりや、さうだけれども、今たしかにお逢ひ申しましたものを、モウ明日から墓参《はかまゐり》はよします」と姫は失望愁傷の裡にも今日《けふ》の顚末を詳しく話し玉ふ、

「ぢやお嬢様、アノ何でせう、貴嬢《あなた》が漢土《から》の天子様のやうに、アノウ岸村様を思ツてゐらツしやいましたから岸村様が姿をお現はしになツたのでせう」

「アラ松は馬鹿なことばかり、今の時節にそんなことが有る訳はないヨ、それはどう考え直しても池の端で介抱して下すツたお方にみぢんも違はなかツたヨ、アノ可愛イロ元に怜悧《りかう》さうなまなざし――」

「オヤ、お嬢様、沢山頂戴しますヨ、其代り何を奢ツて下さるの、岡野の雪月花《せつげつくわ》?」と言ひ乍らチョツト、ハンケチを姫の膝の上に敷きましたのは、ソレ涎が流れますと云ふ洒落、

「アラ、いやな松だネ、そんな――そんなことをして、ぢやモウ、話さないから宜《い》いワ」

「アラ、お嬢様、かんにんして下さいヨ、私が一々悪う厶いましたから、だが岸村様にお逢ひ遊ばしたのなら、嘸かしお嬉

しう厶いませう、私等もどんなにか――」

「でも岸村様でない、余所《よそ》のお方かも知れないから仕様がないワ」

しばらく考えてゐたお松はフト、何か思ひ当ツて、

「お嬢様！」余り鋭き声で勇ましく、そして突然申したので姫は吃驚《びつくり》、顔を松の方に振り向けて、

「ヱ、、なんダヨ、げふさんさうに、」

「私は岸村様は屹度《きつと》存生《ゐき》てゐらツしやると思ひますよ、屹度、私はさう思ひますワ」

此言葉は姫に取ツては実に起死回生の妙薬、きのふ迄は慥かに此世に亡き人と確信し、けふになツて初めで「もしや万一存生てお出でなさるかも――イ、エ屹度是非生きてゐて下さるれば宜《い》い」と思ひ且つ祈ツてゐる其箭先《そのやさ》きに松のコノ言葉、是迄は絶望と云ふ悪魔が姫を憂ひの淵に排沈《おしづ》めてゐたが、今は希望と云ふ慈神が幾分か姫を救け上げさうになツた、ア、人生の喜憂を支配するものは名誉にもあらず財産にもあらず実に恋！

此頃は始終曇りがちの朧月もそろ／＼と輝き出し、「岸村様は屹度生きてゐらツしやる」との松の一言《ごん》を聞いて姫は恰も宝物《ほうもつ》紛失の狂言に盗賊の在家《ありか》が分ツて、やがて善人の帰参が叶ふ時のやうな心地、姫は松に向ツてせわしく反問《うらとひ》し玉ふは、「なぜ、なぜて？」もしもお前が岸村様の存生《ぞんしやう》を證拠立て丶、そしてそれが実事《まこと》だツたならわたし何でもお前の好きなもの、望みなもの悉皆《すつかり》上げやうは心の中《うち》、

「なぜツて貴嬢、池の端でお逢ひ申したお方は岸村錦蔵様でせう盗賊に殺されたと新聞に出てゐたお方も同じ岸村には違ひ厶いませんが、然し錦蔵の「蔵」の字が「三」の字で厶いますから妾《わたくし》は屹度さう思ひますワ、アノウお名だけは似寄ツてゐても、お人は丸で別な人だと、そしてお嬢様、よく考えて御覧遊ばせな、アノ時介抱して下すツたお方はお身装《みなり》から風《ふう》体《たい》が立派で、丁度華族様か、高い所の官員様のやうで厶いましたらう、あのお方が殺された岸村様なら東洋大学とやらの生徒さんですから其時も其学校の制服を召してゐらツしやる訳ぢや厶いませんか、どうしても書生さんなら、あんなにお立派では厶いませんワ、よしやお立派であツたにしろ、何処となく風体《ふうてい》が違ひますワ」

姫も今更成る程さうだ、全たく別人かも知れない、否な寧ろ別人であれば宜い、もし果してさうで有ツた時は、今迄墓参《はかまゐり》をしたり、髪を毛巻に結《むす》んだりしたことが余り早まツた仕業《しわざ》、厳父様《おとつさま》や慈母様《おつかさま》から叱られはしないか知ら、世の人々から浅慮《あさはか》な女子《おんな》と笑はれはしないか知ら、どうして「蔵」と「三」と文字が違ツてゐたことに気が附なかツたらう、ほんに松が教えて呉れたので初めて悟ツたが、然し世間でよく「蔵」と「三」は同じことに用ひることは往々《まゝ》有ること、流石《さすが》は女子《おんな》、姫は色々と先きの先きまで取越苦労、

「でも松や、お前の様に言ツても、書生さんだツて立派な粧《なり》をしないに限らないぢやないかヱ、まして此間《こなひだ》殺された岸村様は三重で屈指《ゆびおり》の富豪《かねもち》の長男ださうだ者、立派なお方に違ないワ、新聞にも「温厚にして美貌の少年」と書いてあツたもの、学校のお方だツてもたまには制服でない服を着《き》用てお歩行《あるき》なさることもあらうぢやないかヱ」

と姫は猶ほ心で不安心と思ふ廉《かど》を確かめんとの推問、

「それはさうですけれども、名刺の字が一字違ツてゐますし、其上池ノ端で逢ふだ岸村様は年の頃がどうしても廿六七ですもの、殺された岸村様は廿三四だと書てあツたぢや厶いませんか、だから私はどうしても外のお方と思ひますワ、お心当《こゝろあたり》をお探し遊ばしたら屹度真実《まこと》の岸村様にお逢ひなさるに違ひありませんヨ」

「さう言へば、ほんとにさうネ――」と姫も今迄の絶望の「絶」の字が取れて「希」の芽が生えて来たやうで、しめりがちの眼も何時《いつ》となく晴れて、萎《しほ》れてゐた心も急に引き立ツてきた、折から平常《つね》に似合ずニコ〳〵として勇ましさうにうれしさうに階子《はしご》を音高く踏み鳴らして昇りくるお梅、

「お嬢様〳〵私実にいゝものを拾ひました、それをお嬢様に進《さし》呈《あげ》ますから、何ぞ梅に御褒美を下さいましな」

「ホヽヽ、又お汁粉でも奢りませうヨ」

「イヽヱ、どうして〳〵中々そんな安価《やすい》ものぢや厶いません、これさへあればお嬢様にどんな不治の難病があツても、直《すぐ》に癒くなる無類の妙薬ですものを、どうしてそんなものでは売ることが出来ません」

「又梅があんなことばツかし、何だよお見せ」

「お嬢様屹度、何ですヨお梅さんが訳の分らぬ歌を作ツてきて褒らりやうと思ツて、お前、いけないヨ、今手がふさがツてゐるから出ないヨ」

「でも、手の中《うち》無用と書いてないヨ」

「でも、此間見たやうに、「つめたくない雪は降りけり、風に散る桜花かな」のやうなおかしな歌では御褒美は上げることは出来ませんヨ」

「オヤ〳〵又二人の口争《いさかい》が初まツたヨ、梅やお前、歌作ツたらあたし直して上げるからお見せ」

「イヽヱ、そんな歌なんぞぢやありません中々大切なものです、仮令お嬢様が金蘭緞子《どんす》に繻珍の帯、珊瑚珠の鎖の金時計下すつても、まだ不足です」

「ホヽヽ、なんだヨ、そんな大切な物は、なんでもあげるからお見せ」

「ぢやお見せ申しませうが、もしもお嬢様が是を御覧遊ばさうものなら大変です、嬉し泣きにお泣きなすツて」とお梅は鬼の首でも取ツて来たやうに恩をきせ乍ら差出したるは一枚の名刺、しかも此間池の端にて拾ひしものと同じ名刺にて名刺の

裏表に左《さ》の和歌が詠んでありますス
琴の音《ね》のゆかしき人をほのかにも
見しと思ふは夢かうつゝか
ほのかにも影を見しまのあくた火の
あくとや月の雲がくれぬる
此文字は鉛筆を以て認《したゝ》め馬上にての奔《はし》り書きには相違なきも慥《たし》かに露子姫に贈ツた歌、
「梅や、お前これを何処で拾ツたの」
「ハイ、アノ、今郵便箱を見ましたら中にそれが這入《はい》ツてゐました」
こゝで最前よりのお松の推測は愈々勢力を得てきました、是より三人は色々と岸村の住処を探すことに就て内閣会議が初まツた、アヽしめりがちな陰気な別邸もけふは俄に浮立ツた陽気な別邸となツた、
「お雛様のやうに二人お弁《なら》べ申して、ネエお松さん、早くお給仕がして見たいネ」
「アラ、そんなこと――」

第六回　けふこえて

千金を惜まずして良材の最を採り縄墨の粋を撰み雅と美を標準として結構したる風流の一宏屋、チョツト外から見たばかりでも既に内部の程も推想される、かういふ家に住んでゐたら嘸かし寿命が長いだらうと往来人《ゆきかうひと》は羨んで仰ぎ眺める家、まして此家は遠く紅塵を隔りたる今戸《いまど》の里にありて、四時皆宜《よし》とか言へる隅田の風景を前に抱へてゐる、此《かく》の如き浦山しき地に住んでゐる主人を誰れとなす、是れ近き頃亡父《なきちゝ》の遺産を相続して富貴と幸福とに纏はれ乍ら消光する岸村錦蔵である、錦蔵は数年前《すねんぜん》に東洋大学を卒業して法学士の学位をさへ得てゐるとのこと、現時は電燈会社を設立して自ら其社長の職を帯び非常の利益を博したりとの風評、また錦蔵は私立大学修学院の名誉講師にして兼て鉄道会社の評議員である、錦蔵は未だ年歯《わか》少くして今年纔かに二十七に過ぎず、然れども亡父の名誉と地位は亡父と共に墓畔に伴はれずして、錦蔵の所有に移ツた、錦蔵は温厚にして英才あり、篤実にして果断の人物、容貌は第一回に於て春山秋野の両嬢より品評されたる如く、実《げ》に品格ある俊秀の好男子で、身の丈け昂《たか》く、言語円滑にして挙動沈着態度鷹揚にして欽慕すべきの風采を備へてゐる、其口元の可愛きと眉目の清涼なるとは一見児女をして忸《な》れ睦ましむるに足る、錦蔵は禁酒会員にもあらず又矯風会員にもあらず、故に煙草も喫《きつ》しまた酒をも飲まないでもない、が、然し錦蔵は能く天を畏れ天を敬することは知ツてゐる、品行は端正にして、未だ曽て他の軽薄遊冶郎《ゆうやらう》の如く人に擯斥嘲笑さるゝやうな行為をしたことはない、能く自ら尊び自ら重んじ且つ進脩《たつと》の気に富む、錦蔵は富家に成長し富家の巨産を領して豊かに安らかに営むも、他の気概なき貴公

子の如く無学無智遊従不断ではない、錦蔵はヲースチン、スタイン等を口に発することは実《じつ》に稀れなれど、之を実地に応用することには余程上手だとのこと、

けふは風軽《かろ》くして日朗《ほが》らかに天に一点の雲なく地に一点の塵起らず殊に地久節（是れは皇后陛下の御誕生日にして天長節と共に大祭日となツたことを知るべし）を兼ねた日曜日のことなれば都門の紳士淑女袖を連ね手を携へ或は躑躅《つゝじ》を日暮《ひぐらし》の里に訪ひ或は牡丹《ぼたん》を角筈《つのはず》の園に尋ぬるなど此頃になき人出にして復た陋室閉居の愚を学ぶものは一人もない、しかるに此家《このや》の主人《あるじ》岸村錦蔵は朝のうちより一室に閉こもりて思案顔、鬱々として浮立ざるは果して何故、

「アノ美妙《たえ》なる音曲、アノ美しいィ声、アノ星のやうに玲瓏なる眼、ア、実に忘れやうとしても忘れられん、琴なんぞも実に堪能《うまい》ものだ、どうも多情な、断腸な曲を弾ひてゐた、想夫恋にそれからウム、さう〳〵「心なき木々にも花は咲くものを――」実に人を悩殺せしむるなァ、是はアノ令嬢の自製の歌だらう、何処の誰だらう、令嬢の意中の人は――アノ高尚な態度、嘸かし起居動作も静粛だらう高尚だらう、其思想も嘸かし優秀だらう温雅だらう、愁ひの中に何処となく愛嬌があツて――威風が有る中に亦た嫺雅《かんが》の媚が眼元口元に備はツてゐる、風を迎ふる柳、水を出《いづ》る蓮《はちす》、イ、ヤどうして到底そんな無情の草木なんぞと比較するは勿体ない、ア、どうして忘るゝことは出来ぬアノ嬋妍《せんけん》の顔！アノ窈窕《えうてう》の姿！」

錦蔵は昨日《きのふ》露子姫をかひま見て、いたく恋路《こひぢ》に取乱されてゐる、錦蔵は今日《けふ》迄かほどに恋風《こひかぜ》に吹荒され、かほどに恋風がひどく身にしみたことはない、言はゞ是が初恋、錦蔵は強ひて忘れんとして却ツて思ひの度を重ねてゐる、ア、恋、御身の為めには実に智者も愚となるぞよ、

蚊帳《かや》の広きにおきて見つ寐て見つ独り胸の火を、燃やすも恋ゆゑ、消え行く雁音《かりがね》を見送りて今宵《こよひ》も待てど来ぬ夜半《よは》かと紙に畳んだ蛙さへ裂いて丸めて投げ出《いだ》すも、亦《ま》た恋ゆゑ、其他一言《ひとこと》をして十言《とこと》に向はしめるも、片身に袖を絞りし誓ひに、末の松山を恨ましむるも、あかつきの時鳥《ほとゝぎす》を夢うつゝに聞き流すも、又世界の客にうそ言ふてたまに泣く夜半《よは》を楽むも、総て皆な一ツの恋の為め、錦蔵が日頃の発明なる気性に似合ず、クョ〳〵と懐ひをくだくこと、哀れを知らぬ人々は嘸かし不審に思召すだらう、

「おれも随分茲処《こゝ》の夜会、彼処《かしこ》の園遊会などで、貴婦人令嬢と言語《ことば》をかはし、交際したこともあるが、アノ令嬢ほど美しい女に出逢ツたことはない、此度《このたび》のやうに宅《うち》に帰ツてからまで、これ程に心身を悩ませた女は見たことがない、ア、、アノ声、アノ顔いまだに耳目に残ツてゐて――ア、あんな淑女と夫婦に――馬鹿なつまらないことを、――しかし、あの時令嬢自から「岸村様―」と一声《いつせい》呼んだが、どうも不思議だ、どうし

ておれの名字《なまへ》を知てゐるだろう——もしや先々月池の端で救ひ上た令嬢ぢやないか知らん、アノ時は薄暗がりでよくは令嬢の顔をも見覚へてはゐないが、どこやら物ごしが似てゐるやうでもある、もしも昨日見た令嬢が池の端で救ひ上げた令嬢と同じ人なら、アレは柳川家の露子姫だらう、其時の翌日のマダム新聞に露子姫とたしかに出てゐた、おれも其時は誰れだか知らなかツたが、もしやそれでは昨日のは露子姫か——アノ別邸は柳川家の別邸か、なる程府下で評判な美人だもの、美しい筈だ、しかしそれにしても、おれはアノ時名を告ずに分れたから、おれの名を知ツてゐる訳はないハテな——とに角、どうかして一遍昨日《きのふ》の令嬢に面会したいものだ、そして都合がよくば意中をうち明して交際をしたいものだ、しかし今更尋ねて行ツては此前の介抱を恩にきせるやうで（もしも果して霧子姫ならば）却ツて——しかし此儘に放棄《うつちや》ツておけば、其中《そのうち》に外に縁附でもすると、残念だ、——昨日恋歌《こひか》を書た名刺を郵便箱に投込んで来たが、嘸かしモウ令嬢の手に触れて、そしてアノ光艶《つや》のある眼に照されてゐるだらう、それとも引き裂いて紙屑籠に這入ツたのか知らん、『琴の音のゆかしき人をほのかにも——』それから今一ツが『あくとや月の雲がくれぬる』、適《あつ》ぱれ吾ながら即座にしては能く出来たつもり、万一《ひよつと》令嬢に面会した時は何と言ふだらう、「此間下すツたお歌は誠に感心致しました」「イ、ヱ腰折ですか、私も少《ち》イさい時から好な道ですから恥を忘れて——」「オヤ貴郎《あなた》も歌が御好きで被入《いらツしや》いますの？　嬉しい事ネヱ、妾《わたくし》も小供のうちから大好で」かやうに自分で思ツてゐるやうに言ツて呉るれば宜《い》いけれど、もしもさうでもない、あんなことをしたから、紳士に似合ない所業、失礼な奴、野蛮な奴、と思ツてゐるかも知れない、加之《おまけ》に鉛筆の走り書きで武骨な筆蹟愛想を尽《つか》さるゝかも知れない、アヽ止せばよかツた、我ながら一大失策をやツた——が然し自分ばかり、如何程《どれ》思ツてつても先方へ思ひが通じる訳はないから、万一どうかして、アノ歌が二人の中を取りもつ縁の糸になるかも——」

千々に懐ひをくだく折から後《うしろ》の方《かた》に静かな足音がして襖《ふすま》より可愛《かわゆ》き姿を半身現はし

「兄イさん」と可愛ゆき一声を出したのは錦蔵の親愛なる妹《いもと》、雪子嬢で、妹に呼ばれて錦蔵はフト顔を此方《こなた》にふり向け、胸の思ひを悟られまいとて、素知らぬふり、

「雪チヤン、何ぞ用か」

「けふは何故《なぜ》、そんなに閉ぢこもツてゐらツしやるの、大層人が出ますぢや厶《ござ》いませんか、兄イさんも何処かへ——アノ日《ひ》暮《ぐらし》近辺へお出掛なさいな」

「けふは気が進まんから止しませう」

「アラ、そんなこと被仰《おつしや》らずに——そして妾《あたし》も一所に連れて行ツて下さいな」

「ハヽヽヽ、大方そんなことだらうと思ツてゐた、雪チヤンお前はづるい〳〵、自分が出遊《で》たいものだから、わたし迄引ツぱり込まうと思ツて――」

「アラ兄イさん、そんなんぢやありませんヨ、貴郎が余《あんま》り鬱屈《ふさい》で被入《いらつ》しやるから、それでアノウ外にお出遊なすツたなら気分が引き立つでせうと思ツて、ホヽ、、これでも中々兄イさん孝行で厶ひますヨ」

「ぢや仕方がない日暮あたりに出掛けませう、だがけふは今から十分間の内にお化粧《つくり》するんだヨ、十分の上を一分でも延びたら一所に行かないから、だツて兄イさん、それは御無理ですヨ、ぢやせめて今から一時間と言ふだらうがそれはいけませんヨ」

「ホヽヽ、いやな兄イさんだ、誰もそんなこと言ひもしないのに、でもせめて三十分間位は――」

「いけない〳〵十分の上は一分も――」

「そんなこと被仰ツても、ぢや兄イさん二十分間」

「ヱヽ、仕方がない、それぢや屹度二十分間」

かゝるくだらぬ雑話も同胞和楽の徴候と知るべし、

＊　＊　＊

酒樽を提げて千鳥足を突掛け草履に、踏みこたえて歩く赤い顔は、何処かの職人の一隊、八丈の前掛に揃ひの手拭《てぬぐひ》を頸に巻き附け、島田を気にしながら軽塵《けいぢん》をよけて歩くのは、何《いづ》れ茶屋の女中衆であらう、新橋辺から連れ出した左褄《ひだりづま》と合乗して意気揚々たる高帽子、豊痩醜美《ほうそうしうび》の品評に左面右顧《さめんいうこ》する短かい袴、彼れ行き此れ帰る谷中の往来を押分けて一直線に勇ましく駈《かく》る二輛の漆黒車《くろぬりぐるま》――たしか同じ定紋《ぢやうもん》のある――威勢よく挽き行く二人の車夫――たしか同じ揃ひの法被股引《はつぴもゝひき》を着《つけ》たる――やがて日暮の里の躑躅園の門前に到着して車はピタリと留《とまつ》た、先の車より下《おり》るのは十七八の佳人、後の車より出づるのは廿七八の美青年、

佳人――人の足を引留る佳人は、アノ生髪《はえぎは》のよき、濃《こく》して艶のある頭髪《かみ》を文金の高島田に結んで、根掛《ねかけ》は純金、五分玉珊瑚の金簪児《かんざし》にバラフの甲櫛《くし》、友禅の小袖に薄紅《うすべに》かけの裾摸様、「淡路島通ふ千鳥を」織出《おりいだ》した金入《きんいり》繻珍の丸帯、それをお大鼓に結んだるおとなしさ！　半襟はツイ見落しましたが慥《たし》かに浅黄地に細やかな雲の縫摸様があるやうであツた、程よく肉づいたマルポチヤの顔の美しさ、細くして隆き鼻、濃して長き眉、黒き眸子《ひとみ》に碧《みどり》の眼《まなこ》、それを覆ふ長き睫毛、どうも賑かな所に何とも譬《たとへ》やうのない品位がある、此美人を扶《たす》けて伴ひ歩いてゐる美青年は果して何等の果報者ぞ、頭に色変りの山高帽子を頂き、身には一楽《いちらく》の羽織と南部の小袖を纏ひ、袖口から鉄色の風織縮緬《かざおりちりめん》の襦袢《じゆばん》が見えてゐる、帯の右方《みぎかた》に見えるか見えない位に挿んだるは、プラチナの鎖で、此の佳人此美青年、手を携えて睦《むつま》しそうに歩くのを見る人は、何人《なにびと》と雖も鴛鴦《えんおう》の契も啻《たゞ》ならぬ花嫁花

聟としか思はない、此両人を見て「わたしの亭主もモウ少し親切なら宜《いゝ》けれど」と飛んだ連感を起すのは空閨を守りがちなる丸髷の奥様、「おれは何故《なぜ》あんな女房を持ツたらう、今更後悔だ」と愚痴をこぼすは糟糠の妻を軽んずる、俄出世の人、（維新の功で）、「妾《わたし》もあんな紳士と結婚してあんなに楽しく暮したいワ」と胸裡に未来を画《ゑが》いてゐるのは束髪の女生徒、「百点を与ふべきビユチも惜い哉《かな》、既行《きかう》契約の人だ、若し彼の野郎なかりせば――」と失望中に大言を吐いてゐるのは短袴《たんこ》の書生、しかし、右の一対の若夫婦と識認せられた両人は、実は花嫁でもない、花聟でもない、右の男女《なんによ》は即はち岸村錦蔵と雪子嬢で、両人一同に車を下りたる後うち連れて門内に入《い》り石段を下りかゝツた、石段の央《なかば》に至る頃《ころほ》ひに錦蔵は何物に感触したか、何事に刺撃されたか、フツト立停まり茫然として目《ま》ぼしさうに向ふの別園の方《かた》を眺めてゐる、今石段を数へ尽した雪子嬢は上をふり顧みて、

「兄イさん、早くいらツしやいな」と呼ばれて心茲処《こゝ》に在らざる錦蔵は、

「ア、、イマ――」と僅かに返答し乍ら、やうやく自分も石段を下《お》りはじめた、が、視線は足元にあらずして矢張向ふの別園――吾妻屋のある別園の方《かた》に注いでゐる、別園には余程気に入ツた絶美の躑躅があると見える、

両人は歩を進めて先つ後園の方を廻《めぐ》り再び前園に出づれば、其前園の左側に一条の路次が有ツて、其路次を抜けて五六十歩を数ふれば別園あり、此別園こそ日暮里《ひぐらしさと》の花園中で、一番価値《かちよく》ある花を集めてある、故に遊客は是非とも茲《こゝ》に歩を枉《ま》ぐるのは至当のこと、それに、錦蔵は其路次の入口に来《きた》ツて其処《そこ》を這入らうともせず、が全く見捨てゝ行くと云ふ風でもない、語を変へて言へば岐路に迷ふて躊躇の体《てい》、

「兄イさん、アノ吾妻屋のある方《はう》へ行かうぢやムいませんか」

妹からかく問はれても兄は無言、

「エッ、兄イさん、サア参りませう」と此無心なる妹は兄の底意を知らず、無理に兄の手を引ツぱりて路次を這入りかけた、兄も黙し乍ら強ひて否む風でもなく手を取られ乍ら行きかけた、が然し気はソワ／＼、体はモジ／＼して何処《どこ》となく落附かぬ処がある、是れ何故《なにゆゑ》――今迄兄の手を握ツてゐた雪子嬢は二三歩《あゆみ》を運ばしてフト向ふを見やりたると同時に、不思議、急に手をはなして、又兄の袖を引き小声にて

「兄イさんチヨイと御覧なさいな」

「ナ、ナ、何を」妹の注意にて初めて気の附いたふり、実は兄は妹より早くもそれを知ツてゐるのに――ア、別園の内には果して何がある、

＊　＊　＊

最前より躑躅園の別園に、睦じく楽しく漫歩談笑して、時の移るのも知らずに遊んでゐる女群《ぢよぐん》の一連は、即ち露子姫と春山秋野の両嬢、及び之れに従ふ侍女《こしもと》三四人、春山秋野の両嬢は第一

回に述べたるが如く露子姫の親友で、露子姫が此頃学校にも通ひ玉はずして根岸の別邸に病を養ひ玉ふよしを聞いて、今日しも車を姫の別邸に抂げ、容体を見舞ツたが、姫は格別外出の出来ぬと言ふ様子でもないので、遂に両嬢は姫を誘ひ出して玆処の躑躅園に出遊を企てたとのこと、深山木《みやまぎ》の裡に在ツても桜は何処までも桜、雑木中《ざつぼくちう》に隠れてゐても喬松《けふしよう》は矢張り喬松、右三嬢の中《うち》に殊更際立ツて美しく見ゆるのはどうしても露子姫で、衆人の視線の集る所も独り露子姫に在る、アノ房やかなる頭髪《かみ》を例のマガレイトに束《つか》ねて、惜気もなく切り取ツたる前髪が娉《へい》婷《てい》として白き額にかゝツたる塩梅、頭に挿す一輪半開の薔薇花《しやうびくわ》、京お召の上に結びなしたる繻珍の丸帯、鼠色地《ねづみいろぢ》に薬玉《くすだま》を縫繍《ぬひおり》たる半襟が、アノ白い頸首の間に見ゆる工合、窈窕《えうてう》、嬋姸《せんけん》、清楚等総て此等の美を形容する形容詞は露子姫の専有に帰するものゝやうに思はれる、雪子嬢とても、此露子姫と比較すれば余程見劣る所がある、風采の高品なる、皮膚《きめ》の緻密なる、言語挙動の静粛なる点は此《これ》に有ツて彼《か》れに無き所、錦蔵をして石段の中程に停立させたのも大方此の活弁天であらう、雪子嬢の心目を掠《かす》めたのも大方此の神女《しんによ》であらう、此女隊《このぢよたい》の遊びも少しくだれてきた、春山嬢は小亭《こざしき》に腰掛けて薄茶に喉《のんど》を湿《うるほ》してゐる、露子姫は余念なく躑躅に迷ふ蝶々を眺めてゐる、「モウ帰らうぢやムいませんか」と秋野嬢の発言に皆々同意を表し別園を跡にして歩き出した、第一番目に歩いてゐるのは秋野嬢、第二番目は春山嬢、第三に三四歩後れて露子姫、後に従ふ三四人の侍女《こしもと》、皆な〳〵常々《いつも》靴や下駄を土地《つち》に附けたことのない御連中故、(但し侍女は此限に非ず)嬌歩軟踏のお歩行《ひろい》、僅か一間の間を進むにも余程手間が取れる、中なる春山嬢は何者に感じたやら急に前の秋野嬢の袖を引いて、

春「チョイと秋野さんアレを、」との忍び音、秋野嬢もふり顧みて静かに、

秋「ハイ被仰らずとも妾《わたし》も最前《さつき》から――」

春「オやお早いこと、しかし奇遇ですことネ、此間の向島が第一回の見初めで、第二回が日暮の再会――材料になるから翠烟情史に教へてお上げなさいな」

秋「又貴嬢《あなた》はそんなことを」

春「でも実説ですものを」と言ひ乍ら今度は後《うしろ》を顧みて、「チョイと〳〵柳川さん」躑躅の花を朱唇にあてゝキツスを与へながら歩き玉ふ露子姫は、何故にや低頭《うつむ》きて視線を足元にのみ向け、

露「ハアイ」と単簡なる返事、

春「チョイと御覧なさいな、此間向島でお話し申した才学のある新駒を」

春山嬢の注意を何で要しませう、其れを露子姫が知らいで何とせう、日頃の恋人、秋野嬢よりも春山嬢よりも先づ第一に見附けたのは露子姫、姫はしかすがに正面を向いて歩くことは出来

ない、夕陽《せきやう》は後《うしろ》より照すのに、目《ま》ぼしきは何故ぞ、顔に茜色の照すは何故ぞ、今ぞ知る此一連の向ふには岸村錦蔵及び雪子嬢のあることを、路次を入り来る岸村同胞《はらから》、路次を出でんとする此方《こなた》の一連、彼れ一歩を進むれば吾れ亦た一歩を進む、今や両方の隔程《へだたり》は十歩、八歩――アラ五歩――アラ三歩、あな心弱し露子姫！　思ひ焦れし恋人にゆくりなく、めぐり逢ひしに何故に地上のみを見守《みつ》め玉ふぞ、否な何故に雪子嬢の裾のみを見守め玉ふぞ、誠にけふは千載の一遇、今の一瞬を失はゞ、何時《いつ》又再逢の期あるべき、残念、心弱し、何故に言葉を交し玉はぬぞ、それが出来ずば、せめては顔ばかりなりとも――今秋野嬢は彼方の両人とすれちがツた、今春山嬢と――今姫――、想ひ見る此時姫の心中、胸を騒がす動気の洪浪《つなみ》！　腋の下に絞る熱き汗！　狭き路次のことゆゑ姫の袖と錦蔵の袖とすれちがツた、が両人とも取のぼせて耳朶《みゝたぼ》を熱くして、低首《うつむい》てゐるばかり、誰れの袖が誰れに触れたのやら、それさへ分らぬ位、アヽ錦蔵も錦蔵だ、歌まで送る勇気ある紳士なるに此場に及んで何事ぞ、あな心弱し――遂に好機を失へり、残念！

岸村は漸く不知親《おやしらず》の険阻を通り過ぎた、露子姫も亦た、彼方《かなた》と此方《こなた》との距離稍々遠くなりて後、岸村兄妹《けふだい》は云ひ合せたやうに均しく後《うしろ》を顧みた、女群中の春山秋野両嬢、是れも一同に言ひ合せたやうに後を顧た、そして三四人の侍女《こしもと》も、最后に露子姫も――西陣織製の絹ハンケチで口の辺《ほとり》を掩ひ乍ら！　然し此時は恰度錦蔵が此方《こつち》を顧みてゐる時であツたゆゑ、生憎《あやにく》や、姫の視線と、錦蔵の視線と、其たどる所同じければ、中途で鉢合てピカリ――、此電光に撲たれて姫は顔を反面《そむ》けるが如くに押正して二三歩は早足の体《てい》、

春「憎らしいことネ、モウあの人はあんな奥さんを持てゐるのネエ」

秋「だが誠に可愛らしイ花嫁《よめ》さんですことネエ、嘸かし仲が宜いでせう若夫婦《めおと》で、ホヽヽヽ」

露子姫は無言、沈思――又も重ねましたヨ一苦労！

第七回　あさきゆめみし

花が取りもつ縁とやら申せど、日暮《ひぐらし》の花見ばかりは両人《ふたり》が中を取りもつ縁とならずして、却つて両人が中の縁を遠くなした、露子姫は却つて大《おほひ》なる苦労を重ねました、が奇妙なもので姫の苦労は一日二日を経過するに随つて殆んど消え失せたやう、

「アヽ、あたしとしたことが、奥様の――アンな美しい奥様のある人に――どうしてこんなに馬鹿になツたらう、夢にもさう言ふことゝ知ツてゐたならば、人知れず思ひを焦すことも、人知れず袖を濡《ぬら》すことも阿父《おとつ》さんや阿母《おツか》さんに御心配を掛けることも、罪のない松や梅にも不興の顔見せることも、なかツたらうに今更思へば、どうしてアンなに馬鹿になツたのだらう、駒込で殺された人を恩人と思ひ違へて、ほんに人目も

憚からず墓参りまでして——だがアノ岸村様はアンなお美しいお嫁さんのあるくせに、なぜあたしに歌を——アノ恋歌《こひか》を——して見りやアノお方も軽薄なお方か知ら、イヽヱ勿体ない決ツして、そんなお方ではあるまい、奥様——ほんとに奇麗な花嫁、まだ島田で……ほんとにアノ人は仕合せ者だワ、アンな立派な岸村様と連添ふて、嘸かし——嘸、何時《いつ》御結婚なすツたのだらう、アヽ、アノ人は奥様でなければ——又馬鹿なことを」

姫は岸村兄妹《けいまい》を日暮にて見玉ひしより、爾後はかやうに考へてゐます、今迄の姫は筒に挿《い》けたる牡丹花《ぼたんくわ》と同様で、水揚げ兼ねて萎《しほ》れ果てさうな風情であツたが、一旦岸村が既婚の紳士たることを誤認し玉ひしより、不思議、急に姫は以前の色あり香あるうるはしき花と復活した、今迄は空しく冷席を余ましてゐた、紅梅女学校のベンチも再度の恩顧を蒙ふるやうになツた、今迄は書棚《ふみだな》の暗き所に投ぜられてゐた課業書も可愛いイ光線に照らさるゝやうになツた、姫は此春は尋ねなかツた向島《むかふじま》にも、玉歩を運《めぐ》らし玉ふた、が目に入るものは哀れを残す葉桜ばかり、嘸や、姫の心中には「なぜ花時《くわじ》に見にこなかツたらう」との感情も浮んだらう、姫は久しくうち絶えてゐた琴の稽古にも行き玉ふやうになツた、同じ朋輩達が二三の新曲を習《あ》げてゐるのを聞き玉ひては姫も思はず「なぜ久しく休んだらう」との愚痴も出ないでもない、今迄は日が暮るれば直《すぐ》に「モウお前達はあちらでお休み」と払はれてゐた腰元のお梅お松も、けふからは毎晩歌留多、花合《はなあはせ》、世間話のお相手を仰せつかツて夜ふかしすることも出来てきた、埋木《うもれぎ》に刻《ほ》らせた「望夫菴」の扁額も、いつしか取りのけられて、今は其影も見えず、

アヽ実に不思議、姫は岸村の死去を聞き玉ひし時は、尼にもなりたいやうな心地して墓参りと物思ひで、日ごと夜ごとを泣き明し、「袖の涕と見るぞ悲しき」の追弔歌《つゐてうか》も詠み玉へり、「芽もなくかれん身こそつらけれ」の琴も奏《かな》で玉へり、然るに岸村が既婚者たることを知り玉ふ今日《こんにち》は、心も顔も生々して復活《よみがへり》の花が咲かけたのは何故《なぜ》だらう、岸村の死が失望なら岸村の既婚も同じく是れ失望、岸村の死が落胆なら岸村の既婚も同じく是れ落胆、然るに姫の心は彼此《かれこれ》喜憂の度を異にしてゐる、アヽ是れ実に人情哲学者にも容易に分りにくい原因が必ずあるのであらう、

けふはしも慈愛なる姫の母君は番町《ばんちやう》の本宅より根岸の別邸に尋ね来て、二階の閑室で姫と対話、

「阿母《おツか》さま、妾《あたし》も此節はモウ大きに気分が宜くなりまして、一昨日《おとつい》から学校にも」

「行ツてゐるとねヱ、昨日《きのふ》松が来て知らせて呉れたヨ、アノ妙なことを聞くやうだが、お前を池の端で救《たす》け上げてくれた人は今戸の岸村さんぢやないかヱ、妾《わたし》は又このあひだ、死亡《なくな》ツた東洋大学の人かと思ツてゐたに」

「ハイ、さうですか、しかし、どうして其お方の住家《すみか》が」
「だツて此間お前《まへ》が日暮にお花見に行ツた時久五郎がお前のお供して行きましたらう」
「ハイ、久五郎を連れて行きました」
「其時久五郎が帰ツてきて「池の端で助けて下すツた人に逢ふた」と言ツたから、死ンだ人が生きてゐる訳はないと思ツて色々手を廻はして尋ねて見たら、アレは今戸の岸村錦蔵と云ふ人ださうだヨ、それぢやお前番地や居所を探さなくツても、アノ人は名高い財産家ですから、鉄道会社で聞いても偖学院で聞いても直《ぢき》に番地は知ますョ」
「オヤ、直に知れましたの、阿母さん、それぢや早くお礼に行かなくツちやいけませんね」
「アヽ、だから、阿父さんも追ツつけ邸《うち》に一度お呼びなさるさうですが、其前にお前からも何か贈物でもしてお礼をして置かなくちや、だからけふは、アノ阿父さんが肥前からお取寄せなすツた花瓶《くわびん》を持ツて来たから、是れをけふにも今戸の内に届けて上げやうと思ツて、ですからお前も一筆《ひとふで》礼状を添へておやり」
「ハイ、ぢや今すぐに」

＊　＊　＊

露子姫の痴情は追々冷《さめ》てきた、其代りに錦蔵の方の痴情は此頃非常に熱くなツて、此数日《このすじつ》と云ふものは寐ても覚めても露子姫の面影を目先にちらつかせてゐる、其后《そのゝち》は用もないのに根岸の別邸の辺《ほとり》をぶらついたことも二三度もあツたが、姫の姿を見ることは出来なかツた、兄思ひの雪子嬢も「兄イさんは此頃どうかなすツたのか知ら」と内々気を揉《も》んでゐる、又下女や車夫も「旦那は此節はどうも変だョ、独りでブラ〳〵お歩行《あるき》なさる」と暗に不審を抱いてゐる位、或る日錦蔵は書斎にあツて例の通り人知れず恋路《こひぢ》に迷ふてゐる、
「エヽツ、実に残念なことをした、実に千載の遺憾だ、折角日暮で逢ふたのに、何故《なぜ》言葉を交さなかツたらう、なぜ勇気が出なかツたらう、あんな好機会は又と再び得難いのに――」
嗚呼《あゝ》神ならぬ身の錦蔵、女性《にょしゃう》の緻密《つゞまや》かなる眼光（之を貶《おと》して言へば邪推）は既に吾れと妹《いもと》とを夫妻と識認してゐることを露程も知らず、日暮に同伴せし吾が妹の雪子は露子姫に達する恋のかけ橋を、遮《さへぎ》る種となツたことを夢にも知らず、只管《ひたすら》姫と親近《ちかづき》になる手続をのみ考へてゐる、
折しも下女に大いなる花瓶《くわへい》を持たせて錦蔵の座敷に這入ツてきたのは妹の雪子嬢、
「兄イさん只今お使がきて、こんな奇麗な花瓶を贈ツてきましたョ」
と雪子嬢は何故にや兄の顔を見ながら、微笑《ほゝえみ》を漏らしてゐる、
錦蔵は花瓶を手に触れて、
「これは成程奇麗な花瓶だネ、中々奇巧《ぜうず》に細工してある、雪チ

ヤン、これは何処《どこ》から贈ツてきた、大方又鉄道会社の本村だらう、どうも彼奴《あいつ》は卑劣でいかん」

「イヽエ、さうぢや厶《ござ》いませんヨ、アノウ、ホヽヽヽ、嬉しい処から、屹度《きつと》」

「何だお前は笑ツてゐて、手紙も何も添ふてないの」

「手紙は添ふてゐます、妾《わたし》が茲《こゝ》に持ツてゐますが——」

「ぢや早くお見せ」

「ホヽヽヽ、誰れだか当てゝ御覧なさい、屹度胸にお心当りが厶いませう、エ、兄イさん」

「雪チヤン冗談言はずと早くお見せ、使《つかひ》の者が俟《ま》ツてゐるだらうぢやないかエ」

「ホンにさうで厶いますネ」今迄笑ツてゐた雪子嬢はやうやく真面目になツて気の毒さうに手紙を兄に渡した、錦蔵は手に取り高蒔絵の文箱《ふばこ》をうち開きて中の上封《うはふう》を見れば「岸村錦蔵様御許《おんもと》へ、柳川露子ゟ」柳川露子の四字、見るより早く錦蔵は思はず「オヤ」の驚《おどろき》を発した、其驚いたのは世間普通の不吉の驚きとは違ひ実に嬉《うれし》いたのもしい驚きで、見る間に錦蔵の顔色は熱くなツて、胸の鼓動《どうき》は錦蔵の心を宇中天外に飛ばせてゐる、錦蔵は此一週日以前より喜怒も哀楽も露子姫一人《にん》に集めてゐる、左程に思ツてゐた露子姫から、突然此手紙を——ア、錦蔵の喜び、驚き、覚えず色に現《げ》はれたも実に尤のこと、それを妹《いもと》に悟られないやうに、ワザと気を落附けたつもりでも、到底、思ひは外《ほか》に現はれずにはゐない、

「兄イさん、何をボンやりしてゐらツしやるの、早くお読みなさいな、使の人が俟ツてゐますからサ」

「オヤ、お前は人真似を」と笑ひながら、封おし開き読下《よみくだ》せば、花鳥をすき込ンだる江戸川半切れに女文字の美《うるは》しき手蹟、

芳《かん》ばしきおん名をのみ兼て人づてに聞きまゐらするのみにて、いまだ拝謁の栄を得ず候へどもおん礼かた〳〵一筆しめし上参候、唐突にて不躾の段は幾重《いくへ》にもおゆるしあそばされたく願上参候、先々月の廿五日の晩方《くれがた》わが身こと馬丁《べつたう》の不注意から、車中より池の端の堀に落ち候節、貴郎《あなた》の御信切なる御介抱にあづかりて恙《つゝが》なく帰宅いたし候こと全く貴郎の恩恵《めぐみ》と、あけくれ心には感謝いたし候へども今日《こんにち》まで御住所も分らず候まゝ不本意ながらなほざりにうちすぎ候ところ、此程やうやくわが身の恩人は貴郎にておはせしこと相分り候ゆゑ、いづれおん目もじの上厚くおん礼申すべく候へ共、不取敢《とりあえず》拙きふしをもて御厚情の段拝謝し参候、此花瓶《このくわへい》は麁末《そまつ》の品に御坐候へども御厚意の万分一を酬ひまゐらせんとの寸志、御受納下され候はゞ本懐の至りに存じ上参候まづはおん礼まであら〳〵かしこ

けふ　　露子ゟ

岸村様　御許《おんもと》へ

尚々此頃は根岸の里も何の眺めも無之《これなく》候へども、折ふしは

葉桜の窓に山ほとゝぎすの鳴くことも有之候まゝお序《つひで》の節は御令閨御同伴おん立より下され候はゞ、いかばかりか、
嬉しうぞんじ上参候

読み終りて錦蔵は、半《なかば》は喜び半は不審の体《てい》、

＊　＊　＊

柳川家の嫡男《ちやくなん》政雄殿には此程海外留学より久しぶりにて帰朝ありしゆゑ、柳川男爵は其祝賀を兼て同族及び平生親交する人々を招きて私宴を根岸の別邸に開かれた、当日招状を受けて来り会するもの数《かず》ある中《うち》に彼の気取半之丞、浮木浅二郎等も商工会員の故を以ツて臨席し、就中《なかんづく》岸村錦蔵は当日の重《おも》なる佳賓として厚待せられてゐる、当日は天朗《ほがら》かに風喧《あたゝ》かに、春去りて夏未《そ》だ来らず青葉青柳《せいえうせいりう》の下《もと》に躑躅《つゝぢ》、藤の花など美《うるは》しく咲き初めて花《くわ》園《えん》を斑紋《まだら》に色取ツてゐる、泉水に浮ぶ鴛鴦《おし》の番《つが》ひ、眠正に穏かにして、籬《り》畔《はん》に宿る蝴蝶、夢正に円《まど》かなり、今反起橋《そりはし》を渡りて彼方《かなた》の小亭《こざしき》に行かんとする柳川夫人は後辺《あとべ》に伴るゝ岸村錦蔵を見かへりながら

「サア岸村さんこちらで、しばらく御休息なさいまし」

「ハイ、難有う、今日《こんにち》は大層お賑かで厶いますネ、どうもお庭の結構――実にお手入の程感心致しました、私も邸《うち》に帰りましたら急速此に見習ひませう」

「ホヽヽ、御様子のいゝことばかり――それはさうと、先達ては露がお蔭様で――チツとも尊君《あなた》と云ふことを其時は存じませんでしたから、思ひながらもツイ今迄失礼を――」

「イヽエ、どう致しまして、あんな事を今更お礼では、却ツて恐れ入ります」

「露は今日はまだ尊君にお目にかゝりませんでしたか」

此問こそは岸村に取ツては千金を価《あたひ》するの問、渇望を満たすの問、今日茲処《こんにちこゝ》に来会せる貴婦人令嬢は花の如く星の如くあれども、岸村の目には一ツも這入らず、錦蔵の眼光は独り露子姫の在るところ、露子姫の行くところのみに注いでゐる、錦蔵は如何にもして露子姫と言葉をかはさんと、心掛けてゐる、が未だ好機会を得ず、心茲処にあらずして、眼のみ四方に働きし折柄、幸《さいはひ》なるかな婦人の問、錦蔵は待ち兼ねてゐましたと云ふ風体で、

「イヽヱ、まだ令嬢にはお目にかゝりません、令息には最前鳥渡《ちよつと》お目にかゝりましたが――どうか令嬢にもお近親《ちかづき》になツて置きとう厶います」

「オヤ、マア、どうしたことでせう、露はどうもまだ子供で困ります、見馴れないお方の前だと極りが悪るいと見えて、ホヽヽヽ」

訳なしに漏したほゝ笑み、折から下女来りて夫人に向ひ、

「モシ、奥様、旦那様がお呼びなさいます」

「さう、ぢや岸村さん、チヨツト失礼を致します」

跡に取残された錦蔵は立上りて、築山《つきやま》の後に歩《ほ》を回《めぐ》らした、ス

ルト、突然錦蔵の目を驚喜《けいき》せしめたものがある、錦蔵の心を激昂せしめたものがある、それは露子姫！　華奢な洋傘《えうさん》に日をよけながら、彼方《かなた》のベンチに腰かけて余念なく泉水に浮かぶ緋鯉を眺めてゐる後姿は慥《たし》かに露子姫、是を見て錦蔵の胸は轟きつゝ、思はず二三歩後ずさりして又前に、「エヽ憶病な奴、けふこそは好《よ》き機会、此間日暮《ひぐらし》で折角の好機を失ふたのも憶病から、けふ一思ひに奮発して――突然後《うしろ》から声をかける、余念なく何か眺めてゐるのに、さうしたら嘸かし驚くだらう、驚かせるのは快よくない、と言ツて黙ツてゐては到底――とかやうに考へつゝ急に靴音高く前に進み、

「お嬢――さん、何を御覧なさるの」

鈍く震へた声、声かけられて急にふりむく露子姫、

「オヤ、岸村様、けふはよくお出で下さいました、何も御馳走するものが厶いませんので」

姫は中々物馴れた応答《へんじ》、これが始めて親しく賜はつた玉音、錦蔵は平生の爽明なる弁舌にひきかへて、けふは吾知らず渋滞な返答、

「イヽエ、あ――あなたの合奏、何よりの御馳走で――何処へ行ツても、滅多には聞かれません」

「アラ、お冷かし遊ばしちやいやですョ、あんまり上手で厶いますから皆さんが耳をふさいで欠伸《あくび》してゐらツしやいました」

「どうして勿体ないこと、今にも再びあなたの音曲があるかも知れんと、はかないことを頼みにして、私は――私はまだ残ツてゐます、モウ皆さんは大概御帰宅になツたやうですのに――」

「ホヽヽヽ、どうぞ御ゆツくり遊んでゐらツしやいまし今に紅葉舘の娘たちが大勢揃ツて「京人形」を踊るさうですから、サア、些《ちつ》と、これへお掛け遊ばせ」

斯く云ふ内に姫は自らベンチを離れ、自ら其一方を掃《はら》ひ清めて、半座を錦蔵に分たんと用意してゐる、

錦蔵は今激昂と喜悦とに取りまかれて彼を思ひ此を考へ、「どうして姫の喜びを買はう、どうして姫の心を惹かう」と色々に苦心して容易には腰をベンチに落つけず、

「先日は奇麗な花瓶を頂戴いたしまして、難有う厶います」

「つまらないもの――マア貴郎《あなた》これへお掛け遊ばせな、エ？お否《いや》ですか、おいやでなくば」と姫は流暢に述べ去り、他愛なき愛嬌を漏らして貴客《きかく》を取もツてゐる、此会合が日暮の花見前ならどうして姫は此言葉を発すことが出来やうぞ、

「エ、おいや、今日《けふ》は奥様は何故《なぜ》御一同《ごいつしよ》においで厶いませんの？」

「エツ、奥――荊妻《かない》、私の誰れ――」と周章《あはたゞ》しく推問する錦蔵の不審顔

「ホヽヽヽ、あのお帰り遊ばしましたら奥様に些と御遊歩にお

出で下さるやうに御伝言《おことづけ》を――」

「私はまだ独身者で妻を持ツた覚えは――」

「うそ、アノ日暮でお見上げ申した時も御同伴《ごいつしよ》で」

「ア、あれですか、あれは」と錦蔵はやうやく不審が晴れて、

「あれは私の妹《いもと》です、雪子と申しまして誠に無作法な不束《ふつゝか》な妹」

「うそばツかり、なにもそんなに、おかくしなさらなくツても、よいぢやムいませんか」

「何で、うそを、実際私の妹、以来はどうぞお引立を願ひます」

「オヤ、ほんとう――アノほんとうにお妹御で――」今迄は生々《いき〱》しく話笑してゐた姫百合が急に恥閉《ちへい》して容易に頭《かうべ》を擡《もた》げず、男の膝にさしかゝツてヅボンの目を数ふる姫の顔、白き頸脚《えりあし》を上から照す錦蔵の眼、両人とも無言、やゝしばらくして姫は聞えるか聞えぬ位な微声にて
「わたくしは又ほんとうな奥様かと思ツて」

「エ、荊妻《かない》かと思ツてどうなさツたの、嫵かしあなたは私を不礼な奴と――アノ此間つまらない歌をさし上げましたので――」

「イヽエ、わたくしは――あれは大事に保存《しま》ツて置き――」と央《なかば》で姫の言葉は途ぎれる、嗚呼姫は曾ツて岸村の為めに病《やまひ》を起し岸村の為めに学校も休業し、岸村の為めに多くの訪問を欠き多くの来客《らいかく》を謝絶し、岸村の為めに夢に泣き夢に喜んだこともあり、又岸村の為めに心を零枯せしめたこともあツた、又岸村の為めに追弔《つゐてう》追慕の曲を奏《かな》でたこともあツた、かほどにまで慕ひ焦れし紳士、今目前に接見しては一旦消失せた姫の恋も旧に復して一層熱度を加へてきて、今迄の吾が苦心、吾が恋慕を、せめては十分一なりともお知らせ申したいと心のみは迫れども、恥づかしさに制せられて姫は一言《いちごん》も――

「ヱ、柳川さん、何をふさいで被為入《いらつしや》るの、私があんな歌を上げたので御立腹ですか、ヱ、屹度さうでせう」

「イヽヱ、勿体ないわたくしは、貴郎を、生――生涯の恩人と――」

「アラ又あの事を、モウお止しなさいヨ、あれしきのことを、大層らしく被為仰《おつしや》ツては――」

「でも妾《わたし》はアノ時から学校にも行きませず――」

「オヤ、余程アノ時のお怪我がひどくなりましたか」

「イヽヱ、怪我はいたしませんでした、が――わたくしは貴君《あなた》の為めに――」とかすかな声、

「ヱ、私の為めに――どうかなすツたの被仰《おつしや》いヨ、私が悪るいことを致しましたか」

「イヽヱ、アノ病気に、思ひ――つゞけて――」と思ひきツて唇の鍵《でう》を開けたのは、只これだけ、

「ヱヽ、ほんとうで《ママ》」と錦蔵は今更夢に夢見る心地、心の中の激昂何にたとへんやうもなく、只感謝の眼波に感謝の握手！

「ハイ、ツイ此頃まで――」と又も小声の姫の返事、折から

彼方《かなた》の広坐敷に響く歌絃の声、

岸「オヤ、紅葉踊《こうえうおど》りが初まツたと見えます、アチラへ行ツて御覧なさいますか」

「イヽヱ、妾《わたし》は格別――」

「私も雑沓する処よりも閑静な処の方が――」

第八回　酔ひもせず

東京と西京間の汽車は既に通ふ様になツたので、華奢《くわしや》に誇り、豪遊を見栄とする紳士仲間は中々忙がしくなツてきた、夕《ゆふべ》に花月楼（新橋の）に登りて、今朝《けさ》立ツて来た中村楼（西京の）の料理と比較を取ツてゐる人も出来てきた、朝《あした》に向島の別荘で細君に着せてもらツた羽織を、夕に鳥居本《とりゐもと》の婀娜者《あだもの》に畳んでもらう人も出来てきた、茲処《こゝ》は京都七条のステーション、上等の待合室に腰かけ、シガーを燻《くゆ》らし乍ら談笑してゐるのは二人の東京風の紳士、必定東京行の二番汽車に乗ツて、今宵《こよひ》は静岡あたりで一泊し、翌朝《よくあさ》東京に帰る目論見と鑑定したは作者の僻目《ひがめ》歟《か》、

「エ、君、気取君、最前《さつき》ステーションの入口で君に目礼を施したのは誰だ、頗《すこぶ》るピユチフル、エンド、チアミングぢやないか祇園か乃至は先斗町《ぽんとちやう》か」

「ムウ、あれか、君にしてアレを知らずか、まだいけないネ、いくら新柳《しんりう》で幅をきかしても富永町《とみながちやう》の彼奴《あれ》を知らないぢや、大通とはいへないぜ」

「ヘン、人がピユチと賞めてやりア、いゝ気になツて、あんまり大きな口をお听《きゝ》でないヨ、外聞の悪るい、通思楼《つうしろう》か井筒で一二度聘《よ》んだばかりで、格別ありがたいお情もないくせに」

「オイ〳〵中村君、君はさう人を見下げたものぢやないヨ」

「でも、あんまり見上げられる、たちでもないぢやないか」

「ヘン、そねめ〳〵、彼奴が可愛イ声で「モウ旦那はんお帰りどすか、又お近い中《うち》にお下《くだ》りを俟《ま》ツてますヱ」と名残り惜しさうに言ツたのは、あんまり憎くゝはないからネ」

「此方《こつち》で憎くゝないでも、彼方《あつち》で可愛《かわ》ゆくないから」

「所が、さうぢやないから有難いヨ、羽織かくしてすねた所なんぞは、君に見せたかツたヨ、実に一眄千金《へんせんきん》だからネ、どうも婦人は京に限るヨ」

「と言ふと、何だか東都《ひがし》にも西京《にし》にも持物が有るやうに聞えるが、君なんぞは何処へ行ツても何時《いつ》でもフイで、お蔭がない方だから、おかしい」

「お蔭がないと、可愛さうなことを宣ふな」

「それでも実説だから仕方がない、彼妓《あれ》が実際君の持物なら、別れる時の目色が違ひますヨ、眼波《がんば》の呼吸で交情の深浅は分ります、其位なことを知らぬ僕と思ひ玉ふか」

「イヨー、眼波の測量師、しかし君、彼妓はとに角、逸物《いちもつ》だらう、先づ東都では福印《ふくしるし》に西京では彼妓だらう」と言ひ乍ら妙な目つかひ、

「然し柳川のヂュ姫には――」

「オイ〳〵モウ、ヂュ姫のことは御免だョ」

何憚る所あるにや気取と呼ばれた紳士（これでも紳士か）は急に話頭《はなし》を遮《さへぎ》ツた、最前より同じ待合室に東京行の発車を俟ツてゐる一個《ひとり》の紳士、執事とも覚ほしき男を伴ふて一隅に休息してゐる、此紳士フト柳川のヂュ姫と聞くより鋭く耳を傾けて以前の両人の話に注意してゐる、然し以前の両人は傍《かたは》らに聞く人あるとも知らず、猶ほも語を続けて、

「しかし、さう早くあきらめちや、手に入る筈がないョ、君の伎倆を以ツて――ネ、彼妓を手に入れた手並を以ツて――」

「だめだよ、ヂュ姫は商工会の、ソレ君も知ツてゐるだらう、浮木浅二郎ネ、其浮木と不思議な縁で二世《にせ》ときてゐるから、だめだよ、」

「オヤ〳〵アノ浮木が、モウ占めてゐるのか、中々此道に掛けては抜目《ぬけめ》のない男だ、しかしヂュ姫も中々浮気ものだネ」

「なぜ〳〵、紅梅女学校でも一番淑徳の誉れ高き人だぜ、しかし浮木見たやうに軽薄な奴に――」

一隅に在ツて最前より偸《ぬすみ》聞きする紳士は「紅梅女学校――浮気もの」と聞くより、猶ほも急に身体を此方《こなた》に近づけて、従僕が無遠慮にも足音させるのを、ぢれツたく思ツてゐると云ふ面体《めんてい》、

「なぜツて君、ヂュ姫は此間までは、なんでも死ぬ程焦《こが》れてゐた、ノッペリ者があツて、其ノッペリが病死したので、毎日墓参までしてゐたと言ふ評判を聞いたが、其坏土《そのほうど》の乾かぬ内に又ぞろ、浮木と――」

「ウム、さう言へばさうネェ、実は初めは僕も満更気がなかツたでもなしサ全くの所を白状すれば――しかし浮木と言ふ虫が附いてゐるんぢや、あんまり難有くないからよしたのサ」

「泣き寝入りに不得已《やむをえず》、よしたと言ツて貰ひたいネ」

「君はいつでも人の言葉尻を咎める、悪るい癖だ」

「君はいつでも及ばぬ那智の滝登りを企てる、悪るい鯉だ」

折からチリン〳〵〳〵、発車を報ずる鈴の音、此両人は急いで出て行ツた、以前より偸聞してゐた紳士は不審さうに其姿を見送り、是れも従僕を携へて群衆中に――

* * *

岸村錦蔵と露子姫は祝賀宴の折、庭園にて面接し互ひに積日の意中をうち明せしより、爾後両人の交情は極めて濃《こまや》かに、極めて暖かにして互ひに自ら、其相愛し相慕ふの度の深きを弁《わきま》へ知らぬ程で、姫の父君母君も岸村の人物地位才学品行は勿論、名望と言ひ、財産と言ひ、容貌と言ひ、総て人にたち優りて世に稀なる紳士なることを明知したので、姫をして自由に岸村と交遊することを許すことになツた、今ははや岸村は随意に姫を訪問し随意に姫を携へて郊外に漫歩することも黙許さるゝと云ふ有り難き境遇に立至ツた、思ひ廻せば姫は曾ツて岸村と散歩し

て厳父の追跡に逢ひ、岸村が捕縛されて水中に投入せられたことを夢みしこともあツた——、が此不吉の夢は今は却ツて吉《きつ》の実《じつ》となり、錦蔵の楽しさは勿論、姫の喜びはどの位であらう、錦蔵は姫を訪問して帰宅独坐の時と雖も、猶ほ百千《もゝち》の愛情は空気を通じて根岸の方《かた》に向ツてゐる、姫も亦た錦蔵を送りて後《のち》、眠に就き玉ふ時は、錦蔵の言葉、錦蔵の面影を夢裡に見聞《けんもん》し玉ふことは屢々、此相思相愛の情は毎日々々——縦令《たとひ》大雨降るとも、縦令大風吹とも——錦蔵をして根岸の里に吸ひ寄せてゐる、定刻の時間より三十分でも一時間でも錦蔵の訪問遅くなる時はしばしが間姫の心配労慮、ソレは〳〵一方ならぬとのこと、或は鳥影《とりかげ》のさしたに喜んだり、或は待人《まちびと》のはづれたのに悲んだり、或は辻車の響きにも、もしやそれかと耳を傾けたり、或は欄干に寄りてまだか〳〵と外面を眺めたり、其結果は遂に腰元共に及んで「松やお前チョツトそこら近辺まで行ツて見てお出で」と仰せつかることもあるとのこと、

一日顔見ざれば千秋の懐《おも》ひある露子姫は、錦蔵が此三四日以来一度も尋ねて来ないので、一方ならぬ憂悶の御様子、既に三四通の手紙を出し、「若しや御病気にてはおはさずや」「劇務多忙にておはするにや」「別に思召すことありて御来訪を避け玉ふにや」などゝ恨言《うらみ》交りの問合せをなし玉ふと雖も、岸村の方からは何の音信《たより》もない、

「梅や」

「ハイ」

「なぜ岸村様はいらしやらないだらうネ、お前昨日《きのふ》の郵便はたしかに投函《いれ》たのかヱ」

思過せば罪なきものまで疑りたくなる

「お嬢さま、たしかに投函ましたョ」

「ぢや、御返事でもある筈なのに——もしや御病気では——」

「岸村様だツて御用がおあんなさるでせう、あまりお案じ遊ばすのは毒ですョ、お嬢様」

「でも考へまいと思ツても、気にかゝるものを」

折から一封の郵便到着せしとてお松は姫に手紙を渡した、姫はもしやそれかと上封《うはふう》を見玉へば宛名はたしかに「柳川露子様」と記《しる》しあれども出書人《だしにん》の名は匿名にして見覚へのない筆蹟、

「これは岸村様から来たのぢやないョ」

「でも、どうだか知れやしません、あけて御覧遊ばせな」

「イヽヱ岸村様はモツト字がお上手だもの、そして匿名《かくしな》でお出しなさることは今迄一度もないもの」と言ふ中に姫は開封して読下し玉ふに、

仄《ほのか》に聞く貴孃《きぢやう》には近日岸村錦蔵氏と情交濃かにして同氏を信愛なさるゝこと深く行々は御結婚をもなさる御希望有之《これあり》と、就ては御注意にまで左《さ》の件々御報道申上候《まをしあげそろ》

一、岸村は外面端正の君子を粧ふも内実は非常の不品行家にして新橋、数寄屋町《すきやまち》辺にて随分聞くに堪えざる醜聞有《これ》

之候《ありそろ》

二、岸村は昵妓《じつき》某《ばう》を根引して之を某所に外妾として囲ひ置き日夜夫婦の如く睦み居り候

此外にも色々の醜聞、聴き居り候得共《そうらへども》先づ重《おも》なることのみお告げ申候、小生は貴嬢の父君には一方ならぬ御恩を受け居《をり》候故《そろゆえ》、衷情、黙《もだ》し難く不本意ながら他人の私行を発《あば》きて御注意に供し候《そろ》、素より御取捨は貴嬢の意にあることなれば小生強ゆる能はず候へども只々此《かく》の如き軽薄の偽紳士《ぎしんし》を信じ玉ひては貴嬢の淑徳を損し御後悔を醸《かも》し玉ふこともあらんかと心配の余り、よしなきことを申上候不一《ふいつ》

月　日　　辱知《ちよくち》　某《ばう》　拝

露子姫は之を読み終ツて、無言、やゝしばらくして「失敬な」

「オヤ、お嬢様、何と書いて厶《ござ》いますの」

「ナアに何処《どこ》の人だか知らないが、岸村様のことを悪評して、失敬な、離間しやうと思ツて、誰れがこんな讒言を——、わたしは岸村様の心は知ツてゐます、世の中にわたしほど岸村様の人物、性質を精しく知ツてゐるものは恐らくあるまいと思ふワ、わたしは岸村様を信じてゐる、誰がこんな手紙に迷ふものか」　と思はず言葉に胸中を現はし玉へども、腰元どもには、央《なかば》は何のことやら悟れないやう、只不審さうに姫の顔を見守《みつ》めてゐるばかり、嗚呼女性《によしやう》は総じて迷ひやすく、疑ひ深く、人言《じんげん》に浮動しやすしと聞きてゐたに、露子姫は此手紙を読み玉ふて一点の疑心だに起し玉はぬとは——姫はかくまで深く錦蔵を識り、かくまで深く錦蔵を信じ玉ふ、是れはかりにて最早姫の心栄えの程も推し量かられる、其尋常一般の恋中でないことも思ひやられる、

電気燈の効用は啻《たゞ》に東京のみならず京坂地方にも一般に識認せられてきた殊に京都は近頃火災に罹《かゝ》ること屢々にして石油燈の危険を感ずると同時に電気燈の必用を感じて来たので、重なる二三の銀行会社、私立大学院、其他一二の旅館等は電気燈を設置せんとて、其工事を東京の電燈会社に依頼した、為めに社長岸村錦蔵は一名の執事と二名の工学士を伴なふて至急に京都に出張することゝなツたので、露子姫に告別する暇もなく発足し、四五日を経て所用も略《ほ》ぼ纏まりたれば後事《こうじ》を工事人に托して、再び執事を伴ふて帰京の途に上ツたが、錦蔵は此数《す》日間《じつかん》露子姫を見る能はず、「姫は嘸や案じ玉ふことであらう、旅行のことを知らせざりしは、不覚であツた」と考へつゝ心急ぐまゝ一瞬飛行の汽車さへ、猶ほ遅き心地して新橋の停車場に着《つ》くや否、今戸の吾が宅には執事のみを先きに帰らしめ、自分は先づ一番に根岸を指して二人挽《にんびき》——靴音聞きて周章《あはたゞ》しく出迎《いでむか》ふお松、

「オヤ、岸村様、お珍しいこと、マアどう遊ばしたの、大分お見限りですことネヱ」

「マア顔見早々、さう酷《いぢ》めなくツてもいゝぢやないか、少し遠方へ行ツてゐたので——」

「オヤ、さう、アノお嬢様、岸村様が」但しこれだけは高声、二階の姫に聞えるやうに、聞くより早く急いで下り玉ふ姫、今玄関に這入ツてくる岸村と顔見合せて「オヤ、ほんとうに」と言ツたばかり、うれしさうな気色は顔には現はれてゐる、さりとて別段有りがたい玉音《ぎよくゐん》を岸村に賜はりもしませず、然し此間に却ツて奥ゆかしき余情が籠ツてゐる、思ふことをあるだけ言葉に現はさずして、言外の余情を振袖に加減するは処女気《おとめぎ》の慣ひ、此慣ひに反して心にもなき喜びを呈し、心にもなき媚《こび》を献するのは理論外の魔界に起臥する一種の妖女、

やがて錦蔵は一間に導かれて、座敷には程なく坐蒲団も並ンだ、茶も烟艸盆《たばこぼん》も、

「マア、岸村さん、貴郎《あなた》あんまりひどいことネ、幾度も〳〵手紙差上げましたのに、御覧なすツたら一度位は御返事を——」

「オヤ、さうで厶いましたか、私が悪う厶いました、実は今新橋に着いて、本邸《うち》にも帰らず、直《ぢき》に茲《こゝ》に参りましたので貴嬢《あなた》の御手紙は一ツもまだ拝見致しません」

「オヤ、どこへか旅行《たび》してゐらツしやツたの」

「ハイ京都に、会社の急用で」

「妾《わたし》は又茲地《こつち》にお出でなさるとばツかり思ツて——なんぼ急用でも一言位は——どうぞ是から御遠方にいらツしやる時は、鳥渡《ちよつと》知らせていツて下さい」

「ハイ、かしこまりました」

「アラ、笑ツてサ、ほんとうですョ、お逢ひ申したら、思ひ入れいぢめて上げる積りでしたが、今度迄はゆるして上げませう」

「ハイ、有り難う、以来は屹度謹みませう」但し微笑して

「ホヽヽヽ、再犯なさると刑も加重ですから覚えてゐらツしやいョ」

是れも又ほゝ笑みて、姫は今迄逢はば、とや言はん、かくや言はんと胸に貯へ玉ひし恨も、顔見ては中々に、万分一《まんぶのいち》をも言へず、終に微笑の為めに打ち消されてしまツた、尤も爾後錦蔵は旅行することあれば必ず行先を知らせるやうになツたとのこと、是は後《のち》の話し、かくする内に、姫は昨日《きのふ》到着した、匿名の手紙を取り出して、錦蔵に示し、

「妾は決ツして、そんな浮言は信じませんから御安心なさいましョ、一応貴郎にお目にかけた上で焼き捨やうと思ツて——ホヽヽヽよくこんな悪戯《いたづら》な所業《まね》する人もあツたものですネヱ」

錦蔵は手紙を読みつゝ「失敬な、誰れだか、無根の——」と独語し乍ら読み了りて姫に向ひ、

「私は別に此手紙の事については貴嬢に弁解は致しませんョ、よもや、貴嬢はこれを信じはなさるまいネヱ」

「誰がそんなことを信ずるものですか、ホヽヽヽ、大丈夫」

「ヱヽ、ありがたう」

真に予《われ》を知る者は姫、真に予を愛する者は姫、姫は真に予が百年の好伴侶と心の中には無限の感謝、

「さう言へば私も京都のステーションで――」

と是より錦蔵は七条のステーションにて二人の偽紳士が姫を浮気者と評せしこと、姫と浮木浅二郎と関係ある如くに話せしこと、又姫が死せし恋人の為めに墓参《はかまゐり》せしこと等をあらまし話して、

「無論私もこんなことを実事とは思ひません、が只御注意にまで申して置きます」

「どうぞ色々な浮説はお信じ下さらないやうに――そして私は浮木浅二郎とか申す人は、チツトモ存じません、然し墓参致しましたことは、ほんとうです」

「ヱヽ、ツ、それぢや貴嬢のお許嫁《ゆひなづけ》の人か何誰《どなた》か、お死亡《なくな》ンなすツたのですか」

「イヽヱ、可愛さうに許嫁なんぞは厶いませんヨ、実は――実は――貴郎と思ひ違へて――」かすかに曇る声、

「ヱ、ツ、私を――私が死ンだと――」

「ハイよくお名が似――似よツて――」

「ハヽヽヽ、それぢや、アノ此間新聞に殺されたと出てゐた、三重県とやらの岸村と」

「ハイ、其時は貴郎とばツかし――思ツて――」と微声を漏らして思はず、俯視《うつむ》く姫、

「それでは其時分から、貴嬢はアノウ、私を――」

「ハ――ハイ、モツト前から――」思ひ焦れてをりましたは口の中《うち》、明かなる火は烟少なく真《まこと》の愛は語《ことば》少なし、

「それでは貴嬢は、私の為めにアノウ――墓参まで――え――ツ」

と思はず絞る感謝の涙、外《ほか》に見えぬに味ひあり、雨降ツて地は益々固く、讒入《ざんい》ツて愛は益々深し。

大団円　京上

風を拒《ふせ》いでゐた障子も、いつしか取払れて既に檐下《のきした》の風鈴は涼さを垂簾《すだれ》の中《うち》に送り込む時節となツたゆきこう人を見れば最早袂冷《たもとすゞ》しき薩摩飛白《さつまがすり》を着けてゐる、あひの濃《こひ》イ――と思へば何《ど》辺《こ》となく之も目出度いやうに思はれる、久しく座隅の塵に投ぜられてゐた団扇《うちは》も再び去年の寵愛を受けてゐる、破鏡旧に復す――思へば之も亦た喜びの種！

岸村錦蔵が露子姫と結婚するの約束は既に二ケ月以前より定まツてゐる、無論露子姫の両親の承諾も得、又妹《いもと》の雪子や、重なる親類の同意も得てゐる、が、婚礼は姫が紅梅女学校を卒業するまで、延引になツてゐた、きのふと暮れ、けふと明け、やがて俟《ま》ちに俟ツたる其月も愈々本月《ほんげつ》となり、姫が首尾よく学校を卒業して、けふは卒業式に臨み證書を携へて家に帰ツて来玉ふ、

嬉しさうに！　然し其嬉しいのは卒業證を握ツたからでなく、寧ろ生涯中の吉日《きちにち》が愈々近まツたからで、姫は今学校より車を走らせて門を這入らうとする時、出入の道具屋は新誂《しんあつらへ》の簞笥長持を玄関から、運ンで入やうとしてゐる時であツた、これも吾が為に労働してゐるかと思へば縁なき道具屋まで可愛《かわ》ゆく思はるゝ、して見れば今途中で目礼を施した白木屋の番頭は、たしかに新調の婚礼服を持参した帰りであらう、思へばこれも有難い番頭！　此多量の喜び、此多量の望みを載せて挽き来《きた》る車夫は玄関前にて「お帰イ――」

姫は迎ひに出て来た下女を後にして、奥の間を指して廊下を通り抜け玉ふとき、奥の間には来客があると見えて話し声――たしかにアノ声は媒妁人《なかうど》の近藤某《なにがし》の声で、聞くともなしに偸聞《たちぎ》き玉へば、

近藤の声「ハイ、あちらでも、モウ用意はスツかり整ひますし、お嬢さまの為めに増築した家も出来上りますし、此方さへよろしければ、いつでも――」

母上の声「では、この十日頃にしては」

「で厶います、十日は――吉日でもありますから、それでは愈々決定致しまして、十日の日に」と念を押したのは近藤の声、

「では愈々十日に、先方にも此段――」と同意を表したのは姫の母君の声、

思はず聞取る姫、静かにソツト駈け込む吾が書斎、「十日、けふは七月の三日、十日と云へば今から一週間」俟遠《まちどほ》しく思はれた其日、今は何となく早過ぎるやうに思はるゝやうで、免れず想像を胸に画《ゑが》くを、

「マー、七日で結婚――なんだかきまりがわるくツて、松や梅が、私しの顔見《みる》たびに笑ツてサ――でもわたしは仕合せものだワ、あンな立派なお方と夫婦《めうと》――とかく此節の殿方は才識があツても浮薄で――だがアノ岸村様は才識があツて品行が端正で、そして――やツと念が届いて十日の日に――昔からよく有ることで互ひに思ひ思はれてゐる恋中《なか》でも、親が許さぬとか又は身分の懸隔《ちがひ》や災難などで、不縁の元となることもあるのに、こんなにわたしのは首尾よく早く談《はなし》がまとまツて――聞《きけ》ばアノ宮部さんや梅野さんは（案ずるに此二人は姫の友達なるべし）軽薄な男に縁附いたとか、気質が合はぬとかで大層後悔して離縁なさるとか、それにわたしはアンな親切なたのもしいお方と――ア、思へば」

うれしさと、有りがたさに思はず手を合せて阿父様《おとつさま》、阿母様《おつかさま》、近藤様様、

浮木浅二郎は軽薄なる偽才子《にせさいし》とて此頃風評よろしからざる所に、美人税とかの一件に付て賄賂を取ツたとて、府会議員も輿論に迫られて辞職せねばならぬ場合となり、又気取半之丞は不品行と負債の為め、生命《いのち》の親とも頼ンだ某会社の役を罷められ、二

人とも途方に困ツてゐるとの噂、此の如《かく》く余所《よそ》は不吉のことのみ打つゞくのに此方《こなた》のみは幸福のことばかり、

一生涯の最大礼、一生涯の最大吉日は実にけふ！　今日は岸村の新邸に於て熟懇なる親族知己を招きて盛《さかん》なる婚礼が施行された、ア、お嬢さま〳〵と呼ばれし露子姫も一夜《ひとよ》明くれば「奥様」の呼声を耳耻かしく聞くであらう、其奥様の呼声をはづかしく聞く岸村夫人も、やがて一二年の後には乳房を嬰児《みどりこ》に吸はれ乍ら「阿母《かあ》ちやま」と廻らぬ舌にて呼ばるゝであらう、

やがて客去り夜も更けたれば新郎新嫁《はなむこはなよめ》は共に伴はれて、入《いる》は六曲屏中合歓《がつくわん》の衾《ふすま》、――言葉はなくて先だつものは動悸、心弱しと励ます姫、話柄《はなし》の糸口を見出せば、又糸口の絶ゆる時なく、互ひにしめやかに物語るすぎこし方、姫は反魂香の巻《まき》を読んで恋人の生存を知りしうれしさ、又日暮《ひぐらし》にめぐりあひし時の失望、それより望夫菴の扁額のことゞも、落ちもなく物語り玉へば、錦蔵もゆかしき琴の音が奇縁を結びしことゞも物語り、互ひに聞くを喜び、語るを喜び今宵に限り両人とも露の間もまどろまずしてほのぼのと明け渡る曙、可愛と叫ぶ鳥の声――実《げ》に千夜を一夜に！

湯殿に通ふ此方《こなた》の椽側には、新らしい手桶に酌柄《ひしやく》斜めに、楊枝箱一ツに口漱《うがひ》茶碗二ツ。

辻占売

辻占売

「淡路島通ふ千鳥の恋のつぢイうら引、うれしき音信《たより》がチョイト出るヨ」

肌さへ冰るばかりの寒空に、身体《からだ》をかくす程の大きな赤い提灯さげ、あはれに可愛《かあゆ》き声を張りあげて、売り歩行《ある》くは八才ばかりの童児、此童児は誰あらう、四年前は前橋一の豪家の若様、鯛の片身を箸でつゝぐり、残る片身は飼犬に頂戴させたる御身分、それが此有様は何事ぞ、添寝の夢に母の乳を人に吸はれ、赤い手先で慈母を驚かせしこともありしに、それ程に慕ツてゐた母は今はなきか、歩行《あんよ》が出来るやうになツたとて喜び、人語《ことば》が解るやうになツたとて喜び、浮世の涙も痞《つかへ》もいとし子の為めに忘れ玉ひし母は、今は配慮《しんぱい》を恵み玉はぬか、父は如何に、乳母は何処《いづこ》に、探りてみれば定めて深い訳あるべし。

チョイと〳〵、来たヨ〳〵、お金《きん》チャン辻占屋《つぢうらや》が。ホンニさうネ、こんな寒い夜《よ》も売ツて歩行くのネ、可愛さうだから買ツてやらうぢやないか。アーさうしよう。此辻占売にはいつもお馴染の誉田家《ほんだけ》の下女小間使等《ども》、勝手口を開《あ》けて、チョイト〳〵辻占屋さん。ハイ毎度有りがたう厶《ござ》います。マア寒いだらうネ、チツト内に這入ツて暖まツておいで。ハイ有りがたう、今夜はまだチツとも売りませんから、モウ一廻り辛抱して廻らなければなりません。ほんとうにお金チャン此子は可愛さうネ、ハイ辻占屋さん五銭だけ今夜は買ツてあげるヨ。どうもそんなに沢山に、ではモウ私《わたくし》は直《すぐ》に帰ツて休めます、ありがたう。お前の辻占はほんとうによく当るヨ、ネヱお金チャン此間も大吉でうれしいことがあるよと書てあるのが出たが。さうネ、其翌日奥様から忠実《まめ》に勤めるからツてお小使と釵《かんざし》を頂戴した上、一日暇《いとま》を下すツて芝居見にやツて下すツたからネ、だから……だから。ホヽヽだからお礼に五銭だけ買ツてやるの。アーだからお金チャンお前も火鉢でも出しておやりナ。辻占屋さん寒いだらう、此方《こツち》へ寄ツて手を暖めておいで。

辻占売が年葉も行かぬに、日ごと夜ごと精出して売りありくに、此家《このや》の召使等《ら》何となく不憫に思はれ、色々と慰め労はる果ては、今歳《ことし》お前は幾才《いくつ》になるが問の初めにて、身元となり、住所《すみか》となり、さては父母《ふたおや》の事、生計《くらし》のこと、聞けばきくほど涙の種、童児の話は欠漏《もれ》多し、作者之に代りて詳かに説き明さん。

* * *

どうせ入用《ゐり》にすまいがと、箱奴《はこや》は置いて行かれたものも、たま

には役に立つこともあり、
〽濡れて色よし雨の藤、その仇咲きも君ゆゑと、姿つくろふ水かゞみ、ゆかりの色もなか〳〵に、うれしい縁ぢやないかいな、
さし向ひの忍び駒は某待合の奥二階、オイ〳〵小静《こしづ》、モウ三味はやめにしやう、お前の雨の藤も随分聞き飽いてゐるからネ。ハイどうせ、さうですヨ、芸なしざるですから。ナニ満更芸なしでもないのさ、それほど迷はせる術があれば沢山だ。オヤお生憎《あいにく》さま誰が。と言ツて下を向き袖をかみしめて口惜《くやし》イと言ふ見得《みえ》、ヲイ小静。言へど此方《こなた》は無言、すねた女郎花《おみなへし》、モシ小静さん。知りませんヨ、そんな人、茲《こゝ》にゐません。ヂヤお静さん、オヤ是でもいけないの、ぢやアーお静。アイ。ニツコリ笑ツて顔をあげ、なんで厶《ござ》います。流石《さすが》は手のある女郎花なり、何故《なぜ》そんなに憤《おこ》るの、ヤツトの念が届いて二三日の中《うち》に同住《いつしよ》にならうと思ツてゐるのに、かう仲が悪るくツちや困る。だツてあんな口の悪いこと被仰《おつしや》るから口惜しくツて。あと言ひさして今度は白い頸首《くびすぢ》と髱《たぼ》のほつれ毛で憐みを買ふ算段、そんな鳥渡《ちよつと》したことで憤られちや始終夫婦喧嘩が絶へないだろうと思ツて、今から心配だ、尤も此身《こつち》には原惚《ほれた》といふ弱味があるから万事負かされるは承知だけれど。大丈夫、従令貴郎《よしやあなた》がどのやうな御無理被仰ツても通させてあげますヨ。馬鹿な、おれが無理いふものか。どうせ貴郎の邪見は初めから知りつゝ、ツイ迷はされたんですもの、可愛がツて下さらなけりや、七代までの恨ですワ。さういふ御自身が直にいやがツて遁げやうと思ツて、海王御前どの約束が反古《ほご》になるからネ。エ、なんですト。
是から両人《ふたり》の話は、すれて、もぢれて、そして少しまじめになツて、愈々身請の約束整ふたり、さて此両人は何人《たれ》ぞ、女の方《かた》は何処《どこ》の何人《たれ》たるか素性分らず、又之を検査するの必要もなし、男の方は即ち彼の幼童《おさなご》辻占売、名は清太郎の実父なる薄井才蔵といふものなり。
是より初《さ》き才蔵は亡父母《なきちゝはゝ》の遺産を相続して戸主となり、親の余沢を以ツて前橋市中屈指《ゆびおり》の富豪《かねもち》に数へらるゝ身分、当時《そのとき》廿五才にして幼《いとけ》なき時より美男子の誉れ高し、以前笈を負ふて都に出て、或る私立の商業学校を卒業したりと当人《そのひと》の談《はなし》なれど、同窓生《ともだち》、某《それがし》より聞けば、才蔵は其美貌却ツて身の仇となり、兎角こゝかしこの婦女子《おんな》に愛好《めで》らるゝを以ツて、酒色遊蕩に日を送りて学業を勤めず、為めに五年の留学も落第の外一《い》ツの得《う》る所なしとのこと、然し才蔵は都門浮華の空気《かぜ》に養成《やしなは》れて多少機敏の才識を学び得たり、悪ずれ、生意気、生物識《なまものしり》の紳士と成り上りたり、故に帰郷の後も田舎紳士の上位《かみ》に尊《たつと》ばるゝ身分となれり、或る年若き婦人は花も実もある今業平と褒めそやしたこともあれど、或る老婦人は軽薄なる偽才子《にせさいし》と言ひし、又志ある人は目して小成に安んずる無精気《ゐくぢなし》の人物と言へど、御自分は我邦商工の隆盛を謀るには須《すべか》らく欧米文明のなど、荒言を咄きた

り、然し彼はいまた帰郷後一《い》ツの事業も起さず、一ツの名誉をも博せず、只豪遊金銭を浪費《むだづかひ》するを知るも、いまだ家産を殖したることを聞かず、故に往《たま》々風流才子と評せらるゝことありと雖も、風流と言ふ意味をよく百々《どゝ》逸《いつ》を歌ひ、能く拳《けん》戦を解し、能く潮来《いたこ》でじま、五所車を見る者にのみ適用するとせば、才蔵も亦た或は風流の才子ならん。

前橋市の近在に八重子となん呼びて才貌淑徳並びなき佳人あり、多くの年少《としわか》き婦人に逢ふていまだ曽《ママ》ツて失敗《ひけ》を取りしことなしと自称自負せし薄井紳士も、八重子嬢の信用は容易に買ふことを得ず、数度《すど》相見て別れし後《のち》も人知れず思ひをこがし秘術を廻《めぐ》らせり、流石《さすが》は政略家の才蔵、卑屈手段を廃して堂々と正面《おもてむき》より媒介人《なかうど》を以ツて結婚の申込をなせり、八重子嬢は少しも才蔵の人となりを知らず、嬢の父母も亦た之を知らず、之を媒介人に聞けば、品行方正《みもちかたく》、学識高く信義に篤く、殊に女性《おんな》に親切にして酒癖《さけくせ》もなく、遺伝病もなく、姑《しゆうと》といふ嫁に取ツては目の上の瘤《こぶ》もなく、有るものは温厚《おとなし》の性質《うまれつき》と威望ばかり、器量は今業平との評判財産は御承知の通りの大家《たいけ》などゝ説き附けたれば、嬢の意《こゝろ》も父母の意も動かぬにもあらず。

薄井才蔵は野幇間《のたいこ》喜八の弁口《べんちやら》に頼《よ》ツて、終に淑徳の八重子を娶《めと》れり、一年の後《のち》一子清太郎を挙げたり、二年の後米相場弗相場《どるさうば》に手を出して悉く失敗せり、祖先の貯へ置きたる財産は、いつの間にやら大方は相場と遊蕩《どうらく》に浪費して、却ツて今は数ケ所に負債を担《お》ふ身となれり、ソレヤコレヤの不快鬱悶うち続きたれば、暫時気を晴さん為め妻子《つまこ》を残して東都《あづま》に出でたり、習慣と云ふ者ほど恐ろしきものはなし、才蔵今迄遊情《あそび》の癖あるにより、更に何かの職業を企てゝ身を堅めやうとは思はず、ブラ〳〵遊んで一二週を暮すうち、或夜両国近傍《きんぺん》を散歩せしとき、下の家《や》形船《かたぶね》には婀娜《あだツ》ぽい笑ひ声に、水調子聞え、上《かみ》の酒楼《ちやや》には障子に写る釵影《さえい》見ゆ、彼《あれ》は蝶舞鶯歌の盛遊、此《これ》は浅酌低唱の意気事、血気未《いま》だ定まらぬ才蔵に取ツては、寔《まこと》に断腸傷心の種なり、フト感激する所あツて、自分の空財布と古帽子を川の中に投げ込んだり、飛んだ二代目の鋳《い》掛松《かけまつ》ツ。

翌日直《すぐ》に某会社の株券——今は薄井家唯《ゐ》一《いつ》の財産たる株券を売り払ひたり、果断、急劇、数千金を所持して、果して何の事業を営むぞ、思ふに前段小静に対する関係は此時より初まりしならん、之を故郷《ふるさと》の八重子が聞いたなら……

才蔵は着京の後簡単の端書を留守居の妻に贈ツたばかり、其後はとんと故郷の妻のことは忘れてゐる様子、ア、昔は団々天上の月に比した八重子嬢、今は坐隅の塵に埋《うづも》る秋扇の薄井夫人！

淑徳良智良能を備へた八重子に軽薄の才蔵、駿馬の痴を載せ鸞《らん》鳳《はう》の鴉《あ》に伴ふとは実《げ》に此事なり、才蔵は実にありがたき妻を娶りしに何不足あツて今の不義、天の罰、神の罰より妻の罰恐ろしゝ、ア、あはれなるは空閨守る八重子なり。

縦令《よしや》骨高く色黒く鼻低き醜男《ぶおとこ》にせよ、志さへ老実親切にて規約を守るに正直《せいちよく》なる人ならばわが為めには無此上伴侶《こよなきつれ》、一家の和楽《たのしみ》は如何ばかりぞや、縦令賤《しづ》が伏屋《ふせや》の樵夫《きこり》にせよ、襤褸《つゞれ》を纏ふ農夫《ひやくせう》にせよ信愛の情切なる良人《おっと》ならば、玉堂華屋に住居《すまゐ》して人知れず暗涙《なみだ》を錦の袂に灑《そゝ》がんより、其楽しさは幾干《いくばく》ぞや、苦も思ふ人と共にすれば苦にならず、楽みも思ふ人と分たざれば楽み浅し、之を思へば四年前軽率《かるはづみ》にも茲《こゝ》に婦《とつ》ぎしはわが過失《あやまち》、今業平と評判ある男を良人にして羨ましい良縁と人の噂を耳にする胸のせつなさつらさ、良人旅に出でゝより早や二月……三月、すぎし母上臨死の時《をり》、われも孫の顔まで見て死ぬるゆゑ、思ひ置くこと少しもなし、善い聟取ツたと、先だゝれたお前の阿父《おとっ》さんに、地下《あのよ》で逢ふて喜ばせませうと、サモ珍らしい土産《みやげ》でも持ツて行くやうに、嬉し泣きに被仰《おっしゃ》ツた、内幕のことは露御存《ごぞんじ》なく、其時われ心にもない偽り言、只御心配かけたくないばツかりに、ハイ内の人も誠に親切で。

四隣人定まりて灯火《ともしび》の影ほのぐらし、八重子万感に襲はれて眠られぬまゝ色々と思案のをり、添ひ寝したる清太郎、突然の片言まじり、ムウ、坊の母ちゃん、ぶツてはイヤー。と思はず可愛イ手を動かす、オヤ清《せい》や、坊や。母は呼べども子はスヤ〳〵と眠りて答なし、オヤ此子は此母が人に打《ぶた》れた夢でも見たさうな、これほど母を慕ふ子、これほど母になづんだ緑の子、阿母《おっか》さんはどのやうに良人につれなくされても坊を棄てゝは余所《よそ》へは行きません、これ程いとしい子を持ツて貴郎《あなた》は（良人を指す）浮気——貴郎が此間お発足《たち》の時、此子がお袖に縋ツて、阿父さまモウ遠くへ行くのは止して坊の側にと言ツた時、貴郎は、貴郎は、なんにも知らぬ幼児《をさなご》を、アノマア足先で……ヱ、ツ愛敬づきて可愛イ盛りの子に怪我でもあツたらどうなさる、蹴られて頑是なき子、ワツト泣出す、ヲ、尤もぢやとわが膝に引き寄せたら、貴郎の前に頭《かしら》を下げ手をついて、かんにしてと無理の父親に謝罪《わび》いひしを覚えてか。折から前栽の植木風に騒ぎ窓を叩く雨の音、いとゞ愁を惹くばかり

表の方《かた》にて乳母と遊んでゐた清太郎、——只笑ふことのみ知りていまだ悲みを知らぬ清太郎は、急ぎ足にて針仕事してゐる母の居間に入り来《きた》り郵便を渡す、見れば在京《たび》の良人《おっと》より贈りし手紙、母は手に取るより早く封開けば、商業上資本金の都合により今度《このたび》所有家宅土蔵とも何某《なにがし》に売り渡したり、万事の世話は喜八に申附をきたれば同人へ相談すべしとの文言《もんごん》なり、あな情なき文《ふみ》、妻の心配無聊を慰めに来たと思ひし文は、却ツて是れ妻に泣けよと言はぬばかりの文、万事は喜八に……相談と、アノ軽薄の喜八、何を親切に世話する者ぞ　思へば良人は物にはし狂ひ玉ひしか、祖先が曽ツて耕し玉ひし庭園、祖先が曽ツて撫育し玉ひし花卉《くわき》、祖先が曽ツて起臥し玉ひし家屋、それを一朝無分別にも人手に渡して、跡は借家——マア何たる無分別ぞ、

数年前は市中にて一二を争ふ豪家なりしに、今は住家《すみか》さへ人手に渡す零落《おちぶれ》の身代、それにしても何故《なぜ》に良人は帰り玉はぬぞ、斯程の大事を一片の手紙にて……

色々と物案じなる母の顔を不思議さうに見守《みつめ》る清太郎、阿母《おつか》ちやん、どうしたの、鳥渡《ちよつと》お庭の菖蒲《あやめ》、ホラ御覧ヨウ、奇麗に咲いて。と前栽の泉水を指ざしながら、サモ此花は自分の力でゞも咲かせたやうな得意顔に母に知らすれば、母は我にもあらず涙ぐみ、坊や、モウ其花は坊のぢやないヨ。言ふもくやしき曇り声。ムウ、イヤ〳〵坊のだョ、人にやツちや、イヤ〳〵。人にやりたくはなけれども、モウ坊も阿母さんも茲家《こゝ》にをることは出来ないから。ぢや何処《どこ》に行くの、フウーム、いや〳〵人にやるのは。でも此家を阿父《おとつ》さんが波ちやんとこのお父さんにお売ンなすツたから、モウ人のもの、だから余所《よそ》の内へ引越さなくてはならぬ。坊はいやだア、此家《こゝ》の内がいゝ、ヨウ、阿母ちやん、なぜ波ちやんとこのにやるの、今度行くとこにも菖蒲があるの。子供心にさへ吾住み慣れし家を愛し、吾見なれし花を惜むものを、心強きは良人かな、情なきは良人かな、今度は此家より奇麗な邸《うち》に引越《ひつこす》から此家は惜しくないヨ。気安めに虚言《うそ》をいふ母、「人の親となりて子を育つるには苟《かりそ》めにも虚言を言はぬものなり、親既に欺けば子も自《おの》づから人を欺くことを習ふものなり」此位なこと知らぬにはあらぬ八重子、それに心にもない虚言《いつはり》は切なき心の表なり。ほんとう？　阿母ちやん、今度行くとこはモツと奇麗？　そして菖蒲や芍薬《しやくやく》もあるの。嬉しさうな我子の顔、見れば見るほど母の胸のせつなさは弥増《いやま》すのみ、しばしは無言、袂はいつしか眼《まなこ》を拭ふ、親の心を知らぬ清太郎、ヱ？　阿母ちやん、ほんとうに奇麗なとこ　再び問ひ返されて母もたまらず、我子を膝に犇《ひつし》と抱《いだ》きあげ、実は……実は、阿母さんが悪かツた、坊に虚言《うそ》を言ツた、かんにんしておくれ、実はお金に困ツて家《うち》を売る位ゆゑ、此家よりいゝ家には行かれないヨ、坊も決ツして人に虚言いツてはならぬヨ、阿母さんも決ツして言はぬから。アイ。落胆《きおち》したやうな悲しい声。我子に一時の気安めを言ふも母の慈愛、悲しい声を忍んで聞くも亦母の慈愛、いかなれば子はかほどに可愛きもの歟《か》　実《げ》にや三千世界の宝にも換へ難きは、此点《こゝ》厘毛にして亦た無量の親の情《なさけ》！

悪魔に魂入《みい》られて良心も人情も忘れ果てたる良人を戴く八重子の身こそ、実《げ》にあはれなれ、母子《おやこ》は借家住居《しやくやすまゐ》の身となりし後《のち》は、清太郎を若様と呼んでゐた乳母もお暇《いとま》となれり、台所を整理し汚れ物を洗濯せし下女も亦た去れり、今迄奥様〻〻と呼ばれてゐた八重子夫人も、手桶提げて井戸端に行き雑巾取ツて椽側を拭く身の上、アレを見、コレを見る清太郎は、心窃《ひそ》かに、是からは成るべく悪戯《いたづら》をしたり、乱暴したり、座敷ちらかしたり、着物を垢《よご》したりせぬやう注意せんと思ひ附きしよし、さりとは年にませた温順《おとなし》い子、父に似合ぬ母思ひの子！　八重子は転宅の後、直《たゞ》ちに幾度《いくたび》となく電報郵便を以ツて、良人の帰宅を促せども何の返事もなし　将さに自ら出京して泣き、恨み、諫めんとする前日、彼《か》の幇間の喜八――結婚の時媒介人《なかうど》たりし喜八は、最も悲しき、最も意外なる凶報を持参したり、何ぞや？――離縁状！

涙多く、心弱きは女性《ぢよせう》の常、いかでか慟泣しずにをらるべき、生別《いきわかれ》にして死別《しにわかれ》を兼ぬるは離婚、今八重子は同穴を契りし良人にも、天にも地にも只独《たゞひとり》の愛児《いとしご》にも別れざるべからず、アヽよしや温情中絶したりとも親しく逢ふて泣き諫めなば繋がれぬこともあるまい。喜八殿良人に逢ひに行くほどに此離縁状はお返し申す。馬鹿め人でなしの才蔵に未練があるか。と突然入り来《きた》りしは姪煩悩の里方の伯父なり、初《さ》きに喜八を吾家《わがや》より罵り返して、すぐ其蹟《そのあと》から八重子迎ひに来《きた》りしなり、あなたは伯父さん、エヽツ悲しう厶《ござ》ります。ドウと伏して袂を噛む歯、力強し、母の嘆きを分ち顔なる清太郎、阿母ちやん、何故泣くの？。

エ、ツ、こヽヽこれが泣ずにをヽヽられますか。

涕零《ていれい》雨の如く将に車に上《のぼ》らんとす、梨花力なく誰あツて扶《たす》けん、ア、世界に一ツ、今宵の枕、さても重き頭《かしら》を載せたることよ。

善く笑へども其笑は死したる笑なり、善く愛嬌を呈すれども其愛嬌は冷かなる愛嬌なり、泥水社会、之を別言すれば虚言《うそ》と諂諛《おべつか》の大港、其中に成長したるもの悉くと云ふにはあらねど、多くは百年《もゝとせ》を契る人に別るとも悲まず、逢ふも喜ばずよしや喜ぶとするも其喜びや浅し、よしや悲むとするも其悲みや浅し、故に良人《おつと》に伴ふも楽みを分つを知ツて苦を共にするを知らず、随ツて節操も堅からず、信愛も密ならず、彼《か》の小静、素より世界に添ひとぐべき男、才蔵より外になしとまで深く思ひ込んだる恋あるにあらず、と云ツて早く見棄らるヽを幸《さいわひ》と思ふものにもあらず、言はば自分で自分の方向をも確定せず、末は野となれの主義を以ツて才蔵と同住したるなり、世の中に斯の如き冷淡の心をもツて結合する男女ありやと疑ふ人もあらん、しかし此社会には有がちのことなり、小静は才蔵に取ツては八重子より、数段立優ツた面白い気に入りの女房なりけり。

昼の内《あひだ》より爪弾《つめびき》に迎ひ酒、長火鉢を中に差向ひ、火箸の間も逢はずにをればなどヽすねる奴、チヨツト見た所では誠に羨しき程楽い夫婦中《めやうとなか》、オヤ貴郎、そんな御様子のいヽことばツかり被仰《おつしや》ツて、奥様に叱られますヨ。ナアにモウ彼方《あつち》の方は故障の言へぬやうに口実を設けて、遠《と》ツくに手を切ツてあるから心配なしサ、お前に其事を云ひ出されると胸が悪くなる、そツちでさう言ふなら、こツちでも海王御前といふ責め道具はあるのサ、それはさうと国元から幼児《がき》が来るだらうから……。鳥渡《ちよつと》ヽヽ何《い》時《つ》まで置くの。と徳利《てうし》を持ち乍ら、真面目な話を遮る妻（？）、今度の島原は大層いヽそうですネ、明日《あした》はぜひ連れて行て頂戴

ナアの語尾は投げ出したと云はうか、すねたと言はうか、兎に角甘ツたるい請願《ねがひ》、マア止しませう。アラいやだア、それぢや明後日《あさつて》、ネ、貴郎《あなた》？ 良人の顎の微かに動きたるは申込を承諾したる証拠、オヤ、有り難いこと、だましちや否《いや》ヨ、それぢや、ア丶此指輪を証拠に、ソウ、アラ、マー役者なんぞに情人《いろ》がある位なら、何も心配はないんでさアネ、そんな貴郎、水臭いこと。是がチントすまして丸髷を結んだ人の口から言はる丶ことか、浮気同士の世帯、気楽なやうで冷かなホーム！ 永続きせぬこと請合なり、見よ次に記す数年後の光景《ありさま》を。

政略家、才識家を以て自称したる薄井才蔵も、懐中猶ほ余裕ある中《うち》は、心賑はしく華やかに暮し、既往の非を後悔することもなかりしが、きのふと暮れけふと明け、今は時候と共に嚢中も冷かになり、些少《すこし》のことよりお静とも意合《こころ》はずして別れ、遂に今迄の家にも住み兼ねて裏長屋に一子清太郎と共に引き移り、腰弁当下げて毎日早朝より某銀行の端役に出仕するあはれの身の上となり果てたり、さてかう零落《おちぶれ》ると昔の贅沢が後悔《くやみ》の種となり、貧苦の生活《くらし》は先非を描き出し、先非は恐怖《おそれ》を惹き出《いだ》し、風につけ雨につけ心の鬼は身を責むるなるべし。

只見る三十路《みそぢ》に三ツ四ツ足らぬ年配の女、擬《まが》ふかたなきお静なり、思へば傾斜《いろまち》に群芳を圧した婀娜者《あだもの》、緑酒紅燈の間に幾多の艶治郎《えんやらう》を脳殺せしめた雨中の海棠、それが今此有様は何事ぞ、風のまに〳〵櫛《くしけづ》らして久しく束《つか》ねもやらず捨ておきけん、おどろに乱せし黒髪、露ばかりの艶もなく、眼《まなこ》凹み頬骨高く出でたるは誠に是れ枯木《かれき》の幹、昔しの花香《はなか》何処《どこ》に在る、顔面《かほも》に残る瘡毒の斑痕《あと》いと怖ろし気に見られ、剰《あまつさ》へ其身に纏ひたるは襤褸《つゞれ》の袷《あはせ》、これでも元は風流才子の月旦《げったん》に上《のぼ》りし人なる歟《か》、歌榭《かしゃ》舞台に象牙の撥《ばち》を弄《もてあそ》び、玉欄干に酔《ゑひ》を扶《たす》けた繊手の持主はこれか、思へば浅ましきなれの果て！」継はぎの衣服《きもの》を洗はんとて井戸端に来《きた》り、盥《たらひ》にうち向へば、生憎《あやにく》や有り〳〵映る我面影の見るさへ凄き水鏡、交睫《まじろき》もせずキット眺めしいつしかうるむ目元、「エー此顔は……此顔は。」卒塔婆小町の世に捨てられし老《おい》ての悔《くゐ》は人事《ひとごと》と思ひしに、今は眼前我身の上、眉黛《まゆずみ》に霞ひきし昔、口紅に笹色見せし昔、アヽ昔は恋し今はうらめし、羽色《はいろ》めでたき山鳥のおろの鏡を喜びし身が、けふは涙の水鏡、思へば見るも忌々《いま〳〵》しと水を覆《かへ》せば、盥の輪《たが》ははなれて。パチン。

服装《みなり》の如何を見て、車屋さへ行きませうかを加減して言ふ時節、ましてや身は烟花場裏《えんくわちやうり》にありて、衣裳の着こなし髪の形《なり》些細なる事にまで心を脳《ママ》まし、明けても暮れても紅粉を粧《よそ》ひ、流行《はやり》を知るの外、身の勤めとてあらざりしお静が今の怨み、いかに深かるべき、貴郎《あなた》、薄井さん。ヱヽ誰だ、オヽ手前《てめへ》はお静ぢやないか、コレサ臭いから手を放せ。イヽヱ放さない放しません、貴郎には怨みがある。ヱヽきたない、此乞食婆ゝめ何をする。情けなく言ひ放ツて行かんとすれば彼方《かなた》は手強くすがる袖、ヱヽ面倒な。と力まかせにふり放ち、つき飛ばせば、お静は井戸板に足を辷《すべ》らせ背後《うしろ》にドウと倒るれば、生爪取れて鮮血淋漓《りんり》、井戸板の上は時ならぬ唐紅《かちくれなゐ》、小半丁程逃げ行きし才蔵思はず振返れば、今やう〳〵立上りしお静、血潮に塗《まみ》れたる手を握掌《にぎり》ながらキット此方を白眼《にら》む、白眼まれてゾット身慄ひすると見て目を覚せば、才蔵が陋屋冷衾裏《れいきんり》の一夢《いちむ》なりけり。

見渡せば天井板に写る人影、障子に触るゝ物音パサ〳〵、才蔵身振ひして夜具の中《うち》にもぐり込めば、恐ろしき物音ドサリ、アハヤと驚きて再び見廻せば四辺《あたり》寂寥として只遠寺の鐘を聞くのみ、時に又椽側に聞ゆる足音パタ〳〵〳〵、フトふりかへり見れば、驚くべし、肩まで垂れたる黒髪を、血滴るゝ両手《もろて》でかき分けながら、枕元に立ちて白眼めたるは忘れもしないお静の姿、其姿の凄さ恐ろしさ、おのれ。と云ひさま立たんとすれば其姿は後《うしろ》に廻り、夜具の上よりシツカと圧《おさ》へたり、其力の強さ、恰《あだか》も大盤石《だいはんぜき》を以て押附けられたるが如し、狂ひもがけど身動かず、声上げんとすれど声出でず、枕を取ツてなげ附《つく》れば、アイタツタ、阿父《おとつ》さんどうしたの。ヱヽ手前《てめへ》は清太郎か、どこも怪我はしなかツたか、オヤ額から血が、サア大変薬を附《つけ》てやらう。イヤ〳〵お前は毒を附けるから。ヱヽツ。お前は毒薬を附けて、わたしの顔を。と言ふ声言ふ顔は清太郎にはあらでお静なり、ヤア手前は不届ナ。叫びながら追はんとすれば、姿は消えて影もなし、俄に起る太棹《ふとさほ》の声、「エヽあんまりじやぞェ治兵衛さん、それ程名ごりが惜いなら誓紙《せいし》書かぬがよござんす、なぜにお前は其様に私が憎う厶《ござ》んすへ、憎いそふな〳〵憎ましやんすが嘘かいナ。ヤアあれはいつぞや寄席《よせ》で聞いた時雨炬燵《しぐれごたつ》の……。思はず又も振り向けば見覚えある寄席、其寄席見る〳〵前橋の旧宅となり、又次第〳〵に広がりて新富座の舞台となる、いつぞや此処《こゝ》で見た盛遠《もりとほ》が斬ツた袈裟御前の首は八重子の首となり、急に動き出し、鴨居の上でケタ〳〵、キャツと身慄ひして目を覚せば是も亦た夢の中《うち》の夢、身体《からだ》には汗びツしょり。

かゝりし後は才蔵の胸穏かならず、毎晩〳〵夢にうなされ、夢に苦められ、忽ち発熱し、忽ち悪寒を覚え、食欲減して身体衰へ、終に病床の人となれり、只杖とも柱とも憑《たの》むはまだ八才にも満《み》たぬ独子《ひとりご》――善良の先妻が遺子《かたみ》なる清太郎のみ、清太郎は慈母の教化《おしえ》を受け性質孝行、昼夜《ひるよる》の看病怠らず、偖《さて》はまた辻占を夜《よ》売《うり》して烟《けふり》の代《しろ》を助くる、人の行末のあはれさ！

思ひ起す数年以前の清太郎、慈母の膝下に慈しまれし時は、余《よ》所《そ》外《ほか》の子供と違ひ、如何に好味《おいしい》ものあるも欲しさうな顔もしず、ホンに上品な流石《さすが》は大家《たいけ》の若様と、近所合壁《がつぺき》の人々に賞められたこともありしに、今は誉田家《ほんだけ》の台所で一片の残菓を下女小間使に貰ひ、かたじけなく思ふ身となれり、アヽソレもコレもみんな我身の過失《あやまち》から起ツたこと、今更思へば八重子は世間に二人とない淑女此才蔵には過分な貞女、清太郎を此程に教育《そだ》て上げたのも皆《みん》な八重子の力、思へばおれは世に有がたき女房を持ツた、それに何不足あツて……如何なる悪魔の魂入《みい》りしか残酷に取扱ひ、罪なきものを罪あるやうに、不人情にも離縁、アヽ呼び捨てにはせぬ、八重子様様、堪忍してくれ、容赦《ゆる》してくれ。嗚呼此良心、せめて三四年前にありたらんには。

* * *

世の中の憂さ、つらさ、悲しさ、憐れさを一ツに集めたる辻占売の物語を、誉田家の端女《はしため》等は涙にむせびて聞きゐしが、今やう〳〵談話《はなし》の結尾《をはり》を聞き了り、さても可愛さうな身の上、嘸かしお前は先《せん》の阿母さんに逢ひたからう。ハイモウ一度夢になりとも逢ひたう厶《ござ》ります寿命を縮めても一度逢ひたう厶います。問ふも涙、答ふるも涙なり。

一伍一什《いちぶしぢう》を立聞したりけん　目を泣はらしたる誉田家の奥様、フト台所を伺へば、オヤ奥様が奥様がと急に挙動《みずまひ》を改むる召仕《めしつかひ》等を見向もしず、ジット子供の顔を打守《うちまも》り又燈光《あかり》に背いてうるむ目元をソツト拭ふ、其顔ばせを清太郎つく〴〵打眺め、どうやら貴女《あなた》は……。跡云はんとしてえ言はず、何思ひ出しけん、板の間に俯伏《うつぶし》てさめ〴〵と泣き出《いだす》と同時に、奥様の姿は奥に入りて見えず。

「心意気ィ引、恋のつぢうら引」北風霜の如きの中に糸の如く細くあはれに聞ゆるは、誉田家を泣く〳〵立ち出でたる清太郎の声なり、見よ！　此声を誉田家の表二階より、柱を力に伸び上り、腸《はらわた》を断ちつゝ見送る人一人あるを。

翌朝《よくあさ》清太郎は辻占箱を改むれば、数十金を包みし財嚢《ふくさ》に手紙一通、才蔵には見覚えある女の手蹟にて『清太郎どのへ、誉田うちゟ』

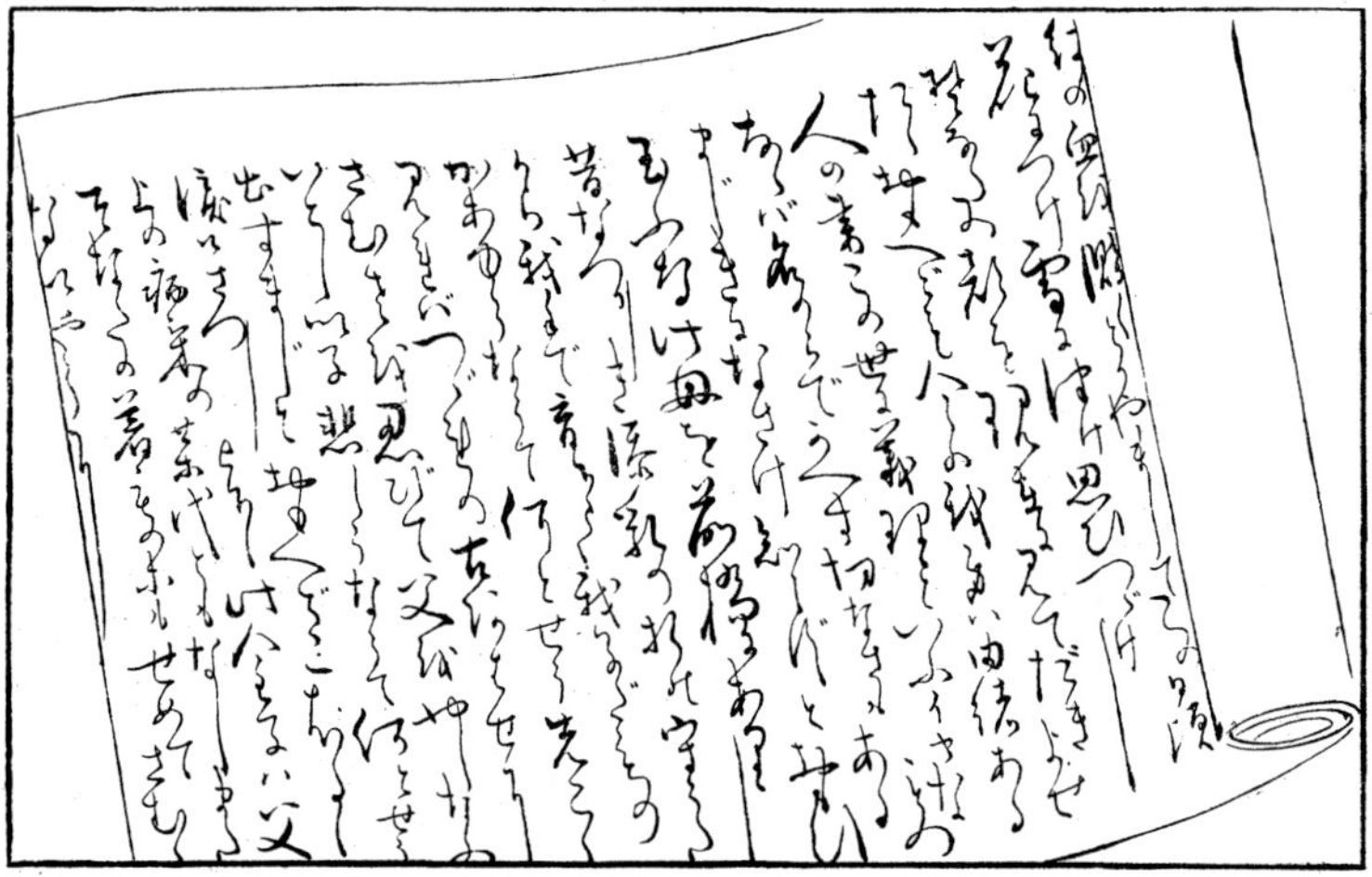

黄金村

序文を述れとの事にて紀要
序を附したまひつそて今古文舘
ご舘に化ける譯もなし金玉
の文字なきはいかめしく言霊
をかきつるといふて玉ふ石ころも
唇樂に笑ひ唇振ね出す

先之慶賀申万歳千度
猶期永日時候恐惶
謹言[illegible]
[illegible]
[illegible]

黄金村

第一回

今は昔か将《は》た昔は今か、いづれにしても時代はおぼろ。強いと言へば頼光の四天王、それから直《すぐ》に子供にも思ひ出さるゝ丹波の大江山の南北か東西かに当ツて円座村《あんざむら》（仮名《かりのな》）と呼ぶ一村落が有ツたとよ。けふはしも日曜日の午後《ひるすぎ》、村の若い兄イや若い娘達が一同に冬青《もち》の老樹の下に集ツて笑ふやらふざけるやら、他目《よそめ》には何の事だか薩張分らず。酒屋から樽を提げて持ツてきた婆様《ばさま》、渡すのを俟《ま》たず此方《こなた》の連中引ツたくるやうに受取ツて、オイ八公貴様の杯《さかづき》はイヤに大きいぜ。ドツコイお清坊《せいばう》、そんなに逃げずと一杯お酌を…。しばしは野莚《のむしろ》にあぐらの酒盛、礼義も作法もあきれて何処《どこ》へか飛出したやうな有様。

「久しく見ないうちに変れば変るものだ、風の音信《たより》にて去年大洪水のあツたことは聞いてゐたが、サテは其為めか、ひどく田畠も荒蕪《あらさ》れたことだ、ア丶彼《あ》のこはれて倒れさうな伏屋《ふせや》は、元は金満家と言はれた源兵衛殿《どん》の土蔵であツたが、いつの間に此様に…。ア丶向ふの家は分限者と村中で尊敬された太郎吉殿の家邸《やしき》で、むかしは広く板塀で囲んであツて往来人《ゆきかうびと》の目もくらむばかり四方に輝いてゐたのに、今は其影もなく只残礎が不規則に横《よこたは》ツて昔しの面影を忍ばせるばかり」かく考へつゝ此円座村の入口をたどツて来たのは三十一二位の骨格たくましく血色美《うる》はしき一個《ひとり》の壮男士、身に古びた兵服を着けて肩にランドセルを負担《せお》ひ、身体の肥えたるに係はらず、歩行至ツて軽くして活溌なり、丁度角觝取《すまふとり》に西洋の体操を心得させたやうな。剛毅らしい顔の額に大きな疵痕《きづあと》があツて、ムシヤクシヤしたる黒き口髭は児女の心を驚怖せしむるに足る、段々と歩を進めて今冬青《もち》樹《のき》の近くに来るのを見ても、村の連中は誰れも見知ツてゐるものもなければ言葉をかける者もない、然し只一人、

「オヤツ」と大きな叫びを投げ出して酒屋から突然飛んで出たのは七十前後の老婆、

「是は大《だい》五郎《らう》さんだ、妾《わたし》は善く見覚へてゐる、是は岩国大五郎さんだ、先《せん》の小学校の校長さんの独息子、マア大五郎さん、どうしてマア、ほんに数へて見るとモウ十三年前、魯士亜か攻めて来た時北海道へ戦争に出て行ツたまゝ…」

此老婆の驚きと叫びを耳にした連中、酒屋から飛び出てくるものも、冬青樹の下から駆けてくるものも、皆な一同に壮男子——即ち老婆の口から名を教へられたる岩国大五郎——の周囲を取り巻い

て物珍らしさうに矚目《みつめ》てゐる、

「私は永らく兵隊を勤めてゐましたが、仔細あツて今度故郷に帰ツてきました、久しぶりで自分の生れた地に来て皆さんにお目にかゝるのは実にうれしう厶《ござ》います」と朗らかな、やさしき声で言ツたのは大五郎で、鬼をも取り挫《ひし》ぐやうな顔附とは丸で反対な素振。

「戦争の物語も聞きたし、又祝賀《おいわい》も、ノウ儀平さん、致したいから、兎も角も此酒屋まで」と年の老《い》ツた百姓が言へば、他の人も異口同音に、

「さうとも／＼、サア大五郎さんお出で下さい」

大五郎は引かるゝ手を蹶然振り放ち、大喝一声、

「拙者酒はきらひで厶る狂水を飲んで身体《からだ》を持崩せと言はるゝより、息《やす》んで永旅の疲労《つかれ》を安めろと言はるゝ方が嬉しう厶る」

第二回

拙者酒は嫌ひで厶るトの大五郎の大声に驚いて、村民の一群《ひとむれ》は皆再び酒屋の垂簾《のれん》をくゞツてしまツた、そして外に漏るゝ高声は「あきれた狂人だ」「馬鹿な鉄砲担《てつぽうかつぎ》だ」加之《おまけ》に其に添へたるは、冷笑するやうな一同の高声、大五郎は一向其等の声に頓着せず、遥かに彼方《かなた》を眺めて、

「ア、吾が父の家には、今誰れが住む、曾ツて父が所有せし田園は、今誰れが耕へす」思はず頭《かうべ》を垂るゝ後《うしろ》に、しよんぼり立ツてゐた村の米屋《こめや》の亭主平次《へいじ》、恐る／＼手をもんで、

「若旦那、私は平次です、米屋の平次です、大旦那御在世の時分は一方ならぬ御恩に預かツた平次で厶いますお見覚へは厶いませんか、兎に角若旦那のお邸《うち》は今急速の用には立ちませんから、今晩は私の邸にどうぞお出《いで》を願ひます、女房が嘸驚くで厶いませう、私は其驚いて喜ぶのを見たう厶います、夕飯も差出したう厶いますし、今年客着に作ツた新夜具、ソレも貴郎《あなた》に着初《きぞめ》して頂きたう厶います」

今迄黙然《もくぜん》と頭《こうべ》を垂れてゐた大五郎、ツト顔を擡げて、

「ヤツ、お前は平次か、ムウ、さう／＼平次だ、今夜はお世話になるよ、面倒だらうが」と勢一杯の無骨な挨拶。

「イヱ、どう致して、サアお供を致しませう」

大五郎は平次に伴はれて、米屋が許《もと》に行ツた、夫婦の歓喜、夫婦の接待、上よ下よと大騒ぎ、亭主が牝鶏《めとり》の羽をむしれば、女房は後園《ごえん》に行ツて野菜を採り、娘が串貫《くしぬき》の川魚を炙れば、家婢は竈《かまど》の下に火を起し、ソレ風呂を召しませ、窮屈袋《きもの》をお抜ぎなされ、ソレ米《まゝ》が泡吹く、どうしたものだ、焼附《こげつく》ぞ蓋取らぬか……イヤ落《おろ》さぬか、少し辛いぞ湯を……オー冷たい、それは水ぢや、しばしが程は家内中、ひツくりかへるやうな騒ぎ。

点燈頃に一同此佳賓を上客として晩餐の席に就いた、十三年間の昔し話、聞きつ問はれつ客の誇る所は主人の驚くところ、主

人の黙する所は客の苦んだところ、枝葉に枝葉を生じて、会話深更に至るまで尽きず。

此団欒《このだんらん》の中《うち》に母の後《うしろ》に沿ふて座ツてゐるのは此家《このや》の娘、名をお栄《えい》と呼びて年は十九歟《か》十八歟、艶ある島田ふツさりとして二重《ぢう》瞼《まぶた》に愛憐の露湿《うるほ》ひ、細き眉ほんのり紅《あか》む頬、唇軽く鎖《とざ》して眥《まなじり》小イさく、雪の膚《はだ》襟よりかくれて、白玉の腕袖口よりあらはるゝもゆかし。大五郎も自分の物語を謹聴してくれる娘、サテは如何なる娘かと彼方を見守《みつむ》れば、片田舎には珍らしい乙女、目元のパッチリとしたところ殊に可愛、最前までの平常服《ふだんぎ》、何時の間に誰《た》が為めに着換へたか、思へば是れも憎くはなし。

「最前からのお話の摸様、挙動《ふるまい》の塩梅、鷹揚な処がお有ンなさる、髭は怖いが……然し恰服も大きくツて、若し兵隊でなく紳士の生活をなさることなら嘸かし立派な男であらう」と娘も大五郎の事を考へてゐる、最前より娘は沈黙して、殊に男から見守めらるゝ時は、俯向《うつむ》いて顔あがらず、用もない手でしやうことなしの膝撫《さす》り、然し男の髭は余程目立ツてあツたと見えて何かの話しのついでに娘は言ツた、

「貴郎の口髯は初めて見ますと怖う厶いますョ」素より是は軽く或る事の序《ついで》に言ツたこと、応対問答のいそがしい中、誰れも耳にとめてゐぬと思ひの外、不思議！　翌朝娘が金盥に新水を汲んで椽先から、

「若旦那お早う厶います、お洗顔《てうづ》を…」と言ひながらフト見た時は男の髯は何時の間にやら綺麗に剃られて見る跡もなし。

第三回

温かな待遇、親切なもてなし、気が置けなくツて楽しい平次が許の消光《くらし》、大五郎は旅の辛苦を忘れて、思はず茲《こゝ》に四五日滞留した、米屋夫婦は共に律義にして親切な人、娘お栄も従順《すなほ》な善良の乙女であることは、疑ひもなく其眼つきを見たばかりでも分る、ト言ツて何時《いつ》までも茲《こゝ》処に厄介になる訳に非ざれば、愈々大五郎は吾が家《や》に移住することゝなツた、祖先の田園を耕やし祖先の家を興すために。

岩国大五郎が所有地は牧場が三十反《たん》と田畠が四十反ばかり有るが、それは今迄米屋平次に保管を頼んで小作人にかしてあツた、其取り立てた金を積年分一度に計算して平次は大五郎に手渡したので、大五郎は先づ其金をもて家屋の修繕を初むることになツた、父母の死亡後久しく人手にかゝらぬことなれば、見る影もなく屋根板塀零落して一通りの修覆では住居《すまは》れたものでなし。大五郎は断然決意、旧家を全く取り毀《こぼ》ツて新たに宏麗な清潔な家屋を建築した。大五郎は家を興し身を富まさうと言ふ素志あるゆゑ、家が出来てからと言ふものは働くこと仕事すること、数十年来鋤鍬と起居《おきゐ》を共にした老農さへ、一度も経験したことのない位。

大五郎の屋敷内には清き小《こ》川《がは》流れて、四方《よも》の眺望も好く、其花

園の如きは村中に比類なき第一等の美麗を極めてゐる、邸内の小路には砂石《すないし》を布きつめて、檜《ひのき》の洗ひ出しの大門《おほもん》、柏の木と共に聳《そび》えて、手飼の鶏犬《とりいぬ》、声朗かなり、加之《しかのみ》ならず大五郎の身に取ツて最も幸福なるは来春の花時を俟《ま》ツてゐることである、それは何故《なぜ》？　可憐のお栄は数十株の薔薇《いばら》を贈ツてくれたので、それを生垣の周囲に丁寧に植つけた、嘸かし来春になツたら奇麗に花咲くことであらう、「お前の贈ツてくれた薔薇、こんなに美しく咲いた、こう御覧、いゝ香《にほひ》だこと」との一言《ひとこと》を彼の人に言ひたいばかり、そして手折ツた一朶《えだ》の紅薔薇《あかいばら》、それを手づから彼《あ》の人の頭《かしら》に挿《かざ》して見たい、ア、来春まではまだ幾月？

きのふと暮れけふと過ぎ、月日は経てど、村内《むらうち》の人々誰れ一人として大五郎の兵士の時の身の上を聞いた人はない、只朝から晩まで労働するのみで貧乏に追付《おつつか》れてゐると云ふことを見知るばかり、成る程家屋は壮麗なれど、料理屋に一度行ツたことはなく、祭日や祝日に好い着物もつけたこともなし、これを見るもの聞くもの誰れが金持と思はうぞ！

村役所から貰ツた恩給金と、亡父が残した書籍、それが実に大五郎の財産の源。

村内人民の非評悪口《わるくち》は皆な此壮男士《このますらを》の身の上に集ツて、米屋一家《け》を除くの外一人として褒めるものはない、或る一人《にん》はかう言ツた、

「彼奴《きやつ》は丸で偏窟な狂漢だ、さうでなければ呆愚《たわけ》もの、彼奴は朝から晩まで仕事ばツかりして祭日も日曜も濁酒《どぶろく》の一杯も飲んだことがない、人間の働くのは何の為めだ、銭をためて棺桶の中に持ツて行く為めでもあるめヱ、馬鹿々々しい汗を流して働くための此世なら、生れてこネヱ方がいゝや。だが、彼奴は仕合《しあはせ》のことには親から譲り受けの田地があるから大きな顔もされるもの、さも無けりや、さしづめ養育院か貧民院の御厄介物で、つまり自己等《おいら》の頭を張る奴サ」

「ムウ、さうだ〱、彼奴は其上永らく戦争に出てゐても、何一ツの手柄もないと見える、馬鹿はやツぱり馬鹿だけに何も仕出かさぬものサ、ウドの大木たア彼奴のことだ、身体ばかり剛強《つよ》さうに見えて何の役に立つことだ、アノ額の刀痕《きず》は、どうせ碌な疵ぢやあるめヱ」と合槌を打ツたのは村内で小相撲の一番も取る野兄《せなア》、それを聞いて又他の一人が言ふやうは、

「何でも彼奴は悪事をして是迄世を渡ツてゐたに違ない、彼奴は人の読めないやうな六ケしい書物なんぞを持ツて、独りで何か企てゝゐるぜ、何れ事発覚の暁にや、赤いお仕着《しきせ》を着るだらう、聞きや、彼奴の奥坐敷は堅く密閉《たてし》めて誰れも入れない、米屋の平次さへ入ることは出来ぬさうだトヨ」

「さう言ひや、おれも思ひ当ることがあるぜ」と語《ことば》を次いだのは夜廻りの老爺《ぢゞい》「いつでも彼奴は徹夜して其奥坐敷で何かしてゐるぜ、おれが毎晩巡《まは》る時分は戸の隙間から光線《あかり》が漏れてゐる、もしや贋……札……」

思ひ〳〵に当推量の雑言、是れが村民の一般が大五郎帰郷後の身上に就ての感情。

第四回

円座村の住民は、挙ツて言ひ合せたやうに大五郎を別物として取扱ツてゐる、然し大五郎は自分から求めて村民と親交しないと云ふ訳でない、却ツて村民から擯斥さるゝので、大五郎は帰郷の後村中一統隅から隅まで別々に訪問して、農事の方法を教へ、家畜の養法を諭し、又家に子供あれば之を慰め之を導き、皆な利益になることばかりを土産《みやげ》に贈ツた、然し誰れも其を信用し、実行しやうと言ふ者もなく、只いゝ加減に受答へして内心では冷笑。

此円座村はまだ大五郎が幼少の時分は風俗も善く衛生も行き届き、家々の並び美しうして高く、数千円の富を持ツてゐる人は随分他村に比較しても多かツた位、故に平等、秩序、平安、温良、勤勉等総て此等の好性質の生活は内外に溢るゝ程で有ツた、それが僅か十三年の内——国家の生活上から見れば寔《まこと》に短い年限のうちに、かうも変ればかはるもの歟《か》、米屋と宿屋と二三の大農夫《おほのうふ》とを取り除けば、総ての村家《そんか》は皆な貧乏神がこわれかゝツた窓から伺《のぞ》いてゐる、村家は合せて二百軒ばかりあるが、少なくとも其中《そのうち》五十軒は子女を乞食となし、百二十軒は負債で首が廻らぬ、良民の名を下さるゝは僅かに残る三十軒ばかり。

先づ村の家屋を見れば村中の全斑が推さるゝ、戸は破れ壁は落ち窓傾いて、屋根は殆んど風露雨霜も凌げぬ位の有様、むかし巍々として聳へてゐた門、今は朽ち倒れて之を起すものもなく、むかし行届いてゐた道路橋梁の修繕、今は荷車の運びさへ滑かならず、独木橋は馬夫《まご》牧童に数十層の迂路《まはりみち》を取らしめ、耕せば実る田地をも労して砂石を取り払うと云ふ人もなく、村外《むらはづれ》の路《みち》標《しるべ》、斜めに傾きて文字《もんじ》読めず、寒塘の余水、逆に流れて枯枝にとまる烏の影さびし、むかしは他の町村と交通往来の頻繁な村、それが今は徒づらに悲しき痩馬の嘶《いなゝ》き声を時々弊廠《やれうまや》に聞かせるばかり、竹外の茅《かや》艸空しく延びて戸々の炊烟見れども見えず、ア、これでも人の住む円座村歟。

以上は只外面から見たところ、更に内部に這入ツて点検すれば猶一層甚しいものがある。家々の室内湿気あり臭気あり、不潔と言はん歟、汚《を》穢《かい》と言はん歟、垢じみた夜具之を洗濯するでなく、朽ちた椽側之を大工の手にかけるでなく、柱くすぶりて光沢なく、霜風身を震はするも障子を張かへることなく、村中時計を持つものなければ多くの約束も遅刻かち。一家に一ツしかない古鏡《ふるかゞみ》、それさへ曇りて塵……それならまだしも鼠の糞《ゐばり》、ア、女房娘の身だしなみは此処にはなきことか。台所道具は不足にして釜と鍋の区別もなく、水挿と土瓶の分ちは勿論！　流しの四辺《あたり》淋うして手桶一ツに柄の折れた酌杓《ひしやく》斜め。

然し住民は之に満足して平気で豚と同様の生活をなしてゐる、

男女も老若《らうじやく》も垢じみた襤褸《つゞれ》を着け、顔、手足、いつ湯を浴びたことやら、きたなさ、くさゝ、それで外見をも厭はず揚々として戸外に徘徊し、しかのみならず懶惰の風習性となり、眠《ねむり》を貪り酔《えひ》を買ひ、昼が夜やら夜が昼やらそれさへ此処にはけじめなく、筵《むしろ》の上に寐かした襁褓《むつき》の乳児《ちのみご》、半日《はんじつ》泣くも之を顧み之を慰むものもなく、垢だらけになツて戸外に遊ぶ児童、阿母《あぼ》の注意は何処へ逐天せしぞ。

かゝる次第なれば家に恒の産なく人に恒の心なく、病にかゝるも医師の診察料を惜んで「呪咀《まじない》」で間に合せ、それで不具になつても憐む人もなし、若し一家の中亭主か女房か病の床にでも附かうものなら、家政は壊乱の上に壊乱を重ね、児女は饑《うへ》に泣いて、其結果は路傍で旅人《りよじん》の袖……。家財家畜は素よりのこと、先祖伝来の土地も皆な人手に流して、そして一割、十日〆切りの高利金を借る、総て此等のことは全村の貧を惹き起す原因となツた、此有様を実見した大五郎、太き息を吐き、「アヽ」嗟嘆の声は只一語、余りのことに之に次ぐべき言葉も出でず。

第五回

今村内に弥漫し流行してゐる不潔、懶惰、不摂生、不順序、不注意等を見る大五郎は、見るに忍びずして人々に忠告すると、人々の謝礼は――何?――白眼。そして加品《おまけ》として其白眼に添ふ言葉は、

「おいらには清潔《きれい》なことだの順序《きまつた》ことだの、ソンな七面倒なことは到底出来ネヱ」

「人のことより先づ自分を見るがいゝや、いつでも木綿のゴツ〱もの、余り威張られた義理でもあるめヱ」

之を聞き之を見る大五郎、驚嘆に堪へず、其由ツて来《きた》る原因を探らんとて、窃かに緻密の観察を下せば、実に其道徳の腐敗も又一方ならぬことである。

昔は円座村中に於て訴訟などを起すことは、皆な忌み嫌ひ、裁判所の門内に出入するさへ、殆んど大悪事のやうに思ツてゐたが、今はうツて変ツて大反対《おほはんたい》、チョツとしたことまで直《ぢき》に区裁判所に持出し、そして裁判官の勧解も多くは無効――大概は不調になツて本訴に取りかゝるを何とも思はぬ、聞けば年々一二割づゝの事件増加し今を十年前と比較するときは殆んど事件が廿倍したとの噂、それも其筈、軒を並べて毎朝毎夕《まいてうまいせき》顔を見る隣人さへ互ひに信用せぬものを、否な信用せぬのみならず互ひに相憎み相疑ふて、チョツトした金銭の出入《でいり》、かり請渡《うけわたし》にもヤレ証書とか、ヤレ証人とか騒ぎ立ちて、義理――人情――信愛、是等のたのもしい交際は薬にしたくも見出すこと出来ず。貧者は富者を羨み、富者は貧者を苦しめる、富者が高利を取り立てる無慈悲、其無慈悲を恨みに思ふて復讐する貧者の不法、夜間邸内の樹木を斬り倒し又は窓《まど》戸を破壊するなど、双方乱暴のやりとり。聞けば夫妻の間にさへ約束に証文を取りかはすよし、

ア、人生最親の間——一郷一国の元素たる家族に於てさへ信用なくば其他の事は想ひやらる。

父母のなすところ、児女亦た之を学ぶ、されば貧者は年々増加して借金すれば返却せぬを当然と思ひ、たまに返済する人でもあれば村人評して、「アレは馬鹿者！」

村人《そんじん》総て働いて金銭を取ることを知らず、たまに仕事に行くも遅く出でゝ、早く帰り、而《そ》して曰く、「おれの身体《からだ》はおれの勝手！」

遊惰で身を持崩し、正当の労働をもて正当の生活を営まうと思はぬ貧民、縦令《たとへ》仕事に出ても、烟草ふかす時間長くして鋤鍬とる時間少なく、一時間や二時間立つか立たぬうち、直に仕事が否《いや》になツてモウ帰り仕度、而して曰く「どうも人間は牛馬とは違ふから……」

かく貧窮なるにも係はらず、どこでどうして造ツてくるものか、大抵は酒飲む銭ばかりは持ツてゐる、祭日や縁日は一年中に数へるだけしかない、それでは不足と色々の口実を設け、けふはおれの誕生日、あすは親爺の誕生日、明後日は阿母《おふくろ》の……と飲むことばかり考へてゐる、そして「誰々の死んだ日だから精進する」抔は少しも思ひ出さない、喜ぶ日に祝ひをさするなら、悲しい日には斎《ものいみ》をなすべきことも知ツてゐる筈なるに。

「モウ一杯くれろ」

「双六《サイ》を持ツてこい」

此等の声は毎夕いづれの酒屋の前を通ツても外に聞えてゐる、縦令終日労働するものありとするも、ツマリ其労働は酒店半時《さかみせはんとき》の犠牲。

女房亭主をつかまへて罵る声、

「子供《がき》が餓《かつ》えて泣く声は聞えませぬか、寒さにふるへてゐるのは見えませぬか」

「たわい〳〵、そんなに四角に出ずとものことだア、マア一度居酒屋に行ツて、コレサ、さう怒らずと、ゲーフ、聞き玉へと言ふことヨ、立飲の味は中々忘れられ〳〵〳〵ない、嘘と思ふなら、君も……イヤサかゝア大明神様も行ツて見玉へ、ゲーフ」

此のやうな放逸な有様、着るものも食べるものもないかと思へば、又時々は晴衣《はれぎ》を着けて必ず近町近村に出掛ける——もしも祭礼や市場が開かるゝ時は——ツマリ彼等は耳新らしいことを聞きだしたり、金銭の費《つひ》へる所に出掛るのを得意としてゐる、そして衣食することの出来ないやうになツても自分の怠惰は棚に上げて云ふ、「ヤレ時がわるい、運が向かぬ、近所が善くない、府庁の政事が気に違《く》はぬ」

以上は大五郎が深夜密室に在ツて自己の観察した所をくり返したもの、夜更け人定ツて四隣声なく、只ほのかに聞ゆるは寒更を渡る帰鴈の声。今迄頭《かしら》を垂れ黙考してゐた大五郎、何を考へ出したか不意に頭《かしら》を上げて、膝をぽん。

第六回

縦令《たとひ》如何なる不満不快が大五郎の身を襲ふも、米屋《こめや》が許を訪ふてお栄《えい》嬢の顔を見るときは、いつしか心も和平《やわら》ぎて気も晴々！、ア、お栄嬢は大五郎の為めには朝霧をかき消す太陽、雨後を照らす山の端の新月、けふも亦大五郎は米屋を訪ひ平治と奥座敷で対話してゐる、

「おれは村内の悪風、村内の不幸、見るたびに思ひ出すたびに、人知れず袖をうるほしたことも屢々ある、現に昨晩なぞは深更まで……ア、」思はず嗟嘆する大五郎の顔を平治はつく〲ながめ、

「若旦那、大層此頃はお顔色が悪るいやうです、あんまり御心配は却ツて毒で厶いますぜ、尤も貴郎《あなた》の御気性ではそれも其筈です、御覧の通りの村の有様、むかしは鳥恐怖《とりをどし》の鈴音、豊かに勇ましく聞えた田畠、それが今は雑草生茂り、狐狸の寝《ね》所《どころ》となるは何事ぞ、他所目《よそめ》にも奇麗に見えた此村、平和愉快の旅人宿《りよじんやど》であツた此村、人に貴ばれ人にうやまはれ、黄金村《こがねむら》ぢや黄金村ぢやと綽名を取ツた此円座村、それが……それが(思はずうるみ声になり)うツてかはツて軒下にやどるは貧乏神、人の頭にやどるは怠惰《なまけ》……悪事……遊蕩……妬害……生意気—」

「サ、其源因をおれは聞きたいのだ、お前は如何《どう》思ふ、戦争の結果と思ふか、又は大洪水《おほこうずい》の……」

「イエ〱、決ツして」大五郎の問ひ終らざるを遮ツて、

「成る程、此不幸零落は戦争以来に初まツたこと、又洪水以来は人民穏かならず、商業衰へ凶年続き時候不順、戦争終り、洪水過ぎ去ツた今日迄も困難の事は続いてゐます、然し此村は東国諸国の町村のやうに何も兵士が陣取ツたト云ふでもなく、米穀貯蓄を浪費されたト云ふでもなく、税金の戦争以来多額になツたのは全国一般のこと、洪水の如きも此村よりまだ〱ひどい処が沢山ありました、言はゞ戦争の害洪水の害を蒙ツたのは一番全国中で此村は軽いと言ツてもよい位、それに御覧なさい、他の国々町村は今は奇麗に回復が出来て従前の幸福を享けてゐます、只此村——害を少なく受けた此村ばかり、却ツて不幸貧困に陥ツたのは何故《なにゆへ》でせう、これは戦争の為めでもありません、洪水の為めでもありません、只独立の精神がないからです、村民が不幸に抵抗さへすれば不幸は逃げてしまいます、貧苦と格闘する精神あれば、貧苦は消えて富運が入れかはツて来ます」

「然るに吾村は袖手《ふところで》して時運を俟ツてゐるト言ふのか、縦令豊年がつゞいても、政治がよくとも貧乏に陥るは免《のが》れぬト言のか」

「……です、実に左様です、然し若旦那は御存じありますまい、袖手《そでゝ》して貧乏を除かないばかりなら、まだしものこと、力を

尽して貧乏の種を蒔き不幸の度を進むるものが此村にありますぜ」

「ヱツ、それは誰《だ》……誰れだ」ト急き込む大五郎を押し静めて平治は、

「村会！　吾々の共同物を預り、積年の積立金を保管する村会の役人は、揃ひも揃ツて狡猾です、強慾です、無学です、悪徒です、幸福を増進せねばならぬ役人――一村の内閣員たるの人々が却ツて村民の不幸怠惰を喜んでゐます。むかしの村会の美風――悪を諭し貧を慈しんだ其美風は今は少も残ツてゐません、試みに御覧なさい、或る役人は遊女屋を出し待合茶屋を設け、又或る役人は酒店《さけみせ》を表看版に博徒の集合所をこしらゐ、又或る役人は慈善を口実にして遊女の仲買をしてゐます、吾々を助けずして却ツて吾々を苦しめてゐます」

「フム、失敬な役人、それはいかん、それは最もいかん」

「驚くことはまだ、そればかりではありません、若し村中に相談でもある時は、役人は必ず人民を料理屋、酒屋に集めて会議を開き会議あるごとに自分の腹を温《ぬく》めてゐます、まだ相談さへ纏まらぬ内に飲酒を初めて、席を乱し終に皆々千鳥足で帰るが習慣になツて、何事にも酒がなければ喉がパサツク故、村民も亦た色々の口実を作ツて酒店に集まることを喜んでゐます、銭はなくとも借金して飲みます、其借金が払へぬときは家屋財産を公売に附せられ――あとは乞食！　それで村中の富は皆な飛んで二三の役人――否な酒店、遊女屋の亭主の手に落ちてしまいます、それで誰れでも高利をかる――」

「それは少しおかしいぢやないか、無理に高利を借《か》らんでも低利な金《きん》は沢山あるだらう、強慾でない金貸もあるだらうぢやないか」

「イヽヱ、所がありません、元は有ツても今はそれが無くなツたのです、なぜなれば、皆な借りるといつても元利を倒します、村民の信用は塵程もありません、吾村民は救助には見棄てられました、華客先《とくゐさき》の慈善にも見放されました、村民は人に迷惑をかけても何とも思ひません、誰れがこんなものに金を借すものが有りませうぞ」

「アヽ、物の哀はれの頂上！」太き息をつき乍ら大五郎は思はず切歯《はがみ》。

第七回

思はず切歯した大五郎は、しばし俯向《うつむ》き、腕を交叉《こまぬ》き沈黙してゐたが、再び平次に問ふて、

「然し此村には共有の土地があツて、それから莫大の所得もあがるではないか」、

「イヽヱ、それは書入質《かきいれしち》になツてゐます、村会役人の或る数人《すじん》に抵当として村から預けてあります、だから其所得は皆な其役人の懐に這入ツてしまいます、今迄は道路橋梁の修繕、衛

生溝浚へ等一般の公事の費用は其所得でつくなツてゐましたが、今は、今は、モウそれが――残念なことには出来ません」

「アウ、さうか」重ね〳〵の仰天に大五郎「それは実に驚き入ツた始末だ、一体人間は多少の判断力は持ツてゐる、如何に愚昧無学なものでも必ず良心と言ふものがあツて天を敬し道理を恐ることは有る筈だ、それに役人は……村民は……」

「それは御尤もです、然しどうして其良心の考を吹込まするとが出来ませうぞ、御覧なさい幸福寺の上人を、吾々の祖先が精神的教育の為めに永住を願ツた浄土宗の上人を！　彼の上人は口に南無阿弥陀仏を唱へ乍ら、心では利慾非理を唱へてゐます。彼の上人は一身の利を謀りて士女の心を善良に導くことを務めません、只器械的に義務を尽して精神的を以ツて働きません、人民の無法にして良心なきも、拠《よんどころ》ない訳です、彼の上人は十年間少しも愚民を風化撫育しやうと言ふ心もありません、村民の困難を目撃しながら一ツの意見をも述べません、況して真情から出る救助などは夢にも思ひよらんことです。尤も習慣によりて毎月定期に説教はしてゐますが、それは習慣にせまられてするので決ツして精神的の勧化《くわんげ》の為めにするのではありません、皮相の義務を果す為めに器械的にしやべるのです、ですから聴衆も一ツも感動することはなく、家に帰れば矢ツぱり不従順不徳義なことをなしてゐます、ア、此村に良心――それが無いのは尤です」

「上人はソンなでも、学校の教師があるぢやないか」

「学校の教師？――ア、これも駄目です、貴郎《あなた》の阿父様――大旦那が校長の時分は、実に善良の学校で、善良の子弟を教育する所でありました、然し今は丸で昔しの姿は影程もありません、そりや学校と名がつくから、読書も算術も修身書も教へませう、然し其教へる人の品行志操を御覧なさい、遊女屋待合所に行ツても生徒に恥ぢません、博奕《ばくち》を争ふても道徳に恥ぢません、素性の分らぬ曖昧の女を引入れて其妻としてゐます、いつでも酒を飲み酔気紛々の儘で昇校授業してゐます、だから学校は不善不従順虚欺を覚ゆる所で決ツして良児女を産む所ではありません」

今迄平次の談《はなし》を熱心に謹聴してゐた大五郎は、益々嘆息して

「コレ平次、お蔭ですツかり様子が分ツた」

言ひながら遥か彼方《あなた》の森に隠見する学校を睨めた、其眼《そのまなこ》はいつしか閉ぢて、中に人目に見えぬ涙あるべし

＊　＊　＊

村内公共の事業に付《つき》相談を開かんとて村会の役人は村民を例の酒屋の前の冬青樹《モチのき》の下に呼び集めた、（此冬青の老樹の下には数百年来祖先が常に集会の場所とせしを以ツて今猶ほ其習慣に由りさてこそ茲に会議を開いたので、此冬青樹は米屋の家を隔つること僅かに数十歩）広き野の芝の上には村内の群集車座になり小児婦人までも挙ツて立聞きしてゐる。

彼の岩国大五郎は此機を幸《さいはひ》として十分己れの意見を吐き村民の惰眠を惹び起さんとて、是も又茲《こゝ》に傍聴人の一人《にん》となツてゐる。いまだ会議さへはじまらぬうちに「酒なくば何のおのれが……」なぞとつぶやくもあり、「会議は後にして先づ酒を……」なぞと呼ぶもあり、不行義不順序、喧囂《けんがう》の間に立ツて役人は先づ議案を提出した、其提出の終るや否、遥か後《うしろ》の小高き石の上に、大声《たいせい》あり「諸君！」声と共に奮然として突立《つツた》ツたる偉男子を皆ふりかへり見れば、村民が嘲笑軽侮する岩国大五郎であツた、群集の人、一斉呼んで曰く、

「馬鹿！　生意気なさがれ！　偏窟……弱虫――」

見よ！　米屋の二階の窓を、ア、レ、可憐の処女《おとめ》の半顔《はんがほ》が、いつの間にやらチラリ！

第八回

諸君と呼んで突立ツたる岩国大五郎は、数多《あまた》の嘲笑、数多の罵詈を聞き流し、やがて其声の静まるを俟《ま》ツて説き出して曰く、

「親しき、愛する村民諸君！　予は幼少の時は曾ツて諸君と共に同じ川に游泳し同じ風に凧《たこ》を揚げた事もありました、其腕拍の気さへまだ失せやらぬ時、兵士となツて今迄他郷に在りましたが、今再び予は注意深き成人となツて故郷に――最も温かき最も親愛なる空気の吹く故郷、祖先の墳墓ある故郷、竹馬の朋友ある故郷に帰てきました、ところが村内の事は一から十までガラリ変ツてゐます、諸君試みに追想せよ、昔此円座村は『黄金村《こがねむら》』の異名《いみやう》を取ツてゐました、他の町村に比較して富貴の人最も多く住居し、乞食などは見やうと思ツても一人も見ることは出来なかツた、『黄金村』の異名は決つして吾々自身が附けたのでなく、他郷人がうらやみて此栄称を与へたのであります、其時分は襤褸《ぼろ》を着けてゐる者は一人《にん》もなかツた、縦令《たとへ》錦繡の衣服を着《ちやく》せぬまでも皆小奇麗清潔にして垢じみた衣服をつけてゐたものは一人もなかツた、今晩喰ふ糧《かて》米を今日の昼に才覚するやうな必迫もなかツた、縦令病気に罹るとも火災に逢ふとも困らぬ位の用意――貯蓄《たくはへ》もあツた、其時分は共有物を質入して村債を起すやうなこともなかツた、田畠は善く耕され、農夫はよく勤め、上《かみ》は下《しも》を愛し下は上を敬し、住家も清潔にして各々一頭の馬、一頭の牛、五六頭の豚位は所有しておツた、村内には平和、愉快、親愛の空気は充満してゐた、故に農夫のみならす都門の紳士も亦た黄金村に生活するを喜んでゐた、台所道具、日用品は完美して不足を感ぜす、障子の硝子《ガラス》は磨きたてたる鏡の如く光り、物を借《か》る僅の人民あツても返済期限を誤るやうなことはなかツた、故に（一層声をはり上げて）円座村の人民と言へば他郷の人までも無抵当、無證文――只口約束のみにて二千や三千の金は容易《たやす》く貸してくれた、吾々は其位に評判、名誉、信用を持ツてゐました、実に吾々は『黄金村』の黄金であツた」

「ヒヤ〱、尤も〱」村民等は自身等のことを褒めらるゝを喜び、一同拍手喝采、

大五郎は猶一段声に力をこめ、

「然れども、それは昔しのことで今は其跡方も残ツてゐない、昔の黄金村は今は荊棘村《いばらむら》である。昔は特別の天恵を受けてゐた村が今は特別の擯斥を受けてゐる、二三の村民は鉅万の富、莫大の土地を所有するも其他の村民は――無一物！ 耕すことを忘れ、乞食することを恥とせず、却ツて正業と思ふやうになツた、家々《いへ〱》門々《かど〱》一軒として負債のなき家はない、祖先が建築した家屋を公売され、祖先が汗を以ツて得し土地の消亡するを見ながら、諸君は平気でゐる、好んで裁判訴訟を起し、隣侶《りんりよ》相妬害《とがい》し、親族相讒悪《ざんを》する、吾々は『黄金村』と言ふ以前の名は持ツてゐても其実は爪垢ほども備えてゐない、吾々の道路は破れ家屋は傾き衣服は腐れ身体《からだ》は垢《よご》る、是等は外見のことで猶恕すべきも其最もきたなきは（声に力をこめて）村民の心の腐敗である。諸君の嗜好物は労働よりも――飲酒！ 払ふよりも――借《か》ること！

恵与よりも――盗取！ 誠実よりも――詐欺！ 慈愛よりも――残酷！ 朋友よりも――敵！ 従順よりも――乱暴！ 徳義よりも――破廉恥！ 親敬よりも――讒害！ 実に是れ諸君の大好物である、然れども諸君は聞かずや他の町村に於て「貧乏人」と言ふ代りに「円座村」の語を用ゐるを……」

最前より大五郎の悪口を聞き大不平大不快の裡に聞いてゐた聴衆此に至ツて憤怒やるかたなく、一同に騒ぎ立ツて千万の声破裂するが如く、

「ぶち殺せ、なぐりたをせ」是等の暴語を放ツて飛びかゝらん勢。かゝる有様を見て彼方《かなた》の二階には大五郎の身を案じ、手に汗を握ツて、とつおいつする人一人あり！

第九回

小高き石の下に走り寄ツた聴衆の一人、大五郎を引ずり落さんとするを、大五郎は一蹴の下《もと》に之を蹴飛ばし大声高呼《たいせいかうこ》して曰く、

「親しき村民よ、何故に卿等《けいら》は予の演説を妨害する歟《か》、（少し声を震はせ悲憤の気色《きしよく》にて）若し誠実なる血液の一滴、卿等の脈管に流通するならば何か故に一同手に手を取ツて『村の衰態挽回さるゝ、否な挽回せざる可からず』と歓呼せざる、卿等は此源因を知るか、予は一言にして之を言はん、彼所《かしこ》に見ゆる飲食店、遊興店より来ると、卿等の財産は酒と化し、卿等の家蓄は勝負事の為めに双六《さい》の為めに消失す、卿等は仕事と貯蓄を忘れ、土地は酒楼に飛び、財布は遊女屋に没す、妻子は饑《うゑ》に泣き寒《さむき》に震ふ、如何《いかん》せば可ならん？――予は之を彼の村会の役人諸氏――従来一村の浮沈を負担し一村の利益に尽力せらるゝ尊厳なる村会役人諸氏に問はん、一体諸氏は公共の積立金、共有の土地を委託されたではないか、ソレを注

意して保管する義務があるではないか、然るに諸氏は之を放棄し委托されたる重任を忘る……諸氏は速かに彼所に巍々として聳ゆる料理店、遊女屋を閉店せよ、速かに彼の……」

「黙れ！」と叱咤したのは役人と相結托する警察官、「其方は不届な奴だ、無法……無礼な奴だ、職権を以ツて二昼夜間牢に入れるぞ」

他の群衆も亦た、

「黙れ！黙れ！」然れども大五郎は従容言葉をつゞけて曰く

「諸氏は予を牢に入れるの力あらん、然し予も亦た政府に訴へて諸君の罪をたゞすの力あり、諸氏が今迄行ひ来たりし不法の所為、違法の職務、若し発覚したならば諸氏は嘸かし苦しからん、成る程予は村の悪弊を陳べて諸氏の気に逆へり、然しそれは予が不正なるか諸氏が不正なるか、試みに諸氏の良心に問へ！　現今の村況は既往と一点の差異なしと良心答ふるならば、又翻へツて彼の破《やぶれ》たる家屋を見よ、彼の荒れたる野田畠《やたばた》を見よ、卿等の空しき財布を見よ、卿等の現に着てゐる衣服を見よ、論より證拠——是れでも抗弁するの力あるか、若し抗弁の力あらば再び翻へツて見よ、何にも知らぬ嬰児《みどりご》が不注意なる父母《ちゝはゝ》に放棄されて、門前の破れたる揺籃に絶叫するを見よ、卿等が家畜を重ずるは生《あか》児に如かざるを見よ、又飲酒を重んするは家畜に如かざるを見よ、又父《ふ》…」一時に騒ぎ立つ聴衆、雷の如く猪《ゐ》の如く前后より——左右より、一同に飛びかゝツて、鉄拳《てつけん》投石雨の如し、大五郎は兼て携へ来りたる護身の宝刀に手をかけながら左に避け右をくゞり一目散に我家に帰り、ホツト一吐息、身の汗を拭ふ、

「アヽ愚民は度し難いものだ」と言ひながら痛《いたみ》を覚ゆる額に手をあてゝ見れば、コハ何事——指頭を唐紅《からくれない》に染むる鮮血、「プツフ、そんなら石が……」金盥に水を汲み来《きた》り洗はんとする時、真紅の蹴出しに脛《はぎ》を漏らし、裸足《すあし》のまゝ髪ふりみだして、走り入り、不意にヨヽと泣き伏すは米屋のお栄

「エ、お前はお栄ぢやないか」

「ハ……ハイ、何処もお怪我……」只一言、あとは涙にくれて聞えず、見ればお栄の目は赤く腫れ卵のやうな白い顔は、いつしか土色！　是れも吾が為めかと思へば首勝！　手を採ツて抱き起さんとすれば、不思議！　これも手先に血

「エヽ、其血は」

「ハ……イ、二階を周章て下《おり》る時階段をふみはづし、ソレで此怪我」

「そんならお前は最前からの演説を……」

「ハイ、震えて二階で……」聞いておりましたは口の内、

「アノウ演説とやらは世の中で一番恐ろしい怖いもの、どうぞ一生のお願には、若旦那モウ是から御演説遊ばすことばかりは思ひとまつて下さりませ、」

「なんだお前は掌《て》を合せて……馬鹿な」

軽く微笑しながら、「それほど演説が怖いのか」

第十回

演説をした日からの村民の激怒憤懣一方ならず、愚人の恨《うらみ》、愚人の復讎《しかへし》、是れも大五郎の為めには一層の心配種、或る夜には石を投げられ又窓戸《まど》を破壊され、又或る夜には咄《とつ》！、何等の悪漢ぞ大事の大事の彼薔薇《かのいばら》を折り摧《くだ》き、次ぎの夜には邸内の野菜を盗み、菓木を斬り倒すなど、連夜の災難に大五郎黙し難く、遂に警察官の許に到り、之を訴へた、然し警察官は大口開いて笑ふて曰く、

「其位なら、まだお前は仕合せものだ、お前はぶち殺されても致方かないとあきらめなくちやならぬ程、大きな罪を犯したものだ、それが生命《いのち》を今迄繋いでゐると言ふのは不思議だ、自業自得だから仕方がないのサ」、

「貴官方は保護の役目を帯びながら、一ツの保護をも私には与へて下さりませんのですか、そんならよろしい、お頼み申しますまい、私《わたくし》は独立自衛の道は知ツてゐます、不正の保護に頼《よ》らなくツても自分で正当なる保護を加へます、就ては貴官方に一言《げん》申して置きます、私は以来正当防衛をなします「人は自衛の為めに他の害を防ぐの権あること」を村民一般に通達諭告して下さい」

厳然と言ひ放ツて官署を出で去ツた、然し愚民の暴害は益々加はる計り、或る日大五郎は米屋平治を訪《と》ふたので、内はから明き。其留守を睨ツて、家財をこわし、庭園を荒さんとて入り来《きた》る二三の悪漢、門内に入《い》り戸を開くや否、驚く可し！

「ヅドン」耳を貫く二ツ玉の声、烟と共に起る、

悪漢ビツクリ、後《うしろ》にドウと倒れて、最早内に入るの勇気はどこへやら消失せ、やう〳〵人心つきて逃げ去る、悪漢等は皆一同に不審顔、

「どうも不思議ぢや、留守宅に鉄砲を放つとは合点が行かぬ、彼奴《かやつ》は魔神と交通して妖術を使ツてゐるに違ひない」驚きながら不審をうツて帰る途中で二度ビツクリバツタリ行き逢ふたのは大五郎！　其姿見るよりあはてゝ逃げ出す悪漢の一人を冷笑しながら、大五郎ひツ捕へて叱呼、

「盗賊、俟て！　貴様は留守宅に侵入して何をした」

「御免々々、どうぞ――」鳥なき里に威張る蝙蝠《かはほり》、悲しいあはれな声を出してのわび言聞て、大五郎は思はず目をうるまし、つく〴〵凶漢の顔を見乍ら、「ア、不憫なるは愚民なり、言はゞ身体《からだ》の大イ嬰児《ちのみご》――無心な子供も同じこと、導けば良心もあるであらうに」と心に考えながら、突然捕へてゐた手をはなし、

「助けてつかはす、勝手に泳げ！」

放たれて逃げ行く後姿のあはれさを、横目に睨んで大五郎は吾が家に帰る、

其夜の深更に一ツの酔漢あり、亦大五郎の邸宅に損害を加へん

とて、忍び来り、生垣を超えて足の地上に附くや否、何たる事ぞ——如何なる器械《からくり》の仕掛あるにや、酔漢の足には「ヒヤリ」鮮血！　驚いて逃げ出さんとすればバツタリ倒れて、しばらくは足腰たゝず、是等の評判パツト村内に聞え、最早、家宅に侵入するものあらず、村内一般は大五郎を恐れ且つ恨むと雖も、大五郎は飽くまでも親切に交際し、病者を憐み老人を扶け貧者に金銭を与ふることも一度ならず三度——五度、とは言へ村内の不幸はいつ挽回の気色《けしき》だに見えず、悲憤の余り幸福寺の上人の門を叩き、之を救済するの方法を問ふた、上人冷淡に答へて曰く、

「わたしや世俗の外《ほか》に立つ上人ぢや、どうも人民の困難なぞを富ます妙案は持ツてゐないヨ、それには又その局に当る村会の役人があるぢやないか、人民は仏様に対して犯罪を企てたのであらう、それで仏様が怒り玉ふたのだ、天罰——それはとても人力《じんりき》では出来ない業《わざ》だ」

第十一回

教導職を頭《かしら》に冒《かぶ》る上人、少しは話せることゝ思ひ相談に行けば豈に計らんや、思ひの外なる冷淡な言葉、大五郎猶ほ膝を進め、

「然し上人！　予をして言はしめよ、上人の手で及ぶことなら人民を救ふて下さい、人民の精神を改正して下さい、上人幸に学校の教育を担当して道徳的精神的の教育主義を愚民の頭《かしら》に……」

「アヽやかましい人だ、それは校長の役目だ、僧には僧相応の役目がある、ツマリ校長の悪るいのは村会の役人から相当の月給をやらぬからだ、金さへ高く出せば随分宜い教員も雇へるのサ」

「然し上人！　全国を愛するならば一家族一人《にん》をも愛しなくてはなりますまい、貧乏人は素より無学文盲でせう、文盲だから精神益々腐敗して人間の務めを知りません、ツマリ文盲は二重の文盲を惹き起すのです、上人若し暇《いとま》あらば、村民の貧乏にして無智愚昧なることを見るならば、野蛮不幸は如何なる所より胚胎するを見るならば、又父母が公然子女の目前にて不正の所業をなすを見るならば、又教育の……」

「エヽやかましい、騒々しい人だ、そんなことをおれに言ツたツて、どうするものか、お前はおれに忠告するの権があるか、お前はおれに義務を教ゆるの権があるか」

此言《このこと》を聞くと均しく大五郎は門外に飛び出し天を仰いで、

「嗚呼《あゝ》！　世も澆季」静かに朗かに文天祥正気《ぶんてんしょうせいき》の歌を吟じて家に帰る

＊　＊　＊

上人には見放された数奇の大五郎、然し企謀熱心には見放されぬ堅忍の偉男子、翌日所用の衣服中にて最も壮麗なる衣服帽子を着用して京都市中に旅出《たびだち》した。いともかしこき桓武の帝、都《みや》

居《ゐ》を茲《こゝ》に定め玉ひし平安城、幾千《いくち》百《もゝ》とせの今までもむかしの俤《おもかげ》残りゐて、余沢市中に湿《うるほ》ふ有りがたさ。京は弱い〳〵と言ツて貰らうまい、緋威《ひおどし》は剣山《つるぎさん》も小錦もまかしたぢやおまへんか、見なはれ！　ゑらいもんや、剛気なもんやと相撲熱に浮かされるも、大五郎の心を知らぬ宿屋亭主の自慢。三条四条になよやかな柳腰、情け深さうな明眸を載せて、駈ける人車《くるま》は木屋町か、京に似合はず早いぞ軽いぞ、客に呼ばれて情らしい言葉《あいそ》もかけず懐中鏡取り出して見ツともない顔作り、そも女子の身粧《みじまひ》は男に知らさねばこそ身だしなみぞかしと、東都《あづま》の人につぶやかせた川原の涼み台、それも今は取り払はれて、都は紅葉《もみぢ》がり茸狩《たけがり》のうわさとり〴〵。いそがしくても緩ツくり歩く町人、うはべは豊かに見へても底心《そこごゝろ》は強さうな。案内者に伴はるゝ田舎客、これが五条の橋か、擬星《ぎぼし》の欄干がないぞ、牛若弁慶の絵で見たとはゑらい違ひと鉄を撫てゝ見るもおかし。点燈頃から急に賑かになる新京極、女俄の俗芸を見て喜ぶは目尻の下ツた経師連《けうしれん》、それ見へるぞ〳〵と無常に恐悦がるも一興歟《か》、実《げ》に様々な浮世に様々な人、嬉しいやら悲しいやら。

大五郎は是等の名物名所風景を見向きもせず貴顕紳士の有力家を尋ねて遊説せん下心、市参事会の会長某を訪《と》へばトランプとか八八《はな》とやらの勝負に浮かされ、昨晩からまだ御帰宅ないとのこと。府会議長の某を訪へば私用の願書が早く聞届けらるゝやう何処《どこ》かへ頭《かしら》を下げに行かしやツたとのことで、是れも御面会叶はず。令公《れうこう》某を訪へば是は娘と権妻をつれて嵐山《らんざん》の紅葉狩に出浮かれた由、有名なる金満家某の門を叩けば是れは貸金《かしきん》が首尾よく取れたのお祝ひに倹約な手料理で親族知己《しんるいなじみ》を呼んでの饗応、とても面会は出来ぬとの挨拶。皆な面会を断られて最終に尋ねた老貴顕――東京から某省の御用で派出されてゐる老貴顕に、やう〳〵面会することが出来た、そこで大五郎は熱心に村内の事情を説き、役人の不正、寺僧の冷淡、校長の怠惰を明かにし之が救済の方法を求めんとて御意見は如何《いかゞ》。

老貴顕――外に芸能はない、交際が上手とかで一時は有名無二の学校々長まで経上《へのぼ》ツた老貴顕、下《しも》に向ツては極交際がお下手と見へ、

「お前は実に馬鹿だ、孝子は父の悪をかくす、愛国者は国の為めに国を弁護する、是は至当の人情だ然るにお前はけしからん、自分の村内の悪を発《あば》き、非を鳴らしてどうする積だ、つまり自分の名誉に傷をつけるも同然それは黙ツてゐた方が宜からう、加之《おまけ》にお前は政教の別を知らない、俗事の為めに神聖な上人までも悪口するとは心得違ひだ、アノ上人は極々高徳高識な人で、実は私の甥に当るのだ」

大五郎は此一言を聞き失望して辞し去ツた、京都を出でゝ円座村に帰れば、京都の美しさと吾村のきたなさが著しく目に立ツて、其間《そのあひだ》の差等雲泥もおろか、之を見之を思ふて大五郎の心は破るゝばかり、血涙為めに衣襟《いきん》を湿《うるほ》す。

第十二回

何故に京都に行ツた、又京都に行ツて如何なる事に出逢ツた、其等の事は大五郎帰郷しても何人にも話さなかツた、大五郎は京都に行ツて一層の悲みの度を重ねた訳なるに、不思儀！　帰郷後は却ツて愉快らしく満足らしい素振が他所目《よそめ》にまで見ゆるやうであツた、相変らず村民とは叮嚀親切の意を以ツて交際し、殊に彼の大五郎の為めには最も深き讐敵《しうてき》にして且最も深く嫌悪する村長深井慾三——村会役人中にて最上の位置を占め、村内金満家中にて最も金満家なる深井慾三にさへ言葉をかはした。それは京から帰ツてきた翌日の夕方の事で、大五郎は例の米屋を訪はんとて歩みを進むる道すがら、深井慾三の門前を通れば、恰《あだ》かも慾三は門口に立たまゝ、五六年前村用を口実として村費を以ツて京都に行ツた時、西洋小間物屋で買ツてきた和製の安帽子、それを横にかぶツて腕を交叉しながら勿体らしく鹿爪らしく外を見渡してゐる時であツた。大五郎は敬礼を施して尊重の調子にて、かう言ツた

「今日は結構なお天気で……モウ役所の御用はおすみになりましたか」此語を聞いて極横平にうなづいた村長、大五郎の方へ見向きもせず。

「ムウ、おれは邸《うち》に居ツて門前に集ツてくる乞食共をこれで」と言ひながら左手《ゆんで》に持ツてゐた鞭を右手《めて》に持ちかへて、何の為めやら一振ふり、「これで追ひ払へばおれの役目は済むのだ、乞食がゐなけりやアおれの勤めはないと言ふものサ」と、さも憎らしい顔附で横目で大五郎の衣服を白睨《にら》みながら、お前は乞食とは違ふヤうだト言はぬばかりの風体、此乱暴なる無頓着なる言葉を、どうしてマア村民の上に立ち、村会を支配統御する村長の口から吐かるゝことか、そも村長の責任は、言はずとも知れた村内の幸福利益を謀りて、鰥寡《くわんくわ》孤独の母ともなり不幸貧窶《ひんる》の救済家ともなるは是れ村長たるものゝ務め、然るに今吐いた……今聞いた其言葉は何事ぞ、大五郎は悲憤慷慨の血液にかきまはされ。

「モウ一度言ツて見ろ」ハツタと睨めた時は最早村長の姿は見えず、靴音荒く急に歩みを転じて、指して行くは米屋が許。

門前の木下蔭《このしたかげ》に据ゐてある長椅子《ベンチ》に腰かけて、お栄嬢は余念なく毛糸の靴足袋を編んでゐる、其仇気《そのあだけ》なき姿を見た時は、大五郎の不快憤懣はどこへやら飛び去ツて、最前からの荒き靴音、急におとなしゝ。

お栄嬢は大五郎の来訪を認むるや否、顔赤らめてニツコリと喜び迎へた、が、然し手先ふるへて目元はうるみ、涙痕未だかわかず、つく〴〵不審さうに之を見やツた大五郎は、心配と驚きの調子にて、

「お栄さん、お前は泣いてゐたんぢやないか何故《なぜ》……何で泣くのだ」

お栄は急に目元を拭ふて前より一層笑ましげに、

「イヽヱ」

「イヽヱぢやない屹度泣いてゐた、何故《なにゆゑ》泣くのだ、何が悲しい、親しき中にかくしだてされるト、まだ信用されてゐないか、又は相談しても話合手にならぬ程見下げられてゐるかと思や、あんまり嬉しくはないからネ」

「アラそんなことを……勿体ない、ぢや申しますが、わたくしは少し思ふことか厶りまして……が其訳は今お話し申ませんでも、後には屹度貴郎《あなた》に分ります」

人のかくすもの無理に責め問ふは礼ならず、しばしが程は両人黙然《だんまり》、低首《うつむい》て毛糸の目を数へてゐるお栄の目、見る間に又湿《うる》ンで、微《かす》かに聞ゆる涙声、

「貴郎はアノウ京都へゐらツしやツたそうな、」都の二日のお消光《くらし》、定めし……定めし、面白かツたで厶いませう、人の気に合ふ水に合ふ鴨川あたりの美しい京踊り、都の人の三日を田舎者の三年で習ふたなら、覚へられぬト云ふことは、ヨモあるまい「……どうぞ都踊りのお話しでも」サテは最前からのお栄の涙、思へば其点《そこ》かと悟られぬでもなし、此意味ある言葉を聞いて大五郎、ホツト長大息《ふといき》を発して、心の中には男泣き。

第十三回

長大息《ちやうたいそく》を発して、力なく憂《うれひ》に沈んだ大五郎、平常《いつも》の活潑勇気に似合はず、頭《かうべ》を垂れて沈思黙考、心弱き涙多きお栄嬢！ 御身は知らずや、吾身が京都に行ツた一伍一什《いちぶしじう》、府庁の有る大都会、人口多き首府、定めて達眼博愛の有志家もあるであらう、定めて憂国慈善の君士もあるであらうト、思ツて同志の協力を求めん為めの旅行、御身は吾身を他の賤俗卑猥の無腸男子と思ふてか、将《はた》又冷淡浮薄の艶治郎《えんやらう》と思ふてか、無骨者の此身には勿体ない程の恨み言、アヽ吾が心根《こゝろね》を察せずして年葉も行かぬ狭き心に、愚痴の邪推、是も此身を愛するからと思へば、いぢらしく思はぬではなけれども、ソノ怨言は水臭し情なし。

「オヤ、貴郎は何故そんなにお鬱《ふさ》ぎ遊すの？ わたくしは貴郎のお鬱ぎなさるのが、気……気にかゝツて……」左程都が恋しいなら、何時までも何時までも都に居ツたが宜ござんす、ど……どうせ小イサな貧乏村、貴郎のお気に召すやうな奇麗なものは厶んすまい、縄手通りの水辺の台《うてな》、何小路とやらの格子戸の奥、爪紅《つまべに》つけた可愛らしい指《を》屈ツて、俟ツてゐるお方もござんせう、此方《こなた》の空を眺めて人知ず紙に蛙を畳むお方もござんせうに――

「貴郎は又……何時《いつ》……京都へお出でなさいますか」

此奇怪の問を受けた大五郎は、矢張り吐息をつくのみにて、別にお栄の問には一言の答をもなさず、お栄は大五郎の側《そば》に身を寄せ、微かな声で心配さうに、

「若旦那、若旦那、何か貴君《あなた》は御心配でもあるやうなお顔色、

お差支がなければ其御心配の本《もと》を……」

「聞かせてくれろト言ふのか」

「ハ……イ、聞かぬ内は、わたくしも心配で………」

「エーツ、お前は……」しツかりお粂の手を握りて目を天の一方に注ぎ、「八百万神も照覧あれ！ 広い世界の其中には桃花源もあるであらう、楽天国《パラヂース》もあるであらう、然し一人で其処に住むよりも、此円座村——不幸貧寠《ひんる》の巣窟たる此円座村にお前と二人住むことが却ツて此上《こよ》なき娯み卜思ツてゐることはそなたは知ツてゐるであらう……が、顧みて不義悪業に取りつかれた此村の人民を見れば、どうして心配せずに……イヤどうして悲しまずに居らりやうぞ、其上に又悪逆無道の役人、村民の難渋を救はうとは思はずに、只自分の娘や息子に立派なものを着せやう、立派な役目を与へやうとばかり考へて、自分の誤失《あやまち》不義を省みることを知らず、村の難渋は日増しに進むばかり、おれは、是を平気で見てゐることの出来ぬ性分、心配の元も、実は是点《こゝ》……」

話しを聞いて見れば男気の大量潔白、今更女子の浅慮、穴に入りたき程恥かしく、どうぞ御免なすツては胸の謝罪《わび》。

「貴郎はお聞き遊ばしたか、一昨日の晩、校長さんがお酒に酔ツて酒楼《おちやゝ》から帰る途中で、鷲塚の池にはまツて死んだことを」

「イヽヤまだ聞かぬ」

「昨日の朝、死体を見出した人が有ツて、直《たゞち》に其夕方お葬式、誠に粗末なことで厶いました、因果応報とやらで、悪い事をした人は此様《こんな》に果敢ない最後、役人とても同じ事、追ツつけお神の罰がありませう、それに貴郎はお一人で御心配遊ばして、無理なことでもなすツては、わ……わたくしはどんな悲しさを見ることかと、そ……それが……」

さかしく見えても流石は処女《むすめ》、はかなき事まで案じすぐしての忠告、

「成る程、それも承知、出過ぎた事は謹みませう、オヤ大分遅くなツた、今日は是で帰りませう、阿父《おとつ》さんにも阿母《おつか》さんにも宜しく言ツておくれ」と立あがる大五郎を呼び止めて、お粂は
「貴郎、靴足袋《くつたび》が出来ましたから、お邪魔でも……」

「ヤア、是は奇麗だ、遠慮なしに頂きませう」

とチョツと押しいたゞく
「アラ、そんなことなすツちや否《いや》ですョ、」

そんなら今迄一心に編んでゐたものは、思ふ男に贈る為めであツたか、思へば千万金に優る実意！

第十四回

今迄の校長、酒の為に池に陥りて溺死したので、或る日新校長を迎ふることに就て村民の重なる者を集めて相談会が開かれた。

其席には大五郎も臨席し又お栄嬢も他の娘子供と立ち交りて傍聴席で聞いてゐる。もしや大五郎、此前の演説の時のやうに心配なことを仕出かしはせぬか、それがお栄の気にかゝるので、父に願ツて父を大五郎の側《そば》に座を占めさせた、故に平治はツマリ仲裁後見の役目を専門として此日は此処《こゝ》に臨んでゐる訳。

先づ、村長深井慾三は無骨なる弁舌半熟の漢語を以つて、今日の集会の次第を説明し、次ぎに極横平なる調子にて、

「校長なんぞは面倒くさい子供を預ツて、そして月給が十五円で、極割の悪るい役目と言ふもんぢや、ソコでおれは村長で無論校長を薦撰する職権を持ツてゐるから、茲に自分で適当と認めた人を指名する、其人物と言ふのは、彼の縫物屋《したてや》の出雲怠助《いづもたいすけ》である、誰れも不服はあるまいねエ」と言ひ終ツて四面をズーツと見渡した、ソモ此出雲怠助と言ふは村長を叔父さんと呼ふ者の一人で、深井の家族とは関係ある人物、村長の発言を聞いて皆々顔見合せる計り、一人も反対説を提出するものはなかツたが、只一人起立して、

「拙者も校長を申出づるの権は持ツてゐる、ソコで拙者は、彼の琴三味線屋の小胆驚造《こぎもきやうざう》氏を申し出《いだ》します、小胆氏は跛ではあるが十分校長となるの才識はある、拙者は此人こそ適当の人物と思ひます、」と反対したのは村中にて字鷲塚《あざわしづか》と云へる所の大地主にして村内にて深井の次ぎに位する大頭《おほがしら》なり、ソシて其薦撰したる跛の小胆と言へるは自己《おのれ》の女房の里の息子！

しばらくして大地主は又言葉をつぎ、

「小胆氏は此頃貧乏で困ツてゐるから月給は幾何《いくら》でもよろしい、一体は十五円なれど、若し小胆氏を校長になさるなら氏は十二円位で満足します」此一言を聞いて満場総て小胆を投票せんとする傾きあるを見て取ツた出雲怠助、急に起立して、様々に小胆の無学浅才を説き且つ曰く、

「彼は其名の如く極胆の小イさい男で、とても衆生徒を統御することは出来ない、おまけに彼は跛ではないか、跛の校長は全村の体面に関して甚だ外聞が悪るい、諸君若し予をして校長となさば予は十円の月給にて善く其校務を整理しましやう」

之を聞いた小胆も亦、ビツコに似合はず蹶然起立して、

「わたしは、決して……学識は出雲に優るとも、劣りはせぬ、ビツコだらうが、片目だらうが校長となるには、決して害にはなりますまい、わたしは月給九円で校長となりませう」

「然らば予は八円でよろし」と言葉を返へしたのは出雲怠助、聞いて小胆は満面朱を濺《そゝ》ぎ、

「実に……実に出雲は嫉妬家、妨害家、讒舌家である、予は六円五十銭にて校長となりませう」校長の役目、段々競争《せり》下げて終に六円余の月給となツた、流石の出雲も最早六円以下にては忍び難しと見えて黙然《もくぜん》。

ソモ校長の役目は今日村内にては一般擯斥する賤職にして、気

の利た男のするものでなしとの感情は何人と雖も持ツてゐる、故に自ら進んでおれが勤めやうと申出すものは別に一人もなかツた、故に議決は正に小胆を以ツて校長の後任者と認可せり。時に一人ヅカ／＼と進み立て発言《はつごん》する者あり、是れ誰ぞ！　岩国大五郎にぞある、

大五郎は大声満場を睨睥《けいへい》して曰く、

「諸君！　村民諸君は実に奇怪のことを謂はるゝものかな、予は第一諸君の量見が気に入らぬ、最愛神聖の児女の教育を任せる者には、牛馬鶏豚を飼《やしな》ふより余計の給料を与へざる可からざるは当然です、然るに諸君は家畜を飼養する者に給金を与ふるを知ツて校長の為めに金を出すことを知らす」と言ふ時は満場稍《やゝ》騒ぎ立ツて、人々憤怒の気色《きしよく》面に顕はる、此時傍聴席に只一人、非常に心を苦しむる者がある、大五郎はフト傍聴席に有るお栄嬢の姿を見て、急に声静かに、

「一体校長と言ふものは満身の愛情、満身の親切を以ツて児女に善智識を与へなければならぬものであります、人間は造化が最も意匠を凝らして造ツたもの、取りも直さず人間は万物の霊長であります、これ程貴《たつと》き人間を家畜よりも冷淡視するは諸君の一時の御心得違ひと憚りながら思ツてゐます、此心得違ひは大《おほい》なる恥ですが、然し此《かく》の如き大切なる目的に支出する為めの共有金が今は何処へ飛んだやら（此時村役人をヂツト睨め）少しも無いそうです、共有金が無ければ諸君が安《ね》直《やす》の校長を雇聘《こへい》しやうと言ふのは無理でもない不思議でもない、それで予は斯る金のない所から月給を貰はうとは言はん、予は無給にて校長を務めませう、予は信ず、必ず予は本村の校長たるべきを」其言未だ終らざるに村民一同歓呼して、

「ヒヤ／＼、大賛成！　大極々賛成！　岩国えらいぞ大五郎感心、賛成々々」

第十五回

無給の校長、忽ち村民の賛成する所となり終に大五郎は校長の後任者と決定された、然し無給の言《ご》を吐いた時は随分驚いて茫然顔見合せた人もあツた、中にも疑ひ深き旧弊家は「彼奴《かのやつ》は子供の生胆《なまぎも》でも絞ツて魔法の道具にするのぢやないか」と言ツた人もあツた、殊に彼のお栄嬢は大五郎が校長と決定されたを見るや否、我身に最大恥辱、最大苦痛でも与へられたやうに取り乱され、涙を流して家に帰り一間の内に閉込ツた、今其訳を語れば、ソモ此村の校長は下等賤職と見做《みなさ》れ、肥取人《こゑとりにん》、人力車夫と次ぎは校長を以ツて賤業者と言ひ囃せり、然るに今其恋人が此の如き下賤の業を――しかも無給にて自ら進んで勤めるもの、是が悲まずにをらりやうぞ、是が泣かずにをらりやうぞ。

大五郎が校長になツたのを不快に思ふのはお栄のみならず、平生大五郎を贔屓《ひいき》にする善良なる平治でさへ、仔細らしく頭《かしら》をかたげて「よもや本気の沙汰ではあるまい」或る日大五郎はお栄

を訪《と》ふて慰めて曰く、

「お栄さん、お前は何故《なぜ》そんなに苦労する、なぜわたしが校長になツたが悲しい、」

善く心に問ふて見よ、可憐のお栄嬢！　児女の父たり母たる村民の良心、根底より腐敗してとても一朝一夕にて改良は覚束《おぼつか》なし、せめてはまだ深く其毒に染まぬ子供――未来の円座村を支配する未来の父母の精神を改良し教撫せん吾が素懐、

「なる程円座村の校長は貧にして卑しき人のする仕事であらう、然し古来より未来の教育の為めには此賤業を取られた聖賢もある、善良なる政府は大学校の教授を撰むよりも却ツて小学校の教師を撰むことに注意するではないか、現に独逸の博士《はかせ》学士の如きは大学のプロフヱツソールとなるより小学校の教員となるを非常の栄誉と思ツてゐる、是を思へばわたしが小学校の校長となツたのは、却ツてお前は喜んで褒めてくれる筈、わたしは決ツして校長を賤業とは思はぬ、よしや賤業にせよ、世人は気楽にして立派な役目を好む、わたしは其弊習が破ツてみたい」

「然し若旦那、貴郎《あなた》は……貴郎は実にどうかしてゐらツしやる、御量見が違ツてゐる」と言ツたまゝ無言、何故《なぜ》に校長となるのが悪いと云ふことはお栄嬢は説明しなかツた否な到底至当の論の反対した説明は出来ないのであらう。

さて其冬の初めに愈々大五郎は学校を開くことゝなツた、学校を開いた初めの当日は、人より先きに出でゝ自ら学校の門前に立ち、通学生をねんごろに取り扱ツた、若し生徒の靴、泥によごれて不清潔なるときは、

「どうぞお前方は裏口に備へ附てある靴磨道具で磨いてきて下さい」願ふやうに命令する、然る後一名々々に叮寧に握手の挨拶をする、其時生徒の手、垢つきて不浄なる時は、川に遣ツて洗滌《きよめ》させる、若しも頭の髪を櫛けづりてゐない娘でもある時は、其儘に家に帰して、よく、みだしなみしてくるやうに言つける、新校長の取り扱かひ奇怪なれば、生徒中には或は驚き、或は笑ひ、又中には泣き出すものもある、兎に角生徒等《せいとら》には目新らしい教授法であツた、

第二日目《かめ》も第三日目も又同じく門外に立ツて、為すこと初日の如く、かゝる後漸く生徒を教室に導き、重ねて一同を点撿する、若し中に命令を行はずして矢張り不潔なる生徒ある時に、一段高き台の上に載せて衆生徒に見せしめ、然る後、家に帰らしむ。新校長の所為斯る有様なれば生徒の両親中或は怒を懐くものないでもないが、ツマリ子供の恥は親の恥になることゆゑ、表立ツて校長を責むるものはなかツた。

まだ二三週間経つかたゝぬ中《うち》に、驚くべき清潔、喜ぶべき身だしなみ――此村此学校には容易に見ることの出来ない程の美風が現はれて来た、然し大五郎はまだ之に満足しない、今迄大五郎は身体を清くすることのみを注意してゐたが、又是より転じ

て衣服を清くすることに着手した、縦令《たとへ》生徒の衣服古くとも破れ目あるともそれは咎めぬ、只咎めるのは衣服の塵埃泥土に垢《け》がされてゐることばかり、なぜなれば衣服の古く又破れたるはツマリ双親《ふたおや》の罪にして子供の罪ではないから。身体衣服の清潔を一週間続けた生徒には、校長其賞として美しき手帖筆墨紙を与へ、猶二週間続けたものには一ツの特許を与へて日曜日に校長と共に物見遊山に同伴することが出来る、若し其日曜に当つて雨雪あるときは校長の家に呼ばれて多少の饗応を受け、且つ珍奇の絵画を見有益の談話を聞くことが出来る。是《こゝ》に至ツて衆生徒皆な校長の命令指揮に従ふて決ツして背かず、家外にて校長の姿を見認《みとむ》ることなぞあるときは直《たゞち》に駈け寄り、其目色《そのもくしよく》を伺ふて喜憂するやうになツた、嗚呼《あゝ》野獣に等しき衆生徒を、何時となく斯く従順温良の善男善女となせしは、其教育心労のほど思ひやられて、他所目《よそめ》から見ても、誠に慕はしく、美しゝ。是れ実《げ》に村中に於て未だ夢想せざる一ツの新現象《しんげんぞう》であツた、猶ほ其外に一ツの珍らしきことは新校長が――杖も鞭も用ゐなかツたことである！

第十六回

心の純白なるは即ち精神の健康を誘ひ、身体の清潔なるは即ち生活の健康を導く、他の野獣は汚穢《をくわい》中に起臥するも、人間に至ツては万物の霊長なれば天の如く純潔でなければならぬ、児女を教育するに当ツては、先づ第一に「児女は野獣に非ずして霊長たる人間である」との思想を児女の頭脳に注ぎ込むことが肝要である、大五郎校長となツて、其第一に主として教育するは只此一ケ条であツたが、数多き愚民の中には色々疑懼を抱いて心配する者があツた、或る老婆は曰く、

「校長が子供を撫《なつ》けるには何か魔法のやうなものを使ふにちがひない、今迄校長は随分あツたが、これ程によく生徒を撫けたものはなかツた」

又或る一人の寺僧はかう言ツた、

「大五郎は罪のない無心の子供を欺いて、新らしい邪教でも教へてゐるンぢやないか知らん、一体子供は学校へ行くのを否《いや》がるのが正当だに、此頃の子供は自ら進んで学校に出て行く、是は非常な出来事で実際人間の自然に背いてゐる、だから何か怪しいことをして子供の心を迷はせてゐるに違ひない、今迄は学校で子供の騒ぐのが村中に聞えるやうであつたのに、此頃はヒツソリとして静か、これも不思議、屹度大五郎は普通の学課を教へずして、邪教でも教へてゐるに違ひない。」

是等の評判益々高くなり、其等の臆想を敷延《しきのば》して或る新聞に投書したものもあつたので、終に郡内学務課の耳に入り、又仏教本山の耳にも入ツた、

或る日大五郎は例の如く学校に出でゝ生徒の集まるのを俟ツてゐる時、突然――予め通知もなく臨校したのは郡内学務課の重《おも》

役《やく》二人《にん》及び幸福寺の上人！　大五郎は叮嚀に挨拶して其来意を尋ぬれば学務課の一人は、

「拙者共は教授法見聞《けんもん》の為め、巡回に来ました、今日《こんにち》吾々の目前で平日の通り授業して下さい」大五郎は拝承して校長室に伴ひ授業時の至るを俟ツてゐる、

程なく生徒は三々伍々うち連れ立ツて昇校す、其品行挙動皆な静粛にして礼義正しく、身に纏ふたる衣服は麁粗《そまつ》なるものなれども、清潔にして注意行届き、温和善良の気質自然と外に溢る、来《きた》る生徒は直《ただち》に先づ校長の前に来りて礼を施し、然る後静かに教場の席に就く、やがて課業初めの時間至れば、校長は三人の賓客を導いて教場に至り上席の椅子を与へ、

「是より平日の通の課業を致します」言ひ終ツて生徒の正面に向ふ、生徒は総て百十人にして、男生女生を中央より分ツて区画整然、態度規律ありて毫も非難すべきの点なし、先づ此有様を見た三客は既に校長兼ての教授行届きたるを推想しサテ平日は如何なることを教へるかと今や遅しと俟ツてゐる、

校長は生徒の正面に立ち告て曰く、

「吾々の叡聖《えいせい》なる親愛なる　天皇皇后両陛下の万歳《ばんさい》を祈れ」

此命令と共に一同「君が代」の歌を唱ふ、唱へ終りて一同跪坐、正面に向ツて敬礼す、校長も亦――、検視の三客は不思議に思ひ乍らフト頭《かしら》を挙げて正面の壁を見れば、天皇皇后両陛下の御真影厳然として生けるが如し！　三客も思はず跪坐して敬礼を施す、斯くて校長は再び生徒に向ひ、

「吾々が愛する日本祖国の為めに健康を祈れ」其命令と共に一人の年長なる生徒、劉喨《りうりよう》なる声調をもて、「愛国の歌」を唱へ出すと、他の男女生徒も共に和して之を歌ふ、其歌は意思格調共に完美なるものにして勇壮にして優美なれば三客も覚えず感動して黙然謹聴す、然る後校長は一二の高尚清純なる唱歌を教へて生徒に誦読させ、先づ第一の課を卒へたり、第二第三には生徒を其学識の深浅により之を四組に分け、一方に算術の問題を出して一方に習字を教へ、一方に作文の題を与へて一方に読書を授けるなど、教師は生徒を親愛し生徒は教師を尊敬し、一人《にん》の校長にて四五人分の教授をなす、かくて午前の課業終りたれば生徒は校長に礼義を施して、一同互ひに道を譲り、秩序よく楽しげに家に帰る、午后に至ツて生徒は再び――一人の欠席者もなく以前の通りに教場に集まツた、校長はそれより画学を教へ修身談をなし最后に有益なる一場の面白き譬諭談《ひゆだん》を演じた、生徒は皆な熱心一意之を謹聴して敢て放念倦気《けんき》を生ずるものもなかツた。

ア、世に楽しきことは多いであらう、然し無心の児女が和楽端正、互ひに学を好むを見ることほど愉快なることはあるまい、非を挙げ罪を鳴らさん為め突然臨場した三客も終に一点の非難の口実をも得ずして退出した、三客は却ツて、此検視の為めに世評の大《おほい》に誤伝なるを知るばかり。

第十七回

検視の三客は非常に感心して帰ツたが、円座村の人民はまだ之を理解せず「大五郎が以前の校長より上手と言ふことはない、アんな生意気な偏窟者が、彼奴《かやつ》は疑ひもなく手術《てだて》を以て検視の人々を籠絡したに違ひない」などと様々に非難を加へてゐる、

一体円座村の人々は夏期には其子供に耕作の手伝をさせるゆゑ、従来学校は閉校するが規則であツた、然し大五郎は是を残念に思ひ、毎夜――其涼しき時を見謀《はか》ツて一二時間づゝ絶へず脩身談譬論談其他万国の土地風俗、家畜の生活、農業の心得等総て面白き有益の講話を授けてゐた、是を村の若者等聞き付つて講話を開きたいと願ツたものもあツた、大五郎は素と愚民に幾分なりとも良智を増さんと思ふ故、容易《たやす》く之を許したので、一度聴きに来た若者は必ず欠席せずして昇校するやうになツた、然し夜学に通ふ若者等は他の村民等に嘲笑罵詈《ばり》され、集会の席抔では非常に呵責《かせき》せらることもあツた、村会の役人等は此若者等が呵責せらるゝを却ツて喜び、窃かに生徒の増加するのを憂ひ、愚民をそゝのかして大五郎に妨害を加へるやうなこともあツた、然し大五郎はソレ等の妨害を毫も意とせず、平気で村内を漫歩逍遥してゐた、

或る日散歩の序《ついで》に米屋を訪《と》へば平生に似合はず平治は心配さうな顔附、女房も不機嫌の血相、娘のお栄は目を泣き腫してまぶちに涙を帯びてゐる、此有様を見た大五郎は不審に思ひ静かにお栄に向ひ、

「一体けふは皆などうしたのだ、平生は睦まじい家内に……けふは何か喧嘩でもしたのか、ヨ……ヨ……お栄さん、どうしたんだお話し！」お栄は俯伏《うつふ》したまゝ頭をもあげず震へ声に

「わ……わたくしは神や仏にも見……見捨てられました、」

破裂するやうな心臓からちぎれちぎれの泣声、

「若旦那、あなたはまだ御存じでせう、いつぞや門の前の木の下で、お前はなぜ泣くとお尋なすツたことを、思へば、モウ恰度一年前、其時は、あとでお分りになるでせうと言ツて悲しい訳はお話し申しませんでしたが、実は其時深井慾三さんの所から、息子のお……お嫁にくれろと所望されまして、阿父《おとつ》さんや阿母《おつか》さんも、承……知、」

「ヱ、」驚く大五郎、さては其時の涙、さうした訳とは知らず、只乙女心の浅慮《あさはか》から、――嫉妬から、案し過しての涙とばかり思ひの外、矢張り吾が為めには無上の価値《かちよく》ある涙なりしか、縦令《たとひ》一時にても浅慮、嫉妬、是等の不吉なる語をお栄に加へしこと勿体なし、

「それから、どうした」

「ハイ、」やう〳〵涙を拭ひ「まだわたくしは若う厶《ござ》いますから、モウ一年俟《ま》ツて下さいと一寸免れ……モウ其一年も過き去ツて今日は慾三さんが息子と同道してわたくしの家にお出《いで》

になり、阿父さんと約束……それが悲しう……口惜しう厶います」

思ふても見玉へよ、彼《か》の父に似た獰悪《ねいあく》な息子、ソレと結婚——ア丶、妾《わたし》の不幸不運、泣くが無理か、泣かぬが無理か。お栄は吾が後来の妻なりと自ら望みを懐きし大五郎、今此計らざる不運に出逢《いであ》ひ、直答《ちきたふ》する勇気も消えうせて、しばらくは茫然、

「それは真実《ほんとう》か、お前は断然深井に嫁入するのは不承知か、若しお前が承知なら、わたしや生涯独身でくらす、お前とわたしの関係はとても言葉には現はされぬ、実はわたしや、お前と同住する日を俟ツてゐた、それに今此始末」無骨に遠慮なく心中を打割ツた大五郎の言葉を、お栄はたまらず、目に一ぱいの涙を浮べ、

「若旦那、貴郎《あなた》はわたくしの心は御存じで厶いませうのに……貴郎と一所になれぬなら、わ……わたくしも生涯寡婦《やもめ》で……」

ちぎれ〳〵な声で外に漏れたるは是ばかり、

そも米屋《こめや》平治は村中屈指の財産家、故に其娘の聟になるものも亦た相当の資産家でなければならぬ、平治が気質としては一旦約定《やくぢやう》したものを変更することを好まぬ、今平治は村中第一の資産家深井と約束を定めた、そして其約束と利益を異にする大五郎は何人ぞ——只一個のあはれなる校長、村中にて最賤業と見做されたる校長！　お栄の心配する所は実に是点《こゝ》、

「然し深井は聞ゆる富豪家《かねもち》、見るかげもない大五郎に添はんより、お前は楽《らく》が出来るであらう」

「ヱーツ、貴郎は……貴郎は……、わたくしは楽がしたく厶いませぬ、楽はきらいで厶います、金持はきらいで厶います」

よし深井は富豪家にせよ、心の曲ツた不道の人、そこに行ツて楽……ア丶、楽、羅綾の衣《きぬ》を纏ひ玉堂に起臥することをのみ楽と宣ふか、さらば金光燦爛の服装にて雲井に昇降する貴婦人には、涙もなく苦しみもなきものと思召すか、思ふ人と添はば、表面《うはべ》に楽《たのしみ》なくとも心の楽み見ゑぬ所に在るものを、縦令《たとひ》木綿の衣物《きもの》にせよ、縦令茅葺の家にせよ思ふ君《さま》と同住《いつしよ》なら苦しみも亦た楽の一ツ、思ふ君《きみ》と差向ひの膳ならば欠椀《かけわん》の麁菜《そさい》も此上《こよ》なき珍味、思はぬ人と差向ひなら玉も瓦……

「ア丶妾《わたし》は金持と楽、きつい嫌いになりました」

第十八回

金持と楽きつい嫌いになりました、お栄の口から出た此一語、大五郎の為めには戦勝者が勲章を受くるより猶ほ有難く、其儘ツト起立して何か決心したやうに平治の室《しつ》に行き、如何なる事を言ふやら襖《ふすま》の外からは朧なれども弁解するやうな大五郎の高声、責問するやうな平治の言葉、後を尾《つ》けて立聞きするお栄の為めにはいづれも不吉の徴候《しるし》——

「ア丶、妾はどうしやう」

只此瞬間は吾身ながら吾身をうち忘れ、立《たち》つ居《ゐ》つ、心配と苦労に取まかれ思はずヨヽト泣き俯す、しばらくして頭を擡《もた》げ、苦しい時の神頼み、頼むは慈悲の御取計らひ、母様《はゝさま》も聞えませぬ、常々いとしがツて下さるに、今日ばかりは何故《なぜ》に救けて下さりませぬ、エー情けなし。

一間の談判如何に落着せしことやら、平治は大五郎と共に、深井家に行《ゆ》くとて出で行ツた、二時間ばかりも経て再び両人は帰り来《きた》り、そしてお栄を喚び寄せ、

「コレ大五郎どの、イヤ聟どの、知ツての通りの不束な嫁、末永う可愛がツて下さりませ」言ひつゝお栄を大五郎の前につき出せば、夢か幻《うつゝ》か、嬉しい吉報、お栄は恥しいやら面目ないやら、先きの恨みも今更勿体なく、頬《ほゝ》にはいつしか染め出す立田川。

知るべし大五郎は平治と深井を説き伏せて、終に素志を達せしを、

* * *

十数日《すじつ》を経て大五郎とお栄の婚姻は愈々公けに発表せられた、村民は此意外なる出来事に驚き、児女はお栄が最賤最卑の校長を、何の見込みもなく聟にせしを嘲笑す、殊に彼の深井愁三は憤《おこ》ツたの、憤らないの、満身怨恨激怒を以て充たされ、窃かに心に誓ツて曰く、「吾は終生米屋の一家《け》と大五郎に向ツては仇をなすべし、若し人法許すならば此両家は吾れ今にでも破摧せん」

然し大五郎とお栄の婚礼は、非常の歓喜と饗応を以ツて執行された、婚礼の夕方此新夫婦は手を携へて内に近寄ツた時には、不思議！ 可愛い声の唱歌一斉に起るのが聞えた、よく／＼其歌を聞けば、曾ツて大五郎が小学生徒に教へ置きし「愛の歌」である、是れ生徒が敬愛する校長の為めに今日《こんにち》の新婚を祝するのであツた、是《かく》の如き優美温愛の美風が此村に吹きしは実に近《ちか》来《ごろ》珍らしいことである。

翌朝大五郎の家は、男女《なんによ》生徒の人々から取りまかれてゐた、いそがはしくお栄が窓を開きし時は、邸内の前面は悉く花束をもて、実に見事に飾られてあツた、是れは生徒等の窃かに申合せし仕事にして、新夫婦の喜びはいかばかり、直ちに子供等一同を邸内に迎へ入れ、それ／＼返礼を施して庭前にて小イさき饗応を供へて、小賓客の為めに半日を費した。

第十九回

今迄独居の男世帯であツた邸《うち》に、色も香もある花嫁を迎へしことなれば、大五郎が一家は急に何点《どこ》となく華やかに賑かになツた、サテ婚礼の後《のち》大五郎威儀を正して新細君に語ツて曰やうは、思ひ思はれた吾々両人が同住の期に逢ふたるは此上《こよ》なき幸福である、世に果敢なき恋中あり、夙縁《しゆくえん》了せずして呉越に分離することもある、思はぬに思はれて強迫の婚姻に生涯唯一の幸福を

犠牲にする人もある、鎌倉の社殿に峰の白雪踏み分けし人を慕ふ静姫《しつひめ》の薄命、嵯峨野の晩鐘に愁腸を寸断して千鳥ケ淵の烟と消ゆる横笛、アマリヤ姫（シルレル戯曲《げきよくちう》中の立且《たておやま》）の涙は何の為め、保名《やすな》の狂乱は何の為め、実《げ》に様々な浮世に様々なあはれな恋中、今も昔も多いこと、それが吾々には正反対――ア、円満な此結婚、我々の骨は青山《せいざん》に埋《うづも》るも、互ひの愛情は渝《かは》ることないであらう、人生によく有りがちの「離縁」、此不吉の二字は我が家族には不用となることを期す、若し吾等夫婦茲に三ツの決定をなし、互ひに生涯忘るゝことなく、此約束を守るならば、求めずとも夫婦の和合一家《け》団欒の楽みは、終始吾等の周囲を纏ふであらう、アゝ我身は爾来おん身の為めに生活するであらう、おん身も亦た吾が為めに生活するを喜べよ、

一、吾々は互ひに心にかくしだてをしてはならぬ、縦令《たとへ》孰れにても悪事をなしたなら、正直に白状せねばならぬ、隔心、悪事二ツながら破縁のあはれを惹き出《いだ》す、元なり、

二、吾々は決ツして一家の内政を他人に通知せぬやうにせねばならぬ、内政人に知られぬ時は吾々夫婦は他人の干渉束縛を受けぬものなり、又夫婦の身上《みじやう》に就て針を棒程にして、互ひの気を悪《あし》くさする人の噂もなきものなり、

三、吾々は互ひに怒《いか》ることを禁ぜねばならぬ、冗談にも互ひ〳〵に悪口してはならぬ、冗談も多くは真実となりやすく、初めは洒落に言ツたことも習慣となツては不和の基《もとひ》となる、

以上は大五郎がお栄に言ツた言葉、之を聞いてお栄も必ず此三ケ条を固く守りますると誓ひを立てた、嗚呼《あゝ》此新夫新婦、若し此規約を破ることなく真心をもて守るならば、其百歳の幸福愉快想ふべし。

新夫婦の交りは、素より言葉に現はせぬほど親密なれども、村民は此意外なる出来事に就て、非常の妄想を懐いてゐる、誰れ一人として今度の結縁をもて正当なりと認むるものはない、村中屈指の財産家なる米屋の娘、村中一番の容貌好《きりやうよ》しと評せらるゝお栄、しかも長女でありながら一ツのあはれ果敢ない――見る蔭もない校長と結婚するは、実に前代未聞のことである、お栄は器量と言ひ身分と言ひ、如何なる高貴の人にも片附くことの出来るものを「平治は実に茶人だ」、「イヽヤ馬鹿だ」

平治は是等の村内愚民の非評を聞いて、窃かに笑ツて曰くア、汝等《おまいら》は目先きの見えぬ愚人だと、然し村民は益々此等の非評を吐いて止まず、平治の女房――さすがは女子《おなご》、此等の悪口愚弄を受けては気分を悪るくしないでもない、或る日所用あツて字《あざ》鷲塚《わしづか》に行ツたとき、相変らず村中の愚弄を受けるので、平治の女房はこらえ兼、

「皆さん、そんなこと被為仰《おつしやる》が、此婚姻の内情は少しも御承知ないでせう、大五郎をよく人が貧乏々々と言ひ囃すが、それは大きな間違ひ、若し大五郎が自分で田地でも買はうと思ふなら、鷲塚の大地主でも、深井さんでも、及ばない位のもの

は買へます、妾《わたし》の聟は人の噂するやうな貧乏人ではありません」

平治の女房は猶ほ色々大五郎のこと誇らんとしたが、フツト心づくことありて、急に口を閉ぢた。

第二十回

人の噂は雪達磨の如し、一ケ所より他所に移れば移る度ごとに大きくなり、初めには掌《てのひら》の上で丸めてゐたものが、後は一人力《いちにんりき》では動かせぬやうになるもの、今米屋の女房が、大五郎は貧乏でないと言ツた一言、山の神の井戸端会議、居酒屋の立飲会を経て、一人より二人に伝へ、二人よりは五人十人百人に伝へ、遂に村内一般に伝り、其伝はる度ごとに、虚説臆測を加味せらるゝゆゑ、今村内の住民は大五郎をもて山の如く多額の金銭を所有するが如くに言ひ囃すやうになツた、そして其金は屹度不正の所業をもて得たに違ひないと断定するやうになツた、加之《おまけ》に村民の邪推は容易に大五郎を判断して曰く「彼は大阪の豪商某と密謀して贋札を造ツた、彼は理化学の作用を以ツて人の知らぬ間に人の物を盗取した、彼は睡眠術《メスメリズム》を以ツてお栄の心を迷はせた」総て此等の妄誕なる臆説は村民の確信する所となツた、大五郎の身上に就て村内一般の取沙汰、此《かく》の如しと雖も、彼《か》の花の如き若嫁お栄を見るときは、何人も顔を和らげて接話《はなし》するを喜ぶ、お栄は素より実に美しい婦人、それが結婚後は日に増し愈々美を加へて、一見人の心腸《しんちやう》をうつとりさせるばかり。彼は殊更華美な、金目のかゝツた衣服を着けてゐるでもなく、又化粧三昧に日を送るでもなし、彼は常に野に出でゝ働き、日光の下に洗濯をなし、家内の掃除家畜の世話、一切独りで引きうけて毫も倦まず、故に平生の衣服には一点の垢染《しみ》なく、家具には半点の塵なく、家の内外自然と光沢ありて不潔と云ふもの見たくとも見えず。

村内で金棒惹く或る山の神は曰く「お栄も亦た大五郎と同じく不正の妖術を覚へてゐるに違ひない、彼は実に美しい、若し彼が結婚せぬならば吾々迄をも迷はすに違ひない、一体女は結婚すれば娘の時よりも容貞《みめかたち》の悪しくなるは通例、夫婦喧嘩の原因《をこり》も大方は是から起る、それにアノお栄ばかりは日に増し美しくなる、どうも不思議だ」と此語《このことば》を聞いて平生其美を妬む他の娘連も口を揃へて雷同、

「どうもそれに違ひない」

或る日お栄を訪ねて来たのは以前の娘朋輩三人《みたり》、

「あなたはお嫁入なすツてからモウ一年、それに美しさは昔に倍して誰が目に見ても不審に思はれます、どうぞお栄さん、其美しくなる秘伝を教へて下さいナ」

少しでも好く見せうと思ふは総て若き女子の慾、我を折ツて尋ね出《いだ》せば、お栄は辞することなく単簡に答へて曰く「清潔、注意、身だしなみ、節倹！」

お栄は器量の美しくなる秘伝を授けんとて、彼の三人の娘に一ケ月間毎日訪《と》ひ来るべきを約した、是よりお栄は第一に裁縫、料理法、洗濯法等を教へ、清潔、身だしなみ、経済、衛生、洒《さい》掃《さう》、女礼式《じよれいしき》等の必要を説明し聞かすれば、以来三人の娘には料理法の結果より悪食物《あくしよくぶつ》口に入らず、（悪食は悪血を作る、悪血は美貌を害し又健康を害す、病気となれば費用嵩《かさ》みたる上仕事出来ず。）身体衣服の不潔又自然と消え去ツた、娘等の家内諸道具も亦た自づと光るやうになツた、貯へて、勉めて、後ち遊ぶことの愉快も覚へてきた、心気《こゝろ》も清涼に、挙動もしとやかになツた、此等の諸源因よりして此三人の娘は暫時の後、村内には珍しき、垢ぬけしたる美人となツた、之を見之を聞いて村中《むらうち》の娘等は素より、女房共は幾十人となくお栄の門下に入ツた、お栄は終に良人《おっと》に乞ふて一個の教授所を新築することゝなれり。

大団円

斯の如く一方にては大五郎、児女に智育、徳育、体育を注入し、一方にてはお栄、婦人に家政法、裁縫、美術等の芸術を教へしゆゑ、全村総て其訓導に風靡し、今は一人も大五郎夫婦を悪口する者ないやうになツた、啻《たゞ》に悪口せぬのみならず、仏や神のやうに尊敬《そんきやう》し、二人の名を蔭にても一人として呼びずてにする者なく、大五郎を呼ぶに『先生』、お栄を呼ぶに『奥様』。此二つの普通名詞は村内にては終に固有名詞と転化した。

終生大五郎一家に仇すべしと云ひし深井慾三さへ、今は大五郎を衷心より尊敬するやうになり、又村会の役人も警察官も一致して村内の利益幸福を増進することに注意するやうになツた、酒楼遊女屋は人力を用ゐずして閉店し、道路滑かに修覆され、田園善く耕され、戸々鶏犬の声高く、郊外肥馬の嘶《いなゝ》き朗かなり。従前村民が嗜好せし飲酒は変じて労働となり、借《かり》ることは変じて払ふことゝなり、詐偽は誠実となり、破廉恥は徳義となり、残酷は慈愛となり、仇敵は朋友となり、盗取、惰眠、賭博、讒害等の弊風は消失して、秩序、清潔、活潑、愉快、和楽等の良空気は数年ならざるに沛然として村内に充満す。村内の家皆な恒の産を有し、村内の人皆な恒の心を有し、信用を重んじ名誉を尊《たつと》び貸借多くは證文を要せず、郡内の区裁判所に、円座村の住民出入するを見ず、茲《こゝ》に至ツて初めて一たび死したる『黄金村』は復《また》活す

* * *

黄金村の子々孫々数百年の後に至るまで、能く岩国夫妻の遺訓を守りて之に従ひ仕ふること猶ほ其生前に於けるが如し、夫《か》の瑞士《すいつる》国人が日常屢々「ウヰルヘルム、テル」の名を用ゐるが如く、村内の住民は誓ふときにも、祈るときにも、祝するときにも、冒頭の詞《ことば》は常に『岩国大明神』

村内の父祖等死に臨み、子孫に残す遺書の第一条には必ず見る『岩国大明神を敬せよ』の一行を、

岩国大五郎が校長となりし日、及び誕生せし日は、村内の大祭日なり、村内、士女老若業を休んで歓喜す。

丹波に遊びし旅客は、必ず円座村の入口なる小丘上に『岩国大明神』なる壮厳の一社あるを見たるなるべし。

（明治廿二年十二月中の作）

さとの月

（風俗言語必ずしも時代と場所に相応せず）
（浄瑠璃の文句多きは作者の故意なり）

上の巻

捨小《すてを》舟《ぶね》の寄るべ渚にあらねども、こゝも流れの仮枕、跡なき夢はツイ覚めて、送り迎ひの袖の露、伊達《だて》と様子で場所を持つ、五条坂の黄昏時《たそがれどき》、花扇楼《はなあふぎろう》の奥二階に、物案じなる遊君は、当時全盛並びなき、松の位の阿古屋とて、其名都鄙に隠れなし。去《さん》ぬる寿永の秋、平家の一門、都落ちの時、いとし可愛の上総殿《かずさどの》（景清《かげきよ》）に、生別れせしより、身は紫酔金迷のはでな世界にあれど、心ばかりは侘しき須磨や明石の浦々に、浮沈みするぞうたてき。

風のたよりに聞けば、檀の浦の戦《たゝかひ》は、味方幸《さち》なかりしとか、又我恋人は箕尾谷《みをのや》四郎とやらん勇士と闘ふて、功名顕はし玉ひしとか、今は何処《いづく》を呻吟《さまよ》ひ玉ふぞ、今は何処に潜伏《かく》れ玉ふぞ、追捕の詮議厳しければ、昼伏夜行、――野宿して夜露に障《さは》り玉ふなよ、饑に疲れて病を起し玉ふなよ。

思ひつゞけて此日頃、蘭干にさす鳥の影、暖簾《のれん》に音づる春風にも、もしやそれかと、当てもなく、待たれぬ人を待つ心根のしほらしさ。「みどりや其琴を持ツてきや」。「アイこれかヱ」。胸の鬱憂《ふさぎ》を慰めんと、雛妓《かむろ》が渡す琴取りて、力なく調子合せ。

すゐちやう《翠帳》こうけい《紅閨》に。枕ならぶる床の内。馴れし襖《ふすま》の夜すがらも。四ツ門の跡。夢もなし。去《さる》にても我つまの。秋よりさきに。必ずとあだし詞《ことば》の人心。そなたの空よと詠《なが》むれど。それぞと問ひし人もなし。

班女《はんぢよ》が寝やのかこち草、たえし契りの一節《ふし》には、心なきかむろも涙を分つ。「モゥシおいらん、モウ蝶さまの（景清の定紋《ぢやうもん》は蝴蝶ゆゑ景清のことを蝶さまと云ふ）ことを思ふのは止しなんし、身体《からだ》の毒でござんすぞヱ」「みどりや、此身を思ツて呉りやるなら、蝶さまのこと思へと、何故《なぜ》言はぬ。」一夜《よ》流れの仇夢なら、忘るゝよすがもあらうなれど、二世《せ》を契ツた景清殿、思ひ出さずにおられやうぞ。いッそ思ひ焦れて苦むのが、此身の慰み……。ア、思ひ廻せば蝶さまと馴初めしは、平家の御代と時めく春、――まだなき名を文字《もんじ》ケ関に残さぬ前――初花の吹雪も深く、山々の、梢《こずゑ》残らず色めきて、いとしほらしき弥生時、我つまは山鳥の尾張の国より遥々と、七十五里の野山を越え、日ごと〱の清水参《まふ》で、行きも帰りも同じ道、いつ近附《ちかづき》になるともなく、互ひに顔を見知り合ひ、花も実もある侍《さむらい》ぢやと、思ひ染めたが恋の糸、忘れもせぬ丁度二十五日目の夕《ゆふべ》、俄時雨《にわかしぐれ》に二階からフト表を見れば、軒下に雨宿りする後姿の定紋は、たしかに覚えの景清殿、嘸《さぞ》お困りとかむろを呼び、傘もたせてお貸し申した其縁で……あちらでフツト見上《みあぐ》れば、見下《みをろ》す此方《こなた》はいぐちもなく横を向き、流れを立つる身で恥かしや、時ならぬ立田川、――思ひの丈ケはソレ此時と、兼て認《したゝ》め置いた一通を釵《かんざし》に、――しかもぬしの定紋にあやかりて、蝴蝶を彫らせた其釵に結びつけ、人目も恥ぢず投げおろせば、文もとゞき願もとゞいて嬉しい逢瀬、其楽みも、寿永の年の秋風に吹破られ、ぬしは戦場此身は涙。

「アレ〳〵みどりや俄時雨が降るそうな、そなたも一処に見てくりやれ、蝶様が雨宿りしてかも知れぬ」。「アレおいらん彼処《あそこ》に見えるぞヱ」。「ヱ、ツ何言ひやる、アレは奴頭《やつこあたま》の町人衆じや」。「そんなら此方《こちら》の侍は」。「どれ〳〵……ヱ、能《よ》い加減に弄《なぶ》るがよい、そなたはモウ蝶様の姿を忘れてか、あんな、む……く……つけき」。

＊　＊　＊

日暮れたり、月出《いで》たり、痞《つかへ》の毒と知りながら、猶ほ景清の行衛を案じて、憂ひにしづむ阿古屋。「モーシおいらんあまり夜露にうたれては身体《からだ》が冷えてようござんせぬ」。主《しゆう》思ひなるかむろに注意され、静かに立ツて廊下を行く途端に何を見て驚いたか、阿古屋は、「アレーツ」と叫び出した一声。「オ、吃驚《びつくり》しいしたおいらん何で……」「大……大きな悪虫《むし》が、ソ、ソレ其処に」。月光《つきのひかり》によく〳〵照して見れば、何ぞ計らん一束《そく》の貨銭ならんとは！

下の巻

世をも人をも忍ぶ身の、悪七兵衛景清は、大望を懐き乍らも、とかく阿古屋の情《なさけ》忘れかね、深編笠に目顔を忍ぶ格子先き。「阿古屋まめで有ツたか」。「さう言ふ声は景ツ……」。「シイツコレ」。阿古屋は轟く胸を押え、四辺《あたり》を見廻はし、声静かに、「蝶様かお前も無事で……ようマア戻ツて来て下さんした、お前に別れて三年の其間、顔にや笑へど、心では泣いてばツかりをりました」。「思ひは我身も同じこと、さり乍ら、過ぎし逢ふ夜の約束は、永い夢じやと諦らめてくりやれ、知ツての通り日蔭の身、顔を見るのもモウこれ限り、長居は未練の種、さらば」「アレまだ話が残ツてゐる、わたしやまだお顔さへ見終《みをえ》ぬのに……どうぞ今夜は此内に、――アレモウ姿は見えぬ、チヱツ、ムーツ」俄かにさしこむ癪《しやく》、「モウシおいらんお気を慥《たし》かにイ引」――ソレ竹や、ソレ喜助、水よ薬と大混雑《おほこんざつ》、実《げ》にや傾城《けいせい》の癪は誠の置きどころ！

やがて癪も納まり、目を開き、涙はら〳〵、モウどうしても逢見ることはならぬかや、さてもせわしない生別れ！　昔のきぬ

〳〵に引換て、もめん〳〵と零落《おちぶれ》しアノお姿、おいたはしや、誰れあらう元は平家の……」言ひさして四辺を気兼「ほんに忘れもせぬ三年前一門都落ちの前の宵、此身も御供して西国に下るゆゑ、別離《わかれ》かた〴〵顔見に来たと、佐野屋から此身を呼び、奥二階で水入らずの差向ひ、真葛《まくず》ケ原《はら》の月影を、四ツの袂の涙に宿した時、無事で都に帰ツたなら、必ず尋ねて来るとのお言葉を、反古《ほご》にせず、危《あぶ》い中を忍び来て、昔の約を履み玉ひし歟。さても——其お志、心に刻んで忘れぬぞヱ。ても情けも誠もある武士《もののふ》、三千世界の男の中で、此身が真《まこと》の男と見たのは蝶様ばかり。ヱ、モウ一日、タツタ一日……

＊　　＊　　＊

一樹の蔭の雨宿り、一河《いちが》の流を汲んでさへ、人の情けは捨られず、況《まし》て二世を契りた恋中なれば。一騎当千の剛の者よと敵味方に、其名高き景清も、実《げ》に恋には思案の外《ほか》なり、景清は一旦身を鬼にして、別れがたき別れを引裂いて、進む足いと鈍く、沈みがちの頭《かしら》に後髪を引かれながら、今やう〳〵五条の橋を渡り越せり、されど阿古屋を忘れかね、「ヱ、、まゝヨ、しばし逢ふて話したとて本望の障害《さまたげ》とはなるまい、捕はるゝも生延びるも天なり命なり」。急に意《こころ》を決ツして再び今来《きた》りし道に引返さんとするところに、数多《あまた》の伏勢《ふせぜい》バラ〳〵〳〵、前後左右を取り囲み、理非をも言はず打すへて、引くゝらんと、百有余人が一同に乱れかゝるを、此方《こなた》も兼ての覚悟、さしツたりと飛ちがへ、彼方《かなた》に避《よ》け此方に沈み、或は蹴飛し、或は投捨て、脚骨《すねぼね》、肩骨《かたぼね》、当る所を幸に、力有りだけ人有りだけの節を砕き、手を砕き、心を砕いて凌げども、敵の新手《あらて》は何百人となく、殖える様子に、コハまごついては一大事と、一方の生路を開いて、ツ、ツト一目散に電火の如く遁げ出《いだ》す、駈け入る先きは花扇屋《はなあふぎや》！

今景清を取り巻きたるは、当時六波羅で名うての博徒《ばくちうち》、狼の三吉とて、常に数《す》百人の子分に親方《おやかた》々と崇められ、喧嘩強談を売りて非理の慾を貪るもの。此頃岩永左衛門致連《むねつら》の内意を受け、「もし景清を搦め捕ツて届け出づれば褒美の金は望み次第」との、依頼あるにより、是れ奇貨なり取免《とりのが》す可からずと、即ち前の始末に及んだ次第。

＊　　＊　　＊

「蝶様是はマア久しぶり、珍らしいお出で、おいらんが只《た》ツタ今、癪気できつい御難儀、早う顔を見せて下しやんせ、モウシおいらん蝶様が」とみどりまでが喜び勇んで案内するは阿古屋の座敷。今こう〳〵で遁げて来た陰《か》くしてたもと打明す。折しも表の方《かた》騒がしく。「たしかに茲楼《こゝ》に遁げて来たに違《ちげ》ヱねエ、此三吉が黒い眼《まなこ》でにらんでおいた、邪魔ひろがずと案内しろ」と高声で呶鳴り込み、店の者の止めるを突き飛ばし、二階へバタ〳〵「阿古屋の座敷は此処か」と障子を荒くうち開《あ》けて、入らんとするを阿古屋は遮り。「何ぞ此身に用があるかヱ、用があるなら有るやうに、筋道踏んで尋づねてござんせ、人の座敷に狼藉するは、慮外でござんす、ホンに乱暴者にはやるせがない」。チンと落附払ひ、それと悟ッても悟らぬ風体《ふうてい》。「ヲイおいらん、白《しら》をきるのも大概《てえげえ》におしなせヱ、用がある、急用だ、上《かみ》の間《ま》に通して貰はうか」「上の間には大事のお客が厶《ござ》んす、そなたに構ッてゐる暇《いとま》は厶んせぬ、用があるなら明日《あす》なりと……」「篦棒《べらぼう》めそんな優長なこッちゃねヱや、タッタ今其上の間にゐる大事のお客を渡して貰へば事は済むのだ」「其お客は今善う眠入ッて厶る、他所《よそ》にお在《いで》なら兎も角も、此身が勤めてゐる内は、大事に衛《まも》らにゃ君傾城の名折れ、片時もそなたに渡すことは出来んせぬ、髪の毛一本でもそなたに触《さは》らせることは出来んせぬ」気早の三吉いかでか堪るべき、グット尻をまくり大《おほ》踞坐《あぐら》、「ヤイどうらんか小《お》いらんか知らねヱが、物を言ふなら人を見て言ひなせヱ、おれの身体《からだ》が貴様の目には見えねヱか、二ツの眼は、だてに持ッてゐるでもあるめヱ、生きてゐる内に、よく拝んでおけ、憚りながら六波羅で狼の異名《いみやう》を取ッた三吉様とはおれのことだ、耳があるなら兼て沙汰にも聞いてゐるはづだ」「そんな獣《けもの》の名は今が聞き初め、わしゃ知らぬわいな」。「ナ、ナント、言はせて置けば荒言千万、手間取ッては不覚の元、上の間に陰くれてゐる素浪人の景清奴、四の五の言はずと渡して貰はう」。「さう言ふお方は茲処にお在《い》ではござんせぬ」。「盲目《めくら》にするナ、三余人に親分とも立てられて、男をみがく此三吉が、子分を殺したり傷けたりした、景清の行衛も知らずで顔が立つか、茲処に陰くれてゐる右幕下《うばくか》をねらう平家の残党、悪七兵衛景清には用事がある、召連れて岩永殿に渡さなけりゃ、おれの男が立たぬ、否《い》や応言ひやア力づく、踏込んで捕ゆるばかりだ」。阿古屋を突のけ入らんとするを、阿古屋は裲襠《うちかけ》の下より太刀を取り出し。きッと身構え「せまくとも一寸先きは此身の城廓、狼藉者を入るゝことならぬ、慮外すりゃ女ながらも此間《このま》の主人」、と太刀を抜かけて見せる、三吉はせゝら笑ひ。「長袖か烏帽子ならそンなおどしが、叩《き》くか知らねヱが、憚りながら三吉の首には立派な骨がありやす、斬《きら》にゃ入れぬト言ふ訳ならサア斬ッて貰ひませう」。と首を延ばして泰然たり。「望みなら……斬るぞヱ、覚悟か」。「見事斬れるものなら斬ッて見なせヱ」。「よしか斬るぞヱ」。「かよはい女子の痩腕で此三吉の首ツ……」。ピカリ、ばらり、ずーん、濆しる血潮、首と胴とは三四尺。コロリと首の落ちたる音のみ、キヤツの声だに出でず。上の間にはホツト吐息《といき》して安心するものあり。阿古屋は静かに太刀を納めながら、「喜助ドウン引、喜助ドウン引」「ヱイお呼びなさいましたか」折から廊下にさしこむ月。「其死人を片づけや」。喜助照らし見て「ヱヽ」言葉はなくてどうと尻餅。

（明治二十二年十月中の作）

蓮の露

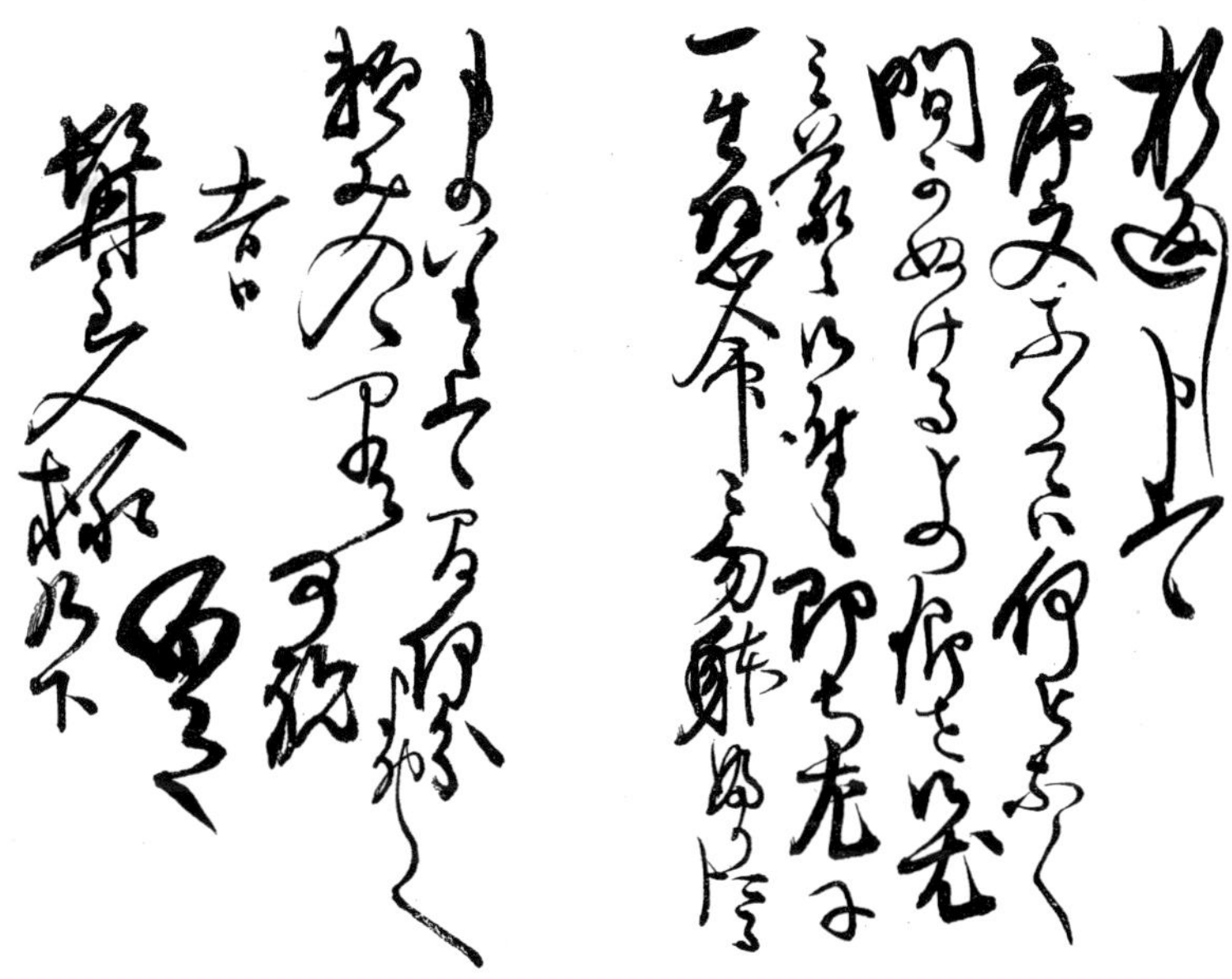

蓮の露自序

序文の代りに少しく小理窟を並べて勿体ぶらんと欲す
文人の言未だ必ず構想感触の由て来る所なきはあらず「長信宮中草」とは小人滋蔓して賢路を茅塞するの謂ひなり「渉江采芙蓉」とは無道を遁れて重華の民とならんことを擬するの謂ひなり「隔水問樵夫」とは世人と路の異なるを謂ふなり「徒有羨魚情」とは貪欲の伎倆を戒むるなりシルレルの「ロイベル」は自由意思を羈絆するの弊の慨するなりレツシングの「ミンナ嬢」は聯邦和衷協同の美を勧諭するなり今小説家が小説を艸するも亦た然り豈感念なく意思なくして率爾に筆を採るものならんや小説に貫通する一条の精神なきは人に霊なきと一般なり
熟々夫の都門の貴族紳商豪商なる者を見らるに彼等は富の徳を以て善美の事業に投資することを知らず専ら富の力を以て罪悪を犯すの具となすを知る金銭を以て劣情劣慾を漏し純潔の処女を汚して薄命に陥らしむるの器械となすは目下滔々たる富者の通性なり故に彼等社会の表面は鶯囀じ花笑ふも其内面は閨門乱れ徳行紊れ窘蝶泣き凋花恨む真正の和楽純潔の愛情は見んと欲するも見るべからずソクラツトの教ふる所によれば恋に二種あり一ツは天女ウラニヤの司どる所にして純潔無垢の美愛なり一ツは地神ポリヒムニヤの司どる所にして獣情獣慾を漏らすの肉

情なり方今の貴族紳商豪商なる者皆ポリヒムニヤの奴隷となり罪悪を犯して恥ぢず此の如くにして止まずんば我貴族富商界と社会の道義との間には十年、廿年若くは五七十年の後に於て必ず一大衝突起らん吾人は此蓮の露を仮りて此衝突の潜勢力を消極的に発揮し以て必然の結果の予防者たらんことを期す

希望の大は吾人の実際の伎倆と伴はざるは素より自信する所なれども思ふこと言はざるは腹膨るゝ業なれば本書の為めには最も不利益なる序文を附す読む者幸に前口上の大にして正味の小なる咎むる勿れ

明治廿七年六月吉日　萩の門忍月

蓮の露

第一

此ころ三崎町《みさきてう》に新築したる大劇場いろは座に於て興行する女優《をんなやくしや》市川粂吉《いちかはくめきち》の一座は評判頗る高く観客《くわんかく》日々山をなし座元の喜悦《よろこび》俳優《やくしや》の勉強一方ならず同じ時に興行中なる歌舞伎座の団十郎明治座の左団次の両大敵を左右に引受けながら露めげる色なく大極吉《だいごくきつ》の上景気にて客足日増しに殖えるばかり定期の三十日を打ち終りて日延《ひのべ》に日延べを重ねるとは大した勢なり

茲《こゝ》に此座中に粂吉の股肱《ここう》とも頼み杖柱とも頼む秘蔵の役者に市川如喬《じよけう》といへるものあり此如喬の扮する腰元お軽と中幕《なかまく》の雪姫が非常の呼物となり茶屋の宴席、床屋の世間話し、乃至は停車場《ステーシヨン》の待合に至るまで話しの種は何処《どこ》も如喬の噂なり都下幾十の新聞紙も亦た悉く之を激賞して如喬を知らざるものは殆んど劇通の恥辱、劇を見るの眼《まなこ》なきものとまでにお太鼓ならぬお太鼓を叩きぬ

如喬は当年十九才天の成せる容顔玉の如く花の如く雪の如く方《い》今《ま》流行の三花形役者と呼ばるゝ福助の品格と米蔵《よねざう》の愛嬌と栄三郎の艶麗とを絹篩《きぬぶるひ》にかけて其潔粋《きつすゐ》を一人で占め得たる無類の美形、天女の化身とは実《げ》にも斯るものを言ふなるべし

「風を迎ふるの柳」「水を出《いづ》るの蓮」「飛燕と太真の美を並有する美人」等の様々の品評《しなさだめ》は神田本郷辺の兵児帯連《へこおびれん》がいろは座を立見して如喬の風采容貌を譬へしものなれども其兵児帯連は皆他《ほか》の物を以て比ぶるも到底其美の全豹《ぜんぺう》を言ひ尽す能はざるを憾《うらみ》けり

数年《すねん》以来いつも女義太夫《をんなぎだいふ》で大入を取る寄席《よせ》本郷の若竹亭小川町の小川亭等は此ごろ急に書生の華客《とくい》三四割以上を減《へら》せし其源因《もと》はいろは座の影響——否な如喬の影響とて一雨毎に殖《ふえ》る大坂登りの女義太夫は席亭主人の眉と共にパタリと其影をひそめぬ彼方《あちら》の憂ひは此方《こちら》の喜び右隣《どなり》家の嘆息は左隣家の笑顔、実に浮世は様々なりいろは座附の写真売店如喬の写真を売り出《いだ》して複写に複写を重ね増し焼に増し焼を次ぎ瞬く間に三千三百枚を売り尽して急に懐中《ふところ》を暖め如喬大明神様々と崇め奉りぬ某博士《それがしはかせ》が苦心経営に成りし新著を出版して広告費を損したる書林の主人《あるじ》は之を聞きて堂々たる博士の価値《ねうち》は遠く一女優に及ばずと嘆《かこ》ちけり

如喬は素《もと》武家の娘なり幼少より厳粛なる父と貞淑なる母の撫育教訓の下《もと》に人となり婦人として受くべき教育は概ね受けぬはな

し学問上の高等の智識も音楽歌舞の嗜みも深くして言語挙動優にやさしく上流社会のお姫様お嬢様に交《まじわ》らせても聊《いさゝか》も恥かしき所なし天性の然らしむる所にや将《は》た教育の結果にや其風采心術共に自然に優美高品の徳を備へ一見人をして敬愛仰慕の念を起さしむ世に憐み愛すべき女子《によし》は多くあり喜び慕ふべき女子も多くあり然《さ》れども敬し仰ぐべき女子は少なし是点《ここ》が如喬が唯一卓絶なる所にして野鄙《げひん》の分子は薬にしたくも見当らずされば其腰元お軽を扮し雪姫を扮するも技芸の外に一種他優の企て及ぶべからざる品格あり余情ありて数千《すせん》の看客《けんぶつ》を恍惚《うつとり》ならしむ殊に雪姫が桜樹の下に落英を集むる所の如きは其人と其景と其情と三拍子揃ふて相照映し宛然身は一幅の画中に入るの感あり満場の見物シンとして一声《せい》なく水をうちたる如し

見物の過半は粂吉一座の演劇《しばい》を見に来《きた》るに非ず如喬を見に来るなり如喬の技芸を見に来るに非ず如喬の美貌を拝まんとて来るなり茲に初日《しよじつ》以来同じ芝居を凡そ十五度も鶉《うづら》に来てしばしば茶屋の男に頭を下げさせ随分華美《はで》に見物するは番町の華族紀川家の若殿にして業平男《なりひらおとこ》と評判ある如喬熱心の信実男《しんじつをとこ》、今座頭《ざがしら》粂吉の大膳と如喬の雪姫と双々相並びたるを見て聾座敷《つんぼざしき》より「万両万両二万両」と声の掛りたるを聞きながら取巻を顧みてニツコと笑ひぬ

第二

如喬は何故に俳優《やくしや》にはなりたるぞ

如喬の家は相応の貯《たくはへ》あり一度《ひとたび》は慣れぬ商法に失敗し二度《ふたゝび》は表面《うはべ》親切にして腹黒きものゝ詐欺に罹り三度《みたび》は父の死去に逢ひ四度《よたび》は火災の巻添をくひしも幸《さひはひ》に貞淑にして思慮深き母の残りて能く家計を治め能く不幸不運に抵抗するあるゆゑ如喬は一個の令嬢として家に安居し敢て浮世の辛《つら》き風に触《あた》るを要せぬ境遇《みのうへ》なり

斯《こ》の娘を生みし斯の母なれば寡婦《やもめ》ながらも流石《さすが》は男も及ばぬ見識あり世間の不心得者に有がちの娘の少し垢脱けたる顔なれば直《すぐ》に夫《それ》を餌《えば》にしてデレ男を釣り又は酒席に三味《さみ》持たせて実は色を売らすなどの卑賤《さも》しき心は兎《う》の毛もなし兼々此の母は凡そ世間に見苦きものは親に供させて恥ぢぬ娘《こ》と娘を餌にして左団扇《うちは》で暮す親なりとて如喬に言諭《いひさと》せしほどなれば

人として職業なきほど憐れなるはなし妾《われ》今貧に責めらるゝ身にあらねども夫に安んじて常に他《ひと》に頼《より》て生活《くらし》自ら営むことを知らずして朽ち果つるは此世に生れたる甲斐なし坐して食《くら》へば山をも空しとの諺もある如く世の運命はいつも妾等《われら》に幸《さひはひ》せざるべし今幸に慈悲深き母上の妾家《わがや》を守り玉へど早晩《いつしか》一度は妾此家《このや》と母上とを守らねばならぬ

女子に似合しき職業数多けれどアレかコレかと探せば扨《さて》も無きものなり妾幼《いとけな》少き時より母上の丹精に頼り学問の傍ら花柳《はなやぎ》の門

に入りて糸竹《いとたけ》の道を学び十四歳にして音楽学校に入り業を卒《おへ》たる後迄《のち》も優美の芸術を侶《とも》として須臾《しばらく》も忘るゝことなし幸に学び得たる芸術をもて兼て又幸に嗜好する芸術を以て妾《わ》が職業と定めばや

如喬は斯《か》く思慮《こゝろ》を決して俳優《やくしゃ》になりたしとて母に旨を請へり旨を請ふ以前に母は必ず斯る賤しき業《わざ》に従がふべからずとて許し玉はざるべしと思ひ定め之を弁解すべき材料《たね》をさへ胸に組立て母に願ひいでしに案じるより生むが安いとは実《げ》にも此事なり母は娘の願出を聞くや暫らく考へて朱に交はりても赤くならぬ決《ふみ》心《とめ》あらば……とて故障なく之を許しけり

元は誰あらう久留米藩士中にて五本の指に数へられし真弓次郎左衛門殿の令嬢真弓園子《まゆみそのこ》とて音楽学校の卒業式にも第一席を占めしものが俳優《やくしゃ》になりては家の汚《けが》れなり名の汚れなりとて親戚の某《なにがし》学校朋輩の某孃《それぜう》も之を止めしも園子（如喬の本名）は訳を話し自分の覚悟する心得を話し俳優の業の決して賤しきものに非ず却つて高尚優美のものなることを話して止むるものをして成る程と感心せしめぬ

師匠と頼むべきは今女団十郎と評判ある市川粂吉《くめきち》の外にはあらずとて夫々伝《それぐつて》を求め手続を経て粂吉の門に入り終に真弓園子嬢も市川如喬《じょけう》と呼ばるゝに至りたるは今より足掛け二年前なり

如喬は兼て花柳《はなやぎ》の門にて踊の稽古を受け深く其妙に入り師匠に舌を巻せしほどの下地あれば粂吉も其技芸の凡ならぬを見て深く之を愛し又教育ある良家の淑女たることをも知れるものから又と二人得がたき弟子を得たりとて大《おほひ》に喜び心窃《ひそ》かに吾門の宝玉と為し斯る俳優は初舞台が肝腎なりとて夫に見栄《みばえ》なき端役を附《つけ》ることの勿体なさに暫らく舞台に出《いだ》さず客分として取扱ひけり

茲年《ことし》いろは座の初興行に腰元お軽と雪姫とを勤めしは如喬の初舞台にて是れ粂吉の引立もあるべけれども必竟は当人に凡《たゞ》ならぬ伎倆《うで》あればなるべし

今迄世に知れぬ市川如喬の名此初舞台と共に電光の如く迅速に都下百万の人に知れわたり絵草紙屋の店頭《みせさき》に掛る似顔の錦絵の前には絶へず見物の山をなし欧亜八千里遠征の福島中佐の石版絵も為めに顔色を失ひけり

第三

女芸人の明眸《めいぼう》、皓歯《かうし》、嬌語《けうご》、軟声、乃至は雲鬢《うんびん》、笑靨《せうえん》皆な芸の外《ほか》の売物なり芸人といへる名目を看版にして実は看版ならぬ看版を買ふ顧客《おきやく》を待つものなりされば真《まこと》の看版のみを売らんとは売る当人も想はず買ふ顧客も承知せざるぞかし

象牙の撥を手にして「蓬萊《はうらい》」や「中にみどり」を歌ふばかりが世に謂ふ芸妓《げいしゃ》にあらず太棹の音に連れて見台を叩くばかりが世に謂ふ女義太夫にあらず赤襟を相手にして常盤津《ときわづ》清元を教ふるばかりが世に謂ふ師匠何文字太夫の能にあらず世に狼連《おほかみれん》といふ

不量見の男ありて彼等を待ち彼等に待たるゝこそうたてけれ女俳優《やくしや》も亦た之に同じ孰れか総ての芸人といへるものゝ通有性《もちまへ》なる汚濁の慣習《ならはし》に染まざるべきされば並々の女俳優は多くは舞台の外で芸ならぬ売物あり土間、高《たか》、鶉《うづら》、桟敷《さじき》に見物するお客の外に猶ほお客あり幸《さひはひ》に市川粂吉の一座は粂吉の取締厳しきにより未だ甚だしく風儀品行を紊《みだ》すに至らずされど内より之を紊さねども外より之を紊さんとて様々の手術《てだて》を尽して攻め寄するものあり是も斯る芸人の弱味あればなるべし

浜の真砂は尽きるとも濁りたる世に争《いか》でか狼連の種尽きるべき市川如喬が初めていろは座に出勤して比類《たぐひ》なき名聞《めいぶん》を博し才色双美技芸秀絶の評判遠近《をちこち》に伝はるや否や都下の軽薄少年才子又は玉堂金馬の貴公子逸早くもわが持物にせんわれ慰まんとて赤羽織着たる坊主待合の如才内儀は勿論茶屋の若い者などに恵比寿や大黒の附てゐるものを相応に握らせて使者となし意《こゝろ》を伝へて言ひよるもの数限りなしされど皆な見事首尾能くはねつけられて何事も金力で心の儘になると思ひし狼連、鶯の嬌喉にサン／″＼に撲《ぶ》ち叩かれぬ

茲《こゝ》に京橋の大通り某商社の持主に本名の小栗喜七郎より綽名の山師大尽にて響きたる紳商あり元は西国辺の一浪人なれども世才商略に抜目なく上手に官界の有力者に立廻り一獲千金の商法に瞬く間《ひま》に鉅万の身代を拵らへ今では馬車で市中を乗り廻す立派の俄紳商なり尤も此ごろは紳商といふ名は不義、奸慾を意味するものと称へらるゝ程なれば山師大尽が是程の身代を造るまでには随分親類を泣かせ友人を排倒《おしたほ》したこともありと知るべし

此大尽大の好色家にて豊容《まるぽちや》にも痩姿《うりざね》にも梅にも桜にも目のなきポリヒムニヤの奴隷《やつこ》にして今迄の内に幾度《いくたび》となく水晶の如き純潔なるものに対して罪を犯し幾度となく七十五日生延けり

此大尽あまりの評判に如喬を一見せしに新聞の評判よりも人の噂よりも数層《すそう》立優りての美形なるに驚き今迄斯る美玉の艸莽《さうもう》に隠れありしを知らざりしは一生のうつかりなりとて日ごろの野心むら／＼と起りて抑へがたく斯る事には抜目なき腹心の野幇《のだい》間《こ》〆孝《しめこう》を呼び是非を言はせずコレだ／＼と掌を合せんばかりに何事かの周旋《とりもち》を頼みけり

ハヽア御前様《ごぜんさま》又例《いつ》もの御持病で厶《ござ》りまするか貴君《あなた》は然う初物食べて何百年生延るおつもりで厶りまする私《わたく》しは貴君に対しては会稽の恥辱を受けて居る、つもる恨みが有る。コレ／＼何を無駄言をしやべるのだ早く施政の方針を定めぬか。中々以て然う早くはお受合申されぬ其訳と言ツぱ、ツイ此頃箱根へ小松屋の彼の君と手を引き合ツて御湯治に御遠征の砌《みぎ》りに喜八のみに御陪従仰せつけられて何故此の忠節無類の〆孝を出し抜きになされた此質問に対しては小栗大尽は自ら責に任じ此場に出席して明かに答弁しなければならぬ。コレ／＼うるさい気のきいた怪《ばけ》物《もの》の退去《ひつこん》でゐる時分に犬も喰はない議会の声色など聞きたくないしいろは座の君の人となりは何《ど》うだ／＼。面白い時には此〆孝

を置去り玉ひ何時でも難局のみの御用を仰せ附け玉ふは情けなしハヽヽ然し如何に御執心でも此一件は不成立です。コレサ生《うぶ》息子《むすこ》や馬鹿殿様に物言ふやうに懸引を申すな。イヽエ懸引でも勿体でもムりませぬ彼の君は石部《いしべ》金吉《かねきち》といふ父とお樫《かし》といふ母とがダイヤモンドを拾ふたといふ夢を見て生んだものと見えて中々手に負へませぬとの専らの評判。野暮なことを言ふな後家の堅いのと芸人の堅いのは当てにはならん。イヽエ全く以て……。然らばよし喜八に頼む。それは大変……。然《しか》らば乃公《おれ》の頼むことを受合ふか茲に五拾円ある当座の費用につかはす。では力の及ばん限り粉骨砕心して試《や》ツて見ませうが全く彼言《あゝい》ふ稼業に不似合な小町姫、男嫌ひの情け知らずとの評判です。ソレ其点《そこ》が価値《ねうち》のある所だコレだ〳〵、と狼が小猫に掌《て》を合す真似する見苦しさアレでも四十八度《たび》のお正月に逢ひし男かや

第四

如喬《じよけう》は父次郎左衛門存命の時代より引続き三十年以来《このかた》召し使ふる質朴の一僕——腕力忠実共に無双なる音吉を供に連れて今いろは座より帰らんとする所に〆孝《しめこう》ピヨコ〳〵と頭を下げて出《い》で来《きた》りモシ雪姫様鳥渡《ちよつと》お顔を拝借致し度うム《ござ》いますから御面倒でも、イエ決してお手間は取らせ申しません何卒《どうぞ》梅本屋に一寸《ちよつと》お立寄りを願ひますとて無理に如喬の袖を引張り側に車の梶棒を持ちて不機嫌な顔をして若し嬢様に一言でも無礼なことを言ツたならおのれ〆孝が生首引き抜で呉れんと怖さうに睨めてゐる音吉にも叩頭《おじぎ》と愛嬌の安売をして茶屋梅本の二階に伴ひ行《ゆ》けり

出るにも音吉、帰るにも音吉、昔は仲間《ちうげん》今は真弓家の抱車夫《かゝえしやふ》たる音吉は如喬の護衛兵なり虫除《むしよけ》なり如何なる深夜も如何なる悪魔あるも音吉一人あれば如喬の身は二三十人の巡査や憲兵に護衛さるゝよりも猶ほ安泰なれば外出中の主従は恰も影の形に随ふが如く須臾《しばらく》も離れず茲年《ことし》取て四十一になるまで妻もなく子もなき音吉只管《ひたすら》嬢様を護るを以て此世の勤めと心得、嬢様を以てわが生命《いのち》より貴《たつと》きものと思へり

何かに附けての邪魔者はアノ音吉なり彼奴《きやつ》ありては万事不都合なりとて〆孝其辺《そこ》に抜《ぬか》りなく如喬の相手を梅本の内儀《おかみ》に任せおき下に降りて見れば音吉は昇降口《あがりくち》に腰打ち懸け煙艸《たばこ》も喫まず火鉢にもあたらず若し万一変事でもあらば有無を言はせず二階に踏み込んで嬢様を小脇に引攫《ひきさら》ツて逃げ去らんとの意気組にて四辺《あたり》に気を配り瞬きもせず控へゐる所なりけり

音吉の御大将嘸お退屈だらう太夫様《たゆうさま》には今暫らくお手間が取れるとの御事《おんこと》、何処《どこ》ぞで一杯飲で来玉へ。と紙にひねツたものを取らせんとすれば音吉突返し、家来が主人を供待《ともまち》するに退屈だらうとは一体人を見下げた一言《いちげん》主人の為めなら火水の中にも飛び込まうと思ツてゐる此男に無礼を申すな予《おれ》は縦令《たとへ》十日待ツてゐても一月待ツてゐても勤めなら退屈はせぬ況《ま》して生来《せうらい》酒と女と夫《それ》から体軀《からだ》に骨のない幇間《たいこもち》の此三ツは大嫌《おほきら》ひだ飲み度《たけ》れば自

分で飲むワ自分で飲めなければ嬢様に飲ませて戴くワ予はまだ主人から他様《ひとさま》に金貰ツて酒飲めと吩附《いひつか》ツた覚へはない又他《ひと》に銭貰ツて飲まなければならぬ程主人に手当を薄くされた覚へもない。ハ、、大将晦日《みそか》にさへお月様が円《まる》う出る世の中に然《さ》う四角張ツて真面目な理窟を言ふものでない酒が嫌ひなら夕食の仕度でもして来玉へ。夕食は最前《さつき》に食《たべ》たワ。然らば寄席《よせ》にでも行ツて一寝《ひとね》入《いり》為て来玉へ君の好《すき》な松林一派《れんちう》の講釈が猿楽町に掛ツてゐるといふ評判。と言ひながら此奴《こやつ》一筋縄では行かぬ奴何事も人を骨抜にして軟化《やはらか》にするには薬が肝腎、山師大尽から預ツた当座のお手当金は此様奴《こんなやつ》にまでも分配《わけ》ねばならぬかと心に苦痴《ぐち》をこぼしながらソツト懐中《ふところ》より五円札一枚取り出し、コレサ音吉の御大将是は魚心あれば水心といふ僕の寸志だ先づ仕舞ツて呉れ玉へかしといふ一件だ夫《それ》は然うとして最前のお仕度は太夫《たいふ》さんから下すツて何処ぞへ暫らく遊んで来いといふ御伝言《おことづけ》だ。ナニ嬢様が行ツて来いと被仰《おつしや》ツたとコレ〆孝貴様は何処まで予を馬鹿にするつもりだ嬢様が貴様如き骨無《ほねなし》の海鼠《なまこ》男と左様《そんな》に込入ツた長い御用談のある筈はない而《そ》して今寸志と謂ツて出した垢れた紙片《かみべら》はアレは何だ鼻紙なら半紙が有る便所紙《ちやうづがみ》なら浅草紙がある持合せの欠けた時は浅草紙や鼻紙の無心は言ふこともあらうが其他《そのほか》の貰ツても用のない紙は貰う因縁がないから受くること相成らぬ。コレサ野暮なことを宣ふな伊達《だて》と容子《やうす》で場所を持つ芝居小屋に出這入する者が然う分解《わかり》が悪くツて気がきかなくツては愛嬌の神様に笑はれるぞ。何だ笑はれやうと笑はれまいと手前《てめへ》の差図は受けぬ大きにお世話だ早く嬢様を渡せ。と正直無慾の音吉が思はず腹の立つまゝに怒鳴れば其声計らず二階迄聞ゆ如喬は、アノ大きな子供にも困ります。と茶屋の内儀に笑《えみ》を送りながら階子《はしご》を降り、コレ音、又しても例《いつ》もの持病を起して此妾《わた》しを困らせるのかお気をお附《つけ》な茲《こゝ》は人様の宅《うち》だよ。と谷の戸を出《いで》し鶯の一声に大の男ピタリと膝を組み扼《まく》りたる腕を畳に附け蝦蟇《がま》の如くに拝伏《かしこま》りぬ如喬は其辺《そこ》に散りある金員《かね》を見てソレと悟り〆孝を尻目にかけ、音、お前は人様にお金の御無心でも申したのか左様《そんな》腐ツた卑《さも》しい性根には何時《いつ》成りやツた今直に帰るほどに準備《したく》を為な〆孝さん妾しに用とは何で厶ります。

第五

此世に生れて持ちたきものは富《ふ》、貴《き》、威《ゐ》の三ツぞかし王侯の富、将相の貴、三軍の威、此三ツのものあれば天下到る処何一ツ畏るべきものなし如何なる欲をも満たし如何なる人にも叩頭《おじぎ》さするを得べしされど之にも増して尊《たうと》く畏るべき又敬ふべき者は胸三寸の志ぞかし志は天下の至高力とや申すべき例へば男が宜くて金持で地位もあり威望もある仙台侯さへ一匹婦高尾の志は奪ふこと出来ず実に志ある剛節の人に対しては三井も三菱も爵位も勲章もサーベルも鉄砲も少しも権力なく価値《ねうち》なしと謂ふべし夫《か》の真弓家の秘蔵男音吉こそ実《げ》に志ある義僕なれ金も位も恐嚇《おどし》も色も酒も音吉の眼《まなこ》には塵芥《ちりあくた》ほどにも見えず筑後上妻《かうづま》生れの六尺の大男、只嬢様大事の心一筋より外は慾もなければ得もなし山師大尽は〆孝《しめこう》にも梅本の内儀にも大事の大事の旦那筋此色周《とり》旋《もた》ば行々は万事《よろづ》に就け寐ながら牡丹餅《ぼたもち》の果報あるべしとて色々に魂胆を凝らし秘術を定め御本尊若し右に抜ければ左で押へん前に逃るれば後《うしろ》で捕へんと尽せしことも皆音吉の忠実の為めに水の泡となりしは小気味好き次第なり

＊　＊　＊

へイ御前様今日《こんにち》は、〆孝か待兼た返事は何《ど》うだ〳〵。へイ。へイでは分らん吉か凶か。へイ何うも中々以ツて手堅き代物《しろもの》色々の攻道具で手を換へ品を換へ口説《くどき》ましたれども高い木の花所詮手折ること覚束なう厶《ござ》ります此事は到底私《わたく》しの力には及びませぬ何卒《どうぞ》喜八に此御用仰せ附けられたし先達てお預り申したものは御返納仕《つかま》つります。としぶ〳〵懐中《ふところ》より五十金を差出したり常日頃は転んでも只起きぬ〆孝が清水の舞台から目を閉《つぶ》ツて飛《とび》下《おり》た程の思ひ切ツたことをなせしはよく〳〵六かしとて諦めたればこそ

其方《そち》も頼み甲斐のなき男なり其方が夫程《それほど》諦める位なら男嫌ひと云ふ噂も満更でもなさそふなり然《さ》う聞いては猶更棄《すて》ておかれぬ思ひが増す一旦乗りかゝツた舟今更止《や》めては紳商の面汚《つらよご》しになるナント〆孝外に善き思案はないか。左様で厶ります。としばらく考え、ナント御前様斯う成されては如何です幸ひ此次の土曜日を卜《ぼく》し向島御別荘の新宅開きの御披露をなされては如何で厶ります。新宅開きをして何になる。夫が其点《そこ》に曰くが厶ります是には少々道具建が入用で厶ります。出来さへすれば道具建は幾程《いくら》費《かゝ》ツても惜くない。然らば私しの妙案をザツト一通り申し上げませう先づ新宅開きと号して都下の有名なる貴顕紳士のお知己《ちかづき》を御招待なさるのです其時に余興として粂吉《くめきち》一座の重立ちたる女優を聘《へい》して演芸をさせる其中《そのうち》に必ず彼の君も来玉ふに違いないソコで其から先は——計略《はかりごと》は秘密を貴《たつと》ぶ一寸《ちよいと》お耳をお借し遊ばせ。

成る程随分玄関の長い計略だナ此催《もよふし》は一切万端其方に任する随分抜目なくやれぬかるな。拝承《かしこま》りました其処《そこ》に如才は厶りませぬ急がば廻れで厶ります必ずお急き為《な》さるな御前様。アヽ此狼と小猫如何なることを企《たく》むやら実《げ》に音吉も枕を高くして寝られぬ世の中なり

第六

山師大尽此頃は如喬《じよけう》取入策に熱中し新橋小松屋の飛燕《まるぼちや》に戯るることをも築地妾宅の太真《うりざね》を訪ぬることをも頓と打わすれ朝に晩に〆孝《しめこう》準備《えうゐ》は何うぢや〳〵

今日は向島の新別荘にて山師大尽披露の祝宴を催ふす当日とて

招待を受けて来《きた》り集る者廿人許《ばか》り孰れも日頃ろ受負入札等に特別の恩顧を蒙ふる在朝の大頭株《おほあたまかぶ》、同じ穴の貉《むじな》の政商及び二三の関係ある華族なり好奇《すき》に好奇を極めたる結構の座敷に贅沢に贅沢を極めたる山海の珍味を並べ杯盤の周旋《とりもち》は色香争ふ四時の花梅、桃、桜、菊、桔梗《きけう》、蓮、女郎花《おみなへし》などいづれも新橋柳橋数寄《すき》屋町《やまち》日本橋葭町《よしてう》等より一粒撰《えり》に撰ぬきたる柳腰の婀娜者《あだもの》各《おの〱》其趣きと眺めは異なれども皆人を悩まし鉄をも鎔《と》かす逸物なり此逸物均しく白襟紋附の上品服粧《づくり》にて現はれしときは諸客皆時ならぬ移春檻《ゐしゆんかん》を見るの心地ありしなるべし

礼に始まる酒の席、此日の主人山師大尽紋附羽織袴の服粧《いでたち》にて末座に手を銜き、遠路の破屋《あばらや》へ能うこその御光来我家《わがや》の面目此上なき事でム《ござ》ります御芳志に酬ゆる為め何か余興を御覧に供したく思ひましたれど山野に成長《そだち》たる某《それがし》素より風雅の思案も浮びませぬゆへ粂吉《くめきち》一座の演芸を御覧に供しまする何卒《どうぞ》御緩《おゆつく》りとお寛《くつ》ろぎ遊ばして十分にお酔ひ下さるやうに願ひます。とて挨拶の口上了れば正面の幕は酒三行《かう》の間《あひだ》に切り落されたり瀏喨《りうれう》なる管絃の響きにつれて舞台に静々と頭《かしら》を上げ身を起したるは白拍子作りの一佳人雪の如く花の如く又月の如く娟妍《あてやか》なる顔面《かんばせ》に輝く星の如く水晶の如き玲瓏《れいろう》なる眼《まなこ》を以て座中に注ぎしときは拍手喝采一度に起りて酒を行《や》る数《す》十人《じうにん》の紅裙《こうくん》皆色を失ひ香を失へり蠟燭に洋燈《らんぷ》に意張る瓦斯燈《がすとう》も電燈に逢へば光なし朝妻の一曲、其舞ふこと翩々《へん〱》として軽く足なきかと怪しまれ羽あるかと疑はる舞も其神《そのしん》に入れば鳥も其翼を潜め雲も又停《とゞ》まるとは強《あなが》ち偽りに非ず坐客皆感に打たれて美術神霊の化身なりと嗟嘆せり此後《このあと》にも数番《すばん》の演芸ありたれども最も感動を惹き賛嘆を博せしは此朝妻の一曲なりけり此朝妻の曲を演ぜしは問ふに及ばず語るに及ばず連城の美璧市川如喬丈《じよけうふぜう》なりけり

＊　＊　＊

乱に終るも亦た酒の常なり夜既に深更貴賓過半は辞し帰れり跡に残るは数人《すにん》の別懇、コレサ御主人公アノ朝妻とやらを舞ひ居つた美人はアレは何処《どこ》の何と云ふ役者だ素晴しい逸物ぢやないかナニ市川如喬——美しい名だな此席へ呼んで酒の相手をさせろ。其辺は既に如才なく申聞かせましたが芸人ゆへ演芸なら御所望に応じますれど酒のお相手をする鑑札は受てゐませぬなどゝ箇様に申してをりますので。ハヽ、苟《いやしく》も芸人たるものが其様《そんな》頑固なことを申すわけはない連れて来い〱。然《しか》らば無理にも連れて参るやうに致しませう、コレ〆孝は何処《いづれ》に居《を》る茲《こゝ》へ呼べ、オヤ梅野伯に野沢伯の両御前には余程お過《すぐ》しなされたと見えるコレぽん太、小浜早く離亭《はなれ》に御案内申して御介抱申さぬか

第七

同じ座中の如喬《じよけう》が新参でありながら評判弥高《いやたか》く古参も遠く及ば

ぬ程世に優待《もてはや》さるゝを日ごろより心憎く思へる女優三人を〆孝《しめこう》少なからぬ鼻薬を用ひて妙《うま》計く味方に手撫づけ内外《うちそと》の応援全く茲《こゝ》に整ひ今宵《こよひ》の首尾は十に八九は上々吉と〆孝早既に山師大尽より恩賞金に預かりしつもりにて独り思はず鼠鳴きしてニコリと笑ひ又急に首を縮めぬ

コレサ如喬御前がお杯《さかづき》を下さるさうだ早く戴だかぬか。妾《わたく》しは御酒《ごしゅ》は不調法で厶《ござ》ります何卒《どうぞ》お許容《ゆるし》を。其の様な無粋なことを云ものでない一滴《ひとしづく》でも好いから頂戴すれば宜い。如喬一つ献《さ》さう五十の髭男《ひげをとこ》に其様《そんな》に恥かゝせるものでない斯う見えても一度は鶯啼かせたこともあるぞ、ナニ頂くと申すか見事々々コレは下には置かれぬ手並だ。それでは如喬親交《ちかづき》の為め予《わし》も一杯貰はうイヤ其杯は水臭いではないか改めて貰はうコレ三勝《さんかつ》小柳《こりう》酌をしてやれ。ナンと如喬乃公《おれ》は新聞で見て能う知ツちよるが中々の評判じやぞ乃公も一ツ献さう。コリヤ誰か酌せんと夫《それ》ではない此方《こつち》の銚子の方がよい酒だと言ふてゐるではないか

如何なる高貴のお方のお望みでも妾しは役者ゆへ芸は演《し》ますが酒席のお相手は致しませぬと言ひ張りし如喬も二三の朋輩役者や〆孝の依頼《たのみ》を無下に断はるも顔潰させる業《わざ》なり役者する身の人気と愛嬌を他所《よそ》にすることの出来ぬ悲しさには斯る時に我儘のみ言ひ通せぬことありとて強ひて押やらるゝやうにして座敷に出《いづ》れば一杯二杯三杯と無理に強ひられ兼て一滴も飲めぬ如喬なれば顔真赤になりてふら〳〵と目眩《めまひ》を催し最早座に堪へがたければ浄水《てうづ》に行くふりして立上り一間《ひとま》二間《ふたま》を通りて未だ椽側に出でざるうちにパタリと倒れ俯臥《うつぶし》したるまま少しも動かず

将に此宴席を辞し帰らんとしていまだ帰らざりし一個《ひとり》の年若き紳士は計らず此有様を見て驚き急ぎ表に立去れり

* * *

四顧皆狼の世の中に容色《きりやう》秀絶《すぐれ》たる妙齢の女主人を持つ音吉は心配他《ひと》に増して多く常に苦労の絶間なし

今宵は最早十二時なり山師大尽に招かれたる賓客も演芸の為めに呼ばれたる一座の俳優《やくしや》も過半は立帰りたるに独り吾主人のみいまだ帰り玉はぬは是には何か仔細あるにてはなきやと主思ひの音吉供待《ともまち》に出してある酒肴にも目を触れず他《ほか》の主人の供待する車夫馬丁御者等が酔ふて呂律《ろれつ》も回らぬ自慢話しや悪口を耳にも掛けず只管《ひたすら》小首を傾《かた》げて思案に沈むぞしほらしき

斯る折しも突然音吉の脊《せな》を叩くものあり誰れやらんと見返れば番町の華族紀川家の若殿の供して来《きた》れる御者の文《ぶん》といふ者なり

ヲイ音公大変だお前《めへ》ン所の主人《レコ》が座敷で無理酒呑ませられて酷《ひど》く苛《いぢ》められたさうだ。ナニ嬢様が苛められたと。コレ〳〵何処《どこ》へ行く。何処へ行ツて奥へ踏み込ンで。マア待ちなよ所が其酒に大方魔酔薬でも這入ツてゐたと見えて魔酔して倒れてゐる所を俺ン所の若殿が見附早くお前《めへ》に知らせろツて吩附《いゝつけ》た。ナニ夫は真正《ほんとう》か重々《かさね〴〵》不届な山師大尽迂奴《うぬ》。と言ふや否な血相替へて

土足のまゝ玄関より上り障子襖の差別《けじめ》なく手当り次第に蹴飛ばし蹴破り嬢様何処《いづく》と踏み込んだり

第八

山師大尽の目くばせに〆孝《しめこう》夫《それ》と悟り我計略《わがはかりごと》に酔ひ潰されたる如《じよ》喬《けう》必定風に吹かれに行きしならんと其跡を窃《ひそ》かに着いて行けば途中にて思はず紀川の若殿に出逢ひコリヤ〆孝と声掛られ何某《どなた》様《さま》かと思ひましたら今業平《いまなりひら》の御前モウお帰りで厶《ござ》りまするか。追々帰らうと思ツてゐる所だコリヤ〆孝。エヽツ。何も吃驚《びつくり》するには及ばぬが何をキョト〳〵周章《あわて》てゐるのだ少し気を落ち附けろ何か遺失物《おとしもの》でも致したか余り金儲けを致さうと思ふと兎角怪我をするものだてハヽヽ。と何となく薄気味悪きことを言はれ若し内兜《うちかぶと》を見透されしにはあらぬかと心配し乍ら一言二言随《つひ》笑《せう》を振蒔く間《あひだ》に如喬の姿は見失ひたり

嬢様何処《いづこ》と血眼になつて暴れ込たる忠僕音吉不作法なりとて止め立てする此家《このや》の腰元書生を此の頃は久しく用ゐたくても用ゐる機《をり》なかりし自慢の鉄拳《こぶし》で擲《なぐ》り倒して進み行く途端に彼方《かなた》も同じく如喬を尋ね出して兼て計りし一間に介抱信切を名として連行き隠しおかんとキョロ〳〵歩きまはる〆孝にハッタリ出逢ひぬ迂奴《うぬ》も大方敵《かたき》の片破《かたわれ》。と一声いまだ終らぬ内にポカリ。〆孝は一二間《けん》先に仰向《あほむ》きに倒されぬ

斯く〆孝が音吉に撲《ぶ》ち倒される時は彼方の椽側には鼻薬を握らされし女優三人は如喬の精神《せうね》を失ふて酔倒れたるを見附け、サア燕《つばめ》、お前足の方をお持ちよ。よろしい中々重いぢやないかコレサ梅昇《ばいせう》立ツて見てゐずと手伝をお為《し》よ。向ふの離亭《はなれ》迄随分あるぢやないか併し考へれば可愛さうだネ。今更左様《そんな》弱音を出しては困るぢやないか。でも此家《こゝ》のちんくしやも酷い助平大尽ぢやないか斯様《こんな》ことをしても思ひが遂げたいのかネ。そんな酷い大尽と知り乍ら帮助《てつだい》する者は猶悪い嬢様渡せ。と背後《うしろ》に男の大声、ヤヽツお前は音吉さんか。如何《どう》して此処《こゝ》へは。如何して此処へなンて串談《ぜうだん》ぢやねヱ姉さん方も余《あん》まりぢや厶いませんかお可愛さうに誰が如斯に酔はせました。と言ひながら驚いて逃げ行く三人の女に見向きもせず如喬を両手に抱き上げて庭石を三ツ四ツ一足に飛ぶが如くに建仁寺垣を叩き破り供待《ともまち》の処に出づるや否他《ほか》の供待の者共《やから》を目にも入れず我車の上に主人を乗せ飛ぶが如くに挽き行けり

悪魔の門を一足踏み出《いだ》せば嬢様安泰音吉安心、向島土堤を矢の如く駈る車輪の音隈なく照す秋の夜の月に冴ゑて弥高《いやたか》し

＊　＊　＊

音吉は主人を乗せて一散に今吾妻橋に掛らんとするとき派出所に立番する巡査、コラ〳〵車屋待てコラ待《まて》ちうたら待ツとらんか。ヘイ何か御用で厶りますか。貴様が乗せとる婦人は病人か。ヘイ。何者だ。手前の御主人で厶います。其主人を何故《なぜ》車に結《いは》

ひ附けて乗せとるか眠ツてゞもをるのか。イヽヱ。然《そ》ンなら死んどるか。イヽヱ眠ツても死ンでもお在《いで》なさいません。黙れ貴様は様子と云ひ異粧異状の只ならぬ婦人を乗せとるが甚だ怪しい殊に深夜に何処から乗せて来た。ヘイ。ヘイでは分らん何処から来た。向島の山師大尽の別荘から。山師大尽とは誰の事だナニ小栗喜七郎の内から……少し訊問せんければならぬ梶棒を下せ、鑑札を出せ。ヘイ……抱え車ですから鑑札は持ちません。馬鹿言ふな抱え車でも鑑札持たんちうことがあるもんか取調べる筋がある警察まで来い。私《わたく》しは兎に角御主人を預ツてゐますから、何卒《どうぞ》夫ばツかりは。インニヤ許すこと相成ん。

第九

山師大尽本名小栗喜七郎は〆孝と牒《しめ》し合せ祝宴の当夜好色にかけては敢て夫子自らにも後《おくれ》を取らぬといふ猿渡《さわたり》伯を手先につかふて如喬《じよけう》に無理酒飲ませ自《おの》れは悪者にならずに如喬を魔酔せしめ雪虐風苛《せつぎやくふうか》、趣きは薄けれど窘蝶《きんてう》を花房に襲ふて声なき泣《なき》を見んと計りしなり濡れぬ先こそ露をも厭へ濡れてしまへば最早一たびは操を破られたる者なり如何に堅き如喬なればとて求めずして我玩弄物《おもちや》になるべしと随分浅からぬ非道の企図《くわだて》を画《ゑが》きしなり然《さ》れど紀川の若殿の邪魔と主思ひの音吉の乱入とにより計略《てはつ》は全く水の泡となりぬ如喬の身に取りては此上《こよ》なき大幸と言ふべし

＊　＊　＊

此処《こゝ》の別荘は贅沢に設けしものにも非ず風流を楽しまんとの優しき心にも非ず表面《おもて》は夫《それ》と見せかけて実は商売上に必要ありて一獲千金の手蔓を得んためなり競争者多き請負入札も首尾よく吾手に落ち道理上《おもてむき》出来ぬ請願《ねがひ》も聞届けらるゝは此別荘のお蔭とはナント大した魔力ある別荘にあらずや

此別荘に解語《ものい》ふ花数多《あまた》蓄へあり皆な巧みに笑ひ巧みに言《ものい》ふ、時々馬車に乗り巡査に護衛されて来玉ふやんごとなき御方《おんかた》にも狎々《なれなれ》しく膝などにしなだれ憎い御前様などゝ手をつねツたり叩いたり怪しからぬふらち無躾を働けど大目に見らるゝとは有り難きものなり元は裏店《うらだな》に住居《すまゐ》てマツチ箱を張り、焼芋を焼き、滌《すゝ》ぎ洗濯をなし、襤褸《ぼろ》を繕ろひ又は漉水器《みそこし》を垢づきたる前垂の下に隠して豆腐屋に駈けたる小娘等《ら》が此別荘に抱へられて急に錦を着飾り壮厳《いかめ》しき所にて悠然として安楽椅子《ソーフア》に寄りかゝり三千の属吏を叱咤なさるゝ御方々と遠慮なく狃《な》れ戯むるとは何たる果報ぞ是も開化の余徳かや

其中にても一際秀れて容色《みめ》善き花はお美代とて一時は群代《ぐんだい》に在りて唐桟《とうざん》や盲縞《めくらじま》の若男をお手玉に取りたる名代の手取者なり夫が如何なる宿世の善報ありしにや此別荘に召し出《いだ》され山師大尽の電信とも弗箱《どるばこ》とも頼む猿渡伯——官界にて飛ぶ鳥をも落す程の勢力ある貴とき髯殿《ひげどの》に一方ならず可愛がられ、小栗、美代は

何《ど》うした嘸ぞ待兼てゐるだらう。と尋常《たゞ》ならぬ席にても喜七郎にお尋ねあり実《げ》に恐れ入りたることにこそ

祝宴の当夜も玆家《こゝ》に御一泊あり軒端に射す日影に雀囀《さへづ》り今戸の渡しに川蒸汽の笛響く頃《ころほ》ひに目を覚し玉ひ美代を相手に朝酒の御機嫌、美代又近い内に来るぞ。御前の近い内は当になりませぬゆへ……。ナニ当にならぬことがあるものか斯うして向島三界まで来るちうのも其方《そち》が居《ゐ》るけんでじや。何処《どこ》で其の様な殺し文句を教はツてお出で遊ばした。其方に教へち貰ツた。お生《あい》憎《にく》さま少しお門が違ひませう如喬さんの顔を見に御光来《おいで》遊ばしたお方は此辺《こゝら》あたりには一人も厶《ござ》いませんからネ。誰が如喬の顔見に来をツた。誰方《どなた》だか存じませぬが昨夜《ゆふべ》二言目には如喬々々と如喬の相手でなければ御酒《ごしゆ》の召上られぬお方が一人厶いました。馬鹿言へアレは此家《こゝ》の小栗奴に勧められて無理に酒の相手をさせたのだ。勿体なし此御前一少女の為めに日頃の威厳も見識も見事代なしに崩し玉へる折柄此家《このや》の執事近藤忠助禿《はげ》頭《あたま》を次の間の畳にピタリと押しつけ、御前様只今お迎《むかひ》が参りました主人事は今朝《こんてう》早く外出致しまして御前にお緩《ゆる》りと御休息遊ばすやうにとの言ひ置きに厶りまするモウ程なく帰りませうと存じますが。アー左様《さう》か甚《ひど》く世話になツた美代洋服《ふく》を出せ、コリヤ近藤、小栗が帰ツたなら昨夜《さくや》頼みの件は含んで居《を》ると申せ

暫くして両頭立の立派な馬車は此家を後《あと》にして去れり土堤《どて》に響く八ツの蹄《ひづめ》の音壮厳《いかめ》しく隅田に泳ぐ小魚《はぜ》を幾度《いくたび》となく驚かしぬ

引違へて此家に入り来りたるは浅草警察署の警部と警察医なり、少々取調べる筋あり昨夜用ゐし酒及び酒器悉皆一応拝見いたしたし

* * *

第十

移春檻《ゐしゆんかん》に豺狼《さいらう》佳人の操を破らんとす　山師大尽と言へば読者は夫《それ》と御合点あるべし此の人の別荘向島にあるものを京童《けうわらんべ》呼んで移春檻といふ名は誠に風雅なれども実は俗の最も俗なるもの一たび其内面の機関《からくり》を覗かば士君子は直《たゞち》に嘔吐《へど》を吐くべし此檻内には門柳路花種々《かず〱》ありて酔客《すゐかく》の手折《たを》るに任せ痴蝶《ちてう》の戯るゝを許す其酔客痴蝶は皆な電気性ある位高きものゝみなりと夫はさておき此移春檻に一昨夜某伯某子などのやんごとなき御方々を招き鯛釣る海老《ゑび》の饗応《もてなし》ありて市川粂吉《くめきち》の一座はかゝる豺狼の密会とは知らずして聘《まねき》に応じて数番《すばん》の演芸をなしたり兼て座中にて美名高く芸名高く品行堅き夫《か》の市川如喬丈《じよけうぜう》も師匠粂吉等《ら》と共に此場に赴きしが素より此一座は酒の相手をするものにあらねば芸を演じ終りて皆な辞し去りしに独り如喬丈は酒席に抑留せられて帰ることを許されず終に巧みに仕掛ある穽《おとしあな》に陥りて魔酔薬を飲ませられ何時《いつ》の間にか精神《たましひ》を失ひ将に豺狼の劣情劣慾を漏らすの道具に用ゐられんとする処を同丈の車夫音吉の為め

に危難を免れたるよし危《あやふ》かりし如喬丈は十九年以来《このかた》堅固に養ひ保ち来りし操を一朝凶暴飽くなき錦の上の狼に破られんとしたるなり実《げ》に悪むべきは白昼馬車で乗り廻す天ぷら紳商なり実に恐るべきは夫《か》の表面《うはべ》は風流閑雅に見えて内面《じつ》は此世からなる地獄の別荘なり記者は之に就きて驚くべき嘆ずべき怪聞を伝へ聞かぬでもなければ猶ほ探訪の上不日掲載すべし

兼て演劇《しばゐ》新聞とまで噂さるゝ東京の吾妻新聞は如喬が災難に逢ふたる翌々朝《よく〳〵あさ》右の如く記載せり其他の諸新聞も亦之に関して「佳人難を免る」「車夫音吉の忠実」「市川如喬丈音吉と共に警察に拘引せらる」など〻色々の標題《みだし》を設けて数行若くは数十行の紙白を埋《うづ》めたり

されば此一雑報は議会の緊急動議の急報よりも解散の勅令よりも都門を驚かすこと甚しく好劇家、贔負《ひゐき》、又は知己朋輩の如喬を見舞に来るもの朝《あした》より晩《くれ》に引もきらず取次の下女目をまはし応対の阿母《おふくろ》朝飯を漸く人影の竿よりも長き頃《ころほ》ひに食べ終りぬ数多き訪問客《みまひきやく》の先登第一は子爵紀川《きがは》敦之助《あつのすけ》氏の車夫の文《ぶん》といふものにてありき

＊　＊　＊

お師匠様誠に済まぬことを致しました一昨夜のことからして今《け》朝《さ》の諸新聞に貴女《あなた》のお名前にまで瑕《きず》を附けまして。何の妾《わたし》に瑕を附けたといふわけではなし何も済まぬの済むのと謝罪《あやま》ることはない先づ何よりも目出度《めでたい》は貴嬢《あなた》のお身体《からだ》に瑕の附《つか》なかツたことです実は其晩一足先に帰ツたので跡で其様なことがあらうとは夢にも知らなんだ今にもお見舞に参《あが》らうと思ツてゐた所に恙《つゝが》なき顔見せて下すツて何よりも嬉しい。有り難う厶《ござ》います其晩直《すぐ》に御一所に帰りますれば如斯目《こんな》には逢ひませんでしたがツイ皆さんに無理止《むりどめ》され今更自分の不束《ふつゝか》を悔んでをります。夫《それ》はさうと貴嬢にお知らせ申して置かねばならぬはアノ燕《つばめ》と梅昇《ばいせう》とみどりの三人は破門致しました。エヽツお師匠様夫は何故《なにゆゑ》で厶います。少し不都合がありましたゆへ。如何様な不都合かは存じませぬが言はゞ妾《わたくし》どもの姉弟子で妾は別《わけ》て此道に色々差図受けた御恩もあり況《ま》して古くからお師匠様に就てお在《いで》なされし姉さん方大概のことなら破門だけはお許しなさるわけには参りませぬか。此事は何方《どなた》が何と被仰《おつしや》ツても其儘に捨ておかれぬ不都合ゆへ許すわけには行きません其訳は今に分りますとして聞けば音吉は浅草警察署に拘留《とめ》られたと申すことですが……。ハイ彼《あれ》もアノ通りの男で造り飾り《あかり》のない正直者《いつこくもの》誠に不憫で厶います今日是から浅草に参りまして證明を立て放免《ゆるし》を願ふて来やうと思ひます。女俳優《やくしや》が警察に出入《でいり》しては外聞《ひとぎゝ》が見ツともないが外に工夫はありませぬか。彼も妾を大事にして呉れますゆへ彼の為めなら外聞が見ツともない位は苦に思ひませぬ何《どう》かして早く内に連れて行きませねば妾しは外へ出るにも不安心で厶います。主は家来を頼りに思ひ家来は主に頼らるゝを身に引受けて此世

の勤めと思ふ離れたる主人より離らかされたる音吉は薄暗き拘留所の冷室に腕叉《こまぬ》き乍ら饑も寒さも打ち忘れ思ふ心は只一筋、嬢様は今頃は……此虫除《むしよけ》の音吉なくば又狼が附け狙はんア、嬢様は今頃は

第十一

恐れ乍ら警部様に申上ます憚り乍ら此音吉はオギヤの産声《うぶごゑ》を出してから以来《このかた》四十年塵程も曲ツたことを為《し》た覚へは厶《ござ》いません胸に穴を通して腹の裡《うち》を他《ひと》に洞見《みすか》されても汚《けが》れた心はこれんばかり（指の爪を示して）も厶いません生来《せうらい》暗いところでも人のゐない所でも他に対して話されぬやうな恥かしいことや穢ないことや道ならぬことは致した覚えは更にないと思ふてゐます家来が主人の難義を救ふのは何故《なぜ》罪になりますか車夫が主人を乗《のつ》けて駈けて行くのは法律とやらに触れますか私《わたく》しは刑法とか訴訟法とかソンな六かしいものは知りませんがまさか如何程《いくら》訳の分らぬ頓痴漢《とんちき》が寄り集まツて製造《こしら》へたものにしろ其中に主人に不忠義を尽せとは書いてありますまいイヤサ主人が狼に騙《だま》されて喰殺されやうとしても傍《はた》で家来たる者が指を咬《くは》へて黙ツて見てゐろとは規定《さだめ》てはありますまい主人は成る程其夜山師大尽に聘《よば》れて朝妻とかいふ踊りを舞ふたのです夫だから髪も着物も尋常《ふだん》とは違ツてゐます私しが夜深けて服粧《なり》の異《かは》ツた女を乗けて吾妻橋にかゝツた訳は斯ういふ訳なんです何処《どこ》を何《ど》う突衝《つッつい》ても発《ほじ》くツても怪しい個条《かでう》は少しもありません主人を紐で車に結《いは》ひ附けたのは山師大尽の内で魔酔薬を飲ませられて正体を失なツてお在《い》でなさるから落こちない用心です私しの所為《しうち》に何点《どこ》が罪に触れてゐますか成る程鑑札を家《うち》に忘れて持合せてゐなかツたのは私しの不注意《ぬかり》でせうけれども是は違警罪とやらで説諭か科料で事が済む訳だ然《しか》るに一日半も人を拘留しておいて今又た監獄に送るとは何うした訳です音吉は飽くまで貴下《あなた》の所置は不服です憚り乍ら浅草警察の役人は揃ひも揃ツて盲目《めくら》です二ツの目ン玉は何の為めに持ツてゐるのだ何だ鬚《ひげ》など生しあがツて生意気なコレはしたり何でお怒《おこ》りなさる何故《なぜ》恐い目で睨める盲目と言はれたのが口惜《くや》しいか口惜しければ盲目でない證拠を聞かうか私しは御覧の通り取るに足らぬ貧乏者然し人に魔酔薬だの毒薬だのを飲ませるやうな悪い事した覚へはない夫《それ》で金持は人に魔酔薬を飲ませても拐引《かどわかし》みたやうなことしても罪にならず貧乏者は主人の難義を助けても忠義の正直《まつすぐ》な道を踏でゐても罪になるとは訝《おか》しな訳ではありませんか成る程鬚が生へて目の明いてる人の為《な》さる事は我々無学文盲の者には分り兼ます一体法律とやら警察とやらいふ者は非道の富者《かねもち》を曲庇《かくまつ》て正直の貧乏者を苛《いぢ》める道具ですか伺ひたい、ナニ家宅侵入罪、家宅侵入とは何の事です、断りなしに他人《ひと》の家に乱入したことですと、左様なことをアノ小栗奴が訴へ出《いで》ましたか迂奴《うぬ》ツ――よし私しは家宅侵入とやらを致しました然し四十年以来《このかた》一方ならぬ御恩を蒙む

る主家の嬢様を救ひ出す為めに他人の家に踏込だのです嬢様が魔薬で酔潰されて肌身を汚《けが》されやうとするから已むを得ず暴れ込だのです是でも矢ツ張り家宅侵入罪とやらですか悪い事をする為めに踏込のと善い事をする為めに踏込のとは法律とかいふものには区別は附《つけ》てないのですか若し其区別が附てなければ法律といふ奴ア誠に馬鹿げたつまらん害ありて益《やく》に立たぬものですね貴下方も全体宜くない大きな華奢《はで》な別荘を構へて其処《そこ》で淫売をしたり水晶のやうな嬢様に魔薬を飲ませて瑕《きづ》つけやうとする奴等は等閑《なほ》ざりにしおいて何《なん》にも知らぬ我々ばかりをお責めなさるとは酷い依估《えこ》の沙汰だ所謂《いはゆる》弱い者苛めといふ者だ、ナニ実地検視して取調べたけれども魔酔薬を用ゐた證拠はないと被《おつ》仰《しや》るのですか、コレは訝しい馬鹿々々しい前晩用ゐた薬を翌日《あくるひ》迄其儘取ツておいて台所に出《だし》ておかせる馬鹿者が何処《どこ》の世間にあるものですかソンなことより何よりの證拠は手前《てめへ》の主人が前晩魔酔して正体を失ツてゐたのは貴下方も見てゐたではありませんか――ア丶あきれて言ひやうのない馬鹿げた世の中だ是から監獄に送られるは厭はねど跡で嬢様が……嬢様が

＊　＊　＊

立て、歩めと巡査に引かれ乍ら警察の裏門を出でんとする時彼方《かなた》より走らせ来りたる人力車《くるま》をピタリ、嬢様か。音……従順《おとな》しく行け追附け無罪の身にしてやる……跡は巡査に遮られて言葉を交すこと出来ず見送る人も見返る人も涙なりけり

第十二

天道果して非ならず心も行ひも水よりも清く雪よりも白き音吉は罪なくして監獄の未決監に送られしも幸《さいはひ》に如喬《じよけう》より依頼したる弁護士の弁護に依り無罪にして放免せられたり音吉の感喜何に譬へんやうなく是といふも全く主人のお蔭天地間に先づ第一に有り難きものは嬢様――主家、此主家は縦令《たとへ》死《しん》でも追ひ出されても離れまじ忘れまじと心に誓ひぬ

音吉が放免の当日監獄の門を出るとき遥かに浅草警察の方を睨み、ソレ見たことか、ざまア見あがれ。と相手なきに肩を怒らせし無様《ぶさま》の恰好には出迎に来《きた》りたる仝じ長屋の洗濯屋の爺イも思はず笑ひ出して、音さんは何時迄も気は子供なり。と羨みぬ知る人ぞ知る音吉は何処《どこ》へ行くにも帰るにも降ツても照ても市川如喬の名を染め抜きしたる紺仕着《こんしきせ》の被衣《はつぴ》を着《ちやく》し、着する家来は主を自慢し着させたる主は家来を自慢したるに音吉が浅草警察署より監獄へ送り出さる丶時は主の名を汚《けが》さんことの勿体なさに例の被衣を故意《わざ》と裏返しに着、見る人々に笑はれぬ去れど音吉の心を知れる如喬は出会ひがしらに一目に夫《それ》と悟り可愛の者やと心の中《うち》に掌《て》を合せぬ

＊　＊　＊

東京浅草区内に二ツの名物あり其二ツの名物は共に山谷《さんや》の真弓家にあるものにて一に如喬二に音吉とて此頃世間の評判高く浅草観音、凌雲閣《れううんかく》、本願寺、吾妻の鉄橋、新芳原の五名所と共に浅草の七自慢《なゝじまん》と呼ばるゝに至りぬ

されば斯る名物を一手《ひとて》に持つ如喬の母は自然《おのづ》と肩身も広きかはりに又配慮《しんぱい》も他《ひと》に増して多きぞかし音吉は昨日《きのふ》放免されて帰るや否、御母《おふくろ》堂様面目ない誠に申訳が厶《ござ》いません。と一言涙ながらに謝罪《わび》た儘我部屋に閉籠り今日《けふ》の今迄も顔出しせず何をくよ〳〵苦にやむことやらと窃《そつ》と窓の外より伺へば不憫や例《いつ》もは我天地と足踏伸して自由に気兼なく起臥《おきふし》する部屋に蛙が石垣の間で坐禅でもするやうに窮窟さうに端坐《かしこま》り六尺の大男智慧と分別に総身を持て余したる有様なり

此音吉は男だ肉もあれば骨もある僅か一週間足らず薄暗い所に這入つてゐたとて臭い飯喰《くら》ツたとて身体《からだ》が弱る様な意苦地なしには俺の阿母《おふくろ》は生み附けはせなんだ何だ監獄なんて御大層な如《ど》何《ん》な所かと思ひやア鳥籠見たやうな蚊細い格子などを組立あがツてウンと一蹴り蹴ればビリ〳〵と破壊《こわれ》る奴サ其《そん》様な所に這入ツてゐたツて此音吉は痛くもなければ痒くもないソレに有難過て恨めしいは御母堂様なり、音、今日は身体も疲れてゐるだろうから牛肉やソツプを沢山食べて緩くり養生せろ嬢《むすめ》は二三日帳場の人力車《くるま》に乗《のせ》て外に出す……帳場の人力車とはアノ兼公《かねこう》が挽くのだらう此音吉縦令《たとへ》五日や十日飯食はなくツても兼公などには劣《まけ》はせぬ此音吉が居なければ兎に角現在茲《こゝ》に無病息才《ママ》でゐるのに供させて下さらぬとは情けなし況《ま》して其上此虫除《むしよけ》の音吉がお供をせねば嬢様の身の上が案じられる狼共が附狙ひあがツてどんな間違があるかも知れぬ斯うして家に居ツて種々《いろ〳〵》心配するよりもお供して外へ出た方が余程安心だ今日は嬢様は何処《いづこ》へお出でなされた災難後見舞を受けた方々へ礼廻り夫《それ》から音楽会の総集会へ……アヽ無事でお帰りなさる迄は音吉飯も牛肉もソツプも咽喉《のんど》に通らぬ先づ夫迄は何時《いつ》までも何時までも壁と睨みツこをして一寸も此処《こゝ》動くこツちやない、お三もお三ぢやないか何ぼ御主人の吩咐《いひつけ》だツて如斯《こんな》膳ごしらえ為《し》あがツて人を客扱かひしあがる、見事音吉の力あるかないか疲れてゐるかゐないか見せてやらうか迂奴《うぬ》驚くな。と言ひ乍ら自慢の鉄拳《こぶし》を固めて柱を撃てばミリ〳〵と柱動いて壁に響き棚の上の蓋物下に落ちて微塵に破砕《こは》れぬ

コリヤ〳〵音、何を悪戯《いたづら》する。エヽツ貴女《あなた》は御母堂様。と固めたる鉄拳を解く暇もなくピタリと頭を畳に押しつけぬ、ホヽ詫るに及ばぬ明朝《あす》から嬢《むすめ》の供をせろ

第十三

飛鳥川の淵瀬常ならぬ世にしあれば時移り事去り楽み悲みゆきかひて花やかなりしあたりも人住まぬのらとなり変らぬ住《すみ》家《か》は人改たまりぬ桃李物言はねば誰とゝもにか昔を語らん

……

あだし野の露消ゆる時なく鳥部山の烟立ちさらでのみ住みはつるならひならばいかに物の哀れもなからん世は定めなきこそいみじけれ……

此世に不足といふもの知らぬ身も塵外に脱出《ぬけいで》ねば争《いか》でか浮世のほだしに責められずにあるべき争でか苦悶を持たであるべき国見山の庵に眠りしいにし法師の大観に半《なかば》は悟り半は迷ひたる紀川の若殿読みさしたる書を其儘に精神《こゝろ》はいつしかゆかしき人に向ひて飛び行きぬ今貴族院中にて左近公爵と並び称へられて年少俊英の二公子と呼ばるゝ子爵紀川敦之助《きがはあつのすけ》。何事にも暗からぬ貴族界の駿駒《しゆんく》も実に思案の外《ほか》なり如喬《じよけう》の前には見事盲目《めくら》になり玉ひぬ

遺伝、地位、富貴、交際、周囲等種々の美の化合の結果にや女にして見たいほどの優美《きやしや》の若殿、今業平《いまなりひら》の敦之助様ぢやない敦《あつ》盛《もり》様とて番町一円に誰れ知らぬ人なく馬車を駆りて外へ出で玉ふときには道筋には猫も杓子も下女も後家も仕事をやめて窓より覗き新駒屋のお通りも斯くや思はれ馬を急がす馬丁《べつとう》は故意《わざ》と覗く人の物足らぬを喜ぶものゝ如く或るおキャン娘に高利貸と共に小面憎きものゝ二ツに数へられぬ

若様々々と背後《うしろ》よりソツト茶を献《た》てゝ持ち来《きた》りし腰元は信夫《しのぶ》とて垣穂に咲けるやまとなでしこ「今も見てしが」の色香なきにあらず世に三年すれば何かになるものを岡惚《おかぼれ》といへど若様は雲井に近きおん方なり賤《しづ》の垣根の名も無き花が如何に思ふたればとて遂げらるゝ恋にあらずと諦め乍らも猶ほ鳴く音《ね》空なる恋を楽むさつき山の時鳥《ほとゝぎす》若様の顔を朝夕見、時々優しきお言葉を直接《じか》に聞くことの嬉しさに花も月も打ちわすれ此お屋敷に奉公とは御当人の外は誰れも知るまじ

若様、若様、モシ若様。呼び起されて敦之助、信夫何だ折角人が……。折角のお夢を驚かしまして恐れ入ましたれど今貴族院から急用とて此文箱《ふばこ》が参りましたゆへ。左様《さう》かヨシ〳〵アーツイうたゝ寝した信夫、何が寝言でも聞きはせなんだか。ホヽ少しばかりお聞き申しました。何を。桜の下に何《いで》とかと申しまする白い名のお姫様が落英《はなびら》を集めてお在なさる処を若様が不憫に思召して手伝ツてお上遊ばす所を少しばかりお聞き申しました。馬鹿め何を申す。と微笑《ほゝえみ》ながらはかなくて夢にも人を見つる夜は……と独言《ひとりごと》

第十四

才識徳望共に俊《すぐ》れて玉堂金馬の貴族社会に後世恐るべき有為の逸物と呼ばるゝ紀川の若殿も如喬《じよけう》のゆかしさ慕はしさにいと迫り人知れず独りうば玉のよるの衣をかへして着る愚痴の人とはなり玉ひぬ

大殿の退隠前より紀川家の家令を勤むる頑固《かた》すぎる程此家《このや》に重

宝がらるゝ天保気質《てんぱうかたぎ》の金太夫《きんだいふ》御家《おんいへ》の一大事言上《ごんぜう》の為めといふ容体にて御前の前に拝伏《かしこま》りぬ、お見受け申し上げまするに此頃はきつう物案じに沈み玉ふおん様子、若様如何遊ばされました。若殿は又しても爺イが入らぬ所に出しゃばりて行《ゆき》かよふ思ひの妨げすと言はんばかりに振り向きて、金太夫此頃の世の有様を何と見る政府は立憲的の行為をなさず議会ありて議会の用をなさず憲法の解釈地位と境遇とに依りて人　各《おの〳〵》其見る所を異にし朝野　争《あらそふ》て乱るれば常に　天聴を煩はすナント金太夫畏れ多いことではないか是れ必竟は三十年以前独逸《どいつ》のギイルケなどが主張した国家は有形物なりヲルガニズムなりなどゝ言ツた愚説を信じて最大無限の統御力は即ち国家なりといふことを知らぬからだナント金太夫嘆ずべき現状ではないか。へゝヱ誠に恐れ入ツたるお言葉私《わた》し共には何事やら薩張《さつば》り相分りませぬ。あはれ此五十の坂を越えたる金太夫十分若殿に言上する所あらんとて見参せしに却ツて先方に先がけられサン〴〵に弱点《よわみ》を衝かれて三割の勇気を奪はれぬ。

若様今日《けふ》は金太夫少々込み入りたる御相談ありて罷出《まかりで》ました。改まツて込み入りたる話しとは何だ。本所の御母堂様《おふくろ》からも懇々《くれ〴〵》のお伝言《ことづけ》で厶《ござ》ります。ナニ母上様が何と仰せられた。兼々先方からも申込みある更科《さらしな》伯の二の姫君と御縁談のことで厶ります。予《わし》は更科伯の姫と縁組のことを聞くのは今が始めて一体誰が其姫と縁組するのだ、アノ姫は誠に人柄といひ容貌《きりやう》といひ身分といひ申分なく又世間の評判も悪《あし》くなければ嫁に取る男は仕合者だ予《わし》に於て異存はない誰にか知らねど折角周旋するが好からう。へゝヱ御戯言《ごぜうだん》を仰せられては困りますお年頃も恰度似合ツてお在《いで》遊ばすし其上先代敦正《あつまさ》公の時分より別《わけ》て御別懇のお家柄に厶りますれば……。夫は猶更結構なことだ予からも其男に口添を致して勧めてやらう。若様誠に困ります其男とは何誰《どなた》様のことで厶りまするか。ムゝ夫は予もまだ其方《そち》から聞かぬゆへ存ぜぬが其男とは誰れだ、雛河《ひながは》か山岡か夫れとも母上のお里の不破《ふは》小路《こうぢ》の弟の方か。イゝエ決して左様な御方様《おんかたさま》では厶りませぬ。然らば誰だ。実は若様貴下《あなた》に早く奥様を。ナニ予に……。へイ実は本所の御母堂様も不足なき嫁ゆへ其方より申して早く纏めろとの仰せ附《つけ》で厶ります。金太夫此予に嫁を取《とれ》と申すのか。御意《ぎよゐ》に厶ります。アノ更科伯の二の姫をか。御意に厶りまする只今若様も御意なされた通り人柄といひ容貌といひ身分といひ世間の評判といひ申分なき姫君なれば枉《まげ》て御結婚遊ばして。コレ〳〵金太夫其方は結婚を何と心得をる。へゝエ恐れ入りました。結婚は人生の最大事生涯一たびあつて二度《ふたゝび》とない最大礼ぢやぞ然《しか》るに枉て結婚せろとは何だ枉てなどゝ言ふ言葉は年効もあり経験もある其方が口から申すべきものでない況《ま》して我家《わがいへ》と更科家とは先代より別懇の間柄であるからと申したが結婚は新たに最親の縁を結ぶものゆへ敢て平生の親疎遠近などを問ふに及ばぬ。誠に恐れ入りました然らばアノ姫君は御気に入らぬと御意遊ばすか。イヤ気に入らぬではない。然らば母上様の思召にお従ひ遊ばしてお迎へなさるか。夫れはいかん予は仕細ありてまだ結婚は致さん。夫は我儘と申すもの。金太夫無礼申すな今、世の中の有様を見ろ内閣は議会の攻撃に耐へ兼ねていや〳〵ながら引退らうとしても之を譲り受けて新内閣を造成《つく》らうと思ふ人はすねて〳〵無理注文をなし畏《おそれ》多くも　宸襟《しんきん》を脳《ママ》めさせらるゝ時ではないか斯る時に皇室の藩屏《はんぺい》たるものが――イヤサ上院議員たるものが何の遑《いとま》ありて気楽さうに結婚などを致さうか上《かみ》に対し下《しも》に対し何の申訳がある何の面目がある。

あはれ金太夫の結婚の話しは若殿より斯る六かしき立派なる口実を以て一言《ごん》の下に打ち消され了りぬ金太夫は「恐れ入りました」を幾《いく》十度《たび》となく言ひ残して引退りぬ若殿は跡見送りて、トウ〳〵嚇《おど》かされて引退ツてしまツた天保の人間といふ者はいくぢのない者だハヽヽヽ誰か乃公《ないこう》の心を知らんかネ。此一伍一什《いちぶしじう》を偸聞《たちぎゝ》して次の間にホツト安心するものあり何に憂ひ何に喜ぶ大和なでしこの花一枝《し》。

第十五

殿様は当世《たうせ》の好男子品行正しくして鷹揚で情け深く腰元女中二三人寄れば何時《いつ》も歌舞伎座の談《はなし》よりも新聞続物の噂よりも先づ第一に出づるは若殿の噂なり

おさよといふ腰元仲善《なかよし》のお菊といふを呼掛け、チヨイとチヨイと万乃《まんの》しばらく待《まつ》たコレ万乃さんツてば。お菊といふお方は茲《こゝ》にお在《ゐで》だけれど万乃といふ人はゐませんヨ。ホヽヽ左様《さやう》で厶《ござ》り奉りましたか実は貴女《あなた》は油屋の仲居万乃様に善う似てお在で遊ばすゆへ万乃さんかと思ひましたら貴女はお低様《ひくさま》で厶りましたか。ナニ。お低様。ヨシ覚えてお在ヨ何か恋の遺恨でもあることやら猜《そね》むわ〳〵さよ嵐。オヤお菊さんとやら乙な文句をお覚えだネ。お菊様は今改名してお敦《あつ》といふのですヨ物覚えの悪い、以来は善う覚えてゐて貰ひませうか。お気の毒だが此方《こちら》が先口《せんくち》だよコレさよ（と若殿の声色《こわいろ》を使ひ）其方《そち》に好《よ》き名をやらう、有りがとう厶いますどういふ名を、予の名のかしら字を分けてお敦と呼べと被仰《おつしや》ツたんだヨ。オヤ〳〵涎《よだれ》が出て膝前が濡れてゐます洪水と素惚気《すのろけ》といふものは恐ろしいものだ。ヘンねに泣いたとやらいふゆかしい涙を涎なんぞと間違へられては困りますヨ。オヤ〳〵飛ンだ澪標《みをつくし》のお茶ツピイだ兎角片思ひと云ふものはお辛いものでせう。左様で厶ります貴女様は片思《かたおもひ》をなされた経験《ためし》は一度も厶いませんからネ。無論のことサ。其癖相惚れの味も今迄一度も食べたことはなく多分今後《このゝち》墓場に行くまでも六かしからうといふ評判ですからネ。コレお前の其口は。コレお前の其手は。ホヽヽ。ハヽヽ

軽子《かるこ》の性《せう》の片思ひくだらぬことにしばしの閑《かん》を偸みて無聊を消すもかゝる勤めの骨休めなるべし、夫《それ》はさうとお菊さん。閑話休題お敦さんと言つて貰ひたい。ヱヽうるさい黙ツてお聞ヨ今

十二時十分が若様へ伺ツてゐるが何の用談だか知ツてゐるか。イヽヱ知らぬ一体十二時十分とは誰れのこと。アノ金太夫さんのことサ。なぜ〳〵。なぜツてアノ人の鼻を御覧十二時十分の時の時計の短針《はり》のやうに斜めに通ツてゐるからサ。ホヽ、ハテアノ煉化石《れんぐわせき》が今時分御前に伺ふとは何用だらう。妾《わた》しは知ツてゐる御婚礼のことで。ヱヽツ若様は御婚礼なさるの。此年内《としうち》に奥様をお迎へなさるとサ。真正《ほんとう》なの。ホヽ何も其様《そんな》にビツクリすることもない目出度ぢやないか。夫でもお前若様のやうな殿御の奥様になる人は羨ましいものを。羨ましければ取り殺せばいゝ。何うかしてお見合《みあはせ》になればいゝ。さよに対して済ぬからと被仰ツてか。なに菊に対して申訳がないツて。

折から奥より此方《こなた》に来《きた》るは腰元の信夫《しのぶ》なり両人《ふたり》は之を呼び止め、信夫さん金太夫さんはまだ御前で話してゐるの。イヱ今お退出《さがり》に成りました

第十六

誰《た》が名《なづ》けゝん男の品格《こけん》、器量を下ぐる者摘み食ひ、おちらし、撫で箒《はゝき》、ちよかつきの多き今の世に扨《さて》も珍らしき頼もしき殿御やと紀川敦之助子《きがはあつのすけし》の名は箱奴《はこや》といふ立派の男を供にしてお茶屋に出這入りする左褄《ひだりづま》の社会《なかま》にまで称へられぬ

不忍《しのばず》地畔の月白楼《げつぱくらう》（仮名《かりな》）といへるは上院議員中コンコルヂヤ派一味の定倶楽部《でうくらぶ》なりされば其派の主領株とも言《いは》るゝ紀川の若殿も此月白楼に車を抂《ま》げらるゝの必要多く何時《いつ》となく数寄屋町《すきやまち》同朋町《どうぼうてう》数百《すひやく》の紅裙《こうくん》には顔を見知られ玉ふ身とはなり玉ひぬ男好《よ》きは気多く浮気ならぬは醜男《ぶをとこ》か乃至は老人《としより》なり粋《すゐ》た男は身貧にして金持は多く虫好《すか》ず斯る注文通りの者なき不完全の世の中に男好く品行堅く身分は華族中で内福と噂さゝる子爵の若殿を手に入れて妾《われ》こそは見事多くの仲間に羨まれんと間接にそれとなく謎を掛け思ひを通はせどもあわれ風を待つ本あらの小萩風に待たられで露の重みは落すに由なし

けふはコンコルヂヤ派の忘年会なり余興には粂吉《くめきち》一座の演芸柳派《やなぎは》連の落語さては福引などの趣向あるとて流石《さすが》は金目を惜まぬ貴族連の公讌会《こうえんくわい》なれば月白楼は昼の間より準備に忙がはしく上よ下よの混雑なり貴賓の来車を待受くる此地の紅裙十数名《じふすめい》皆な顔利き腕利きの一粒撰《ひとつぶえ》り中に福助といへる半玉《おしやく》浜子といへる同じ年頃の赤襟に向ひ、浜ちやんお前は頼もしくないよ。オヤ何だよ福ちやん何が頼しくないの。お前はひどいよ覚えてお在《ゐ》でよ。何を覚えてゐるの何もお前にひどいことした覚えはないよ。お前は此間御前に出たではないか。御前とは紀川のかい。然《さ》うサ。アー此間松源《まつげん》に小菊姉さんと一緒に出てゐたら此楼《こゝ》から口が掛ツて来たから大方……と思ツて直《すぐ》に貰ツて来たら御前と例《いつ》もの御連中だツた。ソレ御覧だからお前は頼もしくないヨ何故《なぜ》福ちやんを呼んで下さいツて願ツて呉れないの。福ちやんが御前に焦がれて一日御前のお顔を見ないと御膳《おまんま》が喉へ通らな

いと言ツて鬱《ふさ》いでゐるカラと申してかへ。人、左様《そんな》ことは言《いは》なくツても。それでは何と言ツて。知《しら》ないよ、か、げの。か、げの。惚気《のろけ》を聞《きか》せたならば。よもや見捨はなさるまいかオヤ〳〵夫《それ》では御前の奥方の福助さま。アイ何だよ浜や。是から又御前がお光来《ゐで》の時は妾《わたく》しも何卒《どうぞ》願ツて掛けて下さいませ。アイヨシ〳〵承知したヨ鳥渡貴郎《ちよいとあなた》、浜子といふ口も八丁手も八丁足も八丁三ツ合せて三八二十不孝の雛妓《おしやく》が此土地にゐるそうですから何《ど》んな妓《こ》か一度聘《よん》でやらうでは厶いませぬか……。おふざけでないよシーツ誰か来るではないか

斯る土地に住居《すまゐ》て斯る風習の裡に人となればこそ十二三の色気なきものまでも才発《はぢ》け勿体なや誰あらうコンコルヂヤ派の硬骨議員――紀川の公子を引合に出し素惚気《すのろけ》の種にするとは。事の基因《もとゐ》は皆な方様ゆかしに在るべし同じ御祝儀を貰ふお客様なれど鬼の相手になりて機嫌を取るのと花も香も実も情けもある人のお酌をするのとは其間《そのあひだ》に毒と薬ほどの差別《けじめ》あるべし大妓は此赤襟の如く口に出してこそ紀川の紀の字も言はねども目の寄る所に玉とやら思ふ心は一つことなり

かく艶福に富み玉ふ紀川の若殿は更科《さらしな》伯の姫君の娟妍《あてやか》なるも腰元信夫《しのぶ》の可憐なるも皆な目につかず況《ま》して門柳路花の明眸皓歯如何に風情あればとて如何に婀娜《あだ》なればとて争《いか》でか其思ひを惹くを得ん敦之《あつの》助君《すけぎみ》の思ひ玉ふ所は只一筋――風にも雨にも天にも地にも如喬《じよけう》々々真弓園子嬢

第十七

コンコルヂヤ一派の忘年会月白楼に催されし当日は恰《あだか》も夫《か》の山師大尽小栗喜七郎等の御用商人、濡手で粟の商法する者、賄賂を遣《つかふ》て金儲する者、待合で諸願の聞届を請者《こふもの》等所謂《いはゆる》紳商と称する者五六名の秘密忘年会も亦同楼にて催《もよふ》されたり去《され》ば主人に従ふ車夫馬丁は幾十人となく月白楼の供待所《ともまちしよ》に集《あつまり》ぬ

山師大尽の御者馬丁三人は近所の牛肉店にてタラフク飲みタラフク喰ひ都合六十銭のお仕度を不足にして各《おの〳〵》幾分の自腹を切りぬ馬丁の定《さだ》といへる者三本の銚子に真赤に酔ひ葱臭い呼吸《いき》を吹き乍ら、オイ〳〵二人とも左様《さう》のべつ幕なしに口を動さずに俺の言ふことを聞きねエ見ツともねエ鍋と情死《しんぢう》でも為兼《しかね》ぬ勢だぜ。ヘンお前《めへ》ぢやあるめエー「い」の一番から「京上《けうぜう》」まで箸を握ツたら離すことを知らない奴とは憚りながら為人《うまれ》が違ツてゐらア。マア其様《そん》な事はどうでも宜《い》いとして今の話は。話も何もいらん此勢でやツつけるのサ一体アノ音吉といふ胡摩すり野郎の面《つら》が癪に障らア高の知た女役者の尻を曳《ひく》ゐくぢなしだ其癖イヤに主人に忠義立しアがツて……俺等《おいら》の屋敷で乱暴しアがツて……カトクにシンニウ（家宅侵入か）迄かけアがツて……。オイ〳〵吉《きち》イ「しアがツて〳〵」で話を持切《もちきら》れちや訳が分らんモツト手ツとり早く話せ。芳《よし》、お前まで俺を馬鹿にするのか、お前はアンな間抜面のポツト出に踏み附けられても黙ツて引つ

込んで見てゐるのか一体彼《あ》のポツト出にカトクシンニウ掛られたのは俺等の恥と言ふ者だ。撲《ぶ》ツて撲ツて撲ちすえて。以後を懲さにや生意気が癖になる。ヨシお前達が然《さ》う乗ツて呉るればたのもしい足腰たゝぬやうにして不忍池《しのばずのいけ》に投《ほう》り込み我儘しやがツた返礼しようサア善は急げだ。ヨシ来た面白いぞサア行かう

* * *

オイ音公久しぶりぢやねエかお前此間は俺ン所の係累《かゝりあひ》で暗い所に這入ツたさうだな俺等ア差入物でも為《し》ようと話しはしてゐたが思ツたり為たりは出来ねエものでツイ延引して夫《それ》なりけりといふ一件になツてしまツた今日仲直りかた〴〵一杯《いつぺえ》飲みたエから鳥渡其処《ちよつとそこ》まで出て呉ねエか。ウム左様《さう》か折角の親切だが俺《おり》アモウ仕度は済んだ。野暮言ひなさんな何も仕度為にお出でと言ふのぢやねエお前の放免祝を為ようと言のだ。俺ア何もお前達に祝ツて貰う因縁はねエ。でも折角大勢が相談してお前を祝ツてやらうツて待ツてゐるのにそんなこと言ツて呉ちや皆《みん》なの心尽しを無駄にすると言ふものだ又俺だツて皆なに頼まれて呼《よび》に来たものを顔を立てゝ呉ンねエ、まだ大丈夫主人等《レコら》の帰《かへる》までには二三時間は間《ま》がある。と色々勧め誘ふて定といへる馬丁は音吉を月白楼の供待《ともまち》より連出《つれいだ》しぬ

* * *

音吉は定に導かれて五六丁池の辺《はた》に出《いづ》るや否、音公お前に返礼したいものがある。何だ。是だ。と突然《いきなり》定が拳骨を振り上ぐるを取ツて押《おさ》へ、ハ、大方其様《そん》なことだろうと思ツてゐた。と言ひ乍らバタリと二三間先に投り出しぬ、ハ、生意気な骨もない癖にふざけた真似をしやアがるな

何を。迂奴《うぬ》。と又後《うしろ》より他《ほか》の二人が組附《くみつく》を音吉一揉二揉《ひともみふたもみ》して是も苦もなく蹴飛しぬ

何処《いづこ》よりか又バラ〳〵と出《いづ》る十数人の車夫馬丁組んでは掛り掛りては組み附き流石《さすが》の大力自慢の音吉も多勢に敵し難く足を取られ手を取られ今や池の中に投り込まれんとする時、大勢で一人を苛《いぢ》める卑怯を悪み突然音吉を助けて大勢に向ひ之を追ひやりしは紀川子の馬丁三人と其他二三のコンコルヂヤ派の家来なりけり

山師大尽の馬丁等《ら》に加勢したる十数人《すにん》は紳商連の車夫馬丁とこそは知られたり

第十八

一夜明くれば賑かで人の心も服粧《なり》も自然《おのづ》と春めき山も川も天も地も麗らゝかにのどかに到る処に「おめでたう」「おめツとう」「おめでたう厶《ござ》います」

四ツ目屋の番頭乃至は金箔屋の小僧と同じく笑ふて損したといふ顔附したりし昨日《きのふ》の鬼も今日《けふ》は頭を下げて礼に来て猶本年も

相変りませずと去年《こぞ》憎まれた顔を立直し、昨夜《ゆふべ》の苦戦に五色の溜息を吐《つ》きたるも今朝《けさ》は屠蘇機嫌に千鳥足酔顔は旭 旗《ひのまるのはた》と其紅《くれな》ゐを争ふ慥《たし》かに生命《いのち》を洗濯したる心地、実《げ》にや正月は浮世の憂《うき》の捨所

春の遊びは何処《いづこ》も是なり市川如喬《じよけう》事真弓園子嬢は音楽学校を仝じ年に卒業したる友達とみ子といふて今は烈気としたる高等官浜中某の妻となりたるが許《もと》に年始に行き早々立帰らんとするを無理に引留められ羽根突きの遊びぞはじまりける

車も歩行《かち》も皆振り向て見とるゝも無理ならず此日の園子（如喬）嬢の服装《いでたち》、上衣《うはぎ》は黒地に抱一画の春の水に梅の富貴《ふきよ》寄せの本摸様、下着は浅黄地、胴竹《どうたけ》に雲形、裾は光琳画三組小袖の内の摸様を取し梅の富貴寄せ二枚襲《がさね》、紋は形菱《かたひし》の五ツ紋いづれも浅草金屋《かなや》が丹精を凝らして染上げたるもの、帯はお納戸《なんど》蝦夷錦《えぞにしき》、竜《れう》の摸様金糸総形《そうがた》、襦袢《じゆばん》はお定《さだ》まりの緋紋縮緬《ちりめん》、襟は白綸子《しろりんず》紗《さ》綾形《あやがた》、総ての着こなし純粋《あか》の素人と自《おの》から異なり一見水際立ちて品高けれども無意気に陥らず上品七分に意気三分流石《さすが》は檜舞台を踏んだ面影何点《どこへ》か残るも風情ありてゆかし文金の島田に珊《さん》瑚《ご》六分珠金足《たまきんあし》の後指《うしろざし》、鼠天《ねずてん》鼻緒の吾妻《あづま》下駄を穿きて曾我馬送りの揮絵《だしゑ》ある孫尺五《まごしやくご》、本天巻柄《まきゑ》の羽子板を持ちスラリと立ツたる姿、頸首《えりあし》スーツと延びて白《はく》八紅《こう》二の寒梅色《かんばいいろ》ある飛燕顔《うりざねがほ》、前から見るも後から見るも申分なき美形々々、是では久来の仙人も外科医を供に連れて見に来ずばなるまい

とみ子の妹時子といへる十三才ばかりの娘羽根を送り乍ら、ソレ真弓さん上けましたヨ。ハイ受取りましたソレ浜中さん。ソレ時。アラ姉さん横に送ツてはひどいわ。と余念なく羽根を弄ぶの時、から〳〵と門内に入る人力車《くるま》と馬車は今朝《けさ》年始に行きたる此家《このや》の主人が旧藩主紀川の若殿を伴ひて帰り来《きた》れるにぞありける

*　　*　　*

種々《いろ〳〵》の事実は如喬と敦之助子《あつのすけし》との間《あひだ》を結び附けたり

如喬が向島にて山師大尽に操を破られんとせし時も敦之助子の注意《こゝろづけ》に依りて其災難を免れたり如喬秘蔵の車夫音吉が忘年会の夜十数名《すめい》の車夫馬丁等《べつとうら》に襲はれし時も敦之助子の家来の救助に依りて幸《さひはひ》に主の名も出ず従の身も恥を受けずして事済みたり

初めの程はわが演劇《しばゐ》を幾度《いくたび》となく見に来る敦之助の熱心も心づかざりし如喬、一度二度《ひとたびふたゝび》或る名前にて引幕を貰へば其人の名も顔も知りたりされど一通りの贔負客《ひゐきゝやく》と一緒に見做し未《いま》だ別に心を動かすこともあらざりき

聞けば数ある贔負の中で此方《このかた》は上院の花形、顔利き腕利きの英才なりとか、花柳の巷にてそれじやの婀娜者《あだもの》に大騒ぎされ玉へども唯の一度も瀆《けが》れたる浮名を流し玉へることなき稀代の堅人《かたじん》との専らの噂、かゝる殿様に思はれたるは如喬一代の冥加《めうが》なりと心ありて見れば我に心ある人の挙動《しうち》今更の様にあり〳〵と見

え今迄空《あだ》に看過《みすぐ》せしことの勿体なさよ
今迄は左程にも見えざりし敦之助子の風采、言語、挙動、心術、隅から隅まで如喬の目には美《うる》はしく見へ――人間五十年露惜からぬは斯《こ》の花も実も色も香もある殿御なり――されど方様は雲《くも》上人《のうへびと》なり妾《われ》は衆人《ひとなか》に顔を晒《さら》して芸を売る役者なり所詮末実るべき恋にあらず、ア丶妄想、水は矢張り水にておとなしく流るへし蓮の葉に宿かりて玉となるは厭なり、ア丶去れ〳〵〳〵迷ひの雲

心ばかりは思ひ寐の夢にも互ひに通ひし敦之助子と如喬、計らずも浜中の宅にて邂逅――思ひ見る此時の両人の心中、千々の嬉しさよりも先だつものは胸の動気なるべし新年早々の此吉事今年は前兆めでたしと男も女も心の裡にてさなきだに嬉しき春の延喜を喜びしなるべし

第十九

敦之《あつの》助子《すけし》は此家《このや》の主人浜中に取りては旧藩主にして兼て隔てなき朋友なり数年前《すねんぜん》浜中は敦之助子に随行して伯林《ベルリン》、ライプチヒに留学せしことさへありされば敦之助子が蟠坐《あぐら》しながら人に言はれぬことまで無遠慮に談笑して打ち興じ玉ふ相手は数ある藩士中にて唯浜中あるのみ

オイ〳〵浜中得難き無類珍奇の画幅を手に入れたから是非に見せるツて新年早々予《わし》を引張ツて来たが誰れの筆だ蕪邨か雪舟か夫とも浮世絵か。貴郎《あなた》にも似合ない野暮なことをお聞きなさる其様《そんな》くだらない品ぢや厶《ござ》いません。夫《それ》なら何だ鳥渡《ちよつと》見せろ。モウ御覧なすツたぢや厶いませんか今迄何だか睦まじさうにお互ひに対話《はなし》なすツてゐたぢや厶いませんか。ナーンだ見せるものとは如喬《じよけう》のことか、人。お見せ申したのが夫ほどお否《いや》なら返して貰ひませう私しの方でも強ひて申す訳ぢや厶いません。よく人の弱点をつけ込ンで強音《つよね》を吐く奴サ夫は然《さ》うと彼女《あれ》の為めには流石《さすが》の予も。鳥渡《ちよいと》お話しの中ですが流石だけ取消して戴きたい。よく話しの腰を折る奴だ、実は此間からも言ふ通り彼女の為めには一方ならぬ心労《しんぱい》をしてゐるのだ而《し》かも人知れずこそと言ふ一件だ。ハイ〳〵左様何の因果か今年は新年早々肩の張ることを只聞かせられの只勤めと云ふ一件ですネ。名誉職と思へば腹も立たんのサ。コンな名誉職が沢山あツては寿命が縮まります。実は彼女の為めで。鳥渡伺ひます彼女の為めと言ふのが最前から三度出ますが頼まれなすツた訳ですか。マア黙ツて聞くべし実は夫で以ツて更科伯《さらしなはく》の妹姫との結婚を断《こと》はツてやツた。オヤ〳〵其様ことが何時《いつ》厶いました。ナニ先月金太《きんだ》夫奴《いふめ》が茲《こゝ》を先途と切込んで来たけれど一撃の下に跳ね附てやツた。夫はあまり軽卒な。ナニ決して軽卒でないアノ金太夫奴敵は本能寺に在りと言ふ乃公《ないこう》の心を知らんから可笑しいのサ。私《わた》しは又今日《けふ》迄時々貴郎のお顔を見る度に聞かせられてゐましたゆへ承知はしてゐましたが夫程までとは思ひませんでした夫では全く本心

の本ばまりですか。本ばまりも大本《おほゝん》ばまりのMein《マイン》 Leben《レーベン》 sie《ジー》 zu《ツー》 lieben《リーベン》といふ訳だ。オヤ〳〵是は大変々々私《わたく》しは此事に就ては局外中立に置て戴きたい。大変とは何が大変だ又新年早々から態々《わざわざ》彼女《あれ》を見せやうといふ親切のある者が今更無関係にして貰ひたいなどゝは頼み甲斐のない男だヨシそんな者に依頼せんでも独立でやツて見せよう。貴郎のやうに然う極端ばかり被《おつ》仰《しや》ツては困ります有体を申せば貴郎に焦れてゐる女子《をなご》は……。油は御免だヨ。マーサ然ういふ令嬢姫君は星の数ほどムいます中《うち》からアーいふ容貌《きりやう》の、アーいふ気性の、アーいふ心掛の宜い如喬一人を月とお見立てなすツたのは私し共の目から見ると誠に貴郎は女嫌ひとの評判あるだけ又惚れ様も上手と申しますけれども然し紀川家の地位と名前を案じますゆへ。コレ〳〵浜中紀川家の地位と名前とは何だ従《じゆ》四位《ゐ》のことか子爵のことか従四位なんぞは此節海防費さへ献金すりやア高利貸でも収賄判事と結托して牢に繋がるゝものでも取ることの出来るもの有がたくもおかしくもないものだ又人造の爵なんぞも窮屈なもので余《あ》んまり栄誉《みえ》でもないぢやないか如喬などは丁年未満の眇乎《べうこ》たる婦女子の身で加之《をまけ》に地位も門閥もないものではないか夫れが満天下の耳目を聳動するといふのは子爵よりも伯爵よりも有がたき天爵を持ツてゐる者ぢや夫と良人《マン》、細君《ワイフ》の名称を呼び交すは紀川家の名誉ではないか斯《かく》言ふ敦之助の名前も自づと高まる訳ではないか。表面の理窟は然うですけれども……。理窟に表と裏と二ツある訳はない。丸で然う云ふ熱度では手も足も附けやうがない貴郎が女に辷《すべ》ツたの転んだのと被仰ツたことは只の一度も聞いたことはムいませんでしたが今初めて承わツて恐れ入りました。と笑ひ乍ら手を鳴らせば浜中夫人とみ子は出で来《きた》れり微笑を若殿に送り乍ら、御前今日は何か奢《おご》ツて戴かねばなりません。所が今お話しを承わツて見ると中々串談《ぜうだん》どころの騒ぎでない少しお前の智慧を借らなくてはならぬ一大事件が出来《しゆつたい》した園子（如喬）さんをモウ暫く帰さずに置けばよかツた。何でムいますか如喬さんも男の噂などは今迄塵程も口に出さぬ人でしたが何だか今日はソワ〳〵して大層御前の事を褒めて帰るときも後髪を引かれるやうな摸様も見えましたが例の愛嬌者の音吉に急《せか》れて名残り惜しさうにいろ〳〵の伝言《ことづけ》を妾《わたく》し迄頼んで行きました。ハ、、夫婦聯合して大層予《わし》を苛《いぢ》めるネ

第二十

浜中夫人とみ子は如喬《じよけう》とは極仲善《ごくなかよし》の学校朋輩なれば話しの口切りに六かしき虚礼も要らざれば挨拶にも奥歯に物を夾むの遠慮なし奥の方《かた》を指して、阿母《おつか》さんは。と窃《ひそ》かに問へば、今朝方親類二三軒年始に廻るとて出掛ました。夫《そん》ならお留守でムいますネ。と念を推し乍ら、真弓さん。と更に改まツて声を掛けたり今日《けふ》は妾《わたく》しは御年始に来た訳ではムいません。ハイ夫《それ》はチヤアンと承知してゐます御亭主の惚気《のろけ》を聞かせに来たと被仰《おつしや》るので

せう只で聞いて上げますことは上ますが然し独身者《どくしんもの》ですからお柔かに願ひます。ホヽヽ今日は例《いつ》ものとみ子とはとみ子が違ひますから其お積りで応接して貰ひませう先づ頭を下げてとみ子様々とお礼を被仰い。思召は有がたう厶いますが先づ願下げに致しませう惚気を受けて上げた上に叩頭《おじぎ》までしては如何に独身者でも余り可愛そうでさアネ

串談《ぜうだん》は扨置《さて》いて真弓さん。ハイ。其様《そんな》に真面《ママ》になツて人を冷かしちやいや。串談は扨置てと被仰るかと思へば真面目になツては否《いや》と被仰る六かしい訳なんですネ。六かしい訳でも何でも宜《い》いからマアお聞きなさい貴女《あなた》は役者はお廃《や》めなさる訳には行ませんか。浜中さん貴女は貴女にも似合ないことを被仰るぢやムいませんか以前も申しました通りの訳で如此《こんな》稼業を始めましたのですから今更訳もなく廃める心は夢にも厶いません。そんならモウ一ツお聞き申しますが貴女は一生涯独身でお暮しの積りですか良人《ていしゅ》を迎へるのは否《いや》なのですか。独身で暮して天倫に逆らうのが女子の能でもありますまいから妾《わた》しだつても一度は良人を持つこともありませうけれども此方《こちら》で良人を持ちたくツても良人に為ツて呉れる人がなければ致方《いたしかた》ありません、お多福でも宜いから女房に為《し》てやらうと言ふ親切の義侠心ある男の有る迄俟ツてゐなくちやなりません所が此節そんな茶人の男は二十年俟ツても三十年俟ツても有る筈が厶いませんからマア〳〵独身で暮すより外はありません。貴女の様に然うお多福だの茶人だのと被仰るとチト耳が痛う厶いますそれでは愈《いよ〳〵》良人持たないのですか。マア〳〵当分然う諦めてゐるより致方《しかた》ありません。貴女の理想の男がないからですか。妾しには別に理想の男はない。嘘々男は理想の女があり女は理想の男がある誰だツて理想の相手を胸に画《ゑが》いてゐないものはない真弓さん貴女の理想の男を当てゝ見ませうか「男好《よ》きは軽薄なり金持ちは学識なし才子は浮気にして骨なく骨あるは多くは残忍なり色の白きはゐくぢなく、ゐくぢあるは女に不親切なり女に親切なるはあれども嗜好我と同じからず」世間の男皆な気に入らずといふのでせう。ホヽ大変注文が六かしいのですネ。どうせ理想といふのは完全無欠を希望するですから……ソコで貴女の理想する男は先づ文明の学問があツて美術が嗜好《すき》でそして男が好くツて品があツて鷹揚のやうで気が附てゐて芸者買が大嫌《おほきら》いで酒は深酒せず乱に及ばずに止《とゞ》めておいて人望があツて地位があツて楽天家で義が堅くツて優美《やさし》くツて女に親切な男でせう。オヤ〳〵善く妾しの胸の裡を御存じですネそんな男が世間にありませうか。多《たん》とは有りませんネ然し一人位は心当りがあります。妾しも一人心当りがあります。オヤ独身で暮さうと思ツてゐる貴女に。ホヽヽ然し所詮及ばぬ鯉の滝登りとやらですから。妾《わたく》し八卦《はつけい》を置て見ませうか。どうして当るものですか。アノ築地の中橋さんですか。アンナ厭世家は。それでは三田の沢野さん。アンな一も金二も金と言ツて美術も文学も算盤《そろばん》で勘定する金銭の奴隷は大嫌《おほきら》

ひ。それでは番町の紀川さん。エヽツアンな……アンな殿様育ちのお方は。嫌いと被仰るのですかヨシ覚えてお在《いで》なさい跡でとみ子様々頼みますと言ツて何卒《どうぞ》の百遍を重ねても知りませんヨ。

第二十一

浜中夫婦が如才なき公然の紹介ありしより敦之助子《あつのすけし》と如喬《ぢよけう》とは天下晴れての知己《しるべ》となりけふ此頃に至り両人の情交愈々熱く愈々密《ひそか》に互ひに此女ならでは此殿御ならではと思ひ染めし一念正宗の太刀《たち》も此中は断《き》るべくもあらず春霞たな引山の桜花見れども／＼あかぬ同士、扨《さて》も行衛もしらず果てもなく只管《ひたすら》に逢ふを限りと思ふばかりの恋、アヽ惑ふ心はしらぬ山路のみかは如喬の香《かん》ばしき名は芝居一興行毎に高まりたれども狼連の附き纏ふことも亦た一興行毎に殖《ふ》ゆ扨《さて》もうるさいこと／＼

其道には日本一に疎き音吉も此頃の主人の挙動《そぶり》を見て嬢様も中々油断はならぬ此音吉がうツかりしてゐる間《ま》にとう／＼可愛いのが出来た様子然し嬢様の相手にしても露恥かしからぬ紀川の若殿、斯うなツて見れば先づ此音吉も一安心と云ふものだが猶一層場合によりては虫除《むしよ》けの音吉が入用だ、コリヤ又一苦労増してきたわい

文明の利器とは云へど世に新聞といへるものほど其書き方によりて他《ひと》を困らせ泣かせるものはあらじ白い紙に宜《い》い加減にインキを訳もなくベタ／＼となすツてあるものと思へば腹も立たねど少なくとも耳あり目あり足ある者と認められてゐることゆえ之に書かるれば無きことも有ることゝなり虚構《うそ》も事実《まこと》となるこそ恨めしけれ

如喬が敦之助子と交《まじはり》を結びて屡あひびきするを鬼の首でも取ツたやうに或る絵入新聞、而《し》かも常々芸者が風引いたと言ツては一段を埋《うづ》め娼妓が何人の廻しを取ツたと言ツては数《す》十行《じふげう》を塡《うづ》むる見識高き新聞は三日続けて事々しく意味あり気に書き立てたれば如喬と敦之助子との清浄《せうぜう》潔白なる情交もあはれ此記事の為めに誤まられ両人《ふたり》とも汚瀆《けがれ》たる空気を吸ひ肉慾を楽しむ天晴れの痴物となり了れり黙ツてゐれば益々毒を吐《つ》き取消《とりけし》すれば冷評《ひやか》す実《げ》にや世に煮ても焼ても喰へぬものは団栗《どんぐり》と是ぞかし

＊　＊　＊

けふは貴婦人の催しに成る慈善演劇《しばゐ》のある日とて歌舞伎座には都門の淑女紳士綺羅星の如く満場殆んど立錐の地だも余さずしばしの幕間《まくあひ》を偸みて二階の休憩所に妙齢の佳人と眉目清秀の紳士と対話するは此日の演芸を見んとて茲に来り最前より土間の客にも鶉《うづら》の客にも総て其視線をわが桟敷《さじき》に引き寄せ引き集めし如喬と敦之助子なり、どうもお前が桟敷に坐ツてゐると余程衆《ひと》の目に立つと見えて皆が演劇は見ずにお前の顔に見とれてゐるヨ。夫《それ》は妾《わたく》しを見るのではムいません貴郎《あなた》のお姿を皆《みん》なが

拝んでゐるので厶《ござ》います。ナニ左様《さう》でない證拠には皆ながアレは何処の令嬢だらうと噂さしてゐるものもあれば又アレは如喬ぢやないかと袖を引き合ツてコソ〳〵話してゐるものもある是で故意《わざ》と三ツ桝《ます》を隔てゝ坐ツてゐるから宜《い》い様なものゝ同じ桝にでも居やうものなら明朝《あす》は早速新聞物だ。左様《さやう》で厶いますネ是で妾しは見られてもお里が分らぬ様に精々野暮《じみ》に粧《こしら》へて来ましたが矢ツ張り如喬と見えますかね。野暮にこしらへたツて不意《ふゐ》気《き》につくツたツて珠は光があるから争はれない今の中幕の六歌仙なども小町は如喬に演《さ》せたらどんなに見物だらうツて話し為《し》てゐる者も有ツた。左様で厶います茶番狂言には臼の様な炭団《たどん》の様な小町も一入《ひとしほ》可笑《おかし》味《み》があツて笑はせますから適評かも知れません。夫はそうと貴郎は昨日の新聞の雑報を御覧なさいましたか。否《いや》見ない。実に口惜《くや》しう厶います。ハヽ、新聞の言ふことなど気に掛けてゐては一時《ひとゝき》も今の世は渡れぬどうせ嘘を書くものと諦めてゐるより外致方《しかた》はない。でも斯ういふ稼業してゐますと幾分《いくら》か人気と名前に関係《かゝは》りますから。よしんば関係るにした所が虚説《うそ》が何時《いつ》迄も事実《まこと》として生きてゐる訳はない況《ま》して日本人は健忘性だから七十五日経《たゝ》ない内に自然《おのづ》と汚名を雪《そゝ》ぐことが出来る。此時此休憩所に入らんとしてフト両人《ふたり》を覗き其儘立去りたるものあり

第二十二

「みちのくにありといふなる名取川なき名とりてはくるしかりけり」それと是とは事かはれど慈善演劇《しばゐ》の翌日某絵入新聞は「歌舞伎座の休憩室に鴛《えん》恨み鴦《わう》泣く」と題して憶想九分と事実一分に多少の厭味と岡焼とを加味して書き立てたれば濁《にご》れる世の濁れる眼《まなこ》は矢張り如喬《じよけう》と敦之助《あつのすけ》子《し》とをも清からぬものとして迎へたり風にさきだつ波の浮名の元は、果然昨日《きのふ》休憩所に入らんとして両人《ふたり》を覗き乍ら其儘立去りたるもの、ア、是なりけり是なりけり

されど世を喜観的とかいへる心より見れば斯る新聞も亦た可愛のものなり其妬害《とがい》の記事は両人の恋中を妨ぐるものとはならで却ツて是によりて一層《ひときは》思ひを深ふし盟《ちかひ》を堅くせしむるのみなれば、斯程《かほど》までに無き浮名を儲けて浮名終に浮名で終らば争《いか》で人に合する面目《かほ》のあるべき

* * *

心に疚しき点《ところ》なければ如何に他《ひと》に後指をさゝれても恥ることなし去れど女子《をなご》の心は広いやうでも狭いものなり物の憐れを知り初《そ》めてより如喬、気は兎角結ぼれがちなり

他に何《なん》と言はるゝとも頼むは方様の心一ツなり方様の心に実さへあれば世の譏《そしり》も忍ぶべし人の笑ひも露辛からず今迄男嫌ひで

名も人気も取りたる如喬の品行《みもち》見識は表面《みかけ》とは反対《うらはら》なり口で豪《えら》さうに言ひしものが人形喰ツて喰ひそこねたりと伝唱《うた》はれては母様にも師匠にも申訳なし

夢路にはあしもやすめず通へども現《うつゝ》に一日逢ひ見ねば早思ひの種なり、若しや方様に恙《つゝが》あるにてはなきか夫《それ》ともけふ此頃のうるさき新聞《もの》に名を出され人目を厭ひ玉へるか夫とも金太夫《きんだいふ》とやらいへる爺イに苦い諫言《かんげん》でも聞かせられ如喬如き卑しきものに関係《かゝは》りなされては御家の汚《けが》れ御名《おんな》の恥とでも言はれ玉ひしか、ナニ恥でもない汚れでもない、役者といふ稼業をしてゐて自ら営むものと箸より外重きものを持たぬ高貴の姫君と何程《どれほど》の差別がある。と斯う此方《こちら》で思ふ様に弁解《いひゝら》いて下さるれば嬉しけれど……聞けば更科《さらしな》伯の姫様《ひいさま》と一度《ひとたび》は縁談もありたるよし若しや其談《はなし》再び起りたるにてはなきや

思へば此頃の妾身《わがみ》の苦労の多さよ、けふ母様《はゝさま》は師匠（粂吉《くめきち》）に呼ばれて浅草代地まで出で行き玉へり世間の噂を聞棄《きゝずて》にもされず妾《われ》を呼ばずして故意《わざ》と母様に諷諭《さとし》を伝ふるものにてはなきか戸を建てられぬものとは言へ他の口はさてもうるさいものなり母様はよく妾を知り玉へば――、師匠もよく妾心《わがこゝろ》を知り玉へば――、二人の中に故障を容れ玉ふことはよもあるまじ

＊　＊　＊

喜代《きよ》、喜代、喜代、音はまだ帰らぬか。まだ帰りませぬ。遅いではないか何を愚図〳〵してゐるのだらう。只《たつ》た今出たばかりでは厶《ござ》いませんかまだ三十分も経ちませんのに。ナニモウ一時間あまりも経つではないか。ヲホヽヽ、縦令《よしや》一時間経ちましたにしろ番町まで往ツて帰ツて来ますもの然う早くは帰られません。然《さ》うかネ何だか心が急《せ》くので俟ち遠い。ホヽ、御尤様で厶います上下とも大急ぎの車に乗ツて行くと申してをりました。とサモ身に経験《おぼへ》でもあるやうな家婢の詞《ことば》も主を慰むる優しき心からと思へば嬉し

逢ふてたまに泣く夜は秋も短く蛙を紙に畳んで待つ身には矢も駒も緩《のろ》し

気がちの如喬今迄何事に就けても人に心の裡を見られざりしにあはれ恋の為には仮粧《みえ》もたしなみも失ひけり

第二十三

雨中の海棠《かいどう》は艶麗にてよし露下の芙蓉は可憐にてよし素人の生娘は仇気《あどけ》なき所に風情あり芸妓《くろうと》は垢ぬけして気転ある所に興ありとて好色家の山師大尽是はと目に留りたる女子《をんな》は金といふ猿《さる》轡《ぐつは》をはめて自家《おのれ》の玩弄物《おもちゃ》にしたる癖更に止まず二たびも如喬を手に入れんとして仕損じてより惚れたはれたは二の次として此女子生意気な奴なり今に見ろ我家《わがや》の六曲屛風《ろくまいべふぶ》の裡で月花《つきはな》の外《ほか》に雪の肌見を我に願はせてくれん

一旦是はと思ふて口説き、口説き損じたればとて其儘指を咬《くわ》へ

て引込むべき山師大尽にあらず斯うなれば男の意地なり縦令《たとへ》根《ね》葉《は》を枯らしても手植《ていけ》の鉢に移さねば胸の虫が承知せず今まで如何に奇麗な口听《き》く者も大方は金で手撫け金ばかりで行かぬ硬物《かたぞう》は恩と義理とを施し手管の柵《しがらみ》に掛らせて思ふこと成らぬといふことなかりしに彼《あ》のまだ口青き如喬奴の為に二度までも手を焼きたるは重ね〴〵の不覚なり

* * *

コレ〆孝《しめこう》、例《いつ》でも〳〵頭ばかり下げて他《ひと》の酒を飲み倒すばかりが能でもあるまい。ヘエツ、どうも恐れ入りました。恐れ入りましたぢやない何《どう》にかよき思案はあるまいか。御前大有り〳〵古今独歩の名案孔明も跣足《はだし》で逃げる妙工夫が厶《ござ》います。イヤ貴様の名案は当にはならん此前の新宅開きの趣向などは玄関ばかり長くツて奥行が直《すぐ》上りの直行止り加之《おまけ》に魔薬の一件で巡査に検視《しらべ》られたり新聞に出されたり……。イヤモウ其事を仰せらるれば〆孝一言《いちげん》も厶いません其お蔭で今迄御勘気を受けお出入を差禁《さしと》められましたる次第、今度は一ツ大功を奏して帰参御許容の引出物に致しまする。屹度《きつと》か、其名案妙工夫とは何んだ。何だなどゝあまり安く見て貰ひますまい敵将を撃たんと欲せば先づ其馬を射れ狐を捕へんと欲せば先づ油揚を買へ猫を転がさんと欲せば先づイ店《にんべん》に行け赤襟を手撫けんと欲せば先づ待合の女《ぢよ》将《せう》を説け大姉株《おほあねかぶ》を口説《くど》かんと欲せば先づ春着を心配してやれ竜を起さんと欲せば先づ風雲を呼べ燗を直さんと欲せば先づ手を鳴らせ。エヽやかましい日の短いのに呑気な奴だ。御前ソレ其《そ》点《こ》で厶りますて。其点とは何点《どこ》だ。御前は如喬と紀川の若殿との関係を御存知で厶りまするか。時々新聞で見たばかりだ。紀川子の熱のある内は兎ても如喬は手に入れることは出来ません、ソコで玆に先づ両人《ふたり》の中を割くことが肝腎で厶ります。其両人の中を割く工夫があるか。あるかなどゝ勿体ない是でも此〆孝何うかすると曇ツた日などには其位な智慧がないやうにも見えることがありますか。左様さ随分悪智慧には長けてゐるからお家騒動の下廻り位は勤まるだらう。ハヽヽ此奴生かして置ては後日の妨げといふで椽《ママ》の下の力持した上句《あげく》直にお手打になる奴ですか閑話休題として紀川の若殿と更科《さらしな》伯の二の姫君とは兼ね〴〵双方の親や親族の間に縁談があツたと思召せ……然し当人は更に其気なしで知らぬと思召せ……ムウ思ツてゐるとかなんとか被仰《おつしや》ツて下さらなければ話しが円滑に運びません。エヽうるさい其が何した。此点《こゝ》が即ち最前申しましたる敵将を撃たんと欲せば先つ其馬を射れといふので厶います間接に策略をめぐらして若殿を更科家の姫君と否応なしに結婚させて終《しま》うのです、すると如喬は此人こそはと思ツてゐた男に見捨てられたと言ふので口惜《くや》しう厶います面当《つらあて》がしたくなります世間に合はせる面《か》目《ほ》がないと言ふのでヤケを起します其図星を狙ツてドシ〳〵と弓、矢、鉄砲、大砲、鎗《やり》、薙刀《なぎなた》の諸道具で攻め寄せますれば如何なる金城鉄壁も落城せぬことはよもありますまい、ナント御前当座の褒美の五十や百がものは厶りませう。モウ取り込うとする悪い癖だ、成る程一応は妙策のやうでもあるが紀川の奴《やっこ》め更科のと結婚せぬと言ひ張ッたら何うする。其所に抜かり厶りませうや、先づ無理にも結婚させる工夫は一方は更科伯の威光で紀川家に迫り一方は浜中といへる官界の大才子の若殿の親友を裏切りさせるのです細工は流々仕上を御覧じろ、ソレは兎に角今如喬は例のいろは座で中幕《なかまく》に六歌仙の小町を演《やっ》てゐます米《くめ》吉《きち》が業平《なりひら》で大層な評判此間歌舞伎座の慈善演劇《しばゐ》で名代役者の顔揃で演たのよりも優りはするとも劣らぬとのことで厶います、是も此方《こちら》の親切を見せる一ツの種で厶りますれば今日は見物にお出《いで》なすツては如何で厶ります。中々手数を掛けさせる女だね。夫《それ》だけ価値《ねうち》のある女は致方《しかた》がありません

第二十四

山川の浅き瀬にこそ仇浪はたてそこひなき淵の何さわぐべき此頃は何を思ひ何を恨むか兎角沈みがちの如喬《じよけう》を敦之助《あつのすけ》無理に勧めて身仕度を急がせ今戸別荘の梅園に誘引《さそひいだ》せり

数奇《すき》を尽して作りたる紀川家の梅園風雅にして清閑遠く塵界を隔つるの想ひあり所もよし時機《をり》もよし伴侶《つれ》よく日よく莟《つぼみ》よく枝よく何一つ不足なき今日、如喬は何を憂ふることのありて浮き出《たゝ》ぬぞ勿体なや誰あらう華族の中の花形、子爵の若殿、日頃ろは人に機嫌を取られ玉ふ身が斯人《このひと》なればこそ恋なればこそ色々に如喬の微笑《えみ》を得んとて機嫌を取り玉へど此方《こなた》はそこひなき淵の静《しづか》にして沈み言葉のみなり

お前はけふは何《どう》かしたのか何か予《わし》の動作《しうち》に気に入らぬことでもあツたのか夫《それ》とも予と一緒に連立ツて来たのが嫌なのか。イヽエそんなことは。それでも何を言ツても碌に返事もしず例《いつ》になく沈んでゐては気にかゝるだらうじやないか。イヽヱ妾《わたく》しは何も考えることも心配なことも厶《ござ》いません平生《ふだん》の通りで厶います只貴郎《あなた》が人並よりソワ〳〵浮き立ツてゐらツしやるゆゑ妾しが沈んでゐるやうに見えるので厶いませう。ナニ予がソワ〳〵してゐると。ソリヤ其筈で厶いますヨ他人の妾しがお聞き申しましてさへ嬉しいやらお目出たいやら羨ましいやら分らぬ位で厶いますもの。ソレは一体何のことだ。何のことで厶いますか貴郎のお胸に覚へが厶いませう妾しは貴郎が何んなことをなすツても外々の女子《をなご》のやうに未練にも恨んだり泣いたりは致しませぬ思ふことも深ければ我慢も強う厶います。何のことだか薩張《さつぱり》分らぬが他人の妾しと言ツたり我慢も強いと言ツたりしてそろ〳〵絶交準備《きれじたく》する様子も見えるが然《さ》ううまくは逃げさせぬ。逃げなくツても追ひ出されかゝつてゐる所で厶います妾しは執着《しつこ》くかぢツついて居ようとは申しませぬゆへ御安心なされませ。と日頃に似気なき冷かなる素振の如喬、「アヽ時鳥《ほとゝぎす》さへ人の秋に逢はんことを知りて立去るになどて斯く妾《わ》が心の愚かなる

や」も其の九分は口の中なり

あかでこそ思はん中ははなれなめとか申します歌が厶いましたがアノ下の句は何とか申しましたネ。そをだに後《のち》の忘れがたみにか——何だかお前は今日は延喜でもないことばかり言ふぢやないか屹度《きつと》誰れかにしやくられたネ。イヽヱ誰れにもしやくられも致しませねば水もさゝれませぬ只貴郎のお口にうツかり乗る所で厶いましたが早く気がついて不幸中の幸《こう》とやらで厶います、サア、モウ帰らうでは厶いませぬか貴郎は梅よりも花よりも月がお好《すき》で厶いませう——しかも其月は須磨よりも明石よりも——更科《さらしな》が

さては読めたり其事か最前より柳にすねたる如喬の意《こゝろ》は、山師大尽と〆孝の投剤《くすり》の処方何時《いつ》の間にか早既に効能《きゝめ》廻はり来《きた》れり

第二十五

現時枢要の地に在りて飛ぶ鳥も落す更科《さらしな》伯、勢《いきほひ》の有る所には服従多し——此間からの縁談の一条明白の御返答承はりたし種々《いろ〳〵》所存もあれば諾否孰れとも早く願ひたしとの使者の口上、言葉の裏には否《いや》と言へるものなら見事否と言ツて見よとの意《こゝろ》は意ありて聞けば其中《そのうち》に籠れり

一方には又夫《か》の浜中の大才子曾つて敦之助《あつのすけ》の前ては如喬《じよけう》を賛成したるに此頃はうツて変り逢ふたびごとに女役者如きを兎や角為《し》ようと思召すは第一紀川家の不面目上院議員たる子爵の御威光にも関りますと暗に更科の姫を勧める口裏、ア、俗、俗、俗、世間皆挙ツて俗物の揃ひなり結婚の真の意味を知るもの一人もなしと敦之助の述懐無理ならず

紀川の隠居大殿夫婦の前には家令の金太夫《きんだいふ》端坐《かしこま》り更科家に為《す》る返答の相談中なり、敦之助によく利害の道理を申し聞かせたか。御意《ぎよゐ》に厶りまする先方より否なら否と早く返事をとのことで厶りますゆへよく其辺の所を若様に申し上けましたる所、ナンダ更科の天保頭《てんぽうあたま》の一言《いちげん》が夫《それ》程に恐ろしいか奇麗に否で厶ると返答してやれ外に先口《せんくち》の可愛のが出来てゐますからと申せとのことで中々取ツてもつかぬ御挨拶で厶りまする。左様なことを申したか何うも彼《あ》れの気随にも困ツたものだ、浜中には相談したか。ハツ昨朝相談致して参りました。何と言ツた。矢ツぱり私《わたく》し共と同じ御意見で厶ります更科伯の姫君を貰ツておけば何不足なき御当家様にも又何かにつけて都合よろしきことあり今更此一条にて更科家と不和になるやうのことありては旧来から懇親なる両家の間柄を一朝にして破るといふわけ夫も外に已むを得ぬ事情があるならば兎も角も若様が女役者如きものに心を残して更科伯の機嫌を損じ玉ふは少しも褒めたことでないと斯様に浜中も申しました。フム、尤もの申分ぢや、ヨシ是から乃公《おれ》が行ツてよく言ふて聞かせる。何卒《どうぞ》宜しく御勧告《おすゝめ》やら御説諭をお願ひ申しまする中々私し共の申した位ではお取上げが厶りませぬ常々は何事にもアレ程御発明なる若様なれど。心配致すな金太

夫、彼れに何か魔がさしたのであらう然《さ》うい ふ不量見を言ひ張る訳のものでない金太夫其方《そち》も本邸《やしき》まで一緒に参れ馬車の準備《えうゐ》を申し附けよ。

＊　＊　＊

此方《こなた》の一間には敦之助思ふこと儘ならぬ世間に眼ありて見ることを知らぬ俗物の多きを恨みながらフト腰元が持ち来《きた》りし一通の書面を見れば封は開かずも手蹟は一目に覚への其人なり

すぎし御見《ごけん》のふし申上参候「あかでこそ」の歌今までは物の哀れを知らぬ情なし人の作と思ひ候《さふら》ひしに今ぞ初めて哀れも情けも知りて知りて知りぬきて思ふこと最《い》と深き人の熱涙の結晶《かたまり》なることを悟り申候夫《それ》を思へば泣く音《ね》空なる恋を思ひきり秋に先だちて立退くさつき山の時鳥《ほとゝぎす》は賢明《りかう》なるものとぞんじ参候　かしこ

野辺の艸より

更科の月さまへ

まいる

自らをいづれか秋に逢はではつべき艸に比べし如喬の手紙見るより敦之助は割ツて見せたき我心の竹ならぬを憾みぬ折から腰元の信夫《しのぶ》、若様大殿様かお光来《ゐで》になりました。ナニ父上が。

第二十六

山師大尽の密意を受けたる〆孝《しめこう》が浜中に齎《もた》らし来《きた》りし贈物、金時計と菓子折（二重底?）の効能《きゝめ》はさても大したものなり

浜中は今日も亦た尋ね来りし紀川の家令金太夫《きんだいふ》に向ひ、此節は若殿がやんちやで御心配だらう、聞けば昨日大殿からも利害得失を説《とい》て更科《さらしな》の姫と結婚あるやうに勧告《すゝめ》があツたそうだが中々御承知がなかツたとのこと何《ど》うも若殿の御量見が分らない実は昨日大殿からの御書面でよく其方《そち》より敦之助《あつのすけ》を忠告して呉れよとの御依頼があツたゆへ昨夜近所で若殿に会合を願ツて小生《わたし》も及ぶだけ懇々忠告を致しました。……実は私《わたくし》は今日若殿が昨夜貴下《あなた》になされた御返答を承はりに参りました実は今日中に更科家に確答をせねばなりませぬゆへ。心配なさるな若殿も終に小生の意見に従ふて更科の姫と結婚することを御承知になりました。エ、ツ真実《ほんとう》で厶《ござ》いますか。全くサ初めの内は色々御抗弁もありましたが理の当然に終に御承服になりました。ア、夫《それ》聞きまして金太夫一安心致しました実は更科家から返答はどうだ〱との催促は参る今日中に否《いや》でも応でも挨拶をしなければならず若様は誰が御諫言《ごかんげん》申してもお聞入れがなく私《わたくし》は其事で途方にくれ此二三日は夜もまんじりと致しませんでした幸《さいわひ》に貴下のお蔭で……。イヤ其様《そんな》お礼では痛み入ります。夫では今日更科家に然るべく返事致しても宜し

う厶いますね。何事も善は急げだ又もや御意《ぎよゐ》の変らぬ内に早く取り定《き》めなされ、ナニ若い者が否とか応とか言ふのも結び合はせない前のことサ合せてしまへば外《ほか》で引裂うとしても中々裂かれぬ程当人同士は睦じくなるものサ、ハヽヽ。

浜中の談しを聞き重荷を落《おろ》したる思ひの金太夫は直其足にて本所の別邸に引きかへし大殿に面会して使者を更科家に出《いだ》し承諾の旨を申伝へたり

相談茲《こゝ》に纏れば双方の準備も夫々《それ〴〵》いそがしく母上は暦を繰りて黄道吉日《くわうだうきちにち》は是《これ》か彼《あれ》か

紀川家の腰元も二人三人寄るとさはると此節は此話しなり、今月中にお輿入《こしいり》があるそうな。イヤ来月に延びたとのこと。若様のやうなお美しい殿御の奥方になる姫は仕合《しあはせ》ものぢやないかいな。どんなお姫様か知らねども嘸お美しいことで厶いませう。物喧《ものかし》ましきは端女《はしため》の習ひの中に独り大和なでしこの信夫《しのぶ》は物や思ふと人に問はるゝまでに沈みがちなり

都下の数十《すじふ》の新聞紙は何時《いつ》の間にか此事を聞き伝へて「紀川子爵と更科伯の姫君との結婚」と題して不日の内に入輿《にふよ》の式を挙げらるゝよしなりとて中に気早きは其時日《そのじゞつ》までもサモ物知り顔に吹聴せり

更科家と婚姻の一条は徹頭徹尾不承知を鳴らして父上の説諭も家来の忠告も浜中の勧告も断然聞き入れ玉はざりし敦之助子今《け》朝《さ》の新聞を見るより平常《ひごろ》は温和の若殿血相かへバリ〳〵と新聞を微塵に引裂ながらチン〳〵と烈しく呼鈴を鳴らし、金太夫を呼べ金太夫を、早く〳〵何を愚図〳〵する。と鋭き命令、御召で厶りまするかと其所《そこ》へ手をつきたる信夫の耳を訳もなく驚かし玉へり

* * *

夜はまだ十二時前なれども朔風《きたかぜ》寒き雪空の人通り淋しく三谷《さんや》の往来に辻車を急がせ如喬母子《じよけうをやこ》が家の前にピタリと留させ、鳥渡《ちよいと》茲《こゝ》を開《あ》けて呉れ早く〳〵。

第二十七

折に触れ亡き父上を恋ひ慕《したふ》の外未《いま》だ世間の男と云ふ男には恋したる覚なき身の一度《ひとたび》方様と心の底を打明してより互ひに思ひ思はれて世に無き名も立てられ半生の希望も満身の喜憂も方様独りに打込みしに秋の空よりも頼み難きは実《げ》に男心なり斯くと知りせば如喬《われ》は例《いつも》の男嫌ひの如喬《われ》にて立通すべかりしに今更思へば無用《いらぬ》物思ひの種を蒔きたりけり方様も亦た現今《いま》の男の悪習に染み玉ひて初めより妾《われ》を女役者と思召し玩弄《おもちや》にせん野心《したごゝろ》なりしか、されど〳〵方様に限りてよもや……

ア丶、今よりは誰《た》が為めに喜び誰が為めに憂へん二月足《たら》ず前より雨につけ風につけ朝な夕な百年《もゝとせ》の後《のち》の希望までも胸の裡に画《えが》きしは寔《まこと》に果敢なき泡沫《うたかた》の幻影《かげ》なりけり夫《それ》を思へば妾こそはト

自ら信ぜしも皆自惚《うぬぼれ》にて矢張女子《おなご》の浅慮《あさはか》には漏れずありけり、ア、万路皆通ずとか言へど妾には今は一路も通ぜずさてもうたてき世の中や

儘ならぬ浮世に頼み難き人心《ひとごゝろ》を恨み何事も面白からぬ如喬《じよけう》病ならぬ病に罹りていろは座の出勤も二三日前より休みけるに此花形役者に抜けられては座元の実入二三割も減少《めり》が出来茶屋も出方も覿面《てきめん》米櫃に影響《ひゞき》を及ぼす訳なれば毎朝毎夕見舞がてらの出勤歎願、実際の御病気なら何とも申様《まうしやう》もなけれども若し座元の扱ひか又は座中の作為《しうち》がお気に入らぬことあらば如何にも貴女《あなた》に花を持たせますれば枉《まげ》て明朝《あす》よりはとの要求《ねがひ》病の起源《もと》を知らぬ人には憂《うき》を語るすべもなく、其方《そち》一人の為めに座中一同に心配を掛くるは気の毒なりとて母親にまで説き勧められ今朝《けさ》よりいよ〳〵出勤せんと思へる最中《もなか》喜代が枕元に置て行きし新聞を手に取り見れば俄然視神経を刺劇する十数行の文字「紀川子爵と更科《さらしな》伯の姫君との結婚」見るより表面《うはべ》は立派に諦らめても内心は猶ほ夢にも諦らめざりし如喬、気も狂乱せんばかり、此時の心裡《こゝろ》の波瀾は白妙の総身《からだ》を包む夜具も恐らくは知るまじ初めの程は他《ひと》のからかひと思ひ中程はよもやに引かされ今の今までは虚言《うそ》であれがし虚言になれがしと祈りしも皆心の迷ひなりけり妾《わ》が愚痴を冷笑《あざわら》ふ如き新聞憎しと傍《あた》りに投《ほう》り出し今起き出《い》でんとせし頭《かしら》を又も再び枕につけけり枕若し霊《こゝろ》あらば今朝に限りて例《いつ》になく載せたる頭の重きを訝るべし

此方《こなた》に如喬が無心の枕を訝らせし時は恰も彼方《かなた》には敦之《あつの》助《すけ》子が血相かへて烈しく呼鈴鳴し罪なき信夫《しのぶ》を驚かし玉へる時なり

此間から手紙《ふみ》にこそ気強く申してやりたれ、別れを願ふてのゆえにあらず真の心は二世《にせ》までも三世《さんせ》までも初手《しよて》の約束替《かへ》ともなし別れともなし、ア、文《ふみ》の紙背《うら》には心の奥底より出でし涙も血もあるものを心憎き方様の酌み取り玉はざりしこそ恨みなれ園《その》、園、まだ起きぬか今日は是非ともいろは座に出勤《で》て貰はねばならぬ迎ひが来ては気の毒なり早う起きて仕度せぬか。母様《はゝさま》今日《けふ》は昨日《きのふ》に増して気分わるし、いろは座に出勤《で》られますか出勤られませぬかコレ見て下されと口惜《くや》しさうに新聞を母の眼の前に突《つき》つけたるも理《ことは》りなり

第二十八

悲しといふも世の常なれば、憐れといふも世の常なれば、此日の如喬が心緒《こゝろ》の紛乱《うさ》憂悶《つらさ》到底世の常の詞《ことば》を以て現はすべくもあらず

我を冷笑《あざわら》ふ如き新聞も憎し我心を知らずして無情《つれなく》も迎ひに来るいろは座の使も憎し我心を知りながら我を我儘者とたしなめ玉ふ母上も憎し子を陽《おもて》にたしなむるは子を思ふ親の慈愛なり又斯《こ》の記事を載せ斯の使者となるも皆各々其勤めを守るものなれば再考《おもひかへ》せば我を憎むの外誰も憎むべき人はなけれど憎むべからざる人を憎むも亦た恋の至情ならん

此日も亦た如喬終にいろは座の出勤を断はりて夜更るまで母親と差向ひ味気なき世を恨みながら種々《くさぐ》の憐れなること悲しきこと掻口説《かきくど》けば我娘《わがこ》の申分ながらも一々天晴の道理あり母親も慰めかねて顔を燈光《あかり》に背くれば生憎《あやにく》や孤空を鳴き渡る雁がねの微《かす》かに聞ゆるも身にしみていとゞ哀れに語るも涙、聞くも涙

忍ぶべからざるを忍ぶこそ教育《をしえ》ある女子《をなご》のたしなみなれ怒濤《なみ》も剣山《つるぎ》も越えねばならぬ人主《ひと》の行路《みち》に悲しきこと辛きこと又は希望《おもひ》の齟齬《くひちが》ふことあるは世の習ひなりさるを斯る目に一度や二度逢ふたりとて日頃のたしなみを忘るは其方《そなた》もまだ〳〵量見浅し今少し世故《よ》に慣れねは筆も書物も習ふたりとは言はれず紀川様は位地《くらゐ》高き雲上人《くものうへびと》なり我等の伴侶《つれ》には不似合なり相応《つりあは》ぬは不縁の元と諦むれは別れの早きこそまだしも悲みは浅き道理《わけ》なれ人生《ひと》の楽しみは錦の蓐《しとね》にくるまりて辛き世の雨風に触《あて》られぬ者にのみあるものにあらず場合《とき》によれば錦の蓐も針の莚《むしろ》の苦みあり賤《しづ》が伏屋《ふせや》の破椀《かけわん》も山海の珍味に優る楽みあれば何事も諦めが肝腎なりと縷々《くど〳〵》子に諭す母の言葉も一筋に子を慰めん優しの心斯る所に何人ぞホト〳〵と戸を叩くものあり母は何誰《どなた》と応《いら》へ乍ら手燈《ぼんぼり》を片手に戸を開けば今の今まで母子《をやこ》の対話《はなし》を湿りがちとなせし本尊紀川の敦之助子《あつのすけし》にぞありける余りの思ひがけなさに母親も挨拶の度を失ひ、園、園、園、若様が。と呼べど此方《こなた》は返事なし、園、若様がお光来《いで》なされたに。と三度四度呼べば如喬憎き程、恨みある程、無情《つれなし》と思ふ程猶ほ飛んで逢ひたき方様なれど故意《わざ》と落つきて、母様《はゝさま》夢でも御覧なされたか御身分のある若様が何で今頃お独りで如斯《こんな》見苦しき破屋《あばらや》にお光来なさりませうか若様は此頃は御婚礼のお準備《したく》で其様な段では厶りませぬはづ周章《あわて》て人違ひばし為《し》玉ふな。コレ園、真正《ほんとう》に若様がお光来なされたと言ふに、お聞き遊ばしたかまだアノ様なことを申してをりまする。ナニ真正に若様が。と言ひながら母の後《うしろ》に来《きた》りて手燈を受取フツと吹き消せば、園、何を悪戯《いたづら》する。コノ今夜《こよひ》の北風の強きこと

母様誰れもお光来では厶《ござ》りませぬ、アノ無情《つれない》若様が何で茲《こゝ》に見えませうや、仮令《よしや》見えましたにしろ夫《それ》は屹度《きつと》御門違で厶います此三谷《さんや》には若様のう更科《さらしな》伯のお邸宅《やしき》は永田町《ながたまち》とやらで厶いますお尋ね遊ばす姫様《ひイさま》は御座らぬはづ。と戸を閉むれば。コレサ其事に就ていろ〳〵話しがあツて来たわけ宅《うち》へ入れて呉れぬか。と戸の外の人言へば、永田町を御ぞんじなければ教えて上けませうか是から上野にお出になりまして桜田見附《みつけ》を左に折れて……。と云ふも湿り声、ほんに憎いお方の優しきお言葉を耳が聞かぬでも心が聞けば折角無理に忘れやうとした煩悩が又迷ひ出す。と云ひながら宅に入り――入らんとして又出で、出《いで》て又宅に入りしに母は、此寒いのに何時《いつ》まで外へお佇《たゝ》せ申して置く悪戯にも程がある。と立ツて戸を開くれば今見し若殿の影は既に見えず

園、何うしたものだお可愛さうに此寒いのに供をも連れず独り

でお光来遊ばしたのは何かよく〳〵の訳のあるはづなるに。エヽツ夫ではモウお帰りなされたか。馬鹿な、追ひ出されて帰らぬ者が何処《どこ》の世にあるものぞ。エヽツ母様悪いことを致しました勘忍して下され。とドーと伏俯《うちふし》て泣き出しぬ此間《このかん》の意味作者にも分らず

＊　＊　＊

此方《こなた》の一間には音吉独り思案顔

嬢様も悪いが若様も悪い是には屹度双方に行違ひがあるに違ひない思ひ違ひ聞き違ひで互ひに痴話になることも能くある奴サ折角咲きかゝツた花が実も結ばずに散るやうでは此音吉黙ツては居られぬ出雲《いづも》の神様に一議論差向けてサン〳〵恨みを言はねばならぬ、是りや安閑として見てゐられぬ所。と山が崩れてもビクともせぬ六尺の大男柄に無い粋《すゐ》な役目を自から引受けて分別に困りぬ

第廿九

主人喜べば我も喜び主人悲めば我も悲み主人眠らざれば我も亦た眠らざる音吉此夜の様子を偸聞《たちぎき》してしばし思案せしが、ポンと膝を打ち、是りや斯うしては居《ゐ》られぬと韋駄天走りに駈出《かけいだ》し肌をつんざく計の寒風《さむかぜ》も物ともせず若殿の跡を慕ふて追ひかけたり

浅草の方へ出づる三谷《さんや》の道は一筋道なり駈出して五六丁、音吉はしよんぼりと歩きつゝある若殿に追ひ附きけり常は馬車の裡に在りて風にも埃《ほこり》にも触《あて》られ玉はざる若殿が此寒夜に車にも召さず歩き玉ふ姿の余りいたはしさに音吉はポロリと鬼の目に涙をこぼしぬ

若様〳〵。ヤア其方《そち》は音吉ではないか何《ど》うして今頃茲《こゝ》へ来た。何うしてとはお情けない御前《ごぜん》をお迎ひに参りました。イヤ予《わし》は追ひ出されたから迎ひに来られるはづはない。トサ被仰《おつしや》るのも御無理は厶《ござ》いませぬが後《あと》で嬢様が泣てお在《いで》なさいますゆへ何卒《なにとぞ》一先《ひとまづ》お立帰りを願ひます。人を追出しておいて其人が帰ツたからとて後で泣く奴があるものか。夫でも此事ばかりは理窟では推されませぬ嬢様が御前を真実憎いと思召す程ならば何で今朝《けさ》の新聞見て腹をお立てなさいませう何でいろは座にも出勤なさらぬ程気分が悪くなりませう成る程一図に口惜《くやし》さの余りわざ〳〵御光来《おいで》遊ばした御前を宅に入れぬは嬢様も悪いが、フム、左様《さう》か夫《それ》なら帰りませうと直《すぐ》にお帰りなさる御前のお心も宜しくないと音吉恐れながら思ツてをります。夫でお前は予を迎《むかひ》に来たのか。御意《ぎよゐ》で厶ります。お前の一量見でか。ヘイ……イヽエ嬢様のお差図で。一旦追出されて又候《またざふらふ》戻るといふは予も余程《よつぽど》いくぢなしのやうだネ。でも御前が今晩此儘お立帰りが厶りませねば愈嬢様の御病気が真正《ほんとう》に重《おも》なります。今日は芝居に出勤《で》るのを休んだと言ツたが真正か。真正かなどゝ念をお推

し遊ばす位の頼もしくないお心だから御前は困ります嬢様が心配なさるのも無理はない嬢様は四五日前より御前のことを苦にして引続き芝居を休んでお在で厶います。ナニ四五日前から――夫では音吉引返さう。有がたう厶います

＊　＊　＊

音吉、音吉、音吉は何処《どこ》へ行ツた喜代、音吉は知らぬか。今部屋を探しましたれど姿は見えませぬ。夜遊びにでも行ツたのか。ホヽまさかアノ人が。真正に何処へ行ツたろう若様の後を追かけさせねばならぬのに困ツたものだ。と如喬《じよけう》の母子《おやこ》喜代と共に音吉を尋ぬる時、今帰り来りし音吉は勝手口に手をつき、嬢様何ぞ御用で厶りまするか。用があるから呼ぶのではないか何処へ行ツてゐた、今少し先若様がお出でなされた、早く早く後を追ふてお連れ申せ。モウ所詮知れませぬと存じます明日《あす》お迎ひに参りませう。ソンな段ではない早く見ておいでと言ふのに。夫ではお連申しませうがモウ門口から追ひやツたり恨み被仰ツたりなさりませぬか。ソンなこと言はずとも宜い早く早く。然《そ》んなら其若様は表門《おもて》にお連申して置きましたゆへ緩くりとお顔を御覧なさいませ。ナニ表門に。ハイ寒いのにお可愛さうで厶います。

＊　＊　＊

此夜は某待合にて浜中と〆孝《しめかう》女中を遠ざけてヒソ〳〵話し、お蔭様でいよ〳〵例の一件も首尾よく運びさうです今朝の新聞を見て山師大尽も一安心なされた様子で厶います。モウ茲まで漕つくれば大丈夫だ否応《いやおう》なしに更科の姫と結婚するに違ひない是から先きの魂胆はお前と大尽との腕次第さ。などゝ被仰ツてお逃げなされては困ります今までのは目的に達する手段とやらで此からが肝腎の目的に着手しやうといふのですもの以前に増して御骨折を願はなければなりませぬ。イヤ是より先の仕事は小生《わたし》のガラにない役目だから御免を蒙りたい。と勿体をつけるも胸に一物《いちもつ》、猶此上に買ツて貰ひたきものあればなるべし

第三十

しばしの間にても主人に恨みられし音吉は矢張り無二の忠僕なりけり断るれば再び容易《たやす》く結ぶに由なかりし糸を繋ぎ留めし此夜の音吉の手腕《てぎわ》、勲第一等

サア、緩くりとお顔を御覧なさいませ。と其人を眼の前につきつけらるれば流石《さすが》に如喬《じよけう》、今更のやうに面目なく、音吉覚へてお在《いで》よ。と叱るも忝《かたじ》けなしといふの裏なり無形の合掌は口ほどに物言ふものが為《す》るぞかし

逢はぬ内は――昨日《きのう》までも今朝《けさ》までも言ひたきこと恨みたきことは大海の滴《しづく》の数も及ばざりしに逢へば何事ぞ折角胸に畳みしことも九分は消え行《ゆき》けり

今朝の新聞の事につきまして妾《わたく》しも如喬《あれ》の我儘をたしなめたり慰めたりしまするので酷い目に遭ひました。阿母《をつか》、マア聞いてお呉れ斯《かう》した訳だ、実は予《わし》も今朝の新聞を見て驚いた、尤も此間から双親《ふたをや》も家来も朋友《ともだち》も更科家《さらしなけ》の姫を迎へることを右左から勧められたけれども予は徹頭徹尾《どこまでも》不承知ゆへ誰の言ふことも採《とり》用《あげ》なかつた勿体ないが父上が御老体のお厭ひもなくわざ〳〵お光来《いで》なされて先祖代々の逸事から一藩の藩主までに成りし我家《わがいへ》の履歴をお話しありて七代の始祖信敦《のぶあつ》公が味方が原の難戦にて大功を奏し玉ひし時の甲冑《かつちう》を土蔵より出し予の前に並べて「敦《あつ》之助《のすけ》此血痕《このちのあと》ある粗末なる甲冑を何と見る今紀川家が華族の末席を汚《けが》し尊《かしこ》き辺《あたり》よりも重き御待遇を賜はり社会《よのなか》からも重んぜらるゝは皆な元を質《たゞ》せば此粗末なる甲冑を着て命を無きものとし戦場に駈けめぐり玉ひし先祖の賜《たまもの》ならずや此先祖は其方達《そちたち》が今一日に費す飲食を一年《ひとゝし》にも使ひ玉ひし況《ま》してや芸人に耽り女子に心を奪はれ武士の品位を失ふが如き所業《しわざ》は夢にもなし玉はざりし」と涙を流して此予に御諭《おんさと》しありしは一昨日《をとゝひ》の事なり其時の此身の切なさ辛らさ万障を差置き父上に随はねばならぬを如《か》斯々々《くくく》の訳あればとて——如喬といへるは如斯々々の心掛あるものなればとて様々に言ひ抜けて此敦之助天下一の不孝者となツたも心に信ずることあるゆへなり今朝の新聞のことも予は少しも知らぬこと金太夫《きんだいふ》を呼んで聞質せしに名は言はねど中に口を入れたものが予の旨を誤り伝へたものと分りは分ツたが心配は亦た一ツ殖《ふ》えたり併し新聞の記事は予の心に露聊かもなきこと予は何処《どこ》までも〳〵——縦令《よしや》子爵を捨《すて》ても平民に成り下《さが》りても初めの希望《おもひ》は渝《かへ》ぬつもり。と精神《こゝろ》の偽りなきを明されて初めて若殿の頼もしき心を知り母親は絶へかねて思はず熱涙を流しぬ況て此一伍一什《いちぶしじゆ》を襖の外にて偸聞《たちぎ》く如喬争《いか》でか感涙に咽《むせ》ばであるべき、エツ許して下され。と駈け入りて二人の前に泣き伏しぬ

雨降りて地益《ます〳〵》堅く此夜は終夜《よもすがら》母子《はゝこ》情人三人涙に語り明して今迄の疑団昇る旭日《あさひ》と共に明白《あかる》く待乳山《まつちやま》の明烏《あけがらす》までを可愛と聞くも心がらなり

*　　*　　*

雨後の新月此日より再びいろは座に出勤して評判益高く中に取り分け一番目の白木屋お駒の芸評黒人《くらうと》劇評家の目を驚かし丈八《ぜうはち》ならぬものまでも之に目眦《めじり》を下げぬ

第三十一

意地といふもの男一貫の体面《こけん》を保つに必要のものなれども之を悪く用ゐれば男の体面も器量も垢《よご》すものなり世に之を程宜く用ゐるもの少なくして悪く用ゐる人の多きは今も昔に異《かは》ることなし

如喬《じよけう》を手に入るゝには先づ敦《あつの》助《すけ》との仲を裂くべしとの〆孝《しめこう》の

計略好《うま》く其図に当りたりと思へる山師大尽イデヤ敵の城を乗取るは此時なり此機をはづしては百日の苦心も水の泡にならんとて〆孝には勿論両国中洲《なかず》の待合越路家《こしぢや》の女将《あるじ》にも相応に誰も欲しがるものを握らせアタラ惜しき物に目を厭はずして只管《ひたすら》に上首尾の来《きた》るを俟ちぬ

〆孝も如喬には一度ならず二度までも手を焼きて身に経験《ためし》あれば呼び出しても一通りでは来《きた》るまじとて色々思案の末山師大尽を中洲の越路家といへる待合に連れ出し此家《こゝ》の女将と三人何事をか協議の上いろは座に使を出しぬいろは座は今一幕にてはねに成らんとする時如喬は手紙を受取りぬ差出の名は浜中にて芝居はね候《さふら》はゞ直《すぐ》に中洲越路家までお出で下されたしチトお目に掛りて御覧に入れたきものありとの文面、兼て若殿を妾《われ》に紹介《ひきあは》せし浜中、露其人を疑ふことなければ尋常《あたりまへ》の日なれば早速行くべきなれども今日は昨夜徹夜《ゆふべよあかし》し玉ひし若様が邸《やしき》に帰るは面白からずとて妾家《わがや》に留《とゞ》まり玉ひしを残して強ひていろは座に出勤せし訳なれば体は茲《こゝ》に在るも心は早既に家に帰れり「屹度《きつと》帰りますまで俟ツて居ツて下されし」と五度も六度も言ひ置き猶夫《それ》にも飽足らで喜代に知れぬやうにソツト若殿の履物を隠し、帰ると被仰《おつしやつ》てもお帰し申すと承知しないよと喜代にまで念を押し乍ら家を出《いで》し訳なれば争《いか》で浜中の手紙の目に留《とま》るべき今日は拠《よんどこ》ろなき差支あれば他日に譲りて下されたく悪しからずお許し下されとの返事をなしはねの一幕《ひとまく》を平生《ふだん》の十幕《とまく》程にも待ち兼ねて三《さん》谷《や》に帰れり

其翌日の同じ時刻に又浜中の迎ひ手紙来れり如喬は浜中を離間《うらぎり》者《もの》とは夢にも知らず却ツて両人《ふたり》の仲を結ぶの神様と思へば度々断るは気の毒なりとて承知の旨を返答し芝居の打出《うちだし》と共に直《すぐ》に越路家に車を走らせぬ

時々黒鴨の手車、二頭立の馬車の出入するを見受くる越路家、何に因《ちな》みて名《なづ》けし家号《やがう》ぞ越路の雪の肌《はだへ》を見せる所とは渡舟に乗合ひし書生客の冷評余り穿ち過ぎて何だか受取り難し

* * *

夫では主婦《おかみ》さん浜中さんがお在《いで》とは嘘で厶《ござ》いますか。イヽヱ只《た》ツた今までお俟なすツてお在でしたが急に御用が出来たとやらでチョツト外へお出《いで》になりました何卒《どうぞ》しばらく二階でお俟ちなすツて……モウ程なく其内にお見ゑになりませう。夫でも主婦さん妾《わたく》しはアノ小栗さん（山師大尽）のお座敷に両人《きし》でゐることは御免を蒙りたう厶います。ホヽ、ソンな子供《ねんねへ》見たやうなこと言ふものぢやありません夫では妾しも一緒に参りませう。と山師大尽の座敷に這入れり——されど主婦はお銚子が……にかこつけて暫時《しばし》の後《のち》席をはづせり、此時如喬には気が附かねど主婦の目くばせは大尽に何事をか言《ものい》へり

是さ如喬、イヤサ紀川の奥方モウ少し側に来て火鉢にでもお暖《あた》りなさい。有り難う妾しは此方《こちら》で勝手に暖ツてをります。と

過般《いつぞや》妾《われ》に魔酔薬を呑《のま》せし当の敵《かたき》と思へども愛嬌稼業なればとて我慢して優しく返事するも口に言はれぬ辛さあるべし。コレサ此節は大分《だいぶん》お楽しみがあるさうだナ少しあやかりたいものだ、何《ど》うだ一杯献《さ》さう。ハイ有難う厶いますがお酒を戴きますと妾しは酔ふて前後も弁《わきま》へずに眠ツてしまひます癖が厶いますので御免を蒙りたう厶います。と言はれて流石《さすが》の大尽も胸に針を刺さるゝの念《おも》ひあるべし、ソンなに嫌ツたものでない、是でも交《つき》際《あつ》て見れば満更悪い点《ところ》ばかりでもないのサ、夫では一ツ酌《つい》で貰いませう。と言ひつゝグツト如喬の側に寄り最前《さつき》此家《こゝ》の主婦に頼んで置いたことを聞いては呉れまいか。聞くとは何事で厶います。然《さ》う真面目にシラをきられては困る大概様子でゞも知れさうなものぢやないか。妾しは斯《か》うしたボンヤリで厶いますから薩張《さつぱ》り分りません。分らなければ言ツてしまうが私《わし》の心に随ツては呉れまいか。心に随ふとは何で厶います。ヱ、分らないお前の身体《からだ》を任せては……。と大尽手を押へんとするを如喬振り放し、止して下され妾しは役者はしても色を売る者とは違ひます最前から黙ツてゐれはヤレ酌をしろの側へ寄れのと御大層な顔をして不義で俄分限になつたものは夫程の熱が吹けるものか伺いたい妾しは酌人とは違ひます芸妓《げいしや》とも違ひます舞台の外《ほか》にはお客も飛脚も厶いません況して心に随へとは何の事で厶います少しお気をお附けなされ紳商とやらの品位《こけん》が落《さが》りますぞへ貴下方《あなたがた》の相手には鼻の下の冷たい往来芸者か上方から出稼《でかせぎ》に来てゐる骨無し女郎が恰度似合ツてをります余り分《ぶん》に過ぎた不量見をお起しなさるナ以来少しくお嗜みなされ金さへ出せば何事でも自由になると思召してゐては当がはづれます妾しには大事の大事の可愛イお方が厶ります髪の毛一本でも貴下方に触《さは》られては叱られます。と腹立ちまぎれに胸にあり丈さらけ出したるは日頃の如喬とは思はれざりし

バタ〳〵と二階を駈け降り主婦さん有り難う小栗さんはお世辞を言ツて機嫌を取ツて酒の相手をして呉れる女が欲《ほし》いさうですから妾しは立帰ります左様なら、音、音、帰るよ仕度せぬか。

ヘイ、モウ仕度はチヤンと出来てをりまする

大尽も〆孝も主婦も如喬の権幕に恐れて三人顔見合せ、芸人でもアンナ頑固《わからず》やが居りますもの。丸で狂女《きちがひ》のやうですネ

第卅二

紀川家の金太夫《きんだいふ》は浜中の言《ことば》を信じて若殿は更科《さらしな》家の姫君と結婚することを承諾ありしものと認めて既に其旨を使者を以て更科家に申送りしに超へて一日、右は若殿の意《こゝろ》にあらざることゝ分りたれども既に返答したる後之を取消すは此方《こちら》より約束を破り向後永く両家不和の基《もとひ》を開く道理なれば如何にもして若殿の心を改めさせ此話を此儘に治めんと大殿金太夫は勿論一家《いつけ》親類挙ツて若殿に迫りしも若殿は毫《すこし》も之を聴容《きゝい》れ玉はず、四面皆な楚歌の声、ア、頼もしくなき人々の集合《よりあひ》なりいつも〳〵同じこと

聞きたくなし夫程《それほど》先方に断りいふのが恐ろしければ人には頼まぬと自身更科家の門を叩いて主人の伯に親しく面会し如何なることを如何なる工合に説き玉ひしにや紀川家の一大難事と聞えし破談申込の一条は若殿半時間の談判にて終に両家の和好《よしみ》をも破らずして茲《こゝ》に首尾よく落着を告げぬ

されど其報ひにや若殿が如喬《じよけう》と結婚せんとの願望《ねがひ》は一家《いつか》親類挙ツて不承知にて到底聞入れらるべき模様《けしき》だに見《みえ》ず心も身体《からだ》も名誉も地位も犠牲にしての此願望意《ねがひこゝろ》の如くならざれば紀川家の世主となるも何の面白きことのあるべき従四位《じゆゐ》とか子爵とかいへる窮窟なる冠を戴きて豪《えら》さうに天下の愚物《こけ》に意張たがる者は世に沢山あるべければ宜《よろ》しく其様な人でも養ふて紀川家の主人にするがよし我は紀川家の財産の番人として此世に生れたものでなければ何人にても望手《のぞみて》あらば番人の役目は今でも譲るべし此希望《のぞみ》の遂げられぬは一生万般《よろづ》の希望の遂げられぬなり百万円の財産の所有主《もちぬし》となるも此世に希望なくして何の楽しき事かあらんとて拗て〱拗通さん心の敦之助《あつのすけ》上院議員も辞しコンコルヂヤ会の幹事も辞し美術協会の会頭も辞し法典調査会の委員も辞し華族会館の評議員も辞し馬車も厭なり勲章も厭なり大礼服も厭なり人に訪はるゝも厭なり人を訪ふも厭なり家来も厭なり腰元も厭なり俗世界の事には口を入れ手を入るゝこと総て厭なりとて今戸の梅園に身を隠し堅く門を鎖して縦令《たとへ》親族たりとも家臣たりとも「一切来客謝絶」但し音吉は此限《かぎり》に非ず

今戸の別荘は三谷の如喬が家と近ければ敦之助も朝夕手紙を遣取りし若くは相尋ねて顔を見ることを此上《こよ》なき楽みとし僅に不平を慰め憂鬱《うさ》を漏らし玉ひぬ

子の拗るのに困りて親たる者が手を下げて之を慰撫《なだ》むるはつまり子に我《が》を増長さする訳なれば大殿は何事も見て見ぬふり構はぬふりを粧《よそほ》ひゐ玉ひしも此頃の敦之助の拗様《すねやう》、さりとは余り甚だしく世間の聞えも家の名にも関係《かゝは》ることの心苦しく手をかへ品をかへて迎ひの者を幾十度となくつかはし玉へども多くは門前より謝絶され稀に面会したる者にの返答は「真弓園子を妻にせねば」が紋切形なり

余りの剛情に大殿も立腹し玉ひ大《おほひ》に理非の説明を言ひ聞かせ万一猶ほ分らぬことを言ひ張るときは今戸の別荘に居ることをも差禁《さしと》め無宿に苦ませて彼方《あちら》に否《いや》でも帰参を願はせてやらんとの心算にて自ら今戸に出浮《でうき》玉ひしに若殿は如何にして之を知り玉ひしか父上に面会して父上に逆ふは不孝に不孝を重ぬる訳にて流石《さすが》に切なしとでも思ひ玉ひしやら逸早くも何《いづ》れへか影を隠し玉へり大殿の折角の心算全く外れて立腹を漏すに所なく可愛さうに此日罪なくして酷い叱言《こゞと》を頂戴せしは別荘の留守をあづかる甚左衛門従正《よりまさ》とて二人前の名を一人で持つ天保産《てんぽううま》れの爺イなりけり

あはれ昨日までは貴族界の英才従四位子爵の紀川の若様、今日よりは天下に五尺の身の置処《をきどころ》なき無宿者《むしゆくしや》とはなり玉へり

第卅三

天下の無宿者となり玉ひける若殿今は身に衣もなく食もなく親類もなく朋友もなく家来もなきものと落魄《おちぶれ》玉へり如喬《じよけう》はあまりのいたはしさに見兼ね且つは互ひに遠く離るゝことの厭さに我《わが》家《や》と程遠からぬ所に小奇麗なる家を求めてしばしの侘住居となし之に喜代と小間使とを附けさせて朝夕の配慮月々の雑用《ぞうよう》残る方なく我身独りに引受け今迄は浮世の不自由といふものを知らずして消光《くら》し玉ひし若殿の現在《いま》の不自由さを想ひやり其不自由を一分にても多く減らさんことを我身第一の勤めと心に定めぬ痒き所にまで手の届く如喬の奉仕《みつぎ》若殿に取りてはしみ〴〵身に染《し》みて嬉しく不平も不自由も打忘れ朝夕東西古今の群書を侶《とも》となし侘しき中にも亦た楽みある月日を送り玉ひぬ

あはれ玉殿高楼に起臥し玉ひし敦之助子《あつのすけし》、手拭片手に湯札を持ちながら洗湯に行くことも又他《ひと》に物を貰ひて有りがたしと感じ之を押し戴くことも此頃は誰れ教えるとなく覚へ玉ひぬ」《ママ》

世に思ひ思はれたる中は理外に理あり如喬は我身の不自由を抑へ忍びて若様に不自由させぬことを此上《こよ》なく喜びいろは座より受取る興行毎の給料は其大半は皆な若殿一人の為めに消費《きへうす》れども露惜む気色だになし世話せられても恩に着ぬ人は斯うも大事なもの歟《か》今迄は時々の流行物《はやりもの》を携へて如喬が家に出入《でいり》せし小間物屋乃至は呉服屋の番頭、絶て久しく御用のなきに不審を打ち其事訳《ことわけ》を知らざれば一の上華客《ぜうとくゐ》を失ひたりとて愚痴をこぼしけり

敦之助子も亦た貴公子中には稀なる気骨もあり思慮もある丈夫、例令《たとへ》乞食に落ちるとも他《ひと》の家に寄生し他の恵みを受けながら袖《ふと》手《ころで》して消光すほと卑賤《さも》しき心夢にもなしされと如喬の仕送りなればこそ否むべきを否まで快よく之を受け玉ふは心に自他《われかれ》の区別を立つる程水臭き仲ならねばなるべし

* * *

紀川家にては若殿の家出ありしより正に半年《はんねん》絶へて其消息を聞くに由なし其間《そのあひだ》一日たりとも其行衛を案じぬことはなけれども今日はわび言ふて来ん明朝《あす》は帰参を願《ねがふ》て来んと今に〳〵に引かされて待てども〳〵音信《たより》なし

上院議員中の鶏群の一鶴左近公爵は敦之助子とは無二の益友なり俗事に取紛れて久しく敦之助子と相見玉ふの機《をり》なかりしに此頃去る方にて敦之助子の一伍一什《いちぶしゞふ》を聞き驚くこと一方ならずさなきだに我貴族界人物なきを遺憾と思へる今日に猶春秋に富むあたら英才を厭世家となし出世間の人となすは霊玉を塵芥中に埋《うづ》むると同じことなり粋《すゐ》た女子《をなご》なら役者でも町人でも何でもよし添はせてやるが親の役目なり四民平等の今日貴族は貴族同士結婚し平民は平民同士結婚すべしなど〻狭い量見を持ツてゐては文明に笑はるゝ況《ま》して聞けば如喬といへる女役者は教育とい

ひ品行といひ志操といひ適《あつぱ》れのもの啻《たゞ》に女優の手本のみならす日本女子《によし》全体の手本なりとの評判あり縦令《たとへ》此評判に多少の懸直《かけね》ありと見るもまだ年若き女子《によし》にして瞬く間《うち》に是だけの評判を取るは尋常《なみ〳〵》の女子ならぬ論より證拠なり之れを我貴族界の令嬢令夫人と尊《あが》めらるゝ人々が児を生むことゝ華手《はで》を衒ふことゝの外何の目的をも持たず何の芸能も知らぬに比ぶれば雲泥の差別あり紀川家の人々の取扱ひは適ぱれ出来たつもりで見事出来ぞこなツたものなりイデ一談判忠告して国家の為め貴族界の為め早く再び敦之助子を世の中に出《いだ》してやらんとて其日直《すぐ》に紀川家を訪ひ玉へり

左近公爵の一言《いちげん》紀川の一家中《うち》に瀰漫せし僻説を破りて然らば如喬とやらを迎へて敦之助に添はせてやらんとて其翌日若殿探訪の使者十人八方に手分して一度に派出せられぬ

第卅四

若殿探訪の為め八方に派遣されし紀川家の使者の中《うち》に亀山鶴之進といへる如才なき男あり目指す所は此処《こゝ》なりとて何処《いづこ》も尋ねざるに先たち先づ第一に三谷《さんや》の如喬《じよけう》が許《もと》を訪《おとな》ひけるに果して難なく若殿の住家《すみか》を聞き出し直《すぐ》其足にて若殿の隠家を叩き三度《みたび》玄関先にて面会を謝絶され四度目にてやう〳〵面謁を許され左近公爵の勧告《すゝめ》にて大殿の御意《ぎよゐ》変り如喬と結婚することを御許容ありしにつき若様には一日も早く帰館下されたしと申上げたり

若殿は拗た効能《きゝめ》今顕はれ来《きた》れりと心窃《ひそ》かに喜び玉ふを気色にも見せ玉はず。亀山其方《そち》は平生《ひごろ》浜中を信仰崇拝する一人《いちにん》ゆへ其方の言ふことも亦た予《わし》はウカと信ずることは出来ぬ父上の御意の変りしことは全く真正《ほんとう》か。ナニ偽りを申しませう全くで厶《ござ》います。夫《そ》ンなら何か證拠《しるし》があるか。別に證拠と申しましては。無いと申すかボンヤリした使者ではないか苟《いやしく》も使者となツて大事の役目を遂げやふと思ふ者が一ツの證拠をも持たずに来て夫で此詐欺流行の社会が立ツて歩かれると思ツてゐるか下々の者は世の中の事には磨《す》れてゐるといふが予等《わしら》から見るとまだ〳〵磨れやうが足らぬ予は一朝一夕のことで家出したわけでないから容易《たやす》く帰るわけには行かぬ兎に角一家の主人を迎ひに来るには夫相応の礼式をしなければならぬモウ少し立派な使者に確な證拠を持《もた》せて迎ひによこせ今日は其方と同行して帰るといふ訳には参らん。とやりこめられ亀山鶴之進、二ツ返事で御帰館あるべしと思ひし当が外れ直《すぐ》に番町の邸《やしき》に戻り其次第を言上《ごんぜう》し今度《このたび》は金太夫《きんだいう》正使となり亀山副使となり馬車を用意して大殿の書面を證拠として貰ひ受け再び若殿の侘住居に向ひぬ

＊　＊　＊

父上の御書面に如喬と結婚御許容の旨も認《したゝ》めてあるからよもや嘘ではあるまい全体モツト早く此事を叶へて下さるれば予は初めから家出する必要もなかつたのだ、宜しい帰館してつかはす。

ヘヱツ有り難う厶います。然し今日《けふ》といふ訳には行かぬ明日《あす》迎ひに出直せ。其様《そん》な御無理を被仰《おつしや》らずと何卒《どうぞ》今日《こんにち》只今御同道を願ひたう厶います。コレ〳〵其方達は目先の分らぬことを申す家出してからは無資無産の此敦之助《あつのすけ》を半年余《はんとしあまり》の間《あひだ》何不自由も感じさせずに暮させしは全く如喬母子《おやこ》の親切ではないか然るに本邸《やしき》から迎ひが来たからとて恩人に一言の挨拶もせずにオイソレと直に馬車に乗りて帰られるものか帰られぬものか金太夫其方は老人《としより》ゆへ能く其辺の道理を考へて見ろ。ヘヱツ御尤で厶りまする。御尤とは何う御尤だ予の言ふことが尤と言ふのか然らば予は一応今晩にも緩くりと如喬母子に対面して今迄の好意を謝し実は是〳〵で迎ひが来たから帰らうと思ふ永々の間お世話に成ツて忝《かた》じけないと挨拶しなければならぬ就ては明日《あす》立帰ることにするゆへ今日は其儘帰れ。と言はれ理の当然に正使も副使も争ひがたく堅く明日《めうにち》を約して再び主人《あるじ》なき馬車を引かせて立戻れり

＊　＊　＊

思ふに別れ思はぬに逢ふが浮世の常なるに敦之助子と如喬とは如何なる神の引合せありしにや浮世の常に漏れてめで度《たき》結婚を遂げんとするこそ実に浦山《げ》しさの限りなれ

一方は今業平《いまなりひら》と呼ばれ上院議員中の俊英と称《たゝ》へらるゝ子爵紀川敦之助、一方は志操品格共に備はる佳人中の佳人なる真弓園子、此真男子真佳人の結婚式は明日《めうにち》挙げらるゝことに定まりぬされば数十《すじう》の新聞は普《あまね》く之を伝唱して都門幾多《あまた》の紳士幾多の淑女誰れ羨まぬものなし独り此花形役者を取られて落胆せしはいろは座の座元なりけり

今日は紀川家の当主に一生に二度となき目出たき日なり数百の賀客皆散して六曲屏中《へいちう》香閨波静かなる所に露の間もまどろまぬ

鴛鴦《えんのう》千《ち》夜《よ》を一夜《いちや》に契りぬ

昨日までは真弓家の忠僕如喬の入輿《にふよ》と共に紀川家の重要なる家来に抜擢せられて譜代同様の扱ひを受くるに至りたる音吉、平生《ひごろ》は酒といふもの一滴も飲まねども余りの嬉しさに狂気の如く雀躍《こおどり》し今日に限りて大杯にて幾杯となく傾け、三国一の花聟に三国一の花嫁、目出たい〳〵〳〵と酌んでは干し干しては酌み双手《もろて》を挙げて嬢様万歳若様万歳万々歳と己れを忘れて大声にて連呼してコロリと倒れ翌日目をさまして天下一の苦痛《くるしみ》は宿《ふつ》酔《かゑひ》なりとつぶやきしとは罪のない男なり

茲《こゝ》にあはれを止《とゞ》めしは腰元の信夫《しのぶ》なり若殿の結婚ありし前一日暇《いとま》も乞はずして我家《わがや》に帰り源因《ね》の分らぬ病に罹りて半年ほど双《ふた》親《おや》を困らせぬ

浜中は相変らず官海の大才子とて長官の受よく此間《このあひだ》も一級栄転せしとのことなりさても〳〵

山師大尽は此頃思はしき儲けなく其上或る官吏に贈賄せしとの嫌疑にて監禁中とは移れば変る世の中なり

一獲千金 俄分限

其一

今は昔東京《とうけい》の在に蟹助《かにすけ》といふ貧しき百姓ありけり或る日二疋の牛に薪《たきゞ》の荷車を引かせて市府《まち》に出で夫《それ》を米国仕込の歯科医ドクトル先生に売《うつ》て大枚弐円の金を得たり

其金が払はるゝ時は恰度《ちようど》ドクトル先生は昼飯《ひるはん》の膳に向はんとする時なりき其食品は山海の珍味にして蟹公などが夢にも知らぬほどの奢りを極めてありき蟹公之を見て涎を垂るゝこと三尺

「ア、俺も人間と生れた甲斐にはどうかして一度ドクトルになりてへものだ」

蟹公食事の終るまで待ツてゐて終にドクトル先生に聞きたり

「先生私《わたくし》がやうな者でも其ドクトルといふ者に成《なら》れませんものでせうか

先生曰く「勿論、直《ぢき》に出来る、イト易い事だ先づお前は第一番に鳥や花の絵を冒頭《はじめ》に書てある小学読書入門を買のだ、而《そ》して其本に上包《うわづゝみ》をして横文字で「カント哲学書」と書ておいて始終持ツて歩くのだお前の宅《うち》の机の上には博文館の世界百傑伝とか日本文学全書のやうなものを奇麗に飾ツておくのだ、よしか、夫からその次にはお前の荷車も二匹の牛も皆んな売ツて了《しま》ツて着物や帽子を新らしく拵えてドクトルらしく見えるやうに身形《みなり》を作るンだ時計もメツキでもキセでも宜《い》いから黄金色《きんいろ》のしてゐるのを買ツて伊達《だて》に胸にダラリと掛けるのだ左様《さう》しなくツちや学者らしく見えないからネ夫からハバナの葉巻の煙草を買ツて喫《ふか》すのだ尤《もつと》もそれは外へ行くとき丈で宜《よ》い宅《うち》に居る時は相変らず一玉壱銭弐厘の鬼殺《をにころし》でも構はん夫から其次に看板を門の前にかけるンだ金箔で『物識博士《ものしりはかせ》』と大きく銘打ツて其下に『天地陰陽日月《じつげつ》五行四季活用正変数理顕真術応用人体幽明吉凶禍福鑑定所顕真術本部博士蟹助』と書くンだ然《そ》うするとお前は立派なドクトルに成れるのだよしか、分ツたかネ、人と話しするときも非常に勿体ぶツて向ふの言ふことばかり聞いてゐて決ツして自分の意見を吐いてはならん、只成るほどとか、フムとかハアとか受答へをすればそれで宜《よろ》しい、夫から他所《よそ》へ行ツたときは第一に庭の摸様泉水の工合《ぐわい》床の間の軸物などを見てアレは善い賛ですなとか詩ですなとか又はアノ雪舟は趣きがあるとかアノ蕪村若くは文晁は味ひがあるとか言ツて賞美するんだ、よしか、決ツして板橋の女郎屋《ぢよろや》から馬を引いたことだの又は素見《ひやかし》てゐた所を彼奴《きやつ》が今晩は立引《たてひく》からチヨイとお上りなハイヨーなどゝ言ツたことを話しては好《い》けない、よしか分ツたか」「エーすツかり分ツちまツた左様《さよう》なら大きに有り難う」

「ヘン天地陰陽……博士蟹助、好果《うまい》なア眼鏡《めがね》をかけて時計を胸にダラリと下げて本を小脇に夾《はさ》んで、エライなア彼奴に見せたら驚くだらうナ床の間で三とほめて四とやらかして雪舟は趣きがあツて雲州は味柑《みかん》で金舟《きんしゆう》は板橋の女郎で愛嬌があツて味《あぢは》ひがあツて俺にござツてゐる彼奴久しく行かないから待ツてゐるだらう、――チョイト金州はんへ、お客ですョ、アラマー蟹ちやんだョ嬉しいネよく道を忘れずに来ておくれだネ、明朝《あした》は雨が降ツて天気予報が屹度《きつと》狂ひますョ、併し紫さん所からのお帰かへ口惜《くや》しい、コレ〳〵何うするんだよ胸倉取ツて呼吸《いき》がきれるモウ浮気はしないから泣くな、コレ泣きやまねヱか大きな形《なり》して見ツともない」「ヤイ〳〵此間《このま》抜奴《ぬけめ》危なエやい」「ヲヤ〳〵茲《こゝ》は森川町の通りかハイツ〳〵〳〵」

其二

偖《さて》も其后《そのゝち》蟹公はスツカリ身形《みなり》を拵らえ痴愚《こけ》おどかしの玄関構への家を購《か》ひ『物識博士』の金看板を掲げ板橋のチョン〳〵格子の金州を受出して妻となし（受出すと言へば大層の様なれども実は年期満ち借金もなくそれかと言ツて廃業して素人《しろと》になるにも別にたよりにする相手もなく所謂もてあまされ者である）それに丸髷を結はせて奥様と呼ばせ昨日《きのふ》まではチョイト八さんお登楼《あが》りョ素通りすると大審院に上告するョなどと張店《はりみせ》より素見《ひやかし》の客に声かけし廿五銭の莫連が今日よりはイヤにすましてイヤに勿体ぶり「コレお三」との呼棄《よびすて》は聞いてあきれが礼に来さうなり其癖尻《し》ツ尾《ぽ》は生髪《はえぎわ》の抜けたる処と長火鉢の前の立膝に顕はれてゐるも可笑《おか》し古《いに》し好事家《こうじか》が「年《ねん》が明ひての楽みはやがて「お」の字の名を呼んで素足も野暮な足袋になり」などとしほらしく美妙《いみじ》う咏《よん》だのとはうツてんばツてん丸で比べられたもので冠《くわん》なし女房は烏が孔雀の真似をしたるもので亭主が沐猴《ぼくこう》にして冠《くわん》するもの是がホントの似たもの夫婦《めうと》とは或る物識の山の神が井《ゐ》戸畔《どばた》会議での品評《しなさだめ》

蟹公はドクトル先生に教へられし通り万事山を飾り諸方の新聞には一面ぶツ通しの大広告を掲げ相場必勝の法、思ふ男女《なんによ》に必ず惚れられる法、色を白くする法、紛失物必ず発見する法など、様々に人の弱点を見込んでなんでも蚊《か》でも知ツてゐると号し強滋丸快美剤など云ふ妙な所に効用のある薬を売り出し天地陰陽日月《じつげつ》五行四季活用正変数理顕真術応用人体幽明吉凶禍福鑑定所と披露し満天下の馬鹿者を驚かせたり而《そ》して『顕真術本部物識《ものしり》博士《はかせ》』と銘打ちけり尤《もつと》も本部といへば何処《どこ》かに支部が沢山あるやうに聞えるがまだ誰れも見たことはないと言へばないが真当《ほんとう》であるならん

浜の真砂《まさご》は尽るとも世に馬鹿者の種は尽ることなし顕真術本部の広告を見て色を白くしたい独逸国《どいつこく》大学医学大博士ウソーヲツ

キネル大先生がと大の字づくめの肩書にて世間の俗物驚《おどか》され、其大先生が多年辛苦刻苦して理化学を応用して新たに発明されたる処方なれば三日か一週間用ゐれは屹度《きつと》色の黒いのもソバカスも腋香もニキビもなほりて玉の様な肌になるだらうとて糠《ぬか》袋《ふくろ》ほども効用なき又糠袋ほども元価《もとね》のかゝらぬ薬を一円も二円も出して買ふて行くものもあり中には明日《あす》は買はうか売らうかと迷つてゐる相場師に必勝の法を三四円の伝授料を払つて聞きに来るのもある而して何ういふことを教えるかとよく〳〵聞いてみれば先づ伝授料を前金《まへきん》に取つて了《しま》つてから相場必勝の法は第一の上策は決つして相場に手を出さぬこと第二の中策はよく新聞を見て人気世運を洞察すべしといふ漠として夢に屁を踏むやうなことなれば伝授料を払つた連中はナンダ馬鹿々々しいと躍気《やつき》となりて立腹すれどつまり喧嘩が喧嘩にならず水掛論の泣寝入でおしまいとはナンと情けない話ならずや

強滋丸、快美剤などは愉々快々言ふに言はれぬ効用ありて遊裙粋士必携と言ひ囃し奏効の礼状数《す》千通《せんつう》山の如しと吹聴《ふいてう》することゆゑ初めより効用なきは分りきつてゐることながらソコが凡夫の果敢なさでだまされて買ふ、少しも効能がない、ソレかと言ツて喧嘩にはならず訴訟沙汰には無論ならず、薬が普通の薬と違ツて一種妙な所へ用ゐる妙な薬ゆへ外の事なら兎も角此事ばかりは名誉を惜む人も惜まぬ人も自分の恥を明処《あかるみ》に出すことを厭《いと》ふて一言《ごん》も口へ出さず去れば独り得々たるは物識博士の蟹公にしてとう〳〵天晴れの博士になりすまし仙台平の袴《はかま》に七子の羽織、高帽子金眼鏡の服粧《いでたち》、胸を外方《そとかた》に反らして手車を走らせハバナの葉巻を咬《くわ》へて往来《ゆきゝ》の人を眼下に見下《みくだ》しながら市中をサモ忙がしさうに駈け回るは果して何《ど》んな用があることやら

其三

一台の勅任馬車二頭のアラビヤ馬に引かれて山の手より来《きた》り物識博士の門前にビタリと停《とゞ》まりけり中《うち》より出づる立派な肥太《こえふと》りたる紳士は当時東京《とうけい》にて屈指の豪商金満家の親玉山の手長者なることは其面体恰服《そのめんていかつふく》が福禄寿の三資格を現はしたるによりて明かなり

長者「先生が物識博士様で厶《ござ》るかナ 蟹助「左様《さやう》で厶るて「然らば何卒《どうぞ》一度拙宅へ御出《おいで》を願ひたい実は昨日《きのふ》拙者小出しの所用金五千円何《いづ》れへか紛失致して何人《なんびと》に盗まれたか一向に相分らん何卒先生に御鑑定を願ツて其金《そのきん》を取戻したい「成る程夫《それ》はお気の毒なことで厶る是より御同道致して鑑定致すで厶らう然し拙者には可愛《かあゆ》きお金《きん》といふ女房が厶りますゆへ是れも連て行きます又内に残して行きますと留守中に昔馴染の客がやツてきて飛んだ間違が起りますゆへ」と真面目になつて内幕を見するを長者は可笑《おかし》さに堪へねども是が博士の博士たる所で人にすぐれたものは亦《ま》た何点《どこ》かに普通《なみ〳〵》の人とは変ツたことを言つたり為たりするものと思ひ直し一人で勿体をつけて益《ます〳〵》蟹助を信仰し遂に此の

博士と博士夫人お金の方とを自家の馬車に乗せ八ツの馬蹄に導びかれて吾家《わがや》に帰りけり

馬車長者の家に着きし時は恰も昼飯《ひるはん》の時刻にてありき長者「先生何《な》にもござらんが何卒先づ昼飯を召上ツて下さい「有りがたうムる然し拙者には可愛《かあゆ》きお金といふ女房がムりますゆへ是れにも……「無論のことでムる」と又々長者は噴飯《ふきだ》さんとして之を忍びて思ひ直し昔しからエライ人は何点にか変ツた所があるものと自ら理窟をつけて此夫婦を食堂に案内したり

蟹助は最前より此長者の門を這入れば見るもの触るゝもの皆な驚きの種ならぬはなし先づ此邸《このやしき》の外構《そとがまへ》の広大なるに驚ろき、造作建具家具の美麗なるに驚き廊下の長くして幾つも曲りたるに驚き庭園の壮厳にして築山泉水の大《おほい》なるに驚き数多《あまた》の腰元数多の家扶家従が叩頭することの叮嚀なるに驚き食堂の煥麗にして器具の精巧なるに驚き幾度《いくたび》か嘆声を発せんとしたれども女房に袖を引かれて何時《いつ》も注意さるゝゆへ此点が心棒所とヂツト耐《こらへ》て何事も無頓着、平気の風を粧《よそふ》てゐたりけり

食堂に入りて見れば床の間に「汲水培苔浅却池、隣翁拍手笑人痴、未成斑蘚渾難待、繞砌頻呼縁拗児」と題したる軸物《ぢくもの》があツた蟹助博士は過般《いつぞや》ドクトル先生に教へられた事は此点だナと思ひ長者に向ひ「アレはどうも実に見事な賛ですナ」「イヤ賛ではムらぬ詩でムるアレは李笠翁《りつりをう》の苔《たい》を養ふの詩で誠に珍重してをります「ハ《ママ》、ア左様《さう》かナ」と失敗《しくじつ》たかと思ひながら猶ほお茶を濁《にご》さんとて彼方《かなた》に某《それがし》 伯爵が自慢で書かれたる「時是金《ときこれきん》、金是時」の額あるを見て「アレは誠に見事な詩でムるナ拙者どうも感服致しました」「ナニあれは語でムいまして西洋の諺を訳したものださうでムる」と言はれ蟹助心中におれが三といへばイヤ四でムるといひ四といへばいや五でムるといふ必定此長者は御幣担《ごへいかつ》ぎで何んでも人の言ツた数《かず》より一つづゝ殖《ふや》して余計に言ふ癖であらうと我が愚を棚に上げて却つて長者の愚を心の裡《うち》で冷笑《あざわら》ふてゐたりけり

其四

博士夫人お金《かね》の方、元を洗へば板橋宿のチヨン〳〵格子の金州も此長者の家の華麗宏大を極めてゐるに驚きたるは敢て良人《をっと》に譲らず既に金屏風が何十何枚あツて腰元が何十何人ある嘸かしまだ茲に出て来ないの迄も合算《あわ》したら夥《おびたゞ》しいことであらうと八百屋肴屋に対して価《ね》ぎる時の心持で標準を立て胸算用をしてゐる「チヨイトお前さん嘸かしコツクやボーイの数も多いことでせうね」と密かに良人に尋ねし時恰度《ちやうど》第一のボーイは汁《ソップ》を運び来《きた》れり蟹助はソツト女房の袖を引き「是が其中《そのうち》の一人だ」と言ひき其心は数多《あまた》あるボーイの中の一人であると謂ひしなり然し傷持つ脛《すね》には萱《かや》の戦《そよ》ぐのも追手かと思はれ悪謀《わるだくみ》には千の眼ありとの諺もある如く之を聞きしボーイには是が五千円を盗んだ者の中の一人であると言ツたと思ひけり何故《なぜ》なれば実はソハ事実

である、金を盗んだのはボーイ四五人の所業《しわざ》で主人が財布を食堂にうつかり忘れて行ツたとき不図ボーイの一味は悪事を企て丶罪を犯し丶なり

「兼て何でも知ツて居る博士とは聞いてゐたれどまさか此事は知るまひと思ツてゐたに矢ツ張り何も角《か》も知ツてゐる」と室外《そと》に出て顔真青になりて仲間のボーイに話せば次ぎの食品を運ぶべき順番のボーイは最早食室に這入りたくなかツたが然し已むを得ぬ場合ゆへメンチボーを持ツて出《いで》けるに蟹助はソツト女房の袖を引き「是で二人目だ」と言ひけり之を聞きしボーイも亦た顔真青になツて室外に逃《にぐ》るが如くに飛び出けり其次のボーイがカツレツを運び来りし時も蟹助は「是で三人目だ」と女房に密語《さゝや》きけり第四番目のボーイが蓋物を運びし時長者の「先生貴下のお腕前を拝見致したい此蓋物の蓋を取らぬ前に何が這入ツてゐるか当《あ》て下され」と言はれ蟹助ハタと当惑し之を熟視し其《その》香《にほひ》をかげども更に分らず頭を掻き乍ら「ア丶流石《さすが》の蟹公も之には弱ツた」と哀れな声を出すや否、長者は蓋を開き「先生の明眼どうも恐れ入りました実に中の蒸物《むしもの》は蟹公で厶いました然らば五千円の行衛も必ず御存知であらう何卒《どうぞ》早く御教示を願ひます」と言ふや傍《かたは》らに恐る〳〵立停《たちど》まつてゐたボーイは今や吾身に災のふりかゝらんことの恐ろしければソツト蟹助博士にめくばせして「《ママ》チョイト外へ来て呉れるやうにとの意味を伝へけり蟹助は何事ならんと中座の旨を断りて室外《しつぐわい》に出て見れば以前の四人のボーイ――五千円の金をちよろまかしたるボーイ――が俟《ま》ちかまへてゐて頻《しき》りに頭を下げ掌《て》を合せあわれなる声を出して云ふには「先生何事も穏便にお願ひ申しますコレ此通り掌を合せて拝《をが》ます以来決して悪い事は致しませぬ其代り盗んだ金は此通り悉皆《そつくり》差出します而《そ》して御内分にして頂く印に手前共の給金昨日受取りましたのや何《なに》や角《か》やを集めまして一人につき十五円づ丶都合六十円ほど差出しますゆゑどうぞ御慈悲に御内分になすつて下さい、サモなけりや手前共は赤い仕着《しきせ》を着て暗い所へ起《ね》臥《おき》せねばなりませぬ、夫《それ》も手前共は自業自得とあきらめますが何も知らぬ女房や子供に災難を掛けますゆゑ」と四人左右より口を揃へて泣きつく、蟹助は夢に夢みる心地世の中には不思議なこともあればあるものと思ひながら茲《こゝ》で弱味を見せては面白からずと急に勿体ぶりたる声を作り「不忠不義の者共見逃し難き奴等なれども何事も素直に白状したるに免じ此度《こんど》丈は許してやる」と五千円と六十円とを受取り再び食堂に戻り「長者殿永らく中座失礼致しましたイザ是より金の行衛鑑定致すで厶らう」と例のカチント哲学書（実は小学読書入門）をくりひろげ暫時《しばし》瞑目して何事をか祈るもの丶如く其鹿爪らしきこと勿体らしきこと大道易者の比《たぐひ》にあらず「長者殿盗人の誰なるかは申すことは出来ませんが然し紛失の金子《きんす》は是で厶るか」と懐より故意《わざ》とバタリと下に落して又是を拾ひ上げ差出《さしいだ》せば財布といひ封金といひ元の儘なる我五千円なりければ長者は驚き喜ぶこと

一通りならず蟹助博士の伎倆を斜めならず賞賛し即座に千円を割きて蟹助の前に並べ「不躾《ぶしつけ》ながら鑑定料として差出《さしいだ》します御受納下さらば有がたう厶います」蟹助は千円と六十円を僅か一二時間の内に収得し悠々として暇《いとま》を告げ再び此家《このや》の馬車に送られ可愛きお金《かね》の方と同車して我家に帰りけり

是より此珍事件諸新聞の記事に吹聴《ふいちやう》され物識博士の名は全国津々浦々に伝唱し非常に有名の人となりすましけり日々の利潤莫大にして時計の針が一震（一秒時間）する毎に何百何十円といふ程になり蟹助自分さへ自分の財産が幾何《いくばく》あるか知らぬ程になりけり今では金の置所《おきどころ》に困りほと〳〵弱りきつてゐるといふナンと目出度かりける次第ならずやめでたし〳〵

蝙蝠（比喩談）

第一

昔は今、幾千年の後《あと》にやありけん獣族と鳥族との間に一大戦争起れり此一戦は実に両族天下分け目の戦《たゝかひ》なれば双方とも成るべく味方を多数に得んと欲し獣族軍の総大将獅子王《ししわう》は副将象中将、参謀虎少将、仝《おなじく》熊少将、副官馬《むま》大佐、仝狐《きつね》中佐等を帷幄《ゐあく》の裡に集めて軍議を凝らす獅子大将は秘書官犬中尉及び仝猿中尉に向つて言《いへ》らく

大将「昨日《さくじつ》伝令使を発して四方《よも》の諸兵を召集してをいたが皆集まツたか」

犬「ハヽツ今朝《こんてう》まで徴《めし》に応じて馳せ集まりたる者百五十族、総数三万三千三百三十三頭に厶《ござ》ります

猿「然し未《いま》だ蝙蝠《かはほり》の一族が参着致しません甚だ不届な奴で厶ります」

大将「フム夫《それ》は怪《け》しからん此際《このさい》一族でも参着致さんでは明日《みやうにち》の決戦心元なし誰かある早速彼を呼び来《きた》れ

との厳命なれど満座の者誰一頭《ひとり》として拙者御使者《おししや》を承はらんと言ふものなし其故《そのゆゑ》は彼《か》の蝙蝠の一族は一筋縄では行かぬ奴にて其性黠猾《きつかつ》強慾、獣族と鳥族との中間に立ち彼方《あちら》へ行ツては胡魔をすり此方《こちら》へ来ては善《い》い事を阿諛《おべツ》かり夫れかと言ツて局外中立をするでもなく常に筒井村順慶《じゆんけい》ケ嶽《だけ》に籠り旗色を見て其間《そのあひだ》に利を貪るものなればなり此時末座《ばつざ》に声あり「大将閣下、拙者が……」と言ひつゝ起立するものあり是れなん獣軍中に生《いき》た孔明《こうめい》と唱へらるゝ狐中佐にてありけり

狐「大将閣下、先輩の諸上官を差置《さしおい》て拙者が此貴重の御使者を承はるは甚だ差出たる儀にて恐れ多きことながら決して使命を恥かしめぬ様謀らいますゆへ枉《まげ》て此御使者は拙者に仰《あふ》せ附けられたし

大将「宜しい許《ゆる》す必ず抜かるな、急げ、敵に先んぜらるな」

との大将の認可に狐中佐はハツと拝承《かしこま》るや否《いな》鼠の一族一大隊を率ひて大急ぎに筒井村指して駈け出《いだ》せり

是より先き鳥族の陣中にても総督鷲大将は副総督鷹中将、参謀長鶴参議、鵠《かう》参議、仝鵰《おなじくくまだか》少将、駝鳥《だてう》少将、副官梟《ふくろ》、鴉《からす》、鳶《とび》の三大佐等を集めて曰《いへ》らく

鷲「諸将、今度の戦は実に吾一族死生存亡の決する所である

此際諸将士奮心努力せよ猶ほ詳細は鶴参謀長説明すべし

総督の訓辞終るや六韜三略《りくたふさんりやく》に精通し其深謀遠略を風采態度に表はしたる鶴参議（文官）は明亮なる声を以て演説して曰く

鶴「忠烈勇敢なる諸将よ若し夫《そ》れ腕力のみを以て吾族《ごぞく》と獣族とを比較するときは吾族は遥かに彼《か》の下に在りませう然れども天帝は吾族に非常なる幸《さいわひ》を与へました

第一、吾族は空中を飛行するを得《う》るを以て敵の最大武器たる腕力をして常に水泡徒労に帰せしめることが出来る是れ吾族が体軀の繊弱なるに係《かゝは》らず今日迄《こんにちまで》儼然独立国たる体面を保つわけであります

第二、吾族は他になき天幸を有して居ります其訳《そのわけ》は梟の一族ありて夜撃《ようち》をすることが出来ます尤も敵にも猫、鼠の族《やから》ありて暗夜の襲撃に備ふるも彼等は卑怯臆病にして且つ同士撃（猫と鼠と味方喧嘩するをいふ）するを以て常に吾族は夜撃して勝を取ることが出来る

第三、猶一ツ吾軍《ごぐん》の天幸とも言ふべきは駝鳥の一族諸士が普通の鳥族に特異なる健足を有して善く敵の虚を衝き敵の方略を狂はしむることが出来るのであります

第四、次に吾軍の算盤外《そろばんぐわい》の利益ともいふべきは孔雀、鳳凰、鶯、金糸雀《かなりや》等紅軍の数女隊ありて敵をして美色に迷はしめ彼等の猛腕健骨を泥の如く海鼠《なまこ》の如く軟かくならしむることであります

吾軍は斯《かく》の如く多数の利益を以つてゐますゆへ勝利は疑ひ無きことに信じます然し兵の強弱は一致結合力の如何《いかん》によるものでありますから諸族相互ひに平生の怨みはサラリと水に流して此際十分の一致結合あらんことを切に希《こひねが》ひます夫の数千年以前普仏戦争に仏軍が大敗を取りしも全く南北独逸が平素の怨みを忘れて一致したからであります唯茲に一ツ心配なるは蝙蝠の一族であります夫の蝙蝠の一族が若し敵に附けば非常に吾軍に障害を招きます何故《なぜ》なれば彼等は吾軍の専有たる『空中飛行』の技術を知ツてゐますから、つまり彼を敵に附かしむれば吾が最大武器の一部分を敵に奪はるゝ道理で軍隊の駈引上非常の困難がありますゆへ彼を吾に説き招く為め鵠参議の遊説を煩はします彼は中々理屈で説かれぬ奴ゆへ副使に孔雀女史と鶯女史とを附けてあげます尤も不虞の警護には鳶《とんび》大佐に一大隊を率ひさせて添へてあげますから貴重の使命と思ツて充分迅速に抜かりなく出発せられよ斯く言ふ中《うち》にも心が急《せ》く早くお仕度《したく》なされ軍略は大概定めてありますが機密を漏らすの恐れあるゆへ対戦に先《さきだ》ツて諸将に告げます只蝙蝠の方向が分らん中は軍略を定むるにも大《おほひ》に差閊《さしつかへ》ます

とて演説を終るや否、兼て承知したることゝ見えて孔雀、鶯の両女史は充分に粉粧《ふんさう》を凝らして現はれ嬌声を発し「サア鵠参議お供致しませう」と促がせり鶴参謀長も此蝙蝠の一事を以て余程の大事と認めたるものと見え鵠参議を正使となしたり殊に紅軍中の艶女《たをやめ》を副使となせしが如きは注意のほど感心の外《ほか》なし

第二

鳥にして鳥にあらず獣《けもの》にして獣にあらざる黠猾《きつかつ》なる蝙蝠《かはほり》は筒井の順慶ケ嶽に閉ぢこもり風雅でもなく洒落でもなく利慾に瞋恚《しんい》の焔《ほむら》をもやしつゝ「斯《か》う天下が穏かでは俺の儲け仕事がなくツて困る此間《このあひだ》から人間の世界ではヤレ選挙だのヤレ干渉だのと言ツて壮士や二股連は大分他《ひと》の弱点《よわみ》につけこんで好味汁《うまいしる》を吸ツたさうだが羨ましいことだ」と毎日こぼしてゐる所にフト新聞の電報欄内を見るに鳥獣二族の和合破れ大合戦将《まさ》に起らんとすとの急報を掲げあり其新聞の過半は皆な之に関する記事を以て埋《うづ》めらる蝙蝠は思はず「しめたツ」と羽を拍《う》ち

「うまいぞ／＼斯う来なくツちや嬉しくない常々は鳥ともつかず獣ともつかず『やなぎ／＼で世を面白う』フヽン葉唄は陽気だなアと言ふ一件で暮してゐるので彼奴等《きやつら》が相手にしない此方《こつち》が途中で挨拶をしても彼奴等は知らぬ顔で眼下《めした》にあしらツてゐやがる斯ういふ時に思ふ存分頭を下げさせて如之《おまけ》にしこたまフン奪《だく》ツてやらう獣軍の方から千両箱一ツ出して何卒《どうぞ》私《わたく》しの方に御助勢を願ひますと言ツてくると鳥軍の方からは千両箱二ツ出して何卒私しの方にお味方をと言ツてくるだらうハテナ何方《どちら》に附《つい》てやらうか此点《こゝ》が思案の仲《なか》の町《ちやう》、ヘン是から廓《なか》で少しは遊びも出来るといふ一件だ常々俺を振りあがツて肌身を許さぬ梅ケ枝楼《うめえろう》の黄鳥《うぐひすめ》奴をウンと言はせて見せやう、うまいぞ／＼他《ひと》は俺を強慾だと言ふが全く俺の心を知らぬからだ五両札と十両札と二ツ出してお前は何方を取るかと言へば誰しも直に十両札の方に手を出すだらう、所が俺などは其様《そんな》卑賤《きたな》い根性は持たないネ、取敢《とりあえ》ず五両札の方に手を出して片ツ方の手で十両札を取る……ハヽア何だか有卦《うけ》に入ツて来たぞ夫《それ》はさうとモウ何方からか依頼《たのみ》にやツて来さうなものだ、若し今にもやツて来たら何と言て返答しやう、エヘン手前などは金銭で良心は売りませぬ主義は枉ませぬと……」

折から門外に「頼もう／＼」と音訪《おとな》ふ声あり

「ソラお出《いで》なすツたぞ、ドーレ、エヘン此は／＼狐中佐能《よ》うこその御光来先づ／＼奥へ」

「左様ならば御免下され」

と狐中佐は蝙蝠に案内されて奥座敷に通れり斯《かゝ》る所に又もや門外に「頼もう／＼」の声聞ゆ

蝙「ドーレ、やれ／＼せわしない、エヘン此《これ》は／＼鵠《かう》参議に孔雀嬢鶯嬢の両貴婦人此見苦しき隠居が破屋《あばらや》に能うこその御光来先づ奥へ——と申したいが生憎《あやにく》先客にて差閊《さしつか》へあれば何《なに》卒《とぞ》アノ離れ家にて暫時御休息下さいませ」

と平生《ふだん》から好色の蝙蝠両美人を見て急に衣紋《えもん》をつくろひなどして両嬢に流波《ながしめ》を送りぬ

第　三

狐「兼て尊公も聞き及ばれる通り今度獣族と鳥族との間に大合戦あるに付《つき》ては尊公は無論吾族に加盟せらるゝことゝ思ひしに本日まで何のお届もないが如何なる御所存で厶《ござ》る尊公は縦令《たとひ》空中を飛ぶことが出来るにもせよ身体は純然吾等と同様であるゆゑ早速此際御加盟ありたし……と言ツて色々御家内の都合もあツて一存で御返答出来ぬ場合もありませうから茲に金三百両差上ます是《これ》で徒輩《てした》の軍勢を呼び集め下されたしと兼て蝙蝠《かはほり》の性質を知ツてゐることなれば金で靡《なび》かせん狐の策略、此方《こなた》の蝙蝠も中々の去る者「ヘン三百や四百の端金《はした》では誰が承知する者かモウ少しせり上てやらん」との野心《したごゝろ》ゆへ相変らずズル〳〵ベツタリの生返辞

「イヤ拙者は遠《と》うにも馳《は》せ参りて及ばず乍ら微力を尽したい精神なれども何を申すも徒輩の者共は慰労《てあて》をやりませんではブツ〳〵言ツて働きませんので困ります一寸此事《ちよつとこのこと》を外《ほか》の者とも相談致して参りますから暫時お俟ちを願ひます

＊　＊　＊

蝙「鵠参議に孔雀、鶯の両嬢、生憎《あやにく》客来でお待《また》せ申しまして相済みません遠路の御光来嘸御《さぞお》疲労《くたびれ》で厶りませう

と鶯嬢の方に色目をつかふ

鵠「尊公は縦令身体は獣に似てゐても翼があるからは鳥族に違ひなし就《つい》ては今度の大合戦には是非お味方を願ひたい尤もお味方をして下さるに於ては色々お徒輩《やから》の軍勢の者共にお心《こゝろ》附《づけ》も入ませうから金子《きんす》三百両取敢へず差上ます猶此外にアノソレ（と両嬢の方を顧み）魚心あれば水心御所望が厶れば色の……イヤ色々と御周旋《おとりもち》も致しませう

蝙「イヤ段々の御厚志辱《かたじ》けない……が、然し只今も獣軍の使者狐中佐が参りまして金子六百両出しまして例のジヤンコ面《づら》で小憎らしい生意気なことを申しましたが私《わたくし》は貴軍の方に背きては良心に咎めらるゝ所もありますから旁々《かた〳〵》狐中佐には加盟を断はりました所で厶います

鵠「既にお断はりになりましたか

蝙「イヤ是から断はろうと思ツてゐる所で

鵠「然らば私方《わたくしかた》でも六百両差上ますゆへ何卒《どうぞ》先方を断はツて下さい

孔雀嬢も叮嚀に頭を下げて

孔雀「参議もアヽ被仰《おつしや》るものですから何卒御聞入れを願ひますなんぼお多福の側《そば》だツてそんなに厭がらなくても宜《い》ゝぢやありませんか

鶯「姉さんの被仰る通り縦令《たとひ》蝙蝠さんがイヤだと言ツてお逃《にげ》なすツても妾等《わたしら》が引張て離しませんよソレとも妾等の様な鳥の市の売れ残りから（現時不別品の女を酉の市の売れ残りと

いふは是時より初まりける元は鶩の謙辞《ひげ》なりしを今は人間といふ愚魯者《ばかもの》が重き人を悪口する時に用ゐるは誤《あやま》れり）引張られるのがお厭なら味方について下さい

と得意の嬌声で説きつけられ蝙蝠も嬉しくて堪らず

「イヤ然ういふ訳なら、よく徒輩《てした》の者とも相談致して見ませう少時《しばらく》御待を願ひます

とて狐中佐の前に赴《おもむ》けり

蝙「どうもお待ち遠様

狐「相談は如何でムッた

蝙「実は鳥族の方からも鵠参議が参りまして金子千両出し例の不恰好な反歯口《そツぱぐち》で小憎らしい生意気なことを申しましてグツ〳〵言へば腕力でゝも連れて行くと申しますが……

狐「ナニ鵠奴《かうめ》が来たと然らば拙者は千二百両差出すゆへ是非に味方を願ふ先方で暴力でやツて来れば拙者が軍隊で保護してあげます

「然らば猶ほ一応徒輩とも相談して見ませう

と後向《うしろむい》て舌を出し心の中《うち》でうまいぞ〳〵

「ヘイお待ち遠ほ様」と又々鵠の方に至り「狐の方から千二百両出すと申しますが……」とうまく円《まろ》く滑かに説き立てゝ終《つひ》に鵠から千四百両貰ひ受けて且つ某他《そのほか》にも何事をか周旋して貰ふことを約し愈々鳥軍に味方することを誓約したり其金を懐《ふところ》に入れて蝙蝠は直に狐の前に至り「鵠の方から千五百両出すと申しますが……」

と説き立てゝ終に狐からも千八百両貰ひ受け、愈々獣軍に味方することを誓約したり此の如《かく》く蝙蝠は双方に味方することを約束し双方より〆《しめ》て三千二百両の金を懐にし両族の使者の帰る後《うしろ》姿《すがた》を眺めながら

「ヘンお静かにお帰り遊ばせかネ又度々《たび〳〵》金持ツてきて下さいだ……然し彼《あ》の両女《ふたり》は美しいものだナア就中《とりわけ》鶩は美しいナア

第四

鵠「刀の小尻《こじり》を捕へし御方何《おんかたなん》と為さるゝ

狐「何を為すとはハテ知れたこと鳥軍の参謀鵠参議にチト物申さん仔細あり

「シテ然《さ》う言《いふ》御方は

「今獣軍に名も高き獅子王腹中の孔明《かうめい》と称へらるゝ狐中佐《こちうさ》とは我事なり

「其狐中佐が此身に物申さんは何事なるぞ今は総督の使命を帯びたる帰り道我身にして我身ならず私用の対談なすべからず其所《そこ》離せ

「イヤ離さぬ君命に口藉《かこつけ》て逃げんとするは卑怯なり鵠参議、君命は我《ま》も亦た同然、其君命を完《まつた》ふせん為め貰ひたきものあり渡さるゝか渡されぬか

「渡すとは何を

「貴殿の伴はるゝ鶯姫を
「コレは又怪《け》しかる事を聞くものかな我君より添へられし大事の副使縦令《たとひ》如何《いか》なる訳あるとも此鵲参議頸《くび》に換へても渡すこと罷《まか》りならぬ
「ハヽヽコハ面白し〱見事頸と共に受取らうか、貴殿が今日の使者鶯姫を餌《えば》にして蝙蝠《かはほり》の一族を味方に附けん策略、愚かなり浅慮《あさはか》なり蝙蝠の一族既に欵《よしみ》を我に通じ今夜獅子王閣下に謁見の約束、其褒美として鶯姫を奪ひ取り蝙蝠に取らせんとは嘘、実は獅子王の御伽《おとぎ》に差上げ重賞に預からん吾心底イザ尋常に相渡せ
「ウフヽヽ浅慮とは汝等《なんじら》が事蝙蝠如き取るに足らぬ弱虫輩《よわむしら》を頼みにせねば明日《あす》の合戦が出来ぬとは憐れなり獣軍形勢、吾軍《ごぐん》は未《いま》だ反覆常なき微弱の蝙蝠如きに助勢を乞ふほどには零落《おちぶれ》ず況《ま》して鶯姫を汝等に渡すなどは思ひもよらず及ばぬ企てなさんより明日見苦しき戦死《うちじに》せぬやう早く帰りて妻子《つまこ》と水杯でも致し存分念仏でも唱へて置け
「其広言は明日凱歌《かちどき》を挙げるまで預けて置かう我も狐中佐、一旦言ひ出したるからは後へは引かぬヤア〱者共鶯姫を取囲《とりかこ》め、序《ついで》に孔雀姫も生捕《いけどつ》て我君の称美に預《あづか》らん
との号令の下《もと》に鼠の一大隊撃ツてかゝらん勢《いきほひ》なり此時鳶《とび》大佐の率ひたる一大隊叢《くさむら》の裡《うち》に伏兵したるもの一度にヅトンと放つ百千の銃丸其声天にも響くばかりなりアワヤ鼠の一大隊は鏖《みなごろ》殺しにされたるよと見る間に砲烟の中《うち》より鳶大佐と数多《あまた》の兵卒現はれ出《い》でたり鳶大佐は声高く
「ヤア〱卑怯なり狐中佐《こちうさ》武士たるものが武器持たぬ者を生捕たとて何《なん》の功名《てがら》になるイザ是より鳶大佐が相手致さん、今空砲を放ちしは武士の情け吾一族の公明正大を示せしのみ、サヽ勝負々々
狐「何を小癪な
と言ひながら我軍を顧みれば最前の空砲に胆《きも》を潰し乱れ足になツて潰走するに狐は兼ての智略も施すに由《よし》なく「者共返せ向へ」と呼《よば》はれども一旦乱立《みだれた》ツたる陣立は最早盛返すこと能ずコハ敵《かな》はじと狐も逃げ出《いだ》せば鳶ハソレ逃《にが》してなるものかと追はんとするを鵲参議は之を呼び止め
「鳶大佐先づ待たれよ今野狐めが敗走したるは時に取ツての吉兆明日の決戦必ず我に幸《さち》あらん逃ぐる者を追ふたとて大事の使命を完ふせずは総督に対して申訳なし殊に彼の狐奴も侮り難き智将なれば如何なる計略あらんも計られず左《さ》なくては彼れ軽々《かろ〲》しく逃げ去るものに非ず必ず逸《はや》りて敵の穽《おとしあな》に陥り給ふな
と注意され鳶大佐も実に尤《げ》もと引返し一同鳥軍万々歳を称へて本陣指してぞ立帰る
狐中佐は佯《いつは》り逃げ数十町彼方《かなた》の山の麓に到りて陣を立直し八門遁甲《とんかふ》の陣を布き思ふ様敵を苦しめんと待ちたりしに鳥軍は追ひ

来る様子もなければ小高き丘に登りて遥かに鳥軍の整々として帰陣するを見渡し嗟嘆して言へらく

「鵠奴も中々侮られぬ謀将ぢやナ

第五

鳥獣二族の大合戦は今や正に酣《たけなは》なり互に一勝一敗未《いま》だ中原の鹿誰が手に落つるや知るべからず順慶ケ嶽の頂上に陣したる蝙蝠《かはほり》の一軍も只双方の旗色を見るのみにして旗幟《きし》静かに一兵動かず時に蝙蝠の本陣に「御注進〳〵」と急使来《きた》れり

蝙「ヤア其方《そち》は奥に仕ふる仲間椋助《ちうげんむくすけ》急使とは何用なるぞ

「ハヽ、ツ、左《さ》ん候《さふらふ》只今奥方、昨日狐中佐《きのふこちうさ》より受取られたる金子《きんす》を改め玉ひしに中に千八百両の紙幣包みあることゝ思ひしにコはソも如何《いか》に……

「ナヽ何《なん》と申す

「中なる包みは

「中なる包みは

「金にはあらで端書《はがき》の反古《ほご》

「エヽツヽ然らば昨日狐《きつね》奴が残し行きしは正金にはあらずして端書の反古なりしかうまく彼奴《きやつ》を謀りしと思ひしに却つて一杯彼奴に謀られしか残念々々ヨシ〳〵此上は断然鳥軍に味方をなし思ふ様獣軍を打破り此腹癒しに狐奴に存分復讐致してやらん、今や獣軍の左翼虎将軍と鳥軍の右翼鷹将軍とは全軍の精鋭を茲に集めて合戦の最中《もなか》なり全軍の勝敗は此一軍の如何によりて分るゝは明かなりイデ是より虎軍《こぐん》の一隊を横より衝きて鷹軍《ようぐん》をして勝たしめんヤア〳〵者共準備《えうい》々々と呼《よば》はる時又もや急使

「御注進〳〵

「ヤア其方《そち》は奥に仕ふる仲間《ちうげん》黒兵衛注進とは何事なるぞ

「ハヽツ左《さ》ん候《さふらふ》只今奥方、昨日《きのふ》鵠参議より受取られし十四個《じうしこ》の金箱を改め玉ひしに中には百両づゝの小判入《いれ》あることゝ思ひしにコはソも如何《いか》に……

「ナヽ何《なん》と申す

「箱に入れある金は

「箱に入れある金は

「金にはあらで生たる蛙《かはづ》数百匹箱を開《あく》るや否や皆な古池の中に飛び込んで候

（作者附言、夫《か》の有名なる『古池や蛙飛び込む水の音』の句は従来種々様々の解釈ありと雖《いへど》も皆芭蕉翁の意を知らざるものなり彼《か》の句は実に千四百両の金と誤想《おもひちがひ》されたる数百匹の蛙が一同に池に飛び込みたる時の水の音の仰山なりし光《あり》景《さま》を詠みしものにて他《ひと》を謀らんと欲して却つて他に謀られし強慾の不義者《ふぎもの》を翁が誡《いまし》められたるものなりと知るべし意味深重高遠、穴賢《あなかしこ》々々）

蝙「エヽツ然らば昨日鵠奴《かうめ》が残し行きしは小判にはあらずし

て数百匹の蛙なりしかうまく彼奴《きやつ》を謀りしと思ひしに却つて一杯彼奴に謀られしか残念々々ヨシ〳〵此上は断然獣軍に味方を……イヤ〳〵待て〳〵獣軍にも十分恨みがあるハテ何方《どちら》へ味方しやうか何方へも味方はしたくなし……と言ツて独立では双方《どちら》にも敵対することは出来ず

と左面右顧《とつおいつ》周章《あはて》迷ひ乍ら昨日《きのふ》の得意何処《どこ》へやら、憐れなる声出《いだ》して泣顔するに一匹の蜂何処《いづこ》よりか飛び来《きた》りて其泣面をしたゝかに刺せり是《こ》の蜂は至仁聖明なる造化の命令を受けて来りしものなり

蝙「ア痛ツタ迂奴《うぬ》

と蜂を捕へんとせしときは蜂は既に遥《はるか》の彼方《かなた》に飛び去れり

此時山下に対陣して血戦せし鳥獣の二大軍は双方剣を収め銃を肩にして隊伍を引上げ各《おの〳〵》其本陣の周囲に整列せり而《しか》して其両陣の間に何者か彩雲に乗じて往来するを見る是れ至仁聖明なる造化が双方の隔意を調停して和を講ぜしめ玉ふにてありけり

蝙蝠は之を見て驚き恐るゝこと一方ならず最早白昼他《ひと》に合する顔なしとて暗黒冷寂なる窟《あな》の中に閉ぢこもれり三千二百両を握りしことも鴬姫を擁することも実《げ》に南柯の一夢なりけり

＊　＊　＊

人間世界に人にして人に非ず禽獣にして禽獣に非ざる怪奴《おばけ》あり通常人呼《よん》で『人面獣心《にんめんじうしん》』といふ此怪奴蝙蝠の心術を見、所為を見失敗を見て言《いへ》らく

「ハヽヽ奴《やつこ》さんとう〳〵失敗《しくじ》ツたナ、して見ると他《ひと》を謀ツたつもりで他に謀られ彼方《あちら》へも就かず此方《こちら》へも就かず上手《うま》く双方の間で好味《うま》い汁を吸はふと思ツてとう〳〵失敗り世間に顔出しの出来ぬやうになる者は俺ばかりじやないと見える

夏祓

若殿様

第一

若殿　阿香川《あかがは》錦之丞《きんのぜう》（胸中）

予《われ》当年取ツて十九歳昨日《きのふ》までも今朝《けさ》までも斯ること〻は露知らざりき予は現在母上の生子にあらずして今日《けふ》此世を去りし乳母桃代こそわが為に腹を痛めしものなりしか桃代予を生みし時は父上の側室《そばめ》にして予を生み落したる其時より自ら請ふて側室を辞退し永くわが傍らに在らんため我家の乳母となりしか予今此書置《かきおき》によりて初めて之を知るア、永年の間予を手潮《てしほ》にかけ信実《まめやか》に恕《いた》はり育てし生母に対し知らぬこと〻は言ひながら跡にて思へば気の毒な程の我儘やんちやを屢なしたりき折々は無理を通して理ある彼を打叩き彼に人知れず涙を流させしこともありき今更之を思ひ想へば実《げ》に此上《こよ》なき不孝の罪なり許して呉れ乳母堪忍して呉れ桃代（と書置を抱きしめて泣き伏す）父上に願ふて其方《そなた》の葬式は勿論手当も立派にしてつかはすぞ雨降らばふれ風吹かば吹け其方の忌日《きにち》命日には必ず墓参《はかまゐり》してつかはすぞア、予は今阿香川家の長男にして長男にあらず真正《まこと》の長男は弟の近之助なり我阿香川家三千石の家督を譲り受くべきものは我弟近之助なり予希《こひねが》はくば総領除《のけ》にされ他家の養子とならんか然し厳正なる我父上縦令《たとへ》願ふたとて許容《ゆるし》玉はさるべし母様の腹を痛め玉ひし近之助に此家督を取らするの途《みち》は予双親《ふたおや》に愛想をつかされ御勘当を受くるに如《し》くものなし予御勘当を受くるの途は身を懶惰放逸に持崩《もちくづ》すに如くものなし身を懶惰放逸に持崩すの途――ハーテ

第二

若殿　阿香川錦之丞
剣客柳生軍太夫内弟子　楠本次郎

「イヤ是は阿香川の若殿好男子の錦之丞氏《うじ》能うこその御光来何《な》故《ぜ》斯様にお遅うム《ござ》る

「少々私用にかまけまして遅刻致し相済ません先生には御在宅でムるか

「只今大分御酩酊の御様子で足下も御存知の通り今日は土用休みの稽古始めに付《つき》門弟一同への御馳走阿香川氏一トロ如何《いかゞ》でムる

「イエ私《わたくし》は何分御酒《ごしゆ》は

「いけんと仰せらる〻か我々は最前より十分頂戴致して御覧の

通りの大酩酊阿香川の色男如何で厶る是から納涼《すゞみ》ながら燈籠見物に行かうでは厶らぬか

「ヱ、燈籠と申すは……

「燈籠と申すは浅草観音の後《うしろ》にある者にて

「ハ、ア観音の後とは遊廓で厶るか

「イヤ遊廓では厶らぬ、マア兎も角一緒にお出でなされ

「然し観音の後と申しますからには遊廓の外別に是ぞと言ツて見物に行く所は……

「然う〳〵実は吉原の燈籠で厶る

「吉原なら拙者大嫌《おほぎら》ひゆゑ御免を蒙ります

「是は異なことを承はるものかな発明なる阿香川君にも似合ぬ狭い御量見君は吉原を見ないのを堅いと思召すかイヤサ武士の踏込むべき所でないと思はるゝか但しは世間を憚らるゝからのことで厶るか縦令《たとひ》二千石の御当主であらふとも吉原へ参ツて悪いと言ふ事はない筈物の憐れを知りてこそ真《まこと》の武士なれ殊更足下のお家はお役柄万一追々御昇進なされて奉行職にでもお成りなされた暁には吉原の裁判は予には出来ぬ予は吉原を知らぬゆへ裁決は出来ぬといふ訳には往きますまい夫《それ》ゆへ拙者同門弟の好誼《よしみ》を以てお勧め申すのだ吉原へ行ツたとて何も足下に道楽をなさい女郎買をなさいと言ふではござらん、マア兎も角も拙者と同道して行ツて見給へ当年の燈籠は別段に能く出来てゐるとの事なれば

錦之丞しばらく無言にて考へをりしが胸に何をか思ひ当ることやありけん、俄に決心して

「では御同道仕りませう

「お出《いで》なさるか夫は感心々々コレ阿香川の御家来若様は此楠本次郎がお供を致して些と浅草辺へ御用達にお出になるのだ身共が確《しか》とお預り申したと奥様へ申しあげて呉れナニ貴公《あなた》の確とお預りは安心が出来ぬ険呑《けんのん》だと生意気なことを申すなハ、、ア然し是も主人を思ふ忠心からだ其方《そなた》は適《あツ》ぱれの忠僕だ此楠本次郎褒めてつかはすナニ若様を悪友に交はらせては家来の役目が済まぬと無礼なことを申すな身共を悪友などゝ聞捨ならぬ一言《いちごん》なれどハ、、今日は師匠の目出度き日ゆへ何事も大目に見てつかはすナニお迎ひ――迎ひは無用《いらぬ》、殊によると御一泊、ナニさう心配するに及ばぬ柳生の門弟に其人ありと聞えたる楠本次郎が確かにお預り申したサア参らふ〳〵

と泥酔《どろゑひ》の楠本次郎無理に阿香川錦之丞を引ツぱるやら捕住《つかま》るやらして出《いで》て行く

第三

若殿　阿香川錦之丞

同門生　楠本次郎

朦朧組の破落戸《ごろつき》一人《にん》

楠本次郎は錦之丞と共に山谷堀《さんやぼり》にて料理屋に立寄り又々酒を

鯨飲《あほり》しゆへ非常に熟酔して錦之丞の肩へ住捕《つかま》ツてズル〳〵曳ずられながら歩く、途中にて往来に倒れる、錦之丞は其不体裁に人目を厭ひ二三間先の葭簀《よしず》張《ばり》の掛茶屋へ駈込む楠本は之を知らず倒れてゐながらの太平楽

「コレサ阿香川氏《うち》何故《なぜ》手を外《はづ》しなさる何うも天下のお直参奉行職ともなるべきものが吉原を見ないで逃《にげ》るとは卑怯であらふ

と言ひながら朦朧組の破落戸の袖を錦之丞の袖と思ひ違へて引張る

「コレ〳〵何をするのだ

「何をするなんて逃げ様と思ツても逃さない

「コレサ何をする放さねへか

「イヤ何と言ツても放さない君は他日奉行職ともなり吉原の裁判は出来ぬと……

「ナニ放さねへと人が違ツてゐらア此泥酔奴《このどろゑひめ》放さねへか　と突《いき》然《なり》鉄拳《こぶし》を揚げてポかり

「アツ、阿香川身共を撲《ぶ》ツたナ甚だ失敬ではござらぬか縦令《たとひ》少々立腹することあるとも口で言へば分ることだ然るに拙者の頭《つむり》を撲つとは――オヤ、ヤイ何だ手前は素町人何で武士たる者の素頭《すかうべ》を撲ツた

「撲ツたが何うした手前が俺の袂へつかまツて放さねエから泥酔の無骨《なまくら》武士を懲す為めに打ツたのだ

「ナニ汝《おのれ》無礼な奴だ、こツ、こツ、小癪な

「何が無礼だ何が小癪だ此恥晒しのサンピン奴

「汝《おのれ》棄置んぞ武士たる者を人中に於て打擲《てうちやく》致して手は見せぬぞ

「ナニ手は見せぬと生意気なことぬかすな泥の中のスツポン見た様に目ばかり光らせやがツて口惜しいかサア斬るなら斬れ

「怪《ママ》からん、迂奴《うぬ》

と刀を柄へ手を掛ける所を彼の破落戸早くも足を挙げ樫歯の下駄でしたゝかに蹴る

「アツ痛ツた迂奴弥々《いよ〳〵》棄おかん

と鯉口を二三寸寛げる所を突然《だしぬけ》に突き倒し散々に打のめしてゐる錦之丞之を見て出て来《きた》り

「コレ〳〵町人無礼致すな

と今しも振上げたる岩の如き手を白い優しい手を以てねじる

「何でイ篦棒奴《べらぼうめ》、俺達《おらッち》ア朦朧組だぞ愚図々々しやがると拘引《しよびい》てツて片ツ端から目に物見せてやるぞ

「痴気《たわけ》たことを申すな其方も大分酔ツてゐるやうじや免《ゆる》してやるから早く行け

「ナニ酔ツてると何時《いつ》俺に酒を呑ませた何点《どこ》に俺が酔ツてゐる何でエ、やツと此頃肩揚の取れた癖に沈着《おちつき》やがツて生意気なことを言ひやがるなエ

とがアツと痰を吐ツかけたり其痰錦之丞の葵の御紋服を汚《けが》す

流石《さすが》に寛仁の錦之丞も今は憤然《むつ》となり最早堪忍ならず

「此無礼者
と言ひ乍ら逸早く彼男の手首を捕へて肩に掛け後《うしろ》の方へズデンダウと投げ出したる其早業に彼男は向ふの石垣に太《いた》く頭《かしら》を痛めて溷《どぶ》の中に四ン這になる衣服は勿論四肢とも溷鼠《どぶねずみ》の如く真黒になり逃げて行きながらも猶も減らず口
「能くも朦朧組の者に負傷《けが》をさせやがツたナ覚へてゐろ活《いか》しちやア置かねへぞ
と言ひつゝ逃て行く後姿を見送りながら錦之丞は懐中《ふところ》より手拭を取り出し人知れぬやうに葵の御紋所に吐ツかけられし青痰を拭く
「サア楠本氏《うぢ》参りませう
「イヤどうも無礼な奴でござる、ヤイ迂奴《たしな》、身共等の腕前に驚いたか以来謹戒め、ざまアを見ろ

第四

仲《なか》の町《てう》山口巴《やまぐちともえ》の主婦《あるじ》　ひで
仝《おなじく》　女中　はつ

女中「ナントお主婦《かみ》さん今お光来《いで》なすツた楠本さんのお連様は美しいお方では厶《ござ》いませんか真当《ほんとう》に絵にあるやうな敦盛様《あつもりさま》のやうで厶いますアンなお方をお客に取る花魁《おいらん》は如何《どん》な月日の下《もと》に生れた果報者でせうネ
主婦「又はつの人形騒ぎが初まツたお前は京人形でも買ツて御亭主にすると宜《い》いや
「それではお主婦さんはあんな殿御はいけないと被仰《おつしや》るのですかチヨイト何点《どこ》がいけないのです何点がお気に召さないのですヘン勿体ない悪ければわるいと言ツて御覧なさい此はつがお相手になりて弁駁とやらを致します
「ホヽヽ何もそんなに憤然《むき》になツて怒らなくツても宜いまだ誰も悪いとも何とも言はないぢやないか可笑《おかし》なはつぢやないか
「ハイ妾《わた》しはどうせ可笑なはつですョ真当に貴婦《あなた》勿体ないワ苟《かり》にも可愛い若様にケチをつけてサ（此罰当りめ）
「どうもおはつ様の可愛ひ殿御を褒めなかツたのはお悪う厶いました然しはつやほんとに能《い》い男だネ最前《さつき》楠本さんが妾《わた》しに是お方は駿河台にお在《いで》になる阿香川様の若様二千石のお世嗣《よつぎ》であらせらるゝゾと被仰ツた時若様がイヤ予《わし》は決ツして其様《そんな》ものではないと真面目になツて言訳をなすツたが其真面目な点《ところ》に普通《なみ〳〵》の人がニツコリと笑ツたのよりも千層倍の価値《ねうち》があツたのだョ
「左様《さう》でせう貴婦も矢ツ張り妾しと贔負《ひいき》朋輩ですネホヽヽお主婦さん何ぞお二階に御用は厶いませんかお茶も持ツて行ツたしお茶菓子も持ツて行ツたしお煙草盆も持ツて行ツたし坐蒲団も持ツて行ツたしお手拭も絞ツて行ツたしお茶にお湯を注《さ》しませうかも伺ツたしお烟艸盆のお火は厶いますかも伺ツたしモシお主婦さん何か御用をこしらえて下さいナ
「飛んだ岡惚のお茶ツピイだネ妾しや大変に心配なことがあツ

て今それ所ではないのだヨ
「何でムいます本司さんと佐々木さんが三浦屋で振《ふら》れて玉《ぎよく》を踏むと被仰ツたことですか
「気楽なはつゝだネ其様なことぢやないヨ最前楠本さんが町奴体《まちやつこてい》の者と喧嘩して一刀両断仕舞《ぶつたぎつてしま》はふかと思ふたが格別の慈悲を以て一命だけは助けてつかはしたと自慢して管巻《くだまい》てお在《いで》なすツたのをお前は何とお聞きだヱ喧嘩の相手は雨に雲を染出した着物を着てゐる者といふからは朦朧組の者だらう朦朧組はお前諸藩の浪人や破落戸《ごろつき》や博徒の者が一組を立に番町辺の旗本の次男の端山光景《はたやまみつかげ》とか四ツ破片《かけ》とかいふ悪武士《わるざむらい》を頭領《かしら》にして相手嫌はず喧嘩を渡世にしてゐるものぢやないかアノ雨に雲の浴衣《ゆかた》を着てゐる者には吉原一同も困ツてゐるはお前も知ツてゐるぢやないか
「真当に左様でムいますネもしや其朦朧組の悪者共が多勢で茲《こゝ》をかぎつけて押して来はしますまいか楠本さんは常々髭面をこすりつけ酒臭い呼吸《いき》を吹きかけて妾し等をお責苦《いぢ》めなさるからどうでも宜いけれども若しやアノ若様にお怪我でもあツては大変ですネ妾しはそれが心配ですワ

第五

仲の町山口巴の亭主
朦朧組の頭領　端山光景
若殿　阿香川錦之丞
松葉屋の名妓　初紫
楠本其他朦朧組の徒党大勢

「頼もふ亭主在宅《うち》か
と恐ろしい声を出し長脇差を横たへて雨に雲を染出したる浴衣《ゆかた》を着た屈強な壮者《わかもの》を七八人表へ待たせおき一人押ツ取刀にてズイと山口巴《やまぐちともえ》の内に這入り来る
「ハイ入らツしやい、《ママ》　し
と亭主恐る〳〵叩頭《おじぎ》する
「アヽ其方《そち》が当家の主個《あるじ》か
「ハイ左様でござります
「左様《さう》か予《おれ》は朦朧組の端山光景《はたやまみつかげ》といふ者だ以後近附にならう
「ハイ有がたう存じます何分共又御贔負《ひゐき》を願ひますが今晩は生《あや》憎《にく》とお座敷が……
「黙れ痴気奴《たわけめ》遊びに来たのぢやない少々貰ひたい者があツて来たのだ
「貰ひたいとは何を
「貴様の所へ這入ツた両人《ふたり》の武士《さむらひ》を
「エツ、イヱ左様なお武家は手前の内にはお光来《いで》にはなりません
「ナニ来ないと吐《ぬか》すかよく目をあけて物言へ今八百八街《てう》に名の響く朦朧組の頭領に立ち三百余人の党輩《てした》を支配する此予《おれ》が何で

尋物《たづねもの》の有無《あるなし》を手前達《てめへたち》に指図を受けやうや夫《それ》とも其方《そち》は此予を盲目《めくら》にして其武士《そのさむらひ》を出さぬと申すか何も言ふに及ばぬ其武士を従順《すなほ》に玆《こゝ》へ出せ少し我等仲間の規則で此儘には棄置《すておか》れぬことがあるのだ夫ともアヽやツて外に多勢待ツてゐるが踏み込ませて家探《やさが》しをさせやうか

「何と被仰《おつしや》ツても其様《そんな》お武家は私《わたくし》は一向存じませんやうでしたがそれとも

「又誰か外《ほか》に

「黙れ貴様は両人の武士を飽迄も庇護《かば》ふ積りか宜しい家探しをするから然う思へ

と外に向ひ皆の者に目くばせする七八人の若者一時にドカ〱と入り来《きた》る

「モシ皆様暫時《しばらく》お俟ち下さいまし全く以て左様なお方は被入《いらつしや》らぬ筈でございますがコレおはつ今のお客様はお武家様ではなかツたナ

此時折悪しく中庭を隔てゝ向ふにある厠《かはや》から手を拭きながら出で来《きた》る楠本次郎思はず此体《このてい》を見て蹌踉《ひよろ〱》する足をふみしめ乍ら

「イヤ——其方等《そちら》は朦朧組とか泥棒組とか言ふ馬鹿野郎共だナと相変らず酔中なれば前後をも弁《わきま》へず雑言《ざうごん》す朦朧組の一人の若者アノ野郎だと言ふや否三四人ヅカ〱と飛上ツて楠本の髻髪《たぶさ》をひツ攫み表へ引ずり出しソレ打てなぐれと七八人にて一人をおツ取巻ポカリ〱と打据へたり近所の茶屋皆怖れて戸を建てる二階の欄干より何事にやと見下《みおろ》す阿香川錦之丞今吾同門たる楠本が破落戸共《ごろつきども》の連中に恥かしめらるゝを見て争《いか》でか其儘に棄置くに忍びん朋友の急難を救はざるは不信なり不義なりと急ぎ表に出でんと思ひしがフト気に付く吾が衣服、帷子《かたびら》の葵の御紋服吉原へ着て来るさへ既にお家に瑕《きず》をつくるもの況《ま》してや今町奴体《まちやっこてい》の者を相手に喧嘩をするために此衣類を着するは友に不信不義ならざらんが為に君父《くんぷ》に不忠不孝をなす訳なり併し帷子《かたびら》一枚脱げば下は襦袢一枚二千石の旗本の世嗣《よつぎ》たるべき者が襦袢一枚にて表へ飛び出すも不面目なり如何《いか》せんと起《たち》つ居《ゐ》つする折柄十一二歳の可愛らしきかむろ錦之丞の着物を脱がして後《うしろ》から絽の縫摸様の襠《しかけ》を着せ緋縮緬《ひぢりめん》のシゴキ二筋出し一ツは手襷《てだすき》に一ツは帯となさしめたり

女にして見まほしき一個《ひとり》の美少年が身に派手なる襠を着し派手なる手襷をあやどり派手なる帯をしめてゐることゆゑ誠に見栄《みばえ》ある照応水際立ツてうるはしく絵より外に見られぬ奇麗の姿なり錦之丞は此等《これら》のことには一向に心つかず急劇の際襠も帯も女物とは露知らずイザと側《かたはら》に在りし腰の物へ手を掛けたり

高の知れたる彼輩《かのはい》を懲すに帯刀を汚《けが》すは勿体なし況てや吉原にて真剣を抜くは武士の恥なりと少しく躊躇《たゆた》ツて居る所へ又も以前のかむろは二尺四五寸もある銀の延烟管《のべきせる》を手に握らせ

たり錦之丞は之を受取るより早く表へ駈出し今多勢が楠本の上へ乗りかゝつて居る所へ割ツて入り突然《いきなり》脇腹《わきはら》を打つ、不意を襲はれて周章《あわて》る者共を或は向脛《むかふずね》を払ひ或は眉間を撃ち或は蹴飛ばし忽地《たちまち》七八人を打倒す

「楠本氏気丈《うぢしつか》りなさい何処《どこ》もお負傷《けが》はござらぬかコレ下婢共《おんなども》其方《そつち》で能く御介抱申して上げろ

と楠本の手を取ツて山口巴《やまぐちともえ》の内へ投《はう》り込む

「鳥なき里の端山光景とやらサア参れ

と兼て強力《がうりき》に誇りて非道非義を行ふ朦朧組の頭領と渡り合ひ合手は太刀《たち》吾は烟管、或は合し或は離れ虚々実々切り結ぶ、彼方《かなた》の光景阿香川の手並に敵し難しと思ひけん者共参れとバラ／＼と伏見町河岸《ふしみてうがし》の方を指して逃げて行く跡には四五人肩息となツて仰向に倒れてゐる之をヂロリと尻目にかけ銀の延烟管を提げてスツクと立ちし錦之丞の姿を最前より山口巴の二階の欄干に椅りて余念なく傍目《わきめ》もふらず見とれてゐたる是ぞ当時此廓《このくるは》に名高き全盛の花魁《おいらん》松葉屋の初紫《はつむらさき》なりけり

初紫元は武家の娘なり以前より山口巴の内に来合せ間《あひ》を隔てながらも錦之丞の風采に見とれて今の今までもひそかに錦之丞の勝利を祈ツてゐたりしは此美人なりけり又襠、烟管をかむろに持たせつかはせしも実《げ》に此美人の吩咐《いひつけ》なりけり

第六

松葉屋初紫
朦朧組頭領　端山光景

「初紫《はつむらさき》の坐敷は何処《どこ》だ、エヽうるさいやい愚図々々停《とめ》だてしやがると承知しないゾ

と端山光景バタ／＼と数十人《すじふにん》の徒党を率ひて松葉屋の内に乱入し邪魔する番頭等の兀頭《はげあたま》を叩きながら二階に昇る楼外には数百人《すひやくにん》の朦朧組ヒシ／＼と攻め寄せて声援す室内には松葉屋の全盛初紫兼て覚悟したることなればソレと悟り敢て驚かぬしとやかの素振屏風まはして錦之丞を上《かみ》の間《ま》に隠くし

「アラ騒々しや夜半《よなか》に夢破る無粋の藪蚊は

と言ひながら静かに次の間の障子開けば端山光景不意に立ちふさがり

「其藪蚊が汝《そなた》に用がある女郎《めらう》俟《ま》ツた

「ヲー恐《こわ》や妾《わた》しや女郎といふ名では厶《ござ》んせぬ

「ナニ、女郎でないとか女郎で不足なら尻で世渡る蚩娼妓《ぢよらう》松葉屋の初紫、最前預けたニヤケ男早く出して貰はふか

「ホヽヽ、此方《こなた》は夢でも見なさんしたかきつい周章様《あわてやう》、妾しや此方《こなた》に物預つた覚えはない寝ぼけて門違ひばし為玉ふな

「ナヽなんと此売女奴《このばいため》言はせて置けばつけ上り人も無げなる今の広言寝惚《ねぼけ》とは何だ、イヤサ門違ひとは何だ預り物ないとは善

く言ツた見事預り物はないと言張るか

「ハテくどい知れたこと情けを売る流の身に何事ぞ見るも興さむる長太刀《ながゞたな》に多勢《おほぜい》の男衆花売る場所で恋知らぬ不粋な業はチト男の品格《こけん》が下りませう此様《こん》な所に永居せずと其辺《そこら》あたりの横町の局《つぼね》とやらに待ツてゐる人が厶んせう早く行んで鬼の涎とやら閻魔の笑顔とやらでも見せてやらんせ

　とハタと障子を閉められクワツと憤る端山光景ガバと障子を蹴飛ばし

「慥《たし》かに此内に阿香川錦之丞潜み居るに相違なし錦之丞には吾等尋ね問ふべき仔細あり出《いだ》せ、渡せ、

「ホヽヽ預り物とは方様の事か方様は今上の間でヨウ寝入て厶る野暮な音させて夢破り玉ふな

「それ見た事か其処《そこ》退け踏込んで受取らう

「是は亦た訳知らぬ御言《おんこと》や此閾より一寸先は妾しの城廓狼藉するは慮外であらう女ながらも此間の主人《あるじ》サア踏込めるものなら踏込んで見や

「フヽ生意気なこと吐《ぬか》すな踏込むに汝《そなた》の差図は受けぬ

　と言ひながら座敷に入らんとす初紫は之を遮《さい》ぎりキツトなり

「流れの身でも信義は知る縦令《たとひ》一夜の勤めでも勤めは勤め、此身敵妓《あひかた》に出てゐる内は大事のお客、訳知らぬ乱暴者に方様の髪の毛一筋でも触《ふら》せては君傾城《きみけいせい》の名折にて後の世までも信義を知らぬ勤めを弁《わきま》へぬ初紫と笑はれんソレとも飽くまで踏込むなら生命《いのち》と交換《かへ》やうか

ウフヽ小癪ながら面白い言分汝如きを相手に刀は不要《いらぬ》

　とムヅと手を捕へて投げ倒し上の間に踏み込む

第七

朦朧組の頭領　端山光景
三浦屋高雄の嫖客《きやく》　伊達《だて》公《こう》

「踏込まずとも此方《こなた》より逢ふてつかはす狼藉するな端山光景

　と言ひながら悠然として銀延《ぎんのべ》の長烟管を咬《くわ》へて出で来《きた》るは錦之丞と思ひの外兼て朦朧組の金箱とも米櫃とも仰ぐ東北の城主竹に雀の殿様なり

「ヤヽツ青二才の錦之丞と思ひの外尊公は仙……

「シイツ是れ野暮に大きな声を出すな

「それでも尊公《あなた》には何時《いつ》如何《どう》して此処《こゝ》に

　と急に抜きかけし鯉口を押して畳の上に平伏し

「此喧嘩に尊公御顔《おんかほ》出し下されては十分の理も九分の弱味拙者共は口惜《くやし》涙を流しながら手を空しくして退去《ひつこま》ねばならぬ訳恩は恩、義は義、酬ゆべき場所は外《ほか》にある何卒《なにとぞ》此場所お見逃しを願ひます

「イヤ見逃がすこと相成らぬ悪く思ふな光景余は日頃の微恩を鼻にかけ其方《そち》達を困らせるやうな卑劣《きたな》き心は持たぬ只汝《そなた》の為をイヤサ朦朧組の為めを思へばこそ、高が相手は年葉も行かぬ若

武者一人それを相手に喧嘩して勝ツた所が何の誉《ほまれ》にもならず若し万々一負けた時は——サヽ然う憤《おこ》らずとも好《い》ゝよもや負ける気づかいは無《な》からうが噂に聞けば今日の昼仲《なか》の町《てう》の山口巴《やまぐちともえ》の前での有様は余り人も誉めてはをらぬ予も亦た組の見栄とは思はぬ武士の恨みは潔白にて一時《ひととき》限りたとひ負けても運命とあきらめて恨みも怒もサラリと流してしまふのが真《まこと》の武士といふもの義俠を看版にする朦朧組の頭領に此位《これくらゐ》の道理が見えないでは江戸の奴等が笑ふぞよ何うだ光景分ツたか

「然らば錦之丞は此楼《こゝ》には

「サア、居るでもなし居らぬでもなし先程此楼の初紫より「お茶一服差上げたきゆゑ可愛い殿様しばし借して下され」と高雄に宛てた頼み状に「相身互ひ身」が武士の情なら勤めの身にも相身互ひ身是非に行ツて玉はれと予に高雄よりの余義なき頼みに何心なく来て見れば此始末、汝《そなた》もあまり大人気なし花を散らす喧嘩は粋めが笑ふ、表の多人数は見苦しく〳〵つまりは組の名《な》折《をれ》と云ふ者早く諭して帰せ是より三浦屋に行ツて陽気に飲み直さうサア一緒に参れ

「然らばお言葉に随ひまして

「一緒に参るか能い分別是れ〳〵女子共案内いたせ

との言《ことば》の下に何処《いづく》より現はれ出でしか芸者、幇間《はうかん》、新造、かむろ、茶屋の女中十余人ゾロ〳〵と一同に閾の外に手を下げいろ〳〵の髷を見せて

「殿様を左様長くは借されぬと花魁《おいらん》(高雄を指す)の催促、サアお供〳〵

* * *

果然、阿香川錦之丞は初紫の信義ある心づかひにて災難を免《のが》れたり錦之丞は彼方の名代《めうだい》より初紫に手を引かれて来る

「永い間待たせまして嘸ぞ御退屈——一ツの心配は免れても又一ツの心配が

「ナント申す

「さいなア今の敵は恐《こわ》いことはなけれども夫《それ》にも増して恐いのは夜明けの鐘で厶《ござ》んす

第八

若殿様　阿香川錦之丞
松葉屋　初紫
阿香川家老臣　三太夫《さんだいふ》

思案の外《ほか》とは実《げ》にも是なり彼の錦之丞は初めは思ふ所ありて足を芳原に踏みこみしも其夜の初紫の所為、色あり香あり義あり俠ある待遇《もてなし》に深く感じ況《ま》して女は夫《それ》と目星を附けて男にうちこみ勤心《つとめごゝろ》を離れたることなれば終に離れられぬ交情《なか》となり飛鳥川淵は瀬になる世ありとも此恋は破らじ渝《かは》らじ忘れまじとぞ誓ひける

雨の降る日も風の日も富士の見える日も見えぬ日も行かずに

は居られず呼ばずには居られず方正謹直文武両道に執心の若殿様も終に一個の放蕩息子《どうらくむすこ》となり了れり楠本次郎は人に語りて其艶福を羨やみけり夫も其筈、初紫は其頃の和歌の浦の換唄に「廓《なか》のうちにも名妓が厶《ござ》る」とて瀬川、高尾、揚巻《あげまき》などゝ並べ称《たゝ》へられし一人《いちにん》なればけふ此頃の吾子の放蕩に母親はなさぬ中とて流石《さすが》に世の思はくを慮《はか》り蔭になり日向《ひなた》になりてアラをかくしてやれど父親は一方ならぬ立腹にて最早堪忍の緒断れたりけん或る日三太夫《さんだいふ》を呼び

「其方も知る通り錦之丞の此頃の不身持、度々《たび〳〵》諭《さと》し懲せど少しも改心の摸様なきのみならず放蕩日に増々募るばかり愈々勘当するに決心したゆへ其方彼《あれ》に逢ふて此旨を伝へよ

とて武士の決心翻へすに由なく三太夫の取執《とりなし》も母親の涕も無駄となりぬ

＊　＊　＊

「其処に兀頭《はげあたま》を下げて泣てゐるのは誰れだ、野暮に堅い服粧《なり》だナ芳原に来るのに其様《そん》なゴリ〳〵した袴《はかま》などを穿て来る奴がある者か

と錦之丞は微酔を帯びて初紫《はつむらさき》を膝枕にしながら今松葉屋に尋ね来《きた》りし忠実の三太夫をソレと知りて故意《わざ》と知らぬ風なり三太夫はジツト若殿を見つめ乍らハラ〳〵と熱涙を流し

「若様血迷ひ玉ひしかイヤサ武士《さむらひ》の性根を失ひ玉ひしかとサ御《ご》諫言《かんげん》を申したいが此爺《ぢゞ》イは此処《こゝ》では申さぬ兎に角殿様の御立腹母上様の御心配ソレは〳〵一方ならず常日頃御孝心深き若様此《こ》点《ゝ》をお聞分け下さりまして一先づ御帰館を願ひます

「否《いや》だ〳〵其様《そん》なに堅くるしいことを言はずに爺イも一杯飲んで今夜は敵妓《あひかた》をつかはすゆへ遊んで行け、ナニ否だと申すか主人の命《めい》に背くか背くなら余も爺イの願は聞かぬから然う思へ、第一今更家に帰れ抔《など》と言ふ様なたのもしくない父親の所には帰られぬ

「ナント御意遊ばす

「父上も父上だ其子たる者が是程不身持になツたら勘当するが当然だ然るに内に帰れ抔と吩咐《いひつく》るは子を教育する道を知らぬ愚昧の親と言はなければならぬ爺イの前だが物の道理はナント然うではないか爺イ

「イヤ殿様は決して愚昧でない若様は遠うに御勘当になりましたぞ

初紫「エ、ツ、夫《それ》は真当《ほんとう》で厶んすか

と泣き伏す錦之丞は思はず膝を進ませて

「夫は真当か爺イ様々、嬉しいぞ、然うなくてはならぬこと実は今か〳〵と心待ちに待ツてゐた初紫喜べ身は勘当に成ツたぞや、エ、ナニ泣くことがある者か目出度ではないか爺イも喜べナンと目出度ではないか放蕩息子が家に在ツては阿香川家の瀆《けが》れだ爺イ勘当は慥《たし》かに承知したが無一文で追払はれては困る其《そ》

方《ち》は忠義者だから必ず母上に内所で金子《きんす》を沢山貰ツて来たらう
　と万事不意を打たれて先《せん》かけられたる三太夫
「ヘエー何《どう》も恐れ入りました此頃は大層御如才なくお成りなされました、何うも爺イ抔《など》は何とも申上様が厶いません実は母上様から金子を二百両と此お手紙とを
「ナニ金子を……有りがたい手紙などは無用《いらぬ》が金子を持たせてくれるとは有難い、然し二百両ぢや足らぬモウ五百両持ツて来い……コレサ持ツて来いと言ふに猶五百両なければ少し都合がわるいことがあるのだ何をうぢ／＼してゐる

第九

松葉屋　初紫
紫屋番頭　村《むら》重《ぢう》
紫屋主人　錦之丞
其他若い者大勢

此頃初紫《はつむらさき》が許に繁々通ふ四十許りの客あり日本橋辺の醤油問屋の一番番頭村重《むらぢう》と称しゾツコン打ち込んで信実を尽せど初紫は振ツて振ツて振りとふし只の一度も打ち解けず
「コレサ花魁《おいらん》分別盛りの此男にヨクも／＼恥をかゝせるネ得手に揚げた帆ぢやあるめエしピン／＼膨張《ふくれ》るばかりが花魁の能でもあるめエ稀《たま》にや優しいことの一言位言ツてくれても満更罰《ばち》も当るまい俺もお前さんの為には随分惜気なく男の器量も品位《こけん》も下げてゐるぜモウ斯う成りやア男の意地だ末は枯れやうと萎れやうと一旦根引して鉢植に為なけりや此の村重が世間に合はせる顔がねエ今日《けふ》身請して連れて行き、軈《やが》て無理酒飲めぬ身にしてやるワ、ヘン身請の金さへ出せば我儘の言へぬくせに紺屋の物干じゃあるめエーあんまり高くとまツて貰うまいヨ
「お客とやら飛脚とやらは何程《どれほど》権柄のある者か妾《わた》しゃ田舎育ちで心得ませねど聞きたくもない自惚話《うぬぼればなし》はあきれが礼に来ます程に止して下さんせ弱い稼業の此身をお責苦《いぢ》めなさんすが、四十男の名誉《みえ》でも厶《ござ》んすまい厭な見苦しい醜虫《いもむし》のやうな金とやらで身体《からだ》は買ふことが出来ませうが心情《こゝろ》は買ふことは出来ますまい心情は入らぬ身体を買ふとの思召しなら京都に行けば美しい土人形が厶んす程に夫《それ》なと買ツて抱《だか》しやんせ妾しゃ根葉を枯らす為めに鉢植にする様な頼もしくない男はきつい嫌ひで厶んす
「縦令《たとへ》イヤであらうと嫌ひであらうと意地といふ虫が承知せぬコレ浮舟楼主《ていしゅ》を呼べ今日は是非とも身請して内に連れて行く
「エヽツ此方《こな》さんは胴慾な、どうでも此妾しを殺しやさんすか
　とドウと泣き伏す
「イヤ殺して活す工夫がある今の悲涙《かなしなみだ》は直に嬉涙《うれしなみだ》にさせてやる、サア浮舟、花園、みどり何を泣く花魁の身請だ目出度／＼お目出度酒だ／＼露八を呼べ善孝を呼べ小春も呼べ吉次《きちじ》も浜子も連れて来い

＊　＊　＊

土一升に金一升といふ日本橋通りに此の頃新たに開業したる醬油問屋「むらさき屋」方には今晩が御主人の御結婚、お嫁様は吉原の松葉屋より今に入輿《こしいれ》とて出入の若い者、仕事衆、番頭、丁稚《でっち》大勢提灯《てうちん》を持ち出迎す、此時吉原の方より大勢の供附て初紫の駕籠「むらさき屋」に横着《よこづけ》になり中《うち》より出る裲《うちかけ》襠《いっ》の姿は華麗《はで》に気は凋《しほ》れ筒に挿《い》けたる牡丹花一枝、案内に伴《みちび》かれて奥に入る

村重「サア花魁茲《こゝ》に座りなさい
「イヤで厶んす
「私は年も四十で………
「イヤで厶んす
「女房もあれば子もある………
「イヤで厶んす死んでしまいます
「ハ、、、一図にイヤ〳〵とだゝをこねて世話のやける少女《ねんねへ》だ
実は私の女房にするのぢやない御主人の奥様にするのだ
「イヤで厶んす淵川へ身を投げて死んでしまいます
「然う死にたければ死なせてもやらうが後で千年も万年も生て
ゐたいと言ふな
「イヤで厶んす死んで………
「コレサ花魁何《どう》したものだ然う気を取り乱さずに先づ顔を上げ
て私の御主人を御覧なさい
「イヤで厶んす

若殿様「コレ初紫イヤサお初
「エ、ツ貴郎《あなた》は錦様
「無恙《まめ》であツたか
「逢ひたう厶んした
と膝に寄り添ひたけれど人目を兼てヂツト錦之丞を打守り
「お頭髪《つむり》と言ひお服粧《なり》と言ひ以前に変りし其お姿は
「武士《さむらひ》がイヤで町人になツた故意《わざ》と勘当受けて母から貰ツた七
百両を資本《もとで》となし其残りで其方《そち》を受出し屋号も其方の名にあや
かりて紫屋と………
村重「御婚礼の晩にソンな事は被仰《おっしゃ》らずとも宜《よ》い、サア花魁
………ぢやない奥様コレでもイヤかコレでも淵川へ身を投げて
死にたいか、サア勝手にお死になされ留はせぬ
「ほんに憎い村重さんコレで厶んす
と掌《て》を合せて拝む真似、果して先程の悲涙《かなしなみだ》は嬉し涙となれり
果して千年も万年も生てゐたい身となれり
村重「サアお嫁様の笑顔が見えた一同皆々祝へ拍手《しめ》ろ
シャン〳〵〳〵シャン〳〵〳〵めでたし〳〵〳〵

訥軍曹序

事戦争に因縁《ゐんゑん》あるものにあらざれば読者が一瞥盻《べつめん》だも与へざる今の時節、現実界の流行に超然卓立せざるべからざる美文家も亦た世俗の熱に侵さるゝの已むを得ざるに至る……浮世なりけり

去れど這般《しやはん》の戦争は吶喊《とつかん》、凱歌、剣影、砲声、奮闘、戦死等只其表面に現はるゝものゝみを見るも既に美文家に多量の新材料を与へたり更らに飜りて其裏面を見るときは奉公といへる二文字があらゆる人情を絶断して愛別となり離苦となり義捨となり献金となり閨怨となり「悲しさかくす笑ひ顔」となり「泣かぬは泣くに弥優る《いやまさ》」となり幾多の純潔至美なる新詩料は殆んど吾人をして応接に遑《いとま》なからしむ吾人は之を採りて以て筆硯の奴隷となすの才なくんば遂にムーゼの意に背かん深閨嬌婦濡レ衣処《しんけいのきやうふゐをうるほすのところ》、万里《ばんり》征人上レ馬時《せいじんむまにのぼるとき》、依稀《いき》柳枝《りうし》に懸りて落ちんと欲して落ちざる残月は知らず幾別離《いくべつり》幾涙痕《いくるいこん》を照し尽せしや吾人は一たび之を思ふ毎に勢ひ筆を茲《こゝ》に馳せざらんと欲するも能はず

垂死の喇叭《らつぱ》卒《そつ》、開門の勇士、功は即ち功あり然れども彼等は其功に応じて嘖々《せき〳〵》世に歌はれたり吾人は功ありて世に歌はれざる人あるべきを悲む奮闘する者戦死する者素より満心総て義烈忠勇然れども眼中些《さ》の名誉もなく余栄もなく金鵄《きんし》勲章《くんしやう》もなく我《われ》を捨てゝ人の美を成さんとする者有りや無きや吾人は亦た之を思ふ毎《たび》に勢ひ筆を茲に馳せざらんと欲するも能はず

本篇舞台を日清戦争に取り筆を予後《よこう》備兵《びへい》の召集に起し一個忠勇義胆の軍曹を経となし一少佐の自刃一大尉の戦死を以て緯となし其間多少の結構を点色す深く恥づ、吾人の鈍筆能く之を写し出《いだ》すことを得ざるを

明治廿七年十一月

萩の門忍月識

訥軍曹

第一

明治廿七年六月某日の深夜人寝静まり万籟《ばんらい》声なきの時俄然砲声三発広島城に起る、人走り、車馳せ、馬嘶《いなゝ》き、喇叭《らつぱ》響き、高張提灯高く掛りて巡査の佩剣鏘々《はいけんさう〳〵》たり幾万の市民悉く旭日《あさひ》に先《さきだ》ちて夢を破りて床を出づ是れ第五師団が征清出師《せいしんすいし》の準備として予備兵を召集したるにぞありける

＊　　＊　　＊

茲《こゝ》は備後国《びんごのくに》三上郡《みかみごほり》庄原村《せうはらむら》の片辺《かたほと》りに村内の粧飾《かざり》と呼ばれ何人《なにびと》にも愛好され何人にも笑顔で迎へらるゝ若夫婦ありけり夫は松園《まつその》鬼《おに》五郎《らう》と呼びて今年取ツて卅三歳、名は人を表はす大力無双の大男癪に障れば三十貫の巨巌《おほいわ》をも手玉に取ツて擲附《なげつ》けるほどの大勇、去れど性来《せうらい》柔順にして涙多く人と争ひたることとなければ、人に勝ちたることもなく今より七年前定期の兵役を務め上て今は本業の耕作に余念なき予備軍曹、曾て鬼松園《おにまつその》とて廿一聯隊中に勇名を轟かせし面影は今は消えて殆んど跡なきが如し生れ附きて何一ツ器用ならぬことなけれど如何なる魔神の猜《そね》みを受けしにや生来《せうらい》の訥《どもり》にて思ふことを十分に人に語り兼る不憫さ、立派な本名《ほんめい》を持ち乍ら訥鬼《どもおに》〳〵と綽名ばかりを世間に歌はるゝこそ哀れなれ去れど其訥は鬼五郎の正直無垢を表すの看板となりて却て人々の愛好を受るの種となりけり」《ママ》妻は名をお雪と呼びて今年廿五才、六年以前一子を挙げて親子三人水入らずの睦まじさ余所目にも羨まし

お雪は元廿一聯隊の中隊長町橋大尉の家に召使はれたる腰元なりしが大尉が常に「我隊に「鬼松園」ともいひ「訥鬼」ともいふて綽名を二ツ持つてゐる軍曹があるが中々感心な男だ兵卒の亀鑑《てほん》となる男だ如彼《あア》いふ男は行末引立てやりたいものだ」と人々に物語らるゝを偸聞《たちき》き心窃《ひそ》かに訥鬼の人となりを慕へりお雪は啻《たゞ》に名を聞て慕ふのみならす其人を見て益々之を慕へり訥軍曹はしば〳〵隊の使者となりて大尉の玄関に来りしことあり一見真に鬼の如き無骨男なれども温順親切の美徳を備へたる徴《しるし》は挙止動作《たちふるまひ》の端々に現はれたりお雪は何時《いつ》の間に之を観察したるやら殊勝にも又いぢらしゝ

お雪は華年《としごろ》に至るまで忠実《まめやか》に大尉の宅に奉公せり大尉の夫人は太《いた》くお雪を愛し之を離すを惜めども扨《さて》何時迄も此家《こゝ》に置きて嫁《か》期《き》を誤らしむるは情《こゝろ》に忍びずとて或る日お雪に向ひ汝《そち》も最早年

頃なれば嫁に行くべしわれ世話せん月下氷人《なかうど》とならんとて附縁を勧められけるにお雪は再三強ひられたる後《のち》僅かに思ひの程を漏らしたり

お雪は可憐の処女にして行ひ正しく十人並より立優りたる容色《きりやう》あり其愛嬌と色白とは七難をかくすの徳あれば夫《それ》相応の家より嫁に望まるゝこと多きに男もあらうに撰《え》りに撰りて不具全然《かたわどうぜん》の訥鬼五郎を望むとは夫人の耳には頗《すこぶ》る意外なりき夫人はお雪の意中を聞て其風変りの好みに驚けり驚きて此由を大尉に告げたり大尉は手を拍ツて「エライ感心、彼も最早満期で帰休するから宜《い》ひ都合だ至極似合の夫婦だ、ヨシ誰が何と言ツても此乃公《をれ》が世話してやらう」と喜んでお雪が着目の凡《たゞ》ならぬを褒めぬ

お雪は此《かく》の如くにして訥鬼の妻となりぬ妻となりてより茲に数《す》年《ねん》家内風波なく和合長久時世と共に穏かに夫婦とも村内の花として愛《めで》られつ

然るに六月某日の朝夫を野良に送りやりたる後糸車に紡《つむ》かせて余念なきお雪は俄然驚くべき一警報に接して絶て意外の出来事に経験《ためし》なき小イさき胸に時ならぬ荒浪《つなみ》を起させけり

第二

お雪を驚かしたる警報とは果して何物ぞ

彼方《かなた》の畔道より足早に走り来《きた》りたる村役場の吏員、お雪さん〳〵鬼五郎さんは在宅《うち》にか国家の大事………。オヤ中村様で厶《ござ》りまするか大層夙《はや》く………只今宿は仕事に出て居りますが何ぞ御用で厶りまするか。用とも用とも大急用ぢや国家の急用ぢや此令状を渡して行くから一刻も早く国家の為めに召集に応じなされ。召集とは………夫《そ》んなら噂の通りいよいよ支那と戦争が始まりましたか。始まツた段かグヅ〳〵すると敵が日本に逆寄《さかよせ》して来るかも知れぬから此方《こちら》でも急いで出陣して茲《こゝ》点一番チャンチャン坊主の胆玉を抜ぐといふ国家の計略ださうだ、今度は内乱とは違ツて敵は外国だから張合もあるが骨も折る、夫《そん》なことはあるまいが何事も国家の為めだ可愛い男を手離すことは辛からうが国家の為めだ其処《そこ》はお雪さんヂツト辛棒して卑怯未練な心を出しなさるな此村から立派な軍曹を出すも卑怯な軍曹を出すもお前の量見一ツにあること国家の為めを思ツて此村の名代男に疵《きず》つくるな国家の為めには名物の訥鬼《どもおに》も………ヲット是は失礼然し国家の為には唖《をし》でも訥《ども》でも………ア、是はいかん………お雪さん分ツたか国家の一大事だ早く此令状を鬼五郎さんに見せなされ分ツたか国家の………。と何だか分らぬことを喋々《しやべり》ながら此国家君は立去りぬ

国家々々と国家を無限《のべつ》に安売りしたる国家君の後姿を見送りながらお雪は「ヲ、然うぢや兼ての中附《まをしつけ》は此事」とキツと覚悟を定めて急に声を揚げて元々《はじめ〳〵》と呼びぬ

軍人帽子を被りて銀紙のサーベルをやんちやに振まはし隣家《となり》の

犬を後園に追ひつゝありし一子元は母の声を聞くよりサーベルを其所《そこ》に擲捨てゝ土足のまゝ椽側に上りて、母アちゃん何。

元ちゃんお前は宜い子だ御褒美を上るから是を一生懸命に急いで阿父《おとつ》さんとこへ持ツておいで。と以前国家君より受取たる令状を風呂敷に包みて子供の帯に結びつけてやりぬ

ヨシかゐ、夫《それ》を紛失《をと》してはいけませんよ、イゝかゐ急いで行くのですよ、転ばないやうにお駈よ。元は何だか分らぬ紙片《かみぎれ》一枚を母より腰に結び附らるゝや否や母の注意を聞きも終らず駈出《かけいだ》しぬ一生懸命に急げと言はれたる言葉を一心に服膺して泰山よりも重しとなし足の及ぶだけ息のつゞかん限り迅速に駈出しぬ

ア、此無心なる小児《こども》は己れは我父を戦争《いくさ》に駆り出さんが為めに今走りつゝあるを知らざるなり己れが腰に携ふる紙片は我父に赤きものを流させ我母に熱きものを流させるほどの怖い恐ろしいものたるを知らざるなり

三たび転び五たび躓《つまず》きて漸く父の姿を認めたり、父さん〳〵と叫びながら手にて腰の包みを指《ゆび》さし貴重の届け物あることを知らせたり

彼方《あなた》の青葉の木蔭に在りて耕作に余念なき鬼五郎は我子の声を聞き鍬《くわ》をやすめて元をさし招けり

元は跛《ちんば》を引きながらやうやく父の側に辿り附きたり辿りつきて父の手にブラ下りわが腰の風呂敷包みを早く解きて見よと請求《ねだ》れり

そ、その、汗は……あ、あ、足の血、血は、何ツ、何うした、な、なんで怪、怪我した、父は我子の尋常《たゞ》ならぬ汗、呼吸遣《いきづか》ひ、足の怪我等を見て訝りつゝ手拭以て元の汗を拭いてやり足の怪我を験《あらた》めんとすれば元はもどかしく思ひ、父さん之を……之を早くよウ。と母より腰に結んで貰ひたる包みを押附けて早く之を渡さゞれば母の使命に背くの恐れありと言ひたげなり

第三

一子元《はじめ》の意《こゝろ》を会得して父は急に風呂敷包みを解きたり中《うち》に包みある召集令状を一見するや否や「愉快！」と一句流暢に滞みなく吐き出すといはんより寧ろ絞り出《いだ》したり去れど次は「マ、マ、マツ」とのみいふて「待ツてゐた」の全句を言ひ終る能はず自分ながらもどかしがりて心情《こゝろ》の満ち溢るゝを外《ほか》に漏すの遑《いとま》なく鍬《くわ》も畚《ふご》も又一子元をも其所《そこ》に見捨てゝ一目散に我家へ駈け出しぬ

事の起りを知らざる元は父の何事か言ふて血相かへ急に駈け出《いだ》したるを見て訝かり、父さん〳〵お待よ〳〵。と呼びぬ去れど父は後《うしろ》をも見ずして猶ほ駈けつゝあり、元は、父さん坊も一緒に〳〵。と声を限りに再び叫びぬ声を限りに叫びたるわが子の声は応召の外、山もなく川もなく汗もなく炎天もなき鬼五郎の耳に入りぬ茲《こゝ》に初めて元を取り残したることを思ひ出したる鬼五郎は足を止めて二三歩寄戻《よりもど》りたり去れど父と子との間は此時

は早既に二町足らず隔たりてありぬ寄戻らんとしたる鬼五郎は何思ふてか急に又踵《きびす》を回《めぐ》らして駈け出せばワツと泣き出す元の声は鬼五郎の腸《はらわた》に響く、「坊やは強《きつ》い泣くな〳〵」と語《ことば》にこそ表さねど口の中にて撫め乍ら双手《もろて》に両耳を塞ぎながら韋駄天走り、あはれ道端の草花に宿る無心の胡蝶も鬼五郎の毛脛に蹴飛されて可惜《あたら》黄粉を落しぬ

彼方《かなた》より駄馬を曳き呑気な歌を唄ひつゝ来《きた》る此村の八兵衛今一心に走る鬼五郎と摺違ひさま咬へ煙管を外して、ヲイ鬼公何うした何だ〳〵。と呼び掛けたれどいまだに耳を塞ぎたる此方《こなた》は耳をも仮さず回顧《ふりむ》きもせずして一瞬千里、ハヽヽ、訥鬼《どもおに》血眼になツて何を騒いでゐる女房が臨産か——然し遂ぞ雪の字がポテレンといふ噂も聞かなかツたが。

* * *

父迎ひの使者として一子を送り出《いだ》したるお雪は兼て覚悟したることなれば今更驚き悲むべきにあらざれど去れど胸の荒浪《つなみ》は容易に治まるべくもあらず女子《をなご》の心弱き兎角現在《いま》の事よりも後々《のち〳〵》のことのみ思ひ過して取越し苦労に胸のせまること多し併しお雪は夫の意《こゝろ》を受けて実は常に今日あるを待ちたるなり、「靴も磨き置きたり胴衣《しゃつ》もズボン下も洗濯し置きたり平生《ひごろ》の準備《ようゐ》は今日一刻の役に立てん為めなり争《いか》でか夫を未練者になすべき妻帯以前の鬼五郎は適《あつ》ぱれ勇壮の軍曹なりしもお雪を妻にしてから魂が鈍りたりなどゝ世間に笑はれんは一生の恥辱なり」

かく思案しつゝお雪は葛籠《つゞら》の裡より軍服を取り出《いだ》せり胴衣もズボンも靴下をも取り出せり軍帽の塵を払ひ終りて靴の塵を清めけり而《しか》して其心を籠めたる水天宮清正公《せいせうこう》の御札を入れたる守袋も財布と共に軍服の隠シに入れ今は只管《ひたすら》夫の帰り来《きた》るを待つのみなり去れど夫を待つお雪の眼《まなこ》はいつしかうるみて夫の帰りの遅きを望む様見ゆ、夫の帰り来る時は即ち生別れの時なれば人情はかゝる愚痴をも起すなるべしわが子を励まし諭して急ぎ迎ひに出しつゝ其間に我身も出発の準備を整へて出発する其人を待つ者が待たるゝ人の早く来るを願はずして却ツて遅きを希《こひねが》ふ、実《げ》に人情は表裏にも又表裏ありて理外にも又理外の理ありとやいふべき自ら欺きて夫の帰り遅かれかしと祈りしお雪の望みは空《あだ》なりけり汗を流して走り帰りたる夫は、外より、ゆ、雪！と一声叫びぬ

此声聞くや此時の胸はドキンと何物にか打たれぬア、夫の帰りは思ツたよりも早かりしなり

第四

「ゆ、雪！」と戸外より一声叫んで帰りたる鬼五郎は堂《いへ》にも上らず内庭に突立たるまゝ黙して取揃へある軍服を指させりお雪は一先づ足でも洗ふてお上りなされと勧むれど心矢竹にはやる鬼五郎は首を左右に振りて手を伸ばし両足に地団太踏ませ二たび三たび服を求めたり

お雪は遂に夫の心に逆はん便宜《すべ》なく兼て準備《ようゐ》の品を取出《とりいだ》せば之を手に受くるより早く鬼五郎はヅボンを穿き服を着靴下を穿き靴を穿き而《しか》して帽子を手に取れり

雪！　ま、ま、無事《まめ》で暮せ、お、乃公《おれ》が生命《いのち》は、無きも………の………と、か、か、覚悟せよ。一語訣別を告げ終りて座隅に在りしコツプを取り自ら井戸端に行きて急き清水を汲み来《きた》り其半ばを飲んで残る半ばを妻に与へ、雪！　み、み、水杯だ。

震《わなゝ》く手にコツプを受取りヨヽと泣き伏すお雪を眼前《まのあたり》に見捨てゝ鬼五郎は又外へ駈け出しぬ一二丁目の間は殆んど目を塞ぎて

見送る人は落涙千行《せんかう》、見送らるゝ人は暗涙一滴

後髪惹く妻の心緒《こゝろ》は乱麻なり後髪惹かるゝ男の腸《はらわた》は寸断！

アヽ心弱く涙多くして名とは反対《うらはら》なる鬼五郎も此日ばかりは心を鬼にして生別れせり別れをも碌に語り尽さで、名残をも碌に惜ませで

別れを語らざるに非ず彼が口は語ること能はざるなり名残を惜ませたくなきにあらず私情に惹《ひか》されて応召の時に後れんことを恐るゝなり去れど知る人ぞ知る此間の光景無言は絶叫よりも悲み深く緘黙《しんもく》は万縷《ばんる》よりも情の切なるものあるを

鬼五郎に取りては峻坂《しゆんぱん》を駈登り激浪を蹴破ることは坦道を歩くよりも平気なり砲烟弾雨を見ることは三芳野の花を賞するよりも愉快なり去れど彼には人情の関所を越ゆることは親《おや》不知子不知《しらずこしらず》の嶮を越え大鳴門小鳴門の渦を過《よぎ》るに優りて難し鬼五郎は「今此越え難き関所を越えたり是より先きは平坦々の道に三芳野の花盛りを眺めん今迄久しく用ゐんと欲して用ゐるに由なかりし此腕に三尺の剣《つるぎ》を揮ふてチヤン／＼頭を西瓜《すゐくわ》割りに割ツても／＼お咎めなき境界、斬り捨て御免とは有難しさても愉快なりけり」

かく心に考へつゝ村役場を指し郡役所を指して急ぐ鬼五郎は我がポツケツトの中《うち》に妻が心を籠めし守袋と財布の入れあることを未《いま》だ知らざるなり家には我が飲み残せし半杯の水を更に之を二分して一分は泣て其愁腸に入れ一分は撫《なだ》めて頑是なき「無心」に飲ませる人あることを知らざるなり

＊　＊　＊

アヽ逢ふは別れの始めとは誰が言ひ初《そ》めき言古《ことふ》りたれども何時までも新なり此雪曾て町橋大尉のお屋敷に在りし時忘れもせぬ秋の木の葉の落つる頃、初時雨《しぐれ》の袂にかゝる時、初めて君を偸間《かいま》見《み》たり君は隊の使者として御主人様に文箱《ふばこ》を届けんとて来られたり色黒く口訥り頭から足まで武骨の外には一ツも取所なき男なりき去れど妾《わらは》は何故とも知らず此君を慕へり世の中は弁舌の爽かなる人を好めども妾は何故か君の訥りが好きなりき世の中は風流多才の人を慕へども妾は何故か君の武骨無才が慕はしかりき偽り多き世の中に軽薄多き世の中に君ならで誰にか妾の百《もゝ》年《とせ》の身を托《まか》せん此「誠」の化身たる君に連れ添はば浮世の憂《うき》を知らで消光《くら》すを得んと思しに意外なり浮世の憂は内より起らず

して外より来《きた》れり去れど……去れど……憂といへば憂なれど吉事といへば吉事なり国家の為めに身を捧げ務《つとめ》を尽す家の面《めん》目《ぼく》と言へば実《げ》に家の面目なりナニ歎くことやはある況《ま》して斯《こ》の夫を持てば斯の別れあるは今更知りたることにあらず愚痴なりけり〱

自《みつか》ら愚痴なりけり〱と言へど愚痴は遂にお雪の周囲《めぐり》を去らず、道理《ことはり》なり

第五

お雪は悵然又茫然柱に取り縋りて夫の影を見送りぬ夫の影はやがて鎮守の森に隠れて見えずなりぬ去れどお雪は猶ほ眼《まなこ》を彼方《かなた》の空に注ぎて見えぬ姿を見守《みつ》め首《かうべ》を延はしたる儘屹立して動かず宛然据附られたる一個の石像、知らず此石像何を思ひ何を恨む

鬼五郎は家を駈け出《いだ》して一たびも後《あと》を振り顧《かへり》みざりきお雪は其情の忍なるを恨みぬ去れどしばらくして又却ツて其情の忍なるを喜びぬ恨むべからざるを恨み喜ぶべからざるを喜ぶは妻の至情、顧みるべきを顧みずして顧みるに弥増《いやま》さる切なさを忍ぶは夫の至情、見送るも見送らるも共に離苦ならぬ所に無量の離苦は籠れり

父に取残されたる一子元《はじめ》は泣く〱も畚《ふご》と鍬《くわ》とを携へて辛うじて畑より帰れり裏口より這入て母の後姿を認めし時は泣きつゝある元は猶ほ一層声を高くして泣き出《いだ》せり去れど彼方の空に魂を奪はれたる石像は元の姿も得見ず声も得聞かず再三いよ〱高くいよ〱頻りに泣き出されて此方《こなた》は初めて心附き、オヽ元、元、戻ツてか。

見ればいぢらしや六才の少童力にあまる畚と鍬を携へ来りて足先は血に塗《まみ》れ着物は泥に垢《よご》れてありけり況《ま》して父に優しき言葉をも掛られで独り畑に取り残されたるもの泣くも道理《ことはり》なり

坊やは強《きつ》いお泣でない〱。と心に泣く親は顔に泣く子を撫《なだ》めたり、母アちやん坊に御褒美を。オヽ然う〱お約束だツたネ是は阿母《おつか》さんが悪かツた今上ますヨソレ落雁と源氏豆、両手をお出しヨ有り難うと言ふのですヨ。ムウおいちイ〱。と今迄泣きたる顔に笑《えみ》を作りて菓子に余念なき元、只ツた今茲《こゝ》に一場の愁嘆ありしは夢にも知らずアヽ無心こそ哀れの極みなれ

母アちやん父ウさんは何《ど》うしたの。元は家の中《うち》を見回すに我に先だツて帰りし父の在《あら》ぬに不審を打ち終に問を発《おこ》しぬ

父ウさんかえ、父ウさんは……父ウさんは。ヨウ母アちやん何うしたの何故《なぜ》泣くの父ウさんはまだ帰らないの。ホヽ阿母さんは泣きはしないヨ泣てゐるのぢやないヨ——父ウさんはネ遠い所へ行ツて終《しま》ツた。遠い所ツて何処《どこ》？　又町に買ひ物に行ツたの。モツト遠い所朝鮮といふ所に戦争《いくさ》に行ツたのだヨ。戦争！　面白いネ坊も一緒に行きたい、ヨウ母アちやん連れて行ツてお呉れヨウ。

ア、此の頑是なき子供いまだ戦争の恐ろしきものたるを知《しら》ざるなり戦争とは手拭の旗や銀紙のサーベルを振まはして隣《となり》家の源ちやんや金ちやんと遊び戯ふるゝが如く面白き楽しき者と思へるなり

今迄目元をうるませたる母も元の無心に逢ふて思はず胸の憂《うき》を忘れけりア、此母、此子ある間は夫なきも猶ほ雨繁き中《うち》に日光あるなり折から隣《となり》家の源ちやん金ちやんは二三の同じ年頃の友達と共に表より声掛けぬ、元さん早くお出《いで》ヨ、戦《いくさ》ごツこして遊ばう。

元は聞くよりも早く食《たべ》かけたる落雁を投《ほう》り出し例のサーベルを手にして椽側より飛出しぬ源も金も亦他の二三の幼年も各《をの〱》サーベルを携へてありぬ数人とも皆な隊長にして兵卒は一人《にん》もなしサア皆《みん》な進め我駒だよ。と元が言へば皆々軍歌を歌ひ始めぬア、此無心の少童等何時《いつ》何処《いづこ》にて此《かく》の如き歌を覚えしぞ

進め我駒とく進め　三千年来やしなへる
大和心の雄心を　振起すべき時は来ぬ」
天地とゞろく筒のおと　みそらに輝く剣《つるぎ》の光
死ねや丈夫《ますらを》いざ死ねや　国に報ゆる時は来ぬ」
朝日にきらめく聯隊旗　君が御稜威《みゐつ》の追風に
四百余州の草も木も　靡《なびか》ぬ者はなかるべし」

夫に生別れして心中無限の悲みに沈み只僅かに我子の愛に引かされてしばし愁ひを忘れてありたるお雪は今我子等が殊勝にも又勇ましく歌ふ軍歌を聞き如何に感じけんキツと心を取直しぬ、妾《われ》も軍人の妻なり妻となる以前も亦軍人の家に仕へたるものなるに見苦しき挙止《ふるまい》は子供に対しても恥かしや、申すもいとゞ畏《かしこ》けれど、其上《そのかみ》神功皇后には巾幗《きんこく》の御身にて三韓を征服し玉ひたる試しさへあるものを。

第六

召集令状を受取りてより未だ三十分時を経ざるに早既に鬼五郎は荘原村《せうはらむら》役場に到り次で三上郡《みかみごほり》外二郡の郡役所に到りぬ実《げ》に鬼五郎は三郡応召兵の先登第一にてありき吏員の人々皆な応召の迅速なるを驚嘆せり

荘原村の人々は召集令の出《いで》たるを聞き又鬼五郎が応召出発する由を聞き此名誉ある人望ある軍曹を送らんとて郡役所の門前に集ひけり村長、村会議員、学校教員等も又郡長等と共に郡役所の広庭に菰被《こもかぶり》を開き鯣《するめ》を割き国旗を揚げて彼が為めに送別会を開きぬ

やがて郡長は衆に代りて一場の演説をなしぬ

今度日清の開戦は実に空前の大快事我帝国の威光を宇内に発揚するには無上の好機会であります無上の好機会たるが故に軍人の責任も亦た無上に重大であります今第五師団第廿一聯隊の予備軍曹松園鬼五郎君は召集に応じて広島に行かれますが次で朝鮮へ出発せらるゝだらうと思ひます我等は同君等の

忠勇によりて続々大勝報に接せんことを待ツて居ります茲《こゝ》に

我等は恭《うや》々しく帝国万歳を唱へて松園君の出陣を送ります

拍手の声と共に日本帝国万歳の声は響きたりやがてヅカ〳〵と演壇に進み出でたる大男あり是れ問はでも顔と名を知られたる訥《どもり》の鬼五郎なり

訥鬼は諸有志の厚意に対し郡長の演説に対し感激措く能はず何事をか言はんと欲して演壇に上れり去れど生来《せうらい》の訥、此日は一層心激し胸満ちて一時にこみ上げ言はんと欲すること言ふ能はず只僅かに「諸、諸君！」と呼びてしばし中絶口をもがき手を振りて漸く左《さ》の語《ことば》を続けたり

予、予は、い、生ては、か、還りません。

只一語、此一語を吐きたる後《のち》彼の演説は尽きぬ彼は演壇を下《くだ》りぬ否な尽きたるに非ず彼の言はんと欲する所は胸に溢れて山海も啻《たゞ》ならざれども彼は思ふことの十分一をも他《ひと》に表はすこと能はざるなり

去れど正直なる鬼五郎が熱誠を籠めて語りたる「生ては還らぬ」の一語は千言万句よりも多くの意味を表せり聴衆は此一語に依りて十分の満足を表はし十分の感動を惹き起しぬ去れば彼が演壇を退くときは拍手四方《よも》に起りて松園軍曹万歳の声は庭の内外に響き亘《わた》りて殆んど耳を聾せんばかりなりき

鬼五郎が諸有志に別れて将に発途《はんと》せんとする時やうやく他の応召者数名は来《きた》れり此数名の者は皆鬼五郎に先鞭を着けられたるを憾みしなるべし鬼五郎は此等の応召兵が郡役所にて手続を終るを待つの遑《いとま》なく遂に同行せずして独歩にて出発せり

鬼五郎は一時を三時に使ひ三里を一里に駈けて山も見ず川も見ず汗も知らず疲も知らずして一直線通常の二日路を八時間に踏み尽し其日の正午《せいご》過ぎに広島の兵営に達しぬ

彼が兵営に達したるときは広島市の内外の者を除くの外いまだ各郡村よりは一人《いちにん》の応召兵も来りてあらざりき彼は実に広島県下廿郡（一市二郡を除く）中の先着者たりき大隊長星少佐応召帳簿を点検しつゝ中隊長町橋大尉に向ひ、来た、来た訥鬼がモウ来た。と言へば大尉は微笑して、ソレ御覧なさい私の預言よりも猶ほ三時間早かツたでは厶《ござ》いませんかハヽヽヽ。

第七

第五師団にては召集に応じ来《きた》りたる壮丁《さうてい》に対し其来着の順序に依りて身体検査を行ひしが今度は海外へ遠征することなれば能く炎暑へ堪へ能く寒威に耐ゆる倔強の兵士を択ばざるべからずとの主意にて精々選抜を厳重にし肌に一腫物を止《とゞ》め足に一傷痕を残す者は如何に健康のものも採用せず諭して之を帰らしめぬ親に別れ妻に別れ兄弟《けいてい》姉妹に別れ村人に送られ郡村吏員に送られ旭旗《きよくき》に送られて来りたる応召兵はたとひ不合格の宣告を受けても多くは検査の軍医に向ひ重ねて採用せられんことを願へども軍医は規則は破り難しとて一度《ひとたび》不採用と決したる者は如何に

奉公心の熱き義勇者も如何に従軍志願の切なる殊勝者も皆な採用せずとて一切之を取上ず去れば来るときは勇み勇んで駈けたる壮丁も帰るときは空しく朝鮮の空を睨みてあはれ心も顔も萎れ返りて行歩《あゆみ》の遅々たるぞ理りなる

松園鬼五郎も亦た身体の検査を受けたり、憚りながら此鬼五郎身体の強壮は数年以前より、甚だしく身の丈けは御覧の通り力技なら幕の内の相撲取りにも敢て負《ひけ》を取らぬ男一貫、お望みならは米俵の二ツや三ツは手玉に取ツて見せませう身体《からだ》は満期帰休となりしより以来《このかた》斯る時を待《また》ん為め金玉《きんぎよく》と愛《をし》みたり肌にも手にも軽傷《かすりきず》の跡一ツだもなしイザ御検査あれ此立派なる鬼五郎が身体《からだ》をと鬼五郎は斯く心の裡に誇りつゝ軍医の前に双肌抜《もろはだぬ》いで突ツ立たり

軍医は彼の身体を検じ終り其氏名族籍其他二三の事に就て問ふ所ありたり然れども訥鬼《どもおに》は弁舌の不明瞭なる為め医官より満足に答ふる能はざるものと認《したゝ》められたり軍医は其認定を確めん為めます／＼問へば此方《こなた》はます／＼訥《ども》れり軍医は斯る訥りは軍曹として其職務を行ふこと能はずと断定し一声「不合格、帰れ」と宣告せり

此宣告を聞く一刹那鬼五郎の顔色は見る間にむら／＼と変り、医官。と大喝して、わ、わ、わたくしは決して……。と何事か言はんとせしが冷淡なる軍医は、お前は不合格だ職務の妨げになる早く帰れ。と斥けたり

去れど此方は容易に去らず、し、し、然し、わ、わたくしは号令、で、出来ます、ぐ、ぐ、軍曹の、しよ、しよ、職務を、お、お、行ふ……には、け、け、決して人には、ま、負ません。

いけないお前は不合格だオイ当番／＼。

アヽ憐むべし鬼五郎は当番の兵士に擁せられて此処《こゝ》より退去を命ぜられたり萎れ／＼て門外に出《いづ》る鬼五郎の目には勇しく入営する兵士の姿如何に羨ましかりけむ如何に恨めしかりけむ思ひやるだに涙《なんだ》の種なり

＊　＊　＊

アヽ無情なる軍医は此鬼五郎を知らざるなりわれは数年《すねん》以前も今日《こんにち》と同じく「訥鬼」なりしかど立派に軍曹として軍曹の職務を行へり軍陣に望んで敵を斬り城を屠《ほふ》るに腕さへあらば露差支なし口が何になる弁舌が何の役に立つ戦争《いくさ》に舌が入用なら落語《はなし》家《か》や講釈師は立派な軍人だ此鬼五郎は素より訥り、訥のことは今更耳新らしいことでない何故最初徴兵の時に採用して今度は採用せぬか夫《それ》も此鬼五郎に号令を掛くることが出来ぬなら兎に角、此訥りは号令の時は決して訥りでない寧ろ他《ひと》よりも明瞭に号令することが出来る夫をアノ軍医の訳知らず奴《め》不合格とは何事ぞ此鬼五郎の如き者を不合格とせば合格する者は天下に一人もない筈

アヽわれ村を出でし時は何と言ツて人に送られしぞお雪には亡き者と覚悟せよと言ひたり郡内公衆の面前にては生きては還ら

ぬと言ひたり人々がわれに別杯を酌みしも快よく受け人々がわれに国旗を掲げしも快よく受けて茲《こゝ》に来りしわれ今更何の面目あツておめ〳〵と帰るべきわれは村を出づる時既に妻に対し祖先に対し村人に対し心窃《ひそ》かに一死大功を立てゝ国に奉ぜんと誓へり今更不合格なりとておめ〳〵帰らんはわれ犬猫に生れ代るも出来ず——ア、われに人並の口あらば、われに滑かなる舌あらば——ア、此口が、此舌が、

かく考へつゝ鬼五郎は腕を組み首《かうべ》を垂れて練兵場の周囲を行きつ戻りつ日の暮《くる》るをも知らず営内に響く喇叭の声さへ切歯の種なり

第八

召集令の下りたる翌日の早朝町橋大尉の家を音訪《おとな》ふ人あり是れなん医官に兵士の資格なきものとして斥けられたる鬼五郎にぞありける

彼は平生《ひごろ》の活潑に似ず昨夜より太《いた》く憂《うれひ》に沈みてありけるが此日は殊に目立ちて快々として楽まざるの色、顔に現はれていと憐れなり

取次に案内せられて大尉の居間に通りけるに大尉は優然として剣を磨き乍ら此方《こなた》を見、ヤア松園か善く来たいよ〳〵世界が面白くなツてきた愉快ぢやのウ。と例《いつ》も変らず胸に城府を設けぬ淡泊さ、何《ど》うだお前はモウ入営したかお前は今度感心に早く召集に応じて適《あつ》ぱれだ此町橋大尉褒めてつかわす。

かく快よく迎へ入れられ快よき言葉を掛けられたれども此方は心に憂ひあれば首《かうべ》を垂れたるまゝ一言《いちごん》も応ふる能はず斯る時には目は口よりも先に能く物言ふものなり

大尉は鬼五郎のうるみたる目元を早くも見て取り、お前は何うだ、何か心配でもあるのか鬼松園とも言はるゝものが泣松園《なきまつその》になツてはいかんではないかハヽヽお雪にサン〴〵泣かれたと見えるネ………。中、中隊長、ソ、ソンな………アヽヽ、こ、此鬼五郎は、——、舌が廻らぬ　お、思ふことが、い、言はれませんけ、けれども中、中隊長ばかりは、わ、わたくしの、こ、心を知ツて、く、下さると、お、お、思ツてをりましたに………。ヨシ〳〵分ツたお前の心は分ツてゐる成る程今言ふたのは乃公《おれ》が悪るかツた然らば何も心配な筋はないか。イ、ヱ、中、中隊長、わ、わ、わたくしは実………に、く、口惜《くやし》う、ご、ム《ござ》います。フン何が口惜しい。医、医官は、ど、訥《ども》りは軍曹に、な、なれぬと言ツて、さ、さ、採………用しませぬ家《うち》に、か、帰れと、も、も、申しました。フム成る程夫《それ》は怪しからん………然しマア宜《いゝ》わい家に帰ツて早くお雪に安心させてやれ。ソ、ソレは、ま、まちがツてゐますお雪は、わ、わたくしがハネられて、か、帰れば、却ツて悲みます、わ、わたくしも、こ、此儘では、ど、ど、どうあツても村へは行かれま………せ………ぬ、こ、この、鬼………五郎はいくら、ど、訥りでも戦争《いくさ》

はで、できます、戦争に、し、舌が、な、な、何の役に立ちます、し、舌が戦争に、入、入用なら、雀や、く、轡虫《くつわむし》は立、立派な軍人です。モウ善い分ツてゐる然し軍医の方で一旦不合格と定《き》めたものは中々一通りでは破り難いお前の志は感心なものだ実に憐むに堪へたりだ然し一旦然う決定されたなら天命とあきらめて帰ツた方がよからう乃公なり他《ひと》なりお前のことを言出せば軍医部の方と喧嘩するつもりで交渉せねばならぬ身体検査の全権を軍医部の方に委任してある以上は隊の方より彼是喙《くちばし》を容るゝ訳には行かん況《ま》して国家の為めに尽すには剣を提《ひっさ》げて朝鮮に行くばかりが奉公でない家に在りて農なり商なり各自の職業に従事して良民たるに恥ない者は取りも直さず陛下に忠良なる所以《ゆえん》だからお前だツても強《あなが》ち朝鮮に行かなくツても国家に不忠といふ訳でない分ツたか………コレサ泣く奴が有るものか人は思ひきりと諦めが肝腎だ………分ツたか。イ………イヱ、わ、分りません、軍、軍医の決定が、わ、分りません、わ、わたくしが軍人に不合格なら、て、天下に一人も、へ、へ、兵卒になれるも………の………は………有ません。ハ、ゝ、然う一図に威張ツても致方《しかた》がない諦めろ〱、所が此節お雪は何うしてゐる達者でゐるか彼《あれ》も両親《ふたおや》に別て頼りのない身の上だから可愛がツてやれ〱。

第九

鬼五郎は既に一たび死を決して家を出《いで》たり縦令《たとひ》軍医に斥けられ町橋大尉に諭されたりとも争《いか》で此儘に帰るべき

彼は大尉の宅を辞しトある旅宿に投じて一室に閉ぢ籠り腕交叉《こまぬき》て沈吟するもの殆ど一日一夜、翌朝に至り心に何か決す所やありけんポンと膝を打ち急に戸外に出でて何処《いづこ》ともなく走り去れり

＊　＊　＊

茲《こゝ》は広島市の西南郊外より兵営に通ふ一筋道、出勤の時刻遅れたりとて馬を急がせ風を払ツて指掛《さしかゝ》る一個の武官意気凛然既に韓山を睥睨するの概あり

此武官が将に此方《こなた》の並木坂にかゝりし時突然並木の蔭より躍出たる大男あり、中………中隊長！。と叫んで馬の行手にヒタりと立塞かりたり、松園！　貴様何を為る。少々、お、お願ひの、す、す、筋ありて。願とは昨日《さくじつ》の事か。ハ、ハイ、わたくしは、ね、願ひを聞届られねば、し、死でも、こ、此馬の首を、は、離しません。

熱心面に表はれて馬上の武官（町橋大尉）も深く同情を起したれども猶ほ嚇《おど》して其心を試し見んとて大喝声、松園、上官に対して無礼致すと軍法に照すぞ。ぐ、軍法に照されても、ち、ち、些とも構ひません、わ、わたくしは、モウ、い、生命《いのち》を捨てゝ

ゐます、こ、こ、殺されても恨みはない、し、然し中隊長！い、犬死するよりも、チ、チ、チヤン〳〵坊主の五十人なり百人なり、こ、殺して死《しに》たう、ご、厶《ござ》います。と訥りながらも思ふ一念は見事言ひ放ツて其処《そこ》一寸も動くべき気色も見えず折から彼方《かなた》より又馬を急がせて来る一武官あり是れなん大隊長星少佐にぞありける

此方の町橋大尉は馬首をめぐらして少佐に一礼すれば少佐は、中隊長何事で厶る。御存じの「訥鬼」の強訴で厶ります。強訴とは。実は此男訥りなればとて一昨日軍医の検査にハネられたさうで厶りまするが実際彼は軍曹として職務を行ふに聊かも欠点はない男です今更採用されなかツたと言ツておめ〳〵郷里に帰られぬ一旦死を決して出て来た以上は是非入営を許されて従軍したいとの彼が願ひで実に不憫です私《わたくし》も昨日より再三諭しますけれども中々帰る気色は見えませんで私もホト〳〵持余してをりまする。フム成る程。と少佐も鬼五郎を見下《みおろ》して其熱誠を憫むものの如し

大隊長！　何《ど》うか此男を採用してやる道は厶りますまいか人物は此町橋が保證致しますが。誠に憫然な次第一応是より共々軍医部の方に照会して見ませう。然う致して貰ひますれば当人は勿論私も満足で厶りまする。今迄黙然として両馬の行手に閉《ふさ》がり殺されても此願聞届けられぬ内は是所《ここ》通さじと決心し乍ら気遣はしげに少佐と大尉の対話を聞きゐたる鬼五郎はわが心情の両武官に稍《やゝ》貫徹したる如き摸様あるを見てハラ〳〵と涙を流し両手を合せて両武官を拝めり

少佐は鬼五郎を見て微笑しつゝ、お前はソレ程従軍したいか。ハ、ハイ。是から一緒に営所まで来い。両武官等しく逸馬に一針加ふれば馬は迅風の如く駈け出《いだ》せり鬼五郎も又、されど鬼五郎は営所に着するまで馬の前を走りて一歩の間も馬蹄の塵を被《かぶ》らざりき

第十

星少佐と町橋大尉の尽力に依りて鬼五郎は難なく入営を許されたり其時の鬼五郎の喜びは何に譬へん様なく実《げ》に優曇華《うどんげ》の花咲く春に逢ふたる心地、寺岡平右衛門が由良之助に敵打のお供を許されたる時の心根《こゝろね》も思ひ出《いだ》されて交々《こもごも》いづる喜涙感涙町橋大尉は素より旧来よりの大恩人星少佐に対しては日こそ浅けれ恩は深し此両武官は実に此鬼五郎が千載一義の知己、知己に対しては身命をも抛《なげう》つべしとて鬼五郎心窃《ひそ》かに誓ひぬ

町橋大尉は鬼五郎が入営を許さるゝや否や鬼五郎に向ひ、今こそ汝が立派なる軍曹なることを知らするの時来《きた》れり松園は訥りなれども軍曹として職務を執る時には訥りにあらずとわれ軍医部に向ツて明かに広言せり今われ汝に一分隊の兵を授けて指揮せしむべし而《しか》して星少佐は勿論軍医部の人々を呼ひ来りて之を見せしむれば汝、茲点《こゝ》一番、上手くやツて退《の》けて呉れ下手にや

れば此町橋の進退に係はる訳なれはと語りけり之を聞きたるの時は鬼五郎は我を忘れて喜び、中、中隊長！　け、決して御心配なさるな、い、い、一分隊位を指揮することは、あ、あ、朝飯前です。

＊　　＊　　＊

実に分隊の指揮は鬼五郎に取りては朝飯前なりけり之を見物する人は鬼五郎が大恩人と鬼五郎を泣かせし軍医部の人々、公《おほやけ》の眼《まなこ》より見るときは皆な鬼五郎が上長官なれば此上《こよ》なき晴れの場処名誉の場所といふべし

号令明晰、音吐強大、剣を手にして分隊の前に突ツ立たる松園軍曹は人をして其「訥鬼」とは全然《まるきり》別人には非ずやと訝からしむ、或は離れ或は合し或は縦列或は横列或は斜列、進んで突貫をなす火の如く風の如く退いて整列する山の如く林の如く忽ちにして前面する者忽ちにして後面、忽ちにして伏する者忽ちにして起つ操縦意の如く回転自在、只一個の隊あるを知ツて個々の兵あるを知らず、殆んど前後左右に面《おもて》あるかと疑ふ而《しか》して之をわが五指を動かすよりも容易《たやす》く動かすものは訥りなれども訥りの面影は絶えて見るに由なし町橋大尉は恰も我子が大手柄したるが如く得々として喜び星少佐は予想に増して技倆ありとて心窃かに感服する程なれば況《ま》して軍医部の人々は素より驚感の外一語なく心中不合格と宣告したる麁忽《そこつ》を悔ひ且つ恥づるのみア、訥軍曹は実に得難き立派なる軍曹にてありけり

第十一

頃は七月廿五日韓廷扶掖《ふえき》の任に当りたる吾義軍は牙山《がざん》に屯営して朝鮮の独立を妨げ兼て東洋全局の平和を破らんとする清兵《しんぺい》を駆逐せんが為めに竜山の旅団本部を出発せり先鋒は誰あらう第廿一聯隊第三大隊にして星少佐之を率ゐ之に従ふ面々は町橋大尉を初めとし時山中尉山口中尉守田中尉等の一騎当千隊伍を正し熾《や》くが如き三伏の炎天を物ともせず今度こそは我帝国の軍人が始めて豚尾国の兵士と晴れの勝負を決するの時なるぞ不覚を取りて後人《こうじん》の物笑ひとなる勿れと将校士卒勇みに勇みて先発せり中にも彼の「訥鬼《どもおに》」は韓地へ渡りし以来《このかた》殆んど四十日間空しく牙山の天を睨み腰間の佩剣《はいけん》鳴ツて声あるを嘆ぜしに此日出発の命を聞くや手を拍ツて狂せんばかりに喜び、イデ無状極まる豚尾兵片ツ端から唐竹割りに割ツてくれん将棊倒しに倒してくれんア、面白し〳〵。と勇み立ちしぞ殊勝なる

其日此先鋒軍は漢江銅雀《どうじゃく》を渡り里川《りせん》を過ぎ水原府に露宿し翌早朝進軍せんと思ひしに茲《こゝ》に意外の一大故障こそ起りけれ前日徴発したる朝鮮の人夫は事大党の諸有司と同じく従来清国《しんこく》政府の鼻息を窺ふの習ひ性《せい》となり居れば我義軍の本色を露弁《わきま》えず其夜半後難を恐れて尽く牛馬と共に逃走したるか故に出発すること能はず星大隊長は一方ならず心を悩まし百方手を尽して徴発に従事せしと雖も地理は未だ明かならざるにかてゝ加へて韓民は

去る二十三日に京城《けいぜう》の変ありて韓廷の方針一変せしことを知らず、仮令《たとへ》微《かす》かに之を知るも若し日本軍の徴発に応じ他日清兵《しんぺい》の咎めを受けんことを恐るゝが故に皆ちり〳〵に逃去りて之に応ずる者なし、アヽかく手間取りては追つけ後軍茲に来《きた》らん後軍茲に来りて猶ほ先発の大任と栄誉を担ふたるわれ出発する能はずんば何の顔《かんばせ》ありて上《かみ》は　天皇陛下に対し奉り下《しも》は大島将軍に対するを得んとて星少佐前夜半より殆んど寝食を廃して部下を督しあせりにあせりて力を尽したれども時の不利地の不利は終に少佐に其効を与へざりき

大隊長、無念！　と叫びつゝ馬を飛ばして此方《こなた》に駈来りたるは後軍の動静視察を命ぜられたる一騎兵なり、星少佐は之を見るより早くも声かけ、後軍来たか。今暁三時里川を出発して今は茲所《こゝ》より僅か三里の外《ほか》まで進んで参りました。何、三里、無念！

馬を水原府《すいげんふ》頭《とう》に立てゝ遥かに後方を見渡せば剣戟《けんげき》雲の如く旭旗《きよくき》風に飜《ひるがへ》り或は崎嶇《きく》たる石坂《せきはん》を攀《よ》ぢ或は羊腸たる逕路を過ぎ又或は鬱々たる樹木を分け威風堂々意気勃々として此方を指して来るは大島将軍が率ゆる後軍なりけり之を見たる星少佐の心中果して如何

星少佐は馬を飛ばして露営内に入るや又暫くして徒歩して出で来れり其時の顔色は蒼然として常に非ず去れど兵馬入り乱るゝの際何人も之に心附くものなかりき只一人、訥軍曹《どもぐんさう》のみ之を認めて少佐の心情《こゝろ》を思ひやり心の中《うち》にて男泣き！

第十二

アヽわれ星政次《ほしまさつぐ》十九の歳より兵員に入り兵籍に在ること茲《こゝ》に廿八年其の間《あひだ》或は維新の戦争に従ひ或は西南の野に転戦し敵を斬り功を建てたること少しとせず此度《このたび》幸ひにして征清《せいしん》の軍に従ひ手初めの第一戦に名誉ある先鋒隊の将となりたり軍人の面目何物か之に及ぶべき敵を払ひ地を清め以て本軍の労を少なくし適《あつ》ぱれ功名を建てゝ我大隊の勇武を天下後世に残さんと思ひしに無念なり昨日《きのふ》よりの徴発の不結果、為ること作《な》すこといすかの嘴《はし》と喰違ひ後軍の人々に会《あは》すべき顔なし清兵《しんぺい》を屠《ほふ》り清将《しんせう》を斬らん為めに携へ来《きた》りし此佩剣《はいけん》を以て自らを殺さんとは夢にも思はざりき剣若し霊あらば誤つて此腑甲斐なき主人を持ちしを嘆くべし剣よ汝《そなた》も不運と諦むべしわれも亦た不運と諦めて死せん、イデ〳〵生を偸《ぬす》みて人々に笑はれんより潔よく死して名を完ふせん

星少佐は此《かく》の如く懐ひて将に衣を脱ぎ剣を抜き名もなき茅屋裡に自刃せんとす

だ、だ、大隊長！　一声叫びつゝ入り来りたるは訥軍曹なり少佐の前に跪《ひざまづ》きたるまゝ涙を流し、お、お、お察し申します。

松園か大きな声出すな。少佐は何思ひけん鬼五郎の顔見て声曇らせ、我亡き跡にわれに代り随分功名手柄して星少佐が率ゐた

る廿一聯隊三大隊は適ぱれ見上たものなりと人々に褒められてくれ松園、汝《そなた》を見ぬきて此星少佐依頼すべき一条あり此一書は町橋大尉に我意中を書き残せしもの人伝《ひとづて》に托せんと思ひしも托すべき人なく如何にせんと心を悩せしに汝に此場を見られしこそ意《おも》はざる幸ひなれ我亡きあとにて町橋大尉に面会し此場の一《いち》伍一什《ぶしじふ》を物語りて此書を届けよ又此佩剣は敵を屠り賊を平げん為めにわざ〳〵此地へ携へ来りしも今は我に於て用なし汝に托し置くべければ之を以て敵の一人《にん》なりとも斬ツてくれ去れば我も地下にて瞑すべし松園去らば。

言ふより早く一刀は星少佐の腹を突貫《つらぬき》たり流るゝ血潮は唐紅《からくれなゐ》、あはれ第廿一聯隊に徳望高く資性温厚の名響きし星大隊長は敵を打たんとする途中、敵をも待たず四十七歳を一期《ご》として水原《すゐげん》府頭《ふとう》の露と消えぬ

鬼五郎は恩人の一人なる星少佐を目前に失ひぬ——兼て此人の為めには身命を拋《なげう》たんとまで思ひし其人は鬼五郎が一敵をも斬らず一創をも受けざるに先《さきだ》ツて自刃せしこそ是非なけれ

水原府外喇叭《らつぱ》声高くして匹馬《ひつば》近く嘶《いなゝ》く、忽ち聞く門外佩剣鏘々《せう〳〵》の声あるを知る是れ後軍の正に進着せしを鬼五郎は涙を奮ひ少佐の遺体に九拝して去ツて露営に向ひぬ

第十三

町橋大尉足下、予を知るものは足下なり世間万人予の死を犬死として笑ふも足下は之を笑はざるべし人を殺すは罪なると同じく自《みづか》ら殺すも亦た罪たるは予能く之を知る知りて罪を敢てす是れ忍ぶべからざるを忍ぶよりも猶一層忍ぶべからざるものあればなり予は法と道とに背くも足下の熱涙一滴を買ふことを得ば遺憾なし

足下の熱涙一滴は以て我第三大隊の勇気をして百倍せしむるに足る庶希《こひねがは》くは足下百倍の勇気を以て将に来《きた》らんとする第一戦に抜群の名誉を揚げ以て予の不面目を回復し以て茲《こゝ》に憤死する余をして地下に破顔一笑せしめんことを兵馬倥偬《こうさう》心緒錯乱縷陳《るちん》するに遑《いとま》なし足下願くは紙背に徹底する眼光を以て意を言外に汲め

七月二十六日　水原府長安門外に於て

星　政《まさ》　次《つぐ》

町橋大尉殿

星少佐の遺書《かきおき》を鬼五郎より受取りたる町橋大尉は一読自失、再読痛歎、三読奮激、思はずハラ〳〵と涙を流し、われも争《いか》でか君に後《おく》るべきやがて吉報を齎《もた》らして君に六道の辻にて追ひつくべしと遺書に向ひて心の中《うち》に誓ひぬ

ア、少佐、霊あらば聞き玉へ昨日《さくじつ》よりの徴発の不結果何ぞ独り君の罪ならんや実に吾々部下の罪なり吾々の不智不能なる君をして遂に自刃せしむ君を殺すものは君に非ずして吾々なり予と雖も断然自ら死して君に謝せんと思はざるにあらざりしも等し

く死なば敵の一卒なりとも斃《たほ》したる後死すも未だ晩からずと思惟してしばらく此軍服を着此制帽を戴きて大尉の面垢《つらよご》しなる此体軀を包みしのみ君の心情を知るもの誰か感奮せざらん君の英魂を慰むる近きに在るべし

松園！。ハ………ハイ。此遺書を見よ我第三大隊は敵と一戦をも交へぬに早既に大将を失ふたぞ貴様も奮ツて三大隊の恥を雪《そゝ》げ。も、も、素より此の、お、鬼五郎は、か、か、覚悟して居ります。

折から一騎兵駈け来りて後軍よりの伝言を報ず曰く朝鮮国王より牙山《がざん》清兵《しんぺい》撃退を我国に依頼するの書を托されたり而《しか》して人夫牛馬雇入方《やとひいれかた》に関する統理衙門《がもん》の関文《くわんぶん》廿葉差副へありと町橋大尉之を聞くより、ナニ関文廿葉、ア、遅かツたり其関文猶三時間以前に来りしならば我々は少佐を失はざりしに、ア、モウ一歩早かりせば。

しばらくして又一報軍中に伝はる、曰く廿五日の朝豊島《ほうとう》に海戦あり我艦大捷《たいせう》し敵の運送船を沈め一艦を捕獲し二艦を走らすとア、とう／＼海軍に先鞭を着けられたか、残念！。中。中隊長！　いよいよ生ては居《をら》れませぬ。

第十四

明治二十七年七月二十九日の午前零時喇叭《らつぱ》一声《せい》高く響きて素《そ》沙《しや》場《じやう》万籟《ばんらい》の寂寥を破る忽ちにして幾千の兵馬幾百の旌旗《せいき》整々粛々として動き初む是れ我軍が暗夜に乗じて清兵《しんぺい》屯在の成歓駅《せいくわんえき》に向ツて進発するにぞありける」《ママ》路は細し忠清道《ちうせいだう》、夜は暗し安城渡《あんぜうと》、兵士は互ひに相警《いまし》めて徐々として歩を運ぶ、しばらくして一片の欠月低く懸りて光り物凄く半朶《はんだ》の黒雲その前を掠めて夜気森々身を襲ふ

此忠清道の街道より進む我右翼枝隊《したい》の前衛は実に町橋大尉なりけり大尉は中隊を率ゐて安城渡《あんぜうのわたし》に達す橋半ば絶ゆ蓋し清兵の之を壊《こぼ》ちしなり水の深サ人の肩に及び水底薬研の如く泥濘深く足を没すれば復た容易に抜く能はず一隊少しく踟蹰《ちうちよ》の色あり星少佐を失ふてより心窃《ひそ》かに誓ふ所ある町橋大尉之を見るより猛然剣を揮ひ、高が知れたる此小川一跨ぎに跨ぐべし何の思慮することやあらんと叫びつゝ一声「進め」と号令し自ら衆に先んじて水に入る隊長の号令は山よりも重し衆皆な踴躍して之に次ぐ水深くして頸を没し泥濘靴を咬《くわ》へて容易《たやす》く動くべからず進退の自由を失ふて茲《こゝ》に徒《いたづ》らに溺死せんとする者数《す》十人此時水の中流にありて衆を指招《さしまね》きて浅瀬を教へ水中に在ること恰も陸上に在るが如く溺死せんとする者を或は小脇に抱え或は肩に負ひ瞬く間に二十余人を助けたるものあり是れ町橋大尉と共に第一番に水に飛び入りたる訥軍曹《どもぐんさう》にぞありける溺死者の大半を救ひたる鬼五郎の手柄は敵兵の幾十を倒したるよりも更に大《おほい》なりと謂ふべし

一隊既に安城を渡り沼沢を超え水田を過ぎ道なき所に道を求め

辛うじてキチン村に達して又道を失ふ、眼前半里以外高丘の起伏する所に敵を有しながら突進以て一攻《ひとせめ》に攻潰す能はざる町橋大尉の無念如何ならん

松園、々々。呼ばるゝ声に応じて大尉の前に進みたる鬼五郎、中、中隊長、士、土地、ふ、ふ、不案内でざ、ざ、残念で厶《ござ》ります。貴様は通弁と共に人家に就て路を聞て来い急げ、ぬかるな。ハ、ハイ。「かしこまりました」は口の内にて答へながら通弁を呼び人家を指して駈け出《いだ》せり

忽ち雲を突くばかりの大男の白衣を着たるが彼方《かなた》の畦道より折れて此方《こなた》に来《きた》るあり鬼五郎とパタリと出逢ひぬ去れど夜闇くして清人《しんじん》か韓人かを弁《わきま》ゆる能はず、な、な、何奴ツ、と誰何して鬼五郎は此巨漢の手を捕へたるに巨漢は意《おも》ひの外膂力逞ましく「ヱイツ」と一声《こゑ》手を振り放ちて鬼五郎の頸首に手をかけたり此方も仝《おな》じく聯隊中にて力量自慢の鬼男争《いか》でか敵の自由になるべき、う、迂奴《うぬ》ツ、こ、小癪な。と言ひながら故意《わざ》と自ら倒れて組み敷かんとする敵の手を下より取ツて押へ起倒流の柔術にてヤツと跳返せば敵は二三間彼方の水田の中《うち》に蜻蛉返《とんぼがへ》り、あはれ白衣の巨漢も真黒の溷鼠《どぶねずみ》となりけり

去れど此溷鼠は倒るゝより早く起きあがりて韋駄天走りに逃げ出し闇の中に姿をかくしぬ姿はかくし乍らも彼の叫びは慥《たし》かに此方に響けり彼は合図と覚しく何事をか一声《せい》高く叫びたる一刹那、集団家屋の牖辺扉間《ようへんひかん》より伏兵起りて銃声バラ〳〵〳〵

中、中隊長！　ふツ、ふツ、伏兵！　伏兵！

第十五

町橋大尉は伏兵ありと見るや否や隙間《すきま》もなく注ぎ来る敵丸《てきぐわん》の真中に突立《つッた》て号令声朗かに「左へ三歩」「左りへ廻れ」「伏せ」「放て銃《つゝ》」バラ〳〵〳〵、一度に撃出す我が弾丸、瞬たく間に敵を倒すこと数十《すじふ》、我兵は不意に起りたる伏兵より僅か三十米《めい》突《とる》の外《ほか》より狙撃を受くれども其発砲の不手際なる皆我頭上を掠めて未だ一兵を損せず

去れど敵の急撃は益々加はりて益々烈しく集団家屋の敵兵幾干《いくばく》なるを知るに苦しむ剰《あまつさ》へ四方暗黒にして進退便ならず加ふるに道路狭隘にして我隊は皆一列なり一たびは水田に入りて堤下に伏したるも地利甚だ良《よか》らざるを以て乃ち方向を転ぜんとて退いて沼沢の塘下に兵を開き伏臥して筒先を揃へ激しく砲撃す

敵兵は不意に進撃せば日兵《にっぺい》狼狽して何の苦もなく潰走《くわいそう》するならんと意《おも》ひしに其予想は空頼めなりけり沈重なる我兵の筒先は悉く揃ふて毫《すこし》も乱《みだれ》ず斯る危急の際に臨み咄嗟の間に方向を転じ退却して更に隊伍を整へ敵に向つて前進す其間の進退五指を使ふが如し之を指揮する町橋大尉は実《げ》に天晴れの隊長なりけり

大尉は故意《わざ》と次第々々に我砲撃を寛《ゆる》うし徐《おもむ》ろに堤下に伏して敵兵を誘出せんと謀りしに敵は果して其謀略《はかりごと》に乗せられたり敵は我兵を以て次第々々に潰走するものと思ひちがへ之を追撃せん

とて忽ち騎兵百余騎馬首を駢べて村端《そんたん》に露はれたり我軍と相距《さ》る僅かに五十米突

大尉は朧に之をすかし見て時分はよしと全隊急射撃を命ずれば百雷の一時に落ちたる如き響と共に弾丸雨よりも繁く敵の馬驚いて進む能はず瞬く間に馬と共に斃《たふ》るゝもの数十騎

大尉は敵を突くは今なりと猛然剣を揮ふて堤上に突起《つッた》ち一声《せい》突貫号令を下す「進め、撃て！」

突貫号令の下る一刹那！　敵弾飛び来りて大尉の股《もゝ》に中《あた》る大尉屈せず声立てゝは味方の気を沮することもあらんかと気を鎮め自ら剣を以て丸を抉り出し更に起ツて戦《たゝかひ》を督する時一流丸亦た其頭部を貫く「無念！」

「無念！」の一声を聞いて走り寄りたる鬼五郎は大尉を抱き起しながら、中、中隊長！　お、お気を慥《たし》かに、い、今に仇《かたき》を打ちます。今迄堅く剣を手に握りたるまゝ敵の方を睨みたる大尉は僅かに唇を動かして、松園か、構ふな、早く行け、撃て。言ひ終りて息は断《たえ》たり享年三十九、アゝ星少佐の跡を追はんとて命を安城渡頭《あんぜうとう》の朝露に落したるこそ雄々しくも又いたはしけれ

鬼五郎は大尉の屍《かばね》に向ツて黙礼し、中、中隊長！　ご、御免！　言ふより早く星少佐の遺物なる佩剣と銃とを提《ひっさ》げて群がる敵軍中に躍り入り、真向微塵！

第十六

中隊長は既に戦死せり去れど彼は義務的最後の紀念として突貫号令を下して戦死せり隊長死するも号令は死せず

突貫号令は既に下れり敵は近く目前に在り我軍争《いか》でか躊躇せん怒濤の崩るゝが如く急進し飛び来る敵丸を散る花と見て銃剣の穂先を秋野の芒《すゝき》の如く閃《ひらめ》かし驀然《まっしぐら》に敵の中に突入ツたり

勇猛の我兵中にも一際目立て勇猛なるは鬼五郎なりけり前日には知遇を受けし星少佐を失ひ今又大恩ある町橋大尉を先だゝせたる鬼五郎素より潔よく花々しく戦死《うちじに》する覚悟にて更々《さら〳〵》生を期せざれば其働き凄まじく名にし負ふ二十一聯隊の鬼男、少佐と大尉の弔ひ戦《いくさ》一人で三人《みたり》の責《せめ》を引受け力限り根限り敵中に割ツて入り星少佐の遺刀を真向微塵に揮りかざし馬とも言はず人とも言はず当るを幸ひ斬り斃《たふ》せば瞬く間に路の左右に屍《かばね》の山を築きぬ

兼てより地理を知りて要害に拠りたる敵兵も我軍の勢ひに辟易し隊伍を乱して逃げんとする其中《そのうち》に馬上に乗りて号令するは是ぞ此隊の長ならん雑兵《ざうへい》を相手にせんよりイデヤわれ此隊将の首を得て亡き少佐と大尉の霊に手向んとて決心一番、鬼五郎は一目散に進み入りて漸く其所に近づくや否や、迂奴《うぬ》！、か、覚悟。大喝一声敵将の馬の前足を払へば馬は斃れて馬上の人は素顚倒《すってんどう》、バラリずうん、鮮血は忽ち野辺の草を染めぬ流石《さすが》に日本刀の斬《きれ》

味《あぢ》!
さなきだに乱れ立ちたる敵軍隊長を失ふていよ〳〵崩れ先を争ふて逃げ走るを我軍一斉に追ひ詰め〳〵

やがて夜はほの〴〵と明けたり四面一敵なく只彼所此所《あなたこなた》に無数の敵兵死骸の横《よこた》はるを見るのみ

＊　＊　＊

ア、安城渡頭《あんぜうとゝう》キチン村の戦《たゝかひ》は地の利、時の利、機の利共に敵に在り我は之に反して三ツとも非常の不利益なる地位に立てり未だ敵あるを期せざるの時に於て不知案内の道を進み水田沼沢河流相連り進退自由ならざるのみならず四方暗黒咫尺《しせき》を弁ぜず其苦戦の状察するに堪へたり然るに尚ほ屈せずして激戦僅かに三十分余にして敵を退く其駈引の巧みなる其戦闘の激烈なる亦た知るを得べし而《しか》して此戦に於て勇戦せる前衛は即ち是れ前日自刃せる星少佐の部下に属する第二十一聯隊第三大隊の一部にして其指揮者は実に星少佐の最後の書に「予を知るものは足下なり」といはれたる町橋大尉なり

右翼枝隊の総隊長を承はりたる武田中佐此戦の終りたる頃《ころほ》ひに茲《こゝ》に来り町橋大尉以下の屍体を見、其苦戦勇戦の状《ありさま》と其戦死者の心根とを思ひやり思はず暗涙を浮べぬ

中佐は馬を進めて戦場の跡を巡視せしに小高き丘の下《もと》に日本刀に斬られたる一清人《いちしんじん》あり其衣帽馬具を点検するに尋常の兵士にあらず必ず我佐官以上の隊将ならん何人が之を殺したるやと中佐窃《ひそ》かに眉をひそむる時、忽ち見得たり一口《ひとふり》の日本刀、其欛元《つばもと》に結び附たる一札、「大日本陸軍歩兵少佐星政次《ほしまさつぐ》ノ霊此佩刀《はいたう》ヲ以テ此敵将ヲ斃《たふ》ス」

武田中佐訝りながら此戦功者の当人を求むれども一人として我なりとて名のり出づるものはなかりき黙然として語《ことば》なき中佐の眼《まなこ》には又々暗涙あり知らず何故の暗涙ぞ

第十七

鬼五郎はキチン村の戦に必死を期したり生よりも寧ろ死を欲したり然るに不幸にも彼は死する能はざりき、否な彼は己れを殺し得る敵兵を尋ねて尋ぬる能はざりき

武田中佐が敵の隊将を斃《たを》したる奇功者を探す時は鬼五郎は其傍らに在りたり去れども彼は一言《こん》も発せざりき、只一語、「し、し、死したる孔明《こうめい》、生けるちう、ちう、仲達を走らす」

何うも不思議だ死んだ星少佐が敵の隊将を殺すといふは。と一人の一等卒が囁《さゝや》けば又一人の上等兵仔細顔に、豪い人は何点《どこ》かに違ツた所が有ると見える菅相丞《くわんせうぜう》は雷《らい》となツて時平公に祟《たゝ》ツた験《ためし》さへあるから。と答ふ、それでは生かはり死かはりといふ一件ですかネ。と眼前に生死《せうし》を賭つゝある以前の一等卒われを忘れて思はず交ツかへせば、ナニ、誰かの仕業だ殊に寄ツたらアノ訥の悪戯《いたづら》かも知れぬ。と鬼五郎の平生を知る一人の軍曹は語りぬ

＊　＊　＊

我が前営隊は武田中佐の本隊と合し敵を追ひつゝ破竹の勢を以て秋八里《しうり》の敵営に迫れり

敵を追ひつゝ進行する傍ら、松園軍曹は路傍の人家に就きて取調べよと命ぜられたり彼は命《めい》を拝承《かしこ》みて若しや清兵《しんぺい》の隠れ居るものもあらんかと隅々に至るまで普《あまね》く尋ねけるに果せるかな水田の畦に積みたる藁の中に人の呟《うめ》く声あり引出《ひきいだ》して之を見るに二名の敵なり其中《そのうち》一人は兵卒なれども一人は慥《たし》かに清国《しんこく》の士官なり両人とも痛手になやみて仆《たほ》れ居るものなりけり

松園軍曹は直ちに此二人を捕へて隊に連れ行けば我士官は通弁を従へて先づ清国士官を尋問せり尋問するに先だちて彼等は掌《て》を合せ泣声を出《いだ》し只管憐憫《あわれみ》を乞へり其様誠に見苦しく居並ぶ我隊の人々互ひに顔見合せて思はず失笑せり

我士官通弁をして捕虜の士官に問はしめていふやう、是より貴様に問ふべければ有りのまゝに白状せよ偽りを言ふに於ては軍法に照らして厳罰するぞ、先づ支那兵の総数は幾干《いくばく》なるか。五百人ばかり。馬鹿申すな、松園！　其奴《そやつ》を打て。ア、申します〳〵大凡《おほよそ》三千人で厶《ござ》ります。陣立の模様は何《ど》うだ。左翼右翼と二ツの堡塁《ほうるゐ》に別れて居りまして共に第一塁と第二塁とより成り立ちてをります。其堡塁は如何様なる処に在るか。小高き松林の中に厶ります共に砲兵と歩兵の陣を布《しき》て厶ります。歩兵の銃は如何なるものか。多くは独乙《どいつ》製のモーゼル六連発の銃を持ツて居ります。提督は左翼に居るか右翼に居るか。提督葉志超《えうしてう》大人は右翼の第二塁に副提督聶志成《てうしせい》大人は左翼の第二塁に居られます。貴様は何者か。私《わたくし》は魯丘進《ろきうしん》と申す直隷軍の中尉（日本に直していふ）で厶ります昨夜陳殿元《ちんでんげん》氏に従ふて一営兵を率ゐてキチン村に伏勢して居りました。陳殿元とは何者か。蘆防准軍《ろばうじゆんぐん》の少佐（日本に直して）に厶ります。其陳殿元は如何致した。問はれて茲《こゝ》に至り彼れ容易に答へず。コラ如何致した。貴兵に殺されて死……死ました。言ひ終りて又掌《て》を合せ憐みを乞ふこと頻りなり

サテは、今ぞ知れたり星少佐の霊に殺されたりといふなる敵将は蘆防准軍の陳殿元と云ふものなりけり

第十八

我左翼本隊が成歓駅《せいくわんえき》に拠る敵の右翼堡塁に迫ると同時に我右翼枝隊も亦たキチン村より進みて松林中なる敵の左翼第一堡塁に迫り激しく砲撃を初めたり既に安城渡頭《あんぜうとう》の勝戦に破竹の勢ひを得たる我軍に何条敵し得るものゝあるべき瞬く間《ま》に之を陥《おとし》いれ更らに開進して第二塁に向ひ怒濤の一時に地を捲くるが如くに押し寄せたり此時は恰も敵の右翼第一塁の陥いりたる時にて我軍の勢威益ます加はるに反し敵軍の勢力漸く沮喪す剰《あまつさ》へ我軍は戦に先だちて斥候を用ひ又捕虜を尋問して敵陣の形状を熟知したることなれば戦略砲撃一々敵の要所に中《あた》る去れば精鋭を尽し

たる流石《さすが》の敵兵も将に潰《つい》えんとす武田中佐は此機を見すまし全軍一斉に大突貫を行はしむ忽ち各分隊に聞ゆる号令「進め、撃て！」響きの物に応ずると一般

此時は恰も我本隊も亦た第一塁を破りて更に第二塁に向ひ突貫を行はんとする時なりき、

号令一下、左右翼一同疾風の如く突てかゝる其勢ひ凄まじく山河も為めに震はんばかり敵軍は甚だ鋭利なる六連発の銃を持てども其の使用の方を知らず初めより連発するが故に此危急の際に臨みて却て連発する能はず俄かに弾丸を込め替へんとする其隙間に我に附入《つけい》られ且つ又清兵《しんぺい》の身体は我より偉大にして膂力勝《すぐ》れをれども将校の勇気甚だ振はず常に後《うしろ》に在りて兵士を指揮するに引きかへ我が軍は将校常に真先きに立ち剣を揮つて衆を麾《さしまね》くが故に全軍皆な踴躍して進むかゝる勢ひなれば敵の第二塁も何の苦もなく陥落したり更に進んで牙営《がえい》に向ひ息をも吐《つか》せず攻め入れば恥を知らざる清兵は大小の軍旗数《す》十旒《りう》大砲数《す》門《もん》を棄て〻潰走《くわいさう》したり而《しか》して此潰走兵は百日以上屯営の準備までなしたる牙山の幕営迄も打ち棄て〻逃げ去らんとは実《げ》に我軍に取りては予想外のことなりき

我枝隊が成歓の第二塁を抜き進んで其牙営に迫りし時一軍曹あり心に必死を期したるものと見え身に数ケ所の疵《きず》を受けをるをも物ともせず斃《たう》るゝ骸《かばね》を乗り越え〳〵飛ぶ銃丸は霰《あられ》の如く迸《ほとば》しる大砲は紫電を欺く其間を突てはくゞり、くゞりては進み一直進牙塁の下《もと》に迫るや否や砲烟の下より中堅の堡上に躍り上り驚き逃ぐる清兵を前後左右に蹴飛ばし突倒して秋八里の醒風に翩《へん》飜《ばん》たる敵の大旗を奪ひ倒して銃剣一貫、高く之を振りまはして号令調子の大音上「大日本万歳！」

先刻より丘上に在りて此一軍曹の花々しき働きを見、頻りに其の武勇を嘆美しをりたる武田中佐、ア、可惜《あたら》武士殺さるゝな〳〵。と我を忘れて声を発し左右を顧みて彼の姓名を問んとする時彼は恰も牙営に躍り入りて提督葉志超《えうしてう》の名を署したる中軍旗を奪ひ「大日本万歳」を敵の堡上に大呼して次に不思議なる姓名は彼の口より大音に唱へられたり、「大日本陸軍歩兵大尉町橋蒼海《あをみ》の霊先登第一！」

ア、此名誉の大功を遂げたる一軍曹は訥鬼《どもおに》五郎なりけり去れど全軍の大部はいまだ其何人なるを知らざるなり堡上より斯の爽快なる小気味よき大音を発したる鬼五郎は此時のみは訥《ども》りにて在らざりけり

見来《みきた》れば彼の顔面鮮血淋漓満身皆な創痕、二王立に突立ちて一面には味方を招き一面には潰走の敵兵を冷笑する様勇ましくも又恐ろし〻

第十九

忽ちにして敵の中堅なりし堡塁の上、死屍枕籍し碧血は瀦《つま》を為すの処に旭章の聯隊旗は飜《ひるが》へれり之と同時に「天皇陛下万歳」

「大日本帝国万歳」の声は全軍の口より唱へられたり其声堂々又凛々百千の砲声よりも百千の喇叭《らつぱ》よりも高く天地為めに震ひ乾坤《けんこん》為めに動かんとす

我軍中到る処歓声湧くが如く気宇既に八荒を呑む去れど鬼五郎は他《ひと》の狂喜するに引替《ひきかへ》て独り彼方《かなた》の松樹の下《もと》に愁然として胸中に万感あるもの丶如し心中思ふ所果して何事ぞ

ア丶此勝鬨《かちどき》を星少佐と町橋大尉に聞かせてやりたし猶ほ一日の命を長うし玉はんには此声を聞き玉はんに……されど〳〵……此戦捷《せんせう》も少佐と大尉の死、預かりて力あるを思へば栄誉は却つて死したる人の上にこそ……二氏《ふたり》とも願くは地下に瞑目し玉へわれ鬼五郎一たびキチン村に死を決して死する能はず二たび此成歓駅に殺されんと思ひしに遂に身に数《す》ケ所の創《きず》を受けたるのみにて不思議にも又々殺さる丶能はず今おめおめと生き残りて此勝鬨の声を吾独りして聞く辛さよ、少佐の跡を追ひ大尉の後《うしろ》に尾《び》せんと思ひ立ちし決心何時の日果して遂げらるべきか、少佐、大尉、幸ひにわれを以て卑怯者と笑ひ玉ふな、ア丶今ぞ知る死は真《まこと》に難きものなるを、思へば昨日《きのふ》までも今朝《けさ》までも脆《もろ》い奴だと嘲笑《あざわら》ひし罌粟《けし》の花こそ羨やまし――散る時の心やすきを思へば

鬼五郎は斯の如く死を欲して而《しか》して死を取り逃したるを憂ひ、嬉しき今日《けふ》も露嬉しからず独り少佐と大尉の知遇に酬ゆる能はざるを苦にやむのみ去れど数ケ所に創《きず》を受けて未だ医官に知られざる彼の顔色は太《いた》く青ざめて呼吸せはしく勝鬨に和するさへ声出《いだ》すに苦し

武田中佐は本隊の人々と共に既に敵塁を点検し終りて今日の先登第一の勇士は何人なるやを問へり知る人ありて彼は松園鬼五郎といふ一等軍曹なることを告げたり

松園軍曹は中佐の前に呼ばれたり呼ばれたる時は恰も彼は独り松樹の下に呻吟しつ丶我身の創をも打忘れ今朝の町橋大尉の戦死の有様などを想ひ起して眼《まなこ》に涙を浮ぶるの時なりき

呼ばれて顔面の鮮血を拭ひ武田中佐の前に至れば枝隊の将校皆な其処《そこ》に並び居れり中佐は嬉しげに彼を迎へて、第廿一聯隊第三大隊の松園鬼五郎とはお前か。ハ……ハイ。今日先登第一、敵の中軍旗を振りまはしたのはお前か。イ……イ、ヱ。ナニ、お前ぢやないと。ハイ、わ、わたくしは、さ、さ、更に存じません。然し皆お前であツたといふが何うだ。イ……イ、ヱ、わ、わたくしは、さ、更に存じません。夫《それ》では誰の仕業だ。さ、更に、ぞ、存じません。

現在先登第一の軍曹は訥鬼《どもおに》たること争はれぬ事実なるに不思議にも彼は知らず〳〵と答ふるのみ中佐思ひ当ることやありけん更に問を一転して、お前は町橋大尉の戦死は知ツてゐるか。ハ……ハイ、ぞ、存じてをります。其時お前は大尉の側に居ツたか。す、す、直其側に、を、居りました。お前は召集に応じた時医官に身体不合格と宣告されたといふが真実《ほんとう》か。ほ、真実

でず、ど、ど、訥《ども》りで軍曹の役は、つ、勤まらぬといふてハネられました。フム而《そ》してお前は星少佐と町橋大尉に頼んで採用して貰ツたといふ話しだが何うだ。ハ……ハイ、少佐と、た、た、大尉に、た、た、歎願致しまして……。

武田中佐は心に悟る所やありけん自ら頷《うなづ》き、それではお前は今日「大日本陸軍歩兵大尉町橋蒼海《あをみ》の霊、先登第一」と叫んだ軍曹があツたが、知ツてゐるか。イ……イ、エ、そ、其声は更に、き、聞えませんでしたが、あ、跡で、ひ、他に聞きました。是《こゝ》に到りて武田中佐は奮然睥睨大喝一声、黙れ、松園！ 貴様は上官に対して偽り申すか現在乃公《おれ》は見て知ツてゐる夫とも貴様は知らぬと申すか。俄声大喝したる中佐の威権に鬼五郎は更に恐るゝ色なく、ハ……ハイ、ど、何処までも、ぞ、存じません、け、決して、い、偽りは申しません。黙れ！ 既に死だ町橋大尉が先登第一する理窟があると思ふか。そ、夫は、其理窟が、な、無いとも限らぬと、お、思ひます。

益々出《いで》て益々奇怪なる鬼五郎の答に中佐は左右を顧みて微笑しながら、松園！ モウよろしい、行け！ 益々 陛下の為めに忠勇を尽せ。

第二十

武田中佐に「行け」と言はれたる鬼五郎は敬礼を施して将に踵《きびす》を廻《めぐら》さんとするや見る〳〵青ざめたる顔色は更にいよ〳〵青ざめてバタリと其所《そこ》に倒れぬ、ア、彼の両脚は最早体軀を支ゆるの力らなかりき敵塁に先登したる時より中佐の面前に直立せし迄《いた》は太く張りに張りつめたる根気、茲に一時に寛《ゆる》みたるなり
ア、鬼五郎自らは軽傷《かすりきず》なりと思ひしも実は重傷なりしなり
居並ぶ人々は大《おほひ》に驚ろき急に医官を呼べり医官は来《きた》れり、傷口は洗はれたり、繃帯は施されたり、腿に二ケ所、手に二ケ所、而《しか》して前部の肩下に一ケ所！
之を見たる人々は皆な其創《きず》の多きに驚けり而して彼が斯る負傷を受ながら毫《すこし》も屈せずして猛進し今の今まで露ひるみたる色なかりし其豪勇と耐忍とには一人として嘆美せざるものなかりき
屋島の継信《つぐのぶ》も為めに光を失ふこと数層
やがて野戦病院に送られて担架より下さるゝ時は彼は早既に永眠してありけり両唇堅く結んで四肢冷かに呼べども答へず、西《せい》畦《けい》、色憐れなり、円顱《えんりよ》の罌粟《けし》一枝《えだ》！
此時本営の一騎兵は馬を飛ばして茲に来り「松園軍曹は未だ死せず」といひつゝ彼に曹長の制服を着《つけ》させたり而して松園曹長の死は死したる時より三時間の後とぞ称へられける
ア、流暢の弁舌より寧ろ好んで世人に聞かれし彼の訥《ども》りも最早聞く能はざるこそ憾みなれ
町橋大尉の霊を導きて先登第一の功をなさしめたる訥軍曹《どもぐんさう》は死したり星少佐の霊に刀を握らせて敵将陳殿元《ちんでんげん》を撃取ツたる訥鬼《どもをに》は瞑目したりとの報一軍に伝はるや大島少将武田中佐以下の諸

将校彼の心情を察し彼の忠烈節義を思ひ実《げ》に軍人の亀鑑とて皆な感涙に征衣を湿《ぬら》しぬ

星少佐町橋大尉の知遇に酬ひ其跡を追はんと欲して追ひ得ず実に死は難きものなりとて果敢なき罌粟をさへ羨みし鬼五郎は遂に人は武士の桜花となりて散りぬ実にや人の名人の命、惜しければこそ惜しまれてこそ！

* * *

広島市の城外町橋大尉の留守宅、さなきだに湿《しめ》りがちなるが今《け》日《ふ》は一際雨繁し　他所《よそ》は旱魃《ひでり》を憂ふれど

年齢《よはひ》まだ三十五歳に満たぬ夫人緑の黒髪惜気もなく切り下し良人《おっと》の遺髪に向ひて霊《みたま》を弔《とむら》ふ鈴《りん》の音いとゞ物淋しく、南無阿弥陀仏〳〵！

折がらョ、とばかりに此室《このま》に転げ込は是も仝じ薄命の塊、嵐に忘れられたる残んの花一枝、奥様！。お雪か。お蔭で良人もめでたく、戦《うち》……戦死《うちじに》いたしました。

見れば痛はしや是も亦毛《け》巻髷《まきわげ》！、鬼五郎も死だか。ハ、ハイ、旦那様の魂にお倶《とも》して敵の塁《とりで》へ魁《さきが》けとか。聞くも涙、語るも涙父なき子に良人なき妻、二人と二人相抱いて歔欷《きよき》して泣く、

* * *

備後《びんご》の三上郡《みかみごほり》に遊ぶ旅客は必ず松園曹長の名を耳にするなるべし而《しか》して松園曹長の名には必ず「訥《どもり》」と「名誉に無頓着」といふ風変の二名物が附帯して街道の車夫や宿屋の家婢の話しにも光彩を放たせつゝあるを聞くなるべし

郡内を出立する時衆に向ひて生きては還らぬと言ひ放ちし鬼五郎は果して生て還らざりけり去れば荘原村《せうばらむら》の公園とも称すべき丸山の真中に郡長町村長を初めとし郡内諸有志が建立したる花崗石の一石碑、若し其人の功に副《そ》はんとせば玆《こゝ》にピラミットを築くも猶ほ其大を表はす能はず去れど生前彼は虚名栄利を嫌ひたる人なれば俗嚇《こけおど》かしの催ほしは却ツて其意に反《そむ》くならんとて故意《わざ》と質素に造りし石碑「故陸軍歩兵曹長松園鬼五郎君之碑」とあるのみにして碑文もなければ伝記もなしア、彼は公然《おもてむき》、戦場に於ては寸功なきものなりき、ア、斯の無名無履歴の一石碑仰げば天よりも高く俯せば地よりも広く寂然《せきぜん》丸山の松風に孤立して幾世の塵を払ふらん幾世の人を清むらん。

惟任日向守

はしがき

われ本来の敵役に立戻り茲に権利の、義務の擒となつてより此君と相別るゝこと久し然れども燈光一点花影半窓時にミューズの神霊に逢ふことあれば亦たいにし文学小路の浪宅に於ける此君との佳会を追想するを禁ずる能はず即ち此篇を草して懐を寄せ興を遣り併せて斯の碌々たる旧阿蒙が猶呉下に人二倍の飯を喰ひつゝあることを知らすといふ

明治乙未十月兼六園下

白雲紅葉亭の一弁護士　忍月

こゝまでも蹄の

跡や女郎花

惟任日向守

第一

憐れなりけり、天正《てんしやう》十年三月十一日天目山《てんもくざん》の一戦、落花狼籍天《てん》日《じつ》為めに暗く、山河為めに憂ふ。流石《さすが》に日本無双の雄将甲斐《かひ》信《しな》濃《の》上野《かうつけ》駿河《するが》四《し》ケ国《こく》の太守武田《たけだ》大膳太夫晴信《だいぜんのたいふはるのぶ》入道信玄《にふだうしんげん》が世業を継ぎたる嫡子《ちやくし》四郎《しらう》勝頼《かつより》も、満つれば欠くる浮世かな。昨日は小幡《をばた》上総介《かづさのすけ》に逆戈《うらぎ》られ、今日は小山田《をやまだ》左兵衛佐《さへうゑのすけ》に反心《そむ》かれ、楽みを共にせし大忠臣の長坂閑斎《ながさかかんさい》跡部大炊介《あとべおほゐのすけ》には終に苦を共にせられず、去れば鶴ケ瀬《つるせ》小松《こまつ》の郷にも居り難く、漸《やう》やく天目山の一隅に落籠《おちこも》りて、残るは主従僅かに四十余人《しじふよにん》。十重《とへ》二十重《はたへ》に取囲む織田信長《おだのぶなが》が大軍を引受けて、茲《こゝ》に最后の奮戦花々しく、終に三十七歳を一期《いちご》として朝《あした》の露と消え失せぬ。風に散り敷く山桜の下《もと》に鎧《よろひ》を抜きたる勝頼、共に死せんことを願ふて更に落行《おちゆく》を聞入れざる最愛の妻は其左に、十文字の鎗《やり》を提《ひつさ》げて群がる敵を三たびまで突崩したる容顔美麗の若武者——一子太郎信勝《のぶかつ》は其右に、父子夫妻互ひに相抱《あひいだ》いて交刺《さしちが》へつゝ、冷《ひやゝ》かに数万の敵軍を眼下に笑ひ、顧みて四十七人《しじふしちにん》の殉死者を見、四ケ国の太守たる我先途を見届《みとゞく》るものは只之のみかと、思はず最期の熱涙を浮べし瞬間は、即ち武田家没落の時なりき。

此惨劇の紀念、切歯悲忿の残塊たる勝頼の首級は、うたてや、功名の花として西軍の本陣に送られぬ。

此方《こなた》の大将織田右大臣信長は、其特性なる猜忌《さいぎ》嫉妬の念を驕傲の羽団扇《はうちは》に煽《あふ》がしめ、凱歌声裡に戦捷《せんせふ》の祝杯を傾け乍ら、勝頼の首級を胡床《しやうぎ》に踞《うづくま》りたるまゝ冷かに睨み、此乳臭き生首が痴漢《たわけ》四郎の生首か、此信長に敵対したる天罰は覿面《てきめん》、今こそ思ひ知ツたるか。我汝あるが為めに枕を高くし得ざりしこと幾年《いくとせ》ぞ思へば憎《につく》き奴。と罵りつゝ、此《かく》既に敵対の能力なき首級に向ひ、ガーツと痰《たん》を吐き掛け足先にて之を蹴飛ばし、ハツハツハ今斯くなツては何事も得せまじ。気味よし〳〵、誰かある其痩首《やせくび》を徳川の陣所へ持ツて行け。フヽ、散るわ〳〵桜が散るわ。

又も凱歌は営所〳〵に響き亘《わた》りぬ。かく歓声満ち祝杯飛ぶ中に、独り悵然《ちやうぜん》として暗涙に鎧の袖を霑《うるほ》し、いくたびか嗟嘆の声を発するものあり。是れなん明智《あけち》十兵衛《じふべゑ》源光秀《みなもとのみつひで》にぞある。アヽ、我君勇猛余りありて情《なさけ》に忍《にん》なり。武田勝頼、敵とは言へど適《あつ》ぱれ健気の最期を遂げたる四ケ国の武将。元を正せば清和の末流、新羅三郎義光公《しんらさぶらうよしみつこう》の後裔、其上武田義清《そのかみたけだよしきよ》甲州に封を授られてより以来、凡十七世四百六十余年《およそじふしちせしひやくろくじふよねん》を保ちたる名家なれば、宜しく礼を以て其首級を遇し、其亡霊《なきたま》を懇ろに弔《とぶら》ひ給ふべきに、左《さ》はなくて手も口も動かぬ首級に向ひ、アノ亡情無礼は何事ぞ。強きばかりが武士の情《じやう》かは。去《さる》にても之に従ふ諸将、如何に粗暴豪放のみを武士の本色と心得、心に仁義もなく表に辞礼もなく、目に一丁字《いつていじ》をも見ざる田舎武士なればとて、主君と同じ様に、アノ哀れなる首級の為めに誰一人として諫むるものなきは何事ぞ。後《のち》の人織田の家来は揃ひも揃ふて残忍の田舎武士とや笑はん、後の人に笑はるゝばかりならば兎に角、もし甲駿《かふすん》の人士我君にかゝる亡情の挙動《ふるまひ》ありしと聞かば、今迄武田家に懐《なつ》き武田家を仰ぎしものは、必す織田家を恨まん。戦《たゝかひ》に勝つも人の心を失はば、戦に負《まけ》たると同然なるものを。

去《さん》ぬる五日、我君濃州六渡《のうしうむつと》に於て、武田方の忠臣仁科五郎信盛《にしなごらうのぶもり》が首級を得て、残酷《むご》く待遇《あつか》ひ玉ひしのみか、之を岐阜の長柄《ながら》川原《かはら》に獄門に掛け玉ひけり。之をさへ此光秀の手荒き処分と思ひしに、又々越えて二日、信忠卿《のぶたゞきやう》は我君の仰《あふせ》を受け玉ひ、甲府に発向ましまして、一条蔵人《いちでうくらんど》が舘に御陣を据られ、武田逍遥軒《たけだせうえうけん》、仝隆宝《おなじくりうほう》、一条右衛門太夫《いちでうゑもんたいふ》、武田上総介《かづさのすけ》、朝比奈摂津守《せつつのかみ》、清野《きよの》美作守《みまさかのかみ》、諏訪越中守《すはゑつちうのかみ》等、何《いづ》れも武田方に於ては歴々たる人物を尋ね出《いだ》して、或は首を刎《は》ね、或は生捕《いけどり》て之を虐待し玉へり。さなきだに戦国の今の世、人の心を収攬し、民に愛恤《あいじゆつ》の政《まつりごと》を敷かんこと肝要なるに、我君更に之を省み玉はざるこそ憾みなれ。去れど……去れと夫《それ》も然ることなり。我君は女婿《むこ》浅井長政の首級を以て杯《さかづき》を作り玉ひし例《ためし》さへあるものを、去るにても彼《か》の猿《さる》冠者奴《くわんじやめ》、今は播州《ばんしう》に在りと雖も、万事に嘴《くちばし》を容るゝに引替へて、常日頃よりかゝることを諫《いさ》め置ぬも不思議なり。――去れど……去れど夫《それ》も又然ることなり。功名の為めには如何なる不義をも亡情をも忍ぶが猿の性質《たち》なれば（作者曰く、果然渠《かれ》は後日其母大政所《おほまんどころ》を敵地に質として送るの忍をなせり。光秀の目より見れば秀吉は大不孝者なり）。アヽ我君にして今少しく人情に富ませ玉はゞ、アヽ我君にして今少しく礼節と愛撫とに心を寄せ玉はゞ、――アヽ、武田領は今織田領に帰したれとも、武田領の人心は終に織田領に帰せざるべし。惜むべし〳〵。

田野《たの》の里の郊外、桔梗《ききやう》の紋を染め抜きたる幕営の裡に、且つ嘆《かなし》み且つ惜みて黙然たる光秀、漸やく起《たち》て幕を掲げ、天目山の黄昏《たそがれ》を眺めて憮然として合掌再拝、南無阿弥陀仏〳〵。

第二

天目山の一方を眺めて憮然として暗涙を浮ぶる光秀の背後《うしろ》に声あり。我君！

此方《こなた》は振返り見て、左馬助《さまのすけ》か。

明智左馬助光俊《みつとし》四辺《あたり》に気を配りて声をひそめ、仁者は敵をも愛し、君子は其罪を悪みて其人を悪まずとかや。君の御涙《おんなみだ》は然《さ》ることながら、君曾て叡山《えいざん》の焼打を諫《いさ》め玉ひしより以来《このかた》、左なきだに猜忌《さゐぎ》深き右府公《うふこう》、一入《ひとしほ》君を憎ませ玉ふ折柄なるに、今の君

の御挙動《おんふるまい》を見聞き玉はば、禍《わざわい》は意外の処より生ぜん。小人原《せうじんばら》の口端《くちは》に掛る黄犬《くわうけん》を牽《ひ》きて上蔡東門《じやうさいとうもん》を出《いで》し昨日《きのふ》を恨み玉はぬやう

——大事は勿論小事にも御注意こそ。左馬助善く申した。以後光秀屹度《きつと》謹《たしな》むであらう。左るにても今日《けふ》の合戦、滝川左近《たきがはさこん》を始め河尻肥前《かはじりひぜん》、森勝蔵《もりかつぞう》、津川玄蕃《つがはげんば》、毛利河内《もうりかはち》等《ら》皆な夫々寄手《よせて》攻手《からめて》の命《あふせ》を蒙りしに、我一人後陣に取残されて何の仰せをも賜はらず、空しく他人の功名を傍観せねばならぬとは……ア、浮世なり。我君、夫《それ》にも又故こそあれ。当敵武田家は我明智家と同しく、清和の流《ながれ》を酌む源姓《みなもとせい》にして、右府公《うふこう》は平姓《たひらのせい》を冒し居玉へば、此《こ》は好《よ》き口実なり、奇貨なりとて、例の狡童《こわつぱ》（蘭丸《らんまる》）何事をか言上《ごんじやう》し、疑ひ深き右府公にます〳〵疑ひを……。叱《しつ》ツ、左馬！　モウ善し、申すな〳〵。夢の浮世の中宿のウ〳〵……ハツハツ、左馬！　流石《さすが》の武田も右府公の御威勢には嵐に散る桜ぢやのウ。

＊　　＊　　＊

ア、我心は水の如く、右府公に対しては一点の弐心だになきものを、何とて斯く我を疎み玉ふ。我若し当初より無名衰残の賊子に組みしても一時の浮栄を僥倖せんとするの野心あらば、当時畿内《きない》には三好の三党あり、大和には松永弾正《まつながだんぜう》あり、又畿北には浅井朝倉あり。少しく其意を迎ふるに力を用ふる時は、彼儕《かれら》を掌上に弄《もてあそ》ふに何の難きことやはある。況《ま》してや我も元は濃州《のうしう》土岐《とき》伯耆守頼清公《はうきのかみよりきよこう》の後胤《こうゐん》にして、源家《げんけ》累代の嫡流《ちやくりう》、家系敢て右府公に劣るに非ず。我今年《こんねん》取ツて五十五歳、右府公に長ずること八歳、辛酸を嘗め経験を積み、世故に渡り、人情を弁《わきま》ゆること右府公よりも多く且つ広し。去れば遠祖の余威を借りて志を一隅に伸ばさんとせば敢て成らざるに非ず、然《さ》るに之を為《なさ》ずして五千貫の禄を朝倉に還し、将軍義昭《よしあき》公を慫慂《すゝ》めて公《きみ》の麾下《きか》に来《きた》り臣礼を執るは是れ弐心なき證にあらずや。去るを公は事に就け物に触れ我を疎隔《うとん》じ玉ふは何事ぞ。我は何事をも忍ぶべきも、我に身命を献《さゝ》げゐる家臣の心中を思へば不憫なり。家臣の憤激血涙はわれ猶忍びて之を慰むべくも、此光秀が領地の人民に対し、威光を失ひ面目を失ふを奈何《いか》にせん。我仮令《たとひ》源姓《げんせい》を冒せばとて、光秀には光秀だけの眼《まなこ》もあり良心《こゝろ》も有り。争《いか》て勝頼如き小児《こども》と謀りて共に事を挙ぐるの愚をなさんや。去るを公は我を疑ひ我を疎み玉ふこそ口惜《くや》しけれ。

之に就《つき》ても思ひ起す、先年我公《わがきみ》日本の追捕使を定められたるとき、東海東山の二道を滝川左近に、北陸を柴田《しばた》修理進《しゆりのしん》に、南海道を佐久間《さくま》右衛門尉《うゑもんのじやう》に、山陽道を羽柴《はしば》筑前守《ちくぜんのかみ》に、而《しか》して山陰西海の二道を此光秀に命じ玉ひしが故に、我丹波《たんば》平定の後《のち》但馬《たじま》征伐の事を願ひ出《いで》しに、終に許し玉はず。却《かへつ》て山陰西海の両道ともに猿冠者《さるくわんじや》奴《め》に仰せ附けられぬ。光秀が不面目、家臣に対し天下に対し申訳なし。去れど……去れど我は忍ばん何処《どこ》までも忍ばん、栄辱毀誉二門なし大道心源に徹すれば是れ一元！

ア、此光秀も愚《おろか》なりき〳〵。形《なり》は大きくとも心は小児の諸将と

共に功を争ひ戦場を駈めぐらんは大人気無し。大人は大人らしく、小児に功名を譲りて世俗の凡悩界に齷齪《あくそく》たらざるこそ温従《おとな》しけれ。ア、愚なりき〳〵。

思ひ回《まは》せば我幼少にして父を失ひ、斎藤義龍《さいとうよしたつ》が為めに濃州を追はれ、諸国を徘徊し主《しゆう》を求めて求むる能はず、遂に天外浮浪の一孤客《いつこかく》となり終りぬ。然るに我公は義昭公の動座を慫慂めし縁因《ゆかり》により、我を登用して越前近江《ゑちぜんあふみ》の役に戦はしめ、畿内の役には一方面《いつはうめん》を委ねて驥足を伸ばさしめ、賞として丹波近江五十万石の大封《たいはう》を与へ玉ふ。而《しか》のみならず公《きみ》の異母弟の子七兵衛尉信澄《しちべゑのじやうのぶすみ》を以て女婿《むこ》となし玉ふ。君恩海よりも深く山よりも高し、ア、しばしにても公を恨しことの恐ろしさよ。

無端《むたん》茲《こゝ》に浮浪の昔を思ひ出《いで》たる光秀、粛然《しゆくねん》として容《かたち》を改め、夜半野営内の篝火《かゞりび》ほの暗き処に鎧の袖を絞るぞ殊勝なる。

第三

今は誰あらう、丹波近江《たんばあふみ》五十万石の領主惟任日向守《これとうひうがのかみ》源光秀も、十七年の昔は実《げ》に一個の寄辺《よるべ》なき浪人なりき。光秀曾て中国に彷徨《さまよ》ひ桂能登守《かつらのとのかみ》に頼りて、毛利元就《もうりもとなり》の臣たらんことを乞ふ。元就之を引きて数日間其人物を試し見るに容貌俊秀にして挙止閑雅、才智明敏にして勇あり弁あり。砲術は善く下げたる針に的中するの妙あり。又善く仏門の法味を嘗め、善く天下諸侯の賢愚を知り、経史《けいし》に通じ、兵法に達し、辞礼に嫺《なら》ひ、有職の道に暗からず、真に一代の英傑。元就大《おほい》に喜び幣《へい》を厚うして之を抱えんとせしに、意外の故障は他《ひと》の出世を妬み才智を猜《そね》む小人の口より起れり。私《ひそ》かに相者と謀りて元就に告げしめて曰く、光秀の相貌狼の睡むるが如く、喜怒の骨《こつ》高く起りて其心神常に静かならず。所謂《いはゆる》外寛にして内急なるもの、必ず後患あらん。況《ま》して素姓さへ曖昧なる諸国流浪の旅人、用ゆべからずと。流石《さすが》に明敏なる元就も、其小人の讒害《ざんがい》たることを知らず、遂に其毒舌に迷はされて惜しや光秀を容るゝの度量なかりき。第一着の運定め既に芽出たからざりければ、光秀快々として身の数奇を嘆《かこ》ちつゝ芸州《げいしう》を出で、豊後《ぶんご》より薩摩《さつま》に行き。四国へ渡りて紀伊に入り、伊勢に入り、越前に至り、朝倉義景《あさくらよしかげ》に召《めさ》れて暫く茲《こゝ》に足を止《とゞ》めしも、義景は碌々たる小人、共に事を計るべき器量にあらず。去れば流石の光秀も十数年の流浪不遇に天下の明君なきを悲みしに、計らず信長に仕ふることゝなりぬ。斯《こ》の中年より信長に仕ふるのみか、数ある諸将の中にて独り出身地を異にせる光秀、其格式は却て他の譜代恩顧の宿将に優るとも劣らざるまでに至りにぬ。今光秀当年の浮浪を思ひ君恩の優渥を思ふ涙あるも理《ことわ》りなり。良心《こゝろ》を責むるも理りなり。

* * *

朧月夜の影を踏み、飯島の夜嵐に瞬く篝火《かゞりび》を辿りて此方《こなた》の野営内に入り来《きた》りたるは妻木範賢《つまぎのりかた》、我君！　まだ御寝《ぎよしん》ましまさゞるか。今迄粛然《しゆくねん》として君恩の重きを思ひ憮然として身の不運を思ひつゞけたる此方の光秀。主計頭《かずえのかみ》か、軍中にては別に変りたる事をも聞かざりしか。去《さ》ん候《さふらふ》 右府公《うふこう》も安房守《あはのかみ》（真田昌幸《さなだまさゆき》）には太《いた》く心を置せ玉ひ、吾妻城《あづまぜう》御征伐は兎角《とかう》の御評定にいまだ左右《さう》とも分らざる由。君には如何思召すや。去ればなり武田家の一門家老の中《うち》にも、安房守は極めて計略に富む勇将なれば、右府公も等閑《なほざり》に征ち玉はんこと味方の損毛たるべし。殊に彼が居城上田吾妻の両城は、要害の地にして守るに安く攻むるに難く、決死の勇士八千余人栖籠りて、防戦の備へ堅く兵糧《へうらう》亦た三年を保つべし。今我君勢に任せて之を攻め玉はんには効少なくして徒らに味方の士卒を亡《うしな》ふこと多かるべし。今甲信上駿の四国悉く我公《わがきみ》の手に帰したる上は、真田一人《いちにん》其儘に捨置くとも何程の事やあらん。武田一家《いつけ》平均したるを土産《みやげ》に早く安土に御帰城ありて徐々《おもむろ》に真田を招き味方に加へ玉はんこそ上策なれ。真田は適《あつ》ぱれの名士なれば、君の麾下《きか》に附け玉はば、千万の士卒を得たるに増して益あらん。今天下の大勢を制する時なれば、一城一塁に係はりて月日を送り軍卒を費やすべき時にあらず。主計！　汝《そち》も然か思はずや。ハヽ、ツ、君の御明眼今に始めぬことながら、此主計ほと〳〵感服致して候、去るにても訝かしきは、我君には斯る御智謀有り乍ら何とて右府公に言上《ごんじやう》ましまさずや。訝かるな主計！　訝かしからず。と言ひつゝ声曇らせ、去《さ》なきだに此光秀、平生《ひごろ》右府公の憎しみを受け、疑ひを蒙ふるのみか、御坐右の讒奸《ざんかん》に其隙《そのひま》をねらはるゝに、此《かく》の如き退守の計略を、勝ちほこり玉ふ君に言上すればとて、争《いか》で御採用《おんとりもちゐ》のあるべきや。御採用なきのみならず、却つて光秀は卑怯者なり臆病者なり、然《さ》なくば真田と通じ真田を助くる野心ある者なりと疑ひ玉はん。万一《よし》又疑ひ玉はずとも、外《ほか》より疑はしむる人無きにも限らず。若し茲《こゝ》に筑前守《ちくぜんのかみ》（秀吉）あらば、必ず我と同じき意見を持つならん。筑前守は公《こう》の御覚えめでたければ、其言上は必ず採用ゐ玉ふならんに、惜きことなり。胸に一杯言ふべきことを持ち乍ら、言ふに言はれぬ此光秀が切なさ辛さ——主計！　泣《なく》な、な……泣てくれるな。えーツ、な……な……泣き申さぬ此主計は、去りながら君の御心中を四《し》王天《わうでん》但馬《たじま》を始め、藤田並川村上の諸士に告《つげ》なば、嘸や泣かん、嘸や恨まん、千軍を屠《はふ》り鉄壁を倒す可惜《あたら》力量を持ちながら、手を束ねて空しく他人の功名を見物し、露君を恨む色なき家臣の心中、思へば〳〵不憫にて候。諸所の陣営歌起り 觴《さかつき》飛びて色めけるに引替へ、独り此陣営の寂しく湿《しめ》り勝なるも哀れなり。

城は名にし負ふ信州一の要害吾妻城、之を守るは八千決死の士、之を率ふるは山道第一の弓取真田安房守昌幸、去れば流石の右府も中将（信忠）も心を置き、兎角の評定に一両日を飯島の野営に過しけるに、同月十七日播州《ばんしう》出征中の羽柴《はしば》筑前守より、堀《ほり》尾《を》茂助吉晴《もすけよしはる》使者として本営に来《きた》れり。茂助先づ甲信平均の御慶賀を述べ、次で四男《しなん》御曹司秀勝君《ひでかつきみ》の御具足始めの祝として備前《びぜんの》国児嶋郡《くにこじまごうり》麦飯《むぎいひ》の城を攻落《せめおと》したる旨を披露し、次ぎに主人秀吉別に申上候趣意ありとて、茂助御人払ひを乞ひ、何事をか言上す。しばらくして手を拍《うち》て笑ひ語る信長の声は外に漏れたり、秀吉が計略予が意《こゝろ》に叶へり、秀吉が所存の如く目下の時節僅かに真田一人《いちにん》が為めに力を費すべきにあらず、時を見て昌幸を招くは此信長が方寸に在り。然《さ》なり帰陣〳〵。

＊　＊　＊

越えて翌日俄然軍中に命あり、曰く吾妻城攻撃を止め、明朝直ちに道を海道に取り、安土《あづち》に向《むかつ》て帰陣すべしと。

第四

織田右大臣信長、纔《わづ》か十数日の間に武田の強敵を滅ぼし、四方震懾《しんせふ》せずといふものなし。信長意気昂然天下掌《たなごゝろ》の裡に在りと思ふも宜《む》べなりけり。今度《このたび》甲信の合戦に於て勲功の将士に顕賞を宛行ふべしとの沙汰あり。先づ中将信忠卿は抜群の働き、武将の器備《うつは》はりたり近くに天下の支配を譲るべしとて、先考備後《びんごの》守《かみ》殿より御譲りの太刀《たち》を授けられ、滝川左近将監一益《しやうげんかづます》は上野《かうづけ》一国と信州佐久小県《さくちいさがた》の二郡を賜はり、関東の管領《くわんりやう》を命ぜられ、其上海老鹿毛《えびかげ》の馬を下され、此馬に乗《のり》て入国すべしとの仰せを受け、河尻肥前守《ひぜんのかみ》は甲斐一国を賜はり、森勝蔵は信州更科高井《さらしなたかゐ》水内埴科《みづちはにしな》の四郡《しぐん》を賜はり、毛利河内守《かはちのかみ》は伊奈郡《いなごほり》を賜はり、而《しか》して彼の明智左馬助に狡童《こわつば》と呼ばれたる森蘭丸は河尻肥前守が旧領岩村の城主たるべしとの恩命をぞ蒙りける。其他《そのほか》一将一卒より御小姓に至る迄、皆夫々《それ〴〵》の恩賞ありたり、去れど明智日向守《ひうがのかみ》には――何等《なんら》の沙汰もなかりき。かゝる時茲《こゝ》に想ひ看る光秀が家臣の悲憤血涙！

＊　＊　＊

頃は卯月の第一日、甲信の山河猶ほ旧主《きうしゆう》を思ふて色惨憺、花風に泣き鳥雨に咽《むせ》ぶの時、往来には人馬の通ひを止《とゞ》めさせ、街《ちまた》には造石を除かせ、渡しには橋を継がせ、警護美々しく威風凜々として甲府に入る者は、是れ帰陣の途次武田の城跡を見んとする戦勝後の織田信長にぞある。

甲府滞在の夕《ゆふべ》、光秀が舘を音訪《おとな》ふものあり。是れなん新たに本領安堵の御教書《みけうしよ》を賜はりたる降参の将、木曾左馬頭義昌《さまのかみよしまさ》が織田家の諸将を歴問するにぞありける、初対面の挨拶に先《まつ》向後の懇情を温むる左馬頭、つら〳〵光秀を視て其従容として促《せま》らざる閑雅の体度、儀あり節あり勇あり情けある高品の風采を慕ひ、憮然としていふやう、聞しめせ日向守殿、亡国の残臣がかゝることを申すは烏滸《をこ》の限りなれど、故主《こしゆう》勝頼卿のおん首級伝へて侍従殿（家康）の陣所へ至りしに、侍従殿は胡床《しやうぎ》を下《お》りて泰《うや〳〵》しく礼拝し、御身は正《まさ》しく武田の嫡統《ちやくとう》にして、亡父の遺業を嗣《つ》ぎ、四《し》ケ国《こく》の大将として武名一代に高かりしに今斯く首となり玉ふ、天運とは言へ、おん悼《いた》はしや此御最後と、涙に咽び玉ひし由。然るに右府公《うふこう》（信長）には、胡床に踞《うづくま》りたるまゝ之を蹴飛ばして罵り玉ひしやに聞き及ぶ。去れば我武田家の将士は勿論、甲信の民百姓之を伝へて、皆心を徳川家に属し身を寄するもの多しとの世間の取沙汰。実際《まこと》右府公には然《さ》る所業《わざ》の候《さふら》ひしや。

是は又左馬頭殿には異《い》なることを申さるゝかな。我君に争《いか》で然る亡情の挙動《ふるまい》のあるべきや。抑《そも〳〵》も武士には武士の義理あり礼法あり。我公《わがきみ》如何に兵陣の間なればとて、如何に敵味方の間柄なればとて、弓矢取る身の情義を忘れ玉はんや。思ひ起す永禄四年の頃、上杉謙信殿管領職《くわんりやうしよく》に補せられ玉ふや、上洛して将軍に謁《まみ》えんと思ひ玉へど、当時は御身の故主大膳太夫《だいぜんのたいふ》殿（信玄）と戈《ほこ》を交へ玉ふ折柄なれば、領国を侵されんことを恐れ、乃ち使《つかひ》を甲斐に遣はして、「将《まさ》に上洛して将軍家に謁見《えつけん》せんとす。是れ公事にして私事にあらず。我が帰国まで領内へ出張のこと、思ひ止《とま》られよ」と申されけるに、大膳太夫殿には直《たゞ》ちに返書して、「謙信上洛の結構神妙なり。武家の棟梁たらんものは誰も斯くこそ有たけれ。帰国の節迄は手使ひ差控ゆべし」と答へさせ玉ひし由。此美談は拙生《それがし》よりも御辺こそ精《くは》しく知り玉はん。右府公曾て此美談を聞きて深く感嘆し玉ひ武人《ものゝふ》たるものは斯く情義を重んじ、礼儀を守りてこそ、真の武人なれと宣ひし例《ためし》さへあるものを。右府公争で然る無礼を忍び玉はんや。世間の噂は誤聞ならん。さても世間の口は意外の人に意外の濡衣を着せ、うるさきものにて候。

光秀の弁解を聞き終りたる義昌、思ひ当ることやありけん、無《はし》端《なく》光秀の心中に感じて、何事ぞ暗涙一滴。

既に辞して門外に出でたる義昌、家臣に向ひ嗟嘆して曰く、

ア、右府公には適《あつ》ぱれの好家来《よきけらい》を持たれけるかな。

義昌の後姿を見送りたる此方《こなた》の光秀、惆然《てうぜん》として考一考。ア、果して甲信の民心は我公を恨めり。ア、果して武田家の将士は我公に懐《なつ》かずして家康に懐きたり。惜むべし〳〵。今更悔るも詮なきこと乍ら、我公が首実検の作法を忽《ゆるがせ》に為玉ひしは、返す〴〵も織田家の為めには惜しきことなりき。首実検には法式あり。凱歌を揚ぐるにも法式あり。われ光秀曾て聞く、信玄笛吹《うすゐ》峠《とうげ》の戦《たゝかひ》に勝つや。翌日首実検の式厳重に行なはれ、勝閧を揚らる。先づ信玄採配を取て胡床《こう》に腰をかけ玉へば。飫《お》富《ぶ》兵部少《ひやうぶせう》輔《いふ》は御太刀《みたち》の役にて後《うしろ》の方《かた》に候じ、板垣駿河守《するがのかみ》は団扇《うちは》の役にて左の方に侍《はんべ》り、原美濃守《みのゝかみ》は鳴弦《めいげん》の役にて白膠木《ぬるでのき》の弓に真鳥羽《まとば》の矢を添て右の方に候じ、山本勘助は貝の役にて吹かずして手に捧げ右の方に侍り、小幡尾張守《をはりのかみ》は太鼓の役にて仲間《ちうげん》に背負はせ大将の側《そば》に伺候せり。旗は加藤駿河守、旗挿《はたさし》を側に引付て旗を左の手に打掛て畏《かしこ》まる。南天の手は金丸筑前守《かなまるちくぜんのかみ》、太布《ふとぬの》の手拭は飫富源四郎なり。酌人二人《にゝん》は割紙の髻《もとどり》にて髪を結ひあげ、四度《よど》入《い》りの土器《かはらけ》にて四度づゝ十六度、肴《さかな》は勝栗昆布にて勝悦《かちよろこ》ぶの義を祝せりとか、実《げ》に信玄は適《あつ》ぱれ文武を兼ねたる明将なりき。戦場にては強《あなが》ちかゝる式に係るべからざる時もあらんなれど、去りとて全く此式を顧みざるは大将たるべき器にあらず、かゝる大将の下《もと》に養はれたる甲信の人士なれば、我公の所業《しわざ》を怒る

も理《ことわ》りなり。去るにてもアノ家康、万事に抜目なき武将かな。武田の将士には兵法機略に長《た》けたるもの多し、其将士の心を得《え》之を撫納《なづけ》んとする家康、中々に恐ろしゝ。後来天下を握るものは必す此人ならんか。ア丶。

第五

甲府の禅院に恵林寺《けいりんじ》といへる大地あり。在住の快川和尚《くわいせんおしやう》大徳の誉れ高く、故武田信玄深く之に帰依したる縁因《ゆかり》ありて、武田の残党数十人此寺に隠れければ、和尚厚く之に庇護を加ふ。信長之を聞き、使《つかひ》をつかはして其浪人を悉く出《いだ》すべしと命ず。使者礼なし。和尚命に応ぜず。使者君威を冠《くわん》に衣《き》て益々之を強《しひ》ゆ。和尚断然衣の袖を払つて言ふやう、一旦我寺に頼《よ》りたる浪人、織田家の敵なりと雖も武田家の忠臣なり。朝敵といふにもあらず、衆生《しゆじやう》の敵といふにもあらず。仏の眼より見玉ふときは罪も咎もなきものなり。衆生を助くるは僧侶の分限今みす〳〵虐殺に逢ふことを知りながら、之を追出《おひいだ》さんこと思ひもよらず。縦令《たとひ》此寺破滅に及ぶとも命に応ずること叶はず。と言ひ放ツて内に入る。使者帰りて之を信長に言上《ごんじやう》す。信長大《おほい》に怒り、憎《にく》き寺僧の返答奇怪の至りなり。其義ならば打て寄せよとの、下知《げぢ》に応じて捕手《とりて》寺に向ひしに、浪人は既に何処《いづこ》へか落行きて隻影だになし。捕手手を空うして帰る。後《うしろ》に快川和尚の声あり、アラ心狭き信長かな。

信長寺僧等が浪人を落しやりたりと聞くや、クワツと激怒し、憎き坊主等が振舞かな。今四海に威を振ふ我を蔑如する段不埒なり。寺も人も皆な焼き尽せよとの厳命。命に応じて津田九郎次郎、長谷川与次郎、関小十郎、赤座七郎右衛門等《ら》、一同身を固めて将に恵林寺に向はんとす。

しばらく〳〵お俟ち召され。一同を制して優然として進み出《いで》たるを、誰かと見れば惟任日向守《これとうひうがのかみ》光秀なりき。光秀信長公の御前に拝伏し、我公《わがきみ》今拙生《それがし》が申上ぐる一条、一通《ひととほり》御聞き下され。恵林寺を焼払へとの御諚《ごでう》は然《さ》ることながら、ソモ此恵林寺と申するは年久しき伽藍にして、殊更現住の快川和尚高徳高智普く諸国に聞え、先年帝《みかど》よりも大通智勝国師の法号をさへ給はりたる名僧。去れば故入道信玄を初めとして、甲州の人民一人《いちにん》として之を仰がざるものはなし。然《さ》るを今一時《いちじ》の御怒《おんいかり》に乗ぜられ、之を焼き尽し給はんこと、第一、公の御仁徳を損じ、甲州人士の心を失ひ玉ふの恐れあり。総て人には人の道あり信仰ありて禽獣と仝じからず。是れ人に宗旨ありて禽獣に宗旨なき所以《ゆゑん》。乃ち神社仏閣は人の心を清めて、人世《じんせ》の闇を照らし、人に優しき心を起さしめて、安心立命の地を得せしめ、天道を繋ぎ人心を繋ぐに一日もなくてならぬもの。況して一寺一社の内には、幾百の美《うる》はしき霊《たま》あり、幾千の真《まこと》ある魂《たま》あり。幾千の日を重ね月を積みて、一個の由緒正しき閲歴美《うるは》しきものとはなりたり。然るを一朝にして之を灰燼に委ね玉はんこと、天道を破り、宗旨を亡ぼし、人情習慣に戻り、歴史の美蹟を損《そこ》ねて、兼て国家の典章に反《そむ》くに似たり。尤も快川和尚御諚に違《たが》ひ候《さふら》はば、罰すべきに当れりと雖も。出家の道は武人《もののふ》の道と自から広狭寛厳の差別あり。人の命を助けんとて、御諚に背き候は僧の業《わざ》にて候はずや。況《ま》して初め寺に使したるもの言誇《ことば》り色驕りて礼なかりしと聞く。寺僧が仰せに背きしも強《あなが》ち寺僧のみを咎むべきにあらず。我公には曾て紀伊の雑賀《さいが》孫一郎《まごいちらう》が所為《しわざ》を御嘆美あらせられし例《ためし》さへおはしまさずや。

(作者註して曰く、信長紀伊の雑賀孫一郎等を説《とき》て降《くだ》らしめんとて使をやるに、使帰らず其殺されしや留らるゝやの間《あいだ》いまだ分明ならず。信長重ねて稲葉伊予守《いよのかみ》に命ず。稲葉乃ち彼《かの》地《ち》に往《ゆい》て孫一郎等を説き降す。此時信長孫一郎に問ふて曰く、初めの使は如何《いかん》。孫一郎が曰く臣之を殺す。曰く何が故に之を殺すや。曰くその人騎歩多く候ひければ、兼て案内をも通ぜず、馬に乗りながら俄かに城門を叩き、信長の使と称して言誇り色驕れり。謀《はかつ》て臣を擒殺《きんさつ》せんとするものなりと思ひ、之を討果して候。信長曰く然《しか》らば何が故に稲葉を殺さゞるや。孫一郎が曰く、稲葉は其体《てい》はじめの使と大に異なり、先づ五六里前より案内を慇懃に云ひ、信長の使として来る。臣櫓《やぐら》に上《のぼり》て之を見るに馬鞍をかざらず、扮装《いでたち》質素にして、歩士只十人許つれて、城門の外より馬にて下《おり》たち、人を残し若党二人《ににん》草履一人《いちにん》具し、威儀を正しくして、徐《しづ》かに歩み来る。臣大に之を感じ、自ら門に出迎ひ、内に招入《まねぎいれ》て口喋《こうじやう》を聞くに、義理明かにして而かも恭敬なり。股引のはづれを見るに布の下帯をしたり。是れ即ち身を倹にして財を武事に用ふる志なるべし。臣其良士の風あるに化せられて帰服すと。信長之を聞きて且つ笑ひ且つ嘆ず。)

少しく出家の心を憫み、御怒りを宥《なだ》めさせ玉へ、焼打とはお仕置手荒し。せめては寺僧皆々追放の御仕置《おんしおき》にて御堪忍あるべし。我公には元亀《げんき》二年九月十三日比叡山《ひえいざん》を焼払ひて三千の衆徒を戮《りく》し玉ひ、前《さき》に本願寺の門徒数千を長嶋表《ながしまおもて》に殺させ、又近くは本願寺を開きて其門徒を厳刑に行はせ玉ひき。別《わけ》て叡山の如きは、桓武天皇勅を伝教大師に下し給ひ、王城鎮固の為とて草創ありし霊山、然るを一時に兀山《はげやま》となし玉ひければ、世の仏法帰依の輩《はい》は、君をさして仏敵法敵と恨み候、元来御心荒々しくましまず故かゝる情なき御仕置……。

ハツタと曲彔を投げつけて、足音荒く突立ちたる信長、だ……だ……黙れ光秀！　許しておけば何処《どこ》までも君悪を数へ挙げて予《われ》を罵る不忠者、汝《おの》れ生臭坊主の肩を持ち、武田の浪人を助命させんとする段々、不届の至りなり。況して人には人の道あり禽獣と仝じからずなどと申して、暗に主君を禽獣に譬ふるのみならず、天道を破り国家の典章に反くなどと悪口雑言の有るだけを極め、更に君を君とせざる汝れが賊心憎むに堪へたり。仏教余り世に蔓《はびこ》り、政道に背く所為あればこそ、此信長は懲すなれ。此信長は猶此後《のち》とても、国中の寺院を焼て田畠《でんばた》となし、坊主どもを百姓に成し、ます〳〵国の益を謀らん心底、天下を知る信長が深き心を、汝れ如き愚人の分際にて何弁へての諫言《かんげん》なるぞ。ソコ立て！　下れ！

光秀は猶も進みより重て詞《ことば》を出《いだ》さんとすを、短気の信長耐《こら》へかね、ツヽと進みて光秀が髻《もとゞり》を左の手に取て引伏せ、右手《めて》の拳を握り、頭《かしら》も砕けよと連《つゞ》け打、其儘突倒し蹴散して内に入る。

今迄手に汗を握り息を詰て気づかはしげに扣《ひか》へ居たる諸士も流石《さすが》に光秀を気の毒とや思ひけん、側に寄りて様々に之を宥むれば、光秀はやがて形を正して座に直り、方々お気づかひ召さるゝな。我公には余りお心易く思すゆゑ、当座の御怒りにて斯く御打擲、殊更御酒をきこし召おはしませば……。と悠然として風も知らず雨も知らず。

遥か隔たりたる此方《こなた》の間《ま》に扣へ居る光秀が家臣、四王天但馬《しわうでんたじま》、安田作兵衛《やすださくひやうゑ》の両人、之を見て歯を喰しばり頭上の汗は煙の如し、見れば両人ともいつしか眼元には無念の涙！。

第六

信長の命《あふせ》を蒙むりたる軍兵《ぐんびやう》二百余人、恵林寺《けいりんじ》の周囲を取囲み風上に枯草を積みて火を放ちければ、無慈悲なる風は猛悪なる火の手を助け、見る間に山門の本堂金堂方丈鐘楼に火移り住持快川《くわいせん》大通智勝国師を始めとし、諸寺の長老六人、単寮十二人、平僧《へいそう》児《ちご》小僧四十三人《そうしじふさんにん》、悉く焼殺されしぞ実《げ》に哀れの極みなる。

甲府城の楼《ろう》に登りて之を見物する織田信長、寵童森蘭丸に酒を酌ませ乍ら、ハテ燃《もゆ》るわ〳〵、小気味よく燃るわ、此好下物《よいさかな》あるに茲《こゝ》に長政が髑髏《どくろ》抔《など》なきこそ憾みなれ。

＊　＊　＊

黒烟炎々天を焦し、堂塔落ち衆徒叫ぶの惨状を、此方《こなた》の物見より見る光秀の心中果して如何ならん。

アヽわれ光秀何の不幸ぞ、生れて既に二度三度、かゝる惨状を忍んで坐視せねばならぬとは、我曾て我公《わがきみ》に対し、君寵余り厚からざる佐久間信盛《のぶもり》と共に、叡山《えいざん》の焼討を諫めしことあるに、昨日又勝誇り玉へる時に際し、席を扣《ひか》へて恵林寺の焼討を争ひき。其諫争《かんさう》は両度とも茶室にあらず、燕居《えんきよ》の時に非ず、宿将功臣綺羅星の如く列《なら》び席なり。其諫言は人情習慣に戻ると云ひ、国家の典章に背くと云ひ、人倫天道を破ると云ひ、仕置手荒しといふ厳正なる強諫《きやうかん》なり、たとひ胸裡に利害の雲なく、徳望一世に高くして能く人言《じんげん》を容るゝ君子と雖も、かゝる強諫に対しては平かならぬに、況《ま》して猜疑深き我公に対するに信用《もちゐ》薄き我《われ》が諫言、恰も石の鉄に触るゝと同じく、一閃の火光争《いか》で起らざることのあるべき。天下身を危くする者寧ろ之に優るものあらんや。我所業を夫《か》の猿冠者《さるくわんじや》などの眼より見ば、日本一の馬鹿者と見えん。我愚《おろか》なりと雖も此理、此危険を知らざるにあらず。之を知りつゝ而《しか》も此強諫を為すは、我に一片の人情あればなり。

我に一点の熱涙あればなり。居ながら閲歴ある堂塔の炎上するを見るに忍びざればなり、坐して幾百千の衆徒が火炎に叫喚するを聞くに忍びざればなり。アヽ戦国の世に生れたる我、不幸にして仁義の一端を嘗めたるこそ憾みなれ。我若し羽柴柴田の諸将の如く、人情を無《なみ》し歴史を無し、涙と血を身より離すことを得ば、我も亦た忍ぶに慣れたる右府公に従ひ、其意気を迎ふることを得るならんに。思へば我が人物の乱世に不似合にして羽柴等《ら》の如く世を滑るに巧みならぬこそ憾みなれ。アヽ我に此眼此心なくば今日茲《こゝ》に伽藍の炎上を見るも、かゝる切なさは無きものを。

思へば今の世、人に権なく、天に父なく、数多《あまた》の六尺男児「我」を無し意識を無して、偽《にせ》君子偽英雄の品玉《しなだま》となり、空しく釜中《ふちう》の魚《うを》となされ、竈下《そうか》の煙となさるゝこと痛嘆の至りなり。必竟是れ漢土《もろこし》道徳の迷雲四海を覆ひ、偏小狭隘なる忠孝論我が日の本を暗くするに依る。我が眼光は不幸にも右府公よりも多く見遠く見たり。去れば柴田、丹羽、滝川、佐久間等の儕輩《せいはい》の如くに、事の善悪邪正に係はらず、「我」を無し意識を無して主君に従ふを得ず。織田家の宿将なる者は皆な痛飲罵詈《ばり》して放言をするより外、身に一長技《いつちやうぎ》なき代りに、主君には無意識に従ひ、殆んど犬猫の如くに使はるゝを得るも、我は無意識に使はるゝ能はず。アヽ君には如何なる時にても抗すべからざるか、君もし臣を釜中に置かば魚となりて煮られざるべからざるか。君もし臣を炉中《ろちう》に投せば豆萁《まめがら》となりて烟とならざるべからざるか。臣は君に対して器具《うつは》となり、犬猫となり、用なくんば匣中《かふちう》に潜みて光芒を露《あら》はさず、塵芥に埋《まみ》れて終らざるべからざるか、君といふを冠《かさ》に着て臣に凶暴非道を命ずれば、臣たる者は唯々として其命に従ふ、是れ果して真の忠臣といひ奉公といふものなるか。アヽ此の如《かく》き漢土伝来の誤りたる道徳を破り、忠孝論を破るは、果して何の日ぞ、思へば此光秀が責任《せめ》も亦た重し。

第七

天正《てんしやう》十年五月上旬東国より安土《あづち》の信長公へ上客（家康）の入来《じゆらい》あるに附き、大宝院《たいほうゐん》を以て旅舘と定められ、惟任日向守《これとうひうがのかみ》を以て是が饗応司に命ぜらる。勿論疎略の待遇あるべからずとの内意、信長の家臣多しといへど皆な武骨豪放一偏の士にして、其人品、文事古例に通じ、辞礼に嫻《なら》ひ、風流韻事を解し、兼て都の手ぶりを知る光秀の如きもの一人《いちにん》もなし。是れ光秀が此度《このたび》饗応司に命ぜられたる所以《ゆゑん》なり。

頃日幾度《このごろいくたび》か罪なきに主君の辱《はづかし》めを蒙る光秀、爰《こゝ》に始めて心を安んじ、此度の任命面目あるに似たり。心を尽して準備《えうい》せざるべからずとて、大宝院に仮の御殿を修理し、壁に風韻ある絵を画《か》かせ、柱に雅致ある彫刻を施させ、居室寝室の粧飾《かざり》、茶席の好み、さては庭石庭樹の配置、床の間の結構より、杯盤の調度、庖刀《はうてう》の準備に至るまで、古実に鑑みて能く風雅の意を得、能く装飾の法に適《かな》へり。其他四方の番所、路次の警固、用意到らざる所なし、信長役人をして此結構を見分せしむ。役人素より有職の道に暗く、又風流韻事を解せざれば、光秀の用意を見るの眼なし。去れば其善美法に過ぎたる旨を言上《ごんじやう》す。信長大《おほひ》に之を怒り、光秀を召し仰《あふせ》けるは、汝今度《このたび》の饗応いかに心得しや。上もなき華美を尽し、世にも稀なる珍器を集め、七宝を芥の如く餝《かざ》り鏤《ちりば》め、費用を惜しまずして、徒らに辺幅を飾り、法外の奔走思慮なき僻事《ひがごと》といふべし。家康は我が客なりと雖も、言はゞ早晩《いつしか》我幕下に附して臣礼を執るべきもの、若し禁裏仙洞の勅使下向あらば、此上何を以て饗応すべきや。今度の結構我が心に適《かな》はず。是角五郎左衛門《これずみごらうざゑもん》を以て汝に代らしめて饗応司となさん。汝は坂本に帰りて罪を待つべし。

君の御感《ぎよかん》に預らんとて、殆んど夜の目も眠らずして心力を尽したる光秀、意外なる譴責を蒙り、本意なきことに思ひ、君に言葉を返すは不敬なれども、伏して希《ねがは》くば猶一応他の役人をして御見分をこそ願はしけれ。其上にて君の御心に充ずは此光秀如何なるお処置《しおき》に逢ふも更に苦しからず……。黙れ！　光秀、汝《おの》れ身の過失《あやまち》をも省みず、役人の見分を恨み、剰《あまつ》さへ平生《ひごろ》より我を侮るが如き口気、主《しゆう》を主と思はざるにや、以来の為ぞ、見せしめの為めぞ、誰かある此鉄扇を以て彼が頭《かうべ》を打て！。

近士小姓の面々顔見合せて立兼たるに、森蘭丸スツと立ち、光秀が髻《もとゞり》を握りて面《めん》を上させ、光秀殿御上意なるぞ。鉄扇振り上てしたゝかに打ちければ、烏帽子破て髪乱れ額《ひたへ》裂て血流る。

やがて御前《ごぜん》を退けられ門外に出でたる光秀、心に吟ずらく、行《かう》止《し》千万端《せんばんたん》、誰知非与是《たれかしるひとぜと》、ア、大忍大忍！　韓信が股をくゞるも彼の一時、張良が沓《くつ》を拾《ひら》ふも彼の一時。

＊　　＊　　＊

明智《あけち》治右衛門《ぢうゑもん》、四王天但馬《しわうでんたじま》、並河掃部《なみかはかもん》其他藤田、進士、溝尾安田の諸士の面々今主人光秀が髪を乱し額を裂かれて帰りたるを見るや否、一同何事をか評議して御前に至らんとす。時に後ろに声あり、各位《おの〳〵》しばらく〳〵。一同顧みれば是れ斎藤内蔵介利《さいたうくらのすけとし》三《ざう》なりき、シテ内蔵介殿には、何故に我々をお止《とゞ》め召さるゝ。ハ、、各位御今日《こんにち》の右府公の御打擲貴殿は無念とは思さずや。ハ、、各位御量見の狭きこと仰せらるゝな。人に叩かれたと思へばこそ無念なれ。禽……獣……イヤサ狡童《こわつぱ》、河童《かつぱ》……ソウ〳〵其の河童に叩かれたと思へば、腹も立たねば無念でも厶《ござ》らぬ、ハ、、、。

第八

われ斎藤内蔵介《くらのすけ》利三、元是れ美濃の国主斎藤山城守秀龍《やましろのかみひでたつ》が甥なるに、去《さん》ぬる永禄七年、信長公の為に斎藤家は其跡を失ひければ、われ浪々の身となつてさまよひしも、わが君日向守《ひうがのかみ》殿、同国旧知の好《よし》みを思しめされ、厚く扶助を加へ玉ひしこと、譬ふるも勿体なけれど其間柄殆んど兄弟も啻《たゞ》ならず。かくて稲葉伊予守《いよのかみ》入道一徹斎、わが君日向守殿に請はれ我を招きて家臣となし、名和和泉守《いづみのかみ》長持と共に重用し玉ひけるに、朋輩の士偏執し、我々両人を讒言《ざんげん》しければ、伊予守殿の御勘気を蒙りて遂に追放を命ぜられたり。是《こゝ》に於て我々両人詮方なく又も光秀公に乞ふて臣下となりしに、光秀公は太《いた》く我々両人を愛し玉ひて、扶持し玉ふこと伊予守殿に倍せり。伊予守殿之を聞きて光秀公を恨み玉ひ理《ことわり》告げて、我々を召返さんと思ひ玉へりとか。

仄《ほの》かに聞く去月上旬、右府公《うふこう》戦功の将士に恩賞を行はせ玉ふ時、稲葉伊予守殿を召《めさ》せ玉ひ、今度《こんたび》甲信の合戦伊奈郡《いなぐん》の働に於て汝忠節もなく功名もなきは何故ぞと尋ねられ玉ひしに、伊予守殿赤面して答へられけるは、某《それがし》が羽翼の臣、斎藤内蔵介名和和泉守の両人、些小の儀にて欠落《かけおち》致し、惟任日向守が許へ罷在《まかりあ》り候《さむらふ》、某今杖とも柱とも頼みし両勇士を失ひ、甚だ迷惑致し、日向守に乞ふて両人を帰参せしめんと計り候へども、日向守は如何なる訳にや、更に両人を出《いだ》さず、今度《このたび》の合戦右体《みぎてい》の混乱に依て、家中の者至剛の志も出《いで》ず候やらん、最《いと》面目なき次第に候と申上しに、右府公是を聞《きこ》し召され、光秀公を召させ玉ひ、汝《おの》れ光秀、元来、己が智勇に誇り、朋輩を蔑如にするのみならず、今度汝《そち》が軍用を見るに、半役《はんえき》にして丹波勢五千余騎召連《めしつれ》、人馬の装束一際奇麗《ひときわきら》を尽せり。又汝《なんじ》伊予守が郎等斎藤内蔵介名和和泉守が武勇を知り、計略を以て呼よせ、高知を以て抱え置く由を聞けり。左様にては稲葉如き小身の者は、好き家来を扶持すること成がたく、諸氏の風俗を損《そこな》ふ条重々不届の至りなり。内蔵介和泉守の両人に切腹申つくべしと怒り玉ひしかば、光秀公兎角《とかう》の言葉もなく畏《かしこ》まつて在《おは》せしに幸《さいはひ》に猪子《いのこ》兵助《へうすけ》殿ありて様々に右府公を宥《なだ》めまゐらせ、終に我々両人に向ひ稲葉家に帰参すべしとの猪子殿の勧めあり、名和和泉守は已むを得ず稲葉家へ帰りたれども、此内蔵介は縦令《たとひ》一命を取らるゝとも、今更千載一義の君たる光秀公を離れんこと思ひも寄らず。況《ま》して稲葉家に帰るが如きは如何なる人の声掛《こゑがゝり》なりとも之に従ふべきにあらずとて、其儘動かざりしに頃日《このごろ》右府公は光秀公に向はせ玉ひ、汝光秀法に背き、礼に違《たが》ひ、内蔵介を元の如く召使ふ由、主君を軽蔑する条奇怪《きつかい》なりとて太《いた》く責め玉ひ、近士に命じて竹刀《しなへ》を以て光秀公を撲たせ玉ひし由。ア丶我君は我あるが為めに、竹刀にて撲たれ玉へり。我あるが為めに忍び難き恥辱を忍び玉へり。而《しか》して今日《けふ》は又殿中に於て鉄扇にて眉間《みけん》を割られ玉ひしも、上客饗応の結構右府公の御意《ぎよい》に満たざる為とは言へ、畢竟は此内蔵介が明智家を去らざることを、右府公根に持ち玉へばなり。去るにても我君が取るに足らぬ此内蔵介を恵み玉ふことの深さよ。同国旧知の好《よし》みを思し召されての御厚意、思へば空恐しきほど勿体なし。ア丶今我に命を君の馬前に殞《おと》すの機会なきこそ遺憾《うらみ》なれ。われ明智家に在ツては君の身の上危《あやう》し。去りとてわれ明智家を離るゝの念毛頭なし。去らんか去る能はず。留《とゞ》まらんか留る能はず。死　死！　今自ら死するは最易《いとやす》けれど。君恩の万一をも酬いずして犬死する内蔵介が不運、ア丶弓矢の神にも見捨てられたるか。

意思茲《こゝ》に一決したる斎藤内蔵介利三、双肌《もろはだ》抜ぎて一刀を逆手《さかて》に持ち、将に割腹せんとする後《うしろ》に声あり、俟て！　内蔵介。

我君か、希《ねが》はくば内蔵介が衷情《こゝろ》を御酌《おんく》みあツて自殺を見のがし玉へ。俟て！　利三、一命を我に献げたる汝《そち》、誰に断りての割腹ぞ、勝手に割腹すること罷りならぬ。ハヽツ。

やがて光秀は泫然として涙を流し、我に汝が自殺を見のがす心あらば、争《いか》で竹刀の恥辱を忍ばんや。見よ光秀が眉間を、五十万石の大将奴卒《ぬそつ》の如くに恥しめられ、今日も亦た斯く面《めん》を打たれたり。去れど之を以て百千の兵に優る一人《ひとり》の勇士を買ひ得たりと思へば廉価《やすき》ものなり。利三肌を入れよ、切腹すること罷りならぬ。ハヽツ。

見れば六尺の大男、何に感じ何に動かされてか眼に鉄腸より湧き出す熱涙を浮べ、主君を仰いて合掌平身。

第九

内蔵介《くらのすけ》は漸く涙《なんだ》を払ひ頭《かしら》を上げ、我君に大忍の御美徳ましますは今に初めぬことながら、此内蔵介今更一入《ひとしほ》敬服に堪へず候《さふらふ》。我君には先月以来《このかた》、衆人稠坐《てうざ》の前にて恰も子供の如くに打擲に逢ひ玉ふこと三度《みたび》、而《しか》のみならず曩《さき》に山陰西海二道の追捕使を召上られ玉ひ、甲信の合戦にては諸将悉く恩賞を受くるも、独り我君のみは其沙汰に漏れ玉ふ。剰《あまつさ》へ今日は又故もなく饗応司を罷《や》められ玉ふ。然るに我君には露右府公《うふこう》を恨み玉ふ御気色《みけしき》だになく。御大腹の程、某《それがし》等の如き凡眼を以て伺ひ知るべきにあらず。去れど君の御領地江州滋賀郡《しがごほり》は元……と言ひかけて四辺《あたり》に気を配り、滋賀郡は元森蘭丸の父三左衛門が所領にして、兼て蘭丸が出生地なれば、蘭丸一夜《いちや》旧領相続致したき旨を哀願せしに、右府公は是を聞し召され滋賀郡は今は惟任光秀に与へあれば今更故もなく召上んやうなし。今二三年相待つべし。汝《そち》が所望に任すべしと宣ひしよし。之を御次の間にて座睡《ゐねむり》しながら聞きゐたる連歌師紹巴《せうは》法橋窃《ひそ》かに某《それがし》に知らせたり。蘭丸が力を極めて君を打ちしも根のあること、是にて思ひ当るなり。抑《そも》右府公は申すも恐れ多きことながら、猜忌《さいぎ》嫉妬の念深く、人の非を憎み玉ふこと甚だしく二六時中瞋恚《しんい》の焔《ほむら》に身を焦し玉ひ、一戦一捷《いつせふ》を経るごとに、功臣宿将の旧罪を扞《あば》きて之を免し玉ふの御寛大は更に之れ無し。去れば年毎に罪に行はるゝもの数を知らず。曩《さき》に林佐渡守《さどのかみ》佐久間右衛門太夫《だいふ》の封《ほう》を褫《は》ぎ、又安藤伊賀《いがの》守《かみ》荒木摂津守《せつゝのかみ》を殺し玉へり。韓信は西に在り、彭越《ばうえつ》は東に在りて、夙《と》く漢王の残忍なるを驚嘆せるに、我君独り漢王の残忍に驚き玉はぬは何事ぞ。三年《みとせ》の後は御身上《おんみのうへ》の一大事にこそ、明智家の滅亡は……。叱《しつ》ツ……利三、扣《ひか》へをらう！　右府公は此の光秀を流浪の身より今五十万石の領主に取上玉ひし大恩人なるぞ。ハヽツ。

＊　＊　＊

天正《てんしやう》十年五月十七日、羽柴筑前守《ちくぜんのかみ》より飛札《ひさつ》安土に到来して、備《びつ》中《ちう》の高松城川々の水を堰入《せきい》れ水攻《みづぜめ》に致したれば、落城已に旦夕《たんせき》にあり。然るに毛利右馬頭輝元《うまのかみてるもと》、吉川《きつかは》小早川《こばやかは》の両将を従へ大軍を以て後詰《ごづめ》の為め出張に及び候。此時を外《はづ》さず御出馬あるに於ては、中国西国一挙して征服するを得べしと訴へければ、信長之を聞き輝元以下が出陣こそ願ふ所の幸《さいはひ》なれ。我此時を失はず出馬して一時に雌雄を決すべしとして、卒《には》かに出陣の用意さま〲なり。先手《さきて》の面々 各《おの〲》其用意をなし、当月中に自国を立て備中へ下向すべしとの事にて、其人々へ触状《ふれじやう》を廻させける、其書に曰く、

此度《このたび》備中国後詰の為めに近日彼国《かのくに》へ御出馬あるべき者也之に依て先手の銘々我より先に彼地《かのち》に至り羽柴筑前守が指図に従ふべきもの也

池田藤三郎殿、　同《おなじく》　紀伊守殿、　同　三右衛門殿、
堀　久太郎殿、　惟任日向守殿、　細川刑部太夫《げうぶたいふ》殿、
中川瀬平《せへい》殿、　高山右近殿、　安部仁左衛門殿、
塩川伯耆守《はうきのかみ》殿、

天正十年五月十九日　　　信　長　判

此書を見るより明智家の家臣挙《こぞ》つて太《いた》く激昂せり。激昂して大《おほひ》に光秀に迫る。

第十

中国出馬先手《さきて》の触状《ふれじやう》明智が館に到るや、光秀が家臣明智治《ぢ》右《う》衛《ゑ》門《もん》、同《おなじく》十郎左衛門、藤田伝五郎、四王天《しわうでん》但馬守《たじまのかみ》、並川掃部介《かもんのすけ》、村上和泉守《いづみのかみ》、奥田左衛門尉《さゑもんのぜう》、三毛藤兵衛《さんもうとうべうゑ》、今岸頼母《いまきしたのも》、溝尾庄兵衛、進士作左衛門等《ら》は勿論平生《ひごろ》温厚深沈なる明智左馬助《さまのすけ》、妻木主計頭《かずえのかみ》に至るまで大に怒り、一同打揃ふて光秀の御前に出で、ソモ御当家は今一方の大将にして五十万石の領主御当家の幕下に随ふもの京極栃木を始め、江州丹州両国に数多《あまた》之れあり。織田家の臣下中御当家の右に出づるもの僅かに一両輩あるのみ。然《しか》るに此触状を見るに御当家は無官小身の池田堀等《ら》が下に書《かき》のせらるゝ条、明智家の不面目何物か之に過ぎん、且又秀吉が指図に従へとは何事ぞ、秀吉は我君の同輩にあらずや。右府公に仕へまゐらせし年月は秀吉我君より前《さき》なりといへども家名経歴《すじやう》に至ツては我君遥かに秀吉の上にあり。剰《あまつさ》へ我君の御年《おんとし》、秀吉に長じ玉ふこと殆んど十才、然《さ》るに我君は中川安部の輩《はい》と同じく取扱はれ玉ひ、秀吉が指図に任せられ玉はんこと、実《げ》に無念の至りなり。況《ま》して先般より再三再四の恥辱を思ひ合すれば、悉く是れ御当家の大々不面目。之をしも忍ぶべくんば孰《いづ》れをか忍ぶべからざらん。臣等《しんら》死すとも黙する能はず。我君には如何《いかに》御思慮遊ばさるゝや。諸士一同が熱涙を揮《ふる》つての言上《ごんじやう》。此方《こなた》は悠然として空耳に聞き流し、ハ、、、汝等《なんじら》血迷ひしか見苦しゝ

〳〵、斯程《かほど》の小事に心を取乱しては嗜みある武士とは申されぬぞ。ナヽ何と……。我君には之をしも小事と申さるゝか。ハテ知れたこと。小事も小事も隣家《となり》の熟柿を烏がつくじりし程にもあらぬ小事当家を無官小身の下に書きのせられたとて、何で夫が不面目になる。同輩の秀吉に従へよと言はれたとて、何で夫が恥辱になる。戦場にては強《あなが》ち平生《ひごろ》の順序に係らざる場合もある。汝等も左様な子供らしきこと申さずに今少しく大人になれ大人に！　去るにてもアノ猿冠者奴《さるくわんじやめ》、中々抜目なき大将ならずや毛利両川《りやうせん》の大勢を一手に引受るも敢て負《ひけ》を取る秀吉ならねど、赫々《かく〳〵》の功名を一人にて担はんは疑ひを公《こう》に蒙ふり身を危ふくする基《もとゐ》なることを慮《おもんぱ》かり、故意《わざ》と公《きみ》の御出馬を仰ぎ、自らは功の実を取りて君に功の名を譲らんとする野心。扠《さて》も抜《ぬか》りなき猿冠者ならずやハヽヽヽ。

話端《はなし》を余所《よそ》に転して、燃え立つ諸士の激昂を冷し、胸に昨日《きのふ》の無念もなければ、今日《けふ》の不面目もなし。光秀の度量深さ果して幾千仭《いくせんじん》。

＊　＊　＊

光秀は諸氏の激昂を撫《なだ》め、触状に判を捺《おし》て先々へぞ送りける。

其翌日青山与三信長公の上使として光秀が舘に来《きた》る。

今度《このたび》惟任日向守《これとうひうがのかみ》が領地丹波《たんば》近江《あふみ》の二国は召上らる其代りとして出雲石見《いづもいはみ》の二ケ国を賜はる間《あいだ》、是より追て自力を以て合戦を取結び十分雲石《うんせき》両国の平均を勤むべきものなり右有りがたく御請申《おんうけまを》せ。

と申捨てぞ帰りける。

茫然として上使の後姿を見送りたる光秀、やうやく我に返りてキツト安土城の一方を睨み、フム、サテは

明智左馬助、斎藤内蔵介の両人歯を咬《くひ》しばりて左右より、我君！。

此方《こなた》の光秀は聞かぬふりして声を揚げ、明日早朝急ぎ坂本亀山へ向け発足し、中国先手《さきて》出陣の用意をなすべし。我は是より信長公へお暇乞《いとまごひ》の為め登城すべし。用意々々！。

妻木主計頭四王天但馬守の両人堪へ兼てや是も歯を咬《くひ》しばりて左右より摺寄り、わ……わ……我君！

叱《しつ》ツ！　うたかたの哀れはかなき世の中に蝸牛の角の争ひもはかなかりける心かな。

第十一

汝《おの》れ信長！　亡情残忍傲慢無礼！　此光秀を散々に弄び、散々に追ひ使ひ、銜《つい》て砕《くだ》いて、手を斬り足を斬り、終に我首を斬り胴を斬り、我家《わがいへ》を滅却せずば已まざる所存よな。殷鑑《いんかん》近く佐久間信盛《のぶもり》林佐渡守《さどのかみ》荒木村重《むらしげ》等が身の上に在り。我豈おめ〳〵と前車の覆へるに倣《なら》はんや。

汝れ信長！　我に丹波《たんば》近江《あふみ》の領地を奪ふて、之に替《かゆ》るに未だ平均せざる出雲石見《いづもいはみ》の二国を以てす。是れ掌中の鳩を奪ふて空に

飛ぶ雀を予《あた》ふるもの、之れをしも非道と言はずんば何をか非道と言はん。今より我家子郎党《いへのこらうだう》は闇夜《あんや》に燈《ともしび》を失ひたるが如く、しばらくも身を安んずべき所なく、沖へも寄らず磯へも付《つか》ず、名もなき野原に饑渇の屍《かばね》を曝《さら》すに至らん。是れ我家《わがや》を滅却せしめん汝《なんぢ》が所存、鏡に懸て見るよりも明かなり。

我、わが家臣の忠勇に頼《よ》り、元亀《げんき》二年西近江を切随《きりしたが》へ、天正《てんしやう》三年丹波を討つ、其間《そのあいだ》殆んど三五年《さんごねん》、或は数多《あまた》の忠良を失ひ或は数多の股肱を亡ぼし、数々の辛酸を嘗め心力を尽して漸く此二ケ国を平定せり。然《さ》るを今一朝、故もなく之を剝ぐ何等《なんら》の残虐ぞ。我今迄忍ぶだけは忍びたりと雖も、最早茲《こゝ》に至りて忍ぶべからず。臣子の分限忠孝の道、我善く之を知る、若し此光秀に罪あらば九族を夷《ゐ》せらるゝも、腰斬《こしきり》の処刑に逢ふも露恨まず。去れど我織田家に仕へて十七年、一意織田家の為めを思ひ、織田家の為めに尽す、其功敢て譜代恩顧の将士に劣らず。賞せらるべき功あるも罰せらるべき罪更に無し。罪なくして殺さるゝは、如何に君臣の間と雖も、此光秀は黙従する能はず。

「臣は君に全身を献《さゝ》ぐべし。一旦君臣の約をなせば君主の正邪は臣下の問ふ所にあらず、君若し九錫《きうしやく》を加へて潜して帝《てい》とならば、臣は其間に是非曲直を論せず、其君に代《つか》へて忠臣となれ、良臣となれ。殷縦令《たとひよ》無道《だう》なるも周に仕ふる勿れ。漢縦令無道なるも晋に仕ふる勿れ。君もし臣を火中に投ずるも臣は抗すべからず。君もし臣の頭《かしら》に刀《たう》を加ふるも臣は抗すべからず」といふは、是れ今日《こんにち》の道徳。ア、漢土伝来の道徳も亦た酷なるかな。ソモ人と生れたる以上は何人にも平等に権あり格あり。人の権と人の格を度外に置きて忠孝の道を定む。是れ天下を腐敗せしめ人間を牛馬となすもの、天下寧ろ斯の如き誤りたる道徳あらんや。

我、君に敵して今の所謂《いはゆる》乱臣となり、賊子となるも、よもや永久の乱臣賊子とはならざるべし。後の世豈に一人《いちにん》の具眼多情の人なからんや、我は身を犠牲《いけにえ》となして、誤りたる道徳を破り、真の道徳を闡《ひら》くものなれば、信長の敵なるも道の忠臣なり。

ア、思ひ回せば我も善く忍びに忍びたり。我は尾濃《びのう》の間《あいだ》より身を興せし宿将にあらず。羽柴柴田丹羽《には》佐々《さつさ》の輩《ともがら》と共に君の宴席に陪する時も、我は独り仲間外れとなりて坐隅に沈吟せり、他は皆同郷の交りなれば口を開きて談笑を肆《ほしいまゝ》にするも、我一人は酔客中に混ずる一醒客《いつせいかく》、常に深沈寡言を守りて他の痛飲罵詈《ばり》を忍びて聞けり。或る時信長公は此光秀が坐隅に沈吟するを御覧じ玉ひ、汝《おの》れ光秀、少しく都の手ぶりを知るを鼻にかけて、此めでたき宴席に列しながら杯《さかづき》をも替《かは》さず、口をも開かず、何となく一坐を冷笑《あざわら》ふが如き有様、坐興をさます段不届なり。イデ其罰として、此信長汝《おのれ》を以て坐興に供へんと宣ひつゝ、晴がましき宴席に於て、某《それがし》を坐の中央《まんなか》に四匍《よつばひ》させ、信長公自ら馬乗りに乗り玉ひ、好禿顱《かうとくろ》、打たば定めし善き音やせんとて、謡ひながら鼓打《つゞみうち》に打ち玉へることありき。爾後《そのゝち》は某を呼ぶに禿顱と云ひ、馬と云ひ、鼓《つゞみ》と云ひ玉ひて、家臣と共に打興じ、某を酒席の玩弄《もてあそび》となし玉ふこと幾度ぞ夫れより以後忍びに忍びし無念、恥辱、不面目、積りに積りて今ぞ一時に湧きいづる鬱憤！汝れ信長、今や此惟任日向守《これとうひうがのかみ》汝と主従の縁切ツた、汝れ信長尾張生れの田舎武士！

去れど……去れど……天外浮浪の孤客《こかく》を登用して今の身に取上玉ひし右府公。

第十二

思ひ起すわれ光秀、曾て浪々の身となりて国々を経廻《へめぐ》り、越前の長崎といへる所に、纔《わづ》かの所縁《ゆかり》を縋《すが》りて暫らく茲《こゝ》に足を留《とゞ》めけるとき、或る夜客あり。われ何がな饗応《もてなし》たく思へども、朝夕《てうせき》の烟さへ立かねたる当年の境遇なれば奈何《いかん》ともせんやうなし、密《ひそ》かにわが妻照子《てるこ》に計りしに、照子はいと易う諾《うけが》ひて出行《いでゆ》けり。程もなく酒肴を調へ来《きた》り、心よく客を饗応し客も喜びわれも心を安んじぬ。客去りて後《のち》われ照子に向ひ、如何にして酒肴を調へ来りしや露計りの方便《てだて》なかりしをと問ひけるに、照子は答へて自らもすべき方便無りしゆゑ、髪を断《きり》て之を売り、酒肴を調へ侍るといひつゝ、頭《かしら》に被《かつ》ぎし帽子を取ればさし櫛の、さしもに黒く麗《うるは》しかりし髪を根より切てぞ居たりける。此時此光秀が心の中《うち》は如何なりしぞ、われ当時三十余才、かゝる賢婦を持ちながら、数奇不遇にしてかくまでに世に零落し、六尺の大男が天にも地にも只《た》ツた一人の妻にまで、かゝる憂目を見することの腑甲斐なさよと、且つ悲み且つ励みて、夫より又々志を立て、わが出世の音信《をとづれ》を蓬《よもぎ》が蔭にて待ち玉へ、必ず二三年のうちには迎の人を参らすべしとて、涙《なんだ》ながらに妻と別れし昔の苦労は今の寝物語！

アヽ是も偏に信長公の厚恩、われ当年の乏しきを思はゞ、縦令《たとへ》信長公より如何なる恥辱を受くるとも恨み奉るべき訳にあらず。去れど右府公《うふこう》と此光秀とは到底此世に両立し難し。両立し難きのみならず右府公は我を殺さでは已まざる御所存。吾思ふに一人には一人の意識あるが如くに、亦た一人の権ありと。去れば己れを防衛《まも》る為めには、己れを害せんとするものには、敵対するも何の差支かあらん。否《い》な敵対するこそ却つて天理なれ。茲に今の世の所謂正当防衛の理を朧気に胸に浮べつゝある光秀いくたびか沈吟して又もやムラ／＼と起る一大企謀。

われ敢て自ら善く知ると言はず。去れど我は善く忍びたり。今の今まで百事忍の一字にて身を守れり。部下数千の勇士が切歯扼腕をも慰め諭せり。去れど信長が此世に在らん限りは我は二心なき郎党を捨《すて》て、貞操なる妻を棄《すて》て、幸福なる家族を棄て、円頂黒衣一鉢《いつはつ》を手にして浮世を外《ほか》の人となるより、他に此身を全ふするの地なし。信長は虎狼なり、群羊の肉を裂き、血を啜《すゝ》るに非ざれば飽くことを知らず。我光秀が取るべき途に今二ツあり。一ツは僧の道、一ツは謀反の道なり、我は妻子一族郎党を棄てんか、将《は》た一身を捨てんか、僧となるも一族一門を棄てざるべからず。僧とならざるも亦た一族一門を捨てざるを得ず。我も亦た一個の熱血ある男子なり空しく手を拱して世を遯《のが》るゝ能はず。我も亦た一個の乱世の英雄なり、碌々として同輩の指揮に従ひ喪家《そうか》の狗《いぬ》となること能はず。

汝《おの》れ信長！　汝は仏敵なり、法敵なり、汝世に在らん限りは人の心を導き、人世の闇を照すべき教法は地を払ふて、六十余州到る処総て野蛮猛悪の風吹荒《ふきすさ》まん。汝は人情の敵なり、道徳の敵なり、善美の敵なり、保存の敵なり、汝世に在らん限りは二千年来保ち続けし此神聖無垢の日の本も、可惜《あたら》虎狼の栖家《すみか》とならん、アヽ信長は我一人《いちにん》の敵にあらずして実《げ》に天下の敵なり。我一人《ひとり》は縦令《たとひ》僧となり喪家の狗となることを忍ぶを得るも、天下万世万民の為めに忍ぶこと能はず。

後の世の人、若し眼あらば幸《さいはひ》に此光秀が心情を諒《く》め。我は主人織田右府公を弑《しひ》せんとするものにあらずして、天下の敵、仏法の敵、宗旨の敵、人情の敵、道徳の敵、善美の敵、保存の敵なる織田信長といへる、一個の尾張武士を殺さんとするものなるぞ。

第十三

此光秀愚《ぐ》なりと雖も、亦た少しく時勢に通ずるの眼あり。豈に万一を僥倖して弓馬棟梁の臣とならんが為めに、四海に号令せんが為めに、信長を殺さんとするものならんや。風雲に際会せば我亦た足利氏《あしかゞうじ》に嗣《つ》いで将軍とならんとする慾望はなきにしもあらず。然《さ》れども我は今此慾望を達せんが為めに、生死《しやうし》を盤上に争はんとする愚者にあらず。今の時は是れ織田家の威権、五畿七道に赫々《かくく》たるの時、我仮令《たとひ》信長信忠を殺し得るとするも、堂々たる宿将功臣豈に敢て悉く我に膝を屈するものならんや。況《いは》んや海道には第一の弓取徳川家康のあるをや。我豈に此の無智無謀にして、加ふるに逆臣の汚名を蒙るべき軍《いくさ》を起さんや。我其無智無謀を知り、又逆臣の汚名を蒙るべきを知り乍ら、且つ事を挙んとす。実《げ》に已むを得ざればなり、我豈に一時の姑息偸安《たうあん》の策を取り、小封《せうほう》を守りて隣国と蝸牛角上の争ひをなすものならんや。皇天后土　幸《さいはい》に之を知り玉はゞ、希《ねがは》くば光秀が衷情を汲み玉へ。

無情なる世間、逆賊と言はゞ言へ、乱臣と言はゞ言へ、我は逆賊と言はるゝも、乱臣と呼ばるゝも、心に信ずる所あれば露厭はず。アヽ之に就けても往昔《いにしへ》広嗣《ひろつぐ》の心こそ哀れなれ。広嗣は朝敵の醜名を流すも、其本心は敢て王師に抗せんとする者にも非ず。又万乗の位を覬覦《きゆ》せし者にも非ず。境遇は広嗣を駆りて端《はし》なくも不忠の臣と為し、逆賊の汚名を蒙らしむるに至れり。当時君側の姦玄昉《かんげんはう》なくば、広嗣は適《あつ》ぱれの良将忠臣なりしや疑ひなし。アヽ我は実《げ》に広嗣が心を憐む。世の人若し其外形に表はれたる蹟《あと》にのみ泥《なづ》みて其衷情を汲まざらんには、実に其人こそ冷淡乾枯の亡情漢とこそいふべけれ。

＊　＊　＊

亀山城中本丸の木立小暗き方《かた》に幽味《さび》をかくし建てたる数寄屋の裡に竹檠《ちくけい》の燈火を挑《かゝ》げて

心しらぬ人は何ともいはゞいへ
　身をも惜しまじ名をも惜しまじ

と打吟ずる者は何人ぞ。是れ問ふ迄もなく数日前安土より帰国の途次、坂本を過《よぎ》り、中国出勢祈禱の為めと称して愛宕山《あたごやま》に詣で、西の坊威徳院行祐坊《ぎやういうぼう》が許《もと》にて歌人を集め、通夜百韻の連歌を催し、情懐を「時は今天《あめ》が下知る五月《さつき》かな」「尾上《をのへ》の朝路《あさぢ》夕ぐれの空」の二句に漏らして帰城したる、惟任日向守《これとうひうがのかみ》源光秀にぞある。

＊　＊　＊

亀山城下、積日の淫雨漸く晴れて朝暾《てうとん》の光鮮なる処、甲冑《かつちう》輝き、刀剣鳴り、旗幟《きし》翻《ひるがへ》り、軍馬嘶《いなゝ》く、是れ中国出征の先手《さきて》に加はり兼て雲石二州の新拝領地に赴かんとする江丹二州の勇卒一万七百余人の来集したるにぞある。明れば天正《てんしやう》十年六月朔日《ついたち》、中国発行の勢揃へと号し、水色に桔梗《ききやう》の紋の大旗を飜へし、白紙《しらかみ》の紙手撓《してじない》の馬印を押立てゝ城外能条畑《のでうはた》に打つて出でたる軍兵、茲《こゝ》にて三手《みて》に分れたり。

一手は明智左馬助《あけちさまのすけ》を大将とし。四王天但馬守《しわうでんたじまのかみ》、村上和泉守《いづみのかみ》、妻木主計守《かずえのかみ》、三毛式部《みつげしきぶ》等《ら》之れに従ひ、総数三千七百騎《さんぜんしちひやくき》。本道を経て大江の坂を過ぎ、桂の里に掛る。一手は明智十左衛門を大将とし、藤田伝五郎、並河掃部介《かもんのすけ》、伊勢与三郎《いせのよさぶらう》、松田太郎左衛門等《ら》之に従ひ、総数四千余騎《しせんよき》、唐櫃越《からとごえ》を経て、松尾山田の村を進む。而《しか》して総大将惟任日向守《これとうひうがのかみ》光秀は明智治右衛門、荒木山城守《やましろのかみ》、諏訪飛騨守《ひだのかみ》等の三千余騎を従へて、保津《ほうづ》の宿《しゆく》より山中に懸り、内々作らせ置きし尾の道伝への道を凌ぎ、衣笠山《きぬがさやま》の麓に進む、而《しか》して斎藤内蔵介利三《くらのすけとしぞう》は参謀として特に光秀の左右に在り。諸軍勢此形勢《ありさま》を見て訝かり、中国への出陣ならば播磨路へこそ赴くべきに。只今の上洛は不審多きことなりとて、物頭《ものがしら》に向て之を尋ねしかば、侍大将是を聞き、偽りて信長の仰せ出《いだ》さるには、路次の程は迂回《まわり》なれども、当手《たうて》の武者振京都にて御見物あるべき旨に付、一度《ひとたび》京都へ押入るなりと答へければ諸軍実《げ》にさることもこそとて、何心もつかず夜もすがら、駒を早めて都近くへぞ上りける。

夜いまだ明ざる内に忽ち軍中に令あり。曰く兵糧《ひやうらう》をつかひ武具を固めよ。既にして再び高く響く軍令、敵は本能寺にあるぞ急ぎ攻撃《せめう》て！　一声《いつせい》凜として厳明。

サテは謀反かと初めて知りたる総軍勢、少しは驚き騒ぐならんと思ひの外、一同歓呼して勇み立ち、励み立ち、総数一万七百余人中一人《いちにん》としてお場所先駈落するものはなかりき。アヽ一人《ひとり》として背くものはなかりき。後の世に乱臣逆賊人非人と歌はるゝ此光秀に！　後の世に非義非道叛逆と呼ばるゝ此所業《しわざ》に！

第十四

頃は天正《てんしやう》十年六月二日の昧爽《まいさう》、桔梗《ききやう》の九本旗《くほんはた》を衣笠山《きぬがさやま》の朝風に飄《ひるが》へし、勇卒三千余騎を提《ひつさ》げたる光秀、大手に向ひし左馬助光俊《さまのすけみつとし》と、遊軍として控へたる十郎左衛門光秋《みつあき》と、相応呼して忽然鞭を東に揚げ、敵は本能寺に在りと叫びたる数刻の後は、即ち惟任日向守《これとうひうがのかみ》明智光秀が、世に鬼神《おにがみ》と呼ばれし正二位《しやうにゐ》右大臣織田信長を生害《しやうがい》せしめ、其鮮血に染みたる燼余の白綾《しらあや》衣を、冷然《ひややか》なる笑《ゑみ》の中《うち》に眺め乍ら、刃《やいば》を以て之を貫くの時なりき。

漢土道徳の迷雲四海を覆ひ、狭隘なる忠孝論天下を暗くし、人に権なく臣に意識なき封建の世を歎じ、正当防衛の為めに宗教の為めに、美術の為めに、人情の為めに、保存旨義の為めに織田信長と称する尾張生れの一個の田舎武士を殺したる時は、即ち光秀が最終の目的を達したる時なりき。

目的既に達すれば希望なし、希望なければ既に人生なし、山崎の一戦、京都の地子銭《ぢしせん》、将軍職の叙任、箇井の裏切等は、光秀に取りては総て是れ死出の旅路の一大遊戯のみ。

*　*　*

塵尾《ほつす》を手にして迷雲を払ふも、猶ほ月黒く風悲し小栗栖《をぐるす》夕闇みの光景《ありさま》。鉄如意《てつによい》一喝之を砕《くだ》かば一個の枯髑髏《こどくろ》と観ずるも、猶ほ心傷み腸《はらわた》断つ日の岡峠梟首《けふしゆ》の光景。

順逆無二門《じゆんぎやくにもんなし》、　大道徹心源《だいだうしんげんにとほる》、
五十五年《ごじふご》夢《ねんのゆめ》。　覚来帰一元《さめきたりいちげんにきす》、

ア、是れ実に光秀の辞世！

「惟任日向守」補拾

仏敵織田信長に、石山本願寺の開門を強ひられ玉ひたる顕如《けんによ》上人《しやうにん》御父子、紀州雑賀《さいが》の鷺《さぎ》の森に籠居し玉ひ、猶も布教に従事し玉ふを、信長の命を受けたる是角《これずみ》五郎左衛門、天正十年六月三日手勢三千余騎を引具し来《きた》り、不意に鷺の森を囲み柴薪《さいしん》を築地の四方に積み、之に火を附け、一人《いちにん》も残さず焼殺さんとす。幾百の門徒等皆な一同に念仏を唱へ、顕如上人御父子も亦た御《み》堂《だう》の仏前に並居《なみゐ》給《たま》ひ、最期の読経いと静かに、時刻の至るを待ち給ふおん有様。痛ましくも又た哀れなり。

何事ぞ、寄手《よせて》の陣屋には大坂宿陣中の神戸《かんべ》侍従信孝より、急使三たび重なり、五郎左衛門顔色変へ、陣々をも其儘に打捨おき、一騎駈にて大坂さして上りける。されば総軍俄かに騒ぎ立ち崩れ出し。積掛たる柴薪をも其儘にして再び顧みる者もなく、散々《ちりぢり》になりて引取りける。此方《こなた》は上人を始め、門徒下輩《げはい》に至るまで、夢の覚めたる心地にて、寄手の敗亡何故ぞやと、且つ訝り且つ喜ぶ。ア、是れ本能寺変の翌日の出来事なり。光秀は間接に顕如上人御父子を焼殺中より救ひまゐらせたり。

中国に出征して大敵に牽制せられつゝある豊臣秀吉が、毛利と和睦して迅雷耳を掩《おほ》ふの遑《いとま》なき勢ひを以て、一騎駈にて帰り来《きた》らんとは何人と雖も意《おも》ひ及ばざることなり。然《しか》るに光秀は能く此意ひ及ばざることを慮《おもんぱ》かりて、信長を殺したる翌日の早朝、四王天《しわうでん》但馬《たじま》明石《あかし》義太夫《ぎだいふ》の両人に命じ、七十余人を卒ゐさせ、姿を百姓飛脚の類《たぐひ》に変ぜしめて、尼ケ崎西の宮の間に要せしむ、何ぞ夫《そ》れ光秀の慧眼なるや。秀吉は果して一騎駈にて来《きた》れり。四王天に追窮せられて、馬を失ひ、道を失ひ、終に味噌摺坊主となれり。若し兵の法式より講評するときは、秀吉は当然山崎合戦以前に於て、既に光秀の為めに生擒《いけど》られ梟首《けふしゆ》せられたるものなり。

山崎合戦の勝敗は、天王山の占領如何に在り。秀吉陣地を巡視して、急ぎ営に帰り、堀尾《ほりを》茂助《もすけ》に一千騎を授け、明日《めうにち》の勝敗は只天王山を取ると取らざるとに在り、敵味方の大事の争地なれば、汝急ぎて之れを取れ、早く〳〵、かまへて等閑《なほざり》にする勿れと命ずるときは、是れ六月十二日の夜半中宮甲子《ちうきゆうきのえね》なり。此方《こなた》の光秀が特に山の手の大将松田太郎左衛門を選び、之に又特に丹波七手組《ななてぐみ》の中より弓鉄砲の術に長ずる者一千人を授け、汝武勇に於て誤ることなき者、故に茲に一大事を命ずるなり、天王山を敵に取られなば、明日の合戦味方の負けなり、必ずぬかるな、死すとも天王山を敵に渡すな、急げ急げと下知《げぢ》せしは、是も同じく十二日の夜半中宮甲子なり。秀吉方は幸ひにも後詰《ごづめ》の一千五百騎を得たるが為めに、多くの兵を損じて、(殆んど五百人)辛うじて天王山を奪へり。去れど此方の大将松田太郎左衛門は、部下三百余人を失ひ、終に自らも銃丸に当りて斃《たふ》るゝまでは、一歩も退《しりぞ》かざりき。若し之を兵の法式より講評するときは、光秀の戦術は敢て秀吉に劣らざるなり。

光秀は初めより洞《ほら》ケ峠《とうげ》の筒井勢一万人を以て、味方には算入せざりしなり。算入せざるのみならず、却て斎藤大八郎、柴田源左衛門等に二千余人を分ちて、之に備へしめたり。光秀はいまだ筒井を信ずる程の愚将にはあらざりしなり。要するに光秀が山崎に破れたるは、秀吉の戦術に負けたるに非ずして、秀吉の僥倖に負けたるなり、敵は弔合戦《とむらひがつせん》といへる美名を有し、我は逆賊といへる醜名あるが故に負けたるなり。思ふに光秀は将軍といへる職に対し、二つには又既に本能寺に於て、最終の目的を遂げし後とて最早此上に望みなき身なればきたなき合戦をなさんことの口惜《くや》しく、潔く花々しく討死《うちじに》すべしとの一心悟道にて、運を天に任せて戦ひたるなり。

一万八千の兵を以て、秀吉の二万七千の兵(筒井勢を合《あは》すれば敵は殆んど四万《しまん》)と決戦し、三千五百人を殺し、四千人《しせんにん》を手負《ておは》せ、古今未曾有の大激戦を史上に残したる光秀、仮令《たとへ》戦《たゝかひ》に負けたるも適《あつ》ぱれの武将なりけり。

光秀に殺されたる信長の居城安土《あづち》には、信長の一家《いつけ》一門留守せしも、明智左馬助が為めに刃《やいば》に血ぬらずして抜かれたり。光秀を殺したる秀吉の死後は。家臣離叛して其一門一族醜状頗る多かりき。然れども光秀の一門一族は、山崎坂本の役《えき》に一人《いちにん》も残らず皆な殉死せり。ア、一人も残らず皆な見事に殉死せり。左馬助が愛馬を湖水に駆り、珍器を敵将に贈りたる何ぞ夫れ最期の美なるや、内蔵介《くらのすけ》が捕はれて石田三成を罵り、又秀吉に「御身の如き名将は刑するに忍びず、切腹せよ」と言はれて。「我に切腹すべき刃物あらば、先づ汝を刺さん」と大喝す、何ぞ夫れ其最期の義烈なるや。四王天が加藤清正に縄目の恥を断りて、武士の面目を保ちしが如き、明石儀太夫が恥を忍びて赤裸《あかはだか》の儘、京に帰り、「弓取の数《かず》に入《いる》さの身にしあれば何か惜しまん夏の夜の月」の一句を残して割腹せしが如き、斎藤大八郎が筒井順慶の旗本へ切込て討死せしが如き、明智十郎左衛門が佯《いつは》り死して、死骸累々の間に横臥し、秀吉を刺さんとせしが如き、何ぞ夫れ其最期の美なる、忠なる烈なるや。殊に坂本城に於ける光秀が室《しつ》家《か》の深慮貞烈なるは、安土城に於ける信長が室家の狼狽、及び大坂城に於ける秀吉が妾《せふ》（淀君）の醜体等と同日に語るべきにあらず。細川忠興《たゞおき》の夫人となりたる光秀が女《むすめ》は、或は匕首《あひくち》を懐にして猿郎《えんらう》の茶室に入り、或は火炎を踏んで節義を完ふしたり。ア、一門一族を斯《かく》の如くに養成したる光秀を、誰か復た無情の人といふや。

情天の一方を望んで光秀を思へば、喪衣《もい》の雲覆ひ来りて暗涙一滴天辺より落つ。

まだ桜咲かぬ故にや

容色《きりやう》さほど秀れたりといふにあらねど、芸者姿何点《どこ》となく備はりて、顔に愛嬌、目の張強く、情け深く、床《とこ》しめやかに、北国の名物に似《あや》かりて、雪の肌《はだえ》、絹よりすべこく、花の唇動くたびに、梅も桜もてんと要らぬ気になると、其妓《そのこ》に帯を解かせた粋奴《すゐめ》語りぬ。

其妓とは、君が車を待つ宵の東新地に、小判飛ぶ声喧《かまびす》しく、的も弦《つる》一筋の矢筈屋《やはずや》の小富《ことみ》とて、年は当年取つて三十一の年増盛《としまざか》り、恋の諸訳《しよわけ》も色の手も、裏表とも大方は嘗め尽し、同じ勤めして福井に在りし時より源冶店《げんやだな》ならぬ与三郎を、恰度数も其刀《そのかた》傷《なきず》の三十四人ほど迷はせたる名代女、素性を聞かば些《ちつ》とは興も醒むれど、有難きは塵の世、天道様も額《ひたへ》に履歴は書き玉はず、去れば嘘から出た誠を買ひたがる通客、彼方《あちら》からも貰ツて……此方《こちら》からも貰ツてとそこからそこに行くにも迎ひ人、送り人、下婢《べえや》さアの足駄之が為めに慥《たし》かに寿命の半ばを縮めぬ、ハテ是非もない此稼業する身の罪深や。

何心なく此妓の噂を片町の散髪屋《とこや》でチラと聞き込みたるは第何聯隊とかの三村《みむら》少尉とて名も姿も芳之助《よしのすけ》、威あツて猛からぬ潔《きつ》粋《すゐ》の金沢男、宵は定めて逢ひ難かるべし幸ひ今日は日曜、花屋敷の朝顔の曙が見たさにと言ひながら門口から言訳して能登若《のとわか》が家《うち》に這入《はいれ》ば、茲所《こゝ》はまだ夜《よひ》の女将《おかゝ》蚊帳《かや》の中《うち》より飛んで出で、何うせ態《わざ》には用のない処なれば、朝顔のお帰りでゞもなければお寄りなさらぬ不実男、然うしたお約束では無かツたにといふ、嬉しがらせと知りながらも軽薄に陥らぬ程、嬉し、例《いつ》もの赤襟かと問はれて芳之助、イヤ今日は与三郎の……と言ひかけて、手掌《てのひら》を借り、仮名文字三ツ書き、何卒《どうぞ》首尾を頼む女将様々大明神。

名指で呼ばれて、小富胸に覚えは無けれど、舘《やかた》で受けたに是非なく、入湯に一時間半、身仕舞に半時間、都合二時間待たせてやうやう其楼《そこ》に行けは二三度武官方の宴会にて顔ばかり見知りたるお客、見れば厭味なくして、ナポレオン分《わけ》の頭に薔薇《しようび》の奇香ゆかしく、白上布《しろじやうふ》に綾織博多の帯胸高く、石川足袋《たび》の鼻緒摺《はなをずれ》の痕なき所に、自《おのづ》から地《ち》を踏み玉はぬ位備はりて、諸《よろづ》初心にして、蛍といふものには何がなつてあの如くに光るにや抔《など》と、仇気《あどけ》なき物の言ひやう、それかと思へば今にも屍《かばね》を枕にせねばならぬ身なれば許し玉へとて膝を請求《ねだ》りて、隔てなく打ち解《とく》る塩梅、名を三村芳之助と知りて、サテは岡惚《をかぼれ》に松楽《しようらく》の小糸姐《こいとめ》か、弟《おとゝ》に持ちて八万地獄に行きたいと、騒ぎし男は此人かと、小富我と身に謹《たし》なみ心出来て、其男の為すほどの事賢く見え、真《しん》ぞ勤めを脇にして機嫌取る気になりぬ、年は我身より慥かに五ツ六ツは下なり、年上の男は我儘にならぬ所ありて可愛気少なし、此男手に入れて此小富様の口直しにしやうか。

初の坐敷は話しの種も少なく、やがて助《すけ》に二妓《ふたり》ほど呼びて、芳之助素人流の八八の勝負に、冷たきものと温かき物とを奢らせられけるうちに、卯辰山《うたつやま》の入相《いりあひ》に長き日も長からず暮れけり、ぼつちやん些《ち》と此方《こちら》へと、女将《をかゝ》二階の離れに誘ひけるに、此処《こゝ》には蘭燈の影ほの暗く、、、、、、、、、、、、、、どれ膝吉と昔しの夢でも語らうかと這入りて、汗を悲しむ所へ、此家《このや》の小《おん》女《な》小富様のお贈物《つかひもの》とて、秋まで残る蛍を数包みて、蚊屋の内に飛ばし、水草の花桶入れて、(此点《こゝ》は贋西鶴《にせさいかく》にあらず)誰やらの枕をソツト其処《そこ》に……、御ゆるりと御寝《ぎよしん》なりませと、増《ませ》た口听《くちきゝ》ながら引退りぬ、引違へて、都の人は野とや見るらんと言ひつゝ、誰れに許されて休み玉ふぞ此悪性男、、世界に又とあるまじき果報男、後朝《きぬぐ》に聞く明鴉《あけがらす》までか、三村君万歳！

* * *

明治廿七年八月某日、三村少尉の属する第何聯隊は征清第一軍に従ふべき命令を受けて、急に韓地へ渡海することゝなりぬ、三村少尉は小富と馴れ染めて茲《こゝ》に一年《ひとゝせ》、雨につけ雪につけ互ひに思ひつ思はれつ、契りは河北潟《かほくがた》の深きよりも深く、浮名はパツト廓内に広がりて、五本松の鴉も知るぞかし。

開いて落つる花を恨み、盈《み》ちて虧《かく》る月を悲むことは、両人《ふたり》の仲にはあらぬべしと思ひしに、矢張り両人の身の上なりけり、明《あ》朝《す》はお出征《たち》か是非もなや、お名残惜しや、別れし後はせめては夢の通ひ路に、妾《わた》しも半分行くほどに、主《ぬし》も半分来てたもれ、鴨緑江《ありなれがは》の彼方《あなた》、虎伏す野辺、恐ろしや！　君に恙《つゝが》のないやうに真ぞ影膳供《す》ゑて祈るべし、朝鮮とやらの方角は北か南か、膳の向け様《やう》教へて下され、恥かしや流れの身でありながら、明朝よりは生娘と朋輩衆に笑はれなん。

浅野川の月影に四ツの袂を絞りつ、酌《まめ》めども〳〵、惜めども〳〵名残は尽きず、小富去らば、随分無恙《まめ》で……海行かば魚《うを》の餌食《ゑじき》、山行かば草むす屍《かばね》、我を又見んと思はゞ桜咲く頃に野田《のだ》山《やま》に尋ね来よ、去らば！

見送るも断腸、見送らるゝも断腸、見送る此方《こなた》は猶更涙に堪へ兼ねて、明朝よりは三味《さみ》も撥《ばち》もと言ひ捨てゝ形見にとて貰ひし写真を懐にし、男の跡追ふて、大橋の袂《たもと》まで走り、走りて又戻り、見得稼業の三十顔《づら》下て見苦しやと、心の中に恥ぢつゝ力なく御《お》歩町《かちまち》の我家へ其儘、矢筈屋へは病気とて断りの使やり、やがて伏床《ふしど》へ泣きに行きぬ、本《ほん》じや。

* * *

二月《ふたつき》経ち、三月《みつき》経ち、やがて其年も十二月となりて、歳暮と正月は目の前に迫りぬ、遠ざかる程、疎くなるほど、小富の全盛は手管上手の名と共に去年に変らず、俄然缸瓦寨《こうぐわさい》に於ける第何聯隊の奮戦は新聞の号外にて伝へられぬ、中に名誉の戦死を遂げたる将校一名、誰れかと名を聞けば、痛はしや陸軍歩兵少尉三村芳之助！

去る訳知りの親切男、わざ〳〵此号外を小富に読み聞かせしに、小富は長火鉢の前に立膝のまゝ、煙草を朗《ほがら》かに吹かし乍ら、アノお方もお若いのにおいとしや、まだ出世なさる身体《からだ》を持ち玉ひ乍ら僅か一本筋にて。

跡は浮世話に話変りぬ、

＊　＊　＊

小富か近頃のお為め筋のお客に、堤町《つゝみちやう》の去《さ》る持丸家《もちまるや》の息子に通称小《ち》イお兄《あん》さんといへるあり、大歳《おほとし》の三日前の夜、諸江屋《もろえや》の奥二階にて、散々に泣てもつれて、笑ふて打解たる後、小富さし俯いて物をも言はず泪ぐみてありしを、其男心もとなく何故ぞと尋ねければ、二三度は言はざりしを、しめやかなる物ごしゝて、妾《われ》まだ方様《かたさま》に逢ひまゐらせぬ前《さき》に、恰度年の頃も方様と同じく廿五歳の去る武官様と契りを籠めしが、逢ひ初《そ》めは一昨年《をとゝし》の夏、去る宗匠より教はりし『都の人は野とや見るらん』の秘伝とて、蛍を蚊屋の中《うち》に放ちしに、其武官様、泣かぬ蛍が身を焦がすとて、ひとつの蛍を御手づから我に給はり少しは心を酌めと言ひ玉ひし時の御姿、今方様に思ひ合せ、昔が思はるゝと語る、さては其武官様に似たとは何点《どこ》が似たと戯るゝ、いづれを申すべきや、一つとして生写しならぬはなく、殊更其年の暮、雪風《ゆきかぜ》の烈しき朝、いかゞ暮せるとてお召一襲《ひとかさね》と二十円あまりもする西陣の帯を玉はり、又御歩町に母を一人持ち候《さふらふ》を不便《ふびん》とて、米、味噌、炭までをも、お若いに似合はず賢《さか》しくも心附け玉ひける、方様も万《よろづ》に気の着くお方なれば、一入《ひとしほ》お愛《いと》う思ふと、まだ馴染も浅き男なるに早其相手を見て、是ぞ此里の人たらしぞかし（此数行《このすぎやう》も贋西鶴にあらす）

野田山の墓地に、卒塔婆新らしく立ちて、手向《たむけ》の水も泪にかはかぬ石こそ、御国《みくに》に殉死したる人の姿かと、由縁《ゆかり》なき作者《われ》さへ最《いと》ど哀れを惹けば、況《ま》してアレ程に浅からぬ由縁ある人はと、夫《それ》と的《てつ》きり穿ツたつもりにて、三十前後の美形かと墓守に聞けば、然る意気な御婦人はつひぞ参詣なされませぬと答ふ、去りとは又、まだ桜咲かぬ故にや、

解題

本巻には小説Ⅰとして石橋忍月の小説のうち、単行本収録の十三編を収めた。本巻における本文校訂の方針は次のとおりである。

一、底本には初版本を用いた。

一、句読点、改行、字アキ等については底本の紙面を尊重した。ただし、！と？の後は一字アキとした。

一、漢字は原則として現在通行の字体を用いたが、該当する文字のない場合は底本の字体を生かした。

一、かなは原則として変体がなを通行のかなに改めたが、おどり字などは底本の形を生かした。

一、かな遣いは著者の慣用を生かし、底本のままとした。送りがなの不統一も訂正せずそのままとした。濁点の有無についても底本のままとした。

一、ルビは総ルビ・パラルビにかかわらず、必要と思われるものを残し、編者の補ったものには（　）をつけた。

一、傍点圏点はそのままとした。

一、誤植等による誤りと見られるものについては、文字の重複等明らかな誤植に限りルビや初出などによって訂正したが、それ以外についてはママとふるにとどめた。ただし、欧文による綴り字の誤りは訂正した。

一、初出のあるものについては、初出との主な異同を列記した。句読点・傍点・ルビ・送りがな・誤植等については省略した。

一、口絵および挿絵はすべて収録した。

一、作品の配列は単行本の刊行順とした。

なお忍月の小説には差別的な表現がいくつか見られる。本巻ではそうした意識を克服することが緊要な課題であることを認識しつつ、歴史的な資料としての性格をも考慮して原文のまま収録した。

一喜一憂捨小舟

『一喜一憂捨小舟』（明治二十一年三月二十一日　二書房）に収録。ただし発行の年月日は奥付に貼付された訂正用の張り紙による。本書は四六判、二〇五頁（別に挿絵十葉）、パラルビ。定価不詳。全編書きおろし。表紙と扉には中央に「一喜一憂捨小舟　全壱冊」および左側に「東京　二書房発兌」とあるほか、右側に上から二行にわたって「子爵久松定弘先生序」「春の屋朧主人校閲」とあり、二行の中央下に「志のぶ月居士石橋著」とある。

内題の下の署名は、「忍月居士戯著」。奥付の著者名欄には、「福岡県平民　石橋友吉　本郷区三組町六十九番地佐藤方」とある。奥付に発行者・発兌人・印刷人の記載はあるものの、定価や出版社の記載はない。奥付のあとには一頁分の「誤植の重なるもの」と題した正誤表が付されているが、今回の校訂にあたってはこれを生かし本文に吸収した。挿絵は安達吟光。外装および重版は確認できなかった。のち筑摩書房版『明治文学全集』第二十三巻に収録。

底本では改行になっているところで、本巻において判別できなくなった箇所の冒頭部分は、以下のとおりである。53頁下段19行・（前略）

お八重

『お八重』（明治二十二年四月二十日　金港堂）に収録。本書は四六判、一七三頁（別に挿絵五葉）、総ルビ。定価三十五銭。署名は表紙、扉、本文ともに忍月居士。奥付の著者名は石橋友吉。挿絵は大蘇芳年と鈴木華邨。全編書きおろしではなく、第一回「あれやこれや」から第四回「君ゆゑに」の半ば（91頁下20行）までは、『女学雑誌』第百二号（明治二十一年三月二十四日）から第百七号（同四月二十八日）に、「都鳥」と題して石橋忍月の署名で連載された。外装および重版は確認できなかった。

底本では改行になっているところで、本巻において判別できなくなった箇所の冒頭部分は、以下のとおりである。101頁下段1行・此心配顔と

初出（「都鳥」）との主な異同（↑の下段が初出）

77頁上段8行　第一回、あれやこれ。↑第一回、是ぞ浮世の誠なる（上）
17　溢《こぼ》るゝ↑こぼるゝ
20　一月の屋賃が七円↑家賃一月五円
21　壮大ならずも亦↑壮大に非らず又
下・1　小イさな↑小さな
6　申しさうな↑言ひさうな
8　左にあらず↑さにあらず
9　覚ぼしき、本↑覚ぼしき物の本
10　ありと見え↑あると見え
13　汽笛の響き、↑汽笛ピユウ、ピユー
14　「ヲヤ、↑乙女ヲヤ、
17　奥の間の↑と奥の間の
18　鉄瓶の音は蟬となり、松風となり遠波《えんぱ》となり虎尾《とらのを》となる、↑鉄瓶はシイン〳〵と微音を弄す、
20　「モウ↑乙女モウ
22　紳士、↑壮年
78・下・2　「アツ、しまツたなア、↑ア、しまツた

3 固定資本——、産業社会——、⬆ 固定資本
との関係……産業社会……
4 今更悔んでも追ふ可からずか。⬆ 悔んでも
今更追ツつかない
5 フイト ⬆ フト
8 (看官曰く沼津の段そックりだぜ) ⬆ (初出
になし)
10 女「 ⬆ (初出になし)
11 男「 ⬆ (初出になし)
12 と言ひ乍ら、⬆ と云ひつゝ
17 感触既に ⬆ 感触」既に
22 勉強することも ⬆ 勉強もすることが
79・上・3 八「なんの郎君《あなた》、⬆ なンの郎君
4 御親切で ⬆ 御親切で大層身の為に
7 御暇《おいとま》になり、⬆ 御免になり、
15 価値《あたへ》ある涙は、⬆ 価値《ねうち》あるの涙は
15 作者は此憐む可き一滴、しかも明かなる眼波《がんば》
の間より離れ来ツて、白き頬を、たどり行く
一滴なりと答ふるも、⬆ 此憐む可き一滴な
りと答ふるとも
* (*18・19行の間にはいるべきも削除) ⬆ 第
一回、是ぞ浮世の誠なる(下)

20 余所へ ⬆ 藤川伯の内に
22 八「ヲヤ、左様《さう》で厶いますか、妾はチツトモ。
⬆ 八 オヤ左様で御坐いますか、妾はチツト
も
下・1 松「 ⬆ (初出になし)
3 八「オヤ、⬆ (初出になし)
4 波「オヤ、／＼と両人がふり向くとたんに、突
然 ⬆ と突然に
5 より二ツ三ツ上の ⬆ と同じ
6 卒業生、⬆ 生徒にして
7 肥え太り、否味《いやみ》のないアツサリとした男、⬆
肥え太ツたる男、
11 「マア吃驚《びつくり》致しましたワ、ほんとに—— ⬆
マア吃驚致しました、
12 「お敷なすツて」と ⬆ 「お敷なさツてと」
12 進める、⬆ 進むる
12 松葉は膝を移し乍ら。⬆ (初出になし)
14 松「 ⬆ 新
14 それでも聞いて悪いことでなかツたから、先
づ安心だらう、⬆ (初出になし)
18 だから ⬆ 故に
20 承諾はあるし、⬆ 承諾で成り立ち

80・上・5　そして日本にはポリガミー（一夫多妻、一婦数夫）の弊風はないから、君の御心配は無効サ。↑ ……なに言ツてゐるンだか分りやアしない

8　松「無効、ナニ無効なもんか、君は表を知ツて裏を知らずと云ふものだ、↑ 新 分らなけりや、分らない人が其罪を負担せざるを得ず、

9　綾瀬 ↑ 綾瀬氏《うじ》

10　違ひはないサ、違ひないが、↑ 違ひないサ

15　松「↑ 新

17　沈黙でそして人の話をけなすから、所謂一件に毛なしサ、ハツハ、、、、。↑ （初出になし）

19　波之助は苦笑《にがわらひ》して「馬鹿な」、お八重は、ホ、、、と顔を背けて「アラ否《いや》な」、松葉は真面目な顔で。↑ （初出になし）

21　松「ヱ、お八重さん、何ぞ面白い話しは有りませんか。↑ （初出になし）

下・1　お出でなすツて。↑ いらしやツたのですか、

1　いらツしやツて、↑ お出なすツて

3　厶いませんか、↑ 御坐いませんか、

4　松「↑ 新

4　広まるのは ↑ 広がるのは

4　アノ為に ↑ 其為め

5　残念だツた。↑ 残念だ

10　思召すの。↑ お思ひなさるの

11　松「↑ 新

11　さうサネ、酔《ゑ》ひ醒めて ↑ さうさネ酔後

15　松「ないと御意遊ばすのですか、↑ 新 ないと言ふのか、

17　逢ツたと思召せ、其佳人が ↑ 逢ふ、佳人

19　あんなことを。↑ あんなこと

20　世人は君のやうに助平――ぢやない美術心のある者は少ないからネ。↑ （初出になし）

22　松「↑ 新

81・上・3　松葉も是《こゝ》に至ツてチョツト話の道を失ふたり、稍暫くして又口を開き。↑ （初出になし）

5　松「↑ 新

8　と云ふのだらう、↑ と云ふ問だらう、

9　なくちやならぬ、若し残念な事が沢山あるなら、それは一番残念な事ぢやない。↑ なくてはならぬ、

12　松「そんな説教は、君に聞かなくツても知ツてゐる。↑ （初出になし）

13 波「そこで ↑（初出になし）
16 松「↑（初出になし）
16 柿の初契りは用心す可しか。↑ 御尤も
17 と冷笑す、↑ と冷笑し、
17 洞見する ↑ 現はす
20 「婆アや茲だよ、茲だよ」と可愛《かはゆ》き声、カラコロカラコロと可愛き足音、↑ 訪ふ人あり
下・2 「ナニお米が―― ↑ ナニ、
3 松「アノけうとい顔。↑（初出になし）
4 第二回、他生の縁。↑ 第二回　塒《ねぐら》失ふ親なし鳥（上）
6 白粉《おしろい》ならぬ置霜《おくしも》の色は、汀の岩に打寄する浪と共にきらめく可し、春待ちわびて眉毛作れる入江の柳は、膚《はだへ》もはぐべき寒風《さむかぜ》の手櫛《たぐし》にすきかへさるゝなるべし、↑ 入江の柳春待ちて眉毛作れど弥寒き風の手櫛にすきかへし、白粉ならず置霜の色もきらめく汀の岩打寄す浪も氷いて氷柱《つらゝ》に下る計なり
9 十七八、↑ 十六七
10 糸織の上着に ↑ 上田太織棒縞の上着も
10 羽織きたるが、↑ 羽織も、
14 残るは ↑ 残るも

17 吃驚《びつくり》、↑ ビツクリ
19 お嬢さん、↑ 姉さん
22 金悉皆《そつくり》 ↑ 五拾円
82・上・3 女「↑（初出になし）
5 男「↑（初出になし）
7 女「↑（初出になし）
9 川風 ↑ 雪風
9 人力車、↑ 人車、
12 紳「↑ 紳士
14 車「↑ 車夫
14 でツ、太刀組《でばぐみ》とかの悪漢《わるもの》で……せう。↑ 悪漢で…
17 女「↑（初出になし）
18 紳「↑（初出になし）
18 怖い、↑ 恐い、
19 そんなら貴様には ↑ ソンナラ手前には
19 一人で。↑ 独りで
20 ステツキ ↑ 杖《ステツキ》
21 紳「↑（初出になし）
21 太刀組の盗賊、ソコ動くなツ。↑ 盗賊ソコ動くな
22 ステツキ ↑ 杖

下・1 持ちたるカバンを落した、紳士はすかさずそれを拾ッた、↑ 勘太はカバンを落す、すかさず紳士は之を拾ひ取る、
3 「警察」、「太刀組」の二語に仰天したり、↑ 「警察」の一語に仰天周章
5 遂に紳士はステツキを奪はれたり、悪漢は後に廻りたり、力を極めて紳士の左手を劇打したり、↑ 一人の悪漢終に紳士のステツキを奪ひ取り後に廻りカバンを握りたる紳士の左の手先を目掛け、力を極めて劇《はげしく》打つ、
8 カバンは ↑（初出になし）
10 紳「 ↑（初出になし）
14 雲霞《くもかすみ》……。↑ 雲霞と……
15 驚怖《げいふ》 ↑ 驚懼《こわさ》
19 紳「 ↑ 紳士
20 怖いこと ↑ 恐い事
22 べし。↑ 可し
83・上・1 紳「 ↑ 紳士
4 女「誠にお、お礼の申様は、……どなた様かは存じませんが、――お蔭様で命を、……左もなくばわ、妾《わたくし》は一生……。↑ 乙女 どなた様かは存しませんが誠にお礼の申様は……お蔭様で命を……左もなくば妾は一生……
7 紳「 ↑ 紳士
8 お方ですか、お連はどこにか待ッてお出でなさるのですか。↑ お方のお連れはありませんか
10 女「 ↑ 乙女
11 行くので厶《ござ》います。が ↑ 参るので御坐いますが、
13 ことで厶いますが、何卒 ↑ ことですが
16 紳「 ↑ 紳士
21 車「 ↑ 車夫
21 怖《こわ》う厶いました、↑ 恐う御坐いました、
下・1 紳「 ↑ 紳士
3 車「 ↑ 車夫
3 お乗んなすツて。↑ お乗んなすツて（ががら）
4 ＊＊＊ ↑ 第二回 塒《ねぐら》失ふ親なし鳥（下）
6 つぼめて ↑ すぼめて
8 女「イ、ヱ、↑ 乙女 イ、ヱ
9 上中等 ↑ 中等
10 女「 ↑ 乙女
11 厶いますから――、↑ 御坐いますから、

13　ショール ↑ 肩掛
15　女「 ↑ 乙女
19　女「 ↑ 乙女
20　火を渡し、↑（初出になし）
84・上・4　女「 ↑ 乙女
6　紳「 ↑ 紳士
9　えらい〳〵、流石《さすが》は明治紳士、文明の紳士、此人にして此言あり読者請ふ怪むを休《や》めよ。↑（初出になし）
11　女「 ↑ 乙女
13　そんな、そんな ↑ ソンな、ソンな
14　日本の女即ち妾等の姉妹は、どうも卑屈で、自尊の気がないからいけないのヨ、どうかして、モ少し心を高めなけりや、地位を高めることも六ツかしいと思ひますワと、女学校淑女方のお言葉が、作者の耳朶に達するやうで、実にハヤ恐縮々々。↑（初出になし）
18　紳「さうぢやない ↑ 紳士 左様ぢやない
21　女「 ↑ 乙女
下・2　意外なる波之助の予想せざる言葉は ↑（初出になし）
4　女「暖炉がけぶいこと。↑（初出になし）

8　福島県の道路《みち》よりも平かなれよと、↑ 猪苗代の湖よりも深かれよと
10　旭旗《ひのまるのはた》 ↑ 金時
11　一群れ。↑ 一連
12　甲「 ↑（初出になし）
17　ヱヘン ↑（初出になし）
18　乙「 ↑（初出になし）
18　年が若ヱ ↑ 年が余り若ヱ
19　ゐるんだ、宜い気味 ↑ ゐるンだぜイ、気味
21　してゐるぜ、おれ様 ↑ してゐらア、自己《おれ》様
85・上・1　ヘン案じてゐる者が、怪我のないやうに祈ツてゐる者が ↑ と、ヘン祈ツてゐる奴が
3　甲「其証拠にはおれは怪我してゐないと言ふのか、馬鹿らしい。↑ モシこちの人さまよヲヽよい女房と戯れの…ア、痛いおツそろしい頑固な手だ、彼女《あれ》の手の柔かさ、じんじやうな事鳥渡見な／徘徊の宗匠めきたる合羽着けた円頭《ぼうづ》の老人、桑折の方より来る汽車を待侘びて野面《のおも》を眺め乍ら独語《ひとりごと》／咲た桜になぜ駒繋く、駒が勇めば花が散、ア、梅が大分乱れかゝつてゐるわい
5　鈴の声、構内の衆客 ↑ 鈴の声 チリン

〳〵構内の衆人
7　読者既に先刻よりお祭しの通り、第一回に於
て ↑ 既に第一回に於て読者と
15　に於て ↑ に通学して
15　研究し、今頃は既に卒業して月々莫大の修入
あるとのことなれど、是れは同人の母の話ゆ
ゑ、当てにするとせざるとは聞く者の勝手、
波之助は ↑ 研究する者なり
18　年頭 ↑ 年首
19　笠間棚倉近傍を漫遊し、桃李《もゝすもゝ》一ツにさくら
三春《みはる》をも、淋しく通り過ぎて、↑ 猪苗代、鹿
取近傍を漫遊して三春より
21　車を走らす ↑ 来れる
21　今回 ↑ （初出になし）
22　三日前の事とか。↑ 二日前の事にして其節
賊より左手を劇《はげしく》打たれたる為め二本の指は
骨砕け為めに用をなさずと云ふ
下・2　涼しげなる眼《まなこ》に大ならず小ならずして ↑ 大
ならず小ならざるの眼涼くして
5　生《は》えぶりも又 ↑ （初出になし）
10　心地 ↑ 心持
10　（此節小説家のお定《きま》り文句だヨ） ↑ （初出に
なし）
11　低き ↑ 低きもの
11　見たらんには、↑ 見るときは
12　言はん。↑ 言はん歟（お八重は如何なる境
遇を経過したる身の上なるやは後々に分る）
13　第三回、親なればこそ。↑ 第三回、親なれば
こそ子なればこそ（上）
17　咲「 ↑ 母、
20　波「 ↑ 波、
86・上・3　余潤 ↑ 余光《おかげ》
3　生活せしが、↑ 生活せり
4　作者の筆先に掛ツたる、読者のお目を煩すお
八重嬢にぞ有る、↑ お八重なり
8　時めきし頃よりぞ ↑ まさかの時に
9　古金銀をさへ、↑ 古金銀を
9　逃亡したると ↑ 逃亡されしと
11　となりしが、ひとり憐れむべきは残されたお
八重なり未だ十一二の ↑ となる、残された
娘はまだ十二三の
20　貴女《レヂィ》あり、↑ 貴女《レヂー》は
下・2　あるとかや、↑ 屢々なり
7　しながら、↑ して居乍ら

10 今の殿様に見初められし以前、待合や船宿にはチットもお出入遊ばしたことはない令夫人ゆゑ ↑（初出になし）

14 某 ↑ 良政

15 大臣や次官方が、「ノウ綾瀬、ジャスチニアンの法典ちふのは、何時頃のこツぢやらうか、独逸《どいつ》のマグナカルタ抔《など》よツか、余ツ程、以前のこツぢやらうノウ」、とか何んとか御下問の有るときは、直に「ハイ余り前でもありませんが、ツイ二千前《ママ》位、前のことで厶います」と返答が出来ると言ふ必要の人物、↑（初出になし）

22 モウ一人 ↑ 最一人

87・上・5 表し玉ふ可きはづなるに、↑ 表す可きに

9 中《うち》に令夫人の ↑ 内に奥様の

10 夫「 ↑ 奥

17 厶いましたよ。↑ 有りましたワ

19 misery ↑ *Misery*（不幸）

20 miserly ↑ *Miserly*（卑劣）

22 とお八重 ↑（初出になし）

下・4 妾は ↑（初出になし）

13 別当 ↑ 車夫

15 令閨 ↑ 奥様

16 令閨 ↑ 奥様

18 鍋「――で厶いますから、奥様、妾《わたし》は屹度さうだらうと思ひます、ハ、ハイ、いゝヱまだ十二時前ですとも。／奥「小供でも段々増長するからネヱ、ほんとうに――。↑（初出になし）

21 令閨 ↑ 奥様

88・上・2 進めて、↑ 進て終に

11 はや、↑（初出になし）

13 憐れなり。↑ 涙の種。

14 ―――― ↑ 第三回、親なればこそ子なればこそ（下）

15 波「今話す通り、誠に憫然だから、連れて来ました、↑ 波 今お話し申します通り誠に憫然で御坐いますから連れて参りました、

16 するも、↑ しますとも

18 母「 ↑ 咲

21 サア分らない、此母の言葉が分らない、お咲《サキ》とても是れ女性の一人《いちにん》、男女源平に分れて戦をすると云ふ場合が、万一何れの世にか有ると仮定せば、女は皆な其味方に相違なし、然

るに——然るに、「女と云ふものは我儘——」と、女子全体を非難するのは、ハテ心得ぬ——。↑（初出になし）

下・20　丁寧に ↑ 丁寧に親切に

89・上・1　第四回、君ゆゑに。↑（初出になし）

12　むかしの ↑ 去年《こぞ》の

下・2　頭《かうべ》を回《めぐ》して前栽を望めば、其美《うるは》しき弥生の景色は、主人の心と丸で反対、若き光は松の繁みより瞬き、無数の太陽は真珠の露の中《うち》に震えてゐる、十分に紅《くれない》の色を染め出し掛《かゝ》ツた薔《ば》薇《ら》の花は、時々浮気の風めに襲はれて縦令《たとひ》かぶりは振るにもせよ、口説《くどき》上手な蜂にツイのせられて、自己《おの》が唇を吸はせてゐる、露にそぼ濡れた蝶々は、何処《いづこ》の園に身を宿せしにや、自己が羽がひに香を止めて心憎くも又此処にチラ〳〵……、アレにしやうか、コレにしやうか、桃は野鄙だ、桜は華麗《はで》過ぎる、海棠はしつツこひ、いツそ地位は下等でも——と、色々贅沢を弁べつゝ終に椽先の菫菜《すみれ》の花に、しかも此間《このま》の主人がきのふ婆やと嫁菜摘に行ツて、あらゆる草花の中から撰りぬいて、持ツて帰ツた其菫菜の花に、身を宿したり。／※「ア、、ほんとうに——。／此不意の嘆息には、無限無数の意味あるべし、業平の読者諸君は、胸に手を当てゝ考へ玉ふべし。↑（初出になし）

90・上・1　……さう〳〵 ↑（初出になし）

4　どうも非常に困ツた様子、↑（初出になし）

8　頬杖をつき ↑ 頬を支え

9　云々 ↑（初出になし）

9　「恋しき」の三字を ↑「恋しき」と

11　此無辜なる ↑ 無辜なる

11　処せられて、↑ 逢ふて

12　葬られたり、↑ 葬られた

14　此お米嬢の ↑ 此女の

19　ほんとに ↑ 真実《まこと》に

20　常「 ↑ 女

下・3　常「 ↑ 女

3　お嬢様とお呼び申したのが ↑ お嬢と呼たのが

4　常が ↑ 徳が

4　ムいました ↑ 御座いました、

5　アノウ、↑（初出になし）

6　先に断りませうネ、↑ 断りましやう

7　又からそんなことすると承知しないから宜《い》い。↑（初出になし）

9　常「そんなことツて、どんなこと、ヱ、お嬢様。／づるい〳〵、至当の譴責を、尤もと思ひ乍ら、故意《わざ》としらツぱくれた反問は、づるい〳〵。／米「しらないよ。／と顔を背けた。が、しかし真実に怒ツたのではないと見え、お常は気に掛けぬ様子。↑（初出になし）

15　常「 ↑ 徳

15　常が ↑ 徳が

17　お兄《あに》イ様の所に ↑（初出になし）

17　ほんとうに、↑ 真実《ほんと》に

21　あたし、そんなこと ↑ 妾、そんな事

22　さながらお米嬢の耳は、お常の話しを信じないやうな素振、心の中では「ほんとか知ら」。↑（初出になし）

91・上・2　常「アラ、ほんとうですョ、こればツかしは、ほんとうウー。↑ 徳 アラ真実ですよ、こればツかしは真実

3　あたしに ↑ 妾に

4　婆アや、↑ お前、

7　常「 ↑ 徳

7　ムいます、↑ 御座います

8　常 ↑ 徳

9　常 ↑ 徳

11　出た、出た、そろ〳〵本心の問が出た、貶《へん》して言へば耐忍持久の気に乏し、褒めて言へば可愛イ順良《すなお》な心根、↑（初出になし）

13　申す ↑ いふ

15　お米嬢の ↑ お米の

16　「ナニ嬉しくはないけれど、——いつウッから一遍、東京を見物したいと思ツてゐたから、↑ ホヽ、嬉くはなけれど

20　常「 ↑ 徳

20　ムいませんか。↑ ありませんか

下・1　どうしても駄目、如何に隠くさうと思ツても、心の中を暁《さと》られないやうに誤摩化しても、直《すぐ》に尻ツポが現はれるから、——不粋の作者試みにお米嬢に問はん、「東京見物が目的ならば、眼科医に行く理なきに非ず、然るを歯科医に行くとは、果して何の為ぞ」、シイツ、だまれ野暮作者。↑（初出になし）

6　常「 ↑ 徳

6　さやうでムいますか、↑（初出になし）

9 大勢 ↑ 沢山

10 其内に ↑ 其内に他に

13 祝言をせぬ内に内祝言を済まさねば、姫御前《ひめごぜ》の身は立つものぢやないとか申すぢやムいませんか。／前栽の景色を一心に見守《みつ》め乍ら、耳のみは ↑（初出になし）

17 フツト指俯《さしうつむ》いて罪もない手先を、さも悪い事でもしたやうに酷《いぢ》め乍ら。↑ 一心に自分の膝の辺《あたり》を見守め乍ら

19 ほんとうに婆アやは ↑ ホントに徳は

初出の「都鳥」では会話の初めに「の符号がないので、それのみに関する異同については省略した。

露子姫

『露子姫』（明治二十二年十一月二十七日　春陽堂）に収録。本書は初版時四六判で、のち菊判に拡大。版型の拡大が何版からかは不明だが、手元の本では、第四版（明治二十五年六月十日）と第五版（明治二十六年十一月二日）と第七版（明治二十八年十月十五日）の菊判を確認。嘉部嘉隆所蔵の第五版には袋がある。本文一六八頁（別に挿絵五葉）、総ルビ。定価三十八銭。全編書きおろし。署名は、表紙が忍月、扉が石はし忍月、本文が忍月居士となっている。初版の奥付には「著者忍月居士　石橋友吉」とある。挿絵は渡辺省亭。のち筑摩書房版『明治文学全集』第二十三巻に収録。

第四版以降には、初版の「自序」の前に、次のような毛筆による「自序」を付す。

自序

吾筆血足らす涙足らす又誠足らす自ら此著に吾の欠点あるを知るも其欠点は根本たる精神に在るがゆゑに区々たる字句の脩飾の以て之を補ふによしなきを奈にせん

善き著作者の得難きはいまたよく読む者の得難きの難きに如かす多く読まれさるも善く読む者の一顧を得ば以て心を慰むるに足ると雖もよく読まざる者に多く読まるゝは却て著者の不名誉也吾友某曰く現時最も多く買はるゝの書は是れ最も平凡なるの書也とわれ深く其言の奇警にしてよく時弊を穿ちたるに服す

露子姫初版後数箇月にして再版し今又三版するに至る是善く読まれたるに非す徒らに多く読まれたる也是れ名作の故にあらす凡作のゆゑ也われ露子姫と共に切に之を恥づ版の重なるは書肆の慶事なるも著者の凶事なり茲に此序を掲けて永く露子ひめの不幸を弔す

辰年二月　忍月拝

底本では改行になっているところで、本巻において判別できなくなった箇所の冒頭部分は、以下のとおりである。133頁上段

16行・姫は　155頁下段1行・時正に　156頁下段7行・「岸村様！」

辻占売

『辻占売』（『文学世界』五巻　明治二十四年六月十五日　春陽堂）に収録。『文学世界』は菊判、木版袋綴じ和装本の叢書。本書は本文十四丁（挿絵を含む）、総ルビ。表紙裏に無署名の彩色口絵（半丁）あり。定価八銭。全編書きおろし。署名は表紙、本文ともに忍月居士。奥付の著者名は石橋忍月。外装および重版は確認できなかった。

第十四丁にある手紙を翻刻すると次のようになる。

紅の血を濺々とかやましてこの日頃／花につけ雪に付け思ひつゞけし／そなたの顔を現在に見て抱きよせ／たくおもへども今の我身は由緒ある／人の妻この世に義理といふイヤなことの／なくば名のらでかへす切なさもある／まじきになさけ知らずとおもひ／玉ふな此母を前橋にありし／昔なつかしき添乳の折の守かた／かあゆうなうて何とせう先こく／見ればつゞれの古あはせに／さむきを忍びて父をやしなふ／いとしい子悲しうなうて何とせう／出すまじとおもへどこぼるゝ／涙御さつし被下候此金子は父／上の病気の薬代ともなしまた／そなたの着ものともせめてさむく／ないやうにし

黄金村

『黄金村』（『聚芳十種』第八巻　明治二十五年一月二十五日　春陽堂）に収録。本書は四六判、一七二頁、総ルビ。口絵一葉、挿絵はなし（ただし口絵のないものもある）。定価十三銭。「さとの月」と「想実論」（第三巻に収録）を合わせ収める。書きおろし。表紙の署名は石橋忍月、本文は忍月居士。奥付の著者名は石橋忍月。外装および重版は確認できなかった。原作者のチョッケは Heinrich Zshokke (1771-1848)、作品の原題は「Das Goldmacher-Dorf」(1817)。同じ原作に基づくものに、司馬亭太郎の訳になる『立志小説黄金村』（明治四十二年九月十八日　博文館）がある。

底本では改行になっているところで、本巻において判別できなくなった箇所の冒頭部分は、以下のとおりである。206頁上段3行・いまだ　207頁下段1行・最前より　212頁上段11行・それは　224頁上段20行・大五郎の　225頁下段6行・従前

さとの月

同じく『黄金村』に収録。表紙裏の「目録」には「里の月」とあるが、内題は「さとの月」。書きおろし。署名は忍月居士。

蓮の露

『蓮の露』(明治二十七年六月十八日　春陽堂)に収録。本書は菊判、二〇一頁、総ルビ。木版による無署名の彩色口絵一丁、挿絵はなし。定価三十銭。「蓮の露自序」のほかに、「蝙蝠(比喩談)」と「一攫千金俄分限」を合わせ収める。表紙の署名は忍月居士、本文は忍月。奥付の著者名は石橋友吉。第二版は明治二十八年四月十三日発行。外装は確認できなかった。第一から第十七まで明治二十六年十二月八日から三十一日付までの『北国新聞』に、忍月の署名で連載されたことを確認。二十七年一月以降は欠号につき第十八以後未見。ただし、第十七は紙面不良のため本文の判読不能。のち講談社版『日本現代文学全集』第八巻に収録。

底本では改行になっているところで、本巻において判別できなくなった箇所の冒頭部分は、以下のとおりである。236頁下段9行・斯《こ》の娘　239頁下段3行・出るにも　241頁上段1行・夫《か》の真弓家の　241頁上段4行・山師大尽は　243頁下段17行・ヲイ音公　246頁上段21行・暫くして　247頁下段22行・主は　249頁下段14行・知る人ぞ　259頁下段21行・今日《けふ》は

初出には、次のように章題の末尾に作者による付言のあるものがある。

本日の挿画は小説家が人物使用の自由権を有するの意を卑近の例に寓せしものなり(序言　十二月八日)

忍月申す小生義病中につき推敲執筆意の如くならず読む人幸に恕せよ又本日の挿画《さしゑ》は如喬音吉の主従を古代風に画かせたるものなれば其お積りにて……(第四　十二月十三日)

小生義一昨日金沢病院に入院治療中に付行文意に伴はざる憾みも有之候間万事御海容を仰ぐ/金沢病院眼科一等室第四番に於て初雪を硝子窓の外に眺めつゝ/忍月識す(第六　十二月十五日)

忍月白す一時はさしもに心配せし小生の病気も(大腸カタール)幸に木村医学士の巧妙なる施術と其他医員諸子の配慮とに依り愈々軽快に赴き此様子にては二週以内には退院し再び以前に優る健全の筆を執りて読者諸子に見《まみ》ゆるを得べし只努力することゝ机に向ふことは木村学士より差止められてゐることゆへ本小説を見る人学士の前では必ず内所に黙読してや(第九　十二月十九日)

われ去る廿三日一旦退院せしも病気猶未だ癒えず再び去る廿五日入院加療することゝなれり為めに執筆意に任せず時々休掲、読者の高顧に背くことあり然れども蓮の露に限らず本紙に掲ぐる総ての小説は夫《か》のそんじよ其方辺《そこいら》に在る二三の新聞の小説の如く一度他所《よそ》でサン〳〵喰ひ荒されたる古板古小説に眉毛引《ひか》せて二度の勤めをさせるものゝ如く容易く出来るものと同じからず句々皆な新肺肝より出で字々皆な新頭脳より来り新粧して諸君に初お目見えするも

のなれば多少の遅参もあるべし是れ必竟思ふ人に思はれんとて服粧《おつくり》に手間の取れるのと作者が病蓐に在る為めなれば其辺万事御量見を希ふ（第十四　十二月二十九日）
　本日の絵様忘年会の影を写し出したるものなり（第十六　十二月三十日）

初出との主な異同（↑の下段が初出、ただし第十六まで）

233頁下段1行　蓮の露自序 ↑ 序言
4　序文の代りに ↑ 今日は本文に入らず
5　文人 ↑ 詩人
12　意思 ↑ 意匠
＊　（＊13・14行の間にはいるべきも削除）↑ 小説は人の感に訴ふるの哲学なり歴史の解説者なり世俗より一等進歩したる眼《まなこ》を以て人文の必然を発揮する者なり人生の運命を説明し宇宙の機微を発揮する者なり然るに我国俗昔へより小説を目して遊戯文字となし小説家を一言に擯斥して戯作者と言ふ是れ素より作者其人の眼孔識見卑賤なりしに坐すると雖も亦た世人が小説を待遇するの道を知らざるに坐す／小説は敢て世俗の嗜好に投じ歓心を買ふものに非ず何となれば小説は世俗に叩頭するものにあらずして世俗を啓発誘導するものなればなり／小説の主要なる目的物は人物にありて結構にあらず啻に結構脚色の奇巧に耽りて人物の性質意思を忘るゝは小説の本旨を知らざる者なり
234・上・4　蓮の露 ↑「蓮の露」の意匠
4　消極的に ↑（初出になし）
5　予防者 ↑ 先駆者
＊　（＊5・6行の間にはいるべきも削除）↑ 若し夫れ世俗に叩頭するの弊及び結構小説に陥るの弊に至ツては吾人力めて之を避けんと欲す
7　業なれば本書の為めには最も不利益なる序文を附す ↑ 業なり
8　前口上の大にして正味の小なる ↑（初出になし）
10　明治廿七年六月吉日　萩の門忍月 ↑（初出になし）
235・上・13　明治座 ↑ 市村座
下・5　飛燕と太真の美を並有する美人 ↑ 吉野紙で包みたるむき玉子
8　他《ほか》の物 ↑ 霊なき物
236・下・10　不心得者に有がちの ↑ 不心得者が

237・下・1　ものから ↑ ゆえ
238・上・18　本名の小栗喜七郎より綽名の山師大尽にて響
きたる ↑ 山師大尽と諢名さるゝ
下・5　犯し ↑ 作りて
19　小栗 ↑ 山師
239・上・1　難局のみの ↑ 難局の方面のみの
17　質朴 ↑ 朴訥
20　梅本屋 ↑ 岸本屋
下・2　梅本 ↑ 岸本
10　アノ音吉 ↑ アノ今弁慶と謂はるゝ音吉
11　梅本 ↑ 岸本
240・上・7　為て ↑ 寝て
241・上・2　筑後上妻《かうづま》生れの ↑ 今弁慶と言はるゝ
4　梅本 ↑ 岸本
8　なりしは小気味好き次第なり ↑ なりしこそ
いと心地よけれ
11　御前様 ↑ 旦那様
下・2　御前様 ↑ 旦那様
10　一寸《ちよいと》お耳を ↑ 一寸旦那様お耳を
242・上・16　正面の ↑ 下坐正面の
19　輝く ↑ 湛える
21　蠟燭に ↑ 此頃の新診に

21　光なし ↑ 光なしとや実《げ》にも……
243・上・1　三人 ↑ 二三人
2　妙計《うま》く ↑ 妙計《うま》々
12　小柳《こりう》 ↑ 豆太
15　だと言ふてゐる ↑ じやちうとる
下・*　（*14・15行の間にはいるべきも削除）↑（忍
月白す前回の挿画は此場の音吉の光景を写す
べきを誤ツて本文になき絵と相成り候何事も
病中なれば指揮行届かず許容《ゆる》しあれ）
下・20　と見えて ↑ ので
244・下・5　ちんくしやも ↑ ちんくしや（狆がくしやみ
してゐる様な鼻附といふ悪口の略語）も
245・下・18　郡代《ぐんだい》に ↑ 郡代（楊弓屋の名所）に
19　なり ↑ なれ
246・下・3　警部と ↑ 警部巡査と
247・上・12　解散の勅令 ↑ 朝鮮内乱の電報
16　子爵紀川《きがは》敦之助《あつのすけ》氏の車夫の文《ぶん》といふもの ↑
「子爵紀川敦之助」と読まれたる名刺
下・21　出るにも ↑ 出るには
248・上・2　只 ↑ （初出になし）
14　私《わたく》し ↑ 私《わつ》ち
21　私し ↑ 私ち

下・3　私し ↑ 私ち
5　私し ↑ 私ち
7　所置は ↑ 所置に
12　私し ↑ 私ち
21　私し ↑ 私ち
251・上・＊　（＊4・5行の間にはいるべきも削除）↑ 花は盛りに月は隈なきをのみ見るものかは雨にむかひて月を恋ひたれこめて春のゆくへ知らぬもなほ哀れに情深し逢はでやみにし憂を思ひ仇なる契をかこち長き夜を独りあかし遠き雲井をおもひやり浅茅が宿に昔を忍ぶこそ色このむとはいはめ……
9　と並び ↑ と奥川侯爵と並び
10　二公子 ↑ 三公子
下・2　名も無き ↑ （初出になし）
18　才識徳望 ↑ 「うたゝねに恋しき人を見てしより夢てふものは頼みそめてき」才識徳望
252・上・18　本所 ↑ 今戸
下・11　本所 ↑ 今戸
254・上・17　おちらし、↑ （初出になし）
18　ちよかつき ↑ ちよかき
21　不忍《しのばず》池畔 ↑ 下谷不忍池畔

下・18　小菊 ↑ 稲毛家の

一攫千金俄分限

同じく『蓮の露』に収録。署名は忍月。明治二十六年十一月十一・十二・十四・十五日付の『北国新聞』に、嵐山人の署名で連載された。その際、十一日付においては「忍月居士の小説の出《いづ》るまで此短篇ものを載す」というただし書きがあり、十二・十四・十五日付においては「原名ドクトル、アルウヰツセンド」という副題がある。

底本では改行になっているところで、本巻において判別できなくなった箇所の冒頭部分は、以下のとおりである。284頁上段22行・蟹助は

初出との主な異同（↑の下段が初出）

280頁上段8行　其一 ↑ （其上）
10　ありけり ↑ があツた
11　米国仕込の歯科医 ↑ （初出になし）
12　得たり ↑ 得た
14　なりき ↑ であツた
14　珍味にして蟹公などが夢にも知らぬほどの ↑ 珍味で中々
15　ありき ↑ ゐた
18　聞きたり ↑ 聞いた

22 鳥や花の ↑ 鳩と花の
下・6 キセでも ↑ メツキでも
7 伊達《だて》に胸にダラリと掛けるのだ ↑ 眼鏡も度
のないのを買ツてダテに掛けるので
8 見えないからネ ↑ 見えないからだ
14 成れるのだ ↑ 成るんだ、
17 宜《よろ》しい、↑ よい、
20 若くは ↑ 又は
22 チョイとお上りな ↑ 上ンな
281・上・3 ヘン天地陰陽…… ↑ 天地陰陽
6 雲州は味柑《みかん》で金舟《きんしゅう》は板橋の女郎で愛嬌があツ
て味《あぢは》ひがあツて俺にござツてゐる ↑ 金州は
味ひがある
10 明朝《あした》は雨が降ツて天気予報が屹度《きっと》狂ひますョ
↑ (初出になし)
11 何うするんだよ ↑ どうするんだ
15 其二 ↑ (其中)
下・5 も可笑《おか》し ↑ (初出になし)
6 足袋になり」↑ 足袋になり二日酔ひせぬ身
とならば」
7 ものでなし ↑ ものでない
9 物識の ↑ (初出になし)

14 蚊《か》でも ↑ (初出になし)
17 驚かせたり ↑ 驚かせた
17 『顕真術本部物識博士《ものしりはかせ》』↑ 顕真術本部物識博
士
18 銘打ちけり ↑ 銘打ツた
21 浜の真砂《まさご》は尽るとも世に馬鹿者の種は尽るこ
となし顕真術本部の ↑ 世間は馬鹿者が沢山
ある
282・上・1 と大の字づくめの肩書にて世間の俗物驚《おどか》され、
其大先生が ↑ (初出になし)
6 行くものもあり ↑ 行くものがある
11 漠として夢に屁を踏むやうなことなれば ↑
漠としたることである
20 妙な所へ用ゐる ↑ (初出になし)
22 出さず去れば ↑ 出さぬゆへ
下・5 其三 ↑ (其下)
8 停《とゞ》まりけり ↑ 停まツた
9 なる ↑ である
283・上・2 帰りけり ↑ 帰ツた
3 馬車 ↑ 馬車が
3 着きし ↑ 着《つい》た
3 にてありき ↑ であツた

8 自ら ↑ (初出になし)
8 案内したり ↑ 案内した
9 這入れば ↑ 這入ると
16 ゐたりけり ↑ ゐた
下・8 ゐたりけり ↑ ゐた
9 其四 ↑ (其下のつゞき)
13 譲らず ↑ 譲らぬ
17 尋ねし時恰度《ちやうど》第一のボーイは汁《ソツプ》を運び来《きた》れり ↑ 尋ねた恰度其時第一のボーイが汁を運んで来た
18 と言ひき ↑ と言ツた、
19 と謂ひしなり ↑ と謂ツたのである
20 脛《すね》 ↑ 足
20 追手かと ↑ 追手と
22 思ひけり ↑ 思はれた
284・上・3 犯しゝなり ↑ 犯した
4 「兼て ↑ 兼て
4 ゐたれど ↑ ゐたが
5 ゐる」 ↑ ゐる
7 順番の ↑ 順の
8 出《いで》けるに ↑ 出ると
9 と言ひけり ↑ と言ツた、

9 聞きし ↑ 聞いた
10 飛び出けり ↑ 飛び出した
11 運び来りし ↑ 運んで来た
12 密語《さゝや》きけり ↑ 言ツた
12 ボーイが蓋物を運びし時 ↑ ボーイは蓋物を運んで来た
14 下され ↑ 下さい
18 五千円 ↑ 金
20 蟹助博士に ↑ 蟹助に
下・4 盗んだ ↑ 盗ツた
9 起臥《ねおき》せねばなりませぬ、夫《それ》も ↑ 行かねばならぬ、然うなれば
10 左右より口を揃へて ↑ 右左より口をそろへて
15 戻り ↑ 戻ツた
16 永らく中座失礼致しました ↑ (初出になし)
17 カチント ↑ カント
19 大道易者《うらない》 ↑ 辻易者
285・上・1 千円 ↑ 千五百円
3 千円と六十円 ↑ 千五百六十円
5 帰りけり ↑ 帰ツた
6 此珍事件諸新聞の記事に吹聴《ふいちやう》され ↑ (初出

になし）
7 なりすましけり ← なりすまし
10 なりけり ← なツた
11 ならずや ← ではないか

蝙蝠（比喩談）

同じく『蓮の露』に収録。署名は忍月。明治二十六年十一月二十九・三十日付、同年十二月三・四・五日付の『北国新聞』に、「怪奴《おばけ》と蝙蝠《かはほり》（鳥獣一族の大合戦）」と題して忍月居士の署名で連載された。

底本では改行になっているところで、本巻において判別できなくなった箇所の冒頭部分は、以下のとおりである。292頁上段9行・時に

初出との主な異同（↑の下段が初出）

286頁上段7行 第一 ← （初出になし）
下・17 鴉《からす》、鳶《とび》の ← 鳶、鴉の
18 曰《いへ》らく ← 曰く
287・上・21 ことに ← こと〻
下・7 一部分 ← 一部
13 なされ ← なさい
288・上・1 第二 ← （初出になし）
7 好味汁《うまいしる》 ← 好味い汁
8 所に ← 所
11 と羽を拍《う》ち ← と掌ではない羽を拍ち
13 『やなぎ〳〵で世を面白う』 ← 「うかれ〳〵て世を面白う風にしたがひ柳になびく其日〳〵の出来心」
下・6 さうと ← さうとして
10 ドーレ、 ← どうーれ
15 ドーレ、 ← どうーれ
16 隠居が破屋《あばらや》 ← 隠居の破屋
289・上・1 第三 ← （初出になし）
11 四百 ← 五百
15 何を申すも ← 何うも
290・上・1 初まりける ← 初まりけるとぞ
8 どうもお待ち遠様 ← どうもお俟ち遠様（此奴まだおへしたう厶いみしたといふ名語を知らざるなり）
20 千四百両 ← 千五百両
下・2 千八百両 ← 千七百両
8 第四 ← （初出になし）
291・上・9 とは嘘、実は獅子王の御伽《おとぎ》に差上重賞に預からん ← （初出になし）
15 帰りて ← 帰ツて

19　預《あつか》らん ⬆ 預らん、ソレツ
22　銃丸其声 ⬆ 銃声
下・13　野狐めが ⬆ 敵狐《てきこ》が
292・上・4　第五 ⬆ （初出になし）
10　ヤア其方《そち》は ⬆ 其方は
12　千八百両 ⬆ 千七百両
下・7　十四個《じうしこ》 ⬆ 十五個
17　千四百両 ⬆ 千五百両
20　不義者《ふぎもの》 ⬆ 強慾非義者
293・上・3　待て〳〵 ⬆ （初出になし）
15　講ぜしめ玉ふにてありけり ⬆ 講ぜしむるにてありける
22　といふ ⬆ といふ（初回の怪奴の図参照）
下・6　（削除） ⬆ ＊＊＊／比喩談の詩人曰く当年赤毛氈《あかげつと》を被りて相門に出入せしもの、待合に密会して賄賂を貪りしもの、主君に狂名を附して監禁する者、主君の変死を名として他《ひと》を誣告する者、人を踏台にする者、党派を利用する者、軟化剤に魔酔して裏切する者、政友を売る者、誰か此怪奴ならざらん又誰か此蝙蝠の失敗《しくじり》を招かざらん

若殿様

『夏祓』（明治二十八年十一月二十日　春陽堂）に収録。本書は菊判、一六六頁、総ルビ。鈴木華邨の彩色口絵一丁、挿絵はなし。定価三十銭。書名は表紙が「夏はらひ」で、内題と奥付は「夏祓」。署名については、表紙に「忍月作」、内題の下に「無名氏作忍月補」とある。奥付の著者名は石橋忍月。「訥軍曹」および「冥途通信」（第四巻に収録）と「戦話断片」（第四巻に収録）を合わせ収める。明治二十六年十一月十八・二十四・二十五・三十日、十二月二日付の『北国新聞』に、忍月の署名で連載された。外装および重版は確認できなかった。

初出との主な異同（⬆の下段が初出）

304頁下段21行　為をイヤサ ⬆ 為を思ふのだイヤサ
22　為めを思へばこそ、 ⬆ 為めを思ふのだ
305・下・5　手を引かれて来る ⬆ 手を引かれ
307・下・3　軈《やが》て無理酒飲めぬ身 ⬆ 「やがておの字の名を呼んで無理酒飲まぬ身」

訥軍曹

同じく『夏祓』に収録。署名は忍月。初出未詳（ただし明治二十七年十二月二十日付の『北国新聞』に同紙掲載という意味の記事あり）。

底本では改行になっているところで、本巻において判別でき

なくなった箇所の冒頭部分は、以下のとおりである。316頁上段13行・サア　317頁下段19行・親に　322頁上段22行・ア、　325頁上段17行・ア、　326頁下段1行・中、中隊長！　327頁上段18行・鬼五郎は　327頁上段19行・言ふより　329頁下段7行・問はれて　332頁上段9行・是に

惟任日向守

『惟任日向守』（明治二十八年十二月十三日　春陽堂）に収録。本書は菊判、一一四頁、総ルビ。三島蕉窓の彩色口絵一葉。定価二十銭。表紙の署名は石橋忍月、本文は忍月居士。奥付の著者名は石橋友吉。「はしがき」のほか「まだ桜咲かぬ故にや」と「比喩談」（第二巻に収録）を合わせ収める。第四から第十四までは、明治二十七年十二月一日付から同月十一日付までの『北国新聞』に、忍月居士の署名で連載されたことを確認。外装および重版は確認できなかった。のち講談社版『日本現代文学全集』第八巻に収録。

　底本では改行になっているところで、本巻において判別できなくなった箇所の冒頭部分は、以下のとおりである。343頁上段2行・しばらくして　347頁下段2行・甲府城の　350頁下段16行・去るにても　355頁下段8行・去れど

初出との主な異同（↑の下段が初出、ただし第四以下）

343頁下段9行　にぞある。↑なり

17　侍従殿（家康）↑家康殿

344・上・1　徳川家↑家康殿

19　うるさきものにて候。↑うるさいものでムる。

345・上・19　打て寄せよ↑打て寄せ捜出せよ

346・上・3　自から↑其範囲に自から

6　仰せに↑命に

21　外より馬にて↑外にて馬より

下・10　別《わけ》て↑別して

17　罵る↑嘲る

347・上・16　涙！。↑涙！。ア、撲ち叩かれし主人よりも叩かれぬ両人は数層苦痛なりき

下・9　せねばならぬとは、↑せざるべからずとは、

348・上・11　六尺男児↑血生男児

13　なさるゝこと痛嘆の至りなり。↑なさるゝこそ痛嘆の至りなれ

下・5　忠臣といひ奉公といふものなるか。↑忠臣なるか奉公なるか

349・上・11　なさん。↑なさん間

下・21　其間柄殆んど↑殆んど

351・上・4　衷情《こゝろ》を御酌《おんく》みあツて↑万死の罪をお許しあツて

下・9　蘭丸が力を極めて君を打ちしも根のあること、

353・上・3　是にて思ひ当るなり。← (初出になし)

隣家《となり》の熟柿を鳥がつくじりし程にもあらぬ小事 ← 大の小事、

下・12　うたかたの哀れはかなき世の中に蝸牛の角の争ひもはかなかりける心かな。← ――夫《それ》春陽の春になれば四季の節会の事はじめ……。

354・上・2　如く、← 如く十方《とはう》を失ひ

8　亡ぼし、← 失ひ

下・4　道徳 ← こと

9　信長の敵なるも道の忠臣なり。← 君に敵するも道の友なり

18　有様、← 模様

355・上・8　(削除) ← 亀山城の本丸、ふりみふらずみ五月雨のいぶせきに竹檠の小暗き燈を掲げて沈吟する光秀が心の中《うち》ぞ哀れなる

下・7　信長公より ← 信長公に

7　受くる ← 蒙る

17　去れど ← 去れ共

356・下・12　衷情 ← 哀情

357・下・21　なかりき。← なかりきア、一人として不同意する者はなかりき、

358・上・13　尾張生れの ← (初出になし)

下・8　来《きた》り、← (初出になし)

359・下・11　二つには又既に本能寺に於て、最終の目的を遂げし後とて最早此上に望みなき身なれば ← (初出になし)

16　三千五百人 ← 三千三百人

360・上・14　及び ← (初出になし)

16　猿郎《ゑんらう》 ← 猴郎

まだ桜咲かぬ故にや

同じく『惟任日向守』に収録。署名は贋西鶴戯稿。初出未詳。明治二十七年十二月三十一日付の『北国新聞』に予告記事があるものの、欠号につき未見。のち講談社版『日本現代文学全集』第八巻に収録。

(榎本隆司・佐久間保明)

監修
山本 健吉
稲垣 達郎
小田切 進

編集委員
榎本 隆司
嘉部 嘉隆
佐久間 保明
千葉 眞郎
畑 實

石橋忍月全集 第一巻

1995年5月15日 初版発行

著者 石橋忍月
発行者 八木壮一
発行所 株式会社 八木書店
〒101 東京都千代田区神田小川町3―8
電話 03―3291―2965
FAX 03―3291―2963
振替 00140―9―10457

印刷所 精興社
用紙 中性紙使用
製本所 博勝堂

石橋忍月全集 第1巻　〔オンデマンド版〕

2014年2月25日　初版第一刷発行　定価（本体20,000円＋税）

著　者　石　橋　忍　月

発行所　株式会社　八　木　書　店　古書出版部
代表　八　木　乾　二

〒101-0052 東京都千代田区神田小川町3-8
電話 03-3291-2969（編集）-6300（FAX）

発売元　株式会社　八　木　書　店

〒101-0052 東京都千代田区神田小川町3-8
電話 03-3291-2961（営業）-6300（FAX）
http://www.books-yagi.co.jp/pub/
E-mail pub@books-yagi.co.jp

印刷・製本　（株）デジタルパブリッシングサービス

ISBN978-4-8406-3529-5　AI006